天狗文庫

眠狂四郎无赖控

〔日〕柴田炼三郎 著
兰立亮 译

-上-

NEMURIKYOUSHIROU BURAIHIKAE 01 02 by Renzaburou Shibata
© 1960 Mikae Saito
All rights reserved.
Original Japanese edition published by SHINCHOSHA PUBLISHING CO., LTD
Simplified Chinese translation rights arranged with SHINCHOSHA PUBLISHING CO., LTD
through BEIJING Kareka Consultation Center.
Simplified Chinese translation copyright © 2018 by Chongqing Publishing House
All rights reserved.

版贸核渝字（2014）第125号

图书在版编目(CIP)数据

眠狂四郎无赖控. 上 /（日）柴田炼三郎著；兰立亮译.
—重庆：重庆出版社，2018.10
ISBN 978-7-229-12751-0

Ⅰ. ①眠… Ⅱ. ①柴… ②兰… Ⅲ. ①长篇小说－日本－现代 Ⅳ. ①I313.45
中国版本图书馆CIP数据核字（2018）第036717号

眠狂四郎无赖控（上）
MIANKUANG SILANG WULAI KONG（SHANG）

[日] 柴田炼三郎 著　兰立亮 译

责任编辑：邹禾　许宁　魏雯
装帧设计：谢颖设计工作室
责任校对：刘 真

重庆出版集团 出版
重庆出版社

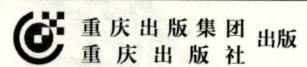

重庆市南岸区南滨路162号1幢　邮政编码：400061　http://www.cqph.com
重庆出版社艺术设计有限公司制版
重庆市国丰印务有限公司印刷
重庆出版集团图书发行有限责任公司 发行
E-mail:fxchu@cqph.com　邮购电话：023-61520646
全国新华书店经销

开本：890mm×1230mm　1/32　印张：19　字数：506千
2018年10月第1版　2018年10月第1次印刷
ISBN：978-7-229-12751-0
定价：88.00元

如有印装问题，请向本集团图书发行有限公司调换：023-61520678

版权所有　侵权必究

目录

人偶头像 1

雾人亭异变 15

密探的下场 28

跃动的孤影 44

毒与柔肌 59

禁苑之怪 73

修罗之道 90

江户人性情 105

恶魔祭 120

无想正宗 135

源氏老爷之女 149

斩奸信 163

千两箱异闻 177

盲目圆月杀法 193

目录

报仇无情 208

切腹殉情 222

处女侍 237

暴风雨和宿敌 252

夜鹰旅馆 267

因果街道 282

海上亡灵 299

伪囚犯 314

落寞美人 329

大笑的疯女人 343

刺青往生 358

命运图画 371

切支丹坂 386

赌场女人 403

目录

- 狂四郎大笑 418
- 长枪与骄姬 435
- 京城的雨 451
- 地狱之夜 465
- 阿弥陀峰 479
- 金发船 495
- 皇后噩梦像 511
- 血溅澡堂 526
- 六千两假钱 542
- 芳心诉情 558
- 海盗村 572
- 暴风雨 587

人偶头像

一

夜半，隐约传来二更的钟声。此时——

烛光映照着蒲团，七八个混混和巡城护卫围坐一处。他们巨大的身影投射在背后那斑驳的墙壁和破旧的窗纸上，随烛光飘忽摇曳。

这是一间空房。

五个时辰前就已开始的赌局，不知何时才能结束。空气中似乎酝酿着一股杀气，着实令人紧张。

如今已是赏樱时节，夜间却依然寒凉。不过，这伙人都热得赤身裸背，露出油光发亮的刺青。

壶振①更是干脆，只着兜裆布，他那朱红色的龙蟠样刺青颇为醒目。这个年轻人刚二十出头，肌肤紧实白皙，越发衬得朱红刺青艳丽夺目。

中盆②坐在壶振对面，他检查过骰子后，锐声喝道："摇！"

只闻"啪——"的一声，壶振把鹿角骰子扔进贴纸的藤壶里，转动几

---

① 壶振：专门负责掷骰子的人。
② 中盆：庄家帮手。

下，猛然一扣，接着又哗啦地来回晃动两三下。这一连串的动作若合不上骰子的节奏，壶中的组合方式就会乱掉。

年轻壶振用他那红润的手做出一连串精彩的动作，将众人牢牢吸引。

他们如同饿兽般血红的眼睛死死地盯着那壶。

唯有一人冷眼旁观，并未参与。那是个浪人，身着松垮的黑绸和服，从一开始就靠墙而立。浪人年纪不足三十，面部轮廓十分清晰，似混有洋人血统，让人觉得高深莫测。

今夜，他首次出现在这个赌场："让在下也来见识下所谓的赌博吧！"

说过这句话后，他就再没言语，以至于大家都忘了他的存在。

中盆中气十足地吆喝道："开！"与此同时，壶振忽地将壶揭开。

刹那间，壶振巧妙地勾动一下右小指，动作极其敏捷。只是，这一切并未逃过浪人的眼睛。每次开壶，浪人的嘴角都会勾出一丝讥笑，显然，他早已识破壶振的伎俩。

"他妈的！今晚上怎么总是四三、四六！"一人愤然咒骂。

骰子若是四三、四六，押双押单的筹码可以不对等。出现的差额全由庄家承担，但庄家也可支付一半，另一半则成为他的佣金。

不知又过了多少局，终于有赌徒识破了壶振的伎俩，大声喊道："臭小子！敢耍老子！"便叉开双腿站到蒲团上，挥起拳头，一副要揍壶振的架势。

"你想干什么！"

"怪不得总是四三、四六！原来是你俩在搞鬼！妈的！伙计们，上！给老子可劲儿揍！"

早就惯于打架的众人马上分成两拨，纷纷亮出各自的腰刀、木刀、短刀。

就在此时，一直靠着墙的浪人不紧不慢地起身说道："且慢！这事交给在下吧。"

"闭嘴！给我滚开！"

那个识破把戏的赌徒恶狠狠地怒视着浪人说道。浪人淡笑一声："壶振的事，在下管定了！"

"凭什么！你什么东西！老子不用你管！"壶振反倒咬牙切齿地嚷嚷。

"与你无关，却与在下有关。"

"滚开！你这个人渣！"

焦躁的赌徒挥刀径直砍向浪人，浪人却丝毫未动，只见他拿刀鞘轻轻一挡，鞘尾便撞进赌徒心窝。赌徒痛哼一声，跪倒在地。

"杀人啦！杀人啦！"

众赌徒一面暴喝，一面蜂拥而上。当此时，忽闻浪人迸出一句："胡闹！"那凌厉的气势，骤然间房内鸦雀无声。

声音虽不大，但其气势足以使众人不敢妄动。

"喂，年轻人，穿上衣服，跟我走！"

"遵，遵命——"

此时，年轻的壶振与其说是被浪人的强大气势胁迫，倒不如说是对浪人心生敬意。于是，他急忙披了衣服跟了出去。

二

外面，月正明。

夜深人静的街上，浪人与壶振踏着自己漆黑的影子，徐步向前，那身影浓得仿佛浸湿了地面一般。

"老爷，咱们这是去哪儿啊？"

双手揣在胸前衣服里的浪人没有回答，只是看看前方，说道：

"你，本行是小偷吧。"

"猜对了！您好眼力。小的金八……您是要用我这双手吗？"

"说什么呢！我是想借你灵巧的身体一用，今后要你去入室抢劫。"

"您说笑了，老爷。小偷和骗赌，那都是靠手艺吃饭的，强盗什么的名声多不好啊。"

"在下虽也没有兴致，但来钱快，咱们要偷的可是大名的府邸。"

"啊？"

金八煞是惊讶，从侧面打量了一下浪人，只见他脸色阴森，令人惧怕。

"迄今为止，在下都蒙受大名府邸侧头役①的恩惠，无法断然拒绝，才答应此事。"浪人的言语令人不解。

"老爷，请教您尊姓大名？"

"眠狂四郎——只需记下此名便罢。"

"眠——什么？"

金八总觉一丝疑惑。然而，这个神秘武士散发出的奇异魅力，已让金八内心信服。

"老爷您不赌博，为何会出现在那种地方？"金八试着问道。

"为了寻找你这样的人。"

听到这样的回答，金八笑了一下。

终于——

狂四郎在一个大名的府邸门前停下了脚步。正如他所言，府邸高大宏伟，金八不由缩了缩身子，抬头看着屋脊上的虎鲸雕刻，低声嘟囔道："这房子，好气派。"

虽说要做入室强盗的勾当，但令人意外的是，眠狂四郎悠然从持有丁字钩棒、捕叉、钩竿的门哨面前走过，并在长屋门旁的潜门处正大光明地报上姓名。门就像恭候他们到来般打开了。

狂四郎熟门熟路地快步向长屋赶去，金八低声问道："老爷，这所宅子

---

① 侧头役:指担任官邸神社里设施等事物的副使。

莫非就是老中①大人水野越前守的府邸?"

"是上宅。对人室窃贼来说,足够做一票了。"

"门卫竟然这么轻松就放咱通行了!"

"计划之中。"

狂四郎走到一户院落门前,此乃身居要职之人的住所。

他们被仆人引领前往书院,金八满腹狐疑地跟在后面。

时辰已过三更。夜寂静得让人喘不过气来。

片刻,一位身高不足五尺的老人出现在他们面前。老人其貌不扬,额头和颧骨异常突出。

"料到你会今夜前来。"

这是第一句话。

"想讨酒喝了——"狂四郎面无表情地说道。

老人点点头,拍了拍手,然后当着他们的面打开手中的纸。纸上画着这座宅第的地图。

"这里,和这里。"

老人指着用红点标出的两个地方,抬头朝金八看了一眼,假装自言自语地说:"既是你选的人,一定很能干呐。"

女仆送来了酒,老人站起身来说道:"那么,拜托了。"

"老先生——慎重起见,在下有一事相询:计划不会在最后关头变卦吧?"狂四郎问道。瞬息间,老人的眼睛扫了一下狂四郎的脸,目光犀利:"老朽是不是那样的人,外人不知倒也罢了,公子怎会心生怀疑呢?"

"即使在下被斩首,您也不会在意吧?"

"多虑了,公子怎会是薄命之人。拜托了!"

脸上纵横如沟壑的皱纹掩盖了老人所有心思,他索性就装成性情温和、满面微笑的样子。老人转身向外走去,正欲关上拉门时,突然回头道:

---

① 老中:日本江户幕府的官职之一。辅佐将军、总理全部政务的最高官员。

"眠——花虽有毒，但花依旧是花，注意让它凋谢的方法。要轻轻地，轻轻地——"

老人留下一句令人费解的话离开了。

狂四郎苦笑了一下。他一面拿起酒送往嘴边，一面久久地凝视地图，轻声说道："差不多该动手了吧。"

"老爷，咱要做些什么？"金八问道，神色紧张。

"嗯，你要潜入的是这间屋子。屋内设有女儿节人偶坛。你要偷的是内宫人偶，叫做小直衣人偶，那是你这辈子从未见过的东西，定能一眼认出。不可一时慌乱随手抓个乐师或是能乐的人偶。要拿放在上好的镶边绸布上那个。"

"是。不过黑灯瞎火的，万一——"

"那时到处都会点上烛灯……你先潜入人偶房间，静静地待着。大概——是了，半刻钟后，会起骚乱。"

"真的？什么骚乱？"

"到时你就明白了。那时看护内宫人偶的女官也该慌忙赶往骚乱之处吧。你就趁机拿到人偶，逃回这里。顺便再顺回来三颗菱角年糕吃吧。哈哈哈哈。"

三

眠狂四郎在一片漆黑的长廊下悄无声息地向前走去。他早已练就夜能视物、行路无声的本事。

在赌场寻得的英俊小贼被安排去了放置人偶的休息室藏身，狂四郎此刻正欲潜入一个女侍的卧房。对于此事他虽无丝毫犹疑，但内心深处却泛起了些微的自嘲。

真是蠢得要命的勾当。绝非知晓礼义廉耻之人能为之事。而他觉得非做不可的理由在于，那个身高不足五尺、城府极深的委托人——在水野忠邦的府邸中居于侧头役这一要职的武部仙十郎，有着令人捉摸不透的想法，狂四郎唯有将之看作有趣之事了。这种碰运气的行为非常荒唐，实非常人所为。

狂四郎陡然停下脚步，故意发出些许声响。他把手搭在隔扇上，探听里面的动静。

黑夜中一片沉寂，只有微微的沉香香气飘来。

尽管如此，狂四郎凭着敏锐的直觉，还是预感到了一些触及他敏感神经的东西。

——果然，落花意有所指。

说时迟那时快，狂四郎倏地拉开隔扇，一个箭步跨入房间。

夜又重回一片寂静。一丝淡淡的沉香之气入鼻。

狂四郎背手关上隔扇。就在此刻，他察觉到有人紧贴在右侧的隔扇之下。他故意拉上隔扇，欲引藏在暗处的人飞扑出来，然而此人并未上当。

狂四郎并不擅长直接攻击对方，于是他故意朝铺好的被褥走了两三步。

果然，他身后一阵劲风袭来。他急转身形，一把抓住偷袭者攥着短剑的手，反向一拧，轻松将此人按倒在床上。

"不要动！你究竟是谁？"狂四郎在黑暗中将眼睛瞪得浑圆，靠近对方的脸。一股脂粉的香气沁人心脾。

那人自始至终沉默不语，只是猛烈挣扎。她被压住的大腿和上臂柔软且极富弹性，她的反抗使狂四郎血气上涌，流露出少许残忍。

"应该有人教过你，再怎么挣扎都是没用的，还是痛快些断了念想吧。密探无论受到怎样的屈辱，都应心甘情愿承担后果！"听到狂四郎的低声耳语，女子仿佛丧失了所有力气。

黑夜就此将这对沉默的男女层层包围，时间一分一秒地过去。

突然，狂四郎放开那女人，离开床铺。女人像死了一般纹丝不动。

狂四郎"啪"地敲起火石，此时女人突然发出"啊"的惊叫，一下子弹起身来。

"求您不要点灯——"她呼吸急促，拼命哀求。狂四郎冷然退后，说道："这世上没有讲礼仪的入侵者，你好自为之。"

他点亮了四角行灯，红色的灯光如涟漪一般在房间里蔓延开来。

狂四郎望向披着白底纺绸、绯红绉绸系带睡袍的倩影。透过她白皙脖颈的可怜微颤，狂四郎内心深处突然感到一丝若有若无的痛楚。

——她也不是自愿做密探，才潜入这府邸当家仆吧……

当时——

幕阁之内，为了争权夺利，互派细作已成常事。

文政二十年，江户城中最嚣张的莫过于老中之首水野出羽守忠成[①]。此人专横权势、飞扬跋扈、为所欲为。他深蒙将军德川家齐和将军生父一桥治济的恩宠，获赐德川一族的专属带徽马鞍。而且，担任若年寄[②]的林肥后守（御胜手挂），担任侧近代理的水野美浓守，担任库房总管的美浓部筑前守（新番头格）这三个城内要人都是水野出羽守忠成的心腹，其他幕僚根本无法插手京中要职。

不过，去年水野越前守忠邦从京都所司代升职为西丸老中，并辅佐德川家齐之子德川家庆。这之后，幕阁内慢慢出现了微妙的变化。

水野忠邦欲操持国政的雄心人所共知。此人原是俸禄六万石的唐津领主，然坐拥唐津者需与西国其余诸侯轮换担任警卫长崎的重任，因此不能升任老中。这是水野忠邦的一块心病，因此暗自下力，请求把封地迁往浜松，终于获准。但浜松领地不到区区十万石，远不及唐津的二十五万石以上。家臣们自然极力劝阻移封，然水野忠邦固执己见不听劝告。他欲取老

[①] 水野忠成：旗本冈野知晓的第二个儿子。
[②] 若年寄：江户幕府官职名，辅佐老中，参与幕府机要事务，同时支配统辖旗本、御家人。

中职位的野心炙热旺盛。

一统江户城的水野忠成不能容忍水野忠邦的到来，于是一场血雨腥风的斗争暗中展开。

水野忠邦的宠姬美保代是若年寄林肥后守献上的绝世美女。忠邦家臣武部仙十郎怀疑此女是对手派来的密探，遂令眠狂四郎施苦肉计探查其真实面目。因美保代深受忠邦宠爱，仙十郎知道若用寻常手段必然无法驱逐此女，最后决定放手一搏。

赌赢了。

眠狂四郎斩断怜悯之情，缓缓站起身来。

"美保代，该称您为大人吧……既然你已被识破，想必已经有了准备。我们之间不必惺惺作态了。"

听到这句话，美保代第一次扬起了脸，扭过头看着他。

刹那间，两人四目相对，深深地凝望彼此。

——美！太美了！

这位方才冒犯过的女子，明明是难以靠近的尤物，此刻却被狂四郎凝视着。

不可思议的是，美保代也只是有气无力地站在那里，感受着这个浪人给予的无以名状的战栗，而非憎恨。

狂四郎接下来的行为更是不可思议。

他鲁莽地冲到走廊，陡然大喝："水野越前守的上宅难道是空宅吗！区区一介贫穷浪人，都敢强抢老中大人所宠爱的美人！有人就出来啊！"

瞬时间，屋内一阵骚动。

就在这个间隙，金八将内宫人偶夹于腋下，然后如黑影一般，于阴影间掠过，消失在黑暗中。

四

天色澄明，宛如上了淡黄色釉的青瓷。

阳光斜洒在宽敞的白沙庭院里。院子里既没假山，也无泉水。若说情趣，还属那覆有青苔的奇石，如岛影般浮在留有扫痕的白沙之上。

狂四郎与美保代二人，被强行拉到走廊前面的铺路石上。

二人未被捆绑，狂四郎仍在顽抗。接到急报火速赶来的武部仙十郎对此也没有言语，一切皆是安排。

数名家臣将侧面和背后菖蒲革纹样的和服下摆掖在腰带之下，手持六尺棍棒虎视眈眈。

狂四郎昂然扬起的脸上毫无表情，美保代低垂的脸庞如被吸干了血一般苍白。

这是一个宁静的早晨。

不久，走廊的一端出现了水野忠邦的身影。刚刚三十过半的忠邦一副野心勃勃的精悍气概。他身材魁梧，昂首挺胸。

武部仙十郎弯腰负手，从手捧佩刀的随从后面轻轻走来。此外没有任何随从，想必这也是武部仙十郎的吩咐。

忠邦站在走廊一端，目不转睛地俯视着狂四郎。

"眠狂四郎是吧。这不是你的真名吧？"

"这是有来由的——"

"你曾夸口说冒犯了我的侍女，此话当真？"

"我从不说谎。"

"说说你的理由。"

"前天，您的侍女在返家途中，被我偶然看见，我便对她心生爱慕。"狂四郎厚着脸皮口若悬河，美保代颜面低垂，微微一震。

前天返家确是事实。但路过町内时美保代坐于马车之中，未曾露脸，因此一听便知他在说谎。可为何要说谎呢，美保代煞是不解。

"混蛋，真是胆大妄为之徒。"

"您说得对——"狂四郎泰然自若，嘴角泛起一丝笑容。

忠邦不信狂四郎所言。世上竟然有这样莫名其妙的歹人。他接到消息时勃然大怒，但此刻俯视着狂四郎，却又被浪人脸上那种目中无人的从容所吸引。忠邦猛然回神，像是被对方的微笑激怒，突然摆出一副严峻的表情。

"你何不逃走，反而大声喊叫呢？"

"是想让您取下两个人的脑袋。"

这句话的确让忠邦火冒三丈，"你说什么！"

狂四郎冷冷接下忠邦盛怒的目光，又重复了一遍刚才的话。

"你这小子，好，那便吃我一刀！"

对这个冒犯他宠妾的浪人，忠邦又一次怒不可遏，他突然一把抓住随从捧着的佩刀，拔了出来。

于是，武部仙十郎开口劝阻："大人——请暂且留这小子一条性命。审问之后再杀也不迟——"

"审问什么？"

"就在昨夜，将军家赏赐的小直衣人偶失窃了。侍女们都吓得魂飞魄散，整个宅第都搜了个遍也没找到。说不定就是这小子干的——"

——真是个老狐狸。狂四郎暗地里苦笑。

所谓不动声色，说的正是这个老人的表情。

忠邦大声呵责："你，竟然连将军赐下的人偶都敢偷？！"

"的确是我擅自借用了。"

"藏在何处？"

"告诉你之前，你得答应我一个要求。"

"你这盗贼，还想提出交换条件？"

狂四郎微笑着请求屏退旁人，仙十郎请示忠邦，忠邦应允。

"为了让您（御老中）亲手取下两人的脑袋，我不但没逃走，还如此乖乖出现在你的面前。不过，我说的那两个脑袋并非我们两人的，而是天皇和皇后人偶的头。"

"……"

忠邦瞪大双眼。

"御老中！您可有勇气取下将军家赏赐的小直衣人偶之头吗？"

"……"

忠邦没有回答，狂四郎的态度和语气突然郑重起来。

"老中大人，据说近几年幕府收支平均每年都有五十余万两的赤字。为了填补赤字，落得要靠改铸货币来调整差额的地步。这个世道极尽骄奢淫逸，上下颠倒、物价飞涨，大名旗本①的武士都是温饱不定，要向大阪的商人借钱来维持生计，随之还要为返还利息而苦恼，家里的俸禄都被征借上去了，幕府还以纸金兼用来欺骗众人。与此相反，商人们一掷千金买一幅宋徽宗的画，用三百两买南蛮商铺的水壶，过着无法形容的奢侈生活……这世道到底要持续到几时——谁能够站出来做些什么？谁能拉紧这松弛的朝纲，一扫比阔斗奢的世俗恶习？就像白河乐翁②扳倒田沼意次那样，净化尘世朝堂——"

见解精辟，不，这些其实正是忠邦所思所想，只不过狂四郎替他说了出来。实际上，狂四郎从仙十郎那里听说了忠邦的雄心，现在不过将计就计反击他罢了。

狂四郎继续说道："如今，能对紊乱的幕府政治大刀阔斧加以改革的，

---

① 旗本：日本江户时代直属将军的家臣中，俸禄在一万石以下，有资格直接晋见将军的家臣。

② 白河乐翁：松平定信的异名。

只有御老中大人您了。因此，请让我见识下您的勇气。倘若没有魄力斩断将军家赏赐的人偶头，何谈改革壮志！"

狂四郎严肃地说完，忠邦低叹一声。换言之，这暗示着不扳倒将军家齐，改革就不能顺利进行。短暂沉默后，忠邦平静地问道："人偶在何处？"

武部仙十郎脸上露出冷笑。

"在这个老人家中玄关旁的木贼①中藏着。"

狂四郎说出了仙十郎事先告诉他的地方。

不久，小直衣人偶就摆在了忠邦面前。他一言不发，用右手握着拔出来的佩刀，刀光一闪，再一闪。

两个人偶头从走廊飞了出去，不知是否偶然，男女人偶之头分别落在了美保代和狂四郎的面前。

"把人偶头给这两个人。"

忠邦扔下这句话，把佩刀递给仙十郎，正要离开。

突然，狂四郎飞身将美保代的身体撞向一旁，只听"嗖"的一声，一支箭掠过美保代刚坐过的地方，插在了廊下的支撑横梁上。下一瞬，狂四郎接过仙十郎扔过来的忠邦佩刀，如飞鸟般径直向庭院的一角掠去。

狂四郎对面白沙上的怪石暗处闪出一个仆人打扮的男人，他正搭箭上弦。不用说，这个男人是安插在水野忠邦身边的细作。

狂四郎在离怪石三间②处，边跑边砍下飞来的箭。

男子"噜噜噜"地往左逃窜，阳光照在背后，他拔出了短刀。

狂四郎抓住时机，一眼看破了敌人的招式。他冷笑一声："死之前，让你见识一下眠狂四郎的圆月杀法。"

---

① 木贼:植物名。木贼科多年生常绿蕨类植物。

② 间:长度单位,大约1.8米。

静静说完，狂四郎摆出下段①姿势，剑尖指在脚尖前三尺的地面上，然后，剑尖从左面开始，徐徐描出一个大圆。男子眼眦欲裂，瞪大瞳孔紧随转动的刀尖。怪异的是，他斗志消沉，像被鬼魂附身似的流露出虚弱无力的神色。

　　当刀移至上段——画出半月形的刹那，狂四郎纵身一跃而起。

　　男子的身体扬起一阵血雾，向后仰倒。

　　在狂四郎用剑在空中画出整个圆月之前而不败的敌人，至今为止还没有出现过。

---

① 下段：剑道、枪术中，摆出刀尖或枪尖比水平面低的姿势。下文中，上段指举剑过顶的姿势。

雾人亭异变

（一）

樱花时节，淡云笼罩的午后。眠狂四郎脚步从容地走在从北日洼町去六本木的芋洗坂上。

寂静的道路两旁并排着下级官吏的房屋和寺庙。虽说春日慵懒，家家户户闭门不出，清风亦无影踪，然一枝白花探出寺院土墙，飞舞飘零，给小路平添了一丝风情。

一路无人，直到登上斜坡才有一人与他擦肩而过。此人肩扛黑漆桶，是个沿街卖灯油的小贩。

此时正值诸侯去江户参勤交代①的时节，远方道路上大名的列队如皮影一般，倒是无声的好景致。

狂四郎于这份静谧中，却生出不合时宜的沉闷之情。

水野忠邦把自己的宠妾美保代让给了狂四郎，狂四郎则把她托付在侧头役武部仙十郎家中。临行前美保代凝望的明眸，深深印在狂四郎的脑海

---

① 参勤交代：亦称为参觐交代。是日本江户时代一种制度，各藩的大名需要前往江户替幕府将军执行政务一段时间，然后返回自己领地执行政务。

中,挥之不去。美保代的眼中没有怨恨、憎恶,只有无助的哀愁。

——那个女人,可能活不长了。

想到这儿,狂四郎突然意识到肩上的重担。

——怕是拿着这种东西的缘故吧。

狂四郎摸摸袖兜,伸手进去轻轻握住那件物事,不禁苦笑起来。这是小直衣人偶中的女人偶头,男人偶头应该在美保代怀里。

逼迫水野忠邦砍掉的人偶头,狂四郎不知为何没有扔掉它的勇气。

——算了,是福不是祸,是祸躲不过。

突然,狂四郎拐入一条岔道,他已冷静地收回思绪。与美保代的事相比,此刻他有一件更重要的事要做。

稍行片刻,眼前道路豁然开朗,两旁并列的旗本府邸也愈发恢弘大气。这里密布御书院番①组、大御番组等幕臣的宅第。

不过,狂四郎找的这一家却是这附近最陈旧荒芜的府邸。门牌上书"茅场修理之介"。

狂四郎推开侧门上的小门进去一看,里面有五百多坪②,面积看来,这里的主人是旗本中级别较高之人。当时还是由俸禄高低来决定府邸面积的时代。

不过,府内比他在门外想象的还要荒凉破落。

狂四郎在玄关处叫门,一个形容枯槁的佣人出来答话。不等客人开口,他便低头俯身应道:"我家主人不在。"

"在下已知。不过,在下想与贵府谈一谈你家主人的事。鄙人眠狂四郎。"

"是,不过——"

"贵府夫人在吗?"

"我家主人尚未婚配。"

---

① 御书院番:官职名。若年寄的手下,负责军营警戒、将军外出列队护卫。
② 坪:土地或建筑物面积单位,1坪约为3.3平方米。

"那么，其余家人是否方便？"

听闻主人尚无家室，狂四郎略微安下心来。

"实在不巧，如今，府中无人执事。"

戒心很重啊。狂四郎看破佣人的用意，冷冰冰地说："在下来送贵府主人的遗发。"

"你说什么？"

狂四郎见佣人脸色骤变，催促道："劳烦传达在下来意。"

狂四郎穿过书院时匆匆一瞥，察知旗本原是名门之后，附书院、壁龛、橱架、储藏室的格局均与旧时礼仪相符。

片刻，出来一位不过二十岁上下的女子。此女并无特别之处，狂四郎只是觉得其身形单薄，仿佛用力一抱便会散架般纤细柔弱。

"姑娘是贵府主人的妹妹吗？"

"是。小女静香。听说您带着兄长的遗发——"

"不错，确实如此。"

"兄长是在何处遭此不幸？"

女子声音甚是坚毅。眼下执掌府中大局的恐怕只她一人。

"你可知令兄为何长期在外？"

"小女不知。"

"那请听好了，令兄丧命于水野越前守的上宅，斩杀他的正是在下。"

二

静香瞪大眼睛盯着狂四郎，美丽的芳唇只是颤抖，却说不出话来。

"令兄是若年寄手下的庭番，潜入了水野越前守的上宅。这么说你能理解吧，不打倒他，他就会打倒我——迫不得已罢了。"

庭番——就是密探。由于任务特殊，与一般庭院看守不同，他们受命时须左手持竹扫帚，跪伏御龙台下（江户城大奥①与中奥之间）拜受上谕，这便是职名由来。他们往往从勘定所②拿上钱，到大丸和服店深处换上农、商、工、僧侣的衣服，改变身份后，就从妻小家仆那里斩断行踪，不知去向。若是中途暴露身份死于非命，也无人告知其家人。

放箭射杀美保代，反被狂四郎一刀毙命的仆人便是如此。茅场修理之介这个名字，则是狂四郎从美保代口中得知。

"此事已呈报幕府，贵府也不能报仇，在下顺便来告知罢了。我不会逃避，你们何时何地都可率人找我寻仇。"

狂四郎说到这里，暂且停下等对方回话，他看对方无反应便又说："还有一事，令兄被派去越前守府邸的原因，请如实告知。"

说完他从怀里取出一个纸包放在榻榻米上，除遗发外，里面还有个奇怪的东西。

那是一个食指长的青铜十字架（Lignum Crucis）。

"这是令兄脖子上戴的东西。"

狂四郎紧盯静香，目光犀利，不放过她任何细微的表情变化。静香脸色苍白，却无丝毫惊异之色，只是痛彻心扉的悲伤。

于是，狂四郎接着说："令兄是为了隐藏密探身份而故意佩戴国之禁品呢，还是不堪忍受密探的悲惨经历而皈依天主教呢？他是真的敬仰天主，虔诚向救世主耶稣基督做礼拜并相信天堂的存在吗？你怎么认为？"

言辞犀利，咄咄逼人。

静香抬眼回视狂四郎，眼中怀疑的神色越来越浓。

——她看到十字架都不诧异，能对我知道天主教用语这点深表怀疑？哼！

---

① 大奥：江户城中将军的夫人、侧室、侍女们的居所，将军以外的男人禁止入内。
② 勘定所：日本江户幕府的官厅，负责税收管理、幕府财务和直辖领地的诉讼等。

瞬息间，狂四郎以迅雷不及掩耳之势飞身跃起。

他迅速飞转至静香身后，左手覆向樱唇，右手从她腋下和服开口探向酥胸——他不容静香反抗，一气呵成。

狂四郎的右手五指正要拂过静香那温润丰满的玉峰。静香羞愤交加拼命挣扎，向后仰倒，却不料膝头失守，露出散乱的绯红内衣下摆和雪白小腿。

下一瞬，狂四郎右手摸到她心窝，猛地一拽，随之身形后移三尺。

他手中攥的是与静香兄长修理之介一样的十字架。

"这受洗是自你们兄妹二人开始的么？还是说你们家族世代都在偷偷信仰基督教？罢了，在下随便问问，并不奢望答复。不管怎样，这都需要非凡的勇气，在下深感佩服。"

自庆长年间，幕府就开始取缔天主教并清除教徒，之后，基督教徒屡禁不止。到文政末年竟还有人胆敢在胸前佩戴十字架，并且还是个女子，真是难以想象。

静香的脸上血色全无，不过，她像那些坚信神之光的教徒一样，眉宇间透露着坚毅。

狂四郎徐徐站起身来："方才多有冒犯，请姑娘原谅。事先声明，在下只是一介穷浪人，并非朝廷密探，也无意探听什么。我只是对姑娘尊崇的天主，还有洋鬼子传教士有些许敌意而已。"

狂四郎留下这么几句有深意的话，突地起身出了外廊。离开前他回头，却意外看到静香脸上浮起深深的鄙夷之色。瞬间他怒火中烧，难以抑制。

出玄关时，狂四郎觉察背后有人盯着。回头一看，发现一个家丁坐在房屋正门口的木板台阶上。

——那人也是信徒？不，不像。估计是一个是对主家不利的家伙。

狂四郎就这样急匆匆远去。

离开小门，道路寂静如初，狂四郎穿行在稀疏的日光下，四周没有人影。

他走到旁边府邸前,对面胡同里闪出一个人。此人便是身着半缠①,作手艺人的扒手金八。

"先生,这地方可真不好找啊!"

是狂四郎告诉金八住所,让他随后过来的。

"这回咱怎么办?"

如今,金八煞有介事地做了狂四郎的跟班。

"照此演下去的话,该我被砍头了。"

"什么?"

"你来演敌方。"

"别说笑了!我绝对不干。"

"不,若非如此,计划就无法实施。今夜,那座府邸会有一位年轻女子出来,你跟着她弄清去向。不过也可能空等一场——"

"什么呀!听说今儿有年轻姑娘哟——嗨,俺在墙外等哟等,看到了松影、梅花和樱花。月亮出来了挂树梢哎,小雨、桐花未来到,钟声响了第七声哟,俺也要把你等到。先生,这差事咱干!"

金八蹭蹭塌鼻子,乐滋滋地答道。

三

暮六②时分不久,静香悄悄溜出宅第,她头戴黑绉绸御寒头巾,只露出一双眼睛。

黑影等候多时,倏地从暗处跟上,悄无声息。静香自始至终毫无察觉。

---

① 半缠:号坎,印半缠。在衣领和背后等处印染家号、姓名等的和服短外褂,江户后期开始手艺人等穿用。

② 暮六:日本江户时代时刻法。指傍晚六时。

夜色中的北日洼町到宫下町，一路热闹非凡，静香始终低头疾行。

她终于在一家店前停下脚步。环顾四周，看到一条桥对面的饭仓新町那沿河而建的规模不小的店面，门牌上书"经销地方粮谷·备前屋"。这或许是位于深川的贡米批发店的一家分店，地处水运便利、装卸自如的地方，这类店铺在市井中随处可见。

静香正要走进店里，身后一个声音骤然而至："喂。"

静香回过身去。

一个男人笑容可掬地半蹲在她面前。此人正是金八。

"冒昧打扰，请见谅。请问您是旗本家茅场府邸的小姐吗？您别介意，咱不是什么可疑的人。有些事想告诉小姐您——那个，在这儿就行。小姐，没猜错的话，今天有个自称眠狂四郎的浪人去过府上了吧？"

静香本来还强装镇定，面无表情，听到这儿不禁大吃一惊，眼波流转。

"咱无意间得知那小子杀了小姐的哥哥。我自己也跟他有深仇大恨，小姐要是想替你哥哥报仇的话——那浪人最近迷上了一个唱常磐津调的师傅，常去芝增上寺大门前听曲。夜过九时才回去……哎，这时便可在判官桥畔伏击——就是这个意思。千真万确，咱也是想亲手杀他报仇的人……那就先告辞了。"

金八压低声音快速说完，也不等静香回话便转身而去。

静香全身僵硬，看着金八混入人群消失不见，等猛然回过神来，便慌忙进了备前屋。

女佣引静香来到最里间的主屋旁的侧室客厅，接待她的是一位五十岁上下的商人。这个人身宽体胖、面相富贵，裂缝似的细长眼里波澜不惊，紧闭厚唇的模样仿佛生来便是谨言慎行之辈，他便是备前屋。

"小姐屈尊来此……哎呀，你脸色很差，发生什么了？"

静香俯下身，稍微攒攒精神，自语般说："我哥哥，被人杀了。"

"嗬——这真是飞来横祸啊。"

备前屋只声音带着一丝讶异,眼神依然冰冷镇定。

"杀我哥哥的浪人,今天亲自来我家,送那个——十字架。"

"什么?这这这——"

备前屋听闻有人殒命还冷淡镇定,此刻却像被鞭笞一般,一脸惊愕。

"那个浪人,他是何人?"

"那人自称眠狂四郎,是个年轻男子。他在水野越前守大人府上杀了我哥哥……也就是那时候发现了十字架。"

"等等,请务必将此事详细告知老朽。"备前屋一言不发,生怕听漏一句话。

静香毫不隐瞒地把自己也被抢去十字架之事一并相告。当听到被抢了十字架的瞬间,备前屋叹了口气。

一阵死寂过后,备前屋又恢复了冷静,"那个人,可说过他住在何处?"

"他没说。"静香摇头答道。

备前屋眼珠一转,闪过一道精光:"小姐,若因此人之口,被告发的话,可不仅仅是我们三十七条命。每一家每一族,所有人都会遭受极刑。改宗信佛已经是百年前的事了,现在一旦被抓,就算在天主的恩泽下忏悔也难逃一死。若是信徒本人倒也罢了,好歹坚信会被救赎进天堂,可是连毫不知情的父母妻儿都要一并押赴刑场,真是太残忍了。"

静香恐惧之极,慌乱无助,蓦地想起了方才在店门前遇到的那个陌生人,她开口道:"夜过九时,判官桥畔——对!"

备前屋手臂交叉抱在胸前,粗眉微微抽动了一下。这是他下决定时的习惯。

"小姐,请把一切交给老朽处理吧。"

"可,可是……"

静香视线慌乱不安,她紧紧抓住备前屋,似乎要说些什么,苍白的双唇却只是颤抖。

天主教徒们坚信天主悲悯天下苍生，但却顶着耶稣基督之名去行复仇之事，如何能不遭报应？想必备前屋也不会不明白这些吧，他只是做了殒身地狱的决断，铤而走险罢了。

（四）

阴历十三日夜，薄云微掩，万物暗淡。虽说是弥生三月，夜晚微风却仿佛初秋般爽朗澄清，醉人肌肤，沁人心脾。

增上寺前与僧寮间的道路上，狂四郎低吟着流行歌谣。

落雨的白天，飘雪的夜，

却还因我来往城郭，

羞红粉面，困于流言。

入夜，此处人迹罕至、凄清寂寥。隔断僧寮院墙的，是西莲社的院墙。

马上就走到判官桥了。

夜更深，湿气重。

半夜正好眠，

皓月时隐时现。

"似乎，总算来了——"狂四郎自语，悠然走上前去。

桥畔——右边堤坝阴影中，嗖地闪出一个蒙面武士，拦住去路。此刻，皓月又从云间钻了出来。

"阁下便是眠狂四郎？"

"正是——"

狂四郎点头瞬间，对方便拔刀砍来，狂四郎侧身避开。

敌人立刻摆出青眼①架势。本领虽相当不错，倒也不是什么绝世高手。

---

① 青眼：用剑尖或刀尖对准对方眼睛的架势。

刀尖闪着寒光，如同吸收了月光的萤火虫。狂四郎紧盯刀尖，同时绷紧神经，感知前后左右。

多半，刺客就只这武士一人。如此便妙极，狂四郎不用拔刀便可化解此事，一切都照计划进行。今晚设伏的人其实是狂四郎。

狂四郎两手垂在身旁，往前踏出一步。

敌人深信狂四郎必然拔刀，已经保持好最佳距离。狂四郎将计就计，空手上前，超乎常理之外。敌人的刀法无一丝破绽，倘若是正式比武，纵然狂四郎技艺再高超，也会被一刀毙命。

不过，此时此景，埋伏者反倒成了被伏击者。敌人从狂四郎无言强大的气势中突然领会到这一点，怯意顿生。更甚的是，狂四郎正恐怖地靠近。刹那间，胜负已决。

刺客心神崩溃，"呀！"

一声低喝，刺客似怪鸟般绝望嘶鸣，猛扑过来。狂四郎悠闲迎战，身影迅捷似分身一般，一击挫败对方强攻。刺客向前一个趔趄，被狂四郎踹翻，匍匐在地，狂四郎跨坐在他身上，使出致命一击。

"金八！"他叫道。

"在，小的恭候多时了。"金八迅速回话。他隐藏在桥畔刻有建桥由来的石柱阴影里。

"拿绳子。"

"来啦。"

麻利捆好敌人，狂四郎低声道："轿子呢？"

"早就备好了，咱可没忘。哎呀，咱是谁呀，老爷看得起，江户纯爷们儿女人都爱，就是咱金——扒儿。"

"办完你就能去吉原抱你的头牌娇娘了。"狂四郎笑着说道。接着，他拉起敌人，用膝盖顶着对方的背使其醒转过来。

刺客屈辱地抬起头，意识到已经陷入敌手，痛苦低吟。

"杀了我!"他说。

"命只有一条,你我都珍惜着点儿。"

"我,我只是受命取你性命,别的什么也不知道,你问我也不会说的。"

"真是不巧,在下刚好有诸多手段可以让人开口。"

说完,狂四郎吩咐金八:"你去备前屋,就说我们对决两败俱伤,特来请求指点。尸体的话,就说被你的混混弟兄们处理掉了,他们应该会送你十两钱吧。倘使他们起了疑心,你脑袋可就保不住了。好好干。"

"得嘞!"金八把桥对面等候多时的轿夫招呼过来,转眼间便似飞越月亮的大雁,消失在远方。

五

四天后,深夜。

穿过和泉桥尽头,柳原堤坝对面的小宅院(大奥御医府邸)有一个庭园。此刻,狂四郎伫立在庭院一隅。毋庸置疑,是擅自潜入。

严刑逼供后刺客招出的地点,正是这里。今夜,是耶稣基督复活节的前夜,而狂四郎知道这一点。

阴历十六日夜,月光笼罩下数千坪的庭院,精巧、美丽。里面的一草一木都倾注了主人的心血,连狂四郎藏身的高丽塔好像都是从海对面运过来的。这座回游式庭院①设计考究,看上去比实际面积还要大上五倍十倍,颇有深山幽谷的韵味。

——真没想到竟然在这里传基督教,真是一群不知天高地厚的家伙。

尽管如此,堂堂大奥御医竟是天主教徒,真是耸人听闻。该御医名叫

---

① 回游式庭院:池泉庭院式样之一。以泉池为中心边走边观赏的庭院。始于镰仓初期,江户初期盛行一时。

室矢醇堂，被称为一代名医。这反而佐证了他从传教士那里秘密习得西洋医学一事。

狂四郎从高丽塔阴暗处溜出，顺着树丛沿着修成岬角、海口的池塘潜行。池中筑了一座大岛，岛上架着一座拱桥，就像岩国的锦带桥。近处桥畔有一个黑影，是警卫在值哨。

乍然，狂四郎无声无息在月光中跳起，一记重拳将黑影击倒在地。

嗖嗖地穿过拱桥，压低身影，敏锐地观察揣度岛内形势。接着狂四郎下定决心，他不再犹豫，踏着铺路石走近茶室。

歇山式①屋顶的山墙上挂着一块匾额，名曰"雾人亭"——原来如此，雾人②——基督。

狂四郎苦笑一声，静静打开膝行口③的板门，潜入进去。他环顾四周，迅速闪至壁龛，推了推墙壁，壁龛便吱嘎吱嘎转动开来。后面是一条通往地下的台阶。

狂四郎一步一步往下走去，越往下声音越大，人声——赞美天神恩惠的声音，扑面而来。

狂四郎站在地下室门前片刻，竖起耳朵倾听着。

显而易见，这是一种生硬的措辞，并非日本人所言。

"万物起源，创造天地的天主啊，世界尽遭毁灭……我的肉欲无法抑制，我有罪，天主啊，到处都在毁灭，我愿将肉体和灵魂都交付给您——"

忽然——

狂四郎一脚踹开板门。

约莫十坪的日式房间里挤满了人。三十多张溢满惊愕的脸一齐转过来

---

① 歇山式：建筑房顶形式之一。屋顶上方为人字形，即山形，下方四角竖有栋柱。
② 日语中"雾人"与"基督"发音相似。
③ 膝行口：日本茶室供客人出入的口，小间特有高约65cm，宽约60cm。因须膝行进入故而得名。

……纵是身经百战的狂四郎，此刻也感觉自己表情僵硬，他硬着头皮不客气地直冲向祭坛。

人们面相可怖，充满杀气，紧屏气息直盯着狂四郎，反倒忘了阻拦他。

祭坛上供奉着一尊二尺高的神像，是怀抱小基督的圣母玛利亚。坛下有七十多个黑衣人面向外站着，似乎都是西洋人。

狂四郎无声地拨开西洋人冲向玛利亚圣母，瞬息一道白光闪过，神像已经裂成两半，倒向两边。

剑的护手嘤地发出一声颤音，狂四郎转过身去，重新环视人群。

他看到了静香。狂四郎冷冷看了她一眼，走了出去。

"请留步！"有人打破了这难以名状的死寂，叫住狂四郎。

狂四郎回过身，目光犀利地看着他。

"阁下为何破坏神像？"锐声发问的，正是那个身宽体胖、面相富贵的商人。

"你是备前屋吧？"

"正是……请告知我缘由。"

"我不过是憎恨天主教传教士的异教徒罢了。"

"冒昧问一句，阁下的双亲，有一方不是日本人吧？"

问话一针见血。刹那，狂四郎的双眼闪过一道骇人的寒光，四目相对，气氛令人窒息。

突然，狂四郎半边脸松弛了下来，泛起了自嘲般的微笑："备前屋，你我之间，必有一战。"

"奉陪到底。"备前屋淡定答道。

"我估计这些人中只有你一人是伪信徒，是不是啊，备前屋？"

"诚然，阁下可以随意揣测。"

狂四郎朝着他那厚颜无耻的肥脸"呸"地啐了一口，如疾风般离开了这个宅第。

密探的下场

一

繁华的大江户是幕府所在地，据称，"乡巴佬和怪物不能居于箱根以东"。在这个时期，江户人将意气、通达、风流之事视为最大的荣耀。

在江户的胡同小巷，随处都能听到三味线的弹奏声。

如今的川町依傍着深川的仙台渠，在它的某个胡同里，从清晨开始就回荡着热闹的歌声。招牌上写着"常磐津调[①]文字若"。虽说已是年过三十的半老徐娘，但还是个身材姣好的佳人，虽然是半年前才搬来这里，不过如今町内年轻人常聚集在此。

今天也是一样。

在透过格子窗就能看见道路的正屋里，有三四个年轻人时而谈论着吉原的花魁与佳肴，时而调侃着路过窗外的女子。

深处的训练场里，传来文字若师傅张弛有度的声音，还有那三味线的旋律。

[①] 常磐津调：日本净琉璃的流派名。由初代常磐津文字太夫于延享四年(1747)始创，以后与歌舞伎相结合而发展起来。

划着猪牙船①,着去深川。

来到栈桥边,匆匆要开船。

魂已不守舍,客心欲缠绵。

"怎么样,各出十文钱,就能让师傅随着那支歌起舞。唱到'来到栈桥边'时,她的衣服下摆就会随之飘起,就能偷窥她那擦着白粉的大腿根儿,比抽阿弥陀签中了吃大福饼爽多了。"

"走过路过不要错过,在此向大家表演的是饼变蛤。"

"外加剥好的贝肉。"

训练场传来了文字若的声音:"吵死了,给我安静点!"

"您生气了,给您写一封温酒与五郎②代笔的致歉信。"

"速速回去。明明是大好青春,却从早到晚吊儿郎当,净说些不正经的废话。有时间也去去射箭场,拉拉弓、射射箭。"

"喂,师傅说了让来拉弓射箭哟。说好话也是白搭,赶紧回撤吧。"

年轻人们一个接一个走出后不久,有个将布手巾绑为吉原冠③的男人偷偷打开了后门,嗖地一下溜了进来。

"哎呀,金八,好久不见。"

正在准备中午饭的老婆婆惊讶地向下望去。因为以前金八进门常常是毫无顾忌的。

"我想让您叫师傅过来一下……"

"这是怎么了,一副讨人厌的架子……"

"这可不是婆婆您该知道的,赶紧吧!"

---

① 猪牙船:江户时代城中的水路所使用的两头尖,没有屋顶的小船,供一人或二人划行的交通工具,广泛用于吉原游客的代步工具。

② 温酒与五郎:指《忠臣藏》的人物之一神崎与五郎。姓氏"神崎"(kanzaki)发音与温酒(kanzake)发音相似。

③ 吉原冠:手巾的包头的系法。对着成两半盖在头上,将两端系在发髻后面。一般多为烟花巷的艺人和小商贩。

"哦，真可怕。"

老女佣将文字若叫了出来。文字若的眼角虽显露出有些严肃的神情，但五官确是清爽利落，美艳无比。

"怎么了，金八？"

"我有件事想要特别拜托大姐，哦不，是师傅。"

文字若对着一脸认真的金八点了点头。实际上，这个女人的本来面目是个出色的扒手。虽说现在她几乎已经不干了，但还与其把弟金八有着剪不断的缘分。

"哎呀，你进来吧！"

"不，那个……还有个人。"金八从门口探出头催促道，"您快进来吧！"

犹犹豫豫走进来的，是个抱着三味线的女子，看上去是一副卖艺乞讨女艺人的模样。因为她的折檐斗笠扣得很深，头又向下低着，所以看不见她的脸。不过，她那系着红底白点染花布手巾的下巴，雪白通透。她将松坂棉和服的下摆穿得精短，那站姿有一种说不出的优雅。

"我想将这个人暂时托付给您。"

女子一摘下折檐斗笠，文字若不由得倒吸了一口凉气——竟是这般的美丽！

上到二楼之后，文字若又重新比较了一番金八和这名女子。他们着实是太不般配的组合。金八如下解答了这个疑惑：

"这个人是老中水野越前守大人的上房女佣美保代。至于原因，总之还有详谈的机会，但不管怎样，是越前守大人的侧头役，一个叫武部仙十郎的老爷拜托我偷偷把她藏起来的。"

"拜托你？"这对文字若而言，是难以置信的事。

美保代双手伏地跪在面前，"这是千真万确的。如果可以拜托您的话，此番恩情必将永生难忘。"

文字若慌忙说道："不不，如果您不介意这地方脏乱的话，待到什么时候都可以。"

"拜托了，师傅。其实我最近有了个可以信得过的头头，哦不，是先生。他的名字叫做眠狂四郎。这个人啊，他的彪悍气概是幸四郎的助六①都望尘莫及的，是有着某种说不出味道的武士。那位先生，从水野老爷那里得到了那个，也就是这个人……"

"哦，明白了。接下来的情况就不用说了。美保代小姐，如您所见，我就是个不懂规矩的粗鄙之人，但请允许我来照顾您。"

文字若一边这样说，一边情不自禁地注视着美保代那柔美面庞所泛出的深深愁容。

（二）

在两国②，屋一间挨着一间。其中一间的里屋内，眠狂四郎茫然仰卧。七八个酒壶摆在他面前，还有鲷鱼、豆腐火锅、汤，可他却一筷子都没有动过。他是从流连忘返的吉原出来，漫无目的地拐到这个地方的，不知就这样消磨了多少时光。在他那好似形成了偌大空洞的空虚身体里，酒和水一样没有味道。

他将两手交叉脑后，一直紧闭着双眼，此时，一个十分沉稳的声音回荡在他耳畔。

"阁下的双亲，有一方不是日本人吧？"

这是在大奥医师室矢醇堂府邸的地下室里，一个叫备前屋的町人所说的话。

---

① 幸四郎的助六：幸四郎指歌舞伎演员松本幸四郎，助六为其饰演的歌舞伎中的一个角色的名字，是一个有正义感的流浪武士。
② 两国：位于东京都东部，隅田川两岸，从墨田区西南端至中央区东北端的地区。

"您一刀斩断圣母观音，是不是因为自己出身可怜？"备前屋的话里一定包含了这个意思。

确实如此。狂四郎年少时的记忆，没有一件不是被黑暗的秘密所掩盖的。突然，就在这可怕记忆苏醒的瞬间，狂四郎的四肢不禁猛烈战栗起来。二十岁的时候，自己如着魔般专注于修炼剑法，这也是为了斩断地狱般的过去。然而讽刺的是，他没能斩断过往，却只是发现了手握长刀的天赋。

佛教的根本是无相太极和有相无极，而剑道与之相通。运行流畅、循环变动就像是圆圈没有尽头，将天地自然与自身相交成一，最后使现实达到圆满。受到师傅如此教导之时，狂四郎也是不循章法，没将此教导作为重心，而是将之化为技艺。

也就是说，狂四郎与敌人相峙之时，他所想出的战术是以刀尖画出大圆月的剑法。这样就摧毁了敌人的斗志，并让其陷入刹那间的失神状态，最后再一刀斩下——就是说，大敌当前，要进入万事皆空的状态，释放出心中难以压制的罪恶感。

如果说领悟了奥义的剑客，其风姿是"意在舞蝶的睡猫"，那么狂四郎就好似将休憩的蝴蝶一击而落的无情野猫。

不知有多少次他将腰间的刀身染满鲜血，每当他发出满腹修行之苦的呻吟，虚无感就一味地加深。

备前屋这东西，真应该废了他！

突然间，狂四郎涌起一股强烈的冲动，他蓦然瞪大双眼，紧盯着房顶。

此时，金八悄悄地从正面溜了进来。从常磐津文字若的家里出来后，他就直接来到了这里。因为狂四郎曾对他说过，若要找他，就到两国的茶屋来。

一个身着火红色绉绸围裙的茶女将金八迎了进来。

"呀，真是位美人啊！真想不到，就刚刚一会儿的工夫，一株钱就委身于人了。看起来衣带是慌慌张张系上的吧，快看，都系乱了。"

"您在说什么呀！我这不是在等玉树临风的您嘛！也就是所谓的'官人即将至，日落妾已知，衣带腰中系，自然松开时'嘛！"

话罢，坐在一旁的嫖客暗笑道："我来教你那首原歌①吧。"如滤酱筛子网格似的绉绸下摆华丽地缠在他身上——这是个爱打扮的嫖客。他头顶着无论是御家人②还是痞子都不会梳的武家髻，身未配刀，袖口处闪现出红绸里子。是一个面无表情的年轻男人。

"'彻夜候君来，下纽已松开，小寐梦君至，枕边泪已湿。'这首歌啊，是一个叫藤原垣子的女官——"

"哎呀，老爷您知道的真不少！那个女子翘首以待的是在原业平③大人吧。他是我们的祖先，直到现在，子孙们仍受着他的恩惠呢。"

金八一边耍着嘴皮子，一边不可思议地抽动着鼻翼。这个徒有其表的混小子身上总有种奇怪的味道。当下时兴把如此难闻的香味熏到衣服上，真让人受不了。

"金八——"里面有声音唤他。

"来啦。今天我可是猜到您会来。"

金八绕过嵌有黄铜锅炉的红色灶台，走进了里间。

"先生，这十几日来我可是疲于奔命地寻找您呢。我等不及了，就一个人做主，把美保代从越前府邸带出来了，您可不能生气呀！"

---

① 原歌：采用原谱而更换歌词的歌。
② 御家人：江户时代，一万石以下的幕臣，凡有资格谒见将军者，称为"旗本"，无此资格者称为"御家人"。
③ 在原业平(825—880)：阿保亲王之五子，曾任右马头，左近中将，后迁相模，美浓守，世称在中将，其人才华横溢，风流倜傥，居"六歌仙"(在原业平、小野小町、僧正遍昭、大伴黑主、文屋康秀、喜撰法师)之首，也为三十六歌仙之一，所咏恋歌为多。作于平安时代，以诗歌为中心的歌物语《伊势物语》是以在原业平所作歌稿为中心而编成的，主人公即是虚化现实生活中的在原业平。

狂四郎仰卧着,直勾勾地瞪着金八,"带到哪里去了?"

"带到了与我有密切往来的常磐津师傅那儿。在川町,如今若说起文字若的话,那可是无人不知的俊俏的半老徐娘啊。我就暂且先把她安置在那边的二楼。之后,先生请务必考虑下……"

"你想要的话,就把她让给你啦!"

"先生,开玩笑也得看是什么事呀!"金八怒气冲冲地较起真儿来。

此时,那个花哨的男人,不知何时移开了座位,凑近了屏风的另一侧,他的脸上扬起一丝奇怪的浅笑,接着敏捷地起身走了出去。狂四郎和金八都没注意到。

——我到底能为那个女人做些什么呢?

狂四郎心中冷淡地不想理这茬儿。

"金八,把这饭给我吃光。"

"如果和我说好一起去的话,我就连盘子都啃了。"

狂四郎和金八走出茶屋之时刚刚过了傍晚六时,也就是演出的散场鼓回荡在河面上的时候。

三

不知道怎么回事,常磐津文字若家的格子窗没有打开。

"好奇怪,老婆婆不应该不在啊。"

可不管怎么敲,也没有回应,因此,金八就把狂四郎留在门口,自己绕到了里面,后门是开着的。然而,依旧是怎么叫也没有人出来。

他歪头想了一下,爬上去打开了隔扇门,就在那一瞬间,里面传出来奇怪的呻吟声,金八有种不寻常的不祥之感,脸色随之大变,纵身跳了进去。

眼前的一切让人目瞪口呆。

文字若过去可是个厉害人物，她能够在雨中撑着油纸伞，在擦肩而过的当儿偷走对方的荷包，连江户一个叫黑元结连的厉害扒手团伙都推崇她为大姐大。而就是这个直来直去的高手，现在却被嘴里塞满异物，手脚被绑，大腿裸露着躺在地上。

"这，这是怎么回事？"

金八大吃一惊，急忙跑过去取出她嘴里的东西。此时，文字若猛烈地摇晃着脑袋，声嘶力竭地喊道："二楼！"

金八一下子蹦起来，撞开一扇拉门，跑上了楼。在他竭尽全力打开隔扇门的瞬间，却像被浇了冷水一般呆立不动了，他那玻璃珠般的双眸变得模糊。因为受到过度冲击，他的脑海瞬间变成了空白。

金八"哒哒哒"地下了两三级台阶，不知何时狂四郎已经站在了楼梯下。一看到他，金八就喊着"先……先生！是，是这个！"然后战栗着用右手食指做着斩杀的动作。

狂四郎一口气冲到了二楼。

夕阳刚刚落山，余晖停留在房屋的壁龛立柱上，美保代靠在上面，低垂着头。她一定是想要倚靠着柱子站起来，却没了力气，保持着这一姿势滑落地面。她的上半身和下肢反扭着，右手紧攥着暗红色的白绫衬领，胸口敞开，左手伸向虚无缥缈的天际——她凝固了的凄怆姿态是常人所不忍直视的悲惨。

可见，她是试图拼尽全力也要拖住杀手。

她全身沾满了鲜血。这悲惨的情形让人不禁觉得，那凌乱的火红色绸缎也是鲜血染红的。

狂四郎迅速地将美保代从柱子上解下，让她躺好，然后解开胸口衣襟。染满鲜红的丰满胸脯下有个伤口。伤口很深，定是高手刺下的，但狂四郎的目光没有忽略，这伤口离致命要害还隔着些许距离。

"金八，把烧酒和棉球拿来。"

"先生，还……还活着吗？太好了！"金八一下子又恢复了精神，转过身走向楼梯下。

狂四郎处理着伤口，目不转睛地凝视着她那褪成蜡色的美貌容颜。

她想死的话就自己去死好了，这个被自己抛弃，甚至不愿再看一眼的女人。但是，看到这个可怜的身姿躺在眼前，狂四郎的心也因为前所未有的懊悔而感到心痛。

砍伤这个女人的，是她的同伙。这是身世遭到揭发的细作无法逃脱的下场。揭露其身世的不是别人，正是狂四郎。并且，还是用掠夺贞操这一最残酷的手段。

如此想来，这个女人也和自己一样，被排斥在这安定的社会之外，被打上了异端者的烙印。自己尚且还有着抵抗命运的圆月杀法。这个女人何来护身之计呢？

"先生！这个要快点……"

文字若偷偷从递出烧酒和棉球的金八背后窥探过去，"啊！"地惊叫了一声。

"他妈的，竟，竟然让她吃这么大苦头……那个混账东西！"

"是个什么样的男人？"狂四郎一边处理着伤口，一边问道。

"他，他蒙着脸，一下子……"

"你被击倒了啊！"

"我也很气愤，气得要死啊。唉，先生就是眠狂四郎吧？请一定要报这个仇！"

"只要可以判断出对方是何人，来自何处。"

"一定得查！千方百计也要查明白！"

此时，美保代那苍白的嘴唇微微地颤抖起来。

"先生，她在说什么吧？"

"嗯!"

狂四郎轻轻地将手掌贴在她犹如冰冻般的额头上,美保代又一次微微张开了嘴,呢喃着"人偶……"

尽管无法判断她是已经恢复了意识,还是仍旧在噩梦中,但她的呢喃之中确实饱含着坚定的决心。

"人偶!"

狂四郎重复了一遍她的话,瞬间一动不动,面容僵硬。

"啊,先生,人偶,是不是指那个内宫人偶?"金八战战兢兢地问道。

然而,金八还不知道,水野忠邦将他偷来的小直衣①人偶头砍了下来,女人偶头给了狂四郎,男人偶头给了美保代。

狂四郎没有回答,他努力克制住自己难以名状的感动,然后转向文字若说道:"能否让我换下衣服?"

"可以的,那有请先生们到楼下吧。"

——是这样啊!

狂四郎起身缓缓走下楼梯的同时,又再次肯定了自己的想法。敌人当然也想要了美保代的命,但与此相比,他们更想得到的是人偶头。美保代不顾性命地想要保住它。让狂四郎感动的是,对美保代而言,男人偶头是丢掉性命也要保护的重要物品。在男性的理性无法触及之处,有着女人心思的神秘哀伤。

狂四郎走进茶室,坐到了鱼鳞木纹的长方形火盆前,盯着手里的印笼②。那是一个精巧的,画有一朵牡丹的泥金画印笼。

"先生,这是什么?"

"那个女人左手里攥着的东西。大概是从那个居心叵测之人的腰间强扭

---

① 小直衣:日本贵族男子的便服。平安时代以后朝臣的装束之一。
② 印笼:江户时代武士拴在腰间随身携带的装药的小盒。室町时代装印章和印泥,后开始装药。

下来的吧。"

"啊？哦，哦！"伸长脖子的金八突然发出了疯癫般的叫声。

"眼熟吗？"

"总觉得……和那家伙的一模一样……就是坐在先生光顾的茶屋里的家伙。"

听了这句话，狂四郎的眉宇之间骤然凝结了一丝冷峻。

金八是个贼。习惯成自然，就算是没有那个念头，也会自然地望向女人的头、武士的腰。因此，他的这种记忆也会比普通人更为确凿。

"是个什么样的家伙？"

"衣着华丽，可能是家臣，也可能是个地痞，看起来面黄肌瘦，毫无表情，年纪有二十七八……总之，那家伙身上总飘着一种怎么也说不上来的古怪味道。"

"古怪味道？香味吗？"

"如果是香味的话，也是泄气逃跑的河童的屁，厌恶得让人无法接近。实在是渗入到肚脐的刺鼻且恶心的味道。"

狂四郎若有所思地拿下盖子，然后靠近闻了一下。

"是这种味道吗？"他将印笼递给了金八。

金八嗅了一下叫道："没错！就是这个味道！"

狂四郎冷笑一声。"原来如此，明白了！"

（四）

在深川土桥，有家叫做"平清"的饭馆，和浅草山谷的"八百善"一样，是饕客们不能不进的店。

在饮食方面，这是一个达到巅峰的时代。整个江户，五步一楼，十步一阁，无一不是饭馆。工人一天的工钱只有二文目①（108文），而"平清"的寿司，却奢侈到每个需要五文目。

刚才——

在"平清"独特的建筑之中，一张桌子将两位客人隔开，两人相对而坐，桌上摆着每个五文目的寿司，还有每杯十文目的最上等茶水。这茶是用要花半天时间才能用玉川打回来的水煮的。

其中一人就是备前屋。背向壁龛的是个体型消瘦，留着全发②发型的六十岁左右的老人，脸上的鹰钩鼻和龅牙十分显眼。他就是大奥御用医师室矢醇堂。

密谈结束后，两人放松下来。备前屋拿起一个寿司，说道："最近还会有批药物从长崎运来。里面有之前您想要的手术时可麻痹身体的麻醉药。"

"实在是万分感激。顺便问一下，这次的贡品都是些什么呢？"

"是英国制的怀表。要向老中大人（水野忠成）、水野美浓守以及美浓部筑前守三人献上同样的贡品。当然，也有您的份儿……"

备前屋收起了狡诈的目光，脸上露出了和善的微笑。

眠狂四郎的眼光没错，他看破了这个商人是个伪天主教徒。备前屋利用暗中传教的传教士，大量采购走私品。幕府要人不可能不知道备前屋的贡品是怎样来的，尽管如此，他们反倒期待着下一次的贡品，这之中的骄奢之心正腐蚀着施政的根基。

幕府在四年前颁布了文政无二驱逐令，树立了排外的方针，并且炮击了美国船只莫里森号。然而，在背地里，水野忠成等人默许了备前屋等人的秘密交易，并满心欢喜地收集高价文化珍品。

"室矢大人，顺便多嘴给您个忠告，不要与长崎的西博尔德有书信往

---

① 文目：江户时代货币单位，是小判(小金币)一两的六十分之一。
② 全发：江户时期医生、儒者、修验道修行者的发型，额前没有剃成半月形，前额头发向后梳，挽成发髻。

来。他这个兰医①早晚会被驱逐出境。他的弟子——那个叫高野长英的男人终归会被抓捕。您研究中所需的书籍、工具、药剂，就交给我等一手包办吧。"

"知道了。"

之后，他们的对话中穿插着西洋珍贵器械的话题，然后备前屋就离开了。不久后现身的，是在两国的茶屋里与金八搭过话的面无表情、打扮花哨的男人。不过，他刚坐到醇堂面前，就像变了个人似的，脸色严肃地沉了下来。

"尾随眠狂四郎那家伙没有白费工夫。"

如此开场白过后，他从怀里掏出一个用怀纸包裹的东西。

醇堂打开它，看到里面是男人偶头，目瞪口呆。

"这是？"

"拜托把它交给若年寄②。无论如何，请转告他我打算尽快把女人偶也弄到手。"

这番话明显表明此人是幕府的密探。

美保代在水野忠邦的府邸被捕，茅场修理之介被斩，而且，从将军家齐处拜领的小直衣人偶头被砍，这件事已经由其他密探通报给了若年寄林肥后守。

当然，自不待言的是，肥后守将这件事公之于众，也是意在制造出忠邦下台的口实。

这个男人在御笼台下接受的使命，正是将这两个小直衣人偶头抢夺过来。

室矢醇堂可以说是这个男人与若年寄之间的联络人。

"那么……"男子刚一起身，醇堂就问道："药有用吗？"

---

① 兰医：原指西医医生，也指日本近代学习荷兰医学的医生。
② 若年寄：日本江户幕府的官职之一，辅佐老中，参与幕府政治。

"西洋药的功效真让人吃惊啊!"

男子笑着挽起袖子。他似乎患上了严重的皮肤病,白色的结痂有如鱼鳞一般。因此才有了那股奇怪的味道。

五

在回去的路上,由于轿子颠簸,室矢醇堂有些晕轿,开始恍恍惚惚起来。

突然之间,轿子落在了地上,他还以为自己打盹儿的时候已经走了很远了,刚对掀起轿帘的轿夫说了句:"这么快就到了吗?"就惊得目瞪口呆。

肩棒上悬挂着灯笼,在它所发出的光亮之中,一个戴着宗十郎头巾[①]的武士身影黑漆漆地站在面前。

"何,何人?!鄙人是大奥御用……"

"知道你是名医室矢醇堂才拦住你的。我就是刚刚擅自造访您宅第的人。眠狂四郎这个名字你大概从备前屋那听说过吧?今晚在下堂堂正正地从正门前往拜访,不巧您不在。因此,就在您归途之上,索然无味地等到现在。"

"为,为什么?"

"这东西的主人您应该是知道的。"狂四郎突然用手指了指泥金画的印笼。

"不知道!"

"您的表情摆明了您是知道的。这里面装的药是神父从海那边带来的,所以普通的民间医师既无法拿到手,也不会知道此药的配方。江户虽说很

---

① 宗十郎头巾:日本江户时代以后流行的一种武士头巾,据说最早使用的是歌舞伎演员泽村宗十郎。

大,但能够把这药拿给患者的,只有让神父留宿过的您啊。"

狂四郎如此断言,并露出冷冷微笑。他说:"若是让您老人家步行就太失礼了。还是乘轿子去吧,劳烦带路去印笼的主人处。"

大概过了半个时辰。

在浅草田町的袖摺稻荷神社后面,有一间精致的、已经歇业的商铺,狂四郎让室矢醇堂去敲门,然后狂四郎猛地撞倒了开门的年轻女佣,如疾风一般蹿进里屋。

但在此时,对手已经离开床铺,背靠壁龛的柱子,举刀摆好了架势。

狂四郎用憎恶的眼光怒视着他,锐声责问道:"既然尾随了我眠狂四郎,为何不先把女人偶头夺去?!袭击一个手无缚鸡之力的女子,这种卑劣手段太令人憎恶!"

对方一言不发,摆出一副远胜于茅场修理之介的优胜者姿态。他绝不是一个凭赤手空拳就能从其手中夺回男人偶的敌人。

狂四郎退后一步,嗖地拔出腰间的利刃。与跟修理之介对决时相同,他将刀尖落在了脚尖前三尺之处。

使用圆月杀法,要推测吸聚敌人锐气的最佳时机,不久后须将姿势稳定下来。在这种稳定之中孕育着无限的变化。决断中有等待,等待中有决断。决断与等待相合,方能技理一体。酝酿时刻结束了。

狂四郎的心中被了结一条人命的黯然业念所填满,与此同时,他的手开始缓缓地划动刀身。

怒目圆睁的对手努力抵抗,直到狂四郎画出半月。接下来的一刹那,他拼命试图赶走突然袭来的晕眩。

"啊!"

他一声暴喝,气势汹汹地杀将过来。

然而一瞬之后,他颓然倒地,狂四郎只瞟了一眼对手向前倒下的样子,便迅速将视线转向屋里可能放置男人偶的每个角落。

不过，不用说，男人偶头早已不在此处了。它已经神不知鬼不觉地转到了醇堂手中，可狂四郎尚未发觉。

狂四郎找得有些倦了，他呆若木鸡地站在那里，眼前出现的，正是徘徊在死亡边缘的美保代那苍白的面容。

跃动的孤影

一

初夏的风,吹拂着武藏野的大地。

眠狂四郎伫立在涩谷的一个丘陵上。

宫益町的商铺早已沉浸在东方漆黑的夜幕里。远望过去,树木、杂草、麦穗被染成浓淡不同之色。十里外杂草丛生的广阔平原,像是给朦胧的远山镶了一层边。长长的堀川在平原中央蜿蜒,闪烁着白光。

白云缭绕着富士山,仿佛被从半山腰处切开了似的。

狂四郎脚下的这片丘陵上只剩下三棵野漆树,树影映在杂草上。之前矗立在此的壮观宅第早已不见痕迹。

其中一棵树下安放着一块未经加工的天然小石头。狂四郎凝神注视,那是十多年前他自己搬过来的。石头上刻着的"灵"字,是少年狂四郎挥舞凿子和锤子的成果。

这里,是狂四郎母亲的坟墓。

母亲曾对狂四郎留下遗言,说希望永眠于这片丘陵。母亲的祖先是豪族,她常常为此感到自豪——这里是他们荣华一时的地方。

今天，是母亲的忌日。让人费解的是，有人已经在狂四郎来之前祭拜过了。碑前的供花器皿中插着毒八角[①]，香细细的烟气还在缭绕。

即使住在附近的人发现这里有个坟墓，帮我上供，也应该没人知道今天是母亲的忌日吧。

当初，狂四郎自己一个人悄悄挖了个墓穴，把尸体背过来埋掉。那是他决意一个人活下去之后做的第一件事。

狂四郎自懂事以来，就和母亲相依为命。广尾町祥云寺院内靠边的一间小茶室便是他们的家。

听祥云寺的小僧说，母亲是麻布（地名）一大旗本之女。至于为何只有母亲与自己两人躲避在此，狂四郎也是在母亲去世之后才探明原因的。他平时连出寺门都被严厉禁止。

让母亲不幸的秘密，到底有多么可怕、多么悲惨呢？那个冬天的夜晚又清清楚楚地浮现在了狂四郎的脑海。当时，他才十岁。

那天半夜，狂四郎突然醒来，听到内厅传来轻微异响，于是起身。

"母亲！"他一边喊着，一边向隔壁卧房走去。

母亲没在。

狂四郎从壁龛上取下护身刀，轻轻地躲到走廊，慢慢靠近内厅。

狂四郎透过拉门缝隙窥探的刹那，一阵强烈的眩晕顷刻袭来。十岁的少年吓得忙用手捂住嘴巴以防叫出声来。能有如此修养，还要多亏母亲平素严格的武士教育。

然而，让狂四郎意想不到的是，里面的母亲居然一丝不挂赤裸裸地仰卧在壁龛上。她的前额、胳膊、大腿上都放满了蜡烛，烛焰在空中轻轻地晃动。

墙上挂着一幅挂轴，挂轴上画着一个可怕的黑衣人，嘴巴大得一直咧

[①] 毒八角：木莲科植物，多种于墓和供于佛前。叶和皮可以做线香和抹香，树干可做念珠。

到了耳朵，样子着实恐怖。黑衣人留着长长的指甲，十个指头悉数伸向母亲，仿佛要猛扑上去抓住母亲的裸体，简直跟真的一样。

在这个奇怪祭坛前面跪着一个彪形大汉。此人一头褐发，鼻梁高得吓人。对于一个刚刚懂事且从未出过门的少年来说，狂四郎还不能当即断定这个彪形大汉就是外国人。正因如此，他又不得不承受看到"怪物"所带来的打击。大汉嘟哝着什么，嘴里发出低沉奇怪的声音。而且，右手一直拿着一个装有红色液体的玻璃酒杯。

狂四郎没有拔刀纵身而入，并非是因为恐惧，而是不想看到母亲那悲惨的样子。

在深感震惊的同时，狂四郎将视线离开了门缝。然后，他小心翼翼、蹑手蹑脚地回到了卧房。

此后，那幅奇怪的画像、母亲白皙的裸体、以及彪形大汉的相貌常常冷不防地出现在狂四郎眼前，吓得他胸口阵阵剧痛。

次日醒来，狂四郎感觉像是做了一场噩梦，他希望这仅仅只是一场梦。但他却发现了内厅壁龛上的蜡烛油滴。狂四郎深受打击，仿佛陷入了无底深渊，绝望极了。

狂四郎一直将此事深深埋藏在心底，从未想过要追问母亲。这也是他长大以后私下觉得自己值得称赞的一件事。

后来，那个外国人再也没有出现过。

狂四郎之所以二十岁时去了长崎，就是因为一个偶然的机会让他非常怀疑自己血液中的另一半是外国人的。强烈的惊愕驱使他不顾一切地离开了江户。

狂四郎在长崎拼命调查，弄清楚了两件事情。

其一——

在自己出生的两年前，英国船只驶入长崎，船上有位荷兰人医师。得到幕府默认后，该医师去江户向前野良泽等兰医传授新型医术。然而，憎恨这些兰医的儒医们向幕府告发,说他们教授医术是幌子,实际上都是一些为了在日本传道而从马尼拉来到此地的传教士。后来医师被抓,圣像被踩,事情也终于告一段落。

其二——

提起伴天连(即天主教传教士),江户时代日本的天主教徒曾被强迫改教,由原来侍奉耶稣改为信奉恶魔,并通过这种方式来忏悔自己的罪过。祭祀天主的祭台上,要张贴恶魔,供奉活生生的裸女,仰天痛饮混有经血和精液的液体来代替纯净的葡萄酒,嘴里还念着反神的咒语。据说这就是生活在大海彼岸国家的离经叛道者们进行的黑弥撒。

——那个荷兰的天主教改教教徒,不就是我的父亲吗?

——因承受不了改教之罪的烦恼,于是用恶魔的行径让自己坠入地狱……对了,还奸污了清纯的武家之女,生下了我,不是吗?

——那晚的彪形大汉,就是那个家伙吧。牺牲母亲进行了黑弥撒,不是吗?

这个让人心如刀绞的事实,就是狂四郎从长崎带回来的惨不忍睹的礼物。

现如今——

狂四郎凝然盯视着母亲的坟墓,经过那一番调查,他内心已经不想再为此而难过了。

可是,思念亡母的孤寂占据了他整个胸膛。

在狂四郎的印象中,他从没见母亲大声说过话,没见母亲笑过。母亲是个举止动作如影子一般安静的女人,也是狂四郎在这世上唯一爱过的女人。

"母亲!"

狂四郎低声轻唤。可是,那冷冰冰的声音,完全没有任何意义。

（二）

狂四郎慢慢地从山丘上下来，脑海里已经没有了母亲的模样，取而代之的是美保代的面容。

自从没能拿回男人偶之后，狂四郎再也没去过常磐津文字若的家。眼看着已经过去了二十多天。

狂四郎心里一直有个解不开的结，他怎么都想不通一个女人为什么会豁出性命去保护男人偶头。好几次他都想当面问一问常磐津文字若。

不过，也正是因为这个原因，狂四郎总觉得一定要让男人偶头回到美保代的手中。所以，他总觉有些焦躁，心里根本安静不下来……

尽管如此，在狂四郎心底某处，同时又存在着一种虚无的自嘲，用以排除这种焦虑。

——怎么都成，我哪里知道！

狂四郎低声嘟哝，以打消再去想美保代的念头。他一个人行走在堀川边上。耳边时不时传来秧鸡的叫声。

不大工夫，狂四郎便穿过旱田，越过宫益町的街道，来到了御岳神社的门前。

那些背着母亲跟随男仆参拜神社祭典的幼年时光，一幕幕地浮现在狂四郎的脑海，他突然抬脚进入神社。

寺院空荡而宽阔，正中央长着一棵高大的公孙树，淡青色的新叶生得繁茂，树影拉长，这情景似乎在哪里见过。

树对面不时传来孩子们唱歌的声音，令狂四郎空虚的内心顿时平静下来。

笼子缝，笼子缝，

笼子中的鸟儿，

何时飞出来?①

狂四郎绕过树干,看到四五个七八岁的男孩儿和女孩儿手牵着手,正围成一个圆转圈。

狂四郎停下脚步,笑了起来。少年时,大人是不允许他玩这种游戏的。也许正因为这个原因,孩子们无心描绘的风景在眠狂四郎这个大人眼里是那么美丽。

紧接着——

一个男孩儿突然停了下来,诧异地仰头看着狂四郎的脸。看着看着,脸上浮现出一丝恐惧,随即便一言不发地跑开了。

顺着这个男孩儿的目光,其余孩子也抬头看了过来,刚一看到狂四郎,就吓得撒腿逃走。

只留下站在中间的那个女孩儿,依然老实巴交地用双手捂着脸,一动不动地蹲在地上。那样子着实可怜。

狂四郎胸口噌地冒出一股暖流。他的内心因为这温暖的感动颤抖了一下,当然,这只发生在注视孩子们游戏的时候。

这世上最纯洁、最美丽的,莫过于沉醉在竹马、滚圈、拍纸牌、跳绳、抬轿子、竹片、淀川的水车、天神小道②、插拳、捉迷藏等游戏中的孩子们的样子了。

然而,对于满怀亲切注视自己的狂四郎,孩子们却出乎意料地感到恐惧,这到底是什么原因呢?

最后剩下的这个女孩儿,也害怕地把手从脸上移开,站起身子。狂四郎朝她微笑,温柔地说:"大家都去那边了哦。"

但不知何故,女孩儿依然表情僵硬,嘴唇颤抖,"哇"的一声大哭了起来。

---

① 这个游戏叫做"笼目",儿童游戏之一。一人蒙目蹲在中间,其他人围着他边转圈边唱歌,歌声停止后让他猜身后的人是谁。

② 天神小道:天满宫的小路。

她边哭边往外跑，不料被石头绊倒，哭得倒更大声了。狂四郎茫然伫立，目送着女孩儿跑开的背影，突听得有人对他说道：

"这位——"

狂四郎扭过头去，才发现不远处有一位老人。此人七十有余，身着蝉翼薄绢僧衣，裹着头巾，正坐在石灯的台阶上，垂下雪白的胡须，一副宗匠的装束。他身上还散发着一股商家隐居者独有的冷峻之气。

"把孩子们都吓跑了吧。"老人家展颜说道。

"是我的模样，看起来太不寻常了。"

"不，不是容貌的原因。"老人十分镇静地否定。

"您说什么？让孩子们感到害怕的若不是表情，那是——"

"是夹杂着血腥味儿的剑气。"老人一针见血。

瞬间，狂四郎眉宇间流露出一丝凶恶。

老人立时责怪道："对——就是这种杀气！"

狂四郎认输了。老人脸上显现出满满的笑容。

"你居然能察觉到我的剑气，看来并非寻常之辈。"

"哪里，连孩子都能感觉得出来。"老人巧妙地回答道。随后，他站起身来，"寒舍就在前面，顺便小坐一下如何？"

"如果是和尚味十足的说教，还是免了。"

"您能这么抬举我，我深感荣幸。那个，我最近对茶道很感兴趣。既然来了，刚好我也需要客人啊。因此才想劳您大驾品尝品尝，仅此而已。"

老人态度柔和地邀请一番，便自顾自地前行带路。

（三）

老人的家在一片清净的杂树林中。

午后的阳光从树枝间静静地洒落下来，在地面上编织成不同的花样。狂四郎沿着小路穿过冠木门，走过长满苔藓的石板路，来到玄关前。木瓦板屋顶，长长的屋檐，左右有两根柱子，整栋建筑散发着典雅古朴的气息。

出来迎接的女佣，言谈举止间透出有别于商家佣人的优雅。狂四郎被引至客室。这房间的构造虽是田园风格，但却漂亮得简直不敢让人相信，着实让狂四郎大吃了一惊。

这里的各式物品，似乎每件都有自己光辉的历史。三联山水挂画、香炉、花瓶、烛台、多层饭笼、茶叶罐、茶碗、火盆、烧水壶，无论哪个都保留着独有的品味。特别是放在黑色柜子上的书箱，是刻着食松鹤泥金画的唐柜，甚是优美。

——这绝非是普通武士住的地方。

狂四郎这么琢磨着，却一直没吭声。

老人也一言不发，只是默默点茶。

他那点茶的样子像是已参透了茶道的奥秘，狂四郎这点还是能够想象出来的。老人举止优雅，没有丝毫疏忽。他将所有工具和整个过程中蕴含的风韵雅致毫无遗漏地展现给了狂四郎，希望这么做能够胜过千言万语的说教。

接过印有云鹤底纹图案的茶碗之际，狂四郎猛然省起自己还不知道喝茶的方法。待他端正喝茶姿势的瞬间，心中顿觉别扭。

狂四郎心道：自己端正喝茶姿势之时，血腥的剑气想必会自然而然地流露出来吧。也不知道会不会被老人家蔑视。

老人点茶时一直保持着谨慎之态，给茶道增添了几分淡泊素雅的禅趣。剑道中的严谨大概也洋溢着那种悠远和平静。

——去他的！我就是要外露剑气，能怎么着！

狂四郎一饮而尽。随后，将双手端正地置于膝上，道："我叫眠狂四郎，是个一贫如洗的浪人。敢问您老人家如何称呼？"

"一个喜爱茶道的老头子和一个偶然邂逅的客人，你我二人便保持这样的身份，就此别过吧。很抱歉，我以为您的大名并非真名，所以，您也就叫我乐水楼吧。"

狂四郎无论再怎么执拗地追问，老人丝毫不肯更多透露自己的身份。

此时，女佣打开拉门，拿进来一个盖着绸巾的东西。

乐水楼老人接过，顺手放在了狂四郎的面前。

"不知您对此物是否有兴趣，请笑纳。"

狂四郎掀开绸巾，托盘上露出一个长约一寸五六分、用金丝和银线绣着松竹梅的丝绸小包袱。

"这是？"

"这是十炷香。有兴趣的话，可以经常闻一下。闻香的气味，可以平息剑气，让你平静下来，消除邪念。"

狂四郎找不到理由拒绝，在谢过老者后，接过礼物。此时，他无意中正好听到女佣低声跟主人说的话。

"静香施主来了。说是做了些粽子，让我来跟您通报一声。"

——静香?!

狂四郎脑子里反射似的强烈地回荡着这个名字。

这不是手下败将茅场修理之介妹妹的名字么。

"让她稍等一下。"

"这……我马上过去。"

听到此话，狂四郎道："哎呀……就此别过，您过去吧。"话音未落，便已起身。

（四）

狂四郎出了宅第，走过大半个街道，在一棵松树下停住了脚步。粗粗细细的竹子编成的篱笆墙从宅第门口一直绵延至此。

——乐水楼!

果真是适合那个老人家的雅号。如此说来,堀川里的水的确是一直流到了客室廊下的。

——这人是谁呢?

狂四郎感到奇怪。此人一定是个曾在政道上颇有权势的人物,后来隐居到了此处。

狂四郎叉着双手,从远处出神地凝视着与幽静的氛围相称的宅第门前。衣服右边的袖子里放着女人偶头,左边的袖子里放着刚刚收到的香包。

狂四郎内心忽然感到一阵孤独,他无法理解自己为什么会站在这样一个陌生的地方。

——或许,那个老人家知道我,才故意邀我来此?

这个疑惑纠缠着狂四郎,使他难以马上离去。

"来啦!"

看到偷偷溜出大门的年轻姑娘时,狂四郎对自己点了点头——果然如此,就是她。

那个低着头朝这边走来的,确实是茅场修理之介的妹妹。

狂四郎慢悠悠地拦住去路,静香顿时吓得呆住。

"真巧啊,在这里碰到。"狂四郎故意摆出一副爽朗的笑脸。

"您适才造访的那户人家,我也去过。"

"……"

"不过,真不巧,我对那家主人的情况一无所知,因此打算向您请教,我想您一定知道,所以就一直在这里等您。"

"……"

"烦请告知。"

静香犹豫了片刻,"主人是我的外祖父。"

"尊姓大名呢?"

"前大目付①松平主水正。"

"什么?松平主水正?!"狂四郎愕然,表情大变。

"——那个老人家!"

意想不到的是,狂四郎祖父的名字也叫松平主水正。这并非来自母亲之口,而是祥云寺的男仆偷偷地跟狂四郎说:"大少爷的祖父叫松平主水正,是有着大目付高贵身份的旗本。

——在母亲坟前放毒八角的原来是那个老人。我参拜时,他一定在某个地方远远地看着。还知道我是他的孙子!

狂四郎心里气血翻涌,有一种难以名状的冲动。

——如此说来,眼前这个姑娘就是我的表妹?被我杀死的修理之介是我的表弟?

狂四郎打了个寒战,像是乌黑的毒血逆流到了四肢,好不容易压低了语调,继续问道:"在您母亲的姐妹中,有没有……名叫千津的女人?"

"有,她是我母亲的姐姐。不过,听说千津姨妈还是少女时就已经去世了。"

——胡说!母亲生下我之后,就行尸走肉般地一直生活在古寺的书房,十多年间从未笑过!

狂四郎想大声喊叫。

但是他没有,而是从袖子里抓出香包,径直扔到地上,恨不得把它踩进土里。

——混蛋!老糊涂!当初抛弃我们母子,现在又去上什么坟,说什么教!我不一直都是一个人生活在这世上的么!

狂四郎转过身,仰头怒视天空,然后走开了。

---

① 大目付:日本江户幕府的官职。在老中的手下监察大名及幕府政治。从旗本中人选,享受大名待遇。

静香不知道发生了什么,她目睹了外祖父的名字给这个流浪武士带来的强烈打击,他们之间似乎存在着某种看不见的联系,便提心吊胆地跟了上去。

眼前还是一片树林。

"你,不恨我吗?"

狂四郎一边向前走,一边低声问道。

"……我想尽量忘记。"

"用向上帝祈祷的方式么——"狂四郎讥刺地说道。

突然——

狂四郎停住脚步。

静香也吓得停了下来,抬头刚好看到回过头的狂四郎眸子里散发出野兽般的刺眼绿光。

"什么是上帝!什么是救世主!"

狂四郎满腔愤怒地咆哮,突然粗鲁地靠近静香,抓住她瘦弱的肩膀。狂四郎把她那稍一用力就会被捏得粉碎般的脆弱身体推倒在繁茂的草木丛中,全身涌起一股想要强暴她少女之身的冲动。

如果静香此刻还是像刚才那般,显出一副固执地信仰神之威力的表情,狂四郎也许真的会那么做。

静香仰头看到猛地靠过来的那张凶恶的男人脸庞,眼神忽然变得悲痛起来。然而,那并非是为了请求原谅。反之,是因为她凭借女人的本能感受到了男人粗暴的表情中渗出的那种孤独的焦虑。

——被人怜悯了!

狂四郎察觉后,突然推开静香,快步离去,仿佛逃跑一般。

看着狂四郎的背影,静香此时深刻地感受到了渴望得到爱的人那悲哀的寂寞。

五

在常磬津文字若家的二楼——

床上的美保代闭着眼睛，安静的睡容虽然憔悴，却有种特别的绝代之美。

美保代就这么静静地仰卧着，她的心里到底藏着什么样的秘密呢？这是女仆和金八怎么都猜不到的。

大概是等狂四郎取回男人偶头等得不耐烦了吧，这也难怪。不过，美保代并没有打算对此抱怨什么。即使文字若和金八说起狂四郎，她也无意搭腔。

"真不明白，小姐心里到底是怎么想的。尽管她梦呓时好像嘟哝过一次真心话，不过已经这么安静地躺了一整天了。她这当真是在等先生吗？"

文字若正低头思索，金八咂了下嘴："她肯定是在等。心里还在哭呢。松字写作木字旁边一个公，离开'公（kimi）'①。剩下来的'木'。这样的事情在艺人中也有，叫潮来②……先生这家伙，到底去哪儿晃悠了？"③

"不会出什么事儿吧？"

"什么？"

"小姐那样一声不吭地想下去，会抑郁的，别到时候想不开要上吊啊什么的——"

"别胡说！"

金八惊慌起身，朝台阶走去。

---

① kimi：与"君"同音，意为"你"。
② 潮来：流浪艺人的一种，弹着三味线四处卖艺乞讨的盲女艺人。
③ 在日语中，表示等待的"代"和表示松树的"松"字发音相同，均为"matsu"。

"小姐，我是金八——"

金八在拉门前打了声招呼，但没有得到回应。

金八慌了，急忙推开门。那睡容远看过去像是一尊石像。就在他担心会不会发生了什么事情的时候，美保代睁开了眼。

金八顿时松了口气。招呼道："呃，我是金八。"

美保代模糊的瞳孔一直注视望着天花板。"眠先生……在外面……回来了吗？"

"嗯？"

"总觉得是他回来了。"

"这，这个——"

金八吃了一惊。他绕过床铺边，从窗户里探出了半个身子。

只看到大街上身穿大号花纹浴衣①的卖冻粉的商贩用扁担两头挑着大四方格子货箱在悠闲地迈着步子。

"是您的错觉吧，美保代小姐。连个人影儿都没有哦。"

"这样啊……不好意思。"美保代微微叹了口气，再次闭上了眼。

那并非错觉，而是病人异常敏感的神经察觉到了站在外面的人的气息。

眠狂四郎确实在格子门前驻足过。但是，他刚要打开门的时候，又改了主意，快步离开了。

太阳即将落山，把西方的天空染成了茜草色。

晚饭时分，整条街道呈现出一片无法形容的繁华。狂四郎穿过街道，朝正觉寺桥方向走去时，察觉身后有人跟踪。不用说，必定是盯上女人偶头的密探。

——杀了吧？

狂暴的念头席卷了狂四郎的全身。

但——

---

① 浴衣：夏天穿的单和服。

今天偏偏是母亲的忌日。

两人之间只有三间的距离，不能接近，也不能拉远，结果沿着灵岩寺的围墙一直走，转进了一条行人稀少的小路。

跟踪者一副町人模样，步伐只是普通人行走的速度。寺院墙壁的裂缝处，长出一棵细细高高的松树，一根树叶茂密的树枝伸长到路中间。跟踪者看到狂四郎在此停住，自己也停下了脚步。

刹那间——

狂四郎的右手仿佛敏捷地舞动，拨开斜阳，忽地闪出一道白光。

然而什么事也没发生，狂四郎又急急忙忙地往前赶路。

——好奇怪的举动？

跟踪者觉得可疑，追到刚才狂四郎立足之地时——

没有风，却有一棵松树突然倾斜，发出骇人的巨响，刚好倒在跟踪者面前，惊了他一跳。直径六寸的树干从地上二尺高的地方断成了两截。

此时，狂四郎的身影已经远至距跟踪者三间之遥的地方。

毒与柔肌

一

在某个强光刺眼的午后，青空中飘浮的耀眼白云，预示着夏天的到来……

米店老板备前屋，悠闲地走在大奥医师室矢醇堂府邸内的小路上。

此前只在月下一瞥就足以令眠狂四郎震惊的庭院，在此刻的阳光照射下，更能展现出它的精妙。

池边的乱石层峦叠嶂，假山上的凤尾松有着别样风情，小路边用以待客的茅草屋无比雅致，由石头堆砌而成的荒芜海角更是独具匠心。而且，远处人工岛造型的优雅更是无法形容。

在蜿蜒曲折的小路上，备前屋独自缓步行走，犹如画中的茶人。在他头顶的树梢上，杜鹃尖声啼叫着飞向天空。

走过拱桥，备前屋就看到"雾人亭"茶室前蹲着的人影站了起来。这个潇洒身影，属于一个与它毫不相称的年轻混混。

备前屋面无表情地命道："带上来！"便向左一转，来到茶亭的正面。

舒缓的草坪斜斜向池边延伸。

备前屋背负双手，眯缝着眼。

身后的屏风打开，几个混混押着个被反剪双臂的武士走了出来，备前屋没有回头。

武士走到斜坡中间时，备前屋第一次朝他投去凌厉的目光，那眼神常人不敢对视。

"鹰野，你早已做好准备了吧？"

武士惨白的脸微微抽动。这个被称为鹰野的武士，毫无疑问就是接到备前屋的命令后，在将监桥头袭击眠狂四郎却失了手的刺客。

被眠狂四郎生擒且供认出"雾人亭"秘密的鹰野，没想自己会灰溜溜地回到备前屋面前。备前屋肯定不会让他跑了。这也许就是备前屋这样的町人所拥有可怕潜藏力量的证据。

"鹰野，我并没有怀疑你的才能。只是眠狂四郎这厮稍稍厉害点罢了……哎，我这也是不得已啊。希望你有所准备，我的原则就是：绝不姑息犯了错的奴才，不能因为你改变这个原则。你正好也跟我五年了吧，万幸的是，你把我想杀的人全都干掉了。其实你对我来说十分重要。能留下一条命的话，今后肯定会有大用处。真是可惜，但这是我的处事方针。"

说完，备前屋从怀中掏出一把手枪。金银镶嵌，非常华丽。

"至今一直把你关在地下室，就是等这个东西从长崎送过来。在日本，我算是头一个用这么贵重东西的人。"

备前屋的右手悠闲地平伸，枪口十分准确地对准鹰野的胸口。

鹰野的瞳孔瞬间放大，虹膜渗满了血。

"等，等一下！"

"就是这个，我太喜欢你这张害怕的面孔了。"

"不，不，请再给我……一次机会！求您了，再，再给我一次斩杀眠狂四郎的机会！"

备前屋用无比冷酷的目光注视着他那悲惨的样子，最后只是微微一笑。

"在我这里可没有例外呀，鹰野！"

备前屋很享受这种如猫捉到老鼠后百般玩弄般的残暴快感。

"求您了,老板!靠剑生存的我,若死在火枪下,我死不瞑目,倒不如让我死在眠狂四郎的刀下!"

"好!"

备前屋老谋深算。他一眼就看出鹰野无论去杀眠狂四郎还是被狂四郎所杀,都已经是赴向修罗道的鬼魂。

"鹰野,我把武器借给你。这是我发明的可以折叠的枪。枪头涂有西洋产的毒药。只要擦伤对方,他就必死无疑。"

备前屋刚返回书院坐下,正好主人醇堂从大奥回来。

"我正想差人去找你呢。"

"有急事么?"

"想向您求教……"

醇堂进到屋里,又很快出来,手上拿着个纸包放到备前屋面前。

备前屋看着里边的男人偶头,甚是惊讶。

"前几天不是传闻说眠狂四郎在浅草田町杀了一个细作么。眠狂四郎那家伙就是为了取它才去的。可惜他不知道这东西早已到了我的手中。此乃水野越前守从朝廷得到的小直衣人偶头,眼下女人偶头在眠狂四郎手上。人偶头是越前守砍掉的。不过,说起罪状,我也是今天刚听说……从若年寄口中听说的。"

"原来如此。您瞒过了林肥后守,说并没有从被杀掉的御庭番处得到它。"

备前屋的思维飞速旋转。

本丸[1]老中水野忠成千方百计想要使新兴势力西丸老中水野忠邦垮台,知道了忠邦的不法行为,心中暗喜,于是想要得到这两个人偶头,作为弹劾水野忠邦的证据。备前屋一下子明白了他这个阴谋。

---

[1] 本丸:城堡中心部分。

"死人是说不出话的……在若年寄①将我唤去,问我能否拿到人偶头的时候,立刻想起了你。我就想告诉你这个事情。"

"好极了。男人偶头在这里了,再得到女人偶头的话,必定能卖个大价钱啊。哈哈哈……"

"但是,要从眠狂四郎那个浪人手里夺得此物,绝非轻而易举。"

"那是当然。从御广敷②选出的两个武功高强的眼线,已都被他杀掉。看来若是正面出击,必难达成目的。所以,我刚送去了一个刺客。"

"你知道眠狂四郎的藏身之处吗?"

"下人虽已打探出来,但还未做出任何行动。送过去的刺客,恐怕也回不来了……不过,好不容易碰到桩大生意,我绝不会看着煮熟的鸭子飞走的。谁让我是商人呢。"

"难道你有什么好办法?"

"啊,只有一个,万事都交给我备前屋就行了。"

(二)

当日黄昏时分,备前屋拜访了六本木的茅场修理之介的家宅。

静香进了书院,走过屏风刚坐下来,备前屋就若无其事地说道:"这个房屋和榻榻米都该换了啊。"

静香面对这个突然造访的可疑男人,也不说话,只用清澈的眼睛注视着他。

"大小姐,今日备前屋来此,有个不情之请……请您一定要答应我。"

"什么事?"

---

① 若年寄:江户幕府的一种职位。
② 御广敷:江户城中,城堡中心部分和西部的后宫之间的机构建筑。

"我希望小姐您能抛弃自己的贞操。"备前屋面无表情地说道。

静香的脸,一下子失去血色。

"你觉得惊讶,这也难怪……哎呀,要不你就暂且答应了我吧。"备前屋语气一沉,"您的哥哥,潜入水野越前守府邸的目的,就是保护我们这些隐藏起来的基督教徒们。这么说吧,或许您不知道,水野越前守本是唐津的御领主,曾驻守长崎。任职期间,他探听到,应该在本朝完全消失的基督教,依然散布全国各地。众所周知,他素怀野心,想要一手掌握实权。一旦成功,他着手干的第一件事,定是肃清基督教。哎,更严峻的是,到了明年,不仅普通百姓,甚至武家,也得在正月的时候去参与禁教的践踏圣像活动——他或许会向将军提出如此建议……"

备前屋故意流露出黯然的表情。

当时——

每年正月,在北九州地区,以长崎为中心,包括大村地方及丰后国等,都会举行践踏青铜基督像的仪式。

到了正月二日,年番町寄方就会从奉公所借来圣像板。

当日,家家户户都会将家里打扫干净,全家穿戴整齐,等待官差来。日行使番人会抱着装有圣像板的箱子到各家,将圣像板放在榻榻米上,然后打开宗旨改踏绘账,宣读这家人的姓名。被叫到的人,向官差施一礼,静静向前,赤脚踩在圣像板上。青铜的寒冷与铜铸物的凸凹感,都转化成对异教的厌恶与恐惧,这种感觉传遍全身。小孩就算是被母亲抱着,也必须用那小小的脚掌去触碰,病重或是卧床不起的人,也必须如此。绝无例外。

北九州的这个圣像践踏仪式,如果在江户施行,基督教的门徒都会不寒而栗。静香觉得全身好似冻僵一般。

备前屋看透了她的恐惧,接着说道:"万幸的是,眼下由于本丸水野忠成一派的势力尚强,这个愚蠢的建议还被压着。但是越前守既是将军外戚，又是谱代大名，加之奸诈狡猾，或许不知何时野心便会得逞。要在他得逞之前，将他从阁老的位置上赶下来。"

备前屋滔滔不绝，将越前守把从将军之处拜领的小直衣人偶头砍掉之事，此事让幕府知道的话，越前守必会失势之事，静香的兄长也是为了将此物弄到手而丢掉性命之事，一一讲给她听。

"结果，您的哥哥就只得到了男人偶头。女人偶头在眠狂四郎之处，无论武功多么高强的密探都无法接近他。此人剑法有如鬼神，用一般方法根本无法夺得女人偶头。与其用刀，不如用女人柔软的肌肤——明白了么？"

说到此处，备前屋才暂时停了下来，等待对方回答。

"想让我去夺那个女人偶头吗？"

"请您想象一下，在江户践踏圣像时的情景。"

但是——

屏息偷听备前屋与静香谈话之人，就藏在隔扇的后面。此人是对茅场家忠心耿耿，并早已将自己生死置之度外的佣人，他来茅场家已有三十余年，脸上早已布满皱纹。

三

过了本所横川上的业平桥，能看到右边西尾隐岐守的宏伟别墅。循河前行，便到了押上村[①]。

田地与森林之间的寺院屋顶，被黄昏的雾霭淹没。

在看不到尽头的道路上，有一条长长的影子不断向前，影子的主人是一个戴着深草帽的浪人。

眠狂四郎，就藏身于这个押上村中某古寺中。

[①] 押上村：现今指东京都墨田区一丁目到三丁目地区。

返家的脚步伴着清爽的晚风，显出悠然自得的样子。但是，向右转过被娇艳杜鹃花环绕的木屋旁时，这种厢房悠闲自在就已荡然无存。

继续向前，来到枫树、榉树影子的阴暗处时，眠狂四郎觉察到了暗藏着的杀气。他并没有停下脚步。

不论何时、何地、任何人来袭击都可以回击——眠狂四郎早已做好这样的准备，对于敌人的行动，他并没有表现出异常。他早已完成了修炼——根据敌人的武功高低自由地变换方式，随着对方招式的变化而出奇制胜。

眠狂四郎走到榉树的侧面时，突然笑了。

当然，眠狂四郎进入了敌人的攻击范围。

然而，敌人并没有出现。

眠狂四郎并未停下脚步，又向前走了两步，"喂——"，他喊了一声，"办事还是要利落点好。"

说时迟那时快，从树干的阴影处，如流星般猛地刺出一杆枪。

眠狂四郎轻轻向前跳了两步，转了个方向。他取下深深的草笠，拿在手里，跳出来的敌人一副骇人的模样，拿着枪步步逼近，眠狂四郎没有拔刀，只是定睛看着。

"是你吗——真是辛苦了啊。"他大笑起来。

原来此人正是在将监桥被眠狂四郎生擒过的刺客鹰野。

"以你的本事，是打不过我的。你明知如此还来伏击我，是受了备前屋冷血的命令吧。为何不潜逃呢？"

鹰野没有回答。这个已失去生存希望之人，集中身体所有力量，脚尖踏地猛地刺了过来。

眠狂四郎此时才明白，备前屋的黑手，强大到了让这个男人作困兽之斗的地步。

"唉！"

伴随着类似痛苦的呻吟声，一记快枪向狂四郎刺来，狂四郎侧身躲避，同时猛地用力抓住了枪把。

他勃然大怒道："别急着寻死！像备前屋那样的人算什么！你既有如此精神准备，为何不想办法活下去？"

鹰野将身体的空当完全暴露了出来，他喘着粗气，肩膀颤抖着，血红的眼睛流露出不知是怯懦还是自嘲的神色，斗志全无。

眠狂四郎冷眼看着他，一下子松开枪把，说道："这把枪的枪尖上涂有剧毒，看一下枪尖颜色就明白了。这好像是备前屋的主意……我早晚会宰了他！在此之前，你最好找个地方躲起来。"

扔下这句话，狂四郎大大咧咧地转过身，迈开了步子。

鹰野呆若木鸡，枪从他手中滑落，"当"的一声掉在了地上。

（四）

伴着雷鸣，下起了阵雨。

狂四郎寻了处屋檐避雨，当他回到龙腾古寺的时候，云已散尽，月光皎洁。水田映着月光，蛙声犹如从天而降，甚是喧嚣。

雨后的竹叶在月光下闪闪发光，经过这片竹林，刚进入门内，就看到住持空然站在石板路上，仰望着月亮，看上去十分惬意。寺院十分贫寒，连施主都没有，只靠化缘来维持生计，但不拘于世俗的空然却显得很满足。虽然互相之间连彼此的出身都不清楚，但眠狂四郎说出寄居的请求后，他就很高兴地腾出了自己居室一旁的小房间。

"眠先生，来客人了。"

狂四郎认为金八凭着天生的感觉，探听到了他的住处，就踩着杂草绕到了偏房。拉门上映出了灯影。狂四郎皱了皱眉头，因为映在拉门上的，是一个女人的身影。

狂四郎沉默无语,刚走上置履台①,里边的影子就动了起来,门拉开了。

"您回来了。"

令他意外的是,两手撑地,低头致意之人竟是静香,眠狂四郎惊得双目圆睁。

"您从谁那儿知道这里的?"

"备前屋雇人找到了这里。"

"有什么事吗?"

"请让我暂时待在您身边。"

"你,说的是真的吗?"

"要是靠我的力量,能让您从异教徒的痛苦中解脱出来的话。"

对此,眠狂四郎本想大发雷霆,但还是控制住自己的情绪,走进了卧室。

令人惊讶的是,卧室被收拾得焕然一新。连角落都被打扫得一尘不染,晚饭也准备好了。

"你,何时来的?"

"昨天早上。"

眠狂四郎是三天前出去的。

"是你自己的主意吗?"

"不是——我来此是受备前屋指使。他意欲让我夺得您手里的天皇皇后的人偶头……想到您不会原谅我偷人偶,我决定断然拒绝他们的请求,但是忽然间我决定见您一面,想将这一切和盘托出,把自己的身心全部交给您,您说不定会答应呢。"

---

① 置履台:日式房间或庭院的正门或檐廊入口处等脱鞋的地方,用石头等砌成高出来的一个台阶。

眠狂四郎听着这段告白,神情恍惚,想到她是自己千真万确的亲表妹,种种情感交织在一处,让他不知如何是好。

"我是杀了你哥哥的人。"

"哥哥已经进了天堂。超越恩怨的是信仰。"

说这话的时候,静香猛然间觉得胸口发热,脸通红,不觉低下头来。自己来此,并不是抱着为了信仰而牺牲自己的想法。她并没有意识到这个来历不明的浪人散发出的孤独寂寥引出了自己的母性本能,但是为何会有害羞之情涌上来呢。

"你想用贞操来换人偶头吗?"

"因为水野越前守大人,要在江户实行圣像践踏命令。必须阻止他。"

"备前屋是这么告诉你的吗……你,好像是被他利用了。"

"没有。如果不愿意的话,我就不会来。就算是被备前屋欺骗了,那也没什么大不了,我自己已经发过誓了。我不知道你是出于何种原因,但是他很憎恨你。这种痛苦,我真心地觉得……"

"行了,别说了,我的答案只有一个。请回吧。"狂四郎打断她的话,坚决地说道。

之后,不知狂四郎在思考什么,有着尖锐直觉的眸子一直盯着门边,手悄悄地放到了刀上。狂四郎的态度,令静香忽然意识到,他拒绝了她的身体。

——这下轮到刺客了么!

对于偷偷靠近走廊的气息,狂四郎在心中说道。

本来,他并不打算主动出击。但是他不希望居室被血污染,就必须将敌人打退。于是他掉转刀身,将刀柄放到门楔之上,再迅速一拉。

刹那间,伴随着破空之声,刺客发出临死前的痛苦呻吟。

狂四郎啪的一下拉开门,看见之前来偷袭他的刺客鹰野双手痉挛着握着枪,一下子倒在置履台上,背上中了飞镖。

五

狂四郎看到离他只有六间远的庭院末端的百日红下，站着一个有点异样的黑影。

"来者何人？"

听到此话，影子步步向前，每前进一步上半身就会猛地倾斜，及至近前，才发现此人脚跛得厉害，背上还背着个大瘤子。

对方来到伏尸在地的鹰野之处，居室射出的灯光照在他的脸上。令人啼笑皆非的是，相对于其不足五尺的身躯来说，腰身倒甚是宽大，虽然此人打扮平常，但脸上有一种令人毛骨悚然的阴气。他虽佩戴着大刀和短腰刀，身着和服裙裤，看上去反而滑稽可笑。

"为何前来杀我？"

对于狂四郎尖锐的追问，驼背人冷笑着露出惨白的牙齿。

"因为你碍事。……我来，就是为了杀你。"

"你也是密探么？"

"不，我是茅场家的佣人。小姐对我来说就是现世观世音菩萨。"

驼背人突然夺走尸体紧握着的枪。大声喊道："眠狂四郎！你给我出来。"

不料静香厉声喝道："喜平太！回来！不许这么胡闹。"

"我斩杀此贼，已得到叔父的允许。"

茅场家的佣人，是这个身体残疾之人的叔父。他偷听到备前屋与静香的谈话，偷偷地将长相怪异的外甥安置到了护卫一职。

"我是主人！不许这样，赶快回来！"

"不，许久没有闻到鲜血的气味了，一闻到我就无法控制自己……哈哈哈哈……"

"好吧！"眠狂四郎索性用明快的声音回答，"大家都一样，就算活着，也是无足轻重之人。最好以毒攻毒。"

"不，不要。这个喜平太就是人称鼯鼠之人，若真打起来，你赢不了他。"

不顾静香的奋力劝阻，狂四郎跳到院内。

喜平太迅速向后移了三间之远，枪尖突然停在比自己头还要高的地方。

猛然间，狂四郎背上阵阵发凉。这个怪物身上散发出的恐怖杀气，是眠狂四郎之前从未感受到的，他一下子紧张了起来。

鼯鼠！眠狂四郎立刻领悟了静香所说的这个奇怪名字的含义，并心叹不妙。从喜平太采用的距离及枪的使用方法，可以看出他还不是用枪高手。枪术的最高境界可以称作"五月雨"，就如让人不知日月星辰，遮挡住一面天空的五月雨云一样，让敌人无法窥探使用者的心与本领。但是，喜平太毫不在乎地宣告了自己将要采取鼯鼠的技艺。也就是说，不是地上的攻击，而是来自空中的袭击。

对这种异常的战术，要使用圆月杀法的话，就必须与对方有一定的间隔。那样的话，眠狂四郎就会将自己置于危险的境地。

在瞬间的思考中，眠狂四郎左手放在鞘口，右手放在刀柄之上——手按刀柄，并不拔出，时刻准备着。

"接招！"驼背人如行冰上，向前移了一间，啪地踏地而起。

正如其外号鼯鼠那般，他飞身到狂四郎头上三尺之处，眼都不眨地直接出枪。此时，狂四郎从腰间拔出白刃，伴随着切断空气的咔嚓一声，枪头被斩断了。

枪尖如流星般，划过夜空。

忽然落到两间开外的喜平太，立刻摆出随时会拔刀出招的姿势。

他的这个姿势彰显出心意合一、锐气充沛的妙处——

狂四郎自学剑以来，还从来没有见过能瞬间爆发出如此强烈斗志的人。今天，真的出现了从未遇过的强敌。狂四郎悟到，圆月杀法的一招闪电若能发挥出其真正威力，那必是与此强敌对决之时。

如果要画出圆月的一刀，那么在刀划过天空的时候，敌人无形的必杀剑，必然会把他的身体斩成两段。

狂四郎刷刷刷向前三步，刀尖落在地上的瞬间，他大吃了一惊。他听到了静香的惊呼。

"糟了。"

下一瞬间，狂四郎抛却胜负，向后一跃，不顾一切地向一侧跑去。

"休走！"

喜平太吼道。狂四郎奔向静香，一下拔出了将静香膝盖处的和服钉在檐廊地板上的枪尖，然后转回身来，猛然怒视着来人。

"蠢货，枪尖上涂有剧毒。"

喜平太如铁锤砸了脑袋般，像棍子一样呆住。

"滚一边去！"狂四郎斥责道。他抱起静香，走进屋内。将门狠狠地关上。

狂四郎将静香仰放在灯笼下，刚将手放在她的裙边，"啊！"静香就发出哀鸣，扭动着身体反抗。

"别动！"

狂四郎厉声喝道，一下子将火红的纹缬衬衣及和服内的贴身裙子都扯了下来。

脚踝到大腿的曲线无比丰腴，如遮盖山丘的春雪沐浴着夕阳一般，肌肤在纸灯笼微红的火光照射下，犹如白瓷。

强忍着妄想的狂四郎，单手探入膝下，使劲将两腿分开，鲜血一下从大腿内侧的伤口处涌了出来，他立时用自己的嘴去吮吸伤口，口中吸满鲜血之后，噗地一下吐在榻榻米上，然后接着吮吸。

静香双手紧扣放在胸前，双眼紧闭，拼命忍受着疼痛和羞耻之情，不久，不知是毒已至全身，还是由于狂四郎嘴唇吮吸着柔嫩的肌肤，唤起了她作为女人的本能，静香的眉宇间、脸颊处、嘴角边逐渐泛起了一种恍惚的神情。

禁苑①之怪

一

暮色四合，风停雨住，路面湿滑。

天空暗无星月。柳原堤上耸立着巍峨的筋违门②，门前的八辻原大道，笼罩在如墨般浓黑的夜色里。

一队灯笼仪仗自和泉桥方向缓缓驶来，在漆黑的夜里泅出微微红光，忽明忽暗，似鬼火般飘忽浮动。浓浓的雾霭在夜色里静寂无声地流动着。

灯笼上的家徽是三枫，此乃大奥御师室矢醇堂的标志。此刻，他正在赶往大奥的路上，因为他要一直在广敷③待命到明晚。作为宫廷御医，醇堂已被授予最高法印④之位，地位显赫，因此，按照礼法规格，他所乘的轿子前后各有四名随行武士护卫，以及扛随身行李的人、拿药箱的人、打伞的人、伺候穿鞋的人等十余名侍从，排场甚是壮观，是那些没有官职的旗本豪绅们望尘莫及的。而且，醇堂所乘坐的轿子还是四名轿夫抬的长轿，华

---

① 禁苑：指宫苑。
② 筋违门：为抵抗地震台风的强力灾害在门上交叉固定上支柱的门。
③ 广敷：大奥门口。
④ 法印：自镰仓至江户时代政府按照佛教对画师、儒者、佛师、医师等授予的地位。

丽而尊贵。

浩浩荡荡的一队人刚过筋违宫门不到五十米远，前面的侍卫突然停下脚步。一阵"哒哒哒"的马蹄声，自大道左面的青山下野守[①]的宅第方向传来，在寂静的夜里显得格外清晰。众人想，驯马师还真是辛苦啊。

然而，"哒哒哒"的马蹄声竟急速驰近，走在最前面的那位侍卫特意抬高手中灯笼，意在令来者看清灯笼上的家徽所代表的尊贵身份，警告来者这轿子里坐着的大人可不是一般人惹得起的。

但，这只是白费力气。

那骑马之人，横刀立马，截在队列前面，突兀地闯入队列前方灯笼所映照出的那圈光亮中。待众侍卫看清马上之人后，皆"啊"地惊呼一声。而马上之人那轻蔑、凌厉的眼神紧紧盯着面前这个眼见就要溃散开来的队列，"唰"地拔出腰间长刀。这是一位头戴宗十郎头巾的武士。

"混账！何人竟敢如此放肆！"侍卫厉声喝道。

"眠狂四郎，特来取御医的药箱！"

马上之人直言不讳，高声报出姓名及意图。紧接着，众人只闻"唰——"的一声，眠狂四郎一刀劈中药箱侍手中的药箱，"啪——"地挑起来，灵巧地将药箱夹在腋下。

"打扰！"

说完即策马而去，瞬间又消失在浓浓的夜色里，真是如街头抢劫行凶的歹徒般神速！

侧头役武部仙十郎的家，位于大名水野忠邦的上屋敷[②]，眠狂四郎来到这里时，天色已过五更[③]。

[①] 下野守：官职名。

[②] 上屋敷：日本江户时期，官员拥有的府邸根据距离江户城的远近可分为上屋敷、中屋敷、下屋敷，上屋敷离江户最近。

[③] 五更：现如今的上午八点左右。

"听说你现在被细作、刺客盯上了?"

"我本打算避开眼前麻烦的,但仅仅这样似乎解决不了问题,归根结底还是由于阁下您呢!"

两人在书院中一见面就这样说话,因为很熟,没有必要客套。

"老朽的确有老朽的不是,一直等着你处于这样一种状况呢!"

仙十郎嘴角微翘,浮现一抹意味深长的笑意,眼皮略抬,看似玩笑般的眼神锐利地扫向眠狂四郎。但就是这样一位前额和颧骨异常突出,其貌不扬的老头,周身却散发着令人凛然生畏的强大气场。眠狂四郎与他相对而坐时,经常会无端产生一种压迫感和抵触情绪。也正因如此,他反倒对老头那神秘莫测的心里到底有何企图产生了极大兴趣,愈发想要一探究竟。

"那么,我今夜前来,应该正是您一直所期待的吧。"

眠狂四郎说着,似笑非笑地从怀中掏出一个漆黑小盒,打开了盖子。仙十郎探身来看,微嗅片刻,又用小拇指沾了些许放在口中尝了一下,喃喃道:"这是鸦片呢。"

仙十郎曾在长崎奉行[①]手下做过事,在这方面的经验可谓十分丰富。

"应该是大奥有人吸食此物吧。"

眠狂四郎的这句话,就足以使仙十郎惊愕万分,他那遍布皱纹的脸上流露出讶然之色。

"你是从何处得到此物的呢?"

"今夜我偷袭了去大奥参拜的御医室矢醇堂,抢了他的药箱,就这样。"

"哦!"

仙十郎无意询问眠狂四郎抢药箱的缘由,他抱着双臂,集中精力思考,觉得有什么事情和药箱里装有鸦片这一事实有着必然联系。

其实,眠狂四郎之所以抢这个药箱,是为了一个叫做静香的女人,她如今正躺在押上村一个叫做龙胜古寺的偏院里。静香被带有剧毒的长矛所

[①] 奉行:江户幕府时代大城市掌管治安及民政的官署,担任官职名称。

伤，这种剧毒来自海外，由于毒性已遍布全身，性命岌岌可危，想要祛毒，就必须得服用兰医所制的药丸。于是，眠狂四郎就埋伏在御医醇堂出现的路上，伺机抢了药箱。

龙胜寺的住持空然大师走进两国的茶屋，翻开眠狂四郎抢来的药箱查视一番，庆幸的是，里面正好有静香所需的祛毒之药。同时，眠狂四郎也发现了药箱中的鸦片，心头不禁有些疑惑，蓦然间，一丝念头浮现脑海——估计大奥里要出什么非同寻常之事了。

此时，眠狂四郎目不转睛地注视着仙十郎的神情，看着他露出从未见过的紧张，心里愈加肯定自己的猜测是正确的。

二人皆静默不语，最后，还是仙十郎自言自语地小声说出一句奇怪的话，打破了长时间的沉默。

"这个嘛……看来不得不降服幽灵了。"

"幽灵？"

"近来听到一些风声，说西丸[①]有幽灵出现，据说可是真正的幽灵呢，那东西一身白衣，没有脚，总在深更半夜时分出现，在半空中飘来浮去，甚是吓人。"

仙十郎摆出一副滑稽模样，嬉笑着伸出双手，模仿幽灵的动作给眠狂四郎看。

其实，在当时那个时代，人们都坚信幽灵是真实存在的。而且柳营[②]的幽灵故事由于这种特殊的迷信，更是不足为怪。何况柳营地域极其广阔，本丸共有四万七千三百坪，二之丸[③]共有一万一千一百坪，三之丸[④]共有六

[①] 西丸：江户时代，幕府将军的嫡子的宫殿，或是将军退位后所居住的宫殿，现如今指日本天皇的居所。

[②] 柳营：指日本的幕府，或是将军，特指德川幕府。

[③] 二之丸：围在本丸外面的部分。

[④] 三之丸：围在二之丸外面部分。

千四百八十坪，西丸共有二万五千坪，红叶山[1]共有两万坪，吹上御苑[2]共有十万八千八百坪。在如此广阔的地域上，生活着五百左右的侍女，试想，她们经年累月地过着与男性完全隔绝、阴盛阳衰的生活，这种生活是民间百姓无法切身体会的。她们的内心长期充斥着阴暗的欲望、怨恨、憎恶、嫉妒等异于常人的压抑情绪，也无怪乎会做出一些淫荡、凄惨的恐怖事情。因果轮回，她们死后便变成亡魂作祟，使活着的人们胆战心惊。这类事件经众口相传，历经十一代幕府后，这类传言更是不胜枚举。

"眠，这个消灭幽灵的重任，就交给你了。"仙十郎轻描淡写地说道。

"难不成，您的意思是可以帮我悄悄潜入大奥？"

"没错，为了给晚辈们留一些光辉事迹，你去见识一下那种女儿国也不是什么坏事嘛，呵呵，一切准备工作就交给老朽来办吧！"

西丸住着将军家齐的世子家庆及世子妃。水野忠邦正好担任辅佐世子之职，因而，作为水野手下的侧头役武部仙十郎，想要把眠狂四郎悄无声息地送进西丸，自然是有办法的。

二

早起上学的孩童们，嬉闹着从街上跑过，掀起阵阵热闹的嬉笑声，连临街的窗边挂着的风铃，都被震得发出一串串清脆悦耳的声音，"叮叮咚咚"作响。人们又迎来了一个祥和明媚的清晨。

今川町[3]的一个小胡同里，有一家小客栈，店主文字若是一位常磐津[4]艺人。一大早，小店里就洋溢着久违的热闹气息。二楼的美保代起床收拾

---

[1] 红叶山：江户城本丸和西丸间的小山丘。
[2] 御苑：位于东京都千代田区，日本天皇的居所。
[3] 今川町：今位于日本爱知县。
[4] 常磐津：净琉璃音乐的一种，日本重要的无形文化财产，创始人为常磐津文字太夫。

好床铺后,第一个走下楼来,她脸色虽仍有些苍白,但行动已全然不似之前那般虚弱。

小偷金八也一直寄宿于这家小店,此刻,他立于两楼梯间的小平台处,正兴致勃勃、吐沫横飞地胡天侃地,使尽浑身解数来让美保代高兴。住在隔壁的独身老人立川谈亭迈着闲适的步子踱进店里,一脸惬意,应是刚刚泡完晨澡回来。老人就住在小店隔壁,是一位读本①作家,性情极为洒脱爽快,他的到来令小店的气氛愈加热络起来。

"唷,谈亭先生您来了,快请这边坐!"

店主文字若殷勤地请老人坐在长火盆前的座位上。这时,金八嚷了一句:"先生,那可是情夫专座,连我都不让坐呢!"

"谢谢你的提醒。不过坐了会有什么特别处罚吗?"

"小店是教三味线的,若没有拨子②,音也出不来。不过,旁边就坐着绝色美女,先生您可没有咬着手指色眯眯地欣赏啊。"

"庄子曾曰,君子之交淡如水,小人之交甘如醴呐。虽说如此,您如此郑重其事地推荐,我会认真考虑的!"

文字若抬起一条腿,谈亭盯着她裤腿中露出来的洁白的大腿和红艳艳的绉绸,夸张地摇摇头。文字若笑着说:"我就是开个玩笑,即使有一天我颜老色衰,也不会去考虑秃顶的老头呢。"

"秃头是指光头吧。"

"没错,和尚头是指出家之人,死后会去西方极乐世界的。"

"嗯,我早上芋粥吃得饱饱的,后来在澡堂里泡了个通体舒泰,连我这秃顶都泡得通红通红的,光泡澡费就花了八文呐!"

"这样啊。如今的世道,目无尊长的年轻人到处都是啊。论语中说'其事上也敬',没有自知之明的人真可谓愚蠢啊。"

---

① 读本:江户时代后期流行的传奇小说,以宣传因果报应、劝善惩恶思想为宗旨。
② 拨子:日语中"罚"与三味线的"拨子"发音相同。

"知道,孔圣人说过的话嘛,夫马之似鹿者而题之千金,而天下无千金之鹿,何也?这是我最近刚在两国的垢离场①的评书摊上听到的。"

"没文化真是让人伤脑筋呐,那句话并不是出自《论语》,呃,是出自《中庸》还是《左传》呢?"

就在这时,美保代微笑着道:"应该是出自《淮南子·说山训》吧。"

"噢,是了是了,真是惭愧至极啊!惭愧至极!"

"哈,看吧,圣人也说了,秃顶的老头儿尤为尊贵吧。"

说笑间,门开了,听到来人的声音,美保代的脸色霎时一变。

因为女仆被打发出去跑腿儿了,文字若只好亲自起身,她漫不经心地朝门口一瞥,待看清来人,连忙殷勤道:"哎呀,先生您可来了,到底怎么了,为何音信全无了呢?"

眠狂四郎漠然地站在那里,淡淡道:"蒙您关照,多谢!那女子的伤有无大碍?"

这时,金八探出头来兴奋地喊道:"先生,我这次可算走运了!"

"这说的是什么话,金爷,您当这是什么地方呢,不是吹,小店无论三味线还是美人,当然是一等一的好啦!"

"没错。"

不久,眠狂四郎和美保代单独来到二楼的一个房间,两人相对而坐。美保代无言地垂着头,看不出脸上表情。

"我先向小姐道个歉,虽然我已把那个打伤您的男人杀死了,但很遗憾,没能把那个男人偶头取回来。"

眠狂四郎说着,目不转睛地盯着美保代那摄人心魄的美貌,眼神泛着冷光。

眼前这个女人,真的是气质高雅,风华绝代啊!

一股难以名状的焦躁从狂四郎体内掠过。美到极致,总是和罪恶联系

---

① 垢离场:江户时代位于两国的繁华街。

在一起。这是意识到这一点的男人无法逃离的感情纠葛。

"在我取回男人偶头之前,是不会再来见小姐的。不知为何,总觉得必须要这么做。"

美保代抬起头,一动不动地凝视着眠狂四郎,渐渐地,那闪烁着智慧的明眸因为激动湿润了。

"我真是太高兴了!"

眠狂四郎眼看就要被美保代那含情脉脉的明眸吸引了,他强行稳住心神,使自己的声音听起来如往常般淡定冷漠。

"虽然无法向您明确保证何时取回,但在下会竭尽全力。若最后依然没能回到您的手中,那就只好认命吧。今日前来,主要是为另一件事。西丸大奥内,应该还有其他和您身份一样的侍女吧,我想问问她们的名字及职务,您还记得吗?"

"我记得,但是,您为何要问这些呢?"

美保代语气略带责问,露出猜疑的神色。且不说这原是隐秘之事,只要说出来,不就是把她们置于和自己相同的境遇里来了吗?

眠狂四郎见状,嘴角扯出一丝苦笑:"在下并未打算做细作的勾当。"

听他如此一说,美保代知道是自己误会了,不禁羞愧难当,复又垂下脸庞,思忖片刻,轻声道:"那位侍女叫志摩,她负责守卫大纳言[①]大人的世子政之助的安全。"

"嗯。"

眠狂四郎重重点了点头,心道,看来我私下所猜皆属实。

政之助乃家庆第四子,年方六岁,不久前刚被正式册封为世子,改名家祥。

不久后,家庆就会上任第十二代将军,那么,政之助自然会承袭第十

[①] 大纳言:太政官的副官,地位仅次于大臣,同大臣一道参政,传达圣听等,此处指将军家庆。

三代将军之位。

而传言中白衣幽灵出现的地方，正是政之助所住厢房前面的庭院。那么，传言政之助近来总是在半夜惊醒，要么害怕地跳起身来"哇哇"大哭，要么发出恐怖的凄厉叫声，大概就是这个缘故。生来身体羸弱的他隔三差五就会发烧，只是近来一个月，他的身体变得愈发虚弱，精神愈发萎靡，白日里更是一直处于低烧状态。御医们轮番诊治多时，竟无一人能够明确诊断出他的病因所在。

侍从们认定这绝对是幽灵作祟，便向家庆提议为政之助另择宫殿，但性情强硬的家庆断然驳回了这一提议，说道："作为下一任将军，他肩负重任，岂能就这样输给所谓的幽灵？生病需得让医生诊治，若接受治疗后仍不见好转，那也只能说是命运的安排。"

水野忠邦听闻此事，称赞道："还是大纳言明事理啊！"武部仙十郎在眠狂四郎给他看鸦片时，突然想到了此事。直觉告诉他，幽灵、政之助的病以及鸦片，这三者之间必然有着某种深刻而隐秘的联系。这准是本丸老中①水野忠成一派搞的鬼。

仙十郎又想到，美保代不是正好知道埋伏在西丸大奥里的细作的名字及职务吗？

果然——眠狂四郎首先抓住了阴谋的一点，即政之助的贴身侍卫竟然就是敌方派来的细作。

眠狂四郎倏地提刀站了起来，道："事情紧急，就此别过！"

"唉，那个——"

美保代反射性地抬起眸子，望着眠狂四郎，张口似乎想要说些什么，但又不知这种情况下该说什么合适，一副欲言又止、不知所措的模样，但最终她还是选择沉默不语。

眠狂四郎并不多留，直接下楼走到门口，忽然又想起一事，大声喊

---

① 老中：幕府中直属将军的最高官员。

道:"金八!"

"欸!"金八欢喜地窜了过来,眠狂四郎一边走下门口的台阶,一边道:"走,带你去见识见识千代田城的大奥!"

三

夏日午后,天空阴沉,空气闷热,一丝风也没有。一顶铆钉轿子①缓缓经过坂下御门,后面几个侍从打扮的人抬着一口装衣服的长箱,向大丸和服店走去,轿子里坐的是受命外出采买的中臈②,这次出来主要是来取御簾中③定做的全套夏衣,包括羽二重(纯白纺绸)、罗纱、绉绸、透纱、越后绸④等。

围着轿子及衣箱的有局⑤、副使、伊贺者⑥、杂役等共八人。另有一人是大丸和服店派来的,他穿的唐栈⑦外衣自后面撩起,露出下身所着的土黄色贴身细筒裤,一副町人打扮,走在长衣箱的旁边,此人正是金八。

众人穿过御门的后门,行至御切手御门时,连金八这样的人都变得紧张万分,一颗心似是提到了嗓子眼儿,他全身肌肉都微微抽搐着,仿佛有一股奇怪的力道自他膝盖抽离,膝盖不受控制地颤抖起来。

——先生,您怎么样?还好吧?要是我们此行败露的话,真的会被捆在十字架上处死吧!

---

① 铆钉轿子:大奥女官乘坐的外面钉了铆钉的轿子。
② 中臈:江户时代,在幕府当差的女官或女侍。
③ 御簾中:日本专指将军或公卿大名的正妻,此处指家庆的夫人。
④ 越后绸:越后地区盛产的一种丝绸。
⑤ 局:对宫中、将军、公卿家服务的女官的敬称。
⑥ 伊贺者:江户时代从事幕府谍报活动或杂务的官职。
⑦ 唐栈:用蓝、浅黄、红三色织成的高级绵布,多用于长衣。

对着藏在衣箱里的人，金八不住地在心里呼喊道。

一行人顺利地通过御切手御门，到下御广敷门七之口[1]时，已经接近落锁时间了。

第七关卡防护栏处，常有御用达[2]商人待在这里等待每个宫殿来吩咐要采办的事宜，长久以往已成为了一个惯例。所以，此刻金八蹲在栏杆处，倒也不显可疑。里面出来的几个取衣箱的仆人，抬过长衣箱，纳闷道："这个怎么这么重？"

虽觉得奇怪，但还是吆喝着抬起来就走。金八盯着那个长衣箱，从栏杆探出身子，心里不停地念着阿弥陀佛。突然，守卫厉声喊道：

"等等！"

金八发誓，他这辈子都没有经历过这般惊险的情况，浑身上下嗖嗖地直冒冷汗。

——先生啊！您可一定要平平安安地回来啊！南无阿弥陀佛！南无阿弥陀佛！

深夜——

大奥深处，万籁俱寂，静得仿佛连一根针落地都能听见回声。某间御衣房里，借着外面长廊上挂着的铁丝灯笼透过来的亮光，只见一个黑影悄悄打开长衣箱的盖子，麻利地钻了出来。没错，此人正是眠狂四郎。此时，他环顾房间的四周，发现屋内各种衣柜、长衣箱、装束箱等物什，一个个被摆放得整整齐齐、井然有序，可以断定，这间房就是御簾中的御衣房。眠狂四郎默默地回忆一遍熟记于心的西丸地形图，估测着目标房间的方位，以及从这里到目标房间的距离。

此处位于西丸的南边，而目标房间在西边。眠狂四郎大脑飞速地思量

---

[1] 下御广敷门七之口：江户城进出大奥的出入口之一，因为是晚上七点落锁，由此得名，七点之后除了将军之外的其他男子都不得进入大奥。

[2] 御用达：指江户时代有资格自由出入幕府、大名、公卿家的官商。

着,到底该沿着檐廊过去呢,还是从庭院横穿过去?片刻后,眠狂四郎大胆地决定沿着长廊神速向前,猛冲过去。他的身手极好,速度快得连脚步声都不会被人听见,身形倏地没入长廊深处。长廊上远远近近挂着铁丝灯笼,透着微红的光亮,虽然没有一个人,却长得可怕,一直伸向不知名的深处。

眠狂四郎一口气穿过长长的长廊,最后,在西边的榻榻米走廊处停了下来。

打量了一番这个有两町大小的榻榻米走廊后,眠狂四郎如风般敏捷地越了过去。一路上,偶尔会碰上值夜班的侍女,之所以没被她们发现,是因为侍女们手中提着纸罩蜡灯,脚上穿的木屐上带有三枚竹皮棒,一走路就会发出声响,眠狂四郎远远听到这声音,就立马敏捷地藏起身来。

目标房间,即政之助的寝殿,就在前方不远处——

看清方位后,眠狂四郎迅速拉开一道拉门,潜入一个空房间。能幸运地判断出这是一间空房,是因为眠狂四郎在门外闻不见一丝薰香气息,而凡是有人住的房间总会或多或少地飘出些薰香味。

眠狂四郎从空房间爬到阁楼,然后进入政之助所住厢房的阁楼,把阁楼横梁上的隔板移开两分,眼神犀利地透过缝隙打量着屋内情形。

只见一个浅黄色的大蚊帐罩住大约十榻榻米大小的空间,蚊帐的顶端吊在阁楼上,所以,透过屋内明亮的坐式灯笼,里面的情形一览无余。蚊帐里正睡着一个看起来极为病弱的少年,他身上盖着的红丝被拉至胸前,大概是由于发烧,少年两颊赤红。枕边放着一个小柜,里面挂着裱有守护神和神佛尊像的物件。

距少年的床榻下方一张榻榻米远的地方,铺着另一副被褥,一名侍女正俯在一方红色绸缎面的枕头上睡觉,头发盘成片外髻[①],灯光下显得格外乌黑发亮。

[①] 片外髻:江户时代,大奥侍女间流行的一种发型。

——这个中臈侍女应该就是细作志摩吧。

眠狂四郎一边密切注视着屋内情形,一边暗暗思索着,自己的工作还真是需要十足的忍耐力呢。

事实也的确如此。眠狂四郎在阁楼伏了整整两个昼夜,却并没有发觉屋内有丝毫异常,政之助在眠狂四郎守护的两个夜晚里没有任何不适,睡得十分安稳,连眼睫毛都不曾眨动。那个中臈也没露出任何可疑形迹。

可是,第三日夜里,丑时八刻下刻[①],异常发生了。

透过阁楼,看到屋内那原本正熟睡的中臈忽然折起身子,黑暗中的眠狂四郎迸出一丝冷笑。

这位中臈容姿绰约,美貌并不在美保代之下。只见她轻手轻脚地走到上阶床边,掀开政之助的被子,俯身抱起正在熟睡的政之助,然后用手狠狠掐上政之助的大腿。可怜的政之助挥着两只瘦弱的小手,使劲儿挣扎,痛得全身激烈抽搐不止,"啊啊——"地一声声惨叫。

稍过片刻,中臈白皙的手再次凶狠地拧上政之助的身体,少年惨叫连连。

"殿下!"

隔壁房间里传来下等侍女惊恐不安的叫声,屋内的中臈故意装出恐惧的声音,颤声回道:

"又,又出现了吗?"

"我去看看!"

下等侍女一边回答,一边跑了出去,没多久就回来了,苍白的脸上满是恐惧,惊喘连连,尖声说道:

"出,出现了!"

此时——

他悄无声息地穿过阁楼,跳回那个空房间,出门跨过长廊,跃入庭院。

[①] 丑时八刻下刻:约为凌晨两点左右。

月亮隐在云层里,满天繁星,璀璨无比,仿若一伸手就能摘下来似的。璀璨的星光映在白洲①和泉水里,使庭院变得如同白昼,一眼就能看到远方。

泉水的东边,有一个白色之物正悠悠地飘浮着。

眠狂四郎奔向那白色物什,身形简直比鹿还要迅速。

飘荡在空中的白色物什只是一件左右衣袖伸开的白衣,没有四肢,没有头,离地面约数尺距离,夜风扬起那白衣的下摆,缓缓地飘来转去,仿若一只大风筝。

白衣的正下方是一口古井,黑黢黢的井口大张着,似乎白衣正是从古井底下冒出来的。

眠狂四郎飞奔至白衣前方,抽出腰间长刀,对准白衣下摆和井口间的空隙,猛地横刀砍去。

然而,奇怪的事情发生了,白衣竟然又悠悠地向上飘了一尺上下。

紧接着,眠狂四郎腾身而起,抬刀自白衣的衣襟处直直劈至下方裙摆,约莫四尺。只见白衣在夜色里发出"啪——"的一声脆响,变作两半,软绵绵地落在地上。

眠狂四郎并不去查看那物什,他缓缓走近井沿,探身朝井下望去,这漆黑的井底到底有何古怪之处呢?为了一探究竟,眠狂四郎随即跨过井沿,拿出一条绳梯,把倒钩挂到井沿之上,攀着绳子探入古井。

㈣

夏日的清晨,空气舒爽,凉风习习,阳光透过树木繁茂的枝叶,斜斜映照在泉水上,泛着斑驳的亮光。

---

① 白洲:皇家庭院中用白沙铺就的地面,能乐等表演都在上面进行。

权大纳言兼右大将家庆,此刻正站在昨夜眠狂四郎劈开白衣的位置,双目炯炯有神地注视着那口古井,西丸老中水野忠邦随侍在侧。后面,二十多名美丽的大奥侍女,列成一排整齐地跪在碎石地上,场面甚是艳丽夺目。

此时——

两个伊贺者听从忠邦的命令,正要潜向井底。

"这个就是幽灵的真身吗?"

用完早饭后,家庆立即出殿来到这里,水野忠邦奉上被劈成两块、绣有大花纹的绫缎中衣。衣服上的十五条葵纹均是阴文印染,由此推断,这必是御簾中的衣服。

"飘在半空中的幽灵,就是这玩意儿?"

家庆面带疑惑,看着眼前之物,眉头深锁,一旁的水野忠邦笑着拿出一个奇怪的绢袋。这绢袋,用现如今的话讲,就是一个涂过液状弹性橡胶的小气球。当然,在当时这还是稀罕的外国货。只要往气球里充满煤气,它就会飘起来,进而能使罩在外面的白衣飘荡在半空中。

水野忠邦并没有禀告家庆是何人使用的这等走私物品,只是对家庆道:

"请您看看这个变出幽灵的古井吧!"

片刻后,绳梯倒钩钩上了井沿,伊贺者从井里出来了,手中提着一个用草绳捆紧的伽和尚[①](然称为和尚,但却不是男子,而是剃着光头身穿男性羽织裙裤的女中)。

家庆睁大眼睛,屏气凝神地看着。当然,身后那排跪着的侍女们也因为太过惊恐而一阵骚乱。

"是这个和尚操控的幽灵,但是这个和尚也是被人操控的!"

水野忠邦说完这句话,锐厉的目光扫过众侍女,突然冲着其中一人喊道:"少主侍从志摩!站起身来!就是你这个黑心奸妇,竟敢给少主喂食鸦

---

① 伽和尚:一种伺候在将军、大名身边,和他们闲聊、谈心的官职,也称为"御伽众"。

片，还将少主的病嫁祸于幽灵！"

闻言，众人皆是一愣，空气中大约有片刻凝滞。突然，中腾志摩猛地起身，伸出右手快速抚向自己脖颈处，

"危险！"

水野忠邦猛地推倒家庆，就在此时，一把泛着银光的小刀呼啸而来，万幸的是，只听"扑哧"一声，刀子刺进了靠着井沿站立的伽和尚的喉咙里。

志摩的右手不停，此时众人已经明白她身上暗藏的凶器不止一把。但是，就在第二把小刀射过来之际，井里竟跃出一人。他身形高大，挡在了家庆面前，此人正是眠狂四郎。只听他道一声："打扰！"便抽出腰间长剑，泛着寒芒的利剑弹开疾射至面门的利刃，如拂去落叶般轻松。

只见志摩神色凶狠地迅速从背后抽出第三把、第四把利刃，凶狠地射向眠狂四郎。眠狂四郎镇定如常，连眉毛都不曾动一毫，泰然地横剑弹开扑面而来的小刀，一步一步逼向志摩。

志摩投完第五把利刃后，从胸口拔出一柄短剑，紧紧握在手中。眠狂四郎嘴角挑起一抹讽刺的笑意。

盯着一派从容、离自己还剩不足四尺距离的眠狂四郎，志摩心知败局已定，突然发出一声怪叫向眠狂四郎砍来。

对志摩刺来的短剑，眠狂四郎仅是敏捷地一转身，就轻松避开了。与此同时，他手中长剑迅速划开志摩那紧紧束于腰间的天青色绫缎腰带，腰带瞬间滑至志摩脚边。

志摩脸色惨白，狼狈的她此刻已全然顾不上性命，一下子丢开短剑，双手紧紧护住已经半敞的前襟。

紧接着，眠狂四郎的刀又在空中画出一条优美的弧线，志摩那绚丽华彩的外衣便从后面裙摆处向上缓缓渐裂开来，众人只闻"嗞啦"一声，裂成两半的外衣已自志摩胸前滑落，褪至脚边。

志摩的神情愈加悲愤。面对她的惨状，眠狂四郎并未停下手中动作，愈发不留情地挥动长剑，"唰唰"两下，划开了她的白色纺绸里衣，划开了她绯红绉绸的贴身内衬，片刻间，志摩那丰润莹白、线条优美的肩部、胸部、背部、腰部全都裸露在众人面前。忽闻志摩凄声尖叫，原来眠狂四郎已用剑尖挑掉束缚在她腰间的最后那件衣服，甩向空中。志摩已然全身赤裸。"啪——"的一声，利剑入鞘。接着，眠狂四郎转过身来，对着家庆恭敬一拜，转身退下，留给众人一个潇洒的背影。

身后——

一丝不挂的志摩僵硬地护着前胸低头伏地，浑身雪肤完全暴露在阳光之下。众人屏住呼吸，眼睛齐刷刷投向她去，空气中弥漫着一种异样的沉默。

修罗之道

一

清晨，一眼望去，江户的街道宛如一幅画。武家宅第本就临街而建，按照惯例，仆役们要在太阳初升之时，给外面的街道洒水，再用扫帚扫得一尘不染。

此处——大奥医师室矢醇堂宅前，大门一左一右大敞着，门前两个管事的仆役，在夏日早晨清爽的空气中挥动着手中的扫帚。

对面柳原堤上绿柳成荫，一片青翠映入眼帘，在乳白的天空下更显得生机勃勃。

没有听到任何脚步声，只见一道长长的人影到了脚前，一个仆役吃惊地抬起了头。

眼前是一个浪人模样的年轻人，面目清秀，举止优雅，仆役朝他轻轻施了一礼，将这个难得在早晨到访的客人让进了院子。

客人悠然踏进玄关，高声喊了句"劳驾"。

寂静的内室马上传出一阵裤裙摩挲的窸窣声，一个年轻的仆从出来迎客。

"听闻御医大人今日不当值,在家中休息。请劳烦通报一下,说眠狂四郎登门拜访。"

听到来人自报家门,年轻的仆从愣了一下,忙端详起这客人来。几天前的夜里,在八辻原,狂四郎曾埋伏在醇堂前去当值的半途,抢走了他的药箱,当时这个年轻的仆从也在场。

年轻的仆从如石化了一般目瞪口呆地定在原地,狂四郎朝他冷冷一笑:

"在下前几日得到的药箱中,有个黑色小匣,听闻里面是对御医大人来说十分贵重的秘药,劳烦通报下,说我是为归还药箱而来。"

年轻人退下去后,稍过片刻,里面走出一个年长些的佣人,向他示意道:

"这边请——"

佣人尽力掩饰自己的敌意,表情僵硬地在前面引路,把狂四郎领入书院。

自狂四郎在客席坐下后,半个时辰已过。这也在他意料之中。

狂四郎平心静气地等候。

拉门敞开着,独具匠心的回游式庭园①一览无遗。

当时位居法印(相当于僧正)的大奥医师相当富有,每到中元节和年末都能收到千两酬礼。然而,即便如此,要维持如此富丽堂皇宛如仙境般极尽风雅的宅第,他靠行医收取的酬礼也只是杯水车薪。

——想必是他大规模走私赚取的不义之财,才使得这庭院如此美不胜收。

狂四郎一面想着,一面静静地听着麻雀吱吱乱叫,这时隔扇门开了。

出现的不是醇堂,而是备前屋。

"能在此相见倒是有缘啊。"

---

① 回游式庭园:池泉庭园样式之一,以泉池为中心边走边观赏的庭院。始于镰仓初期,江户初期和明治时代盛行一时。

隔开一丈多的距离，端正地把手放在隆起的膝盖上的备前屋，一副坦荡的样子笑着说道。

让我苦等半个时辰，就是为了迎接这个阴险的商人吧。

"我还在想，是不是你来了呢！"

狂四郎也露出了毫不示弱的笑容。

"听闻阁下此次登门，是要归还从醇堂大人手里取走的小匣子吧——"

"备前屋！私自挟带鸦片，唆使公方①的孙子沉迷其中的那个人就是你吧？"

"无稽之谈。我不过一介漕米②商。药物方面的知识我知之甚少——"

"听说所谓什么都不懂的人，不过在用药剂量上动了点小手脚，就已经把本丸老中③、若年寄还有大目付这些人要么变成什么都看不见的瞎子，要么变成什么都听不见的聋子了。"

"眠先生，有话尽快挑明了说吧！我可是很忙呢。"

突然，备前屋变了个人似的把脸一绷，一边的粗眉毛微微抽动了一下。

"正合我意！"

"我已等你多时。是我怂恿茅场家的女儿到你身边的。我压根就没想过单凭她区区一个小姑娘，就能从你手里抢走女人偶头。那姑娘是个虔诚的天主教徒，长处就是为人老实。所以，见到你之后她一定会坦白说男人偶头就在室矢醇堂手中吧。如此一来，你定会为取回男人偶头从正面闯入这里。我不过如此盘算了一番而已——结果真不出所料，你来了。"

"我来是要用鸦片交换男人偶头的。"

"您真是思虑周全……但是，这笔交易对我来说，不划算。说起来，意

---

① 公方：镰仓末期至室町、江户时代对将军的尊称。
② 漕米：江户时代幕府各藩将储备的年贡米运往江户、大阪。亦指运送贡米。
③ 老中：江户幕府的职务中具有最高地位、资格的执政官，直属将军。

欲利用幽灵和鸦片将大纳言[①]大人的继承人弄死的上房女佣,她因为被你看到了一丝不挂的样子,心中羞愤交加,无奈之下咬舌自尽了不是吗?不过话说回来,真该感谢你,这样一来能揭发我们阴谋的人又消失了一个。你手里掌握的鸦片根本不足以成为证据……我毕竟是个商人,不会做亏本生意的。"

"原来如此。这番话还真是符合你的性格。……那么,就别怪我硬抢了。"

"果不出我所料……实在抱歉,我十分欣赏你这样的武士。我虽阅人无数,却不曾见过如你这般有魄力的……话虽如此,请记住一点,我不会劝你倒向我们的。我们生来就象相克。动手吧,看看谁先倒下。"

"备前屋!你准备了多少杀手?"

"十三人哦……本来还让他们准备了弓箭武器,我敬你胆敢一人前来的勇气,就让他们把武器都撤下吧——那么,让我见识一下吧。"

备前屋慢慢站了起来。

就在那一瞬间,狂四郎看到了可以斩杀他的时机。但是,他没有那么做。

二

备前屋消失在隔扇之后,转眼,十五叠[②]大的书院就被十三个埋伏的杀手包围,无形的杀气咄咄逼人。

狂四郎霍然起身,长身而立,长刀佩于腰侧,一身黑色轻便和服,在这一瞬间的可怕静寂中,他如影子一般,突然踏出一步。

---

① 大纳言:日本律令制下太政官的次官。参加政务的审议,大臣不在时代行其职。
② 叠:一叠面积约为1.62平方米。

刹那——

他苍白冷峻的面庞上闪过一丝悲怆的笑，脚下猛地一蹴地面，斜横着身体飞去。

他"啊"地大喝一声，横刀砍去，六枚芦苇屏风中间的两扇，一下子就被斜劈成了两半。

随着一阵诧异的呻吟，藏在屏风后的男人也同屏风一起"咚"地倒了下去。似被那阵风煽动一般，狂四郎的身体噌噌噌地从屋内的榻榻米上滑过，转移到了宽阔的外廊檐下。

狂四郎在书院刚坐下没一会儿，就已看破屏风后有人埋伏。那人正在动过手脚的屏风后，用嵌在屏风的油竹压条上的枪口瞄准狂四郎。备前屋能够坐得如此泰然，皆是因着此人的护卫。

制敌在于先发制人。

狂四郎如在河面掠过的燕子一般，迅速飞向走廊右侧，在此同时他也敏锐地察觉到，藏在暗处的敌人阵营出现了一丝动摇。

掠过大约三丈远之后，狂四郎离开外廊，一跃跳到庭院中。

他觉察到，如果从书院直直地奔向外廊，再落到庭园里的话，潜伏在外廊之下的敌人就会不动声色地朝自己挥刀砍来。

被看破攻击路数的敌人，分别从埋伏的外廊下、旁边的隔间、以及走廊的阴影中迅速蹿出，如一群争食的野狗般同时向狂四郎扑来。

狂四郎横穿过草坪，在茶室的院子入口处站住，背对着半袖形灯笼，低压刀尖。他镇定地静静站着，周身散发出朦胧怪异的剑气。

十二名刺客在狂四郎面前迅速散开，形成一个半圆。

一般来说，武家宅第的茶室入口都是为防御敌人而设计的，借由假山、石头和树木的位置部署，一个人就足够抵挡敌人。灯笼前后种有树木，这些树木不仅能使灯笼明亮的光线在枝叶的遮挡下营造出一种幽深寂静的美好意境，也让光线朝向了敌人，从而使自己隐藏于黑暗之中。而且，这里灯罩的位置，无论是敌人还是同伴，对他们来说都是最后的攻防较量之地。换句话说，狂四郎与攻入这个宅第的最强之人处于同一条件之下。

就在一瞬间，被迫处于守势的刺客们慢慢向前逼近，逐渐缩小距离。最后，他们发现只能上前单打独斗，一个个恨得咬牙切齿。

这些人全都是备前屋用重金雇来的杀手，每个人都身怀绝技，是百里挑一的好手。狂四郎把刀尖落在脚尖前面三尺处，这种奇怪的架势仿佛有种魔力，令人不寒而栗。

"吃我一刀——"

一个急着抢功的杀手嗖地冲上前来，高高举起长刀朝狂四郎砍去。

在他噌地跨出半步靠近的瞬间，狂四郎嘴角露出一丝令人战栗的阴笑。

"下地狱去吧，等你想出怎么破我的圆月杀法时，已经太晚了！"

狂四郎一边放话一边静静地开始转动刀尖。

对手突然双眼圆睁，瞳孔似要飞出一般，他本想在狂四郎露出破绽时伺机一刀砍下。狂四郎刀身转至水平的时候，对手眼睛突然收缩，脸上浮现无以名状的胆怯神色。

"唔！"

未曾看到狂四郎出刀，那人保持着大上段①的姿势，突然踉跄一下，咚的一声仰头倒下去，鲜血如泉涌般从他喉咙喷出，浸湿了一尺多长的地面。

狂四郎收剑，恢复原来的姿势，一动不动地站着。

酷热的阳光透过枝叶，渐渐洒向浑身散发着妖邪之气的狂四郎，在他身上映出斑驳的树影。

"喝！"

一人如飞鸟般快速从左侧冲了上来。然而这迎面一刀徒劳地砍在狂四郎背后灯笼罩上，火光四溅。

---

① 大上段：剑道用语，挥刀从头上往下砍的架势。

随着"啊"的一声惨叫,他浮在空中的脸仿佛挤破的酸浆果一般,被无情地染成了朱红色。

这时,狂四郎已经转向第四个敌人,刀身继续画着半月。

"唔、唔、唔……"

被这说不上是恐惧还是厌恶的异样情形所震慑,那人呻吟着,绝望地紧咬牙关,放弃八相①的架势,猛地挥刀砍了过来。又是一个白白送死的。只见刀风飒然而过,那人便已倒向长满青苔的地面了。

说时迟那时快——狂四郎立刻快速移向右边,准备攻击第五与第六个敌人。他一面向锋利的刀尖放射引力,一面三度开始描画圆月。

奇怪的是,狂四郎那如烈火般充溢着欲念之色的双眸,正凝视着第五和第六个敌人中间的空当。

转动的刀身弹开金色的阳光,一闪一闪。

"喝!"

第五个人急着找死,发出振聋发聩的一声大喝,神色凄厉,刀光一闪而过。

狂四郎后撤一步,身形微动,只向右侧拉开一点距离,还未看清他如何出手,随着骨头碎裂的一声闷响,那人自脖颈到肋骨已被他斜肩砍断。刀身掠过血色的彩虹,锵的一声收了回来。

第六人发狠吼了一声,劈头朝狂四郎砍来。在刀尖掠过肩前的刹那,狂四郎业已收回的剑毫不留情地砍断了他的身体。

转瞬之间击毙两人的狂四郎,随手甩去刀身上沾的血,将这一路风扬乱曲的"安静"姿态也甩了开去,浑身散发着慑人的气势,好似在说着他要马上大开杀戒了!

喊出"受死吧!"的同时,他刀尖划过地面,"噌噌噌"地分出多个身

---

① 八相:左脚前,右脚后,左脚全贴地,右脚脚跟提起,两脚平行或微外八字,左脚脚跟和右脚脚尖在同一条直线上的架势。

形,开始了进攻。

狂四郎进入刀圈之内将背后完全暴露给了敌人,他一面在心中狂吼:"——备前屋!这就是我的剑法,看好了!"一面应对四面八方拥来的敌人,他四处腾跃翻转,敌人一个接一个都成了他圆月剑下的祭品,白洲、踏脚石、青苔全都被染上了触目惊心的血红。

三

押上村的龙胜古寺后面有片几十年前就被弃用的墓地。那些已成为无缘佛[1]的墓石,掩映在蓬勃疯长的夏草之下。高大的香樟树下立着一尊地藏菩萨像,可怜的是,佛头只剩下一半。

夏蝉嘶鸣,骄阳当头,酷暑难耐,青草也散发着热气,空然住持顶着这仿佛要把人烤焦的烈日,屈身坐在了闷热的草地上。

身后一阵木屐声响起,静香叫着"空然住持——"走了过来。

"哦——"空然吃惊地站了起来,朝她说道:"小姐,你还不能下床呢!"

狂四郎从室矢醇堂手里抢回的药果然效果显著,她大腿内侧被毒枪射中的伤疤虽然还未痊愈,但也好得差不多了,只是侵入体内的毒素并未完全清除。静香的脸色原本就泛着青色,在白日里被耀眼的阳光一照,整个人看来就像刚蜕皮的幼蝉的蝉翼一般清透,站在那里纤纤弱弱,楚楚惹人怜。

"日本桥的灯笼店老板来了。"

静香说完,突然看到空然一手提着竹笼,便问道:

"这是什么?"

---

[1] 无缘佛:前世与自己未结缘的佛。

"是蟋蟀呀。这也可以算到工钱里——"

空然笑了。是忍着酷暑捉虫儿了。江户中做这种买卖的人大都是一大早就到这附近来挑选进货,这里有金钟儿、纺织娘、蟋蟀、萤火虫等各种各样的虫儿。

再过几日就是盂兰盆节了,这个超然洒脱的化缘云水僧一个劲儿地干起了副业。他从灯笼批发店搬回的须骨灯笼都能堆成一座小山了,灯笼有瓜形,有圆形,还有葫芦形,根据形状的不同巧妙地勾画出或红或蓝的花鸟风月图,这也是要干的活计之一。在白纸灯笼上画上插图,髭题目[1]是给法华宗用的,凋零的莲花图案各宗都可用——如此一安排,空然的业余爱好便派上了用途。

根据当时的风俗,不管日子过得多清苦,即使是住在后街的大杂院内的人家,到了盂兰盆节也一定会点上灯笼过节。还要事先养些会叫的小虫,在迎魂火[2]那晚放生,这也是传承下来的好习俗。

空然在这里做些私活攒点钱,盼着盂兰盆节那日,给村里的孩子们买一些好看的烟花。孩子们也因为有了这个盼头心里乐开了花。

把画好的灯笼交给批发店铺的小伙计带走后,空然和静香围坐在杂乱厢房中的地炉旁,一人一杯淡茶。

"这座寺院是哪个宗的?"

"啊,是什么宗呢?"

"真是的!住持都不知道太不像话了——"

"哈哈哈,我自己也是半路出家当的和尚,还不曾听说这是哪一宗呢。因我最尊敬白隐[3],当是临济宗吧。"

---

[1] 髭题目:日莲宗在书写题目时,将"南无妙法莲华经"除"法"字以外的6字端部拉长,使之像胡须般的写法。

[2] 迎魂火:盂兰盆会第一天夜里,为迎接先祖魂灵而在门口焚烧的火。始自江户时代。

[3] 白隐:江户中期的禅僧,临济宗中兴之祖。

"那空然大师以前不是和尚吗？"

"以前是领薄禄的武士。有一天，受够了武士穷困潦倒的日子，突然有了过闲云野鹤生活的想法，想无拘无束地飞上长天。"

"您真有勇气啊。"

"人啊，在遭遇大的不幸时就会变得勇敢……白隐禅师原本也并不伟大。他年轻时候，就对僧人的生活抱有极大的疑惑，并一直为此痛苦烦恼着。终于啊，在他潜心钻研就要了悟之时，却被命运捉弄了一把，大咯血。对于当时的痛苦……他这样写道：虽然想去各处寻访救治之法，但一刻也不能离开病床，向神佛祈祷也不灵验，种种方法都试过，耗尽了心血却依然毫无办法。所以，最终他自暴自弃，决定云游天下，去当行脚僧了。当时他的想法就是，混账死神你想取我性命就尽管来吧。在这样的气魄之下，他的病竟最终痊愈，活到了八十四岁高龄。"

"空然大师也想像白隐禅师那样自由活着吧。"

"不是说模仿就能模仿得来的啊。"空然笑着说道。他的神情深邃无边，让人猜不透。

——这个人一定经历过什么重大的变故，而且是我这种人想象不到的不幸。

静香想着，默默地在心底和自己的境况和信仰做了下比较。

（四）

静香低头踩着掩盖在杂草中的踏脚石，又走回了别院，不经意地抬起头，脚步忽然顿了一下。

外廊下正悠闲坐着的，是她的护卫鼹鼠喜平太。他的脸要比一般人宽上一倍，背上的大瘤像背着个婴儿，在离置履台二寸远的地方，他垂下一只脚闲晃着——如此丑陋的样貌就像是造物主的恶作剧,静香虽然从小到大已经看习惯了,可每次看见仍不由得起鸡皮疙瘩。

她尽量装得面无表情,走回了房间,喜平太跪在外廊迎她进去。

"我不需要护卫,你回去吧。"

静香冷冷地说。喜平太抬起死鱼般浑浊的眼睛,看着她的背影,用平平的语调说:

"我来接小姐。轿子已经备好,请小姐准备一下。"

"我的事我自己决定,不用你来指示。"

"既然小姐已经恢复到可以自由走动了,就不能再将您继续留在他身边了。请小姐跟我回去,不然,我就去杀了眠狂四郎!"

"我不回去。"静香倔强地说。

一瞬的沉默。

突然,感觉后背传来一丝微弱的战栗,静香急忙回头,就在那一刹那,喜平太风一般从外廊掠过一丈多的距离,来到静香刚才坐的地方。

被一掌击中的静香,软软地瘫倒在喜平太怀中。

喜平太浑浊的眼睛一下睁得很大。肌如白雪,眉如翠羽,紧闭的双眼上覆着长长的睫毛,小小的朱唇如花含露般饱满。他曾经渴望过的这些,如今正如他所愿般瘫倒在他的手臂中。

少女轻盈的身体静静地躺在他怀中,皮肤透着芳香,黑发散发着香气,凌乱的裙裾下半遮半掩的玉腿白皙光滑——

喜平太心中呻吟着,炙热的喘息好似喷火一般,朝昏迷的静香扑面而去。

这几年,静香出落得越发美丽,喜平太一直从远处注视着她美丽的身姿。她是高不可攀的绝壁之花,而他好比无翅的苍蝇,一直藏在杂草丛中嗡嗡叫着,仰望着她。

但是,当他找到静香时,她正要委身于不知从哪儿冒出来的浪人。自那时起,他那佝偻丑陋的胸腔中就渐渐升腾起了爱欲之火。

——我正抱着小姐!就这样紧紧抱着。

曾经一直渴望的事现在终于成为了现实,喜平太胸中不禁迸发一阵狂喜的怒吼,他哆嗦着骨节突出的五指,颤颤地滑进静香凌乱翻卷的和服,朝她红底白花的衬裙下一寸寸探去,看到她娇嫩的朱唇又不禁微微情动,遂将向外翻起露出黄色龅牙的嘴唇凑了上去。

就在此时——

"喝!"一声凌厉的怒喝从前院传来,震得屋内一阵颤动。

喜平太心中一悸,扭头看去,出现在视野中的却是空然。

"虽已荒废多年,这里也是梦想国师[①]沐浴佛光的武藏国五山十刹之一!在通往解脱门的菩提路上,怎可有如此淫乱的行为!立刻滚出这里,混账东西!"

说这话时他身姿凛然,再无平日里的那飘飘如仙的姿态。

"混、混蛋秃驴!"

喜平太大而平的脸因屈辱和愤怒涨得更大了。

他下一步的动作宛如挑战菩萨的罗刹般神速。他将昏迷的静香轻松地用胳膊一夹,大半个身子往旁一倾,风驰云走般抢掠而出。经过空然身侧时,飒然舞动的白刃,于剑尖画出一道红弧,转眼已如旋风肆虐般扫过数间之远。

⑤

眠狂四郎拖着满身血腥的疲惫身子,从回到古寺到现在也才不过五

[①] 梦想国师:梦窗疏石,(1275—1351)日本镰仓时代末期至室町时代初期著名佛教临济宗僧人,号称七朝帝师。

分钟。

回到别院,他立刻发现倚着拉门倒下的空然,不禁惊问道:"发生了什么事?"

只见空然一只手按着胸口,一片暗红色的血迹浸透了衣衫,狂四郎一下子愕然,狂四郎慌忙想去扶起他,空然摇摇头:

"不用了,还是不动的好,正在止血……伤得不重。"

"是谁下的手?"

"一个驼背。"

"什么?!"

猛然间直觉告诉他静香被人劫走了。

"混蛋怪物!"

又重新涌起斗志的狂四郎,连从药箱中拿出止血药都觉得不耐,直接把从室矢醇堂手里抢来的药箱留给空然,转身跳入院子。

"阿眠,不用追了。没用的。"空然转头对他说道。

"我绝不会让静香落在那怪物手里的!"

"你不过是倾慕她,又不打算娶那女子。还是放手的好。她自有她自己的命数啊。"

"我要跟那怪物一决雌雄。"

"来日方长。今天我看你脸色不好,甚是疲惫。"

"什么来日——我这种人没有明天可言!"

扔下这句话,狂四郎不顾一切地冲了出去。

从古寺出来到宅第本院,堀川沿岸的街道是必经之路。狂四郎之所以没能与喜平太遇上,只因在杀光十三个刺客后他已再无余力徒步走回,便雇了只小船从一目之桥绕远路,穿过柳岛桥才回来的。

狂四郎穿过竹林,尽量抄近路,他越过田畴,朝着前面有村落的森林,不顾一切地奔跑着。

离开森林时，狂四郎骑在一匹没有鞍的马背上。白色的街道上扬起一阵尘土，马好似配合骑手的气势般疾驰而过。

远处，一顶小小的轿子行在路上，一看到旁边跟随之人，狂四郎大喜。

在距离轿子大概三丈远的后方，狂四郎扯住马缰，轻快地翻身下马。就在他下马这当儿，鼯鼠喜平太已经脱下草鞋扔到一旁，拔出了刀。

喜平太傲然地高高举刀摆出大上段姿势，狂四郎凝视着那种不可一世的架势，清晰地感觉到这一瞬间就是自己生死的分界线。

陷入危机的是他自己。一个时辰前那场惨烈的血战已经使他精疲力竭，现在无比疲惫。

对方因不敢确定能否敌得过他的全力迎击，所以才使出了不可捉摸的飞翔秘术。

面对如此的强敌，若想使出圆月杀法，就要有不可估量的锐气，来衡量眼前轻重缓急的局势。

拖着疲惫的身体，到底还能支撑多久——狂四郎自己也赌了一把。他迅速拔刀，提着饮过十三个人鲜血的刀噌噌噌地冲上前去，两人间的距离急剧缩短。

"来吧！怪物！"

"噢！"

仅此而已——

狂四郎与喜平太仿佛深深地扎根在大地似的，一动不动地相对而立。在他们对峙的这段时间里，不容置疑的是，生命力正在可怕地慢慢流逝。

狂四郎知道若是使出圆月杀法，动作势必会很僵硬，因为现在他已经无力，而喜平太想要化作鼯鼠飞翔，也因狂四郎逼得太近而无计可施。

唯有两人四目相对碰撞出的闪电般的火花，打破了空间。

然而——于不经意间，一个黑色物体轻盈地翻飞在两剑之间——然后落在了地上。

是一件纱质十德①。

只见那人对两人剑拔弩张的样子似若不见，不紧不慢一步步踱到二人中间，不慌不忙地捡起地上的那件十德外褂。来人正是先前提到的大目付松平主水正——乐水楼老人，他一直隐居在涩谷的森林之中。

这个老人是静香的祖父，同时令人意想不到的是，他竟也是狂四郎生母的父亲。他受茅场家管家的请托，前来带回静香。

"混账东西！"

老人一声呵斥，喜平太突然面现卑屈之色，噌地向后跳开，一言不发地纵身退下。

"静香就交给我，可好。"

老人声音凛然，向狂四郎问道。

虽然老人从容不迫的态度使他不由得很想反抗，但狂四郎还是强压下心中的不甘，只丢下了一句"您随意——"，便头也不回地转身离去了。

狂四郎一回到龙胜寺，就一脸怅然坐到了空然枕边，正抬头望着天井的空然，冷不丁说了一句话。

"正所谓去者不追啊。"

狂四郎默默地点点头，随即被一缕莫名的寂寥所吞噬。

---

① 十德：一种男子上衣，较短，近似和服外褂。为江户时代医师、儒者、茶人等着用的礼服。

江户人性情

一

傍晚时分，一个身着及腰短上衣半缠，长得獐头鼠目的年轻匠人，甩着两只像奴仆风筝①似的袖子，哼着《助六》②中的唱词，穿梭在两国广小路的人山人海中。

"何处生春霞，吉野的山口三浦春意盎然，新生的草，初开的花，平静的堤岸上，有人在说话……唉哟哟，干啥呢，小心点啊，蠢货！"

一个貌似有生以来头次上京③值外勤④的武士一下子撞到了匠人肩上，匠人威风十足，怒喝一声。

武士一听顿时发起火来，瞪着匠人说："怎么了，不服气啊。"

匠人弓起身子，头探向前方说道："这个……在大江户要是对武士和虱子客气，那就没法活下去了。我要是怕你这插双刀的⑤，我连烤豆腐串儿都

---

① 奴仆风筝：日本式风筝的一组。团为江户时代武家的奴仆向左向右张开两袖。
② 助六：江户古典歌舞伎代表性的演目之一。下面的歌是开头的河东节。
③ 上京：指江户时代武士去江户。
④ 值外勤：江户时代，各诸侯的家臣轮流在江户、大坂的藩邸或远方要地值勤。
⑤ 插双刀的：指武士，因其腰上插着长短两刀。

吃不下了。"

武士一下子就变了脸色，然而他却没有伸手拔刀。上京之前，藩中的家老①反复告诫他，到江户后，决不可与市井中的无赖发生争执，在太平盛世，斩杀这些无礼之徒，不管是出于何种理由，都会成为他一生的污点，成为他出人头地的绊脚石。

"喂喂……土包子武士，用你家乡话骂我一句试试啊。"

匠人盛气凌人地嘲笑道。忽然有人从背后拍了拍他的肩，跟他招呼："得了吧，富藏！"

此人正是以眠狂四郎唯一的跟班自居的扒手金八。

"你说什么——哦，金八啊！"

"手艺人只在不醉酒时才上工啊。"

金八笑着说出这句只有富藏能听懂的话，因为富藏也是顺人钱袋的小贼。

"真是多管闲事，滚开！"

"哎，不要这么说嘛——"

金八的手轻轻蹭了下富藏的胸膛。说时迟那时快，金八以迅雷不及掩耳之势，将武士被窃的钱袋又从富藏怀中偷了出来。

金八恭敬地弯腰赔不是："武士老爷，正如您所见，他喝多了，他这人要是清醒的话就跟猫一样胆小——还请您大人有大量饶恕他的无礼。"

面色苍白的武士口中似乎喃喃地说着什么，逃也似的匆匆离开了。

金八在与他擦身而过的瞬间，又将钱袋放回了武士怀中，武士自然没有发觉，也没有任何人发觉。非也，只有一人除外。

那便是荷兰眼镜店前面伫立着的一个男人。他一副店家打扮，穿着棉布条纹和服，浅蓝色的缎子腰带系成了贝口结②的形状。他目光犀利，捕捉

---

① 家老：江户时代幕府或各藩中重臣。
② 贝口结：和服角带的一种结法。一头折得宽，另一头折得长，对折后再连结起来，剩余的部分朝上。

到金八手上的动作后,便不动声色地冷笑了一下。这个男人两颊瘦削,脸色阴郁。

男人慢慢走近富藏。

富藏对着金八离去的背影发着牢骚,一看到男人站在自己面前,马上叫道,

"哎呀,大哥——"

"蠢货,看看你的腰包!"

男人的怒吼声音很低,但却非常骇人。说完,他便尾随金八疾步而去。只留富藏还怔在那声令人恐惧的咆哮中。

这个男人名叫小春吉五郎,是黑元结连这一盗窃组织中手段首屈一指的人物。黑元结连是网罗了江户各路神偷的盗窃组织。

(二)

金八走进沿河一排茶屋中一个叫"东屋"的店。

看到系红围裙的倒茶侍女正与其中意的年轻人拉钩告别,于是打趣道:"哎哟哟——拉紧小手指,蟋蟀、云斑、金蟋、金钟儿、纺织娘、蝴蝶、蜻蜓最是多情,每次来都晃来晃去卖弄风情啊——羡慕死人了!"

"金大爷,真讨厌!"侍女说着拍了拍金八的后背,故意让他看到祭佐七[①]中杀人的场景,于是金八咚咚地快走几步进入了店里。

"俺的直觉果然很准啊。"

他头往隔扇屏风内一看,发现眠狂四郎正躺在后面,金八高兴地笑了。

但是,待走上前去,看到闭眼而睡的狂四郎的睡颜时,金八的直觉告诉他——这家伙心情不好。

---

① 祭佐七:歌舞伎狂言。四世鹤屋南北和二世樱田治助合著的《心迷解色系》。

如雕刻般深邃白皙的面容掩上了一层阴影，那凄惨而暗淡的神色金八迄今为止都不曾见过。并且，由于金八有着这样的直觉，从狂四郎一动不动仰卧的姿势中便又感受到一种令人毛骨悚然而又阴森森的压迫感，金八不禁打了个冷战。

金八原本下定决心见到狂四郎后就立刻抱怨一番："先生，美保代小姐您就这么置之不理吗？这怎么想都有点残忍啊。让她活还是死，请快下个决定吧。"

现在他改变了主意，决定今天只谈要事，遂轻轻叫了声"先生——"

他接到传话，去了水野忠邦的上宅，受侧头役①武部仙十郎之托给狂四郎送信来了。

"武部大人让我给您带话，这封信请尽快过目。"

过了会儿，狂四郎霍地坐了起来，眼神忧郁地仰望着天空，轻声如喃喃自语般地问道："金八，你活在这世上以何为乐？"

"啊？以什么为乐？这个嘛……这世上有女人、有美酒、能赌博有架打等等——不过，只要老爷您一声令下，我就兴奋得浑身发抖，光这就很值得活着了。"

然而，狂四郎就像没有听到这回答一般，顺手拆开了武部仙十郎的信。

狂四郎读完信后，神情又恢复到平日里冷峻的样子。金八看到这后心中终于松了一口气。

狂四郎卷起信纸塞进怀中，拿着长刀站了起来。

"老爷，有事交给俺来做吗？"

"有。"

"太好了。"

金八眼睛闪着光，高兴地拍了拍手。

二人向门外走去，金八问道："您要去哪里？"

---

① 侧头役：相当于副统领之职。

狂四郎道："吉原。"

据仙十郎信中所言，水野忠邦同父异母的弟弟长谷川主马，现在应该是流连于仲町①一家名叫"若叶屋"的引手茶屋②。

长谷川氏是俸禄三千石的寄合小普请③，上一代曾任山田奉行，由于玩忽职守而被罢免，便是所谓的有罪小普请家世。

德川家康之母传通院殿的娘家，是加入老中之列的水野家，出生在这样的家族之中，却是有罪小普请家族中的养子，是何等的屈辱。

但是，与精明能干的兄长忠邦相比，主马则过于思虑肤浅、性格粗暴。兄长忠邦十九岁时一继任家督，就亲自定下家规，端正家风，整顿仪容，明示志向，着实是有着君主般卓越见识的才俊。相比之下其异母弟主马更显得劣性难改了。而且，这种自卑感逐渐刺激了主马，他变得更加放纵，最终，又将自己置于有罪小普请的家族之列了。

现在，身为西丸老中并进入阁老行列的兄长，与好吃懒做、碌碌无为的弟弟之间有着天壤之别。

武部仙十郎很久之前就已发觉，他们的对头本丸老中一方，利用长谷川主马对其兄长的憎恶，正极力拉拢他投靠他们。他们摆在主马面前的诱饵是，使忠邦失势后切腹自尽，然后再由他这个弟弟承袭水野家，面对这样明显的好处，主马定会轻轻松松就上钩的。

仙十郎做了个冷酷的决定，如果抓到了主马投靠敌方的证据，那么他就必须为了主人家的利益而击溃主马。

这就是狂四郎收到的信中所写的内容。

---

① 仲町：贯穿吉原游廊（烟柳巷）中央的一条大道。现在的东京都台东区千束4丁目附近。

② 引手茶屋：游廊（烟花巷）中引导客人去游女屋的茶屋。

③ 寄合小普请：江户时代，寄合是俸禄三千石以上旗本中的无官职者。小普请是江户幕府的直臣团，俸禄在三千石以下的旗本、御家人中没有差事的人。而俸禄为三千石本应被编入寄合的人因犯错及其他过失而被编入小普请的称作寄合小普请，也叫有罪小普请。

恰巧主马突然派人给仙十郎传话，说："听说你雇用了稀世刺客眠狂四郎，请一定引见一下。"于是，仙十郎便想趁此机会，利用眠狂四郎揪出主马背叛的证据。

三

狂四郎和金八刚潜入吉原的大门，距离他们几间远的后方，窃贼小春吉五郎不知有何目的而一直尾随着他们，以一副若无其事的嫖客模样潜入进来。

夜幕降临，妓院门前亮起长夜灯①，亮了凉风习习，飘荡着清扬的清骚②曲的中央大路。

"每每听到这样的声音，心中便按捺不住啊。被店中飘荡出来的清骚曲邀请着，不知不觉就流连其中的今朝之雪——"

狂四郎听着金八吟唱的吾妻八景③，同时随手掀起引手茶屋"若叶屋"的花色暖帘，走进了店里。

长谷川主马在二楼，身边坐着的老相好梳着立兵库髻④，穿着金银五彩刺绣的和式罩衫，周围是香新、振袖新造、秃⑤依次排开，喝多了酒有些倦怠的身子侧靠在凭肘几上。主马年纪还不到三十，却与兄长忠邦迥然不同，一副浪荡堕落的病容。

坐席的正中间，穿着白领黑徽套服的艺妓弹着三味线，跳舞的男人们跳着助兴的舞蹈。

---

① 长夜灯：一种木制房脊形灯笼，日本江户时代吉原妓院门前用作街灯。
② 清骚：歌舞伎伴奏音乐的一种。用于表现妓女出入及妓馆区开业的场面。
③ 吾妻八景：长调的曲名，四世杵屋六三郎作曲，讴歌江户的名胜风景。
④ 立兵库髻：女子束发方式名称。将头发集中在头顶，发根卷起，在顶上做成环状。
⑤ 香新、振袖新造、秃：分别是游女的不同阶段。秃相当于婢女，振袖新造是见习游女。

"哎呦——眠老爷。"

艺妓停下拨弄琴弦的手指，吃惊地叫了一声，主马听到声音随即直起身来。

"眠狂四郎，你来了啊。听说你在吉原艺妓中也甚有名气，果然名不虚传，过来吧——"他说着话，醉眼惺忪地对他招了招手。

"多谢——"狂四郎走上前去，只瞥了主马一眼，就已知他是什么样的人了。

主马厌恶繁琐死板的规矩，不带侍从，喜欢沉溺于烟花柳巷之中，这并非因他有敢于反叛注重仪容的武家上等社会的骨气，只是因他爱玩的惰性罢了。不过，与每日侍奉于权势门下阿谀奉承，想尽办法各种贿赂，好不容易得到官途的卑鄙行径相比，他的无能并不比那些人显得恶劣。

对于这样的情况，狂四郎仍有一处疑惑，他一边思虑一边喝干了酒杯中的酒。

不一会儿——

主马若无其事地说道："狂四郎，怎么样啊，丢开仙十郎交给你的事，当我的手下吧。预备金五百两，每月月俸十两，如何？不是跟你开玩笑，你若同意，即刻便可让你见到钱。"

这预付款定与仇敌——掌管官仓的美浓部筑前守的相差无几。

"是大篱[①]的上等妓女的赎身价啊。"狂四郎抿嘴一笑。

"我这说的可是认真的啊！"

"我可不是贪图钱财的人——而是个如果有需要，连试刀杀人[②]也会做的莽汉——这么说吧，我甘愿受那位老人的指使，并不是为了钱，而是他高深莫测的度量吸引了我。不过话虽如此，我对那老人也并非真心的信服

---

① 大篱：江户吉原的烟花柳巷中，最高级别的妓院。
② 试刀杀人：为了试刀或者是为了磨炼剑术，武士夜间在偏僻街道刺杀没有防备的路人的行为。

"……若让我投靠你们也是可以的。只是,我呢,要看看你们可有足够的魄力,使我眠狂四郎愿意为你所用。"

"你是说,要先试试我的度量吗?"

"正是。"

说到这,狂四郎特地用愉快的口吻道:"喂,金八,这位老爷说他无聊得很,有没有什么好玩的点子?"

"呵呵,无聊,荒谬,咱兜里没有一分钱,是被老婆压在屁股下的妻管严……咱玩玩试刀砍人如何?"

"哦,这个不错,再好不过了。"

两人一来一回的对话像是预先商量好了一样顺畅。

主马果真胆怯了。虽然特意装出一副外表任性放纵的样子,给旁人看到他的玩世不恭,但事情一旦败露,他将会面临被贬为平民的危险。他还未必有足够的胆量敢冒如此危险鲁莽行事。"

"哎呀,我并没有说要杀无辜的百姓。到处都有那种你杀了他他的父母反而会很开心的孬种。我去找来。"

"你的意思是,之后的责任你来负?"

"在尸体上放一封手书,说此人是我所斩杀的也行。刀,也可以借你一用……受雇者要试试雇主的手腕——这种与常规背道而驰的事不也时有发生吗?"

过了片刻,狂四郎起身去方便,金八立刻跟了过来。

"先生,您让他试刀杀人,是不是玩真的?"

"是。"

"这可不是什么好主意啊。我看不惯那个旗本。即使是再不孝的败家子,如果成了那个窝囊废武士的刀下之鬼,绝对会死不瞑目啊。况且,究竟要从哪里去找俎上之鱼呢?"

"你,我给他试刀的人就是你。"

"开，开玩笑的吧。"

"这就是你此次的任务。"

"先生，我可生气了啊。我又不是西瓜、香瓜什么的——"

"他不是说要从我这里借把刀吗。我准备给他找把卷刃的刀。这就去熟人的道场借把练习用的刀来。"

"这样——但是，如果他用蛮力挥刀的话，还是会挂破皮吧。要是被击中要害，搞不好会骨折的啊。"

"不用伤筋断骨也能挣一大笔嘛。躲开他砍过来的刀，顺走那家伙腰间的印笼……实际上，那才是真正的目的。对我来讲，扭住他的胳膊将其放倒，再夺过印笼实属小菜一碟。但强取豪夺实非我所好，我是看上你这等妙手空空的本事才说要你表演节目的。明白吗？"

两人的密谈，被前面提到的那个小春吉五郎全部偷听了去。他就藏在隔了一扇拉门的隔壁小房间中。

四

下弦月高悬在空中，如同剪下了晴空一隅。

浅草寺的正殿和寺塔的影子落在东方，九声钟响刚过，浅草寺后的这条大路一下子人烟绝迹了。

盗贼金八踩着自己的影子嗒嗒走来，四周安静得只能听到他一个人的脚步声。

每每这时，金八就会全身肌肉紧绷，抑制着从心底深处涌出的像打嗝一样讨厌的恐怖感，低唱着充满哀怨的小调。

靠在你轻挽发髻的手上，

请听我细说端详，

是我错的话，请见谅，
你有时也小肚鸡肠。
——啊！太讨厌了！
金八看到对面隔着七八间的地方有黑影，舌头突然像打结了一般，声音也嘶哑了。
——不就是卷刃的刀吗，不足为奇。
蒙着面的黑影，是独自一人。而狂四郎在金八所看不见的某个位置，注视着这一切。
紧张感一步一步增加——缩短到只有两间之远时，金八知道对手再有两步就会出手，不由自主地缩回了脚。
一瞬间，对手没有再走那剩下的两步，嗖的一声从左手白色的刀鞘中拔出了刀。
金八本想叫出"有何贵干？"却不知是否发出了声音。金八看着迎面砍来并落在他面前一尺之处的刀尖不寒而栗，却竟还有空嘲笑对方道："混账东西，怎么没砍到呢。"
主马大喊一声，朝闪身跳到旁边田里去的金八砍去了第二刀，还是没砍中。
金八看准了他砍来时身体露出的破绽，快步上前用身体撞了过去，探手欲拿他腰间的印笼。确实也有那么一刻指尖碰到了，但是主马躲开他，身子后仰，这令金八的上身向前倾倒。
"妈呀！"
主马在屁股即将着地的瞬间，拼命地胡乱挥刀，猛地砍到了金八的膝盖。
金八呻吟着一下子跳了起来，一瘸一拐地一溜烟儿跑了。
主马愤愤地哑着嘴从地上站起，不知何时，狂四郎已伫立在他的身后。
"杀一个人真是不容易啊！"
"确实……不过已经快得手了——"

看到还在喘着粗气的主马腰间挂着的印笼,狂四郎冷冷说道:"你若还想重新再试一次的话,随时都给你准备祭刀的供品……这几日我就暂住在江户町二丁目中的'中卍①'——告辞。"说罢快步离去了。

——金八那个家伙,不会正躲在哪儿呻吟吧。

狂四郎边想着边小心留意着附近,放慢,脚步,突然,从小路窜出一个人影出现在他面前,那人弯下腰说道:"金八坐着轿子被送往今川町的文字若师傅那里了。"

狂四郎定睛一看,直觉告诉他,此人在哪里见过。

看打扮像是哪家商户的老板,是个具有敏锐观察力的男人,能够触及狂四郎内心所想。

"咱知道您怀疑我。咱与金八干的是一样的营生,在下吉五郎。"

"你如何得知今夜之事?"

"说来话长。请随咱边走边说。"此人举止谈吐沉稳大方,气度不凡。

狂四郎开始往前走,吉五郎与他保持约两步的距离走在他的旁边,边走边将昨天金八是如何将自己手下富藏从上京的武士那里偷来的钱包物归原主的事简要说了一遍。

尾随金八是为了杀杀他的威风,于是一直跟他到引手茶屋,就偷听到了今晚的事。

狂四郎没有吭声继续走着,突然向他问道:"你怎么样?对自己的本事可有自信?"

"呃——"他稍微沉默了一下,说道,"您难得的好主意,咱却只是袖手旁观,真是太不知趣了。"

狂四郎豁出去了似的说道:"你来做吧!"

"做就做。"吉五郎斩钉截铁地回应,"……但,关于此事,咱有一个请求。"

① 中卍:中等妓院的名字。

"你说。"

"咱一点也不惧怕那个杀人的,怕的是老爷您。所以不管咱是否能顺利拿到印笼——都希望老爷您什么都不要说,只袖手旁观就行。"

"我跟那旗本原本就不是一路人。这你应该心里很清楚。"

"咱明白。但是,到了那个时候,老爷您的态度将会发生怎样的变化还未可知——说不定——突然,咱让您心生憎恶,您会趁咱不备拔刀砍过来呢。"

"这你无须担心。放手去做吧。"

"听您此言咱便安心了……那么,告辞。"

吉五郎恭敬地鞠了一躬,一下子消失在了小巷中。

狂四郎心中忽地涌出一丝疑问,急忙想叫住他:

"喂——"

夜色漆黑,没有任何回音,也没有脚步声,吉五郎就像溶化在这夜色之中一样,不见了踪影。

㊄

在江户町二丁目的中等妓院"中卍",狂四郎躺在自己熟识的一分女郎①的屋里,神情茫然。直到第三日正午,引手茶屋"若叶屋"才派人来接他。

长谷川主马一看到狂四郎出现就扔出一封信,面带怒色地说道:"有,有人送来了这个!"

站在耀眼的阳光下,狂四郎从主马干燥且毫无血色的皮肤,空洞的眼神,涣散的瞳孔,异样的神色以及他不断抽搐的手指,立刻看出了端倪。

——不用想,一定是鸦片中毒。

---

① 一分女郎:指嫖资为一分金的低级妓女。

他一边确信自己判断无误,一边打开了信封。

"请恕冒昧,书此信一封,前夜见识到了您的本领,由于酒醉而发挥失常,实属可怜,因而,欲与您再战一次,不知您意下如何。不借助别人和武器,使出自己的看家本领。今夜老地方老时间,在下会扮作盗人[1]前去赴约。"

——吉五郎这个家伙,耍这种小聪明。

此举让狂四郎不禁莞尔一笑。

"狂四郎,那人跟黑道上的人颇有交情吧?"

"那帮家伙消息灵通得很。这种事在发生的当天就在同伙之间传遍了。先不说这个,您有何打算?要接下战书吗?"

"那当然了。这种自作聪明的挑衅——我这就去宰了他!"

狂四郎冷冷地望着主马,看着他满腔怒火的样子。

性格豪爽的三河武士之血早已干涸,昔日彪悍的气魄如今已经转移到市井匹夫身上。这个位居旗本八万骑的高位之人,具有可以徒手面对刀剑的气魄吗?一介盗贼,堂而皇之地向朝中直参[2]挑战。挑战对手是否也应该对挑战者的这种心思之妙加以赞赏呢?

吉五郎就算赢了也不能得到任何荣誉,若被杀也是白死。而吉五郎将自己的气魄激发了出来,敢于以命相搏。

——相较于你,那个盗贼可是令人钦佩得多了。

今夜也是月朗星稀,浅草寺树林里的乌鸦开始鸣叫,那影子在月光中舞动,让人觉得有种不祥之感。

狂四郎沉默地伫立着,主马在离他三间开外的地方忐忑不安地时而变

---

[1] 扮作盗人:这里指的是一种特殊的戴头巾的方法,与一般头巾的戴法不同它不是在下颚而是在鼻子下面打结的。是歌舞伎中鼠小僧等盗人的特殊装扮,后也运用于演剧和时代剧中。

[2] 直参:江户时代,直属将军家的一万石一下的武士。可指旗本、御家人。

换位置，时而转动脑袋，成为这深夜大地上唯一暴动的影子。

这时，主马猛然紧张起来，呆若木鸡，狂四郎探首一看——来了！

月光中出现了一个黑漆漆的人影——

盗人打扮的人信步走来，那悠然冷静的样子是金八所不能比拟的。那个男人真是胆大包天，他不仅走在像仁王一般岿然站立的主马的正前方，还在夜幕中露着白牙窃笑，那是种挑逗式的笑。

"好！"

主马拔刀砍去。男子却在前一刻就身轻如燕地向后方退开，又无声地笑了。

焦躁的主马又砍去了第二刀、第三刀，男子都轻松躲过，就那么轻而易举地在刀划破长空之前就拨开月光跳到主马身边。

接着在下一个瞬间，他又在离开主马一间之余的距离，熟练地展示了这样的绝技。主马向着他背影方向砍去的样子显得十分滑稽。

狂四郎微笑着目送走过自己身前的吉五郎。

但是——

吉五郎逃离没多远，突然从町家的黑板屏风的阴影里走出了两个提刀的黑影，前后挡住了他的去路。

"站住！"狂四郎大叫一声，蹬地而起。他此前并没有注意到主马为以防失效而事先安排了伏兵，不禁埋怨自己太大意了。

狂四郎迅速靠近他们，霎时将对方的一人一击毙命。差不多同时，吉五郎呻吟着弯下了膝盖。

"糟糕！"

狂四郎猛然向袭击吉五郎的另一个人出招，此人出乎意料是个劲敌，其青眼架势可谓是炉火纯青。一认出这招式，狂四郎突然想起什么："你，是效力于备前屋的刺客！"对方没有回答，表示默认。

狂四郎静静地将刀尖指向地面。

这一瞬间——

背后轰然响起了枪声——狂四郎噔地伏在了地上。"哎呀!"

对面的敌人颇有心机地砍下了蛮横的一刀。

但是,刀锋徒然砍入土中,对方过度前倾的身体,被在地上滚了一圈的狂四郎从下方扑哧一声狠狠刺中,鲜血四溅。

狂四郎霍地站起,瞅了一眼握着手枪呆然伫立的主马。

"居然这样!你也配当水野越前守的弟弟吗。卑鄙小人!不知羞耻!"

狂四郎愤怒地咆哮着,抱起了吉五郎。

主马扔掉手枪,发狂似的大喊大叫,双手握刀劈头盖脸地砍来。

顷刻间,狂四郎身形一转,抓住主马的手臂,将其拖到了路边。

"我不杀你,是因为可怜你与我一样同是逆子。让你那因鸦片而变得糊涂的大脑清醒一下吧!"

主马的身体在空中飞舞,落进了山谷堀,水中一声巨响。

狂四郎返回,扶起吉五郎,查看了一下他的伤势——恐怕是无能为力了,不禁黯然。

"老爷,实,实际上,已,已经偷到了。"

吉五郎试图将握在左手中的印笼举起,但却没有力气做到。

"吉五郎,你干得太好了。但是,你真是太傻了!"

"老爷,坦白说吧。我也替备前屋卖命,要偷您怀中的女人偶头,在跟踪您的过程中,不知何时,对您心生仰慕。我也能像金八一样成为您的手下就好了。我偷,偷到了这个印笼,您看——"

狂四郎郑重地点了点头。

"正中我意!吉五郎。"

"我虽是个无足轻重之人,可,可也是江户男儿。"

第二天,装有鸦片的印笼,和报告书一道送到了武部仙十郎手上。报告书上写着:长谷川主马已经被敌方操纵,沦为吸毒者了。

恶魔祭

（一）

神祇·佛教·恋爱·无常·男女混浴的浮世澡堂——江户平民的生活百态，在热气蒸腾之中被鲜活地描绘了出来。

读本作家立川谈亭每天唯一的乐趣就是去晨浴。

谈亭一进澡堂，就听到有人大声争辩，声音从绘有武士画的石榴口[①]传过来，原来是附近的两个年轻人跟隐退的木材批发商在嚷嚷。澡堂子空荡荡亮堂堂，要说别的客人，也就只有一个浪人背对着泡在池子里。

"哎，谈亭先生！等你半天了。这俩愣头青非说咱说瞎话，请先生给咱讲讲呗。"

"什么事儿？天地阴阳、森罗万象，日本大唐西洋，没有鄙人不知道的——"

[①] 石榴口：江户时代澡堂内通往浴池的低矮出入口。在浴池的前面装上板门以防止热气散失，水变凉。

"那个嘛，先生，就那个隐居的日莲①上人②，先开澡堂的谜团嘛，他们非得说咱吹牛。"

"日莲本来就是说大话——暂且不说这个，日莲之前确实已经有澡堂了。出处是村上天皇在位期间源顺③编纂的《和名抄》，浴室都俗称'由夜'。"

"哎哎，就算是谈亭先生您说的，也难以叫人信服呀。"

"他归隐圆寂之后，并没有叫人守灵，而是送去'由夜'。由夜由夜，为汝净身④——"

"江户最早的澡堂，是天正年间一个叫与市的伊势男人在钱瓶桥开的，费用为一枚永乐通宝⑤，女混浴。"

"呦！只花一钱呐，小媳妇的肥臀，大姑娘的肚脐，想看哪个看哪个呀。"

"可别说肚脐了，现在又到季节了，不知道哪儿的漂亮媳妇肚脐里又要被涂上黑十字了。前年这时候是甲州屋老板的妻子，去年这时候是女艺人坂东秀弥——呦，今年，说不定是你小妾的凸肚脐呢。"

"哎！你小子何时偷看老子小妾裸体了？在哪儿看到的？老子小妾根本不是凸肚脐，最突出的是尖尖的高鼻梁！"

---

① 日莲(1222—1282)：日本镰仓时代高僧，佛教日莲宗的开山祖。他曾在清澄寺和比睿山等地修行，建长五年(1253)根据《法华经》开创日莲宗，因著《立正安国论》批判幕府和其他宗派佛教，被流放到伊豆、佐渡等地。后得赦免，隐居身延山说法著述。著有《观心本尊钞》和《开目钞》等。

② 上人：僧侣的敬称。

③ 源顺(911—983)：平安时代中期学者、歌人，嵯峨源氏，三十六歌仙之一。作为梨壶五人之一，参加《万叶集》的训释以及《后撰和歌集》的进撰。其汉诗文散见于《扶桑集》《本朝文粹》等，著有《倭名类聚钞》(即下文《和名抄》，最早的汉日辞书)，个人歌集《源顺集》。

④ 净身：佛教葬礼在入殓前用温水洗净遗体。

⑤ 永乐通宝：中国明朝从1411年(永乐九年)起铸造的铜钱，表面上有"永乐通宝"字样。室町时期流入日本，江户初期之前广为流通，1600年被禁止。

"那她没救了。甲州屋的妻子跟女艺人都是冰凌似的高鼻梁。你生气也得承认吧,你小妾跟那俩人有些相像。危险危险——将她放到蚊帐里,让她好好压压她那凸肚脐啊。"

此时,对面的浪人倏地起身出了池子,来到冲洗的地方。

咦,好像在哪里见过这个人?

谈亭瞥了一眼那人侧脸,歪头思索,却没想起。等他忆起时,浪人已经披上衣服正要上二楼。

那时,澡堂二楼是赌徒聚集,情人幽会的地方。楼上是打通的铺席房间,有人在下将棋,有人在下围棋。二楼掌柜坐在屋子中央,茶釜[①]里开水翻滚,临时雇佣的漂亮女招待正利索地给客人上煎茶。

浪人倚着二楼栏杆,望着这边。谈亭曾在常磐津文字若师傅府上见过他那白皙的俊颜。

"哎呀,在下眼拙,刚没有认出您来——实在是太失敬了。"

谈亭走上前去打招呼,眠狂四郎回了礼,问道:"女子下腹被画上黑十字,这可是真的?"

"您听到了呀,这件事确实有些蹊跷。"

前年夏天,仙台堀的龟久桥下浮起一具全裸女尸,她的下腹上以肚脐为中心被画了一个乌黑的粗十字架,这印记遇水不消,由此可见用的不是墨水,她似乎是被捆绑杀害后扔进河里的,不过尸体却没有被河水吞没。现在已经查明这个女人是入舟町海产批发商的妻子,是个公认的美人,她遇害前一天去往龟户村走亲戚,途中被人袭击。

去年夏天,则是在小名木川流往大川的出水口处的万年桥下,同样漂浮着一具下腹画有黑色十字的裸体女尸。该女子是两国大路戏棚里颇有人气的女艺人坂东秀弥,同样也是天生丽质。她本来要去猿江町建材仓库旁的广济寺,去父母的墓祭拜,之后就失踪了,第四天被人发现时已经遇害。

[①] 茶釜:茶事中烧水用的锅、壶。

狂四郎默默听完，心中早已有一些判断，他问道："她们二人尸体被发现的时间是八月十二日对吧。"

"您很清楚啊！"谈亭大吃一惊，目不转睛地注视着狂四郎。

"有个年轻人说过她们长得很像——"

"确实如此。我记得开江纳凉烟花大会时，曾在纳凉船上一睹甲州屋妻子的芳容，这么一说，总觉得她的眉眼和秀弥有些神似。"

"气度不凡吧。"

"正是。秀弥做艺人实在可惜，即使是跟大奥里的御中﨟①相比，她也毫不逊色……啊，对了。我身边也有这样一位类似容貌的妇人，就是寄住在文字若家中的美保代小姐——虽说不是跟秀弥长得特别像，但确实——"

瞬间，狂四郎睁大双眼。

偶然听到这些，狂四郎发现了一件事，就像突然出现一道耀眼的光照亮了他脑海中的黑暗角落一样。

——原来，美保代长得像我母亲！

不可思议的是，之前他从未意识到这一点。

狂四郎初见美保代时，美保代的身姿浮上心头时，他都会心潮澎湃。狂四郎一直以为，自己之所以会如此，是因为美保代太过美丽。然而，就在刚才狂四郎才明白，这种焦躁感原来是他潜意识里隐藏的某些因素在作怪。

某些因素——就是美保代跟他母亲容貌相似这一事实罢了。

——是啊，果真如此。

狂四郎平复心中的涟漪，转瞬间又冷静地面对现实进行谋划。

"谈亭先生，可否帮我一个忙？"

"什么事？"

"请把美保代带到这里。"

---

① 中﨟：江户幕府后宫女官。

（二）

五日后，晴空万里，午后过了四时。

一个年轻女子静静沿着小名木川，走在从新高桥到大岛桥的笔直大道上。

凉风习习，傍晚的天空清澈明亮，河畔景色中女子的身姿曼妙。她身着明石产的微透红绉绸和服，扮成商人妻子的模样，沾水梳光的发髻上插着京都簪，斜阳一照便光彩夺目。她浑身上下雅致迷人，正是爽朗的江户人所喜欢的类型。她赤足穿一双三齿低木屐，涂漆的皮革生生勒入脚背，白皙的玉趾像是生来第一次脱下足袜似的娇艳，让人怜惜。

这个女人就是美保代。

按照狂四郎的要求，美保代从前天开始一连三天都这么打扮，过半刻钟就在这条路上往返一次。至于为何这么做，她却不是很清楚。

五日前，狂四郎让谈亭把美保代请到了澡堂二楼，唐突地说出这样的话："我想借你的身体一用。"

狂四郎仍旧一副冷冰冰的样子，不过美保代天生直觉敏锐，她感到狂四郎的眼神、口吻之中隐藏了一丝旁人无法觉察的亲密。以前两人相见时，总有一种屏障横亘在他们之间，阻碍他们相互靠近，如今，那屏障仿佛已经完全消除了。美保代想到这儿，芳心骤然狂跳不止。

不过在外人看来，他们之间的态度冷淡疏远——

"从离开水野家起，我的身体就属于您了。"

美保代俯身回答。她并非假意敷衍，而是自然而然的真情流露，能明显看到她的眉眼处微微泛起了红晕。

"这件事情很危险，倘若出现意外，你可能会丧命，这样也无妨吗？"

"在所不惜。"

狂四郎的眼眸溢满宁静神色,像是在思考着遥远的往事。美保代并不知道狂四郎看到自己的身姿容貌就会忆起亡母,她第一次感受到这个孤独浪人的温柔,不由得异常心疼。

——为了他,我死也甘愿。

美保代脑海中浮现出这样的画面:狂四郎眼神温润,把她冰冷的身体拥入怀中。刹那间,美保代全身如同融化了一般心醉神迷。

接下来的五日里,美保代不断忆起这种恍惚心醉的感觉。

就这么沿着河走,究竟会遇到什么可怕的危险——美保代毫不害怕,她只管一边在心里描摹狂四郎的模样,一边移动脚步。

但美保代对狂四郎的推断毫不知情。据狂四郎的推断,甲州屋的妻子和女艺人定是在沿河的路上被人诱拐劫走的。甲州屋的妻子是从入舟町行至龟户村,女艺人是从两国到猿江町——他们又是在中途被袭击。换句话说,她们二人共同经过的道路,只有从新高桥到大岛桥这一条。

这条路上店家稀少,河对岸就是大名的别墅,稀疏荒芜。就是大白天,半条街上的人影也能数得过来。

加之,现在刚好是普世宁静的季节。因为上月的盂兰盆会①、四万六千日、帮佣探亲、二十六日夜晚赏月,以及这个月朔日的水田庆祝都已经结束,十五日夜的八幡宫庆典还得等上几天。昨日今日一连两天,为了躲避"秋老虎",不管商家还是武家府邸都冷冷清清。

美保代过了猿江桥,经过几个店铺到达土井大炊头②的别墅门前期间,擦肩而过的行人也不多——有担着饮用水的武家仆役、普化僧③,有背着重

---

① 盂兰盆会及下文中四万六千日、帮佣探亲、赏月、朔日水田庆祝、八幡宫庆典都是日本需要庆祝的节日。
② 大炊头:在律令制下,隶属于宫内省的官吏,管理粮食收缴分配。
③ 普化僧:虚无僧。日本普化宗带发托钵僧,戴着深斗笠,不穿僧衣,披着袈裟,吹着尺八边乞讨边云游修行。

重货物的和服店掌柜。

这时——

一顶奢华的红编席轿子从某条小胡同钻了出来,挡住美保代的去路,似乎是某个大名的家人出行。轿子前后有两个穿黑短褂的侏儒守护,旁边紧跟着的女中[1]衣着华丽,振袖和服上装饰着菊花图案。看上去像是大奥里年寄[2]的官方表使[3]出行。

过去我也曾是这样出门——美保代边想边退往河边路上,准备给他们让路。

不过,从众人迅捷一致的呼吸来看,侏儒也好,套着印有家徽短外褂的挑夫也好,女中也好,都像事先商量过似的,嗖嗖地随着轿子逼近美保代。

——啊!这些人!

美保代刚觉察到异样,全身绷紧,最前头的侏儒已经无声无息地飞扑过来。

一击得手,美保代身形摇晃地倒在地上,女中们走上前来,巧妙地挡住她。

其实,美保代武艺精湛,但她并没有轻松地挡下那一击,只是眼睁睁看着对方出手。仅仅因为,狂四郎命令她"如果遇到袭击,你不要抵抗"。

毋庸置疑,狂四郎此刻正藏身某处密切地注视着这些变故。因此,美保代安心地装成失去意识的样子,任凭对方把她拖进轿子。

咣当一声,轿子拉门被锁上,然后轿子被抬起来。

与轿子外面奢华的装饰不同,轿子里面上下左右都被冰冷的黄铜板围

---

[1] 女中:女官,侍女。在宫中或将军家、大名家等服侍的女性。
[2] 年寄:指在武家中掌管政务的重臣。
[3] 表使:江户幕府大奥职名。大奥女中里,受年寄之名购买各种物品,公开负责内宫联络。

起来，不管是惊呼还是尖叫，一点声音都漏不出去。

美保代触到轿子阴冷的内壁，终于害怕地颤抖起来。

——狂四郎大人！

她暗暗地呼喊这个名字，紧紧闭上眼睛。

这时……美保代嗅到一丝若有若无的奇怪臭味，蓦地，她的意识像是要远离她自己了。她大吃一惊，迅速用手摸索周围，却只触到光滑的黄铜板。

瞬间，强烈的恐惧涌进美保代的心中。

——不行！不能睡过去！

虽然，她想振奋精神拼死抵抗，然而随着时间的流逝，侵袭而来的臭气越来越浓。不久，美保代浑身上下软绵绵的，仿佛飘浮在虚空一般失去知觉，陷入了昏迷之中。

这顶轿子里面，不知何处设置了释放麻醉药的机关。

（三）

夕阳西下，秋夜微风掠过星空。猿江内街的摩利支天①像背对着一座武家府邸，眠狂四郎正从容不迫地沿着府邸的土墙行走。

掳走美保代的轿子，方才静悄悄地进了这座府邸。

府邸结构恢弘大气，不过从土墙外望不见宽广的庭院、繁茂的树木以及房子的屋顶。正门紧闭，长屋门②的窗户和护窗板也关得严严实实，完全感觉不到有人居住在此。

---

① 摩利支天：印度的神，原指春夏季节因日光照射而升起于地面的阳气。表现为三头六臂或八臂的天女形象，在日本被视为武士的守护神。

② 长屋门：近世高级武士宅第大门形式之一，左右两侧备有佣人和家臣住的长屋。亦见于准许称姓带刀者的居民大门。

不过，若说是一座空的府邸，却又看不出一丝荒芜，这一点很可疑。因为门前打扫得干干净净，越过土墙的树枝也被修剪过。

狂四郎暂且离开了这里，他走进商家大街，找了一家店探听虚实。

"哎，请问这是哪位大人的府邸？"他略微欠身问道。

"我是在这条街出生的，几年前，位居大目付的朝廷要官松平主水正大人住在这儿，不过他迁府别处之后，到底是何方神圣拥有这座府邸，我就一点儿也……"

说到这儿，店里的人不经意抬头看向对方，却突然吓了一跳，表情大变。

狂四郎出了店，原路返回。他想解开缠绕心头的谜题，不禁凝视着苍茫天宇。

大目付松平主水正——换言之，是自己母亲的父亲。

偶然得知这里是自己母亲的娘家，狂四郎无限感慨，不过，现在须先将这搁置一旁。

目前狂四郎有四条线索：一，这里是松平主水正的府邸；二，如今诱拐并杀害美女的残忍凶手正藏身于此；三，被诱拐的美女们容貌相似；四，凶手应该是难以被怀疑到的改宗[①]的传教士——狂四郎从这四点迅速推断出一个答案。

其实，当狂四郎听说一连两年夏天都有年轻女子死于非命，并且下腹上画有黑色十字那一瞬，他便有这样的直觉。

——是改宗传教士的恶行吧。

改宗传教士若背叛了上帝天主，便会诅咒圣子基督，转而侍奉恶魔。为了侍奉恶魔，则一定会举行凄厉残忍的黑弥撒。

八月二十一日——这是天主教的圣十字日。对改宗传教士而言，对圣十字最大的亵渎便是在同一天进行黑弥撒。把裸女作为活祭品献给恶魔，

[①] 改宗：指江户时代，天主教屈服于幕府镇压并改变信仰（的人）。

然后饮下混有经血和精液的毒酒，最后吟唱一切恶毒的咒文。举办这种仪式的宴会就是黑弥撒。

狂四郎知道这种事。

八月二十一日，便是今日。

果然，恶魔的仆人就冲着狂四郎设下的诱饵，也就是说冲着美保代去了。

不过，敌人隐藏的老巢却是松平主水正的旧宅，这一点狂四郎真是做梦也没料到。

不过——抛开推断的结论不说，对狂四郎而言，这里显然藏有秘密，他无论如何都会调查清楚。

甲州屋的妻子、女艺人以及美保代，都有着相似的面容。且美保代又有几分狂四郎母亲的神韵。这一切，绝不是巧合。

——混蛋恶魔！等着吧！

狂四郎正走过正门，突然一个人急匆匆地沿着土墙走来，他高举着小田原灯笼[①]，灯笼摇摆不定。

"修道士大人！"

举灯笼者脱口而出的话语，着实让人意外。

"是谁？"

狂四郎敏锐地看着对方，却发现，不过是一个衣着破烂的行脚僧。他看上去与乞丐无异，身上污垢灰尘的恶臭扑面而来，凹陷的眼珠直愣愣地盯着狂四郎，多半是偏执于某事。

"您不是修道士大人吗？"

"在下一介穷浪人……和尚，你已经皈依天主教宗门了吗？"

"不，不是。贫、贫僧不是天主教徒。我只想，再、再看一眼，那种，世间稀有的……高雅的姿容。"

[①] 小田原灯笼：细长筒形灯笼，能折叠上下框合在一起放入怀中，主要用于旅行。

"圣母玛利亚？"

"不是……比圣母玛利亚还要，还要，高贵……我，我的心为之发狂……我为此不幸堕落成一个破戒和尚……可我还是想，想再看一眼……绝美的裸女像！"

"那尊美丽的裸女像，放在哪里？"

"就，就在府邸里……今，今晚似乎是圣十字献祭夜。我对，对传教士的事情很清楚……我，我只为了见到高贵的姿容，已经抛弃寺庙，抛弃佛祖，一直在这座府邸附近徘徊……您，如果是，修道士大人的话，无论如何拜托了！请让我见见吧……拜托了——"

破戒僧一下子跪坐在地上，额头伏地恳求狂四郎。

沉默片刻，狂四郎说道："好吧，我们去看看。"

四

美保代仿佛正要从深深的水底逃脱，她不断挣扎，不断喘息，快要窒息。终于，她的脸猛地浮出水面，瞬间脱离了噩梦，终于恢复了意识。

她的瞳孔失常，视线模糊不清。最先映入她眼帘的，是高大的天花板上几个不断旋转、使人目眩的巨大影子。随之，她听到有人吟唱着抑扬顿挫却不明所以的咒文。然后，她才意识到自己的手脚被牢牢地绑在台板上。

她一点点移动视线，竟发现自己仰卧在一个诡异地方的中央。美保代清楚地看到这一切时，差点怀疑这是不是一场噩梦。

房间十分宽敞，像是寺院正殿铺地板的屋子。

须弥檀上放置了一尊黑衣覆盖的人像，也不知是活人还是雕像。美保代则被供奉在本应放置香炉、花瓶等佛具的地方。

前面是十余个黑布蒙面的男子，他们背朝里站立，手挽手连成圆阵，一圈一圈地旋转。圆圈中心站着一个身着黑衣的老年洋人，他正在吟唱咒文，只有他没有蒙面。

吟唱声逐渐变得癫狂高亢，圆圈祭祀舞也越来越快。

不久，怪异行径在达到高潮的瞬间，突然停止了。

老年洋人从手捧的金色大酒杯里捏出些黑色的圆东西，撒在地板上。于是，那些男人们像狗一样扑到地上去抢夺。

按仪式的顺序，下一步，则是侮辱活祭品。

美保代一看到老年洋人朝自己走来，拼命闭上眼睛，她在心中不断呼喊着狂四郎。

长着红毛的手粗鲁地解下美保代的衣带，扯开明石薄绉绸和服。

美保代想要喊叫，却因为麻药舌头不听使唤，连婴儿啼哭那么小的声音都发不出来。

老年洋人的手指伸向美保代裹在腰间的绯红绉绸衣服，就在这时，一个声音打破了窒息般的死寂。

"喂——适可而止吧，快停止这荒唐的法事，如何？"

蒙面之人像是弹起一般四面散开，抓起了架子上的短矛。狂四郎貌视着一切，迅速赶到美保代身边保护她。他直视着老年洋人。

"以前似乎见过你。"

的确如此——在大奥医师室矢醇堂府邸的雾人亭地下室里，对着热切的天主教徒歌颂天主恩宠的传教士，与这个改宗传教士竟是同一人。

"你一面说教天主慈悲，一面又侍奉恶魔把人折磨致死。究竟为了什么？说吧，老东西！"

狂四郎眼神犀利，凶神恶煞般盯着对方。不过，老年洋人那鸡皮似的红脸庞上没有任何表情。

蒙面人们持枪布阵步步逼近，狂四郎坦然以对，他紧盯着老年洋人说："问哪个是你的真面目这个问题才是愚蠢呢，你不过是备前屋养的一条狗罢了。"

话音未落,"嘿!"随着骇人的呐喊声,敌人运气发力,挺枪猛刺过来。

狂四郎也不回头,轻巧躲过一击,倏地一下抓住枪杆,冷冷笑道:"涂了毒吧,之前我见过与此相同的短矛。"

他说完不等对方回答,仍盯着老年洋人的眼睛:"我明白了!老头儿,备前屋用的毒药就是你制作的……作为报酬,他把这座府邸送给你,然后你就在这里玩些让人不快的恶心把戏——被我说中了吧!"

狂四郎一针见血地斥责对方,抓着短矛骤然踏出一步。

矛阵随之飒然而动。

刹那间——

狂四郎右手拔刀白光一闪,第一个攻击者溅起一阵血雾。

"老东西!你可知道,我将——揭开你的真面目……"

狂四郎怒目而视,缓缓转动手中的刀,指向第二个对手,"哈"地一声大喝,迅速挥动长刀,快得看不清刀影。对手猛刺而来,他滑步出去,单手斩落背后游弋的敌人。

"三十年前,英国船弗雷德里克·范·贝鲁冈号来到日本,你就是随船而来的荷兰医生约翰·费尔南多——这就是你的真名!"

狂四郎质问老年洋人的同时,又将一人打倒在地。

对手们各自身怀武功,招式一板一眼无懈可击,可是就算他们把狂四郎团团围住,也寻不到他的一丝破绽。

狂四郎的视线一刻都没有离开过老年洋人,他那种镇定真是一目了然。而且,被他刀尖描绘出的圆月笼罩住的敌人,像是被蛊惑了心智,自投罗网般主动置身于白刃之下。

"你来到江户,在朝廷默许下传授荷兰的医术。当时你落脚的便是大目付松平主水正的府邸——就是此地。不过,很讽刺,最先发现你是传教士的正是松平主水正。随后,你被捕入狱,遭受严刑拷打,被逼踩踏圣像,最终改宗……悲剧由此拉开序幕。松平主水正让你遭遇如此悲惨,你决意向他本人报仇,于是就侵犯他的女儿,还让她生下了罪恶的私生子!"

狂四郎直言不讳地说出这些,圆月杀法蓦地疯狂旋转。

仿佛一阵疾风,狂四郎斩开一条路冲进毒枪阵里。

枪尖飞向天井,悲鸣此起彼伏,血沫横飞。刀风嘶鸣,伴随着血肉碎裂之声。

狂四郎浑身浴血,他重新瞪向全身僵硬的老年洋人:"老家伙,你听着!你知道你面前站着的人是谁吗!我就是你侵犯的女人所生的孩子,你给我记住!"

老年洋人蓦地瞪大双眼,失去血色的嘴唇、肩膀、双手,像得了疟疾似的不停颤抖。

这时——

那个癫狂的行脚僧像梦游一般,跌跌撞撞地闯进这个惨不忍睹的修罗场。

他像是被附身一般,对地上横七竖八的尸体熟视无睹,径直走向祭坛。祭坛上伫立着包有黑衣的人像,他一边嘟嘟哝哝,一边战栗着把手伸向人像。

被拽住的黑衣,无声无息地滑落下来……蜡烛熊熊燃烧,沐浴着微弱红色火光显露出来的是一尊肌肤雪白、栩栩如生、真人大小的蜡像。

"啊……啊……"

破戒僧像是从五脏六腑里挤出声音似的发出了激动的呻吟,一下子跪在了地板上。

狂四郎也转头仰望蜡人像,不禁倒吸一口凉气。

他朝思暮想的亡母,竟重现眼前。狂四郎听说过修道士做了一尊精巧无比的蜡人像,不过亲眼目睹的这尊裸女像竟如此逼真鲜活,似乎比身旁昏厥的美保代还要生动。

这帮人竟然把这尊裸女像当作恶魔的化身,还绑架容貌相似的女人当作活祭品,真是罪不可恕!

愤怒重新涌上心头,狂四郎眼里燃烧着怒火。他回头的同时,改宗的老传教士像朽木似的倒下,气绝身亡。

无想正宗

一

——跟过来了!

眠狂四郎过了法恩寺桥,就要走到南本所出村町时,发觉距他四间开外的一个男人正在尾随。

这是个阴冷的午后,满布乌云的天空甚是阴沉,雨点淅淅沥沥落在他用来遮脸的草帽上。

今晚是中秋之夜。在江户,不论是武家、寺院、神社,还是工商农,皆会做丸子,并将柿子、栗子、葡萄、芋头、毛豆盛到三方盆①内,然后加上芒草穗,等待着月亮出来。但不凑巧的是,今晚漫天乌云密布。

而此刻的狂四郎,全然没有欣赏月亮的雅兴。但,他感受到雨的气息,便稍稍掀起斗笠仰望了一下天空——"中秋的宴会,应该会延后吧。"便在此时,他觉察到有人尾随其后。

狂四郎停下脚步,后面的脚步声也随之消失。狂四郎异常警觉,不经意间就注意起了自己的周围。并且,这半年来,对于那些视自己为目标之

---

① 三方盆:盛放贡品的方木盘。

人的气息，他的直觉甚是敏锐。

从出村町拐向小梅村方向时，狂四郎对跟踪者已经了然于胸。

——咦？他有点疑惑不解。

那是个未佩刀剑的匠人，晒成古铜色的容貌是这江户的町人们所不具备的，但看起来也不像是无所事事的浪人。狂四郎此时并没发现，这容貌是被海风磨炼出来的。

看起来，他既不是备前屋放走的刺客，也不是幕府的密探。

——是为了包袱吗？

狂四郎的腋下夹着一个用姜黄棉线包着的东西。那东西很沉。

——要动手吗！

狂四郎沿着法恩寺高高的土墙走着，然后突然拐了个弯。

那个男人急速地加快脚步。当他走到十字路口时大吃一惊。狂四郎的身影如烟一般，消失得无影无踪。

宽阔的道路上，若要说人影，恐怕只有一个。在半町①开外的前方，有一个身材极其矮小，有些跛脚的普华僧②吹着尺八走来。

"可恶！"

男人惊得呆若木鸡，他的怒吼声中满含着在射箭场时所没有的焦躁和愤怒。

右手边是法恩寺高高的土墙，左手边像是富人家府邸的黑墙，两堵墙连绵延伸，大门紧闭。

除非跳过左右其中一方的墙，绝不可能在一瞬间消失。因为这个男人知道，狂四郎抱着的东西相当沉重，所以他难以相信狂四郎具备此种超人的能力。但实际上，狂四郎毫不费力地就跳上了隔墙的松枝，然后跳到墙内。

---

① 町：长度单位，1町约为109米。

② 普华僧：戴着深草笠，不穿僧衣，披着袈裟，吹着尺八，边乞讨边云游修行的僧人。

男人靠向黑板墙，他试着推了推小门，小门却纹丝不动，当他为此不满地咋舌之际，那个走上前来的，每次猛然单脚落地身体都会前倾的矮小普华僧，突然大声告诉他："他跑到寺院里了。"

男子诧异地扭过头去，目不转睛地盯着模样怪异的对方。此人岂止是跛脚，背上还有一个硕大的肉瘤。

对方也在深草笠下一动不动地盯着男子，接着说了句男子意想不到的话。

"狂四郎不是你能收拾得了的。"

"什么?!"

"我想你没被他杀掉已经是走了狗屎运了。"

"你，你是何人?"

普华僧毫不顾忌地说出自己心中所想。

"眠狂四郎是因为看到我才逃跑的，不是为了甩掉你。总觉得那家伙抱着的东西有相当的重量。因为那东西很重要他才躲开我的。当然，若是空手的话，可能会与我较量一番。哈哈哈哈哈……这是那家伙和我的宿命。总有一方必定从这个世界消失的。"

"你，你跟那个浪人有仇?"

"我跟他无仇。那家伙的圆月杀法有些可憎，能破解它的，除我以外别无他人!"

普华僧轻快地钻到小门的房檐下，躲避忽然而落的大雨。

他用低沉却好似强加于人的口吻说道："没得商量吗？我是知道眠狂四郎的藏身之处的。"

（二）

在龙胜寺的正殿，空然默默地打坐念禅。

雨大了起来，夹着风时不时重重打在房顶上，然后又渐渐向空中远去。正殿里变得乌黑一片，就连佛坛的轮廓都变得模糊不清。

空然已经安详闭目了半个多时辰，一直纹丝不动。他实在是一个拥有强健体魄之人，即便是被鼯鼠喜平太砍伤，也仅仅在床上躺了三日。自那以后，他不再做力气活，但还是像往常一样念经修行。昨日，一个乞丐死在了村外的一间小屋内，他一听到此消息，就走了五町多的路，去为其诵经。

忽然，檐廊传来脚步声，"空然大师，在您坐禅时打搅您，实在不好意思……"说话的是狂四郎。

狂四郎走了进来，衣服已经湿透了。

"昨日，一位叫做金八的人来了。而且说会再来拜访。"

"这样啊。"

狂四郎将怀抱着的姜黄棉线包袱放在了空然的面前。

"可否请您为它诵诵经？"

"这是什么？"

"首级。"

"……"

"不是！"狂四郎笑着说，"您打开看一下吧。"

空然解开结，包袱皮轻散下来的瞬间，他不由倒吸了一口凉气。

就在此时，雨势逐渐退去，正殿内恢复了些许微光，那昏暗的光线把现于眼前的人头照得发白，显得毛骨悚然。

那是一个散发着高雅气质的美人首级。在如此情形下，她那高雅气质使其看起来越发可怕。

"看起来像真家伙吧？"

"欸？"

"是蜡像的头。"

"噢……第一次看到。"

空然本想轻轻捧起，可是那重量让他有些意外。

"这！"

"里面可能是石头。"

看见狂四郎的脸色阴沉下来，空然决定不再多问。但狂四郎接着说道："我还是来解答您的疑惑吧。这个蜡像头临摹了我母亲的面容。做这个的可能是我的父亲。我的父亲不是日本人，他是天主教的传教士……"

"啊，不，眠先生，您不用跟我说这些。我是个和尚，工作就是诵经，您说的诵经之事，老衲就郑重接下来了。"

"真是万分感谢。"

狂四郎谢过空然的好意，站起了身。

他本要走出檐廊，却突然想到一件事。"空然大师，我不在的时候，寺院周围有无可疑之人逗留？"

"我没有注意到，就算有人逗留，也是与愚僧无关的。"空然若无其事地向他笑了笑。

"不，实际上因为您留我住在这里，才受到了那么重的伤。"

"因为我爱多管闲事。"

"总是给您添麻烦，实在是……承蒙您的一番好意，我会找准时机尽快离开的。"

"我的事您就放心吧。我这残躯，就算今日死去，也无怨无悔……令我出乎意料的是您的胆量。虽然敌人刺探到了这个藏身之所，您还可以这般坦然回来。"

"对于偷偷靠近我的敌人，我就像那些文人墨客感知到悄然而至的季节一般，能够察觉到他们的气息。这是我等杀伐之人与生俱来的吧。"

留下此话，狂四郎便安静地离开了。

三

回到所住的偏房,狂四郎如虚脱了一般,茫然望着渐渐沉下的暮霭和积满雨水的庭院,不由自主地拿起刀,猛然抽了出来。

他将刀身直直竖起,目不转睛地盯着。这是把刚磨过的刀,长两尺三寸,华表反①略浅,刀身略宽,刀锋的圆弧甚是光滑圆润。它俨然呈现出青白色,带着一种小木纹理的金属之美。刀刃的颜色沉淀出白色,像是有奇特的阳气狂怒地从湾刃②的刃纹中升起。它在半月状的纹路中,宛如煮成细末一般,刀刃上完美地游走着一道闪电,纹理清晰。

这是冈崎五郎入道正宗所做。

到底不是穷浪人的配刀。从前,它是以"无想正宗"之名闻名于世的丰臣秀赖的爱刀。谁也不知道为何随着时间流转,这把刀传到了住在濑户内海一座孤岛的无名剑客手中。

二十岁时,狂四郎独自一人前往长崎察明身份,不知是幸运还是不幸,他选择了水路,船被卷入暴风雨,他游到孤岛,就遇见了那位剑客。

因为得到了年过七旬的老剑客指导,狂四郎在剑道上的造诣达到了炉火纯青的境地。仅仅在那里停留了一年时间,狂四郎就学会了剑客的平生所学。师傅的剑道流畅圆滑、有始有终,循环变化无常,传授着天地神意。但与此相对,狂四郎没有使自己的大刀成为无想剑,而是研究出了让敌人脑子空白,陷入睡眠的剑法。这一点此前已经有所提及。

狂四郎离开孤岛时,不知师傅是否看透了弟子那不祥的剑法——他没

---

① 华表反:日本刀呈现弧度的部分称反,反在刀体的位置,随着时代的推移,有由刀后方向前推移的趋势。华表反指刀反的中心位于锋与栋区的中心略下方的位置。

② 湾刃:刀剑的纹路之一。指大浪缓缓翻腾的形状。

有将剑法秘传书传授给狂四郎,而是将这把无想正宗交给了他。

那时师傅说道:"狂四郎,这样可否?兵法就是'卐'字的秘诀——大即为断绝其方位,细即为深入其微尘,生死存于时机之中,变化随时间而变,遇事心莫动。神我独尊,则化为破邪降魔之利剑;自我无明,则化为残虐无道之毒刃,小心佩于腰间为上。"

随后,师傅除去刀鞘,一边朗朗咏诵着自编的歌曲,一边跳起了舞。

草席一片乱,日日赴战场,

攻城池,夺人命,人心惶惶。

在这摇摇欲坠的世间,

将此秘藏之物奉上。

多事之秋,往往犯错,

性命尚不保,

闻后心中倍忧伤。

将武士之魂托付于汝,

将此宝贵太刀呈上。

啊,但是——

狂四郎却走上了一条与师傅的教诲截然不同的道路。

凌乱的锋芒之上注入业念,不知划了多少次圆月,吸了多少鲜血。

此刻狂四郎所沉迷着的无想正宗,没有一丝含糊,纹理清晰,地青刃白。

与虚无的业念无关,名刀依旧是光彩夺目的。

在狂四郎视线不及的边际处,有人在南天竹的阴影下蠢蠢欲动,狂四郎的神经也活跃起来。

在那之后……那人悄悄地屏住了呼吸。

狂四郎将刀收入鞘中,然后催促道:"有种的话就出来!"

仅仅在片刻的犹豫后,美保代就出现在了狂四郎眼前。

不知是从金八那里听到这个地方，被他怂恿着不情愿地来到这儿的，还是难以抑制自己的内心情感而信步走到这儿的——无论怎样，她都是一副唯恐会被狂四郎冷酷拒绝的刚强面容。

她同被带至改信佛教的基督教神父宅第时一样，是一副美艳城里女官的打扮。她避开人们的目光，收起粗环形细伞，遮起椭圆发髻，大概是随意地走到了这个不知名的地方吧，在她挽起的衣服裙摆之下，火红色绸缎缠绕在一双湿润且雪白的赤足上。

在看见美保代的瞬间，不知为何，狂四郎感到他仿佛早已在等待着她了。

"无端来到这里，请您见谅。"

听罢此话，狂四郎并未回答，而是离开座位，示意她走上前来。

美保代坐到了狂四郎方才的位置上，得体地行了一个礼，然后便将手放在膝上，低下了头。

她想起在改宗的基督教神父的宅第里，自己被当做黑弥撒的供品时，曾不省人事、一丝不挂地暴露在狂四郎眼前，突然面露羞色。

狂四郎抱着胳膊，神情凝重，他扪心自问：该怎么处理这个女人呢？

但并没有得到答案。

这个无处可去，面容又酷似狂四郎亡母的女人，若是能为她做点什么，狂四郎将会毫不犹豫地竭尽全力。但在同一屋檐下朝夕相处却是狂四郎所无法忍受的。

爱意已渗入了美保代静止的全身，而对于狂四郎而言，若要选择她为此生的伴侣，却实在太过沉重。比起美保代无与伦比的美貌，狂四郎更爱的是她那虚无飘渺的孤独。

忽然，狂四郎站了起来，美保代就像被弹开一般也起了身，眼眸中浮现出一丝不安，"呃……"

"去住持那儿拿点酒来。"

听了这句话，美保代松了口气，立刻愉快地眨了眨长长的睫毛。

"我这就去拿。"说罢，她急忙站起身来。

"算了，你还是去打扫房间比较好。这里已经七天没人住过了。"

"好的。"

与其说美保代脸上，不如说她全身都洋溢着喜悦之情。狂四郎瞬间涌出些许悔意，刚想嘴上说些冷酷的话语，但又立刻咽了回去，走向了寺里的厢房。

四

在和空然聊了小半个时辰后，狂四郎接过朱红色的双把酒桶回到了房间，可蜷缩在角落里的美保代，却不知为何慌忙背过脸去。

她在哭泣！

一眼看穿的狂四郎将打扫得一尘不染的房间环视一周，视线停留在了壁龛上，脸上泛起一丝苦笑。

那里放置着静香留下来的化妆用品。若是美保代打开过壁橱，应该已经看见几件静香的衣物扔在里面。不错，其中还掺杂着留有她肌肤余香的内衣。静香当时并未打算离开，是突然被鼯鼠喜平太强行带走。

然而狂四郎却沉默不语，接着扑通一下盘腿而坐，饮起酒来。

美保代几度都犹犹豫豫着想说些什么，最后终于下定决心似的问道："那个……我的到来是不是给您添麻烦了？"

"不要说什么添麻烦。"

"……"

一瞬间，美保代那无以名状的哀伤眼神落在了狂四郎冷峻的侧脸，又突然变得难以自控，用袖襟掩住了面庞。

她的眼泪有如决堤一般夺眶而出,之前努力维持的身为女人的修养也全然不顾了。

美保代的身体扭成弓字趴在榻榻米上,已然无所顾忌地抽泣了起来。那刻骨铭心的声音与酒一道,渗透到狂四郎的五脏六腑。

"美保代!"突然间,狂四郎口中第一次喊出了这个名字。

美保代心中一震,坐起身来,她理了理凌乱的下摆,便一动不动了。

"你过来到我这边。"

"……"美保代像是怀疑自己听错了似的怯生生转过头来。

"来这边。"

"好,好的。"

美保代跪着向狂四郎移了过去。猛然间,狂四郎用力抓住了她的双手,眼睛犹如鬼火一般,可怕地熊熊燃烧。

"我注定是个没有终身伴侣之人。即使今晚占有了你的身体,也无法对你的明天作出承诺!即便这样也没关系吗?"

美保代挣扎喘息着。

"即便这样也可以吗?"

美保代猛地把自己的身体扎入了这个男人的怀中,这就是她的回答。

瞬间的激情让她身心都燃烧了起来,那无怨无悔的炽热之情让美保代扭动起了身躯。狂四郎的手腕越是用力,美保代就越发狂喜地扭动着。

只是,这种欢喜转瞬就消失得无影无踪了。

突然,狂四郎一下子推开了美保代。

"眠先生!"隔扇外面突然有个声音在低声唤他。那个声音中掺杂着急促的呼吸,狂四郎起身打开了隔扇。

"什么事?"

"正殿有可疑之人潜入。"

听罢此话,脑海中瞬间闪过归途中尾随他而来的町人的身影。

"——果然是觊觎那个人偶头而来的。好吧！"

五

不知从何时开始，外面下起了雨。中秋的月光从飞速流动的云隙间倾泻而下。

因为这片刻的光亮而感到欢喜的千家万户，想必都在庭廊边或是屋顶晾台上设好赏月的坐席，估计也会有许多风雅之士在田野间铺开席子，享受着吟诗的乐趣吧。

不过——

在古寺中，月光将庭院照成了青白色，为即将发生的决斗提供了便利。

狂四郎手按刀柄，一只脚踏上了大殿正面的台阶。

他绕着内院，脚下无声地穿过佛堂，此时狂四郎看见富士火灯的隔扇忽地被灯照亮。可刚站到它正面，却从左侧格子窗的缝隙中看见那盏灯又熄灭了。也就是说，潜入之人已察觉到狂四郎正在逼近。

"——不是那个男人！"

狂四郎死盯着紧闭的悬窗，全身的肌肉被斗志点燃，备感疼痛。

正殿之中，悄无声息，一片漆黑。潜入者好似幽灵一般没了踪影。

按兵不动——这招就是他深谙自身本领的证据。

嗯！狂四郎心中叹息着："——这样啊！是那家伙！"

这一想法如雷电般掠过，狂四郎嘴角露出一丝冷笑，心中呐喊道："——今夜就解决你！"

不过，狂四郎耐性极强，始终保持着姿势一动不动。

这之后又过了一会儿，倒是敌方先按耐不住了。

"眠——"

听到对方这样叫他，狂四郎无声冷笑着，敏捷地撤到后方。"出来！怪物！"

悬窗忽然打开了。但在片刻工夫之后，敌人还未现身。

"你倒是很小心啊，鼯鼠！"

遭到狂四郎这番冷嘲热讽，乔装成普化僧的鼯鼠喜平太划破黑暗，忽然现身在外廊。他左手抱着蜡像的头。

喜平太迎着月光，龇着白牙。"眠！今晚就是你的惨败之时。"

"哼！"狂四郎对其嗤之以鼻。

两人在位置上的利弊并不明显。喜平太站在狂四郎头顶的高处。这对可以变身为鼯鼠，具备空中滑翔绝技的喜平太来说，是最有利的位置。

当然，狂四郎也对这点了如指掌，在地面上做好了准备。他察觉到，喜平太应该抱着相当沉重的蜡像人头。果然如此。那沉重之物毫无疑问对喜平太的飞翔造成了极大困难。

可以说，他们的形势是不相上下。

两人相隔二间，互相目不转睛地对视着。

"喂！怪物——你为何要偷那个人偶头？"

"你说什么？"意外的是，喜平太竟对狂四郎的盘问感到疑惑，"该问你才是，你是从哪里探出这个蜡像头的秘密的？"

"秘密？原来有秘密啊，还有啥？"

"别给我装糊涂！要是说你不知道秘密就到传教士的房屋里伺机偷窃，那我倒想好好听听你的理由是什么。"

"因为很漂亮。"

狂四郎故意以平静的语气回答，然后意识到蜡人头的重量之中藏着重大的秘密。既然明白了这些，无论如何也要解开谜团。

"怪物！你觉得我会让你轻易逃掉吗！"

"将我和你这种自负之人视为同类，你实在是太可笑了！"

"真不好意思，你的居心显而易见！"

"别在这胡说！"

"头很重吧！"

"什么——我就算是背一个人，都不觉得比棉花重。"

"那你飞一下试试吧！"

"喂！"

喜平太呲呲呲地向旁边移动了半间距离，然后单脚踏上了栏杆。

狂四郎一动不动，只是转过肩膀。

"啪！"喜平太一脚踢开了栏杆。

他那丑陋、佝偻的矮小身躯，好似乘疾风飞翔的夜鸟，嗖地滑过月影。飞行的同时手顺势向狂四郎所站的位置——不，准确地说是向着狂四郎刚刚所站的位置猛砍一刀。

喜平太这猛然一闪的刀法，堪称神速，只不过狂四郎的动作更为迅速。

喜平太迸发出难以形容的叫声，与此同时，一条从胳膊肘断裂的手臂和黑发四散开去的蜡像头齐齐掉落在地。蜡像头被砍成两半，竟发出当当作响的奇妙的、金属质地的声音。

狂四郎仅仅从原先的位置躲开一步，将斩断一条手臂及蜡像头的白刃低垂指地，目不转睛地凝视着喜平太。

喜平太降落到他身前一间之地，没了手的一只袖子轻轻晃荡着，尽管有些踉跄，却仍旧将刀指向狂四郎，怒目圆睁。

"再来！"

遭到狂四郎一声冷喝，喜平太发出了呻吟，那呻吟声与其说是痛苦，更多的是万念俱灰，然后便一步一步地缓缓离开了。

等到喜平太的身影消失于盛开的百日红影之下，狂四郎走近了蜡像头。目光移向它后，他大吃一惊。

被砍成两半的脸中间，宛如巨大的石榴一般塞满了无数的小判①。

次日早晨，狂四郎外出，想要穿过法恩寺后面的通路，却发现在土墙旁聚集了很多人。

正巧，捕吏刚调查完尸骸，就站起身质问那个说"他是船夫"的人。狂四郎偷偷望去，断定那就是昨日尾随自己的男人。

"——是这样！他是被鼫鼠杀掉了啊！"

狂四郎恍然大悟。

那男人是备前屋的走私货船上的人，这不难联想到他之前是在改宗的基督教神父家的。机缘巧合，他得知了蜡像头内塞满金币的秘密。

狂四郎是因为别的原因而将头拿走，但这男人却是因利欲驱使而尾随过来的。不料碰上了喜平太，这便是他命运的尽头。

喜平太一定是从此人口中探出了这个秘密，就冷酷地将其一刀杀死。

但是，那个喜平太现在一定在某个地方哀叹失去的那只胳膊，痛苦地呻吟，懊悔不迭。

---

① 小判：是日本江户时期通用金币之一种。薄圆形。为标准金币，一枚为一两。

源氏老爷之女

（一）

天高云淡，秋风习习。一只老鹰悠闲地掠过，画出一道长长的弧线。

此处——观音堂，位于相模国①爱甲郡饭山盆地的山顶上，距江户十五日里②。整个寺内鸦雀无声。

巨大的针叶树高耸在半空，秋日的阳光透过枝头撒下来，正殿、钟楼、礼堂庄严地耸立在斑驳的树影下，保留着镰仓幕府时期的古朴模样。这里虽是坂东③参拜的第六大佛教圣地，但落后于时代浮华之风，所以参拜者寥寥无几。

说到人影，如今只能在南边空地的石头上看到一个身着便装的流浪武士。他那眼神看上去似乎并非是为了参拜，而只是为了注视眼下某个地方。

杂树林和竹林丛生的山谷中，能看到层峦叠嶂的山峰间孤单的村落。黄色的旱田犹如排列起来的小草席，蔓延成平缓的斜面。这里看上去似是

---

① 相模国：日本旧国名。位于今神奈川县大部分。属东海道。明治四年（1871）废藩置县，改为足柄县，九年（1876）编入神奈川县。

② 日里：一日里约3.927km。

③ 坂东：关东。日本旧时位于足柄岭的山坡（在骏河、相模两国的交界处）以东的各国。

个贫瘠的小山村,比起农作物,人们似乎多以烧炭和蚕桑为生。小鲇川的清溪一直流到山脚下,远望去山峦叠嶂,丹泽山巍然耸立于远方,与足柄上郡的深山相连。

"真是奇了怪了。居然一直走到了这里——"

他突然说了句自嘲的话。无需多言,大家应该知道此人便是眠狂四郎。

此时,钟楼的背阴处突然现出一个卖零碎物品的小商贩。除了笄、簪、梳子、发绳、胭脂和白粉之外,还有草双纸①和玩具(蝴蝶风车和花簪之类)等东西,是各个村里很受女孩子欢迎的游商。

"此处风景真好啊。劳驾,借过。"

伴随着小商贩的嗨呦声,裹着绀木棉大包袱布的大箱子卸在了石头上。

"老爷,您有火儿吗?"

"真不巧,我不抽烟。"

"实在不好意思。"

"您从哪里来啊?"

"我来自馆山。接下来打算去那片山麓,沿煤谷村往七泽村的方向转转。"

"这一带,你一年来几次啊?"

"唉,虽说赚不了几个钱……不过一想到被人盼着等着,又没有理由不去多转转。"

"那边的村子里——"狂四郎用手指着,"有座破旧的大宅第吧?"

"有。是源氏宅第。先生,您要去那个宅第吗?"

"嗯。"

小商贩脸上闪过一丝惊讶,看到狂四郎青色冷酷的侧脸,立刻起身,"真不好意思,我是个烟鬼,半路丢了燧石真头疼。我要先行一步下山

---

① 草双纸:日本江户时代的通俗插图读物。每页有图画和图解文字。包括赤本、黑本、青本、黄表纸(黄封皮插图读物)、合卷(合订本)。

了。"道完歉后,便想要挑起大行李。就在此时,狂四郎突然拉了一下自己腋下茶具包袱的结,结果包袱掉在了地上,发出重金属落地的响声,一个金黄色的东西瞬间闪过眼前。原来,掉落下来的是一枚小判。

"这是?"小商贩慌忙将其捡起。

没错,那是小判。不过,它并不属于任何时代。

"这种小判很少见啊!"

"我认为是武田信玄的私人铸币。我粗略算了一下,里面有大概两百枚。"狂四郎若无其事地说道。

武田氏曾经开采丰富的天然金矿,铸造成辅币和各种金币。因为规模非常庞大,还专门设置了金币铸造场,由松木、野中、志村、山下四家负责。人们称之为甲州金。元禄八年,德川氏把货币政策越改越坏,禁止流通纯正优良的甲州金。自此之后,甲州金便从市场上消失。后来,柳泽吉保把甲州金改铸成与元禄金具有同等价值的货币,允许流通使用。虽称呼为甲安金,其实并无多大价值。

纯度百分之百的甲州金还能被保存下来,不用说这是一件多么可喜可贺的事情。而且是两百枚!

"开眼了吧!"

小商贩内心暗自惊讶。但他说了句"没想到竟大饱眼福"便行礼离去。不久,狂四郎也站了起来。

(二)

狂四郎走在桑田的斜坡上。豪华壮观的"源氏宅第"矗立在眼前时,太阳刚好呈现出通红的轮廓,正要落下西边的山脉。茜草色的火烧云下面,乌鸦啼叫着飞过。

长满青苔的石头墙前，有一条很深的沟渠。源自溪流的清水伴着枯叶快速地流淌。石头墙上紧连着储藏室的夯土墙。上面还设有枪眼。土桥对面铁板锻压的街门紧闭。左右墙上的窗和枪眼敞开。

　　所有构造陈旧、结实，威严庄重。建久①年间，源赖朝②让秋田城介③义景开始兴建饭山观音堂。从那个时候开始，源氏宅第主人不为人知地在这个山间建造住所，一直守着家业，不再关心时政兴衰成败。

　　但而今，户主年老中风，只小女一人支撑着这座古老的宅第。这些都是狂四郎叫住路上的百姓打探出来的。

　　狂四郎过了土桥，推开侧门，迈步入内。这确实是城郭建筑。围墙内侧与仓库并排着多个门洞。门洞之间的空地被围成了方形，柏树皮屋顶房子的栅栏门，挡住了通往正屋玄关的路。

　　狂四郎急步走向栅栏门。

　　"等等！"一个刺耳的声音传来。

　　从去往仓库的小路上跑来一少年。他身着及膝手织棉布袄，手握六尺余长木棒，瞪眼瞧着狂四郎，像是要把他吃掉一样。少年身高六尺有余，体格健壮。他那站姿可谓是无懈可击，让狂四郎觉得颇为有趣。

　　——看上去不简单！

　　狂四郎微笑着，努力压制住全身上下涌动的剑气。

　　"我想见见你家主人。"

　　"老爷身体不适。"

　　"听说现在的主人是你家老爷之女。"

　　"你有何贵干？"年轻人大睁着滴溜溜的双眸，眼神炯炯发光，充满了

---

①　建久：日本镰仓初期的年号。由文治改元而来。元年(1190)四月十一日至十年(1199)四月二十七日。后改元正治。

②　源赖朝：日本镰仓幕府第一代将军。建久三年(1192)任征夷大将军，创立了镰仓幕府。

③　秋田城的负责人。镰仓时代后成为武士的名誉称号。

敌意。

"烦请转告你家主人,我是个流浪武士,名叫眠狂四郎,来自江户,带了点儿礼物想送与你家主人,还望笑纳。别无他意。"

"我们很少让陌生的外地人见小姐。"年轻人看上去很顽固。

狂四郎故意视而不见,伸手要开栅栏门。

"住手!"年轻人突然怒吼一声,手握木棍,目视前方。那手势、那架势,明显是受过长期坚韧训练的习武者才有的。

狂四郎眉宇间露出一丝严峻之色,看来想挫败这个年轻人并非易事。

——看来一场恶战在所难免!

狂四郎刚要下定决心出招——"仙之助,不得无礼!"一个声音喝住了年轻人,声音清脆而又威严。这声音来自城门旁边看似箭楼的箭窗。

"放他进来!"

于是,狂四郎坐在了正屋的书院式客厅。屋内是简朴的禅宗风格,只有花头窗的透明拉门是白色的,其他全部充满了灰暗的时代色彩。

"家仆失礼了。请见谅。"

端茶过来的姑娘大大方方地道了个歉。虽说才刚二十出头,就有一种别样的风范,容貌算不得漂亮,却也眉目清秀,有种大家闺秀般的优雅气质。

"我叫小乙女。"

真是个符合这座宅第风格的名字。

"这不是您府上的东西吗?"

狂四郎拿出的是涂有蜡油的褐色旧纸。上面写着"相模国华严山麓、源氏宅第、善波有胤",纸的一角还印着红色官印。

"是的。这张纸,怎么会在……"

"在下偶然在一个奇怪的地方发现的……还有一事想请教姑娘:您府上是否有收藏织田丰臣以前的旧金币——比如说武田时候的甲州金之类。您可知道？"

小乙女闻言吃了一惊，表情都紧张了起来，她回看了狂四郎一眼。狂四郎心想一定是自己盘问起这些私自铸造金币之事，让小乙女起了戒备之心。于是，狂四郎又解释道："您不必担心。我不是什么幕府派来的密探……只是想问一下有没有而已。"

"我什么都没有听说过。"

"您没有问过令尊吗？"

"家父的智力衰退得如同婴儿一般。"

"那就暂且假设有吧。"说完后，狂四郎打开自己带来的茶具小包袱。

两百余枚小判被哗啦啦摊在小乙女面前，发出让人心情舒畅的清脆响声。

小乙女瞠目结舌，倒吸了一口凉气。

"这些小判是用您府上的纸包着的。"

然而，狂四郎并没有说出其来自何处。这其实是从天主教改宗教徒模仿狂四郎母亲制作的蜡像头中找到的。

"到后期又被回炉的甲安金和甲东金，在江户应该要多少有多少。但是信玄时代的甲州金，若非甲州地区相当有实力的望族，估计很难保留下来……所以，我认为这些用印有官印的旧纸包着的东西是您府上的藏品。"

虽说是人偶，但是把亡母的脸断成两截还是很懊悔的。至少把里面塞满的小判还给原收藏者，也算是为母亲祈求冥福吧。正是由于有着这番想法，狂四郎才来到了这里。至于天主教改宗教徒当初是用什么方式夺到手的，到如今已不必知道，狂四郎也不想知道。

"希望您能收下。"

然而，意外的是小乙女的态度。

"我不能接受。就算小判是用这种纸包着的，也未必就是我家的。"小乙女冷酷、干脆地拒绝道。

狂四郎瞬间哑然，没有谢意也就罢了，居然还一脸敌意。

"这样啊——"狂四郎找不到勉强交付的理由。自己异想天开地、厚着脸皮从江户前来，要是被对方当成傻瓜嘲弄一番，那就没意思了。这些小判就算是赠予武部仙十郎之辈，应该也能被有效利用。

"打扰了。"

"家中若是无人居住，我定会挽留。还好不用走出饭山就有客栈。"

小乙女把狂四郎送到庄严的玄关处，狂四郎走出了栅栏门……这次，仙之助没有摆出拿棍的招式。

狂四郎步伐安静地走在黑漆漆的小径上，突然他噗的一声苦笑：

"——居然吃了个哑巴亏。"

源氏宅第的占地十分宽广，似是要把整个山丘的斜坡变为自己的城寨一般。所以，要走出小村庄，必须走上一段相当长的路程。

狂四郎觉得越过通往饭山的坡道太费事了，于是决定找家农户的杂物间借宿一宿。

群星满天，月如镰刀。碎云诡异地发着白光。这是个犹如拂晓、天空泛白的夜晚。

三

"喂！喂！"

狂四郎从田埂上下来时，听到身后有喊声，于是转过头去。

提灯中的火苗摇晃着，把周围的黑夜染成了红色。

狂四郎站定等候，看到追上来的并非仙之助，而是带了一个年长男仆的小乙女。

"刚刚多有失礼，还请见谅。务必请回去——"

"是让我留宿吗?"

"是的。"

"心领了。我是个不介意在外露宿的男人。"

"不,那可使不得。我们打算接受您的厚意了。"

"你是来告诉我你家主人想要认领小判了吗?"

"是的。"

透过马提灯的光亮,狂四郎看到小乙女深深地埋着脸,完全看不见脸上的表情。

这么快就改了主意!这里面,一定有哪里不对劲。狂四郎敏锐地察觉到这小乙女的态度跟先前相比简直判若两人。若不是发生了什么非常突然的情况,他们没有理由突然改变决定。

"有劳您费心了,这次还是算了。"

"嗯?"小乙女忽然抬起头,脸上闪过一丝难以言表的恐惧。

"我天生就是个乖张之人。被人拒绝的耻辱是没那么容易忘掉的。我讨厌自己愚蠢地爱管闲事这一点。即便对方立刻收回前言,我也不会笑逐颜开。"

"可,虽然,是有……冒犯。对于刚才的失礼,正是因为无论如何都要向您道歉,所以才务必请您折回去啊。"

狂四郎沉默了片刻,没有作答。

"拜托您了。"小乙女再次低下头时,狂四郎突然脱口而出了一句话:"虽说是被你们拒绝,我也是有交换条件的,那就用你的贞操换回小判吧。"

"啊!"小乙女的双眸瞪得眼角都快要裂开了。她花了些时间,才好不容易抑制住内心的愤怒。

"知道了。"

狂四郎定睛看着低声清晰地答话的小乙女,发出了冷笑。

半刻之后——

狂四郎在书院里等候了片刻，便由一名男仆领着，穿过了昏暗的走廊。从走廊中间开始，每上一个台阶都变高很多。走廊左右两边各有一间日本扁柏盖的房子。

男仆走到其中一间房子门前，屈膝而坐，向房内禀报："人已带回。"言毕便迅速退了下去。

狂四郎刚要打开扁木房间的门，忽地想起曾在水野忠邦邸冒犯美保代那夜的情景。

"——我似乎是个让女人不幸的男人。"

狂四郎自言自语地嘟哝着，推开了扁木房间的门。

房内空间很宽敞，足有二十几张榻榻米大小。小乙女身着一件鹿点花纹火红色绉绸内衣，仰卧在正中间铺着的榻榻米衬垫上，仿佛撒落的花瓣。

狂四郎心不在焉地伫立着，把冰冷的视线落在她闭着眼睛、两臂自然搭在腹部的身体上。

好美！

小乙女的睡容在烛台晃动着的灯光的映照下，显得格外优雅清秀。虽然初次见面时，狂四郎并不觉得她的容貌有这般美丽。但此刻，狂四郎也不由觉得，这位下定了决心，悄然闭目的处女的面容像极了待采摘的鲜花。

从优美有型的胸部到自由伸展开着的腿部，整个身体线条华贵中带着纤弱，仿佛盆中下垂的馥郁的牵牛花。但又让人感觉不到丝毫的淫荡妖艳。

狂四郎大模大样地靠近她的枕边，单膝跪地，突然，倏地把手伸到了小乙女的胸部。

狂四郎用五指猛地抓住那看似白桃一样柔软丰满的乳峰，但是，他还是目光炯炯，集中全身神经注意屋外的动静。

生来从未被异性的手玩弄过的细嫩肌肤像是触到了火熨斗，四肢禁不住剧烈痉挛、心潮也跟着强烈波动起来。她那艰难的呼吸把狂四郎的五指顺势顶了上去，瞬间给他头脑里残忍的情欲之火加了一把油。

小乙女像是忍受不了阵阵剧疼，僵硬地皱着眉。狂四郎默然地盯着她的睡颜，非常努力地压制自己的欲火，突然收手、移开。

小乙女舒展开眉毛，恢复了原来平静的表情。

——真有气魄啊！

即使狂四郎突然拉开她的衣服前襟，估计这姑娘也还是保持仰卧的姿势不变吧。

——具备如此强大意志力的姑娘居然做好了牺牲贞操的打算，其背后必有很大的缘由。莫非有人将我的底细告诉给了这个姑娘？！

狂四郎看破了他们不只是想夺走小判，还企图夺走自己的性命。

即使是狂四郎，一旦在身材优美的处女之躯上成为情欲的俘虏，正当两人缠绵时若遇到伏兵突然袭击，也是没有自我防卫把握的。

狂四郎霍地起身，一言不发地径直走出了房间。

四

狂四郎蜷缩在书院房中的被褥之中。

当和风拂过狂四郎的衣领时，他睁开了眼。

深夜——估计已经过了凌晨两点。

勉强还能从黑暗中分辨出花头窗内侧隔扇的灰白颜色。尽管如此，映入眼帘的还有活动着的轮廓，其他全部都沉浸在了墨一样的黑暗中。

——来啦！

狂四郎继续屏住呼吸，眯着眼睛凝视，他看到从一尺多宽的桧木①门缝中闪过一个身影。

---

① 桧木：又名日本扁柏。

这正是狂四郎所期待的。若是无人前来，那就没什么好戏可演了。

在那个人影悄悄迈入之前，狂四郎先看到一根木棍快速滑过了榻榻米。

狂四郎想要查明这背后的主谋。是小乙女的命令呢，还是其他谁的指使呢？

他估计悄悄进来的肯定是仙之助，但这应该不是仙之助一个人的主意。

狂四郎断定晚上他抓住小乙女乳房的瞬间，藏在屋外的也是这个人。如此看来，这种阴谋总觉得不像是小乙女所为。她应该不知道我有多大本领才对。若只是抢夺小判，用仙之助的棍棒光明正大地正面挑战不是更好？一定是因为知道我的能力，所以才选择失去贞操这种非常屈辱的手段。比起普通的武家之女，听说小乙女是个口碑极好的姑娘。舍弃这种名誉，只着一底裤暴露于一个完全陌生的穷流浪武士眼前，真是让人意想不到。

狂四郎看透这背后一定有人操纵。

总之，狂四郎看出自己当前的敌人仙之助是个很厉害的高手。幸好自己有一双在黑暗中也无比敏锐的眼睛。

狂四郎的目光一直紧跟仙之助。看到他正用那根棍子在黑暗中摸索，潜入书院后，顺着桧木门往壁龛方向移步过去。狂四郎紧握放在被子里的无想正宗刀柄。

仙之助每移动一小步，狂四郎也随之一点点掀开被子。

包有小判的包袱就放在壁龛上。

仙之助刚用棍子一碰壁龛立柱，便突然顿住，向卧室的方向望去，可似乎又很难看清，于是不停地左右张望。

仙之助又开始用棍子刺探壁龛时，狂四郎悄无声息地掀开被子坐了起来。

终于，棍子碰到了包有小判的包袱。狂四郎瞪大的眸子里凝聚起了全身所有的神经，他看到仙之助用根子嗖的一下挑起了包袱。

仙之助后退了两三步，就在这时，狂四郎喊道：

"喂！"

仙之助瞬间仓皇失措，但并未纵身而去，到底是高手。

他两腿一动不动地立在地上，像是扎了根，只慢慢地把头扭向狂四郎。

狂四郎坐着的榻榻米衬垫和仙之助站着的位置只有两间之隔。

"你要那些小判何用？"

狂四郎挖苦地问了一句后，倏地单膝跪地。

仙之助顿时感受到一股骇人的杀气，依旧如磐石一般纹丝不动。

无奈，那根被当作武器的木棍正挑着重重的包袱。很明显，若将其放下，狂四郎就会停止进攻。然而，扔掉好不容易偷来的东西，又并非此年轻人所愿。

"喂，你打算怎么办？"

狂四郎第三次挖苦道。

刹那间——

"呀！"

伴随着一声撕破喉咙的喊叫，仙之助狗急跳墙般跃起。

包袱和棍棒一起，以迅雷不及掩耳之势朝狂四郎戳了过来。

迄今为止，狂四郎面对枪术高超的敌人，尚是游刃有余，甚至连汗都不会出。

但是，仙之助的棍法快得惊人，让对方根本无从躲闪。这还是挑着重重的包袱，如果没有包袱的话，坐等着的狂四郎绝对不会毫发无损。

"欸！"

狂四郎没有躲闪，对着仙之助那挑着包袱，足以敲碎头颅的棍棒直劈而去。

棍棒被劈成了两截，包袱也分开两半。清脆的响声在深更半夜从馆内传了出来，两百枚小判瞬间四散在地。

"你这小子——"

仙之助高高抡起断成两截的棍棒,狂四郎已然倏地起身站定,"嗖嗖嗖"向前滑步,缩短了与对方之间的距离。

"去死吧!"

仙之助虽然拼命挥舞着棍棒,然而此时的棍棒已毫无威力。刚才棍棒断成两截时,他的手都被震得麻木了。

狂四郎轻而易举地横移至一侧,避开了棍棒。突然,他一脚朝向前栽倒的仙之助的腰上踢去,像是要把仙之助踢到榻榻米里面。

紧接着,狂四郎倾尽全力,迅速用一只脚踩在仙之助背上,差点儿没把他的骨头踩断。

狂四郎反剪仙之助双手,把灯放进灯笼。他无意中看到散落在榻榻米上的小判中,有一枚被自己的刀切成了两半。他觉得不可思议,捏起来查看了一下切口,便冷笑着自言自语道:

"哼!是这样啊!我明白了!"

⑤

今日也是晴天。饭山山顶的观音堂院内依旧明亮、静寂。

如昨日一般,狂四郎坐在南端的休息石上。

不同的是,他转身面向前夜留宿的村落,一直留意着下山的路口。

忽然,他看到有个身影正朝那个路口走来。那人正是昨天的小商贩,也许是偶然吧——

不对,不是偶然。

小商贩发现狂四郎后吓了一跳,但立刻将这种情绪隐藏了起来,笑着走上前去,寒暄道:

"哎呀，您好……又见到您了。"

"哪里，我一直在等您。"狂四郎说，"昨天，您说从煤谷村去七泽村转转……怎么，走到半路又打算回江户啊！"

"呃……这个——"

"回去后，打算如何向备前屋汇报啊？"

小商贩两眼瞬间闪过一丝亮光。

"我知道我离开江户不久，你就跟着过来了。不管是备前屋的手下，还是幕府的密探，我一看便知。你没弄清楚我要去哪里要做什么，就跟了过来……所以，我特意在此洒落包袱，让你看一下小判……昨晚，让您费心了啊。"

"……"

"……你这混蛋，在这里看到小判时就知道它是假币。没错，二十年前，也是在备前屋，那时候你还是个吝啬的小偷。当时，你同源氏宅第主人合谋，伪造了甲州金，并以此为本钱，走私货物，赚了大把的钱财……我料想，因为你们已经不再需要使用假金币了，所以把剩下的那些给了天主教改教教徒，让他们都藏到了蜡像头里……其实，源氏老爷之女也知道她的残疾父亲曾经制造了假币。所以——当她一眼看出我拿出来的小判后，着实吓了一跳，慌乱中拒绝接受。这一切被你小子在偏房时全偷听到了。我一走，你小子对小姐和盘托出我的身份和本事，就威胁小姐，要她无论如何要要回金币。说我要是将假币交给水野越前守的话，会出大事的。因此，小姐陷入了失去贞操的困境……如你所愿，我的确是为了给小姐假金币而来这里的，但没想到会是这种结局——"

狂四郎慢慢起身。

片刻之后——

被一刀毙命的小商贩在地上停止了挣扎，不再动弹。狂四郎也随之消失得无影无踪。

斩奸信

（一）

在江户，每逢八幡宫节日庆典之时，街上都会回响着神乐大鼓的声音，插幡处，熙熙攘攘喧闹拥挤之时，接连发生了奇怪的杀人事件。

第一桩杀人事件，发生在五节①中的最后一个——重阳佳节的早上，在外樱田西丸老中水野忠邦上房的内门前，一个年纪轻轻的武士，因后背遭刀砍劈，倒地而死。

武家府邸，不仅有岗哨、还备有丁字形牙棒、刺叉、狼牙棒、捕网、火把，并且昼夜都有穿菖蒲革和服值班的人，他们腋下夹着六尺棒来回巡逻。特别是由大名设置的岗哨，提着灯笼轮流值班。若府邸前有人被杀的话，那就是岗哨的失职。

但是，这种事在太平盛世来说，与其说少见，不如说是绝无仅有。何况，还发生在外樱田的上房。那天晚上，值夜班的人在府邸各处每个时辰都会巡视一次。即便对工作心不在焉，也不至于被追究责任。而且，正如

---

① 五节：一年中的五个传统节日。1月7日人日，3月3日上巳节，5月5日端午节，7月7日七夕，9月9日重阳节。

"番更乃老而不死之人集中营"这句俏皮话所说的那样,因不是什么重要的职务,看守这个地方的大都是老人,所以他们并没有听到后门的杀人声响。

被杀的年轻武士,一看就知道是某个旗本的次子或第三子。他穿着华丽的山兰丝料子精裁而成的黑八丈①和服外褂,佩戴着似乎连孩子都能折断的奢华竹佩刀,穿着竹皮木屐倒在地上,说明他做梦都没想到会有人在背后袭击自己。这个少年手上并没有拿竹刀,而是拿着三味线拨子,与爱慕虚荣、注重仪容的他甚是相衬。他是一个皮肤白净,面容姣好的男性,这是任何目击者都认可的事实。但奇怪的是,他被染成黑红色的背上,放着一封斩奸信。

"好人之恶,恶人之好。泯灭人性,不知悔改,不惧灾难上身。四海为家的浪人眠狂四郎,路遇此懒散之徒。但,此暴行,乃西丸老中水野越前守为警告浮华轻佻之世人,指使本人所为。"

而且,这数行文字上还盖有忠邦的水慈姑花纹的朱印。而这个朱印是从江户家臣之长那里传下来的。

侧头役武部仙十郎"嗯"了一声,陷入沉思。他就算是遇到这样的突发事件,表情也毫无变化。武部仙十郎就是这样一位老人——表面上虽风平浪静,心底却如投石头入湖底翻腾起伏,思虑万千,是位老谋深算之人。

与此相反,江户家老高木播磨,一看到水野家的家徽,就非常吃惊。播磨平日里遵守虚礼,严格按照公私服装穿戴、行事、进退,是典型的小心翼翼之人。他早就对武部仙十郎在门下养着不知来历的浪人一事,感到十分不痛快。

"请问,你对,对这种不幸事件,到底,到底打算作何处置?"

"就算瞒不住那些隐密,要堵上普通众人之口,应该绝非难事。"

播磨气得大叫起来:"这,这样就把事情了结了?"

"如果我切腹可以谢罪的话,那我随时都可以。不会给老爷添麻烦的。

---

① 黑八丈:一种绢布,为黑色素色,原产自八丈岛,故名黑八丈。

况且老爷他……哈哈哈哈……"仙十郎笑着从座位上站了起来。

第二桩杀人事件，发生在六天后。这次事件悄悄发生在西本愿寺水野中房的内门前。

与之前相同，也是背后受袭倒地而死，死者是刚二十出头的町人家的儿子。上田的棉袄、印有龙纹的夹衣、从中国舶来的印有琥珀花色的带子，这身得体的打扮，一下就能看出他绝对是深川某个大批发商家的纨绔子弟。

这位年轻人也是少见的美男子。而且，死者脸上毫无痛苦之色。就像是睡着了一样，与第一个被害人一样，是在毫无防备的情况下被杀的。杀人者技术如此娴熟，死者毫无挣扎就直接倒地身亡。

留下的斩杀信内容也是一模一样。

高木播磨接到这个急报的时候，还在床上。听到消息后他猛然跳起来，径直往武部仙十郎家奔去。

仙十郎非常沉着地迎接了急躁的播磨。

"这水泽泻家徽应该不是本家。称为水野的旗本有五十家，不管哪家的家徽都是水泽泻——"

"这，这种辩解，有，有什么用！您，为何没有抓到这个疯子，你倒是说说啊！"

"他是个即使不唤他，发生案件的话，也会亲自去那里的人，那就——"

"混账，武部，你这个老东西，你难道不知道这个事件已经引起大骚动了吗？"

"家老大人，你能如我般肯定自己所用之人绝不会背叛吗？"

"什，什么！"

"老夫坚信不会有。"

仙十郎知道，眠狂四郎已出行，并不在江户。

二

"出，出大事儿啦!"

一天早晨，水野家岗哨传出第三次惊叫，而这距上次事件还不足十日。凶杀案发生在两个下房中那个背朝本所御竹藏，面临大川的房屋后门门前的路上，那条路由于夜里下雨，看上去湿漉漉的。

正如武部仙十郎所说，第一起杀人事件，可以当做是普通斩人试刀糊弄过去，但第二桩杀人事件的发生，让斩奸信被世人所知，流言甚嚣尘上。

水野家中上房、中房、下房的岗哨都是些武功高强的武士，严格把守毫无懈怠。但，令人可笑的是，流血事件还是发生了。

被杀之人似乎是位二十七岁的男子，职业是泥瓦匠。他的结城袖上系着浅蓝色的带子，梳着成年男子流行的圆额，细银杏[①]发髻非常平整，这身打扮时髦且潇洒。当然，此人与之前被杀的那两人不同，是一个精干的小白脸儿。

狼狈的岗哨们将尸体抬到哨所里，同时派人飞速将消息报告给上房。但这个消息仅告诉了武部仙十郎一人。仙十郎事前已经通知各个岗哨，如果再发生这样的事件，就只告诉他一人就行。

半个小时后——

奔马的嘶鸣声逐渐靠近，一袭黑衣的浪人在哨所前，轻巧地跳下马。

"我是武部仙十郎的代理人。请让我看一下尸体。"

浪人这么说着，毫无顾忌地走了进去。

理所当然，所有人都将目光投向他。就算是侧头役不来，也会来个上级吧。他们已经做好了被强烈训斥的准备。意外的是，竟然会让一个来历

[①] 细银杏:江户时代町人发型之一,将发髻梳细梳直,梳成一字形。

不明的浪人做代理，真是令人难以置信。

"请问您尊姓大名？"

"眠狂四郎。"

那十几人一下子屏住了呼吸，顿时鸦雀无声。眠狂四郎环视众人的脸，笑着说道："但是，我并非凶手。"

狂四郎三天前回到江户，刚一听说传言，就马上拜访了仙十郎。并一直住在他家。

里面土房间内，掀开用草席掩盖的尸体后，他就目不转睛地盯着刀口处，不久，眼都不眨一下的眠狂四郎，突然站起身道："此人的尸体是谁发现的？"

岗哨中有一人作了回答，眠狂四郎马上让他带自己去案发现场。

狂四郎从距内门处不到两间之远的地方，也就是从黑院墙旁铜铸的天水桶处经过时说："应该是这里。"

"实在不好意思，请模拟一下被害者躺下的样子。"

哨兵显出为难的样子，勉强为他演示了一下。昨夜一直下着小雨，天放晴的时候，已是大亮时分，哨兵身上沾满了泥水。

狂四郎从这个姿势开始，就把视线移到了后方，在某个场所突然停顿下来，小声嘀咕道："就是这儿吧"。

那里残留着两个十分明显的脚印。这是杀手留下的唯一证据。

狂四郎目测了一下被害者与加害者的距离后，对哨兵说："辛苦了，请起来吧。"

与哨兵并肩向大门处走的时候，狂四郎问道："那个泥瓦匠没有带伞吗？"

这么一说，哨兵才意识到，明明下着雨，却没带伞。但是，与此相比更让他惊愕的是狂四郎的行动。

狂四郎不再进到哨所里，而是向着拴在外面的马走去，然后轻巧地上了马,说道:"不打扰了。"说完后,便如风般飞驰而去。

狂四郎坐在了武部仙十郎书院。

"怎么样?"老人问道,表情仿佛是在等待别人向他报告有意思的事情一般。

狂四郎对他说道:

"不是用刀杀的。伤口处也不一样。遗留下来的脚印也不是武士的。"

"哦……你是怎么知道的?"

"从小就练武的武士,大都左脚比右脚发达。所以,脚印也不会相同。左脚应该在地上留下更深的痕迹。从杀人时的踏地方式来看,右脚脚印中脚尖踏地深,脚后跟就踏地浅。也就是说,只要比较一下左右脚后跟的足迹,一下就能判断此人是不是武士。幸亏雨水将脚印弄湿了。"

"原来如此——"

"我之所以能够确信伤口不是刀伤,是因为两者的距离。再长的刀,也达不到那个距离。"

"嗯。那就是——"

仙十郎双臂交叉,仰望着天花板,默默思考着。

两人目光交错,从彼此的眼中读出了对方与自己在想象同一件事,然后两人相视一笑。

"附上似乎是我写的斩奸信这点甚是巧妙,但这杀人手段我还不是很明白。老人家,我要收拾一下,可否借您三味线堀那里的别院后门外一用?"

"好的,你想怎样?"

"我要来个引蛇出洞。若他不来,我就从正面攻击,既然对方如此善于演戏,那么我就给他来个将计就计。"

"嘿嘿嘿……不得不这样了。对了,你的对手跟我的敌人是同一家伙吗?"

"吸食那些长着大饼脸的淫棍精血的怪物,在这世上还真是罕见。此次杀人事件，如果是为了使御老中失势而耍弄的小花招，那就只要在敌方找到这个怪物就行了。小菜一碟。"

"妖怪么……哈哈哈！是妖怪，的确是——"

三

如果敌人以越前屋的门前为目标，若要施行第四桩杀人事件，那么剩下的最后一个——必然是穿过浅草三味线堀附近的转辚桥处的下房。

不过发现在黑墙上贴奇怪的剪纸，已是三日后的事情了。

"有龙阳之癖的眠狂四郎大人驾到。他杀人、砍人，把人大卸八块，剁成肉末。他美丑通吃，怪不得人称佩双刀的武士为两口[1]。先是那个旗本家相貌平庸、窝囊废的三儿子，接下来轮到那个悄悄拿了守财奴老爷子的钱袋坐猪牙船去深川，被艺妓剪了鼻毛的大少爷，还有后来那个八头身魔鬼身材，英气逼人，将发髻前的头发盘起来，用带与妓女讨价还价时用的算盘珠图案的扎染手绢束发的小白脸，这些人死不足惜。不过，同样要杀的，应该还有俺——江户人见人爱的木挽城守田座剧团守田粂次这个仇家。俺以声音响彻四十八街的石町九日子时的钟声为信号，约你前来。你敢来接的话，无论刀山火海我都会跟你去！

这张告示的消息，"哗"地一下在街上炸开了锅。要说守田座的守田粂次，可是名旦。若论美貌，在江户演艺行首屈一指，不过他演技十分质朴，不及半四郎、菊之丞那般华丽。

人们都很惊讶："那个粂次，真的有那胆量吗？"

虽然这个做法有借此赚取人气的嫌疑，但敢与杀人魔鬼眠狂四郎叫板儿，也是值得称赞的。

---

[1] 两口：因武士佩长刀和短刀两把刀，两口为武士的俗称。

但直到告示被雨淋变了颜色，被风吹成了碎片的时候，眠狂四郎还没出现在粂次面前。

相反，某夜大茶房掌灯时分，出现了这样一个女人。她乘坐用红色竹席环绕的华丽马车，梳着银杏髻，身穿用金线银线织成十字纹样的华服，像是一位贵妇。这女人说道："某大名的千金，恳请会见粂次，请一定到别墅去迎接。"

（四）

守田粂次被蒙上双眼，在小轿里晃了许久，才来到某大名千金的居所，此时已经将近九点。

之后，粂次在某个房间内，独自等待了约莫半个时辰。

精美的家具静静环绕着粂次。有扇形屏风、蜀江织锦隔扇。地板上白瓷花瓶中，插着艳丽又别有情趣的胡枝子。从壁龛里的银盘香炉里，飘出一条直直的淡紫色烟柱。

绘有秋草的绢制方形罩灯灯影中，粂次如同化作其中一件家具一般，一动不动。

他那低垂的颈项，如女人一般细而柔软。肩膀、腰、膝盖等处皆纤细非常，浑身洋溢着妖艳之色。

夜的阴影反衬出他完美的脸庞。

而悄悄等待的同时，粂次的侧脸上，时不时出现无畏的浅笑。

不久——

隔扇被左右拉开，粂次立即两手撑地，低头礼拜。

"粂次，抬起头来——"

催促中，粂次小心翼翼地抬起头，看着坐在正前方的人，"啊！"地叫了一声。

坐在那里的女子一袭白衣,棉帽包裹着脸庞,身着结婚礼服。

"那,那个——"

粂次带着吃惊的眼神,惶恐地看着带自己来到此处的女官。

"这是小姐与您的婚礼。"

她平静地说道,好像这是理所当然的一样。

"是,是怎么回事啊?我,什么也——"

"哈哈哈哈。别担心,不是狐狸精的谎言,请放心。"

"但,但是我这种卑贱之人,与身份那么尊贵的小姐,闹着玩儿举行婚礼这样的事情——"

"没有问题。你别说话,坐在新郎倌的座位上就行。"突然,女官用非常冷酷、严厉的语气说道。

其间,几个侍女在中间放置了与三山高砂的尉姬及鹤龟相配的蓬莱岛台。

当绘有雌雄蝴蝶的酒壶摆到自己面前时,粂次才将视线转向新娘方向。

新娘沉默不语,如玩偶般一动不动。

女官闭着眼,用特别具有穿透力且悦耳的声音唱着高砂歌谣的一节,预祝这可喜可贺的婚礼。之后,这奇怪的婚礼仪式方才结束。

粂次暂时被带到了隔壁的房间。这时,他自言自语地说了句新郎不该说的话——

"这算什么啊!又不是清水清玄[①]的樱花公主,是娼妇的话,就要有娼妇的样子,明明就是要跟男人睡觉,还要这么费事。我又不是权助[②],有想

[①] 清水清玄:日本歌舞伎故事中清玄樱姬故事中的男主人公,是清水寺的僧人,沉迷于樱姬的美色,最后堕落而死。

[②] 权助:歌舞伎剧《樱姬东文章》中的盗贼,强奸了武家之女樱姬。从未与男人有过肌肤之亲的樱姬竟然爱上了他,并为他生了孩子。

让你给我生孩子。哼,玩花招的,是你们吧。"

被女官唤去的时候,籴次却只字未提,无比温顺地走了进去。此时,新娘已换上红色丝绸棉袄,按照命令,他牵着新娘的手,静悄悄地走向里面的卧室——

婚礼略去了新婚夫妇婚房喝交杯酒的环节,女官用耳语交代籴次,要好好照顾新娘。

虽说是假婚礼,但卧室里,新婚夜用的装饰却无任何疏忽之处。蓬莱山型盆景是鹡鸰,肴台是幼松,屏风是鸳鸯,地板上有代表着万物之始的床铺,头朝北放置着。

如燃烧般的绯红绸缎被褥上,并排放着两个红绸枕头,正恭候着新郎新娘。

籴次注视着站在屏风前的新娘,大胆问道:

"要不要把帽子摘下来啊?"

新娘轻轻地点了点头。

籴次在碰到绵帽子的瞬间,因为内心怀有某种企图,显出异常紧张的神色。

但是——

绵帽子下面还特意用两层白纱裹着脸,只能看到两只水灵灵的眼睛。

籴次悬着的一颗心终于落地,神色也放松了下来。

"接下来是您喜欢的——"说着,他将手放在天蓝色的绫子上。

滑落的带子如蛇般弯曲,带子上面轻飘飘地盖着绯红绸面卜袖,他可以清晰地看到,穿着两重贴身白纱料衬衣的身姿。

"请好生歇息。"

新嫂掀开被褥,就像是小心安置易碎之物一般,安静躺倒,一下子将和服脱掉。

籴次穿着极有表演者风范的绛紫色、井字格大浴衣,脱掉衣服后巧妙地从旁边滑了进去，新娘发出一声大而兴奋的喘息。刚要贴近，新娘低声说道：

"咱们都脱光吧。"

粂次听到新娘与身份不符的话语时，沉默地解开了绉绸的腰带。

已经脱掉贴身衬衣与贴身裙子的新娘，胴体圆润而丰满，紧致且富有弹力，粂次的手掌仿佛被吸上去一般，一股暖流传遍他的全身。

"你也脱光——"

新娘屈曲身体，突然在他耳边耳语。粂次闻到她身上扑鼻的肌肤之香，瞬间嘴角冷笑。然后，他抓住新娘的一只手，突然放到自己的胸口。

新娘发出可怕的呻吟，一下子缩回手去，背脊如弓般回转，白纱包裹之下仅剩余在外的双眸中，露出惊愕之色，双眼瞪得像要裂开一般。

"小姐，很吃惊吧。我与您一样，也是有胸的。"粂次流里流气地说道，"如果我也有大胸，您准备怎么办呢，我的小姐？"

新娘没有言语，只是大声地叫喊，赤裸着身体匍匐向前想要逃走。

"您要去哪儿啊？"一直注视着她的粂次，突然猛扑过去，"下面脱光了，包着头也没有用啊！"

他嘲笑着，迅速扯掉两重白纱……

刚一瞥见其面容，粂次不由得屏住呼吸。

惨不忍睹！简直是令人无法直视的怪物。脸颊、鼻子、嘴唇全都是暗紫色的溃烂，如同被碾碎的无花果一般。

唯一令人满意的就是那双眸子，但此时她的双眼已被怨恨及憎恶笼罩，发出炯炯之光，粂次像是害怕到极点，眉头紧锁。

因为新娘的惨叫，走廊上传来匆忙的脚步声。

五

此时,在繁星的照耀下,眠狂四郎就站在这座府邸的院子内。

此地是浅草入谷——背靠几座小寺院,临着大路,路对面是一望无际的田地,是个非常安静的地方。这座府邸是御纳户头取,新番头格,美浓部筑前守的所有物。

这不是什么特别的外宅,是筑前守为了自己的独生女,特意让藏前①某个商人捐出来的别院。在这里的住的都是伺候他女儿的女人。

眠狂四郎早就听说这位小姐因为幼时烧伤,容貌惨不忍睹。

从粂次被带到这个院子开始,眠狂四郎就悄悄潜入了宅院内。

听到走廊上急促的脚步声,狂四郎在心里嘀咕道:"这场戏也该收场了。"

他迅速跳上置履台,踢开了窗户。

女官一动不动地站在走廊上,腋下夹着一把薙刀。看到这把刀,狂四郎微微一笑。这把薙刀已经吸了三个浪荡公子的血。他们都是在被小轿送回去的路上,从越前府邸的后门前下轿,心情舒畅地正要往前走时,从背后遇害。薙刀大概藏在某个轿夫身上。

狂四郎一边用眼光镇住女官,一边声若洪钟般朝房里喊道:

"师傅,辛苦了——"

"这样的角色,我不会再演第二次了,先生。"

搭话的粂次——不,其真实身份是常磐津文字若这擅于偷盗的女扒手——将红色小袖向小姐抛了过去。

女官向狂四郎摆出青眼架势。狂四郎好整以暇,傲然说道:

---

① 藏前:东京都台东区浅草、隅田川西岸的地名,江户时代幕府米仓所在地。

"走廊上难以施展薙刀。不如去院中吧！"

昏暗的灯光下，女官脸上显出因被羞辱而愤怒的神情。

狂四郎让文字若先行逃走，自己则悠然来到院中。他察看好四周情形，立足于踏石之上，也不拔刀，只是说道：

"来吧。"

此时，女官从外廊腾身而起，落在离狂四郎两间之远的地方，左半身置于刀柄之后，刀刃向前。这是她在感受到狂四郎的身手之后，决定采取的攻防兼备的架势，唤作"天之构"。

狂四郎双手依然随意地垂在两旁。

"我没必要知道你的名字，但是我一定要告诉你我姓甚名谁。托你的福，江户城里的好色男人都谈之色变的眠狂四郎，就长我这个样子。你记住了。"

"……"

女官没有言语，逐步逼近。

"想不到为了三分人相七分鬼样的小姐，你竟一个接一个地杀害浪荡之人。简直是'吉田御殿'①的当代版。这也就罢了，就算是怕那些家伙到处胡说，把他们全都杀了，我也不觉得残酷。就算让他们活着，他们也不会好好谋生。但是，要说我眠狂四郎手中的刀是用来斩杀那种家伙的，要让世人这么看的话，我就无法忍受了。迄今为止，我从未因为个人好恶便夺人性命。更何况，我不杀无力还手之人。至于趁人不备从背后偷袭这样的事，更是荒谬绝伦。"

"呀！"

随着尖锐的呐喊声，从摆出的天之构中，女官右脚猛然向前大步踏出，左膝跪地瞬间，薙刀"刷"地一个袈裟斩斜肩劈砍下来，狂四郎轻轻

---

① 吉田御殿：相传江户时代初期，德川家康孙女千姬在江户吉田御殿招徕美男子并将其杀害的传说。

向后跃起，跳出一间有余。

"对了，在如此情形之下，我通常先让对方杀过来。"

"贼浪人，真是太可恨了——"

女官怒火中烧，展开了猛烈的攻击。薙刀从正面杀来，忽上忽下，又是刺又是卷，不给对方丝毫喘息之机。然而眠狂四郎却如风吹羽毛般，轻松躲开。

"呀！"

随这声大喊，那把薙刀向狂四郎急急斩下。狂四郎右手一扬，闪身避过。女官势头过猛，不及收力，竟失足向前跌倒在地，转瞬狂四郎的一只脚便踩在了她发髻之上。

第二天早上——黎明时分，御纳户头取美浓部筑前守府邸前的路上传来哒哒的马蹄之声，有人驱马前来，从正门经过的瞬间，将腋窝下夹着的白色大物扔下后便离去了。

那是一个被反绑着双臂的全裸女子。

她的背上有一封信。

写的是——

"好人之恶，恶人之好，不悔悖人性之事，不惧祸及此身。居无定所之人眠狂四郎，擒获杀害三个风流男子的女人，欲将此事曝光。另：大家应知，此乃美浓部筑前守为其绝世无双之丑女所犯淫荡行径的报应。呵呵！"

千两箱异闻

（一）

"话说，时值秋末冬初，凉风刺骨。黄昏将近，当阳县战场血流成河，如修罗道场，十余万生灵涂炭，哀鸿遍野。当中一骑，英姿飒飒跨马当先，怒视黑压压之敌阵。若问这是何方英雄？此乃中山靖王之后裔刘备刘玄德的股肱大将，身长八尺，豹头圆目，虎躯猿臂，气宇轩昂，威风凛凛，姓赵名云字子龙的赵子龙赵将军是也。"

两国广小路①的一个评书场上，立着一位说书先生，正是立川谈亭。只听"啪——"的一声，他拿起惊堂木拍了下桌子，正说到《三国志》的高潮部分，台下众听客皆聚精会神地竖起耳朵。

"说起来，这赵子龙奉命保护主公刘玄德的家眷，奈何后来寻到少主阿斗及糜夫人时，夫人为不拖累子龙救阿斗，竟翻身投枯井而死。主公刘玄德半世飘零，只余阿斗这一骨血，甚是可怜。子龙将少主阿斗抱护在怀，绰枪上马，孤身杀出重围，冲开一条血路，夺路而逃。至于当时境况是何等惊险，后有诗曰：红光罩体困龙飞，征马冲开长坂围，四十二年真命

---

① 两国广小路：江户时代著名的欢乐街，广小路两旁曲艺场林立，十分热闹。

主，将军因得显神威。只听子龙将军一声厉喝，凭空一跃跳出千里之外，震惊敌军！"

"好！"

台下叫好声不断，听客哗啦哗啦地向台子上投铜钱。

"铜钱这边来！这边来！旌旗千里，随风翻卷，势如破竹般杀过来的赵子龙，浴血奋战，如同杀蝗虫般将敌军众喽啰纷纷斩于马下。这里有萝卜腌鱼、混搭寿司、散寿司、什锦手握笹卷毛拔寿司①、风味绝佳的与兵卫寿司，样样美味，看着就让人口水直流啊，怎可错过这等美味佳肴，只需五文目就能一饱口福啦！"

"唉，与兵卫寿司真是贵！恐怕只有那些能从札差②处拿贿赂的官吏才吃得起这等寿司吧！"

"谈亭先生，给我们大伙儿来段儿惩治贪官的段子呗！"

"说实在话，这贿赂真就像这怀炉，你抱在怀里，打心眼儿里觉得它暖和舒服，但你稍不留神，它会引火烧身，若你能处理得当，也会因祸得福。"

"要是烧到脸，那岂不就变成美浓部筑前守的妖姬了嘛，哈哈！"

话音刚落，台下哄堂大笑。"当代吉田御殿"之事已在江户坊间广为流传。此女诱惑了三个小白脸，假装结婚，后将他们用长刀砍死。

"揭开那女子画的，是一位姓眠名狂四郎的英雄。他剑术高超，可谓无人可敌，一手精湛的圆月杀法，英姿飒爽，惹得那些扎着红鹿斑花头绳的小姑娘们几近疯狂地迷恋他呢。眠狂四郎可是江户城的一个新秀啊！"

"哦——谈亭先生，话说那赵云赵子龙后来又如何了？"

"哎呀！差点忘了，却说那枭雄曹操站在景山顶上，远远望见一虎将由远驰近，其势所向披靡，威不可挡。一问左右，才知乃是常山赵子龙，于是急令传报各处，不得射冷箭，要活捉子龙。子龙顺势前后枪刺剑砍，势

---

① 笹卷毛拔寿司：江户时期三大名寿司之一，另两个是与兵卫寿司、松寿司。
② 札差：为幕府的家臣团经营米的特权商人。

如破竹，一路砍倒大旗两面，夺槊三杆，杀死曹营名将五十余人，待杀离大阵，已是血满征袍。他怀抱后主，得脱此难。后人有诗曰：血染征袍透甲红，当阳谁敢与争锋！古来冲阵扶危主，只有常山赵子龙。好，欲听后事如何，且听下回分解！"

谈亭先生一抬头就看到台下角落处，眠狂四郎正坐在那里，此时的他嘴角挂着一丝若有若无的苦笑，神情间隐约含着怒气。

立川谈亭仅靠写小说，已经无法维持生计，所以他常常在茶馆讲个评书，赚点钱补贴生计。所幸他口才了得，所说故事多以讽刺豪门权贵为主，甚得民众喜爱，因此有不少听众前来捧场。

自从"当代吉田御殿"事件以来，浪人眠狂四郎的英雄形象已深入人心，他那不畏强权的气概同《三国志》这一评书联系起来，使得人们对他更是称赞不已。

立川谈亭走下讲坛，进里间休息了。座下的五六十名听客们，或是饮茶，或是吃点心，或是趴在桌子上休息，四周讨论声此起彼伏，纷纷攘攘，而话题却皆是与眠狂四郎有关。

"眠狂四郎，这个名字挺奇怪啊。"

"嘻，凡是那些有大能耐的人物，常不以真名示人，但总是在关键时刻亮出自己的真实身份，指不定是哪个皇室贵胄呢！"

"哎哎，我就是，大工留五郎并不是我真名啊，嗯哼，说实话，我的身份尊贵着呢！"

"你也就是个只会吹牛没胆儿的窝囊玩意儿！"

"就是！话说，这位眠狂四郎当真有那么厉害？"

"当然厉害啦！他能够如入无人之境般悄悄潜入千代田大奥，看到只吃香菇头苞，其他部分扔掉的浪费行为，他敢在老中、若年寄这些官员面前暴跳如雷，斥责这种奢靡之风。因为，街头巷尾随处可见辛苦劳作的匠人们，他们终日劳作也只能赚那一点子可怜的工钱，为了省钱，只能去住房租低廉的大杂院,一天到晚累死累活也不过赚个三百文,哪能吃得起松鱼,去游里①逍遥更是奢望,在游里不消一会儿就得花费上百文呐。"

"所以说,只能跟自己家那口子凑合着吧。要不然,得拿自己的私房钱去玩儿。"

"说起私房钱,我家房客中有一个叫做村井源十郎的武士,是个穷伞匠,奇怪的是,近来他的妻子不知道在哪里干了什么勾当,突然变得有钱起来,花钱异常大方,常给她儿子零花钱,让儿子去买玩偶,自己也开始浓妆艳抹,穿着漂亮衣服,每日里打扮得花枝招展,时不时蹦出几句大户人家的话语,透着一股子怪异。然而她的丈夫却并无任何异常,依旧整日里默默地拿着粗纸面贴伞。"

"那女人肯定是在做妓女,不管怎么说她也是武士之妻呀。唉,最近这世道,还真是世风日下啊。近来,据说有不少身份尊贵的大奥侍女也在做妓女呢。从乳臭未干的小姑娘长成一个二星级的花魁,岂是你花个一两一分就能得手的么,那只能想想罢了,反而是半羞半拒地引诱你,只用你花个百十铜钱就能得手的武士之妻,倒也有趣儿。"

"贱妓驱逐名妓,这就和格雷欣法则②一样啊。"

众人正要朝话音飘来的方向望去,忽然,一人激动地说道:

"这位爷,难道?呃,不好意思,难道您就是传说中的眠狂四郎?"

此言一出,嘈杂的四周霎时静了下来,循着说话人的视线望过去,只见一浪人打扮的男人正坐在那里,虽静默无言,但他周身散发出的气场强大到令人直直生出畏惧之意。眠狂四郎见众人带着或好奇或敬畏的目光齐刷刷盯着自己,面上神情愈发冷峻,径直起身大步朝外走去。

---

① 游里:指花街柳巷。
② 格雷欣法则:托马斯·格雷欣(Thomas·Gresham1819(?)—1579),英国银行家、财政家和商人。主张对通货实行管制,建议收回成色不足的铸币加以重铸。他在给英国女王奏书中明确使用了"劣币驱逐良币"这一说法,后来被称为"格雷欣法则"。

过了许久，呆滞的众人才反应过来。

"救苦救难的大神明啊！"

听众对着远去的背影呼喊着，声音高亢而狂热。

（二）

——真是郁闷！

此时，眠狂四郎坐在一个名为"东屋"的临街茶屋里，手执酒杯，浅啜美酒，试图借酒消去绕在心头的那股莫名的烦闷，然而却不能如愿。

不知何时起，他成了江户城人人皆知的英雄，人们俨然把他当作下层民众的代表，真不知事情怎么会发展到这一地步。

人们似乎已经本能地察觉到幕府气数将尽，他们对徒有威仪华丽、光鲜外表的幕府早已没有半点敬畏。这座将倾大厦最终会在何时轰然倒塌呢？眠狂四郎对这个时间点很感兴趣，也很期待能出现一些敢于反抗压迫、甘愿推动这一大厦倒塌进程的人物。

可是，这样的人物谁爱做谁做，他眠狂四郎可没兴趣，无论是谁站出来做这个推波助澜者都行，而眠狂四郎自己是绝对不会去当的。

——我只是想处理掉身边的麻烦事儿而已！

眠狂四郎心中大声呐喊道。

——那些百姓们，樱花盛开赏樱游玩，节日盛典欢歌载舞，夏日烟花，冬日狂言[①]，一不是他们的闲聊话题，而我眠狂四郎岂能沦为像樱花、节日、烟花这等供他人茶余饭后的谈资笑料！想想就令人气闷不已！

怒气渐盛，奈何竟无消解之法，最后只得埋头喝闷酒。突然，近旁闪

[①] 狂言：日本一种兴起于民间，穿插于能剧剧目之间表演的即兴简短的笑剧，是猿乐能与田乐能的派生物。

过一个身影，原来是金八。

"先生，真是太气人了，不管我去澡堂还是去理发店，总能听到那些人在议论您，这帮混蛋，您又不是左甚五郎①雕的猫，凭什么任他们"眠，眠，眠"地这样胡说八道，真是该给他们点颜色看看！"

"我也有同感。金八，到守田座②之类的地方租个场子，让他们见识一下眠狂四郎的圆月杀法如何？或者也可以在河原崎座的团十郎将要上演的《暂》③的海报对面租个场子，让吉原④的纪文、奈良茂这些趾高气扬的豪商们放点血也不错。"

"这个包在我身上，您若想赚钱的话，倒也不用费那功夫，好办得很呐，由于您现在名声盛极，竟有一个大傻帽儿愿意花一百两黄金请您去当他保镖呐！为了让您过下目，我把他带到这儿了。"

"愿出一百两？"

眠狂四郎感到些许惊讶，这年头儿，一两黄金可是能买到两斗大米呐。

"这胆小鬼是哪儿的？"

"是个极其讨厌的家伙，他是佃町骏河屋⑤的贡米商。"

"贡米商！"

眠狂四郎的神经瞬间绷直，一种强烈的直觉向他袭来。他的劲敌备前屋就是个贡米商。

——不过，或许是此人钱多得没处花了，想出这怪主意来，可能是自己想多了。

"骏河屋就那么富有？"

---

① 左甚五郎：江户时代的雕刻师，代表作《睡猫》，该雕刻位于通往家康墓的门旁，故有说法认为它是为防鼠而雕刻。

② 守田座：江户三大歌舞伎剧院之一，另两个是河原崎座、森田勘弥代代。

③ 《暂》：歌舞伎节目的一种，由初代市川团十郎首演。

④ 吉原：江户著名的欢乐街。

⑤ 佃町骏河屋：和式点心的老字号。

"据说是很有钱呐,多到连他家仓库里的老鼠都拿铜钱当玩意儿耍。"

——传闻,这骏河屋的贡米商叫弥八,今年已是花甲,膝下无子,只一个女儿,还是过继来的。这死老头是个贪得无厌、行事顽固的滑头,极其惹人厌!

"以前干过压榨苦力来敛财的恶事吗?"

"对呗!他从挑担卖鱼的穷货郎变成现在这等豪商,可是连船馒头①头子都做过呢!不过也算是报应吧,现如今他中风了,半边身子瘫痪着,整日里只能躺在床上,跟摊烂泥似的,他的好日子算是到头了,据说最近又收到一封恐吓信,信中威胁说让他寄去一个千两箱②呢。"

"想处理那恐吓信还不简单,他应该有很多打手的。"

"哼,寄信的人也不是个东西,明明是勒索,却自称是由比正雪③的后人,打算推翻德川将军,所以管弥八要军费呢!"

"让外面那个委托人进来吧。"

"喂,你可以进来了!"

只见走进来一个大约二十七八岁的青年男子,他的工作就是终年待在挂着帘子的昏暗店铺里算账,或者在店里低头哈腰接待来往的客人,这种生活情况一览无余地反映在他那苍白的脸上。

"鄙人骏河屋掌柜藤七,此次特来拜托先生帮忙处理这件棘手的事,望您能够答应!"

"你这么年轻就是大掌柜?"

"不是的,大掌柜另有其人,我虽被称作掌柜,但并不参与店里的事宜,只是随侍在老爷近旁,负责照管老爷的日常生活起居。"

因为弥八中风瘫在床上,行动不能自理,作为其左膀右臂的藤七渐渐

---

① 馒头:江户时代,在江户城的海边在小舟上卖身的私娼。
② 千两箱:江户时代,一种能装千两金币的木箱。
③ 由比正雪:江户时代的军事家。

实权大握,恐怕弥八对他的信任连大掌柜都要自叹弗如了。

"恐吓信中说要让你们老爷给他们寄去一笔钱,作为策划夺取天下的军费?"

"信上确是这么写的,第一封恐吓信是上月初送来的,随后每隔十日就来一封,我们正觉得诡异呢,昨日又来了一封,与上封仅隔五天,说从明日起计,三日内他会来取千两箱,让我家老爷先备好放在房间里。"

"放在你家老爷的房间里?真是奇怪,这东西难道不是应该放在某个隐秘的地方才最为安全吗?"

"我们也觉得十分奇怪,正因如此,才这么惶恐不安。我们觉得那人应该不是个简单角色。我想您应该听金八大爷说过,我家老爷弥八是个做大事的人,奋斗了一辈子才积攒下这不菲身价成为巨富,他其实对这等荒唐愚蠢的威胁是一点儿都没放在心上。我曾多次去衙门递诉状希望他们能受理,但他们压根儿不理。就在不知如何是好的时候,恰好有人把您的英雄事迹告诉了我家老爷,他也是个爽快人,就想着请您来帮忙捉那贼人。我家老爷说,若成功捉住贼人,会付您一百两,若让贼人逃脱,他不会付钱的。因此我拜托了金八大爷,恳求您能接受我家老爷的委托。这就是我来见您的目的。"

"好,我答应!"眠狂四郎爽快承诺道。

"先生您可真是侠肝义胆啊!"金八拍着手道,"妙龄皆美女,粗茶新沏香,去吃羊羹喽!"

三

第二日傍晚——

眠狂四郎迈着大步朝佃町走去。

走过骏河屋前,看着这个七八米宽、阔气高档的店面,眠狂四郎并没有从正门进去,而是拐进店旁的一条小胡同。在胡同口,看到一处大约二十坪的阔宅,他倏地腾身入内,唤了一个侍女去禀告掌柜藤七。不一会儿,藤七就急匆匆地跑了过来。

眠狂四郎对藤七淡淡说道:"烦劳你带我在这宅子里转转吧。"

"好的,您这边请。"

藤七走在前面带路,眠狂四郎跟在他身后。二人沿着檐廊往宅子里面走,藤七时不时地跟眠狂四郎解释宅子构造。

"这个宅子之前是吉原妓院松叶楼的临时住宅,正如您所看到的,还保留着原先粗糙简陋的样子。"

临时住宅是指吉原大火之后,那些被烧掉的青楼楚馆在公家指定的地方临时建造的简单营业处,作为临时游廓。因此,这房子的粗糙程度可见一斑,恐怕弥八是以最低价买进的。

听他这么一说,眠狂四郎发现这个宅子的确有些意思,四周密布着许多小房间,长廊迂回环绕,厕所出人意料地设在一个角落。

宅子的主人弥八就住在长廊尽头的一个独立小院里,主屋前面是院子,南面是一个白色的仓库,东面是紧连着主屋的藏书阁,西面就是同邻宅之间的界墙,高高的界墙上竖满尖利物什,院子到主屋间有一个栅栏门,门是锁着的。

"只要守住这个长廊,小院的安全就不会有问题。"

藤七说完这句话,就带着眠狂四郎走进小院。只见房内灯火通明,透过拉门,可以看到一个满脸胡须的老头靠着一摞高高叠起的蒲团,脸色憔悴,模样甚是邋遢。

"我家老爷最近很讨厌见人,所以……"

自家老爷不见生人这件事,藤七觉得还是提前告知眠狂四郎比较好,希望他不要因自家老爷的无礼而生气。随后藤七抬手指着屋内,悄声道:

"老爷身后的壁龛里放着一个千两箱,只是为了以防万一,里面装的都是石子,仅在最上面一层放了金币,以假乱真。"

夜色里,缠了防霜用稻草绳子的芭蕉树在地上投下一片阴影,眠狂四郎静静地站在阴影里,打量着屋内情形,透过窗户,只见一个女子正在给弥八按摩脚部,而弥八似乎并不好伺候,他挥着那只还能动弹的手,胡乱指挥命令着女子,神情相当恶劣,窗户以下就看不太清楚了。

通过弥八那冷酷刻薄的神情,眠狂四郎立时看出这老头儿虽然身子瘫痪,行动不便,但大脑还是十分正常,没有迷糊。

"那个女子是谁?"

"老爷的养女八重小姐。"

"如今是否只有你和那位小姐可以自由出入这个院子?"

"是的。"

二人回到主屋,藤七向眠狂四郎介绍了大掌柜以下的十几名佣人,凭着敏锐的洞察力,眠狂四郎十分确定地排除了这些佣人们的作案嫌疑。

晚饭时分,眠狂四郎见到了弥八的养女八重小姐。她年纪应该不到二十,是一个腼腆内向的姑娘,皮肤苍白莹透,像是终年没见过阳光一般,仿佛暗示着她那命中注定的孤独寂寥。

眠狂四郎选了一个小房间住下,这个房间正好连着弥八所住小院的长廊。佣人送过来的酒菜十分丰盛可口,应该是从深川路上的高级酒楼"平清"订做的。

第一夜,无事到天明。

但眠狂四郎发现了一个小小的端倪。

凌晨一两点的时候,一脸疲惫的八重小姐离开小院,回到自己的住处换了睡衣,正要关灯,眠狂四郎悄无声息地潜了进去。猛然望见不知何时出现在自己眼前的眠狂四郎,八重惊恐无比。眠狂四郎制住她的双手,坐在她对面,严厉地命令道:

"看着我的眼睛，只看着，不准说话！"

八重小姐性情本就老实，且眠狂四郎的神色间透着一种令人不敢抗拒的魔力。

她眼睛睁得很大，但很快平静了下来，眸中恐惧之色渐褪，取而代之的是迷茫恍惚，老老实实等待着眠狂四郎的询问。

"最近你家里应该来过什么陌生的可疑人物吧，是个长什么样子的男人？"

八重小姐缓缓地摇了摇头。

"没有人来？"

八重小姐点了点头。

"但我发现你的眼睛闪过一丝犹豫，不是吗？再好好想想，真的没有什么武士之类的人来过吗？"

"那个，是曾来过一个人。"

"接着说。"

"藤七君在招护院家丁的时候，曾带回来过一个人。"

"是个武士？"

"是的。"

"是你们没有用他，还是他自己拒绝了这个差事？"

"好像是我们没有用他。"

"那男人是什么模样？"

"一副穷酸模样，据说叫村井源十郎。"

"村井源十郎？"

眠狂四郎侧头微微思忖片刻，这个名字有些熟悉，似乎在哪里听过。

待他最终想起这个名字的时候，已经是回到自己房间之后了。在广小路那个评书屋，有一个听客曾经提到过这个名字，说他是个伞匠，终日里只靠做伞勉强维持生计，而他的妻子最近却开始大手大脚地花钱，甚是可疑。

若村井源十郎是在这里做了保镖的话,那他家经济条件突然好转也能说得过去,但他被拒绝,没有在这里做保镖,他家经济条件突然好转是什么原因呢?

眠狂四郎默默沉思片刻,喃喃道:"看来不掷个骰子看看是不明白呐。"说着,拿出骰子抛了起来。

四

第二天夜里,临近拂晓的七更天①,事发生了。

深夜,空气寒冷如冻结的冰霜,仿佛拿针对着夜色刺一下,就会划出一条薄冰般的裂缝来。突然,仿佛野兽被碾杀而发出的奇怪的惊叫声,穿透了静寂的夜幕。

眠狂四郎迅速起身,数秒间就已飞奔过长廊,到了弥八屋内。

只见屋内灯光明亮,弥八趴在床上一动不动,浑身是血。有一扇窗户半开着,寒气缓缓飘入。

眠狂四郎微瞥一眼弥八后背,轻软的睡衣上横着一道利落的切口,看得出来,这个杀手的刀法十分利落干脆。

此时——

主屋方向,响起一声暴喝:"贼人!混蛋!"

眠狂四郎闻声正待起身,突然脑海中闪过一丝念头,随即心中了然。

——原来如此!

眠狂四郎嘴角噙着一抹讽笑。

"歹徒停下!"

---

① 七更天:现今的早上四点左右。

"眠先生，您快来呀！"

"歹徒在这边！"

眠狂四郎并不理会那一连串的厉喝及拼命催促自己的声音，只是慢悠悠地把弥八的尸身翻了过来。

随后，眠狂四郎观察着外面的藤七，此刻他全然不似初见时那副唯唯诺诺的模样，而是怒目圆睁，满身戾气，手持木棒，正极力追赶着一个蒙面武士。

武士的腋下轻松夹着千两箱，手持长刀，沿着长廊疾跑，在拐角处，撞上了被吓得满脸恐惧、浑身哆嗦的大掌柜。

"快拦住他！"藤七朝大掌柜吼道，举起手中木棒。

但大掌柜由于害怕过度，一下子跌倒在地，武士趁机从他身上跃过，跑远了。气喘吁吁追赶过来的藤七盯着大掌柜，恨铁不成钢地骂道："真是废物！"接着急声喊道，"眠先生，您倒是快点来呀！"

武士原本奔往店铺方向，突然，他身形一转，挥着手中长刀对一丈开外追赶过来的藤七，狠狠地威胁道："是不是活得不耐烦了！"

藤七不由自主地向后缩了一缩，就在这当口，武士猛力撞开窗户，跃出院子。

"眠先生快出来！贼人就要逃跑了！"

藤七跑到院子北角处立着的一个石灯笼上，望着武士跃出院子的身影，扯着嗓子拼命朝眠狂四郎嚷道。然而，眠狂四郎却一直没有出来。

一眨眼的工夫，武士已经越过高墙，消失不见了。

当眠狂四郎悠哉悠哉地走进店里的时候，腾七正怒气冲冲地对着一群下人大发雷霆，一个劲儿地骂着废物。

看到眠狂四郎进来，藤七的怒气立马转移。

"眠先生！您说您还算是个剑客吗？老爷被杀，那贼人就这样从我们的眼皮子底下轻松溜走！您是怎么回事？至少也应该出来帮我们提拿贼人啊!"

"我只是觉得,即使去追,也绝不可能追上。"

"什,什么!我还从来没听过比这更卑劣的借口呢!您若及时出来帮忙的话,我们怎么可能追不上!你这人简直是太卑鄙无耻了!就这胆量也配做江户城最厉害的侠士?连我都要替你害臊!"

"对此,我也深表歉意!"眠狂四郎对他的指责不以为然,神情极其平静,走到大掌柜对面,环抱双臂坐在凳子上。

藤七一脸愤然,咂着嘴怒吼:"喂!茂一!还不快去官府报案!"

这时,眠狂四郎神情略带玩味地阻止道:"慢着!还是等会儿再去官府报案吧!"

"什么!你这是什么意思?"藤七怒视着眠狂四郎。

"不用等太久,只需片刻。"

"那,那为何必须要等?"

"等着就知道了。"

眠狂四郎无心理会满脸疑惑但又咄咄逼人的藤七。

然而,连片刻都无需等待。

"咚咚咚——"门外响起一阵急切的敲门声,店里的小伙计连忙去开门,只见一人跳进屋内,是金八。

"嘻,让您久等了先生,我从村井源十郎那里夺回了被盗的千两箱!"

金八神色间有些不耐烦,把那个千两箱丢在藤七面前。藤七面上神情瞬间剧变,只见他先是刹那惊愕,但立刻镇定下来,有些阴森可怕。

眠狂四郎悠闲地站起身来,道:"藤七君,是时候揭露你的阴谋诡计了。"

瞬间,藤七周身凝聚起腾腾杀气,眠狂四郎只是嘴角微微上挑,道:"这个小伙子是我的手下,这两天辛辛苦苦耐着性子在宅子外面守了两夜,不过总算没白费功夫,看到被你追赶的村井源十郎跳出高墙后,金八随即追在他后面。这个武士的职业是小偷,抢千两箱,是以为千两箱值钱。"眠狂四郎踢开了千两箱,哐当!千两箱滚落到门口台阶下,箱内空空如也。

"眠!你何时识破我不是个普通掌柜的?"

藤七一副若无其事的样子,沉着镇定地问眠狂四郎。令人禁不住怀疑这还是刚刚那个火冒三丈的町人么,他这前后的变化可真够大的呀!

"从初次见到你之后就发现了,藤七君。无论你多会乔装改扮,能迷惑住别人,但是绝对糊弄不了我眠狂四郎的这双眼。不过那时我仅仅以为你是备前屋派来的一个细作。昨天晚上,八重小姐说你曾带回来一个叫做村井源十郎的伞匠,我才发现并不是这么回事儿,你不是他派的细作,备前屋绝不会雇佣体形瘦削的武士。要不要来猜猜你的真实身份?你就是御胜手挂若年寄[①]林肥后守派来的细作,对不对!"

"眼力不错啊!"

"你受命要通过合法渠道得到骏河屋的庞大财产,也就是说,幕府公仪想要欺诈图财,因此你得以乔装入内,继而杀死弥八,计划可逞。然后,再雇佣眼下正炙手可热、声名大噪的我来做保镖,给他人捏造一个证明我连保镖都做不好的事实,好让我从此之后变为世人笑柄,这真是个一举多得的好计谋啊!但是,杀弥八的就是你,这点我非常清楚。杀了他这种作恶多端的人,倒也算你做了件功德好事,我并不打算干预。只是,你应该是事先杀死弥八,然后抱着空箱子跃出小院的。弥八临死前的那声惨叫是你用假声发出来的吧。因为我赶到主屋的速度比你逃出主屋的速度更快,所以我猜到了这一切。你把千两箱和带血的大刀递给事先藏在小屋的村井源十郎,然后追在他后面,所以无论你怎么叫我,我都迟迟不出现,因为就算我出来了,你也不可能让我抓到村井源十郎的。"

"眠,给我出来!到院子里来!"

"不用你说!"

[①] 御胜手挂若年寄:幕府所设官职名。

天色渐亮，院子里的两人剑拔弩张，在一阵肃杀般的沉默之后，眠狂四郎缓缓抽出长剑，白刃散发出冷冽寒光。

　　最终，细作藤七也没能成为眠狂四郎的对手。不待眠狂四郎展现出一整套的圆月杀法，他已经败在了眠狂四郎剑下。

盲目圆月杀法

（一）

江户时代有这样一句话，在橙子和蜜柑的果实变黄的时候，大夫的脸色就变青了。这是因为他们一整个夏天都在给病人瞧病，连储存的败鼓马勃[1]都用光了，他们一面要为补充药材手忙脚乱，一面又要为各家各户头疼脑热的小病忙得不可开交。就在这个季节的某天夜里，发生了一件大事，大奥医师室矢醇堂在他豪宅的卧房中，被人一刀毙命。

说起来，醇堂在这条街上没有需要接诊的病人，所以跟别的大夫不一样，在他不当值的日子夜里，他会带着自己的爱妾，泡泡澡啦、晚饭时小酌几杯啦，慢慢消磨着时光。直到鹰钩鼻差不多喝成蜜橘色时就去睡觉了。

药房中一歪一歪打着盹儿的学徒，刚在梦里见到神农氏，突闻一声凄厉的惨叫冲破寂寞的长夜，惊得他蚂蚱似的腾地跳了起来。当他赶到时，已经不见了恶贼的踪影。醇堂和他爱妾两人的尸身躺在血泊之中，四肢外露，姿势撩人，一个仰面躺卧，一个俯身其上。

翌日早晨，备前屋闻讯赶来。他瞥了一眼齐整的刀口，恨声道："瞧这

[1] 败鼓马勃：汉方药材名。

个混蛋！"随后突然走到壁龛前面，扯下画着神农氏的唐风挂轴图。

看到墙壁上那个二寸见方的小洞大开着，他一下子大惊失色，慌忙伸手进去探了一下，然后又狠狠骂道："可恶！"

押上村的龙胜古寺别院迎来一个武士，已是翌日的事了。

来访者是个年轻人，严肃冷峻的面容透着清秀。白色素服之上是纹有家徽的黑色纺绸和服，他这身打扮是有官职的本百姓[①]，及有身份的武士装束。在这样一个因朝廷允许穿着条纹织物，武家便竞相追逐纤巧工艺的时代里，他这身体面的常服反倒衬得他年轻的面庞更加俊美了。出来接待他的是留守在这里的美保代，看到眼前的男子甚有威仪，她一下子警觉起来，忙低下了头。

"请问眠狂四郎阁下在吗？"

"真不巧，他出门了。"

"今日之内会回来吗？"

"不知道。"

狂四郎已经走了一个多月。日子一天天过去，美保代等他等得望眼欲穿，感觉生命都变得短暂起来。年轻武士略微想了一下，问道：

"请恕在下冒昧，你是？"

"我是他妻子。"她有点难为情地小声答道。

"眠狂四郎阁下已有妻室了？"

一直低着头的美保代那纤细的肩膀似乎显得更瘦小了。

"既然是夫人，我想问您一件事。"

年轻武士从怀里取出一个小纸包，放在掌心打开给她看。

悄然抬起眼的美保代，不禁发出了一声小小的惊呼。

那是她做梦也不曾忘记的男人偶头。是狂四郎潜入水野忠邦府邸，得

---

① 本百姓：江户时代，保有田地和住宅，负担年贡和杂税，同时对已成为入会地的原野、山林、水利设施等拥有使用权的独立自营农民。

手的那对将军赏赐的小直衣人偶的头,其中的这个男人偶头,美保代一直视其为仅次于自己性命的东西而小心保藏着。自从被密探潜入常磐津文字若家二楼偷走以后,美保代一直认为只要这东西不回到自己手中,她就再也没有作为狂四郎妻子的那种喜悦了。

女人偶头如今在狂四郎手中。只要男人偶头回到自己手中,内宫人偶的神秘力量定会将两人的命运紧紧连在一起。这已经成为美保代心中不可动摇的信仰了。

而现实是,尽管她鼓起十分的勇气来到了这个古寺,就因为没有带着男人偶头,狂四郎不还是在那天晚上离开了吗?

若嘲笑说痴心爱着一个人,因他喜因他忧,是女人可怜的迷信的话,事实也不过如此。不过,如果说能给人活下去力量的就是那份痴情的话,那么事实不往往就在人自己心中吗?镜中之像之所以可见,皆因镜中有像罢了。

"惊着你了?为何这么吃惊?让我听听缘由吧。"

年轻武士严厉地催促道。美保代毫无怯色与他相对而视。

"刚才我说我是眠的妻子。实话告诉你,这不过是我的一厢情愿……若哪日那个男人偶头能回到我手上,到那时我就能成为眠实至名归的妻子,我内心一直这样坚信着。"

她注视着年轻武士毫无敌意的澄澈双眸,平静地倾吐出了这些话。而且她虽没有道破理由,对方似乎已被她的深情打动。

须臾,一直沉默无言的武士终于开口说道:"请转告眠先生,评定所留役[1]勘定组头[2]户田隼人从大奥医师室矢醇堂手中将小直衣人偶的头夺回,特意带来见他。"

---

[1] 评定所留役:江户幕府的官职之一。评定所是江户幕府的最高司法机构,对寺社、町、勘定这三个奉行不能独自判决的案件,加一名老中进行合议。

[2] 勘定组头:江户幕府的职名,属于勘定奉行。

杀死室矢醇堂的并非眠狂四郎,而是这个年轻武士。

"但是,也请转达他,我此次来并非要将此物归还与他,而是想请眠先生把他手中的女人偶头交与我们保管。"

美保代脸上唰地一下没了血色。

"请恕我直言,在下虽是公职人员,但并非本丸御老中及其一派,也无意做他们见不得人的政治斗争的工具,所以不是为他们的指令而来。小直衣人偶的头或许会成为引燃本丸御老中和西丸御老中之间纠纷的导火索——我只是想防患于未然。此事还恳请眠先生务必慎重考虑,希望可以将女人偶头交与我们保管。"

"既然这样,您把此男人偶头交给我,也不会点燃那些老爷们之间的纷争。我是绝不会将它交给任何一位官差老爷的。"

"那我问你,若你能成为眠先生的枕边人,可有胆量立刻毁掉这对人偶头?"

"那怎行!"

美保代退缩了。

"在下听闻眠先生乃稀世剑客。但朝廷密探中并非没有不能与之分庭抗礼之辈。只要你们持有人偶头一日,我就无法相信你们不会将它转交给本丸御老中一派……而在下的打算是,一旦集齐这两者,就当场毁掉它们——"

户田隼人语气坚定地说道。面对美保代强烈反感的目光,他依旧淡然处之。

"在下家在市谷①长延寺古町。眠先生若是归来,请务必转达。如若他不喜欢坐在一起和和气气转交的话,当然,在下也毫不介意用剑来聊一聊。地点就在涉谷宫益町郊外,上任大目付松平主水正隐姓埋名的地方——乐水楼翁避世隐居的宅子。眠先生定下时间后,届时请通报在下,

①市谷:位于日本东京都新宿区东部。地区名。江户时代曾有许多武士住宅和寺院。

在下定然赴约。"

户田隼人留下这句话转身走到几丈开外时,美保代霍地站了起来,右手向怀中的匕首探去。

这时,隼人突然转过头,目光如刃,平静地说道:"凭你的身手是杀不了在下的。"

（二）

乐水楼避世隐居的宅院周围是一片杂树林,那里完整地保留着古时武藏野的风貌,时至今日依然安静地留在那里。

阳光穿过常绿阔叶树浓密的枝叶洒落下来,沐浴着这淡淡的斑驳光影,户田隼人慢慢行走在小路上,突然,前面出现了一只野鸡的身影,只见它歪着小小的头一动不动。隼人悄悄避开它走了过去,回头一看,野鸡正轻快地迈着步子,看到紫珠①的果实,就开始一个劲儿地啄了起来。

这是一条人烟绝迹的小路。这只野鸡的出现证明了这一点。

——如此清风高节、满腹经纶又富有雄才伟略之人,却归隐至此,不得不挨过每一个空虚苦闷的日夜。这就是如今的世道啊。而出入幕阁的却一个个都是巧言令色、追名逐利的蝇营狗苟之辈。真是政道腐败啊!

年轻又纯洁的灵魂一想到这些,心中便勃然大怒。眼前这清幽的美景只起到让这青年心中的愤懑变得更激烈的作用。最后,在书院中与乐水楼老人相对而坐的户田隼人,一扫之前的阴霾,神色平静地向乐水楼老人汇报情况。

"室矢醇堂藏匿的男人偶头正是越前守大人的封赏之物。在下去了眠狂四郎住处,当面给他妻子看过,已经得以确认。"

---

① 紫珠:白棠子树,马鞭草科落叶灌木,生于暖地山野。秋季球形液果熟为紫色。

"妻子？狂四郎有家室了？"老人听到这意外的消息，一脸的难以置信。

不止是老人，恰巧端着点心过来的静香听到这句话，也像是被雷击一般猛地震了一下，她睁大眼睛一眨不眨地盯着隼人。

"没有听清具体的情由，当时在下的反应与您老刚才一样，深感意外。随后她又坦白说她还不是他正式的妻子。"

接下来隼人原原本本复述了美保代当时的话，静香优雅地做着每一个沏茶的动作，但传入耳中的每一句话却都像针一般扎进胸中，钻心地痛。

——有个女人想成为他的妻子！

这种事她连做梦都没有想过，心中甚是震撼。

静香遭遇鼯鼠喜平太的暴力偷袭，自从离开龙胜寺以来，狂四郎的影子就一直盘旋在她脑海中挥之不去。

静香前往龙胜寺一是为了取回女人偶头，另一方面也是她心中信仰的自然流露，她希望用自己虔诚的心拯救诅咒天主上帝的异端者的灵魂。但是，当时她不过是被狂四郎流露出的孤寂引发出了自己的母性本能，而对此她并没有发觉。

当她发觉时，已经是被带回乐水楼之后了。

——我爱慕那个人！

清楚地自言自语说出这句话的瞬间，静香终于明白恋爱这东西真是个扰得人心痛难耐的魔物。

茶沏好后，静香走到隔扇之外就再也挪不动步了。全神贯注地听着隼人说的话，生怕遗漏一句。

男人偶头在室矢醇堂手中，女人偶头为眠狂四郎所有，为了这两个人偶头，已经不知道死了多少密探——把这些告诉祖父松平主水正的正是静香。考虑到狂四郎若放弃女人偶头便可保全他的性命，静香才去找了祖父商谈。

老人听闻之后，立刻找来以前的部下，评定所留役勘定组头——户田隼人，命令他去斩断这将来势必会引起政权之争的祸根。

但是——

静香心中殷切的期望，如今，竟招致如此意想不到的事态。

"总之，眠定有杀掉我，然后夺走男人偶头的念头。"

虽然隼人语气异常平静，静香听来却如五雷轰顶。

书院中瞬间陷入沉默，静香期待祖父能巧妙化解。

然而，最终从祖父口中说出的，却是与静香的期待背道而驰的冷酷话语。

"情势所迫罢了。"

静香一下子激动起来。

——不是这样的！我去求祖父只是想让您把狂四郎阁下找来，然后心平气和地说服他。我想如果祖父出面的话一定可以做得到。我并没有要您与他厮杀把人偶头抢过来！

静香跑着冲进了书院，心中这样呼喊着。

"隼人！无论如何都要胜过狂四郎。若你败了，将不止是老夫计划落空这么简单，公仪官员中也将失去你这个唯一有骨气之人。"

"不交手一战何谈成败……我也想此生能有一次挥动手中之剑与人痛快一战。"

"老夫心想，若凭你定能打败狂四郎吧。即便他天资秉异，他的剑术也不过是无赖的歪门邪道。而你跟随平山子龙①修学十年，废寝忘食潜心练剑，想来自然不逊于他。"

平山行藏，字子龙，名潜，号兵原，有《兵原文稿》等数百卷著述，是当代首屈一指的学者、剑客，同时也是位奇人。曾创下十八般武艺的正是此人。此人睡觉从不盖被，即便是寒冬腊月也不例外。吃的也只是把小米煮熟后再用水泡软的水泡饭，还常把在路边摘来的野草直接拿来当菜

---

① 平山子龙：平山行藏(1759—1829)，日本江户时代后期的幕臣和兵法家。剑术流派以讲武实用流著称。子龙为其字。

吃。他一生没有成家,人生唯一的乐趣就是收集日本和中国的藏书,共收藏了一千八百余册。

前年,于矢立岭炮击津轻的行军队伍,震撼天下的相马大作[①](斗米将真)就是行藏的高徒。

能让这一世的奇人豪杰平山行藏说出"下斗米之后,能继承我志向的只有你了"这话的正是户田隼人。在同门之中,他堪称文武全才的俊杰。

隔扇之外——

——不,即便对手是户田隼人阁下,狂四郎阁下也绝不会输给他!

静香坚定地对自己说道。

然而,若狂四郎取胜,这对静香来说也并不是什么值得高兴的事。因为如果他赢了,男人偶头将会再次回到那个等在龙胜寺的女人手中。这无疑会将静香推向绝望的深渊。

——该怎么办?

静香眼前瞬间笼上一层紫色烟雾,她觉得天旋地转,双手着地无声地喘息着。

三

四天后的正午,眠狂四郎悄然回到龙胜寺的别院。

这时候,美保代正在屋子的角落里一针一线地缝制衣服。这是做给狂四郎的,用的布料是前天常磐津文字若给她送来的古舶来品的细条纹布。这可是普通人家很难买到的上好布料。图案是胡麻小纹,两侧绣有蓝色丝线,在古舶来品中是最雅致的了。

[①] 相马大作:(1789—1822)江户后期的南部藩士,本名下斗米秀之进。因对原为南部家家臣的津轻家凌驾于主家之上感到气愤,1821年袭击津轻藩主,失败后被斩。

"这个布料我看挺适合先生的,就用它给先生缝件衣服吧。"

女人最懂女人心,文字若体察到了这一点。

——他会欣然接受吧。抑或说,他从来就不穿黑色以外的衣物呢。

虽然有这样的不安,但对美保代来说,没有比这更开心的事了。

——如果他欣然收下……我死也无怨了。

缝完最后一针,美保代咬断细线。恰在此时,脚步声由远及近步步传来,仿佛在回应着她的期待一般。

——他回来了!

美保代欣喜雀跃,然而,拘于严格的礼教修养,她从不将喜悦之情显露在眉眼之外,心中却倍感煎熬。

狂四郎沉默着走进屋子,一眼也没看刚做好的和服,便骨碌一下仰面躺倒,闭上了眼睛。如雕塑般的面庞依然黝黑。

"给您枕头——"美保代悄悄递过枕头,连忙说,"我这就去准备饭菜。"

"不,不用了……跟你商量个事,你能回文字若家去吗?"狂四郎仍闭着眼说道。

美保代的脸上眼看着涌上了失望之色。

"我要离开这个寺院了。我不在的这段时间这里虽也安全,但我一旦回来,必然会引起轩然大波。不能再留下来给空然大师添乱了,我也不想让你受牵连。"

"您要去哪里呢?"

"不知道。"

——如果就这样分开,以后再也不能相见了!

美保代突然如此想道。

——对了,男人偶头!

"嗯……四天前,有位先生带着我被人窃走的男人偶头来过,他自称是评定所留役勘定组头户田隼人。"

"什么！"

狂四郎噌地坐了起来，神色突然为之一振。

"是那个男人干的吧，砍杀室矢醇堂的——"

听闻大奥医师惨遭杀害，备受怀疑的人却是狂四郎。

美保代转告了户田隼人留下的口信，狂四郎一听完立马起身，留下一句"你去文字若家待着"，就转身向院子走去。美保代看着他的背影，突然感到一阵难以名状的不祥战栗穿过身体。

"夫君。"她第一次这样叫他。

狂四郎转过头，美保代看着他，再也抑制不住心中汹涌的感情和意乱神慌，她不顾一切地跑上前去，撞进狂四郎的怀中。

"要活着——请一定活着回来！只要你活着，只要你在……"

我不要男人偶头了，我也不再奢望成为你的妻子了——正要说出这句话，却发不出声音了。美保代突然浑身无力，一下子软倒在狂四郎双臂中。

他轻轻抱起这个失去意识的可怜女子，将她平放在了里屋。

接下来，他看到整齐叠放在里屋的，古舶来品的细条纹布做成的和服。他将其展开，轻轻盖在她身上。

他的心境莫名地如水般平静。手指轻轻拂过从美保代紧闭的眼角滑下的泪痕，用目光与她告别，然后放轻脚步悄悄走出了院子。

他绕到僧房，拜托空然把美保代送到文字若家中。托付完这些事后，狂四郎又一次离开了龙胜寺。

㈣

就在那一日，眠狂四郎去了市谷的户田隼人府邸。把写着"明朝辰时[①]

[①] 辰时：指现在的上午8时左右或上午7时至9时或上午8时至10时。

上刻[1]，水楼宅参上"的通知交给了他府上的仆人。

随后他又去了神田岩本町，拜访一个在那里开道场的朋友。他向朋友询问道："那个叫户田隼人的旗本，剑术如何，你知道吗？"

朋友颔首："听说是平山行藏的得意弟子。"

"那么，应该不错吧。"

"很不错。不是普通的竹刀习剑学到的本事。"

说到平山行藏的剑法，狂四郎也一直颇有兴趣。平山行藏的剑法是在想击中敌人的一念之间快速出手直插对手心脏的实用流。无念无想、精一无杂，如饥饿的苍鹰般迅猛出击，一招击倒敌人，是心之剑术，那才是其真正的招式——而这也是实用流的真谛。与一刀流的金翅鸟王剑是同样的法式。金翅鸟王是佛教教义中提及的鸟，据说三千年展翅一次，然后进入世界之底。儒学书籍中记载有一种叫做大鹏的鸟，说的就是这个不死鸟。它是代表太阳的万鸟之王。换言之，其模仿的是自上段记载正面猛然一击击溃对方的做法。

"你要跟户田隼人比武论剑吗？"

"看来是的。"

"会是精彩一战啊。"

"不能输，不过我也不想赢。"

"为何？"

"当如今，这种对知行[2]的身份丝毫不动心，对华丽奢靡之风从不关心，一心一意只为磨炼剑术的武士，难道不应该好好珍惜吗？即便是与我这样的无赖比武，如若心中还未开悟，那么还不如不比。假如输给了我，那他以前那些不分昼夜的勤学苦练要怎么说？到时候就算学禅僧说什么'胜负之根本乃自然之理，胜不可估败不可算'也是没有用的。败了就一切

---

[1] 上刻：江户时代，把一刻（两个小时）分成三等份中的前一等份部分（40分钟）。
[2] 知行：日本近世将军、大名作为俸禄给家臣土地支配权，亦指这种土地。

回到原点。然后开始疑惑自己是为何出生于这世上，又是为何要刻苦研习剑术的……我不想跟这种一本正经的人交手。话虽如此，我也没有理由输给他。"

狂四郎很少说这么多话，他的眉间显露出深深的自嘲之色。

次日清晨，辰时上刻——

乐水楼书院中一片异于寻常的静寂。

户田隼人和眠狂四郎相隔半丈多远，相对而坐，在连接两人的三角点的位置上坐着松平主水正。

静香坐在北边的一隅，旁边搁着末松山茶釜[①]，安静地垂着头。

"那么……拿出你们各自的人偶头——"

老人把准备好的三方供案[②]推到了两人面前。

隼人放上了男人偶头——

狂四郎放上女人偶头——

小直衣内宫人偶时隔半载终于重聚。

老人把三方供案放在了壁龛上。

双方约定，获胜的一方可以拿走这两个人偶头。

老人视线再次扫过两人。看双方的神态，都斗志满怀，而表面上却平静泰然。

——看来胜负只能交给上天来决定了。世事无常啊！

老人心中暗叹一声。

"开始之前，先尝尝静香点的茶吧。"

一直等着这句话的静香端正姿势，开始点茶。

多么寂静啊。

[①] 釜：茶道中烧开水的用具。
[②] 三方供案：将扁柏白木制成的方盘安装在3面旋孔的台架上面成，用作盛供神祭品或举行仪式用的台案。

只有茶釜发出的如松涛的沸水声,还有庭前麻雀叽叽喳喳的叫声。

木瓦版屋面的门廊遮挡住了清晨的阳光,书院微暗的光线使这寂静更加幽深了。

首先,给老人用的是利休[1]平茶碗[2]。老人喝过后把碗放在了膝前,未再传下去。下一个是隼人,用的是宗旦[3]喜欢的黑茶碗;最后是狂四郎,给他的是白绘的赤茶碗。

三个人每人一个茶碗,学的是足利义政[4]时代的饮茶作法。这是当时起争执的武士之间为了以后不留遗恨,同时也是为了使中间人做到公平公正,而在决斗之前进行的一个仪式。

退回原位的静香,在狂四郎端起赤茶碗送到嘴边时,突然抬起一直微微低垂的头,向他投去异样的目光。她屏气凝视着狂四郎,看他把一碗茶喝完后,突然,她那因紧张而僵硬的全身好像一下子失去了支撑的力量一般,虚脱的表情苍白无力。

"请两位不留遗憾地尽情一战吧。"

老人说罢,隼人与狂四郎一起左手持长刀站了起来。静香茫然若失地看着两人,突然尖声叫喊起来:

"不!不能动手!"

"放肆!"

面对老人的呵斥,静香神色紧张地疯狂摇头。

"不!不要!狂四郎大人!我……我在您的茶碗里掺了麻药。"

"此话当真!"

---

[1] 利休:千利休(1522—1591),安土桃山时代的茶人,千家派茶道的始祖。对茶具及各种相关器具都悉心钻研,集简素、清静的茶道之大成。

[2] 平茶碗:抹茶茶碗之一,口阔身底,形似盘子的茶碗。主要在夏季使用。

[3] 宗旦:千宗旦(1578—1658),日本江户前期的茶道家。千家第三代,利休之孙。

[4] 足利义政:(1435—1490)室町幕府第8代将军。1473年把将军之位让给义尚,后在东山建造银阁。爱好宗教和艺术,促进东山文化繁荣。

狂四郎眉宇间似被一道光电击中般,一下子神色严峻起来。然后,全身迸发出骇人心魄的怒气,静香不由得瑟瑟发抖。

"为什么?说!"

"……"

静香急促地喘息着。

"是要为你兄长报仇吗?"

"不,不是这样的。……我只是想阻止你们!"

静香发狂一样合掌求道:

"祖父大人!不要比了!户田大人!求、求求您了!啊——不要啊!不要啊!你们不能动手!狂四郎大人!"

静香膝行至前,狂四郎一脚将她踹倒,腾地跳进庭院中。

"户田隼人!动手吧!"

"狂四郎,改日吧!"老人面露难色地说道。

"我这种男人,不是为明日惜命而活的人!今日此时,我无时无刻不是站在鬼门关前!想看到我败北的不正是您吗!用不着在这里发慈悲,真是可笑之极!"

狂四郎对老人怒目而视。对这个政途被人排挤,却依然要为了政途,不留情面地牺牲自己血缘至亲眠狂四郎的前大目付松平主水正,狂四郎从心底深深地憎恨他。

老人以目光示意隼人:"动手!"

(五)

将刀尖落在脚尖前三尺处的狂四郎,遭逢了此生绝无仅有的可怕危机。为了抵抗开始一点点侵袭脑髓、脏腑、四肢的麻药的效力,他苍白的脸上冒出了一层冷汗，目眦欲裂，黑色的瞳孔肿了一圈。暗紫色的嘴唇不住地痉挛，牙齿咯吱作响。

——就是现在！狂四郎！山穷水尽的那一刻才深藏着"卍字杀人刀即活人剑"的奥秘！舍弃心中的欲念，佛缘的精气自然而生！

不知从何处传来师傅的声音。

狂四郎眼前的视野化为一片灰色。在那之前，摆出上段姿势、一直时近时远时大时小地在眼前晃动的户田隼人，一下子消失得无影无踪。

在完全黑暗的世界中，狂四郎突然悟出，精神冲破忍受的极限后，化作"无"而完全消融在了虚空中。接着，他开始静静地、静静地转动刀尖。

啊啊，就是现在，无想正宗①画出了完美的圆月。

一瞬间，户田隼人高高举过头顶直指天空的豪剑，"唰"地一声，朝狂四郎头顶落下。

然而——在刀刃眼看就要触到月代②的一刹那，一道白光闪过。在离豪剑剑锷两寸左右的地方，无想正宗咯嚓把它砍做了两段。

向愕然呆立原地的隼人微微一笑，狂四郎啪嗒一下跪向地面，单手支地，低垂着头，立刻陷入了昏迷。

---

① 无想正宗是狂四郎爱刀的名字。
② 月代：月额，日本室町时代之后，男子将额头至头顶中央的头发剃掉而形成的发型。

报仇无情

一

"傍晚骤雨落,撑开油纸伞,梅花的花苞,热恋的情书,嘿嘿,都迫不及待等着打开……嘿咻、嘿咻……"

一个巡逻护卫腰间系着葫芦,若无其事地迈着奇怪的步子,牵着健壮骏马的缰绳,摇摇晃晃地来到了神田川沿岸的街道上。其身后看不到驯马师驯马,一望无际的萧条原野向远处延伸开去。

这里是汤岛大成殿(圣堂)的西侧。

樱马场——这个名字的由来是因为这里以前樱花树林立,花开的时候,观赏的人熙熙攘攘,但是现在,樱花树全都干枯了,仅剩下守卫门房前的那一株。另外,所谓立木就是在堤坝上高高的垂柳,两三棵光秃秃的树枝在寒风中战栗,那看似不久便会滴雨的阴天,使这幅萧索的景象显得倍加冷清。

眠狂四郎仰卧在堤坝上一棵垂柳的树根处,宛如死去了一般。

他保持这种状态已经超过一刻钟了。

在乐水楼隐居所与平山子龙的高徒户田隼人之间那场异常激烈的比试

已经过去了半个多月。狂四郎虽然被静香下了迷药，但仍然彻底赢得了比试。然而结果却被判为平局，男人偶头和女人偶头都暂且寄存在松平永水正处。因此，狂四郎没有回到美保代那里。

被称为"江户之花"的那场大火不分昼夜地在各条街道熊熊燃烧，火光冲天。在这个仲冬，狂四郎百无聊赖地辗转留宿于娼妓之处。为了拂去那不断加深的黯淡、虚无的罪恶感，只有沉湎于瞬间的麻醉之中。

如若钱财散尽，他便可差人前往越前守宅第的武部仙十郎那里，立刻便可领到足够的钱财，这也使狂四郎的放荡生活没有了底限。

但是——

厌倦女色酒肉之时，狂四郎便会如窥见脚下深不见底的深渊一般，陷入深深的绝望，必须去寻找孤独的场所。

此类地方或是大川端的空船之中，或是节日庆祝活动结束后没有人烟的五谷神祠堂里，还有像这样荒凉的马场堤坝之上。

忽然，狂四郎睁开眼，不经意地仰望着麻雀在柳树枝头跳跃，心中默默念叨着要不要再和户田隼人比试一次。

对狂四郎来说，用盲目杀法砍断户田隼人的豪剑并没有让他得到丝毫满足，那是因为自己的剑法还没有到炉火纯青的地步。具有讽刺意义的是，当被逼到无路可退之时，狂四郎主动出击所使出的招式，并不是能夺人性命的圆月流剑法，而是按照师父所传授的剑理，以所谓"垂手入尘"般的顿悟而发出的招式。

狂四郎的不幸就是当时并没有领悟到那一点。

——再来一次！缘于我本来的意志和招式的圆月杀法能否打倒户田隼人呢？

奇怪的是，狂四郎并非想着打倒对手，而是想象着自己的圆月杀法被破解，扬起血雾被打败而倒下的身姿，感受到这种难以言表的自虐般的快感。

——即使败了,败给他我也无怨无悔。

狂四郎突然想活动一下充满力量的四肢,受这种冲动所驱使,他默默握住了扔在身旁的无想正宗。

"哎咿!"

姿势从仰卧转为半跪的瞬间他大叫了一声,起身时刀已插入鞘中。

一只麻雀"吧嗒"一声落在了堤坝坍塌的那个地方。

那里恰好站着一个从此路过的小孩。

那是一个十一二岁容貌端正的少年。他穿的裙裤上虽打着补丁,但整整齐齐,腰间插着短刀,手拿装书的包袱。似乎刚从旁边的圣堂下学回来。

他瞠目结舌地望着狂四郎,默默拾起了落下的麻雀。麻雀的两只细脚都被切断了。

狂四郎转身打算离开这里,突然,少年爬上了斜坡,急促地喊了一声:"大叔!"

然后对以锐利眼光回望他的狂四郎继续说道:"我有一事相求!"

"什么事啊?"

"您能否帮我报仇?"

"报仇?"

狂四郎皱着眉问道:"谁要报仇啊?"

少年黑色的眸子闪着亮光,脆生生地答道:"是我。我想为父亲报仇,拜托您了,就助我一臂之力吧!"

他肯定是偶然看到狂四郎练手才突然有了这个念头的。

是御家人的孩子啊!狂四郎看着他寒酸的装束问道:"你多大了?"

"十一岁了,不过我已经通过了诵读测试,随时都可加冠。"

武家子弟长到十二岁就必须在汤岛圣堂接受"四书五经"的诵读测试。如果不能通过这个考试,即使是长男也不能继承家业。

聪明的孩子不满十二岁也能接受测试。只要诵读测试合格,即使不到十六岁,也可以当做满了十六岁,也就是虚几岁提前加冠。这是碰到父亲去世这样的特殊情况时的权宜之计。

少年从长相来看就很聪明。

少年恐怕是御目见得[1]以下,没有实权的御家人的子弟。立志要在十六岁之前加冠,为父报仇。这种刚强的性格,在这个时代也是弥足珍贵的。

"你无论如何都想报仇的话,我很愿意助你一臂之力,仇人是谁?"

"那么,请跟我来。"

(二)

不久,狂四郎和少年的身影出现在了菊坂台町的胸突坂。

在来这里的途中,狂四郎大概了解了一下情况。

少年叫做伊泽铁之助。他的父亲是江户城切手御门[2]的御门守卫。父亲被叫做矢柄繁七郎的旗本大身[3]杀掉的时候,铁之助还在他娘肚子里。母亲那边有位舅父是御小纳户[4],他父亲亡故时向上级报告铁之助已经出生才保住了武士待遇,母子二人才被允许一直住在公属的宅第里。

铁之助用十分不满的语气告诉狂四郎,舅父和母亲从来就没有让他为父报仇。

"那么,是谁告诉你父亲是被矢柄繁七郎所杀的呢?"

"是父亲的手下,我两岁之前他都住在我家,后来由于年龄大了,就回到在小田原当农民的儿子家去了,去年来到江户的时候,见到了我,哭着对我说出了此事。在那之前我对于那件事是毫不知情的。"

---

[1] 御目见得:官职名,没有拜谒将军的权利。
[2] 切手御门:江户的城门之一,是通往大奥的重要城门,设有切手门禁岗。
[3] 大身:身份或地位很高的人。
[4] 御小纳户:江户幕府的职名,负责将军的各种杂务。

"那么，你母亲和你舅舅丝毫没有要你报仇的意思吗？"

"我讨厌他们这样。我是武士的儿子，不能让父亲含恨九泉。"

狂四郎看到铁之助的眼里噙满了泪水。

"我要知道你父亲被杀的理由，如果对方实在该杀的话我就帮你。"

不久——

"就是那处宅第。"狂四郎顺着铁之助指的方向看去，心中暗自叹道："真阔绰啊——"

这是连小大名的府邸规模也无法相比的豪宅，应是三千石以上的寄合旗本之府。

这不是普通的御家人之子能够对付的对象。

不，正因为如此，狂四郎突然热血沸腾——那就干一次！

狂四郎低头看着铁之助，朝他笑道："敌人很强啊！"

简直就是螳臂当车啊！但是，知晓仇人是这个豪宅的主人，却毫不畏惧地想要报仇。一想到这个少年的勇气，狂四郎就觉得螳臂当车的奇迹要是实现了该多好啊。

"走吧。"

狂四郎迈出步子时，铁之助说道："大叔！报仇不是坏事吧？"

"嗯。"

"神武天皇也为他的兄长五濑命报仇。曾我兄弟也是，赤穗的四十七义士也是。这些我已经学过了。我还听过僧人报仇的故事。仇家做了叡山的僧人，自己也剃度上山，就不能再用刀杀人。所以每天夜以继日地盯着仇人，就这样用眼睛瞪死了他。"

狂四郎默默地踱着步，所谓复仇之心是人最真实的感情流露，这一点虽然让人觉得有点不寒而栗，但也不能不加以肯定。至此，狂四郎想到了赤穗浪士，尽管其中也有着身份低微之人，但其志向并没有因为其境遇而有丝毫改变。虽说这是武士道的信念，也不得不认为这点确实不可思议。

现在，看着这个年仅十一岁，虽身体纤弱但却气度凛然的复仇者，狂四郎愿意相信复仇是炽烈的人类本能。

——好的。就帮他报仇吧。

狂四郎决定走访少年的家。途中他去了一下书肆，查看了武鉴[1]，知矢柄繁七郎是御小姓组的番头[2]。因为是菊间[3]·御用御取次见习，所以也就是竭力借细作之手谋害狂四郎的水野美浓守的手下。

走正常程序的话应该直接发出复仇信，但却没有发信的正当理由。

——算了！我去取得朝廷帮人报仇的许可才是可笑之举。

三

伊泽的家位于过了水道桥，在三崎稻荷前面拐弯的名为稻荷小路的街道上。相同构造的公属宅第并排伫立着。今天是七五三节[4]，到处都很热闹，唯独这条街却寂静无声，从这点就能看出这里的人生活的贫乏。

旗本宅第所处的街上，一个幼童骑着马，穿着麻布做的礼服，振袖[5]的衣领上印着家徽，指挥着几个裤脚吊起的家丁。町人家所在的街上，衣着光鲜的孩子们给自家店里的工人和随从穿上革羽织，参拜土地神，场面热闹非凡。

——真是讽刺啊。被尘世的欢愉淘汰的，只有直参[6]这样身份低微的三

---

[1] 武鉴：江户时代记载武家信息的书。
[2] 番头：江户幕府护卫之长。可分为大番头、小姓番头、书院番头等。
[3] 菊间：江户城内大名聚集的重要场所之一，三万石以下的谱代大名、大番头的聚集地。
[4] 七五三节：每年的十一月十五日是日本的"七五三节"，这天，3岁、5岁男孩和3岁、7岁女孩，都会穿上传统和式礼服，跟父母到神社拜拜，祈求身体健康、发育顺利。
[5] 振袖：和服正装的一种。
[6] 直参：江户时代将军直属的武士，一万石以下之人。

万人而已。仅有家族荣誉留存了下来,被上面视作累赘,被町人排挤,没有摆脱穷困的希望,邻里之间也都一直互相瞒着暗地里做些手工活儿,艰难地维持着生计。

心情阴郁的狂四郎跟着铁之助进入了一户人家。

狂四郎被带到了一个客厅兼书斋的房间,这里徒有书院之名,墙壁斑驳,榻榻米显得非常陈旧。房间中卧房与厨房相通,狂四郎一看到铁之助的母亲,便惊讶得屏住了呼吸。

真是太美了。虽然从铁之助俊秀的容貌大致可以料想到,但是他的母亲竟如此美丽,着实令狂四郎非常意外。

二人一照面,年少性急的铁之助便说道:"母亲大人,我要为父亲报仇,这位先生愿助我一臂之力。"

这一瞬间,那位母亲惊慌失措,让此前已做好应对准备的狂四郎有了一种强烈的疑惑。

——难道有什么隐情?

母亲又极力克制地收起了刚才那一瞬的表情。流露出的那种哀伤、困惑的表情反而加深了狂四郎的疑心。

"我不过是一个素不相识之人,被您幼子报仇的勇气所感动。并不是说我要见义勇为,只是对此种情况不能不伸出援助之手。我想听听您怎么说。"

母亲一时低头不语,铁之助焦躁起来,抬头急切地问道:"母亲大人,我也想知道父亲究竟为何被杀。"在儿子的追问下,她终于抬起了头,面如白纸,显得更加哀艳动人。

"对于你有这样的志向,我很欣慰。但我所希望你无论听到什么都权当没听过,自己不要背负这些事情。"

她的声音冰冷,令人不寒而栗。

"但是,实际上铁之助的父亲确实是被矢柄繁七郎所杀啊!这样一来,作为遗子，必会抱有报仇的决心——想要制止此事发生，必须有正当的理由啊。"

狂四郎第一眼看到这个妇人就知道，她并非那种一味爱护孩子，为珍视自己孩子生命而回避报仇危险的人。毋宁说她并没打算为夫君报仇，只是等待儿子长大成人。——她就是这样一个将自己的感情尘封起来的妇人。

铁之助瞪着眼睛怒吼道："母亲大人！"

这样一来，他的母亲突然严肃起来，严厉地指责道："铁之助！别老自以为是！"

看来我只能擅自行动了——狂四郎暗暗思忖道。

④

这天夜里。狂四郎蒙着面偷偷潜入了矢柄繁七郎的府邸。

虽然比不上大奥医师室矢醇堂的宅第，但也是金碧辉煌的气派院落。

寒月照耀的夜晚，泉水中游动的鲤鱼用尾鳍在水面掀起丝丝涟漪，烁烁地闪动着银白色的光辉。

狂四郎俨然一副进入自己家中的样子，从容不迫地推开栅栏门，走在石板路上。地上清扫得很干净，连一根松针都没有留下，他的影子投射在上面，显得深沉厚重。

正殿的窗紧闭着，用走廊连接的偏殿的帐子还亮着，使得庭院前的山茶花那八层白色花瓣显现了出来。

狂四郎并没有进入正殿，而是首先向偏殿里窥视了一番。

帐中映射出了两个影子，应该是主人正与客人对坐着。客人似乎是商人。

狂四郎站到山茶花下面的时候听到了客人的笑声。

"哈哈哈哈,大人近来的欲望也越来越深了啊。"

——是备前屋!

狂四郎意外地听到了熟悉的强敌的声音。不过,矢柄如果是水野美浓守手下的话,那么备前屋的探访也没有什么奇怪的。

"备前屋,你发了大财了!"

"赚钱正是我的工作啊……无论如何,大人真会算账,让我们商人都自愧弗如。让佐贺町的当地米商购买越后[①]米,故意让大阪来的大量收购大米的船只延期进港,这样就能上抬行情,五百两的回扣就到手了。手段真是高明啊!"

听到这番话,狂四郎心里想道:"原来如此!今天溜进来真是值了。矢柄这厮是个不费吹灰之力就能打败的对手,真是太好了。"

他正暗自窃喜之时,房内的声音戛然而止。

——被发现了!

狂四郎迅速转身至山茶花枝干的瞬间,客人的身影突然站起并拉开了拉门。

"谁?"

备前屋的右手握着手枪。

二者之间仅仅隔了两间距离,枪口正好对着狂四郎。尽管如此,狂四郎并无丝毫慌乱,看到了坐在备前屋身后那位四十岁上下体格魁梧的武士的脸。就在那一瞬间,他不由得"啊!"地惊叫了一声。矢柄繁七郎的容貌不知为何与少年铁之助极为相似,这真是意外的发现。

"快告诉我你是何人!否则就崩了你。"

面对备前屋的恫吓,狂四郎并没有理会。甚至毫无畏惧地开始慢慢后退。

[①] 越后:日本古代的令制国之一,属北陆道,亦称越州,越后国的领域相当于现在的新潟县(除佐渡岛外)。面向日本海而南北狭长的北陆之国。

枪声响起的瞬间，狂四郎的身体就像是被风拂动那样，向后方轻轻跳至一间开外。接下来好似蔑视对方一般点了点头，神出鬼没一般掠过月光，转瞬间就消失在栅栏门的另一边。

过了小半刻钟。

载着备前屋的轿子出了矢柄的府邸，来到了汤岛六丁目宽广的大路上。

从本多中务大臣外宅雄伟的高墙墙根突然涌现出一个黑影，挡住了去路。

一个稳重的声音说道："我要见备前屋，我有话要说。"

备前屋掀起轿子的前帘，在抬轿人的灯笼和明朗的月光中，抬头直视着清晰出现在他眼前的蒙面黑衣人。

"果然，是眠先生啊——"他也平静地说道。

"好久不见了，备前屋。"

"您有不死之身，真是个让人头痛的对手啊。"

"您依旧把公仪要人玩弄于股掌之间啊。今夜我必须向您低头。实际上，我想暂时提出休战。"

"哦？眠先生居然也会折腰。"

"这并非我之本意，但是不借助您的力量的话，这场戏就无法开演呢！"

"愿闻其详——"

前些日子，备前屋曾对狂四郎这么说道：

"我十分欣赏您这样的武士。我活到现在也没有遇到过一个像您这样有魅力的人。话虽如此，但我不会要您归顺于我。我们生来就是敌人。就看看谁先死吧。"

也就是说，这样的宿敌，在某些时候某些场合，甚至比亲友更能明白对方的心思。

"矢柄繁七郎是某人的杀父仇人。那人十一岁，是一个贫穷的御家人之子。报仇非我唆使，是他一个人暗中定下来的，我想成全他。"

"原来如此——"

"虽是不情之请,但我还是希望您能够提供报仇的时间和场所,如何?即使矢柄对于您来说仍有利用价值。"

备前屋沉默了片刻,突然爽快地说道:

"好的。我是您的敌人,您有求于我,这么看得起我让我很高兴。怎么说呢,矢柄这个木偶对我来说也是越来越难操纵了。我答应您了。"

"深表感谢。联络方面,我派手下金八与您联系。"

五

清晨,就在刚才还将四斗酒樽①的竹子桶箍当作标志,挥舞着上面用绳子做的马帘②,直玩着救火游戏的小孩子们不知道跑到哪里去了。稻荷小路又恢复了宁静,沐浴在冬日一片明媚的阳光之中。

铁之助的母亲千世在面朝里院的屋檐附近,心无杂念地在花骨牌③上画着图案。

铁之助出门到町道场的私塾读书后,这个家里就只剩下千世孤身一人。中间的房间虽还有另一个人,但是不到晚上不会从田里回来。

千世的脸白得就像能够透光似的,从昨天开始就一直阴沉着,修长的眼角隐约有些黝黑,这正是一夜没睡的证据。

"唉……"她深深叹了一口气,感觉到身后似乎有人,就回过头去,不禁"啊"地一声惊呼。昨天的客人不知何时又出现在了那里。

---

① 四斗樽:酒具,大约能盛四斗酒。

② 马帘:其子上的长穗。

③ 花骨牌:用来玩配花的纸牌。从1月到12月的每个月分别用画有松、梅、樱、紫藤、燕子花与菖蒲、牡丹、胡枝子、芒草与月、菊、红叶、柳与雨、桐的牌来表示。每种4张,共计48张牌。

"恕我冒昧，没有经过允许我就进来了。"

狂四郎刚一坐下就盯着千世，毫不客气地说道："我昨夜偷偷潜入了矢柄的宅第，远远望见了主人的相貌，发现了一个忍不住要询问的问题。这个谜底请您务必解答。"

千世脸上完全没了血色，一副奇怪的神情。远远看去，她的眼神没有了焦点，嘴唇像是在说着什么一样痉挛着，看起来并非是为了回答狂四郎的问话，而是想向某位并不在此处的人诉说着什么。

"如何呀？或许是我多管闲事，但这对我来说是骑虎难下呢。希望您能回答我。铁之助与他的杀父仇人矢柄繁七郎为何长得如此相像？"

千世并没回答，稍过片刻，她摇摇晃晃地站起来，关上了格子拉门，又回到坐的地方，喃喃自语般地说道："您想做什么就做什么吧。"

狂四郎突然被莫名的不快所驱使，斜看着千世的侧面问道："你什么意思？"

千世异常冷静，像是突然下了决心似的淡淡说道："我昨夜去找兄长商量铁之助的事。当我说出您的名字的时候，兄长说对您早有耳闻……"

"嗯——说我是爱人之所恶，恶人之所爱的无赖浪人吧，令兄为你遇到了难缠的我而叹息吧。"

"……"

"于是，为封住我这个无赖浪人的口，叫你最好做好舍弃女人最重要之物的心理准备么！"

"……"

"正所谓送到嘴边都不吃是男人的耻辱。更何况是您这样并不多见的美女。说实话，是让人垂涎三尺。但是，不凑巧，我这种人对送上门的美味，是死也不会吃的。也就是说，这样一来，我愈加想让令郎报仇了。对于您所隐瞒的关于过去的秘密，我有的是手段可以将之揭露出来。"

狂四郎忽地站起身来，走了出去。

六

月夜风正寒，佃岛①白鱼跃。

白鱼在春天会从海中洄游到河流上游，产卵在砂石之间。小鱼长到秋天会顺流而下又游回海里。因此，也就是在这个季节，位于隅田川的河口处的佃岛和三股会撑起捕鱼的四方形提网。

观看岸边篝火拔河比赛的屋形船宛如被吸入永代桥之下的瞬间，一个黑影越过栏杆，像蝙蝠一样无声地落在了船尾。屋形船里的矢柄繁七郎身旁有深川的艺妓作陪，正推杯换盏。对于船体的突然晃动，他只想着是船头由于要避开桩子而调整了橹，并未生疑。

船正穿过桥下的时候，一个穿着黑色便装的身影突然闯了进来。

"来，来者何人？"

瞠目结舌的矢柄繁七郎拔出长刀，眠狂四郎对他冷笑道："受备前屋之邀，特意在你们畅饮的时候叨扰，实属冒昧。在下是名为眠狂四郎的粗人——"

"什，什，什么？"

"但是，我今夜前来是受了您十一年前所杀的伊泽铁之进的独子铁之助所托……若按照这世间惯例，铁之助应该去府上找你寻仇，光明正大地和你决斗，不能这样是有个中缘由的……矢柄繁七郎，你不要慌，听我把话讲完！十一年前，你恋上了伊泽铁之进的妻子千世，仗着自己是上级的官威，侵犯了她。铁之进知道实情后，在某夜你离城途中袭击了你，遗憾的是他没能报仇，反被你所杀。想必那时千世已然身怀六甲，随后所生的孩子居然很讽刺地长得和你一模一样，却是为何？"

---

① 佃岛：地名，东京中央区东南部，隅田川左岸附近地区的旧称。

繁七郎听到这话情绪并未有丝毫变化，这表明他早已知晓此事。繁七郎在寻找出刀的时机，姿势逐渐变成单膝立跪，狂四郎平静地瞥了一眼蠢蠢欲动的繁七郎，继续说道：

"机缘巧合，我知道了铁之助希望为其父报仇的心愿，就答应帮助他。但是他母亲千世却阻拦此事。是应该阻拦，因为铁之助其实是你的孩子……喂！千世一被我说穿了这一秘密，就自尽了……就算是骂我多管闲事犯了大错我也无话可说。最应该为之感到惭愧的，只能是造成这种局面的你——既然到了这个地步，我怎能让你这种恬不知耻的人苟存于世呢。不过，你安心去死吧。我决定让你儿子成为水野越前守大人身边的侍童。"

——瞬间——

"呼"的一声，繁七郎的刀正对着狂四郎的头顶劈了下来。但是，刀尖只是扎在了此前狂四郎坐着的绯红色毛毡上，狂四郎的身影已跳至船外。

繁七郎就那样保持着出招的姿势僵硬地站在那里，几秒之后，他的头垂了下来，"吧嗒"一声，脖子裂了一道口，鲜血如注般喷涌而出。

切腹殉情

（一）

　　季节轮回，又到了夏天。

　　江户绘本有云："炎官，主祭祀；撑遮阳伞的月份名曰水无月，即取自该月不易降水，无水之意。故古人多有酷热之诗，避暑之计更为上心，然天王祭、山王祭皆于炎热之时举行，反显江户人不惧酷暑之气势。"

　　天王祭、山王祭结束后的一个夜晚——

　　夜深人静，街上没有一个人影，路两旁的商家屋顶似是比平日里高出了不少，岔道也好，大街也好，宽得让人甚至怀疑平时有没有这么宽。一切恢复到空旷寂寥的模样。

　　当时，江户市中心一过了半夜，行夜路有四怕：第一怕武士街头试刀（杀人）；第二怕偷东西的贼；第三怕醉汉；第四怕夜里狂吠的狗。

　　突然，犬吠尖锐地刺破了夜晚寂静冷清的氛围，这时，大路上出现了一个人影。

　　这是一个旅人打扮的武士。月色明亮，他的苔草斗笠上布满灰尘，一脸疲惫。一条大白狗奇怪地跟在他脚边，围着他前后跑动，狂叫不止。

"嘘——"

武士有点不耐烦,他赶了两三次,但这条狗却发疯似的纠缠不休,瞬间,他勃然大怒。远远近近又有几条狗像是回应这条狗的叫声似的叫了起来,令武士暴跳如雷。

"一年没回来,你们这是欢迎我小堀藤之进吗?混蛋!"

武士左手抓住了刀,他全身杀气毕露,狗也更兴奋了,叫声骇人。

刹那间,一道白色闪电划过,白狗的头颅飞向几尺外的天空。

他擦擦刀身,将刀收进腰间,低声自嘲般地自言自语说着什么。忽然,他看到路上竟然还有一家小酒馆亮着灯,就走了过去。

垂绳门帘已经放下了,门前灯笼也灭了,不过店里还有未归的客人。

他拉开拉门,看到店里的一个女人百无聊赖地手托着腮靠在土间一隅的细长台子上。

"啊——抱歉。已经打烊了……"

女人睡眼蒙眬,孩子般不情愿地摇摇头,像是醉得不轻。这间稍显脏乱的小酒馆里,女招待也算身形苗条,有几分姿色。

女人对面的长凳上躺着一个身穿黑色便装和服,浪人模样的男人,藤之进看了看那个男人,说道:"冷酒就行。"

"真是不巧……酒桶里一滴酒都没有了。"

女人怄气似的扭着身子,收回一只脚,双膝分开,从水蓝色的衬裙里露出雪白的大腿,直露到大腿根。

这时,躺着的男人说道:"小仙,不要对客人太草率了呀。"

藤之进听到这个声音,反射性地伸长脖子,盯着台子下面浪人的侧脸。

——这不是眠狂四郎吗!

"哼,听听这口气……说了让你对人家温柔点嘛。你让我这么着了迷——人前耍花招,其实着迷得心口疼。女人喝醉了就争风吃醋——羞涩呀憎恨呀,本性、坏心眼,都是水中月影嘛。哎,算了,哪儿能映出真实呀——"

小仙丝毫不介意藤之进的眼光,依假进狂四郎的怀里。

狂四郎推开小仙,慢腾腾起身走进后厨,一阵叮叮当当,总算拿了一壶酒出来,他默默地放在藤之进面前,然后转身回自己的位子。

"拜见眠狂四郎先生。"藤之进说道。

狂四郎回头,目光锐利,"你是谁?"

"小的是幕府御庭番①,堀藤之进。去年春天,曾跟踪过您。"

"哎呦……密探自报姓名可真是不敢当。我敬你一杯。"

狂四郎微笑着倚向台子,挨着酒桶坐下。

"讨厌,那人家做什么嘛。"

小仙嚷道。

"你就在那儿打瞌睡吧。"

"混蛋、呆子、傻瓜。西瓜切一刀还是红的,切你一刀连滴血都不流,薄情郎——"

二

这是一场奇怪的酒宴。

狂四郎和藤之进推杯换盏半刻有余——

"真安静啊。"

"是啊!"

俩人仅仅说了这么一句话。

小仙已退至里间。

不过,随着外面打更人"子时已到"的报时声,藤之进突然开口打破

---

① 御庭番:幕府密探。

了沉默。

"眠先生，您知道如何切腹吗？"

"切腹？"

藤之进的脸色严峻紧绷，狂四郎有些讶异地望着他。

"有必要知道吗？"

"切腹的方法，像我这样舍弃堂堂正正职务的人是没有必要的……但我知道武士大抵都必须得有这样的心理准备。"

藤之进刻意压低声音，反而更是把心中深沉的苦闷流露出来了。

狂四郎稍稍考虑了一会儿，说："我记得很久以前看过一本叫《道金流介错[1]闻书》的书——"接着，狂四郎向他讲述了切腹的方法。

切腹时须穿应时的衣服，和服上衣、袴应为白色，腰带也得是白色的。外罩的礼服应是素色浅黄，白色家纹。切腹者不带长刀，介错人由他指定。

切腹的场地，若是正式的场合则应临时搭建屋子。在两间四方之地立上柱子，屋顶铺上木板，地上铺白沙，然后铺上白边的榻榻米，榻榻米上以四尺四方浅黄色的布覆盖。

切腹者坐好后，介错人用三方供案[2]端上茶碗，碗里盛着的是临终时要含在嘴里的水。

然后，僧侣们来为切腹者做临终渡化。礼毕，监视官把切腹用的短刀放在四方供案上，面向切腹者放置，刀尖朝右，刀刃朝内。

短刀没有护手，只有刀柄，刀尖露出五分，用两张杉原纸[3]反卷起来，只折一次，用细纸绳扎在三处。

---

[1] 介错：日本古代为剖腹自杀者斩首的人，亦指该行为。

[2] 三方供案：带座的白木四角方盘。给神佛和贵人贡献供品用。通常三面有孔。四面皆有孔的，则称为"四方供案"。

[3] 杉原纸：镰仓时代以后，播磨固杉原谷村产的一种高级和纸，用于武士的公事或作为赠送礼品。

介错人在切腹者左后方四尺处跪坐,捋起衣服下摆待命。

监视员说完"介错,肃静——"后,介错人双手就位,无声注视。然后,在短刀放置于切腹者面的同时,介错人静静拔出佩刀,左膝立起,右脚屈折,呈阴形姿势。

切腹者取出短刀,端起一礼,双手握刀,往腹部左侧猛刺进去。

这时,介错人站起来,右脚上前一步,像用直角曲尺一样目测自己右脚尖和切腹者左耳垂的距离,然后高高将刀扬起。

切腹者用左手把腹部的皮肤向左拉扯,然后最大限度地将刀向右侧腹划切。与此同时,介错人则将刀从切腹者后颈发根处砍下。须从上往下砍,绝不能横着砍。然后,砍的时候须留一侧的皮肤连着。这称为"抱首",即切腹者向前扑倒,仿佛将自己的头抱起来一般。如果做不到这点,就会显得很不体面。

如果介错人连一点脖颈皮肤不留而一刀砍断的话,头颅就会落至六七尺开外。

若是砍成"抱首",介错人要把刀放下,把短刀拔出来反手握持,将切腹者的头颅割下来。随后,介错人从怀里取出二十张叠成三角形的纸,放在右手手掌上,左手抓住头发拿起头颅,并把切口放在纸上,放好后呈给监督员。

监察完毕后,用长柄勺的长柄把遗体和头颅连接起来,用被褥包好,放入棺中——

自始至终,小堀藤之进都一动不动地垂首倾听,等狂四郎讲完,他低声道谢:"不胜感激。"

声音听起来非常阴沉,令人毛骨悚然。

——像是被死神附体一般。

狂四郎皱了皱眉,不过,他什么也没说。

藤之进喝完最后一杯酒,站起身来,"告辞——"他用眼神打了个招呼,然后就像影子一样走进深夜的街道。

狂四郎无意中向台上瞥了一眼,台上的钱远远超过了酒钱,不过他一动也没动,少顷,他自嘲般苦笑一声。

"嗯……偶尔我也去跟踪一个人玩玩好了。"

他自言自语着慢吞吞站了起来。

三

晨钟声远远传来。天空微白,已是破晓四五点钟。

大川的河面上,鱼儿时而乘着涨潮的水流浮上水面,时而哗啦一声跃出水面。晨雾遮住了视野,新的一天即将开始之前那种短暂的寂静笼罩了一切,除了跃动的鱼儿时而打破这种沉寂外,世间一切皆隐藏在静谧之中。

蛎鹬[1]仿佛从云层里冒出来似的,缓缓在天空飞舞。

这时——

水渠中悄悄传来摇橹声,一艘猪牙船顺流而下,划船的是小堀藤之进。

右侧水中出现了一座雄伟壮观的大名府邸的石墙。

就在三年前,这座府邸还是本丸老中[2]出羽守水野忠成的中宅第[3],过忠成又在河对岸修建了不逊于水户侯府邸后乐园[4]以及纪州侯府邸赤坂西苑的奢华别院。因此,这座府邸现在归若年寄[5]林肥后守所有。

---

[1] 蛎鹬:中型涉禽,体羽以纯黑色或黑、白两色为主,体型浑圆,脚短粗。嘴形特别,较长而强,适于开启坚硬的贝壳(牡蛎等)。

[2] 老中:日本江户幕府官职名。辅佐将军、总理全部政务的最高官员。从有势力的谱代大名中选任,定员四到五人。实行每月轮值制,重要事项须合议裁定。

[3] 中宅第:江户各大名的宅第中,相对于主宅的上宅第,与下宅第一样被不时之需的宅第。

[4] 后乐园:位于旧水户藩在江户中宅第的回游式庭院。

[5] 若年寄:官职名。辅佐老中,参与幕府政治。

据说，当年楠木正成①听说北条高时②的酒宴奢侈至极，豪饮海吃，便察觉到镰仓王朝即将覆灭……

林肥后守府邸门前，不分昼夜地聚集着大批行贿谄媚之徒。这样，即便不是楠木正成那样的有识之士，朝中也没有楠木正成这般的贤者支撑，也很容易预测到幕府政治的终结。

毫不夸张地说，只有拂晓这段短暂时间里，府邸前的谄媚之徒才会消停。

藤之进伺机撑着猪牙船朝石墙紧紧贴了过去。

石墙之上，是贴了墙瓦的高防火墙。

藤之进从怀里取出系有钩子的细麻绳，忽然隔着墙壁对准院内的松树投掷过去。

藤之进身为密探，对他来说，无声无息地越过高墙简直就是小菜一碟。而且，他对府邸布局了如指掌。所谓御庭番，正如其字面意思那般，担任此职的人须在江户城大奥与中奥之间的御龙台下，手持竹扫帚，拜受密命。如今，则是在若年寄府中接受任务。

藤之进轻巧地跳进院子，然后分开树丛，避开小径，绕过池塘，走近卧室。若是一般急使，首先应该通过值夜人通报，不过密探则可直接联络。

他蹲在枫树的阴影里，用三个小石子扔向护窗板，每扔一次都停顿片刻。这是密探的暗号。

护窗板打开了，一位老年佣人透过窗户朝他那儿窥视。

藤之进走到枫树前，跪拜在地，然后举起左手。

片刻，若年寄披着睡袍出现在外廊。

藤之进噌噌地前进到两间处，抬起头。林肥后守不知为何表情惊讶，眉宇间尽是严峻之色。

---

① 楠木正成：南北朝时的武将,河内国的土豪。
② 北条高时：日本镰仓幕府第十四代执权(辅佐将军的执政官)。

"小堀藤之进，虽知不可归来，然已抱必死决心，前来拜谒。"

"混账！"肥后守心中不快，责骂道，"作为密探，竟然遗失密件，这像什么话！你竟然还恬不知耻地活到今天！"

"小的没有脸面苟活于世。不过，密件丢失之后，半年间不眠不休搜寻密件——"

"庭番可不会饶了你——"

"是——"

两年前，为摧毁备前国①的一个小藩，幕府派了一个密探潜伏进去，小堀藤之进此次前去则是要收取密探的卷宗。此藩开有盐田，富可敌国，幕府想要摆脱财政困境，便利用盘踞在濑户内海的海盗，试图列出该藩私自贩盐出国的罪状，从而罢免藩主，将盐田收归幕府领地。

只是，藤之进在返回途中不慎遗失了卷宗。更不幸的是，潜入小藩的密探在交接卷宗时已经重病，藤之进启程前往江户后没过几天就死去了。

卷宗没有副本。为此，这半年来，藤之进不停地寻找，那是多么令人苦恼、焦躁、绝望和疯狂的事情啊。

"大人！藤之进别无他求，只希望至少有一个正式的切腹仪式——"

"闭嘴！别忘了你的身份！如果要死，一定要悄无声息，这是规矩。为何不去山里自裁，不跳海里淹死，愚蠢！……你若干脆利索地自我了断，公仪会觉得小堀家从三河以来做旗本可惜了，也有意让你弟弟继承家主，任命为甲府胜手。"

"大人！请发发慈悲，烦请让卑职有一个正式的——"

"休想！退下！"

若年寄一声呵斥。藤之进突然坚毅地仰起头。

"那么，藤之进斗胆请教。尽管卑职弄丢了卷宗，不过听说上个月，评

---

① 备前国：日本古代的令制国之一，属山阳道，又称备州。现在之冈山县东南部及兵库县赤穗市的一部分。

定所①已经就浜田藩清楚的罪状作出判决,将藩主贬为平民。这是为何?卑职遗失的卷宗是如何、被何人交到大人手中?请让卑职明白。"

真是奇怪。不知何时,卷宗又回到若年寄手中。藤之进忍辱负重回到江户,无论如何也想解开这个疑问。

"混账东西!你以为你弄丢了,我就袖手旁观什么都不找了吗!事到如今才问这些,还有什么用!无耻之徒——"

四

护窗板啪地一声紧紧关上,藤之进依然跪坐在地上呆呆望着。

——我不是贪生怕死才苟且至今!我无论如何也想把卷宗找回来,才忍辱返回。当我得知卷宗已经到达评定所时,震惊之余立刻赶回江户,顾不上回家,顾不上跟妻子团聚,马上赶来这里!不管怎么斥责我都无所谓,可是,至少允许我有一个正式的切腹仪式吧!我不是直参②么!我只想要切腹,难道连这点慈悲都不配有吗?只因为我一个过错,就要像乞丐一样落魄而死吗,我们小堀家三百年的竭尽忠义就要被亵渎吗!

——已无路可走,我就在这里切腹!

藤之进正这么想着,突然,被训练过的神经觉察到有杀气袭来。他猛地扭过头。

五个武士,踏着挂满露珠的草坪,无声无息地逼近。

这五个人都是武艺高超的御庭番,且皆与藤之进相识。

他们无声地把藤之进包围起来,呈半圆形阵势。

"你们是来杀我的?"

---

① 评定所:日本幕府的诉讼裁决机关。
② 直参:江户时代直属于将军的武士中,俸禄在一万石以下的人。旗本、御家人的总称。

"这是主君的命令。"一个人面无表情地低声回答。

"不可能!"

藤之进怒不可遏,腾地站起身,五人一齐拔出刀来。

这时——

"他们杀不了你,小堀。"

近距离传来一个意外的声音,说话人就藏在屋檐下五轮塔的阴影里。

他蓦地站起身,大步流星地走了出来。此人正是狂四郎。

"小堀,你暂时先逃。你也不想跟朋友对决吧。这里交给我……我总觉得,要你消失这件事有阴谋。查清楚再切腹也不迟。调查的事也交给我……明晚,我们在小酒馆见。陪酒女是个花痴,但酒是不错的。最重要的是,明晚我们会有些共同的话题要聊。"

只见刀光一闪,狂四郎刀尖擦地,横刀而立。他冷冰冰地站在那里,没有一个人去追逃走的藤之进。

"这些话你们可能觉得多余,不过小堀藤之进多半是因为若年寄一己私欲而牺牲。换句话说,你们若是犯上一点错,随时都会遭遇和小堀藤之进一样的厄运。供这种阴险狡诈的主君驱使,没有任何意义,你们能好好反省一下,倒也未必没有益处。"

"你小子,是眠狂四郎!"

"若是觉得我这个粗人的忠告无聊的话,就拔刀过来吧。"

"别自以为是了!竟然炫耀旁门左道的妖剑,你的本性真是荒唐可笑!"

"倒在我这妖剑下的人,更可笑吧。"

狂四郎冷笑着,以正对面敌人青眼姿势的刀尖为中心点,用无想正宗开始慢慢描绘圆月。

"嘿!"

一人大喝,气势惊人,一切横劈过来,却在中途停止。狂四郎的刀已经斩过他的身体,正对着下一个敌人,回到原来的下段姿势。

他的动作迅捷,肉眼无法分辨清楚,仿佛已经人剑合一。

第二个敌人被他过于急速的攻势骇住,刚喘口气,在惊惧的本能下迈出半步,下一个瞬间已经被砍中。他犹如不知道自己已经被砍似的,徒劳地朝空中挥了一刀便岿然倒下。这时,狂四郎早已盯上了第三个猎物,预示着圆月杀法要大开杀戒。

"杀!"

右边的敌人像猛兽般跳了过来,射出一道寒光——无想正宗紧紧束缚住第三个敌人,像倾泻而下的水流似的闪着白光,"喀嚓"一声砍掉了猛兽的脖子,迸射出绯红的血沫。

——就在这间隙!

第四个敌人相信自己几十分之一秒的直觉,"呀!"地大喝一声,他那被疯狂瞪大的眼珠和张开的嘴唇中,仍然充满着残存的最后的斗志,使得空气也不断发出颤动。

然而,顷刻间他的眼珠和嘴唇因为痛苦而扭曲了。

此时——

狂四郎已经斜着身子,向最后的敌人望去,眼神里溢满邪气。

㊄

三日后飘雨的黄昏——

隅田川河畔的茶屋"东屋"里,狂四郎正等着扒手金八。

不久,外面传来了一声洪亮的声音。

"喂,小妞,还愣着干嘛呀。我这不来了吗!自始至终,都要上心。主人一从轿子里跳出来,哈巴狗都会摇着尾巴在脚边蹭来蹭去的——不明白吗?说你呢,笨蛋。茶屋的女人就得像茶屋的女人,再热情点,出来迎接大爷吧!"

他像是坐着轿子赶过来的。

"哎呀,金八爷,哪儿来的风把您吹来啦!"

"骏河国,茶园里采茶采茶,咱三只手儿去会见茶女啦,香茶、浓茶,都可尝尝,坐着轿子赶过去,一品花茶,怎么样,咱这正经的旅行打扮——哈哈,用英吉利语说就是'charming(迷人)',翻译过来就是帅呆的江户纯爷们儿。"

"一个人在这儿信口开河。"

"我接着讲啊——"金八一边胡扯一边进到里面,风尘仆仆。

"先生,我弄明白了。"

"嗯,辛苦了——"

狂四郎除掉五名护卫的第二天夜里,依约在小酒馆见了小堀藤之进,仔细问了卷宗遗失的细节。藤之进发觉东西是在三岛弄丢的。他前一天晚上避开沼津,在原来的旅馆留宿,当他在千本松原确认时,卷宗还在怀里。

从沼津到三岛行走了一里半的时候,他发觉东西不见了,但是何时被偷走的,他一点头绪都没有。

第二天早上,狂四郎叫来金八,命他调查江户汇聚一伙的扒手组织黑元结连。

金八弄明白黑元结连的头目在两年前断绝亲缘关系并吊销户籍(驱逐出江户),此后一直居于沼津,便立刻飞奔至箱根去调查。

"确实如此,黑元结连的老大半年前,从一个叫小堀藤之进的护卫身上偷了东西,他已经坦白了。"

"是谁指使的,问了吗。"

"当然没漏掉这个。先生,不觉得很可笑吗,指使黑元结连老大的正是林肥后守的管家。"

"哼!"狂四郎冷笑了一声,眼中闪过一道亮光。

真是意外，林肥后守自己派人抢了小堀藤之进。

"原来如此，不知怎么就有这种预感……明白了这些，解开谜题就比写一首拙劣的情歌还要简单。"

六

四万六千日①这天，市中心参拜观世音热闹非凡，以江户城为首的各个大名府邸，也都在庭院里装饰上观音像，并在宽敞的檐廊下摆出小吃摊，内侍女们热热闹闹地过节，这已经成了惯例。

热闹的祭拜终于结束了，管灯火的人一盏一盏熄掉廊下的灯，宽广的府邸内没有一点声音，重新恢复了宁静。

府邸深处的寝室，浅黄色的蚊帐里，林肥后守正和爱妾八重嬉闹调情。

八重的绯红绉绸睡衣敞开，小腿、美膝、大腿、黑森林一并裸露在外。她扭动身躯，在肥后守纠缠不休的爱抚下发出做作的低吟，时而娇笑时而半推半就。此女美若天仙，肌肤白皙丰腴，然而眉眼、唇角浸染着一种痴迷般的淫荡神色，让人觉得放荡不洁。话虽如此，可能对肥后守来说，这也是一种非凡的魅惑。

"呵呵呵呵，八重，你嫁给藤之进之前有几个男人，我可是知道的。"

"又这样捉弄人家……人家不知道啦。那今晚臣妾就告辞了。"

女子任性地转身朝向另一边，正好彻底把圆润丰满的臀部曲线暴露无遗。肥后守的五指像虫子的触手一样朝盖在女子肥臀上的衣褶摸去——

突然，常明灯明暗闪烁，一个巨大的黑影投射在蚊帐上。

"谁！"

---

① 四万六千日：佛寺的缘日之一，观世音菩萨祭日。相传这一天参拜其功德相当于平时四万六千天参拜的功德。

肥后守猛地坐了起来，掀动蚊帐想把手伸向放在壁龛的刀。说时迟那时快，黑影疾风一般冲过来，挡在前面。

"啊！藤之进！"

肥后守像被撞出去似的身子后仰，八重挤出一声惊恐的喊叫，紧紧将他抱住。

"八重，你这贱妇！"

小堀藤之进神情可怖，犹如幽灵重现人间。

八重是藤之进的妻子。肥后守为了得到八重，就把卷宗从藤之进手里夺了过去。

藤之进右手挥起白刃，八重极力尖叫着呼救。

廊下噔噔噔响起一阵纷乱的脚步声，不过，没有一个人出现在卧室里。

狂四郎静静地伫立在廊下正中，拦下了所有拿刀的来者。

"在下是一介粗莽浪人——眠狂四郎。因小堀藤之进惩戒自己不忠的妻子，特来援助。反抗者格杀勿论！"

气势如虹，震得人们四肢僵硬。

狂四郎娴熟地打倒五个护卫，他干脆利索的处事风格总是让人耳目一新。

八重贯穿天际的垂死悲鸣总算结束了。狂四郎慢悠悠地踏进卧室一看。

双幅宽的白绉绸被褥被染成血海，八重的尸骸伏在上面。藤之进坐在尸骸前面，手握短刀刺入左腹。

肥后守像壁虎似的紧紧贴在壁龛墙上，几乎晕了过去。

"小堀，太草率了！"

藤之进微弱地摇摇头，说："请您做介——错——"

"好！"

狂四郎"噌"的一声拔出无想正宗剑，喝道：

"喂！肥后守，腐败的旗本数万人中，他是真正拥有武士气节的人。勇者的归宿,你好好看着吧!"

然后,他站在藤之进背后,摆阴形姿势。

刀光一闪。

藤之进的头颅突然折断,连着一点颈皮,呈"抱首"之状落下。

处女侍

一

"一啊,这个大千世界第一高的东西是什么?

是富士山和米的行情。

嘿嘿,的确如此,的确如此。

二啊,二人卿卿我我的四叠半房间有什么?

有猫、有地炉还有那留客的雨天。

嘿嘿,的确如此,的确如此。

仨啊,洒家想给你看的纪伊国蜜柑,

秀色可餐,光滑圆润。

嘿嘿,的确如此,的确如此。"

醉了的差役在二楼的外廊上摇摇晃晃地跳着舞,用手脚滑稽、灵活地打着节拍,嗓音甚好。

端着饭菜和酒水的女佣嬉笑着擦肩而过。

这里是位于深川富贺冈八幡内的私娼街,也就是深川七处烟花巷中的一所,它以从早到晚弹唱不绝的全盛景象著称。

很少出现在这种一流茶屋的差役已经完全得意忘形了，他用手拍打着擦肩而过的女佣的屁股，

"四啊，湿漉漉被露水打湿的屁股

在朝阳照射之前干不了，

嘿嘿，的确如此，的确如此。"

他绕着檐廊慢慢走进里面，随手取下挂在厕所洗手处的手巾，在头上绑成吉原冠①。这一次，他高声表演起了说唱曲艺，这本是由乞讨僧挨家挨户卖艺表演的。

"说来话长，诸位听我道来。以因果报应的尘世事规律来讲的话，使劲绑紧越中（松平定信）兜裆布，然后舀出田沼（意次）的泥水，虽说打扫干净了浊世，但又再次出来个水野（出羽守忠成），拜他所赐，又倒退回原先的田沼，整个江户在转瞬间就被酣睡的乐翁（定信）搞得灰飞烟灭。并且带着权势蓑笠②（水野美浓守）喝彩的③（林肥后守）家伙们装成金银成堆的筑前（美浓部筑前守），就算世间众生饱尝饥饿痛苦，也置之不顾，统治如秋风落叶，能够开花的只有菊之间④。"

"混账！"

尽头的拉门被拉了开来，露出一张年轻武士的脸。

"小子！明知我们是本丸老中羽州侯的家臣，还要妖言惑众！"

遭到如此一番呵斥，差役大惊失色，腿脚发软坐到走廊上。

"岂敢！不、不知不觉醉得一塌糊涂……请您大人有大量——"

"你以为谢罪就完了吗？"

提刀而出的武士冷不防地踢向差役的脸。

---

① 吉原冠：将手巾对折放在头上，将其两端绑在发髻后面的头巾系法。
② 蓑笠：发音在日语中与"美浓"相似。
③ 喝彩：日文原著中表示"喝彩"的"はやしたてる"与"林"发音相同。
④ 菊之间为江户城大名集中的地方。多为三万石以下的谱代大名·大番头。

后仰的差役哇哇大叫，像蟾蜍一般紧紧抓住栏杆，满脸恐惧地看向这边。

"你那副样子是什么意思？"武士一握住刀柄，差役就惊慌失措地趔趔着拼命想要跑开。

"想跑？！"

差役的后背冷不丁地被砍中了。

四溅的血迹和惨叫声吓得女佣们尖叫着跑出走廊，转瞬之间，屋内一片骚动。

"把尸体处理掉！"

武士擦拭完刀身，把刀收入鞘中，正当他向聚集在远处的女佣们发火时，一个脸色大变的年轻武士从走廊跑来，推开女佣们，跑向差役。

"忠助！"

年轻武士将差役抱起，想要确定他是否已经咽气。武士问道：

"阁下是他的主人吗？因为这小子胡诌了一些无理的废话，我就把他杀了。在下乃本丸老中水野出羽守之老臣土方缝殿助的嫡子伴五。"

年轻武士听完他威风十足地自报家门后，脸上毫无血色，面部肌肉微微颤抖。

说起土方缝殿助这个人物，他的权力曾在田沼意次的宠臣井上伊织之上。假如有人想要讨好出羽守忠成，不管什么事，首先都要奉承土方缝殿助。这种气派可谓是在主人羽州之上。根据当时的记录，土方缝殿助的出行仪仗以令人瞠目结舌的华丽而著称。交椅制成的登山轿外面被天鹅绒包裹，就连供其使唤的马匹尾袋都是用绸缎做的。

若这个武士是土方缝殿助的嫡子，那着实是个太不好对付的对手。

"阁下是？"

"堀田摄津守的家臣，奥津知太郎。"

年轻武士不得已报上了名字。

"摄津守？"土方伴五回头望向站在后面的两位同伴。其中一个嘲笑道："领地是下野①佐野②一万六千石③吧。据说家道不济，就挖开先祖的坟墓，找到了六道钱④。"

一人冷笑了起来。

"什么！"

奥津知太郎因主君受到嘲笑而勃然大怒。

"太无礼了！"

"要动手吗？"

伴五猛然抽出刚刚才沾过鲜血的刀。

刀尖忽然摆在自己眼前，知太郎向后退了半步。

对手和地点都很不利！他咬紧牙关克制了一下。

"动手啊！还不出手吗？！废物！"伴五叫嚣着，同时将刀高高举过头顶。

至此，上升的血性终让知太郎的忍耐决了堤。

这厮！竟仗着奸佞的权势在此盛气凌人！

他愤然而视，右手下意识地握向刀柄，"呀——"伴五迅猛地砍了过去。

知太郎一面躲闪，"欸——"地运了一口气，白刃准确地向对方腰际横砍过去。

"呃呃——"伴五呻吟着向后移动，一脚踩空，"扑通"一声靠在了拉门上。

---

① 下野：日本旧国名，相当于现在的栃木县。

② 佐野：大名的姓氏。

③ 石：日本江户时代俸禄单位。

④ 六道钱：指放在死者棺中的六文钱。六道（又名六趣、六凡或六道轮回）是众生轮回之道途。六道可分为三善道和三恶道。三善道为天道、人间道、修罗道；三恶道为畜生道、饿鬼道、地狱道。六道钱为经过生死界限的葬头河、渡河、三濑河时的渡河费。

"休得无礼!"

同行二人齐齐拔出刀来。

——怎么样!我怎会输给你!

知太郎听到全身鲜血横流的声音,每一根毛发都被斗志点燃,他将染血的刀摆为八双①的架势,叫道:"来啊!"

"别太嚣张了!"

敌方中一人看透了知太郎的本事明显在自己之下,脸上露出一丝轻松的浅笑。就在他视线缓缓上移,想要突然袭击之时,"呃"地呻吟一声,刀也掉在了地上,按住自己的右手手腕。

他是被飞来的茶碗打中的。那是从走廊拐角处的小屋微微打开的拉门缝隙中扔出来的。

打开拉门缓缓出现的,正是眠狂四郎。

他泰然自若地走近,然后对知太郎说道:"你还是逃跑吧,剩下的交给我。"

"别在这碍事,你这个丧家犬!"如此叫嚣的是举起刀的第三个敌人。

"你来照顾土方伴五如何啊?"

"混账!"他朝着嘲笑他的狂四郎,忽地挥出一道闪光,但手腕却被轻易地反拧过去,手指不禁分开,刀滚落到了走廊上。

"处理好伤口应该不碍事了,别磨磨蹭蹭的!"

狂四郎故意把刀踢到院中,然后立刻攥住知太郎的袖口,使劲拽住他走下台阶。

"你叫做奥津吧。这件事要是传进上面的耳朵里,没准会命令你剖腹自尽的。小藩②的悲哀啊,只得将你的头颅呈给土方,然后一个劲儿道歉。但是绝不能断然剖腹自杀啊!你们这边已经有一人死了。算是两败俱伤。如

---

① 八双:剑道或大刀的架势之一。
② 小藩:指日本旧时俸禄不满10万石的藩,后改为不满5万石。

果土方强行要谈判的话,就应该借那个土方小儿的伤口为由驳回去,等伤好了再堂堂正正决斗。若是贵家中没有仅存这份骨气的上司的话,就没必要轻易舍弃这唯有一次的宝贵生命!"

"……"

"听我的话,不能剖腹!"

上个月,密探小堀藤之进在林肥后守的面前,将与之通奸的妻子砍杀,最终切腹自尽。他那悲惨的样子仍在狂四郎的脑海里挥之不去。

"明白了吧!我三番五次地叮嘱,你切不可断然剖腹自尽啊!最好看准时机逃跑。关于您将来的出路,我也能给你几分指点。你到时候和两国茶屋凉亭内的人说一声想见我眠狂四郎即可。"

对狂四郎而言,为了一个完全陌生的人而表现出如此情谊,实属罕见。

大概是觉得奥津知太郎的面容与那个不幸的密探有几分相似吧。

（二）

"知太郎先生!"拉门外传来了阿妙的声音。

知太郎坐在桌前,打开了汉文典籍,不过,不用说他心不在焉。

距离于深川烟花巷砍伤土方伴五一事已过去了三日。那一夜他很早归家,向父亲告知了一切,然后便被勒令不得迈出自己居室一步。父亲也没再传唤过他,因此,之后的事情如何发展,一切都不得而知。

阿妙静静拉开了拉门,她并没有进来,只是将两手撑在草席上:"您的父亲唤您。"

——来啦!

知太郎压住在体内游走的战栗,腹部猛地一用力,站了起来。

阿妙低着头,她神色不安,白皙的面容显得憔悴不堪。父亲和知太郎什么事都没有告诉她。——仅仅是这样,就让她的身心被不安所折磨,这两日来彻夜未眠。

阿妙是知太郎的未婚妻,她那曾任随从武士的父亲在三年前去世,之后她就离开故乡,来到江户,在西丸大奥处做工,就在一个月前辞了工作。近日刚刚定下婚礼的日子,映入阿妙眼帘的一切,都是美好、愉快的,只是……

知太郎低头望向阿妙清秀无邪的身姿,心中隐隐作痛。估计这个姑娘在心里一直在一个人掰着手指,数着将文金高岛田①的发型换作椭圆发髻②的日子吧。

他一时兴起,不经意间进了烟花巷,自己的世界就此变为一片黑暗。

"阿妙!"

"哎——"

俯视的双目与仰望的眼眸紧紧交汇在一起。那眼眸诉说着一切,彼此之间始终没有开口。

知太郎渴望将阿妙的窈窕身姿用力拥入怀中。他拼命抑制住这种冲动,飞快从她身边离开,来到了父亲的居室,他似乎感觉到阿妙的目光灼痛了他的后背。

父亲信左卫门站在檐廊内,眺望着小小的庭院。建造庭院是信左卫门唯一的兴趣,经他手建造的庭院,样子都十分精致。看起来好像是无心放置的灯笼或石质面盆,实际上都花费了很多心思。沙子上的纹路,还有点景石③清澈的平衡之美,保留了那份让人忘却俗世的宁静。

知太郎坐了下来,然而,信左卫门许久都没有动。

不久,信左卫门缓缓转过身来,走入居室,安详地注视着儿子。

---

① 文金高岛田:岛田发髻的一种,江户时代宫女和未婚女性梳的根部高的发髻。
② 椭圆发髻:已婚妇女的典型发型。
③ 点景石:按照日本庭院的装点方法布置的庭园石。

"知太郎，想好了吗？"

"啊？"

"土方家提出，要交出你的首级。主公的意思是拒绝这个要求，但我却接受了。"

"……"

"也许你不会同意。但是一想到拒绝土方家的要求，就有可能有给主公带来厄运，我作为臣子就应该接受。这就是食俸禄的武士家族的宿命。当然，这不能说是完成了武士道的修行。我相信唯有你的行为才是知廉耻的气概。但是，在这个已经没有战争的当下，决断不一定非要归于正确无误。——这大概就是天下太平的规则吧。这不是一个武士的自尊心能行得通的时代。"

说着，不知何时，信左卫门的目光呆呆地盯着知太郎的头顶上方。

他的妻子在知太郎三岁的时候就去世了。自那以后，信左卫门就一直独身一人。儿子的成长就是他生存的全部意义。

自己将孩子一手带大的过往回忆在信左卫门的脑海里萦来绕去。这些情景令他悲痛欲绝。

"父亲，我想问一下，土方伴五是否还活着？"

"问这个作甚？"

"他若是还活着，待他痊愈后，就再决斗一场——"

"胡闹！"父亲严厉地呵斥道。

"对于我刚刚所说之事，你还不明白吗？真是昏头了！若有一丝能够主张决斗的余地，我怎会甘心蒙受这种屈辱！"

"……"

"如果这不会为主家招来厄运，我就算化成恶鬼罗刹，也要庇护你一命。你难道不知道我在克制着这无法谅解的懊悔吗！"

父亲悲痛的语气刺入知太郎肺腑，他拼命咬紧牙关，克制着汹涌而出的血泪。

三

阿妙躺在床上,在黑暗中睁圆了眼睛,纹丝不动。

——不知怎么样了呢?

阿妙只是知道,知太郎犯了什么很严重的过错。

若是知太郎被下令切腹的话怎么办?——阿妙当然会想到这些。起初,这种想象闪过脑海的瞬间,她浑身冰冷。只是,现在已经过了三天,阿妙的内心竟也不可思议地平静了下来。

——到那个时候,我也自尽就是了。

她这份决心难以动摇。

微弱的脚步声逐渐靠近,停在了门口,阿妙屏息躲了起来。

"阿妙——"是信左卫门的声音。"实在抱歉,换下衣服来我的居室可以吗?"

"好的。"

阿妙忐忑不安地走进信左卫门居室之时,信左卫门身着常服,端坐桌前。

已经过了四更了。

"阿妙,知太郎逃走了。"信左卫门望着圆窗的方向说道。

阿妙咽了口吐沫,双目圆睁。

"年轻的知太郎不服从切腹的要求,也是理所当然的。他这一逃跑,我才感觉这样挺好的。"

接下来,信左卫门才向阿妙讲述了事情的原委。

阿妙低头不语,一丝微光射进了她的心中。——知太郎选择了保住性命这条路啊!"

尽管之后的事情难以估量,但对阿妙而言,这是点燃了希望之光的好事。

"阿妙,接下来我有事要拜托你。"

"是。"

"是重任。比起贸然让家中那个自吹自擂的人去做,或许让没什么心计的你来做反而更能挫伤对手。不过这需要很大的勇气。因为这不是身为女子的你所应承担的任务。"

"无论何事都请您吩咐吧。"

"事情就算失败了也没关系,因为我这边会努力做好一切应尽之事的。……完成了此事,你便可以跟知太郎过日子了。"

说罢此番话,信左卫门凝视着阿妙,双眼充满了慈爱。

㊃

"先生!这样好吗?美保代小姐对您的感觉,仅用迷恋二字是无法言表的。美保代小姐想着先生,但就算对咱这样的下等人,也一直强忍着没说自己想见您。这份心思令人感动,很感动啊。我呢,自打生下来,第一次亲眼看到一个女人只钟情于一个男人的高洁。比起这份高洁,富士山根本不算什么……先生,拜托您,请让她来看你,十天,哦不,每月一次就可以了。"

今天,金八没有工夫去观察狂四郎的脸色,拼命地唠叨个不停。

狂四郎仰卧着,双手放在脑后,只是闭眼沉默不语。

这个时候,马路上传来了散场鼓急促的响声,露天货摊的商人把货物放在一旁,苇帘裹着的灯火也亮了。相反的是,茶屋前纳凉的客人开始频繁地走来走去。供纳凉用的船只漂浮在河上，从它周围的船上传来了悠闲的叫卖声。

"唉，先生！我的恳求是不是有些过分！美保代小姐一次都没说过想见您。正因为如此，不曾倾诉的要比说出口的内容还要多。"

金八渐渐激动起来。

——即便先生生气我也豁出去了。今天只不过说了我自己想说的罢了。一想到美保代小姐的这份痴情，就算杀了我，我他妈也不能坐视不管，胳膊肘往外拐定了。

"先生也是凡人，我想让您感受到这想见面却无法启齿的痛苦，哪怕是一点点。先生您不也是孑然一身吗？您和美保代小姐的结合——又不是一对关系恶劣之人，还有什么可顾忌的！娶她为妻，自己由着性子到外面闲逛也还是可以理解的。这样下去的话，美保代小姐就太可怜了。先生的心思我等完全无法理解。先生，连我这个混蛋扒手都清楚，为了心上人连命都不顾的人可不是大街上随手都能抓一个。她是万里挑一，你俩是一生一世的天作之合。要是旁人来看的话，美保代小姐的头上佛光四射呢！"

狂四郎"霍地"站起身来，金八惊得急忙缄口不语，五脏六腑不禁缩紧。狂四郎向拉门外喊道："找我有事吗？"

金八完全没有意识到那里有人，惊呼道："谁？"

他伸长脖子，看到一个面色苍白，脸部僵硬的年轻武士。

正是奥津知太郎。

狂四郎向走进来坐在面前的知太郎微微一笑。

听着知太郎只言片语地讲述前夜事情的经过，狂四郎的表情忽然变得严肃起来。

"令尊说了'被迫切腹自杀并非武士之道'，这句话了吗？"

"是的。"

"看起来是个清廉刚正之人啊……哼！"

狂四郎抱着胳膊，若有所思地问道："您有兄弟吗？"

得到"没有"的回答后，他握着刀站起来说道："在这后面，有个叫武藏屋的旅店，在那等候吧。"然后，他扭头转向金八，"喂，金八，过来！让我教教你，在人世间，有比爱恋更高尚的东西。"

五

到了卯时，天色完全黑了下来，阿妙悄悄地从堀田家上宅的院门溜了出去。她带着一个年轻随从，那人怀里抱着一个用白布包裹的东西。

阿妙步履匆匆地穿过不见人影、凄凉寂静的大名小路，不知从何时起后面有两个黑影跟着她，她却丝毫没有注意到这一点。

过了半个时辰。

阿妙主仆走过爱宕下大名小路，朝着幸桥御门的方向走去。

突然尾随的二人中的一人追上去叫住了她："不好意思，请等一下。"

没有月光，岗哨所在一排排商家门口挂上的盂兰盆会灯笼，将微弱的亮光洒在道路上，借此灯光，二人可以互相看清对方的容貌。

"在下眠狂四郎，是个浪人……"

他一报上大名，阿妙口中就发出了小声的惊呼。他就是去年初夏在西丸大奥的庭院打败假幽灵的狂四郎，因此，身为上房女佣的阿妙知道他的名字也并不为奇。

"您知道我的名字就好办了。您是阿妙小姐是吗？"

"……"

"那人手里拿的就是奥津信左卫门老爷的首级吧？"

他控制了一下自己情绪，说道：

"我从院里门卫那里打听到，大约在今天早上，奥津老爷切腹自杀了，我也预感会有不幸发生。你把首级带走这点倒是出乎我的意料。以您的身份，这是没有道理的。对手并非只是区区的居心叵测之人……请把您的任务交给我吧。"

"不行。"阿妙断然拒绝，"我必须要坚守父亲的遗言。"

"你打算一个人让对方妥协吗？"

"不是……但是，父亲说就算失败也没有关系的。"

"那么就是让奥津老爷白白送死了。"

然而阿妙不再理会，用眼神催促着年轻随从继续向前走。

狂四郎看似彻底不再管了，金八走到他的身旁。

"先生，就这样放他们走吗？"

"金八，好像你我对她来说不过是路人罢了！"

狂四郎嘴边露出了一丝苦笑。

在如江户城的黑书院①豪奢的客厅里，土方缝殿助高傲地听着阿妙的陈述。

条理清楚地陈述完，阿妙把装首级的包裹拿了出来。

"请您当面检查一下吧。"她刚一低头伏地，就听到一声怒吼——"蠢货！"

"背负儿子之罪切腹，可怜他的这番心肠——我才不会胡诌这一类说辞！只有一种情况，武士能消除自己的罪责，那就是亲手结束自己的生命。那就是主人离世之时的切腹殉死都已经被禁很久了！这算什么呀！因为可怜儿子就手忙脚乱，急着以死谢罪来乞求怜悯，这是让人极端鄙视的愚昧！连穷要饭的都不如！"

遭到这番不堪入耳的漫骂，阿妙坚定地抬起了她那如纸般通透的苍白

---

① 黑书院：日本江户时代，城内御殿的一种建筑样式。用黑漆把柱子和窗户、拉门等的框子都涂成黑色的书院。黑书院是将军和亲藩大名、谱代大名会见的场所，面积比大广间小，但装修别致，是将军会见心腹诸侯的场所。

脸庞。

"话虽如此,只是您强迫知太郎切腹谢罪,不也是因为儿子残废而生气才这么做的吗?庇护孩子的父母,心情大抵都是一样吧。请您接受用自己的性命替儿子请罪的父亲那一片苦心吧。"

"住嘴!"

土方大声呵斥道,刚想报以更为激烈的谩骂,却突然改变主意,眼神再一次看了看阿妙的美貌。

"你就是知太郎的未婚妻吗?"

"是的。"

"好胆识!"

"……"

"信左卫门委托你做使者,可不能浪费了。好了,首级我收下了。"

土方态度突然急转直下,阿妙诧异地仰起头看着他。

土方脸上泛起一丝浅笑。

"适合让你留宿的偏房前几日刚刚盖好。"

阿妙一下变了脸色。

"不要说你不愿意。我猜你便是带着这种准备来的。你来作我的妾室吧。"

不等她回答,土方就起身想要出去。他拉开拉门——刹那间呆若木鸡。

狂四郎隐约地站在那儿,脚边正是本该躺在卧室的儿子——伴五。他双手被反绑着倒在地上,后面的金八警觉地看管着他。

"你,你是谁?"

"眠狂四郎。"

土方大吃一惊,向后退了一步,狂四郎冷冷地盯着他道:

"父母为了孩子的争执出面——却成了充满血腥味的把戏,什么当代首屈一指的德才兼备之人——土方大人。还请圆满地平息事态谢幕吧……请不要惊慌。我很想砍掉您儿子的首级，手都发痒了。您的随从也都老老实实等着看对您的裁决……不错，阿妙觉得父亲的感情甚是可怜，便态度谦卑，你却因此得寸进尺，反而摆架子出难题百般挑衅。那就做个交易如何？也不多要，就一千两把那个首级卖给你。顺便说清楚，从今往后双方怨恨一笔勾销，这样最好不过了。他们这边死了两人了，您那边仅仅瘸了一个，这事儿不管怎么考虑，对您来说应该都不是赔本买卖啊。土方家财大气粗，一千两估计不过相当于我们的十文钱。"

那之后，以现在的时间来讲，大约是过了不到二十分钟，狂四郎与阿妙、金八及挑着箱子的年轻随从，穿过大名小路，来到了房屋鳞次栉比的日荫町大道上，但狂四郎却在某个地方停了下来。

"金八，把阿妙小姐带去武藏屋。"

"好！"

"阿妙小姐，如果你见到知太郎，能否请您转告他，眠狂四郎劝他放弃做武士。"

三人去了以后，狂四郎快速移动着脚步，自然地朝向尾随自己并逐渐逼近的黑影靠了过去。

不久，几人在深夜的路上，遭受到圆月杀法而横尸街头。

暴风雨和宿敌

一

黄昏时分,空中现出细长的钩形卷云,云量迅速增多,将天空分成了两半。这是天气变坏的前兆。远处,雷声轰鸣,暴风雨的季节已经到了。

在急速变化的天空下,现在,有两位剑客一动不动地握着木太刀,怒目而视。长长的身影映在了铺满白砂的庭院里。

其中一位是评定所[①]留役勘定组头[②]户田隼人。另一位是身高过六尺的老人。他身着布棉袄,将同是黑色的和服裙裤挽了起来。老人留着全发,胡子虽已雪白,但皮肤仍像年轻人一样充满光泽。此人正是户田隼人的师父子龙平山行藏。

隼人的亡父生前收藏过端溪砚、歙州砚,子龙未提前通知便随便过来欣赏,于是便发生了这场久违的比武。

隼人是上段[③]预备姿势,子龙是右半身下段预备姿势。

[①] 评定所:江户幕府时期所设置的幕府最高司法裁决机构。除司法裁决之外,也负责政策的立案和审议。

[②] 留役勘定组头:江户幕府的职位名。

[③] 上段:举剑过顶的架势。

两人就这么摆着架势——从空中那一排排卷云从乱云顶端分裂之前开始，一直四目怒视到现在。

他们之间只有五步的距离。隼人高举过头的木太刀大概有三尺四五寸长，而子龙的却不足二尺。

子龙命令隼人使用"切落"招式。

所谓"切落"，不是说砍掉敌人的太刀，然后才取得胜利的招式。这是一种凶残的杀法——石火之机，间不容发。也就是说，金石互碰，阴中生阳，乃生火之理……这是砍掉敌人手中太刀的同时，又瞬间打倒敌人身体的秘诀。一刀流秘籍中所言"阴极见落叶，阴中有阳，叶落同时不觉又长出新芽"就是这个意思。

子龙的剑法以猛禽猛烈攻击猎物般的精准为关键，在接招出招的应变动作中产生妙不可言的威力。因此，在他的道场习武的弟子们首先要看着敌人，踏出右脚，面对面练习从前额正中打至胸部，并对这个动作连续进行数百次练习。

子龙如今已过六十五岁，即便如此，他仍坚持在清晨洗过冷水浴后，把这种反复练习的招式练上三百遍。

彻底领悟"切落"的秘诀，才算是掌握了子龙的剑法。

招式里面的秘太刀法中，有飞蝶、龙尾、浦波、虎乱等诸种。每种都始于一把刀，而后化为万把剑，再通过万剑回归一刀的剑理，使意志达到极点。这可以说是以命相搏的秘诀。

子龙一直在寻找能悟出此秘诀的弟子。所以，如果说子龙心里还寄托着这个希望的话，那么此人就是户田隼人。

可是，当听到隼人败给使用莫名邪剑的眠狂四郎时，子龙暗自惋惜。

子龙之所以意欲假装露出破绽，看隼人能否抓住机会打败自己，也是因为心中还抱有希望。

子龙目光如炬，一动不动地凝视着隼人，等待着。

隼人内心知道这是一场关系到能否得到师父认可的比赛,太刀落下去的瞬间,便赌上了身家性命。

的确——对于旗本中首屈一指的少年英才隼人的架势,子龙那方丝毫没有进攻的机会……

这场被认为可能无限持续下去的对峙,不会通过一方精神上的破绽来决定出胜负。要打破这种均衡,应该是在显出体力消耗差异的瞬间。

这样看来,虽说子龙是老当益壮,但也抵不过隼人年轻的生命力。所以,若以体力决出胜负,隼人就不能领悟出"切落"这一招式的秘诀,只不过是凭着年轻获胜而已。

"来吧!"子龙大声鼓励道。

"呀!"隼人使出浑身力气,脸憋得通红,木太刀发出难听的摩擦声。

刹那间,子龙突然跳着向后退去。

紧接着,第二刀、第三刀,隼人开始了闪电般的攻击……子龙一而再,再而三地躲避。

"我输了!"隼人大叫一声,往身后跳开半间之遥。

即使前三刀能够进攻,进而继续追赶,这边架势则明显虚弱,必败无疑。

隼人浑身是汗、双膝跪地、低头不语。子龙平静地看着他,心中叹息道:

——还为时尚早啊!太可惜了!

两人进入房间,再次开始欣赏八卦砚、残月砚、颜子砚、松荫砚等砚台之时——

也许是偶然,管家拿过来一封信函,这信函正是眠狂四郎的挑战书。

——去年初冬,以小直衣人偶头为赌注的比试,最终打成了平局,所以小直衣人偶头还在松平主水正处保管。不管怎样,这次应能一决胜负。所以,我希望能再比试一次。地点同样是主水正避世隐居的宅院。时间为将至的中秋十五日申时头刻。请接受挑战。

隼人默读着挑战书,表情没有丝毫变化。

"挑战书?"

子龙若无其事地问道。隼人拆封时,信函是倒封①着的,子龙无意中看到了。

"是眠狂四郎送来的。"隼人将信呈了上来。

"好字!看上去像练过王羲之的书法。"子龙一边嘟哝一边看,笑道,"我有个请求,可以听我说一下吗?"

"嗯,您请讲。"

"这次挑战,就让我来吧。"

"那个……但是!"

"因为是替弟子出面,也没什么可说的。不过,既是与一个浪人比试,老夫作为一个鲁莽之人,并不打算用真刀剑。只是想看看这个男人到底有多大能耐而已。你的比赛,稍后再来也不迟。"

(二)

当日——

这是一个天气阴沉的午后,在挑战书约定的时间的一个时辰前,眠狂四郎正在涩谷的山丘上攀登。远望过去,原野上灰蒙蒙的一片,冷飕飕的风从稻穗中间穿过。富士山也消失在了层云的那一边。

狂四郎突然止步,皱了下眉。他看到山丘上野漆树下蹲着一个女人,像是在拔草。

走近后才发现,那人是静香。

---

① 倒封:旧俗以信的封筒倒封表示凶信。

静香闻声回头，瞠目结舌，呆然不动。

狂四郎默默地走到刻有"灵"字的小天然石前，打算把提来的一株秋海棠种下。

"我来吧。"静香慌乱地一把将花抓了过去。

狂四郎任由静香摆弄，只是后退了两步。

秋海棠是亡母的最爱。

母亲病重时，曾向狂四郎叮嘱："希望你能在我的坟前，种一棵秋海棠。"

十余年过去了，那个约定该实现了。

上次祭拜，还是去年初夏忌辰的时候。

于狂四郎而言，将自己的落魄之身拖至此处，是一件痛苦的事情。因为生了狂四郎，母亲被迫陷入活死人一般的境遇，可她却仍不忘以武士的标准严格管教他。如今看到自己孩子血腥的样子，应该也不会笑着相迎吧。

狂四郎既然来到了墓碑前，就不得不汇报一下自己残忍的行径。

狂四郎说道："那个冒犯母亲，让母亲生下我的外国天主教改宗教徒，我已经杀了！"

如果母亲泉下有知，是无论如何都不会想到的吧。

狂四郎的表情阴森而凄惨，像极了今日的天气。

"那个……"

静香种好秋海棠，从供奉着的水桶里舀了一瓢水洗手。她那满是疑惑的眸子，跟狂四郎撞了个正着。

"这个坟墓里面，是什么人啊——？"

"你不知道那里面是谁，也来祭拜？"

"呃，是祖父吩咐的。"

狂四郎犹豫片刻之后，低声道："我母亲，她睡着了。"

"啊?"

"你母亲的姐姐千津——是我的母亲。"

静香想要说些什么,张了张嘴,但只听到一声喘息,她仿佛是要把狂四郎吞进去似的,目不转睛地盯着他,甚至忘记了眨眼。

狂四郎嘴边哆嗦着显出一丝冷笑,说道:

"顺便再告诉你一件事情吧。在去年春天之前,你一直在雾人亭的地下请我那老糊涂传教士的爹给你讲道。你或许还不知道,那家伙实际上是天主教改宗教徒……不过,那些都过去了。那家伙,已经不在这世上了。"

"这,这,都是真的?"

"我杀死了他。"

"……"

面对如此打击,静香瞬间惊呆了。紧接着,那种难以言表的困惑传遍了她整个身体。

"活该。"

狂四郎发泄似的嘟哝着。忽然,雨滴吧嗒一声落下来,掉在他的手掌上。

"走吧。"狂四郎催促道。

两人走到山丘中间时,整个天空更加阴沉,雨也下得更猛烈了。

眨眼间坡道到处都是泥水,静香的手虽然被狂四郎拉着,但好几次都险些滑倒。

两人开始在沿河的小径上走着,远处一丛栗树林的树荫下,有一间木窝棚。

走到小屋之前,静香两次俯下身来,似乎想要把河坡上盛开的龙爪花的大红颜色印到眼里去,以便以后能够清晰地回想起来。

刚进小屋,一道猛烈的闪电瞬间把世界变成了白昼。满是茅草的原野、田地、小河、森林,全是白茫茫的一片,原野间小路上白线似的瓢泼大雨泛着银色的光。

与此同时,爆炸般的雷鸣声在静香头顶响起,她顿时拼命地紧紧搂住了狂四郎。

狂四郎就这么抱着静香,揽着她的柳腰静静坐着,透过门缝儿目不转睛地眺望着被暴雨肆意狂打着的原野。

倾盆而下的大雨,发出哗哗的响声。雨声和轰隆隆的似乎要把宇宙撕裂开来的雷声夹杂在一起,狂四郎全身上下感到一种难以想象的强烈刺激。

伫立在母亲墓前的阴郁虚妄之念已消失得无影无踪。生机勃勃的野性力量似是要从四肢溢出去——狂四郎像是看到自己生命力中涌进了一种全新的思想。

——我,还活着!

若用语言表达出来,就是这样。

刹那间,一道强烈的闪电从低云中迸发出来,啪地一声瞬间照亮了一大片,每当此时,狂四郎都有一股大声嘶喊的冲动。

闪电闪烁着单剑,面对蜂拥而至的云霞敌群,似乎有种勇猛闯去的壮烈感。

"冷⋯⋯"

听到这句嘟哝,狂四郎方清醒地意识到自己怀抱着一个处子之身。

"冷吗?你觉得冷吗?"

"呃,嗯⋯⋯"

静香小声地咯吱咯吱磨着牙,颤抖的身体蜷缩着。

狂四郎双腕一用劲儿,把她抱得更紧了。

可是,静香的身体却颤抖得更厉害了。狂四郎觉得他的胳膊越是用力,静香颤抖得越是厉害。

终于——

狂四郎关紧了门，麻利地解开静香的腰带①，开了她的和服、襦袢②、衬裙③、内裙④。

而静香却无力拒绝。

狂四郎依旧保持着刚才的姿势。他把靠在木柴堆上的席子展开，铺在三合土的地面上，让静香仰卧在上面，随即便压了上去。

狂四郎一只手抱着静香的头，一只手在静香的腰间游走，用自己的双脚紧紧夹着静香的双脚。为了让紧贴在一起的肌肤产生温暖，他开始慢慢地来回摩擦，谁知刚一动，就听到静香口中似梦非梦地滑出一声：

"……啊！"

三

雨停了。

从门缝儿里望去，原野的尽头落下几条光束，像白昼一样明亮。时间仿佛又回到了白天。

风，尚未完全止住。雨滴从房前一滴滴落下，一种能听得到的寂静笼罩着小屋。

狂四郎背靠着一捆木柴，一副茫然虚脱的表情。

静香已经自己系上了衬裙带子，裸露着胸和大腿，把头埋在狂四郎的胸前。

两人就这么一动不动地待着，不知过了多久。

犹如潮水间歇性地涌进悄然裂开的心房，强烈的悔意袭上狂四郎心

---

① 腰带：穿和服时，系在腰间在背后打结的长布带。
② 襦袢：和服衬衣的一种。
③ 衬裙：和服内衣之一。为防弄脏和服下摆而围在女士贴身裙外的一种衬裙。
④ 内裙：和服内衣一种。女性下半身贴身穿。

头。但是他不忍心推开把身心都献给自己，现正处于恍惚之中的静香。

——我这也是顺其自然吧！

狂四郎本想让静香体内的血液循环更加顺畅，不料却做了这种满足自己兽欲，之后让人伤心后悔的行为。

静香身体冰凉，要使她暖过来，至少得花费小半个时辰。即便如此，由于羞耻，她的四肢还像是死人一般一动不动。然而复活的鲜血犹如泉眼喷出新的泉水一般，伴随她那细白肌肤的微妙战栗，渗透出一种对性欲渴望不已的感觉。

狂四郎眼看着身边静香的变化，受过锻炼的健壮身体怎可能拒绝呢？

——本是顺其自然的事情，我这是怎么了！

当狂四郎自嘲地在内心独自琢磨着想要放弃这一念头的时候，终于，静香稍微转动了一下身体，用微弱的声音说道："手……"

"手？"狂四郎挪开静香的半边身体，问道："怎么了？"

"手……动，动不了。"

"动不了？"

狂四郎赶紧试着握了握静香白嫩纤细的双手，她的十指已经硬得跟石头一样，不能弯曲，也不能伸展。静香一直趴在胸前，被狂四郎紧紧抱着，忍受着这种麻木，双手失去了血色。

就这样，一直到丧失了十指的感觉。静香强忍着生来初次被拥抱的冲动，她那惹人怜爱的样子，让狂四郎内心第一次感到了阵阵剧痛。

即使是狂四郎熟练的按摩方式，也始终无法使静香的十指柔软起来。

静香目不转睛地看着狂四郎，任由他揉搓。看着全神贯注的狂四郎略略伏下来的脸庞，不知不觉中，一股热乎乎的感动涌上静香的咽喉，转眼间双眸就湿润起来。

狂四郎脸上已经没有了静香习以为常的虚无面具。不用说，他那刚毅的面容与平日一身剑气、透着一股邪气的神情判若两人。这是狂四郎第一次对别人表现出天真、善良的表情。

接着——

没想到，狂四郎倏地后退起身，没有回应她的这种感动。

"我该走了。"

他又回到了原来那种冷漠的样子。

狂四郎不是觉察到了静香的情感，而是听到了远处寺院里敲响的申时头刻的钟声。

狂四郎走上被暴雨洗刷过的原野小路，待静香整顿好衣装后，便出发了。

"您去哪里呢？"

"去你家。我和老人家约好了。"

和户田隼人的第二次比赛，已于两日前通知了乐水楼老人。不过，事先和对方说过不要告诉静香。

静香有些诧异，略微仰头看了看狂四郎的侧脸。心中立刻涌起一种不一样的感觉，整个脸顿时变得面红耳赤。她鼓足勇气嘟哝了一句："我，觉得很幸福。"

狂四郎一直看着远处，并未听到。

一旦下决心说出来，静香就敢将内心所想和盘托出。

"我和你分开后，彻底明白了自己内心所想……对我来说，你是一位很难遇到的人。从意识到这一点开始，我便失去了自我。我相信，迟早有一天，你一定会明白我心里的想法。如此，我的生活便有了意义。"

——即使只有今天的回忆，往后我也能够好好活下去。

虽然没有说出口，但静香已经下定了决心。

敏感的少女心里已经明白，"将来与狂四郎幸福生活在一起"这一想法是非常不成熟的。

对于狂四郎是自己表哥一事，静香虽一时颇为震惊。不过，现在仿佛觉得很久以前就早已知晓了。

狂四郎一言不发,渐渐加快了脚步。

下了道玄坂①,出堀川沿岸的道路时,狂四郎看到静香全身湿透暴露于街上的样子,不知为何对她感到一阵怜悯。

"我去叫顶轿子,你在这里等着。"

静香摇头拒绝,说:"把我抚养大的乳母的家,就在那个叫做角云寺的寺院后面。我去那里。你也顺便同去,把衣服烤干了再走吧。"

"不用,就这么穿着吧。"

狂四郎轻轻看了眼静香,为了打破这种僵局,匆忙迈开了脚步。

"狂四郎!"静香喊道。一看到狂四郎走出去了四五步的距离,虽然已把自己的身心都给了他,可静香还是兴奋得声音发颤。

"我希望……能再次见到你!"她对回过头的狂四郎说道。

此刻,狂四郎觉得她的脸庞格外美丽。

"今天的事情,就当什么都没有发生过,忘了吧。"

这种拒人于千里之外的冷酷言辞,不知道静香听了会有什么反应。而狂四郎甚至没有工夫理会她的感受,便大步流星地走了。

四

狂四郎穿过乐水楼隐居之处的门楼,在布满薜苔的石板路上悠闲地走了几步。突然,他感到周围有一股紧张的气氛。

——奇怪!

眼前暗藏着的杀气,朝狂四郎的神经扑面而来。狂四郎的这种直觉从未出过差错。

---

① 道玄坂:地名。位于东京都涩谷西南,现在的JR涩谷站西侧。

他从未料想到会有埋伏。户田隼人身为武士，应该不会做出伏击这等卑鄙行为。

——谁？

狂四郎估计对方是想先发制人，他猜到了那人藏身的大概位置。

但是，主动出击也不是自己的作风。

步履不停，直达玄关的狂四郎嘲笑起了自己。

——若眠狂四郎也沉迷于女色，那就是他头脑发昏了吧。

还是没有人来偷袭。

此时，刚好出现一个女佣，狂四郎便请求她代为传达说：

"实在对不住，我来晚了。户田隼人大人已经知道我要来见他——"

话音刚落，女佣便默然俯首鞠躬。

可是，她并没有把狂四郎引到书院，而是带到了一间面向内院的小房间。

片刻之后，再次出现的女佣建议道："洗澡水已经烧好了，我知道浴衣尺寸不太合您的身，还请见谅。"

女佣还解释说，她把狂四郎如落汤鸡般的狼狈状告知了乐水楼老人，这是老人家的吩咐。

"我这样子真的不碍事，如有失礼之处……还请见谅。"

"您换好衣服之后，请来一下书院。"

在与别墅的格调相适的考究浴室里，狂四郎花了不少时间才让冰冷的身体暖和起来。

木窝棚里的事情，仿佛已经成了遥远的记忆。

浴室后面，是一望无际的田地。青蛙的叫声有些喧闹。在那嘈杂声中，还掺杂着清亮悦耳的虫鸣声。听着这和谐的声音，狂四郎感到内心非常踏实，满足于眼前的这一切。

刚从浴缸里出来，狂四郎就看到一个临时放衣物的浅箱子，箱子里叠放着一件色织条纹绸做的当季的衣服,衣服上还配了一条独钴图案的博多带,外衣里夹着浅蓝色纺绸襦袢和白底碎花贴身内衣。这么好的衣服,对狂四郎来说,还是头一次穿。

待穿戴完毕,狂四郎才发现长刀和胁差不见了。

瞬间有种直觉闪过大脑。

——上当了!

这就是他们的阴谋吧。

不过,按道理应该对这种事情有所防备的。狂四郎把愤怒藏在凄怆的斗志之中,打开扁柏木门往走廊而去。每走一步,心里都不敢有丝毫放松。他转过走廊的两道弯,迅速拉开了书院的拉门。

一位和主水正一样垂着白须的老人背对壁龛,气质凛然。

壁龛鹿角上挂着的,正是货真价实的无想正宗。

"您,是何人?"此人端坐的姿势中自然而然地流露着一股明显的威慑力,狂四郎虽然看在眼里,却还压低声音问道。

"我是户田隼人的代理人平山子龙。"

"什么!料到自己的得意门生会败北,所以为师者要亲自出马吗?"

"不错——"

"身为平山子龙这般的剑客,对于讨伐一介穷流浪武士,一定有什么卑劣的计谋吧!"

"我来,并非是为了和你比试。在拿出你的真本事之前……听说您用的圆月杀法,使用的是千变万化之术?"

"您要是想看,我可以给您露两手。"

"好。不过,请赤手空拳——"

"刁难我吧。"狂四郎冷笑道。

"如果圆月杀法真是能让您张开心眼之术的话,就应该赤手空拳的来。"

"对手呢?"

"我叫了个跟您般配的对手。请去庭院看看吧，就在某一处呢——"

狂四郎知道，他刚进到这座宅第时感觉到的那股杀气，并非是错觉。那家伙果然藏在暗处。

"好。"狂四郎几乎是漫不经心地走入庭院。

黄昏的薄暮隐约投射出树木、石头、小草的阴影。到处都散发着祥和宁静的氛围。

狂四郎看准位置站定，慢慢环视四周，最后抬起头，看见木瓦板屋顶突出来一个形状奇怪的影子。

那人不是别人。正是鼹鼠喜平太那个矮个子。一张与众不同宽而扁平的脸，背上突出来一个大瘤子，还有一只袖子，邋遢地下垂着。

狂四郎又见到了自己的宿敌，这已经是第三次了。

"那个男人，是老夫曾经的弟子。因行为猖狂而被逐出了宗门……反正都要和您决一胜负，我想着不如把他叫过来吧。"

听见外廊传来子龙的声音，狂四郎感觉有种冷若冰霜之物从头顶掠过。在此前的打斗中，怪物也是站在高于自己头顶的地方。其有利之处因抱着沉重的蜡人偶头而减弱了不少。不过，眼下这个怪物不仅在位置上有绝对优势，还能怒视赤手空拳的对手。

这对狂四郎来说，比起和户田隼人交手时遭受的危机，是有过之而无不及。

"接招吧！眠狂四郎！"

鼹鼠喜平太浑身充满了憎恶和怨恨，看上去像是要立即动手。他龇牙咧嘴地发出一声冷笑，随即拔出了太刀。

狂四郎以右手为刀，将其抬至眼睛的高度，开始静静地、缓慢地画起了圆月。他那将要喷发出白热火焰的目光，正好与喜平太凸出的巨眼交汇——

看到手刀画好整个圆月的一刹那，"呀——"怪鸟啼叫般的喊声从喜平太膨胀的咽喉里释放出来,他一蹬屋顶,蜷缩起四肢,整个身体化为一块肉弹飞到空中。

他正要坠落之时,突然溅起一片鲜红。与此同时,太刀也迅速从喜平太手中脱落,高高飞出,然后啪的一声落下,沉入泉水之中。

狂四郎依旧站在原处。他左袖从肩下两寸处被撕开,鲜血顺着耷拉下来的手滴了一地。狂四郎左上臂挨了一刀,用右手掌击中了喜平太的手腕。

"好!"

外廊传来子龙的称赞,喜平太从两根柱子之外的地方走过来,吼道"该死",同时拔出了胁差。

"接着!"

子龙嗖地扔出无想正宗,正好抓住刀柄的狂四郎一下子咬住刀鞘上的绦带,刀一下子从刀鞘滑出,把宛如恶鬼猛扑上来的喜平太劈成了两半。

夜鹰旅馆

一

　　天气不冷不热，白昼逐渐变短——这个时候，老翁老妪都会去寺院参拜佛陀，或者去发护身符的观音庙还愿。

　　此间大名旗本府邸，会召开观月吟诵宴会。大街上，八幡宫的神殿会派出彩车，演奏神乐；在新吉原，太夫①穿着白色窄袖便服漫步于大路上——江户的繁荣昌盛，将一年中不容错过的胜景，华丽地展现出来。

　　极盛的游乐场地两国广小路一带的热闹劲儿就不用说了。人浪涌向鳞次栉比的茶屋。围着红围裙的女人们，整天都在红灶台与客座之间来回奔忙。

　　老顾客往往是一些走街串巷的商人、纨绔子弟、土木建筑匠人们等等，他们占据着客座的一角相互开着玩笑，讨论些关于妓女与艺妓的流言。这种光景，亘古不变。

　　正在这时，一个年轻人高声打着招呼走了进来。

　　"我见到幽灵了啊，幽灵——"

----

① 太夫：头等妓女。

"千公又要开始吹牛皮了。"

"是不是吹牛皮,你看看我屁股上的泥不就知道了?这是把我吓坏了的证据。在小宅第①前面,吓得我咚的一下摔了个屁股蹲儿。"

去年秋天,与小妾同寝的大奥医师室矢醇堂被杀,不知是谁无意间说起的,自那以后府邸内逐渐传出了幽灵出没的流言。虽不是害怕那个传言,但是幕府并没有意见要让谁移居入府邸。所以这所设计精妙、足有数千坪的回游式庭院就那么荒着。

"千公,你这家伙一定是被水獭变的夜鹰拔掉了三根毛!"

"哎呦,昨天晚上,在仲街②——"

"是不是被情人甩了之后回来的路上不知不觉上了当?水獭化成的夜鹰是不是梳成椭圆发髻,穿着结城的短袖和服?"

"扯淡!我怎么可能被甩,我那么有女人缘——哎,那手腕可真不一样。做完了还有一丝留恋,又来了一次。下次见面我一定拼尽全力。你们这些人,不知道怎样让女人欲仙欲死吧。骨头都散架了。骨头——"

"别乱嚷嚷了。幽灵最后怎么样了?"

"事情是这样的。在楼梯上,她拉着我的袖子哭得梨花带雨,叫我不要走,不要走——我甩开这个唠叨的娘们,来到了柳原,堤岸上青柳迎风招展,柳丝犹如结在一起而又解开的姻缘之线。被拉住后回头一看,确是搔首弄姿的逢场作戏——哼,有一点想起来就想笑。丑时三刻的风带着骚味,石町的钟声咚咚咚回响,憋在衣服里的那玩意儿非常地……"

"混蛋,你还是适可而止吧!"

"好吧,您听好喽!俺无意中向小宅院的墙上望去,你猜怎么着,俺看到轻飘飘的雪白的东西——"

"你这厮,就是因为天天就想着妓女的事情,即使是枕纸,大概在你眼

---

① 小宅第:夹在江户的大名宅第之间的旗本和御家人的府第。
② 仲街:江户深川的地名,现东京都江东区门前仲町,江户时代有许多茶屋。

皮底下也是一闪一闪的吧。"

此时，坐在躺椅上的老人接下了话题。

"你这厮说的是，男女云雨之后擦脏东西的纸吧。听说清少纳言的《枕草子》里就有这样的描写。

"切，说什么呢！反正我看到有个白色的东西，跳过那个小宅第的墙，绝对不会看错的。"

"那接下来怎样了，千公？"

"我悄悄地靠近墙的缺口处——"

"在常年黑暗的岩洞中探寻的，那个叫做猿田彦①的家伙，你见着了吗？"

"岂止看见，那个轻飘飘的白东西，时而显现，时而消失，飘向了里面——"

这时，千公突然闭口不言了，翻着眼珠，目光很快投向对面的屏风。大家也都随着他的视线看去，惊得目瞪口呆。眠狂四郎突然从背光处走来。大家认为，杀了室矢醇堂的人就是这个令人毛骨悚然的浪人。

在很短的一段时间内，眠狂四郎因反抗恶政，在江户百姓中拥有着很高的人气。但是，冷静来看，狂四郎全身散发的阴沉、虚无之气息，与庶民的感觉相去甚远。

宛如看到自己的代言人一般，众人哄地一下吵嚷着跑了过来。被狂四郎冷冷的一瞥震住，又畏缩着向后退去。从此以后，人们再也不敢说起眠狂四郎的名字了。所谓人气，终归只是这般罢了，也就是说，狂四郎又回到了原来的孤独境地。

尽管如此，今夜的狂四郎却非同寻常。

他好像没看到在此谈论的人们一样，双眸失去焦点，飘忽不定，以一

---

① 猿田彦：古日本神祇之一，天狗形象来源，因曾于天之八衢迎接天孙降临而被视为旅途之神。

种不同于喝醉时的踉跄脚步,犹如梦游症患者一般摇摇晃晃走了出来。

(二)

狂四郎走过一座桥,穿过御舟藏背后,朝着新大桥的方向走去。不知为何,他浑身透着一种怪异之气,与他擦肩而过的行人都急忙避让。

狂四郎病了。

在乐水楼隐宅,斩杀鼯鼠喜平太时,他的左臂受到了重创。平山子龙虽为他做了应急的缝合处理,看上去好像痊愈了,但十天后的现在,他的身体状况突然恶化。

这种情况,用现代的话来说就是破伤风。

身体的麻木已经扩展到脸部,到了张口都难的地步。热度犹如从身体下部燃烧起来,而四肢却仿佛冰冻一般。而且,身体的反应能力间歇性亢奋,从颈部到背部剧烈地抽筋,产生一颤一颤的痉挛。同时,还伴随着巨大的疼痛,程度实在难以形容。

——我这是要死了吗?

承受疼痛的瞬间,他脑子里掠过这样的自嘲。

悲惨而死也好,这才是与我相称的死法。

狂四郎完全没有想要找地方休息的意思,他拼尽全力支撑着身体,毫无目的地在城中来回转悠。

力气耗尽的瞬间就是死亡。

也就是说,狂四郎赌了一把,用自身的力量与死神抗争。同时也是这个虚无的男人,想要证明自身的存在,来反抗残酷的现实。

突然——狂四郎意识到了自己所在之地。

不知不觉,他已经过仙台堀,来到了金川町横町的拐角处。

拐个弯再走十几米,就是常磐津文字若的家。美保代应该就在二楼等着自己归来。

——我,要向美保代寻求帮助吗?

他并没有意识到这一点。

——喂,狂四郎,真凄惨啊!

自我谴责的时候,一阵难忍的痉挛袭来,如骨肉分裂般的疼痛传遍全身,他不由得呻吟起来。

"唔……唔唔唔!"

他刚靠在城门的柱子上,就哧溜一下滑倒在地。

从旁路过的卖东西的小贩、和尚都吓了一跳,默默地将狂四郎周围的地方给空了出来。

这是破伤风特有的惨状,与幽灵的样子十分相似。这时,一个抱着盐濑①布料的馒头包袱,急匆匆想要进入城门的老太太,顺着人们胆怯的视线,向那边看去。

"哎?"她用很小的声音喊道,向前走近了两三步,

"先,先,先生!"

她害怕地喊着。

这是文字若家负责料理家务的老婆婆。

"怎,怎么成这样了!您,您是不是病了?"

看到她惊慌失措地颤巍巍走过来,狂四郎不耐烦地摆摆颤抖着的手。

"回家,赶快……啊啊。有没有人帮一下忙? 不,我自己跑回去更快些。先生,你好好在这待着,不要乱动。我马上去把美保代小姐和师傅带过来。"

老婆婆意识到,仅凭自己之力是不行的,于是啪嗒啪嗒跑了起来。

狂四郎想要喊出来什么,舌头却不听使唤。

---

① 盐濑:一种布料,经线很密,纬线很粗的一种纺绸布料,多用来做腰带等。

"师，师，师傅！美保代小姐，啊……"

老婆婆在距离两三处房子远时，发出了刺耳的尖叫。原来她是在半路上被窗户挂住了，老婆婆愈发焦急，发出悲呼，"救，救命啊！"

听到呼喊声，院中练习场的歌声和三味线的声音皆戛然而止。

"怎么啦，吵吵嚷嚷的，难道是被青蛇咬了吗？"文字若慌慌张张地跑了出来。

"怎么啦？"

"不，不好啦……先生，在那边的城门处——"

"先生？！眠先生他怎么啦？"文字若神色大变。

"生了病，所以动，动不了啦——"

"什么！"

文字若不顾一切地冲向下面没铺地板的土间，又突然意识到了什么，赶紧跑向楼梯口，喊道："美保代小姐！"

几乎同时，美保代将白皙的脸庞转向舞场这边。

"先生……在那边城门，病倒在那里了！"

一听到这话，美保代一言不发，不顾衣衫不整，就从楼梯上下来，跑到大门口。她本想穿上木屐，却因为着急而没看到自己的那双，索性就光着脚向大门跑去。

在他人面前这么不顾自己形象，对美保代来说这恐怕还是第一次。

但是，美保代到达城门时，狂四郎已经从那里如烟般消失了。

美保代四下张望，发疯般沿着大路跑去。

"婆婆，你没有弄错吧，在哪儿呢？先生——"她的背后，传来文字若尖锐的喊声和老婆婆惊愕的叫声。

"狂四郎！"

已经狂乱的美保代口中喊出了这个名字。文字若向城门旁边的警卫跑去。

"大叔，倒在城门柱子旁的那个穿黑衣服的浪人你见了吗？去了哪里了啊？"

她用快得可怕的语速询问着。已过六十的值班老人，用悠闲的语气回答道："啊？我刚刚收拾完剩下的金鱼回来。"

"蠢货，值班人的工作可不是卖金鱼卖烤白薯的！流着鼻涕，只会敲个木拍子，却让区区的小买卖冲昏了头，你这个痴呆的糟老头！"

然后——

三个女人拼了命地找遍了中之桥、上之桥、松永桥这些地方，连从佐贺町到堀川町，都沿河找了个遍，仍无法寻到狂四郎的踪迹。

三

停靠在上之桥下的一条猪牙船上，狂四郎如死了一般仰卧在那里。

老婆婆跑着从他身边离开时，狂四郎使出浑身的劲儿站了起来，离开了城门口。

他的脑海中浮现出在暴风雨中的小木屋内侵犯静香的情景。他觉得这次的重病，就是那桩罪孽的报应。

只要存在这种自虐意识，便只能拒绝美保代的照顾。就算是死，他也不会做出欺骗自身的行为，这就是狂四郎这个人的天性。

美保代在桥上呼喊他的名字，虽然她的声音字字击在狂四郎的心底，但他还是动也没动。

不知过了多久——

"好像可以出来了。"狂四郎自言自语道，慢慢站起身来。

河面上的船已不见踪影，路上行人的脚步声也消失了。

他不知道自己走在何处，又是如何走过来的。不久，狂四郎穿过神田川，踉踉跄跄走在第六天门前的街道上。

从前面走来一位脚步晃晃荡荡，已经喝晕了的匠人，狂四郎从阴暗处听到一个女人朝匠人喊道："小哥……不要走，来玩儿一会啊！"

"哎哎……让我看看你的脸，脸。"匠人猛地一下扭过头来，瞪着醉眼注视着对方。"怎么是一副南瓜脸啊。我可是为了让深川艺妓为我着迷，专门刚换了新的兜裆布来的，给你看看，那可是红绉绸的很气派的玩意儿。"

说到此，匠人啪的一声卷起下摆把兜裆布露出来。

"什么！你不想看身无分文之人的光屁股。好吧好吧，你这混蛋！"

"丑陋的家伙！还是死了脱胎换骨好了——"

匠人过去之后，狂四郎走了过来。那女人刚打算上前，借着月光看到他的侧脸，很害怕地嗖地一下闪开了。

但当狂四郎来到篠塚稻荷前面时，又有一个夜鹰喊道："喂——"

"您过来玩玩吧！"

她用词慎重，声音清亮，让狂四郎一下清醒了几分。

"你的家在哪儿？"

"就在那边……是个干净的大杂院。"

夜鹰很少在这个地区活动，而且一般是在白天拆除，晚上再搭建的小屋内做生意。

"带我去吧！"

不一会儿二人便来到了大街，穿过茅町，在福井町的小巷子里拐了几次，进入一个小胡同里。

"就是这里了。马上为您开门——"

说完，那个女人拿掉用来做风幡的白手绢，就乐颠颠儿地绕到厨房的后门去了。

隔着格子门，狂四郎看到灯笼被拿进屋里——原来如此，夜鹰竟住在这样一个豪华的大院里。刚一念及此，狂四郎又不得不经受全身痉挛和剧痛的折磨。

打开格子门的女人,看到精疲力尽靠在房屋外侧木板上的狂四郎,吓了一大跳。

"哎呀,这是怎么啦?"

她靠近看了一下狂四郎的脸,犹如猛然被撞了一下似的撤回了身。

女人并不是因为看到狂四郎因痛苦变形的脸而害怕,她嘴唇哆嗦地嗫嚅道:

"眠……狂四郎!"

她声音轻微,并未传到狂四郎耳朵里。

狂四郎在不经意间受到了女人的帮助。一进入房间,他从袖兜里摸出一分银两抛了出来。就夜鹰的行情来说,二十四文就足够了,所以,这对他们来说应该是了不起的顾客。但是,那个女人只是默不作声地打开壁橱,拿出被褥。

狂四郎拔出长刀和短刀,就那么并排放着,衣服也不脱,一骨碌横躺下来。

他紧闭的眼中仿佛有带着颜色的火花滴溜溜旋转。

"客官——"

对于这声极低的呼喊,狂四郎本想回答:"让我一个人睡一会儿!"但不知道自己是否说了出来,就如同坠入万丈深渊一般失去了意识。

㈣

"七时[1]了。"

传来了打着拍子木,满是困意的打更人的声音。

---

[1] 七时:时刻名,大约相当于现在的上午或下午的四点。

已经接近天明。厨房的天窗,已经微微变白。

女人静静地坐在隔壁房间,从狂四郎进门起,她衣不解带,也不睡觉,就那么坐着。

她落魄得有点凄凉,但脸形端正,在某个地方仍然保持着从事这一行之前自己体面的身份。而且,虽然颜色已被洗褪,但那将家徽的地方染成白色的衣着整洁,与邋遢的夜鹰打扮不同,里边的圆衬领周围毋宁说飘着一种清爽的气味。好像无法彻底堕落的什么东西支撑着她。年龄也就是三十几岁。

突然,女人发出低而利落的骂声。

"畜生!我落得如此地步,还不都是因为你吗!"

她像是要让自己下定决心一般细声嘟囔着。说完,她眼睛盯着虚空,拉出长方形火盆下的抽屉,抓住了一把白色刀鞘的匕首。因为是犹豫了很久才下定决心这样做,一抓住匕首,已不再犹豫。

她忽地站了起来,透过留了一寸多缝隙的隔扇,凝视着狂四郎熟睡的脸庞。之后,她静悄悄打开隔扇,用脚尖踩在榻榻米上。

她右手紧握迅速拔出的匕首,单膝立起,好像要将狂四郎完全掩盖住一样,斜倾着上半身——女人的肩膀激烈抖动着。

疼痛与痉挛好像已经停止似的,狂四郎睡眠中的呼吸变得均匀了。

女人举起右臂,刀尖对准狂四郎的心脏。

在这刹那之间,若是女人没有再看一下他的睡容,肯定不会回心转意。不知为何,她的目光不自觉地移到了他熟睡的脸上。刚看一眼,全身就一下子如泄了气的皮球一样。

狂四郎那忍受剧痛后渗透着深深疲劳的睡容,是那么安静、祥和。

女人轻轻咬了咬牙,她张开嘴唇,长叹了一声。

——下不了手!

女人从狂四郎身上挪开身体,发了片刻呆,一瞬间,脸上的肌肉微微颤抖,并不清澈的眸子眼看着湿润起来。仿佛是在嘲笑自己的软弱一般,女人嘴角向一边歪了一下,然后慢慢站起身。

这个时候,一只苍蝇以刚出生般的气势,挥动着翅膀,在狂四郎熟睡的脸旁乱飞狂舞。

女人匆忙驱赶那只苍蝇——在那个动作之后,她意识到了自己的行为,又恢复了那种难以言说的悲哀表情,悄悄离开,去了另一个房间。

狂四郎眯缝着眼,静静目送着她离去的背影。女人根本没有察觉到这一点。

在女人蹑手蹑脚进来的时候,狂四郎已经完全清醒了。

不久,天亮了。

㊄

第二天——一整天,狂四郎不知为何就像还没从黑暗中醒过来一样,在女人面前没睁过一次眼。就那么一动不动地仰躺着。也许的确是太过疲惫。

女人已经不再用憎恶的眼光看着狂四郎。相反,她将湿毛巾拧干,轻轻为他擦脸擦手,或是帮他驱赶蚊蝇。做这些事情时,女人毫无犹豫之色。

她坐在枕边,呆呆地看着他的睡容,就这样过了许久。到了下午,女人像是有什么重要的事出去了。她一走,狂四郎就一下子站了起来,偷偷潜入隔壁房间,向简陋的佛坛走去。因为清晨他听到了女人敲钲鼓的声音。

供奉的牌位只有一个。狂四郎将牌位拿到手里,翻过来看,看到一个死者生前的名字——鹰野又之丞。

——原来如此!他点了点头。

原来被供奉的人,是受雇于备前屋的浪人。狂四郎曾两度遭受这个刺客的袭击。一次是他在将监桥袭击狂四郎，但袭击不成反被提住，将室矢醇堂府邸内雾人亭的秘密交代了出来。第二次，是在本所押上村的路上。

但是，杀死这个男人的，不是自己，而是鼹鼠喜平太。

——原来如此！她是鹰野的妻子。

她误以为是狂四郎杀死了她丈夫。

——这跟是我杀的差不多，再怎么解释也无法让她回到以前的生活了。

女人回来的时候，狂四郎又仰面躺下，装成了原来的姿势。

黄昏来临，小胡同中总感觉透着一种令人紧张的气氛。夜间的荞麦面小吃摊也集中在这个大杂院里，店主摇着货箱顶上的风铃，一个接一个地出摊儿。这一情形狂四郎也曾饶有兴趣、感同身受地听别人说起过。

女人在隔壁房间缝补衣物的时候，一位拜访者从厨房门口探出头来。狂四郎从缝隙里窥见来访者的脸。来人虽是一副店里人打扮，但额头上有刀伤，是个目光凶恶的男人。

"啊——弥八！"

女人露出惊愕之色，男人用锐利而凶狠的目光看着她。

"虽然我早知道你不会笑脸相迎，但你也不必表现得那么露骨。我觉得我并没有给你添过麻烦啊……不请我进去吗？"

坐到女人面前后，他压低了声音。

"阿常，备前屋老爷还是想要严厉追查你……知道室矢醇堂藏匿黄金之处的人，果然还是只有鹰野一人。备前屋老爷肯定跟我有一样的想法……那个贪婪的医生被杀，只留下区区二百两，说出来鬼才相信呢！醇堂让你丈夫干掉的那三个工匠，他们到底把千两箱藏在哪儿了呢？你丈夫在杀他们之前，肯定从工匠嘴里逼问了出来。"

"这件事啊，我已经听得耳朵都磨出茧子了。"

"所以呢——"

"弥八，你又不是不了解鹰野这个人的脾性……他根本不会把这么重要的秘密说给老婆听。我不是一而再再而三地给你说了吗?"

"要是其他人的话,也许一次就会离开。但是,我不一样……阿常,我可是拼上了性命了呀。我就是想抢在备前屋老爷之前拿到金子。要是备前屋知道藏匿之处的话,我俩都捞不到一分钱……这样好了,现在你就好好想想吧。备前屋若是下定决心逼令你坦白的话,你不交代都不行。他肯定会让你认罪,认完罪之后他就会冷笑着让你步你丈夫的后尘,这就是你最后的结局……在此之前,你将千两箱交给我,我们两人一起逃走——真不明白你为何不愿与我合作。"

"弥八,你确实挺令人讨厌的啊。我要是知道金子藏在哪儿,我早就去享受了,也不至于堕落成夜鹰吧!"

"你是在寻找好时机吧,阿常——"

"请你适可而止吧……我真的什么都没听到!"

女人不由得提高了声音,猛然间又意识到了病人的存在。

——眠狂四郎在隔壁躺着呢!得了重病卧床不起……

她要是这么说的话,眼前这个男人该会多么震惊!

"总之,请你仔细考虑一下。我这也是为你着想。我会再来的。"

弥八离开之后,女人还短暂地待在那个地方,一动不动。

不久,她悄悄窥探了一下隔壁房间,狂四郎仍是一副双眼紧闭,灵魂还没回到身体里的样子。

(六)

深夜——大概过了二更。

室矢醇堂府邸的庭园,虽说已荒废了一年有余,但在下弦月的月光下,反而增添了一种深山幽谷的情趣。虫鸣犹如从天而降一般,使庭园显得更加寂寥。

庭园仿造岩石耸立、波涛汹涌的海角的样子而建。

这时——

在石阶旁的水面上，出现了一圈圈波纹，一个黑影猛地浮了上来。

那黑影仰面朝天，打了一个哆嗦，吸了一口寒气然后吐了出来。那张脸，正是鹰野又之丞的妻子——阿常。

不错——她牢记丈夫生前告诉她的秘密——室矢醇堂将金子藏在池塘底，她便一个人偷偷寻找。关于幽灵的传闻，就是她了。

水中的月影慢慢被打破，在游到岬角处时，她的全身一下子暴露在月光之下。她一丝不挂。

在伸手去拿脱在岩石暗影处的衣服时，瞬间——

在相隔不足四米处的高丽塔的阴影中，突然出现一个黑影。

"幽灵果然是你阿常啊。跟我预料的一样。"

是弥八。

傍晚时分来找她的那个店伙计模样的人，一下子变成了一副轻便的强盗打扮，他蒙着脸，手里拿着长匕首。

然后，他慢慢逼近因为吃惊而双手抱衣遮在胸前的阿常。

"我已经推测出千两箱所藏之地了。你是想一人独吞啊，真是太毒了。"

他抿着嘴笑着，同时，拔出了长柄匕首。

就在那时——

"喂，弥八，你这厮！"

听到背后那冷冰冰的声音，弥八惊得一下子转回身来。

狂四郎迎着月光站在那里，身形魁梧得令人害怕，仿佛要说"幽灵就是我！"

阿常发出一声惊叫，与此同时，弥八二话不说径直向狂四郎砍将过去。

狂四郎的身影缓缓晃了晃。

弥八身体完全伸展开来，朝着水面倒下，溅出巨大的水声，然后渐渐沉了下去。

狂四郎将刀收回鞘中，用平静的语气对吓呆了的阿常说道：

"单靠一个女人的力量去寻宝藏，是不行的。要抛弃自己的欲望！"

留下这句话，他便转身离去。

那个病人病那么重，怎么可能站起来呢？阿常惊愕得睁大了眼睛，屏住了呼吸。当狂四郎的身影消失在树林对面后，她突然无力地双膝跪地，垂下头来。为了寻找那不知是否真的被藏匿起来的千两箱，她不断重复着近似疯狂的举动。狂四郎的一句话，犹如生锈的钉子一样扎在心里，使她痛切地认识到自己行为的丑恶。

因果街道

一

这是一个关于因果宿命的故事。

眠狂四郎沿着东海道①一路向西,走走停停,漫无目的地闲逛着。在平塚②一个供行人临时休息的茶屋里,他第一次见到了那对年轻的武士夫妇,当时就已经察觉出二人情况不太对劲。

昨夜,江之岛③有庙会,为庆祝庙会,片濑④开设了一个赌场。眠狂四郎闲来无事,也去赌场消磨了一夜。天亮时分,他感到有些疲累,便走进里间,寻了个约有两铺席大小的墙角,躺在那儿闭目养神,想休息片刻。

突然,他对面的屏风处隐约传来一个女人的啜泣声,眠狂四郎蓦地睁开双眼,发现眼前那块绘着粗糙的云龙图案,看上去黑黢黢的杉木板中间有条裂缝,无论他想不想看,木板对面的情形还是映入了他的眼帘。

屏风对面,是一男一女。女子只露出半个身形,双手掩面,看不清容

---

① 东海道:江户时代五街道之一,从东京到京都一路沿海的街道。
② 平塚:位于日本神奈川。
③ 江之岛:日本神奈川藤泽市的一个连接陆地的岛。
④ 片濑:位于神奈川藤泽市。

貌。男子注视着女子,也只露出半边侧脸。

然而,仅凭侧脸,眠狂四郎就能判断出这是一个极为俊美的男子,以至于向来处事冷漠的眠狂四郎,心里竟忽地被打动了。不仅如此,那男子眼角眉梢流露出不知道是困惑还是焦躁的表情,显得低三下四,这一点也引起了眠狂四郎的兴趣。

"三千代!昨夜你说你已下定决心,是,是真的吗?"

那个男子语气虽带着责问,却能听出他声音里有着叹息般的压抑。

女子并不答话,只是一味地低声哭泣。

突然,男子那原本有些凶狠的目光变成烦躁困惑之色,他无力地垂下头,嘴角剧烈抽搐着,水渍自眼角缓缓淌下,大概是在哭吧,在另一边默默观察着这一切的眠狂四郎心想:

——作为一个武士,竟是这般软弱!

但是,眠狂四郎并不是轻视那名男子,反而是有些羡慕他能够如此毫无顾忌地哭泣。

不久,那个女子停止了哭泣。又过了一会儿,她才缓缓将手从脸上挪开。

——天啊!

眠狂四郎顿时目瞪口呆。这是一个何等惊鸿绝艳的美人呐!

这种俊男美女的夫妻,恐怕放眼整个江户城也很难找出几对。

女子含泪的明眸恰好望向杉木板,她直直地盯着那条裂缝,好似凝视着这边的眠狂四郎一般。忽听她嗫嚅地说道:

"我做好心理准备了。"

"是,是吗,真的对不起!"

男子一下子垂下了头,动作有些怪异,犹如演戏一般。

女子眸中凝泪,晶莹的泪珠似雨滴般"啪嗒——啪嗒——"落在她的膝盖上。

"但是，你我之间，就到此为止吧。"女子有气无力地微微叹了口气。

"不，没那回事，我们怎么能就此结束呢！等我得偿所愿，我们还要一辈子在一起，我们会永远幸福的！"

"……"

女子的眼睛、整个脸部都笼罩着一层淡淡的阴影，透着一股无法言喻的落寞。

"三千代！请你一定相信我，我绝不会抛弃你！不，是我让你遭受这等不幸的，若是因此再抛弃你，那就让我遭天打五雷劈吧！所以，请一定要相信我！因为没有你，我是真的无法活下去，此生，我最大的愿望就是能够与你白头偕老，长相厮守！但是，请原谅我这一次吧，仅此一次，就权当是受了一次伤吧，伤口总会有愈合的那一天，我一定会用我的真心治愈你的创伤。"

然而，女子依旧黯然不语。

"三千代！"

男子恳求道，并紧紧握住了女子放在膝盖上的双手。女子仍是神情麻木，无动于衷。

男子满脸无奈，缓缓垂下头，眼看就要埋在女子的膝盖上。

此时，门外传来一个声音，一位客人高声朝店里喊道："喂，老婆婆，请给我拿双草鞋！"

这俩人闻声皆是一惊，立即起身，匆匆离店而去。

紧接着，眠狂四郎也折身而起，静静地望着那对夫妇离去的身影。

那名男子未着裙裤，头戴草帽，上身着熨斗目[①]的短款棉袄，下身着印花细筒贴腿裤，手戴皮手背套，大刀、腰刀上都套着刀柄袋。旁边的女子身着印有稀疏松叶花案的足利绢制和服，下摆上卷，手持竹杖。看这二人

---

① 熨斗目：江户时代，作为武家的礼服被使用的织物。袖子下部和腰的部分变换颜色用格子织物或横纹织物织成。

打扮，应是一对外出游玩的富贵旗本家的嫡长子夫妇。

然而，在眠狂四郎看来，那女子和服上稀疏的松针颇具讽刺意味。

稀疏的松针，正象征着夫妇忠贞的爱情。

(二)

在国府津袖浦[1]海岸的一片并不算茂密的树林里，眠狂四郎再次看到了这对夫妇的身影。

真乐寺的劝堂旁立着一块石碑，上面刻着"亲鸾圣人[2]御庵室"几个字。彼时，眠狂四郎正坐在这块石碑下面，静静地望着大海。

海滩上一派热闹，渔民们一边娴熟敏捷地把拖网撒向大海，一边悠然地唱着民歌。淳朴嘹亮的歌声响彻海滩，久久不绝于耳。自右面的相州[3]真鹤海角，至初岛[4]的大海，皆是一望无际的蓝。碧空万里如洗，白云如同雪莲般朵朵绽放，纯净而又安详。

——我是来看海的吗？

为了忘掉美保代和静香的事，为了甩掉江户城所发生的一切，去箱根[5]的温泉好好泡泡大病初愈的身体，眠狂四郎拜托武部仙十郎从道中奉行[6]那里弄来一张通行证后，就悠闲地出来散心了。

眺望着蔚蓝的大海，他的内心十分平静，杂念全无。突然，一个想法猛地迸出脑海，我这该不会是因为思念住在濑户内海那个孤岛上的恩师

---

[1] 国府津袖浦：国府津是位于神奈川的一个村，在东海道线上，袖浦是海岸的名称。
[2] 亲鸾圣人：日本净土真宗的始祖。
[3] 相州：位于神奈川藤泽市和茅崎市的海岸上。
[4] 初岛：位于静冈县，是静冈唯一一个有人岛。
[5] 箱根：神奈川西南部，紧挨着静冈县。
[6] 道中奉行：总管道路一切事务的幕府机关。

了吧？

——真是个傻瓜！你魔障了吗？眠狂四郎！

摸着腰间的无想正宗，想起恩师把这剑传授给自己时说的那番话，至今依然如利刃般刻在自己心间。

"神我独尊，则化为破邪降魔之利剑；自我无明，则化为残虐无道之毒刃。"

当时，恩师如此说道。

没有出息的自己选择了后一条路。哪怕觍着厚脸皮，自己也应该去拜访一下恩师吧。

——回来吧！回来吧！眠狂四郎！无论生也好，死也罢，就让那些往事统统埋葬在江户城里吧。此刻，该放松身心，投进这如画山河的怀抱中，涤净自身那遍布污垢的身心。

现今的自己，竟是如此急切地想要悉数忘记曾经做过的种种鲁莽行径啊！眠狂四郎嘴角泛起一抹自嘲的冷笑，喃喃自问道：

"真的要回去吗？"

说完，他正待起身，突然瞥见前方约七八间距离处，有一棵松树，树下正蹲着一名男子。哎？想起来了，这不正是平塚小茶屋里那个极力恳求妻子的美男子么！只见此刻的他，正屏息凝神，眼睛一动不动地盯着劝堂方向。

顺着他的目光，眠狂四郎也朝劝堂望去，只见一名美丽女子静静地坐在栏杆下面那块遍布藤蔓的石头上，正是美男子的妻子。

——这二人情形，难不成又要上演什么好戏吗？

眠狂四郎刚站起的身子一蹲，复又重新坐下，饶有兴味地看着接下来即将发生的事情。

此时的他左右无事，借此打发时间倒也不错。

不一会儿，有人朝劝堂方向走来，脚步沉稳从容，不疾不徐。待走近一看，原来是一个留着月代头[1]的武士。

武士到来之前，眠狂四郎就已经猜出这对年轻夫妻等在这里的意图。

眠狂四郎直觉这个月代头武士就是夫妇二人所等待的敌人，因为藏在树下的美男子脸上露出的神情完全证实了这一猜测。在看到月代头武士的那一刹那，美男子的面部表情瞬间紧绷起来，而他的妻子只是静静地垂着头，不知在想些什么，似乎并没察觉有人正朝她走来。

不知月代头武士是否发现眠狂四郎就坐在石碑后面，他径直从一旁走了过去。

这个月代头武士两颊瘦削，脸色泛着可怕的苍白，但神情严肃，眼神分外乌黑澄亮，炯炯有神。观其面相，眠狂四郎断定此人必然不是什么凶恶之徒。只见他快步朝女子走去。

坐在石头上的女子似是听到了脚步声，她缓缓抬起脸，待看到眼前之人，似乎吓了一跳，犹如从地上弹起来一般站起身来。武士也已立于她身前不远处，见到女子，他神情略显意外，但声音却平静沉稳。

"三千代小姐，只有您一个人吗？"

女子菱唇微有合翕，却始终没有说话。

"新之助君呢，怎么没来？"

面对眼前之人的询问，三千代稍稍往前挪了一步，似是费力喘息般，微声道：

"我不清楚。"

"什么！为何会这样？"

"……"

"我今日前来，原以为是新之助君约我来此决斗。难不成，是您让我来

---

[1] 月代头：古代日本武士所梳的头型，因为战争搏杀中，头发往往会因各种原因而散落，这时头顶中前部的那些头发便会遮住脸面，挡住视线，影响战斗。于是便有武士将头顶中前部的那些头发剃掉，这种剃发也只限于武士阶层。

的吗？"

"……"

"我竟不知这到底是怎么一回事了！"

"……"

"难道说，新之助君抛弃你了？"

"或许吧。"

"或许？这是真的吗？"

武士的脸色变得越发严肃，神情有些激动，血气上涌，脸色潮红，消瘦的双颊泛着病态的红晕，轻咳了好一阵才缓过劲儿来。看他那情形，眠狂四郎心想，这应该是心脏病吧。

"新之助君这是要放弃与我的决斗吗？"

"……"

"三千代小姐，为何会这样！"

武士尖声责问道，又朝女子逼近一步。正当此时，三千代猛地拔出藏在腰间的短剑，凄声大叫道：

"看招！"

她不顾一切地朝武士刺去。

见状，武士面上毫无惊慌之色，他微转身形便轻松地躲开了刀锋，接着伸手一把抓住了女子的手腕。

"真是令人钦佩啊！你是打算这样杀了我吗？呵！新之助，你何其有幸！"

对面前女子的怜悯，以及对新之助的嫉妒之情同时袭上心头，武士的神色透着一股令人无法言喻的痛苦。

手腕被制，女子指间的短剑"啪"地应声落下，武士继而松开了她的手腕。

"若见到新之助，请代我转告他，今日，我是怀着纯粹的、与他决一死斗的心理准备前来应战的,然而他却独自躲起来,让柔弱的妻子应战。我已经没有兴趣跟这种懦弱之徒决斗了。如您所见,我已病入膏肓,余生已经所剩无几,但即使这样,我宁愿死在榻榻米上,也不愿死在新之助这种毫无血性之人的刀下。"

武士说完,就要转身离去,刚要抬脚,就听三千代喊道:

"请等一下!"

此时,她的目光透着决绝与疯狂。武士顿住脚步,转身直直盯着她。

仿佛是无法承受如此犀利的目光,三千代垂下脸颊,声音略带请求,小声道:

"请带我一起走吧!"

武士闻言,目光探究,似是在怀疑女子话里的真心,然而瞬间,他又因自己的怀疑苦笑了一下,淡淡道:

"现在已经不行了,刚刚说过,在下已余日无多,而且如今的下条庄一郎只不过是一众赌徒的保镖,连个栖身之所都没有。"

三

武士下条庄一郎复又迈步离开。身后仿佛被人推搡了一下,三千代猛地一步上前,紧紧拽住了下条庄一郎的衣袖,"请带我走!求你了!"

下条庄一郎一动不动,盯着面前虽悲痛却依旧美丽的容颜。陡然间,竟油然生出退缩之心。

"我原本打算去死的!"

"你在胡说什么?你没有必死不可的理由啊!"

"我已厌倦了人世间的一切!希望您能带我离开这里,拜托了!只要带我离开,无论让我做什么都行!"

"你不会是在说谎吧?"

"全是真心话!"

"好!"

下条庄一郎点了点头,转身示意她跟上来。

两人的这番对话,分毫不差地被风送到眠狂四郎的耳朵里。因着眠狂四郎有着异于常人的耳力,所以尽管坐在距他们大约有十间远的石碑暗影下,也听得十分清楚。

只见那两人的身形一前一后,绕过枸橘篱笆,从寺院走了出去。此时,藏在松树下的俊美男子新之助,仿佛受了重创,脚步踉跄地尾随在那二人身后。

从天台宗古刹真乐寺的右面再往前稍走几步,是一条大约有三间多宽的河流,名为森户川,川上横亘一桥,名为亲木桥。由于这条河与富士山遥相对应,所以也被人们称作富士见川。

新之助盯着前方约一町之外和他妻子走在一起的仇敌,脚步就像踩空了一般,正要走过这座桥。此刻,突然身后有人喊道:

"新之助君!"

新之助冷不防吓了一跳,转过头来,看到眠狂四郎正笑吟吟地望着他。

"啊,不好意思打扰了,我恰巧知道您的名字。是这样的,我想与您同行一段可否?像您这般相貌出众的人我并不是很常见,另外,请您尽可放心,我并无那等断袖之癖。"

"我,我暂有急事,须得先行一步——"

"其实您无需如此慌忙,因为他们二人走得并不算快。更何况,海道只有一条,一直到小田原的江户口,你都不会跟丢他们的。"

新之助闻言愕然,原本就血色尽失的脸上变得愈加苍白呆滞。眠狂四郎续道:

"先向您声明,在下可不是前边那人的同伙,之前对您也是一无所知,仅是与您同行的一介流浪武士,若非论我们之间的渊源,也仅是在下曾碰巧在平塚的那间茶屋里看到过您哭泣的模样。"

"……"

看着眠狂四郎,新之助嘴唇剧烈地颤抖着,却说不出话来。不,大概是因为他已经连说话的力气都丧失了吧。

"武士哭泣之态,我平生第一次看到。此话并无半点轻蔑嘲讽您的意思,或许是我性情乖僻吧,总觉得肩负作为武士应有的骄傲,哪怕遇到再棘手的事,武士都要苦苦强撑。但相比于苦苦强撑,我更羡慕那种明白自己内心苦楚,把烦恼毫无顾忌地痛快哭出来的人,就像您。所以,希望您能够明白,我并无恶意。因为在劝堂再次看到你们夫妇二人时,我甚至想着或许能帮你们夫妇二人做些什么,您看呢?"

眠狂四郎一边朝新之助走着,一边对他说着自己的内心想法。

新之助一直盯着地面,神情茫然。也是,一般胆小之人,遭受了重大打击后,思考能力都会有所停滞,大脑一片空白。

就这样,早已形同木偶的新之助,机械般地听从了这位他从未谋面,有些阴森的武士眠狂四郎为他做出的安排。

快到小田原[①]的东门江户口时,眠狂四郎撇下新之助,自己先行一步,缩近了与前方庄一郎、三千代二人的距离。

从储水井旁经过时,眠狂四郎同前方二人仅隔两间之遥。

就在那时,城门口窜出来七八个人,个个流氓打扮。其中一人看到庄一郎,扬声问道:

"哎——先生,您没事吧?"

"能有什么事儿?"庄一郎故意挑起眉毛回道。

"那个,我们老大最近有些莫名其妙呢,他总是一脸严肃地问先生您是不是出去了,偶尔还会担心,派人去驿站那里等您回来。是这样的,听从

---

① 小田原:神奈川西部的一个市。

大矶回来的脚夫说,您在路上收到一封信,之后神色大变。我敢肯定这绝对是哪个不长眼的家伙要找您决斗。"

"不必担心,并不是决斗,就是有人拜托我将这个妇人送到三岛而已。"

"什么?就这样简单?"

见没有发生什么趣事,原本像打了鸡血般兴奋的小混混们,一个个如同泄了气的皮球般蔫头耷脑。

眠狂四郎从他们身旁绕过,心中暗笑。

——这些小喽啰们已经跟过来了,好像也该轮到我出场了。

四

新宿镇上一派热闹,街道两旁摆满了透顶香[①]、灯笼、紫苏梅、鱼干等货物,小贩们皆扯着嗓子叫卖自家商品,热情招揽着顾客。庄一郎和三千代,沿着闹市默默地走着,最后走进一家位于蹴上坂路中段的客栈。看着二人的身影消失在客栈里,眠狂四郎折身返回江户口,来到一个住着低级武士的大杂院,在门口叫出神情萎靡、一直等他回来的新之助后,两人又一同走进一家小酒馆,正对着庄一郎二人所进的客栈。

此时,夕阳西下,雀鸟归巢。这里是一个交通枢纽,不管是前去江户的人还是从箱根来的人,都不得不在这里的客栈暂宿一晚,因此小客栈的前面熙熙攘攘,好不热闹。眠狂四郎一边看着热闹,一边执杯饮酒,已经记不清这是他今晚喝的第几壶了。而与他对桌而坐的新之助,却神情萎靡地俯着身子,面前的酒菜丝毫未动。

两人久久都没说话,座上一片沉默。

此时的眠狂四郎,早已从新之助那里了解到一切事情的始末,现在的

[①] 透顶香:一种驱除异味的香。

他们，只是静待高潮时刻的来临。

新之助的计划，就是给他哥哥报仇。

新之助哥哥佐佐木周右卫门，是备前①新田二万五千石池田丰前②守政善的年寄役③。虽然新之助的学问武艺都可怜得令人不敢恭维，但他唯一的优点就是那张无与伦比的绝色容颜。与此相反，伺马役④下条藏人的嫡子下条庄一郎虽然平日里总是神情严肃，不大招人喜欢，但其文才武略却是出类拔萃，甚少有人能出其右。而就是这两个对比如此明显的青年，同时爱上了藏目付⑤田所濑左卫门的女儿——绝色美人三千代。最终，是新之助成功抱得美人归。因为，三千代要的是上门女婿，仅凭这一个理由，庄一郎就失去了资格。

三千代成婚那日，庄一郎在马场疯狂地驯了一天的马。这件事被一个年轻武士看到后，告诉了新之助的哥哥周右卫门。

周右卫门平日里是一个极其温厚的人，但却有一个毛病，即一沾酒，就会发酒疯，完全变成另外一个人。

正月初二，是一年一度的年初首次骑马的仪式，醉醺醺的周右卫门在马场外撞见了庄一郎，故意对着庄一郎冷嘲热讽。

"庄一郎，这马比女人好吧，因为马可以一声不吭地任你骑在身下，哈哈！"

一来二往，两人词锋渐烈，直到一番扭打撕扯后，同时拔出腰间长剑指向对方，皆不退让，势要斗个你死我活。马场内的一干武士们见到这剑拔弩张的一幕，急忙朝马场外跑去，然而刚一赶到，就发现周右卫门俯在地上，一动不动，一条刀口自他肩膀斜延而下，已然死去。而一旁戾气未

---

① 备前：地名，现今冈山县南东部。
② 丰前：地名，都位于福冈县。
③ 年寄役：官职的一种。
④ 伺马役：负责驯养马匹的一种职务。
⑤ 藏目付：官职的一种。

消的庄一郎，则迅速解下一匹绑在栅栏上的马，跨马扬鞭，疾驰而去，消失在一片尘土中。

自此，庄一郎开始了逃亡生活。一个月后，新之助带着新婚妻子三千代踏上了寻仇之路。

三月末的初夏时节，新之助探查出庄一郎在小田园一个赌场做保镖。然而，新之助并无丝毫去找庄一郎决斗的迹象，只是蛰居在位于江户浅草马道的一个大杂院里，日复一日地拖延着复仇的日子。后来，定府[1]的叔父把他叫去臭骂了一顿，狠狠地责怪他装病、推脱复仇之事。终于，新之助决定动身前去找庄一郎决斗，为兄报仇。但是，对于能否杀死武艺高强的庄一郎，他并无半分把握，反倒内心惴惴，因为最后被杀死的，毫无疑问必是自己。

因此，到藤泽那个小客栈时，苦于制敌之策，毫无头绪的他忽然想出一个残忍的计谋。

让三千代去勾引庄一郎，先让他沉迷在情欲里失去防范，然后趁他意识薄弱之时，新之助再进去一刀杀了他。这是新之助绞尽脑汁才想出来的办法，他觉得除此之外再无其他方法能够万无一失地杀死庄一郎，所以，那时他才极力说服三千代帮他这个忙。

眠狂四郎听完新之助的计划，并未生出丝毫侮蔑之心。

——这个胆小鬼为了给兄长报仇，已经是孤注一掷了。

即便如此，眠狂四郎也打定主意不告诉新之助他的敌人庄一郎已经病入膏肓，时日无多。眠狂四郎想，给这个胆小鬼留些面子也不是什么坏事。

过了五刻[2]，栈门口的人影变得稀稀落落，寥剩无几。眠狂四郎慢悠悠站起身来，望着新之助布满不安的眼睛，淡淡道：

"因为我是初次做这种监视之事，一切只能听天由命，不过，我跟你保

---

[1] 定府：江户时代，对大名及家臣在一定的时期住在江户之事的称法。
[2] 五刻：大约晚上八点左右。

证,一定会取回庄一郎的项上人头,等我消息。"

随后他叫来一名侍女,给了些银钱,托她去联系一下对面客栈的侍女,让她收拾出一间房,要在庄一郎和三千代所住房间的隔壁。

五

灯笼发出昏暗朦胧的光,灯光下的两个身影,长长地映在榻榻米和墙壁上。

室内一片静默,相对而坐的两人也不知就这样过了多久。

自客栈的侍女撤下几乎没吃的食盒后,庄一郎和三千代就一直保持着这种沉默的状态。

其实,无论是庄一郎还是三千代,心中都有太多话想说,但也许正因为要说的太多,反而不知该从何说起了。

远处临海道路上的脚步声也渐趋消失。

忽然,外面一个似是急信使的男子边跑边大声问:

"现在是什么时辰?"

"五刻半了①。"

店里传来掌柜的回答声。庄一郎拿起长剑,"呼啦——"一下子起身对三千代道:

"我这就告辞了。"

"啊,庄一郎君!"

三千代神情有些惊慌失措,她伸了伸手。

"我并不是想摆脱掉你独自离开,明天一早还会来这里接你。我们还得去买离开箱根的票。"

---

① 五刻半:晚上九点左右。

"不，不是，请不要留下我一人。"

"我只负责将你送回家乡而已。"

"你说过要带我去一个地方的。"

"不是，我只是打算将你送回家乡，至少现在我能为你做的也仅是这些了。"

"我不回家！"

"三千代小姐！这一点都不像你了！我们不是应该身心清白地分开吗？您现在这样，难道不是对过去那些美好回忆的侮辱吗？"

望着庄一郎盯过来的目光，三千代原本流光溢彩如墨玉般的美眸突然间光华尽逝，只听她声音呆板道：

"庄一郎君，我坦白告诉你吧！"

"坦白？"

"我独自一人见你，甚至有些无理地求你带我走，这些都是新之助的阴谋。"

"什么！"

庄一郎悚然一震，气得浑身发颤！

"那么，那时新之助肯定是藏在那个劝堂的某个地方吧！"

"是！"

庄一郎眉间剧烈抽动，大怒道："卑鄙小人！简直就是个卑鄙至极的混蛋！"

庄一郎双目燃起簇簇怒火，狠狠盯住三千代，仿佛下一刻就能喷出火来烧死她，瞬间，他面部肌肉好似被其他强光照射般紧绷着，体内兽性大发。

只见他一步一步逼近三千代，猛地紧紧抱住她那纤柔娇嫩的身体，"三千代小姐！那我们就如新之助所愿，如何！"

庄一郎双目赤红，游离在三千代的绝色容颜上。

望着怀中这美貌绝伦的尤物，此刻的她正美眸紧闭，睫毛细巧如蝉翼，鼻梁莹洁如琼脂，菱唇嫣红如熟樱，一切都是那么的美丽，庄一郎恨不得把她揉进自己的身体里，完全纳为己有！而此刻，以前梦寐以求的一切就在眼前，那就把忍受死亡的痛楚，留给新之助去慢慢品尝吧！

——对！就是现在，要好好地抚慰自己！新之助，你就尽管闯进来看着吧！

然而，一声惨叫自庄一郎胸腔发出。随后，又是一室寂静。

隔壁，眠狂四郎紧贴着门上那大约一分的细缝，一动不动地注视着屋内动静，随后静静地收回身子。

突然，眠狂四郎心中动摇了。

——我跟新之助说过一切听天由命，但这种情形显然是这家伙输了。

形如影魅的身体灵活地跃过长廊，出了客栈，步入酒馆。对着一脸呆滞的新之助，眠狂四郎淡淡笑道：

"似乎你是一刻也等不下去了。"

一刻眨眼即逝。

陪着新之助，眠狂四郎再次回到客栈的那间房中，两人再次躲好，凝神注意着隔壁动静。

然而隔壁的房间却寂静得可怕，听不到半丝声响。

"可以去打开门看看。"

新之助在眠狂四郎催促下，颤抖着手指放在拉门上，五分、一寸、两寸……门渐渐被推开，望着屋内情景，两人惊呆了。

屋内，竟是一派凄惨模样。

三千代仰卧在地，双膝紧缚，十指交叉放在胸前。她身边的庄一郎，呈俯卧姿势，颈中插着一把短刀，依然保持着手握刀柄的姿势。

三千代那原本绝色的丽容如今已血色尽失，苍白似一块莹透的寒玉，安静祥和，如同熟睡一般。

面对眼前这一幕惨状，新之助几近崩溃，颓然倒地。他的身后，眠狂四郎低声自语道：

"除此之外，并无其他的解决办法啊。"

因为，早在他第一次悄悄走出客栈时，就已经料到必会是现今这个结果。

黎明时分——

清冷的街道上，眠狂四郎和新之助默默地走着，朦胧白雾淡淡地游走在他们四周。新之助背上的包裹里装着庄一郎的人头，怀中紧抱着三千代的遗发。

出了通往箱根的上方口后，才走不到三间远，就听到后面传来一阵急促的脚步声。

"停下！"

"小子！快给我停下！"

怒吼声接连不断地自两人身后传来。

眠狂四郎站定身子，朝着满脸恐惧的新之助淡淡道：

"那么，我们就此别过，路上注意安全。"

"你没、没关系么？"

"我大展身手的时刻终于到来了！"

眠狂四郎让新之助先行离去，随后静静转身，他并没有去数来者几人，而是望向了远处渐渐被朝霞晕染的天际。

——今天又是个好天气呢！

眠狂四郎想。

海上亡灵

（一）

从片濑经过腰越，穿过稻村崎右方的极乐寺隧道……眠狂四郎信步走在由比滨海岸的沙滩上。

他想起在镰仓一个古寺坐禅的事，不知不觉就来到了这里。

几年前，他曾在这座古寺逗留过近半年时间，在此坐禅、练习书法。那是狂四郎迄今为止的人生中心境最平和的一段时期。虽说是山里荒废的古寺，比不得建长寺、圆觉寺和瑞泉寺这些所谓的五山十刹，但年过古稀的住持却有着特立独行的一面。住持是一个少言寡语的人，平日里若无紧要之事，他能十天乃至二十天不言不语，然而却莫名地与狂四郎聊得投缘。在狂四郎即将离去之时，他极少见地与狂四郎道别道："你走了就剩老衲孤身一人咯。后会有期。"

这句话不经意间涌上了他的心头。

在小田原，他让性格软弱、相貌英俊的年轻武士拿着仇人首级和妻子遗发逃走，杀死了两个追来的无赖。这件事已经过去了三天。

水天交接处海浪一波又一波缓缓地拍打着岸边，明媚的阳光下，海浪和沙滩笼罩在一片朦胧的白光中。强劲的海风扑面而来,穿过左手边的沙丘,发黄的笔头草在风中摇摆。

时而有大片云朵飘过,瞬间将海面和沙滩整个罩在阴影下,明媚的阳光使静谧的海面看起来更加辽阔无边了。

伊豆大岛仿佛触手可及,清晰地耸立在平坦如镜的海平面上。

大海变幻无穷,即便天空晴朗海风轻拂,有时也只能看到岛屿模糊的轮廓。而且,无论什么天气,眼看着波涛就要怒吼着向海岸拍打而来,转而却一片静谧,仿佛连晃动小船的力气都消失了,只有小小的波浪戏耍般摇曳着……在这里生活时,狂四郎曾经日复一日地眺望着这些不断变换的景色。

而且——

狂四郎每每来到由比滨这边的海岸,胸中便会浮现历史长河中流逝过的种种往事,然而令他意想不到的是,故地重游,仿佛回到过去一样,又找到了令人怀念的过去的自己。

不错,在这个海边曾经发生过太多战斗、盛会和悲剧,如今这些都已随着波浪消失得无影无踪了——

就在这里的水滨,三浦义澄[1]曾率兵与平家的被官[2]畠山重忠[3]打过一仗。在那边的沙丘处,源赖朝曾让壮士们比赛骑射之术和马背射击。源义经的小妾阿静生下的小儿被安达三郎亲手投进了眼前这不断涌上岸的海水中。和田义盛[4]的尸首、北条义时[5]高举火把照亮的地点就在那里吧。在宋

---

[1] 三浦义澄:(1127—1200)镰仓时代初期武将。随父响应源赖朝起兵的号召,转战各地,追剿平氏一族,功勋卓著。

[2] 被官:日本中世纪,服务于上级武士并成为其家臣的下级武士。

[3] 畠山重忠:(1164—1205)镰仓初期的武将,称为庄司次郎。跟随源赖朝,为重要的御家人之一。

[4] 和田义盛:(1147—1213)日本镰仓初期的武将。源赖朝起兵时的功臣。镰仓幕府的首任侍所别当(武士衙门长官)。

[5] 北条义时:(1163—1224)日本镰仓幕府第二代执权(辅佐将军的执政官)。

朝佛像雕刻师陈和卿的请求下,源实朝决定建造唐船出海前往宋朝,并召集了数百名壮工准备向大海进发,这好像就发生在这滑川的入海口附近。

而如今——

两三艘往江户运送"镰仓名产鲜鲣鱼"的渔船,静静地泊在沙滩上,晾晒的渔网挂在那里,四处没有一个人影,只有狂四郎一人在这里闲逛。

这时——

一声刺耳的尖叫从身后传来,打断了狂四郎追忆往昔的孤独思绪。

在离他百十米的沙丘处,狂四郎刚觉察到几个人影在刺眼的阳光中厮打在一起,就发现其中一人猛地向后一仰,倒在了草丛之中。

其他人似乎抬着个像黑色柜子一样的东西,一溜烟跑向海边。都是遮着脸的武士。

倒下的那人再站起来时,这些人已经到了浅滩,那里有早已备好的船在等着。

大声叫喊着跌跌撞撞跑下沙丘的分明是个女子。

狂四郎本没有立刻介入打斗的想法,因为那些武士已经上船要走了,追上去也无济于事,这种徒劳的事他没兴趣。

突然,他一个箭步冲了出去,因为他看到一个武士又回到了浅滩,朝跑向过去的那个女子高高举起了明晃晃的利刃。

海浪抹去了武士们的脚印,女子随着波浪追赶过去,啪嗒啪嗒地一直跑到白色的浪花旁边。她脚步一顿,马上朝后退了几步,双眼慌忙扫了下四周,立刻捡起涌上岸边的木片,大喝一声:"来啊!"摆出应对的架势。

持刀武士踩着波浪快步朝她逼近。

这时,船上有人大声喊着,提醒他留意如疾风一般冲过来的狂四郎。

武士回头往狂四郎这边瞄了一眼,神情骤变,立刻回头冲着船喊道:"那家伙是眠狂四郎呀!"

不料这声乞求援助的呼喊,立刻就让船上的武士慌了阵脚,一个个抓了船桨拼命向水中划去。

拔刀的武士朝着无情丢下他逃走的同伙呼喊着什么，一看情况不妙，不得不转身冲沙岸逃去了。

狂四郎沿着岸边一路跑来，一看到敌人逃跑的速度，便知是训练过的。他嗖一下拔出了短刀，脱手而出。短刀似掠过海浪的海燕般咻地从空中穿过，朝武士背后飞去，噗地一声插了进去，像是被身体吸进去了一样。

狂四郎继续安静地踱着脚步，冷眼目送着远去的小船，朝倒在地上的武士走了过去。

转向海中驶去的小船船尾站着一人，手里举着一把手枪。

狂四郎任由他将枪的准星对着自己，依然平静地往前走去。

倒是女子嘶声叫道："危、危险啊！"

枪声轰隆一声穿过海面响彻天际。

但是狂四郎的步子和身形没有丝毫变化，若非要说有什么变化的话，不过是嘴角泛起了一丝冷笑罢了。

（二）

狂四郎走到脸埋在沙中一动不动的武士身旁，蹲下身看去，确认是从未见过的面孔后，神色怅然地站了起来。

——本无意杀死他，只是想抓住他而已……

然而事与愿违，短刀从那人后背直穿心脏，狂四郎有点后悔出手太快。

这些人既然知道他是谁，那么他们很可能是本丸老中手下的密探，再不然就是备前屋豢养的杀手。若真如此，虽然此次船逃走了，但战斗也要转移到江户去，这种事他已经完全懒得去想了。

狂四郎转过身，看向女子。

她是个渔家少女,穿着一件将下摆收短了的男式棉布衣衫,看上去不到二十岁,圆圆的脸庞甚是可爱,大大的眸子闪动着灵性之光。她个头跟狂四郎不相上下,上身结实,肩膀和胸部都很丰满,无疑是一个海女[①]。

"那些男人带走的东西是什么?"

女子眼睛一眨不眨地盯着问她话的狂四郎,仿佛要看穿他似的。

"我认得你。"她说道。

"先别管那些了。他们带走的到底是什么?"

"是铠甲柜。"

"看起来像是。里面都有些什么?"

"铠甲呀。这还用问?"

"他们从何处带出来的?"

"你在的那个寺院。"

"是智念寺的!"

听到这突如其来的消息,狂四郎不禁皱起了眉头。

四年前,狂四郎逗留的那个寺院,就在化妆坡[②]下面的梅谷——也是人们常说的缀喜里。

此时,关于这个女孩的记忆在狂四郎脑海中一一浮现。当时有个小姑娘不时地出入寺里的厨房,给爱吃荤腥的和尚带些章鱼啦、黑鲷啦、金枪鱼啦、五条鰤之类的东西,现在那个女孩长大了。

"我在的时候并没有甲胄之类的东西啊——"

"那是当然了。那是我去年夏天在稻村崎[③]尽头的海底打捞上来的——"

"原来如此——"

[①] 海女:从事潜水捕捞的女性渔民,尤其特指不使用呼吸器和其他潜水装备、徒手下潜的女性。海女被认为曾经广泛分部于东亚、东北亚及东南亚各地,然而随着机械捕捞和人工养殖技术的发展,已经大大萎缩。

[②] 化妆坡:从镰仓市扇谷往西去的坡道。

[③] 稻村崎:位于镰仓市由比滨与七里滨之间的悬崖。

弄清来龙去脉后,狂四郎心中突然掠过一丝不祥的预感,他立刻问道:
"喂,和尚怎么了?他允许那些男人把东西带走吗?"
女子脸色唰地一下变了。
"我,我,我不知道啊。我刚进寺院,就看到那些家伙正在往外搬铠甲,我马上大声喊叫,说那是我的东西,突然有一个人朝我砍了过来。我一边躲避一边追着他们来了——"
话没听完,狂四郎就冲了出去,女子也慌忙跟上。
不久,二人到了寺院门口——
山门前荒草萋萋,狂四郎顾不上感伤就闯进山门,径直冲进了住持的居室。
屋内空荡荡的,狂四郎目光冷峻,迅速扫视各个角落,立刻看到了滴落在榻榻米上的黑色血迹。
血迹穿过走廊一直连到正殿。
来到正殿前,狂四郎正欲抬步进去,忽然不由得愣了。
他惊奇地发现,在大殿前被擦拭得乌黑发亮的地板上留下斑驳血迹的和尚,不正肃然端坐在须弥坛前吗?
狂四郎试着叫了一声"大师!",那个背影依然一动不动。
他三步并作两步走上前去,侧目一看,刹那间"啊!"地倒吸一口凉气。那张瞑目安详的脸上早已没了生气。
和尚宛如进入枯淡境界的高僧一般了无牵挂地走了,这一情景令人深深感动。
狂四郎用一只手轻轻碰了一下他的肩膀,遗体便无声地倒了下来。
"住,住持!"
呆立一旁的女子猛扑过去,紧抱遗体失声恸哭。狂四郎望着她的样子,感觉到自己许久未像今天这样愤怒了。
狂四郎让女子帮他把遗体安置在了住持的居室后,回想起和尚有记日记的习惯,就去经案上的书箱里翻找,把和尚去年写下的那本日记翻了出来。

"你从海里把铠甲柜打捞上来是去年的什么时候?"

得到"六月初"的回答后,狂四郎马上翻到那一页。

"六月二日,晴天大风。午后,海女阿近用大板车拉来一套周身附满牡蛎的铠甲柜,并告诉我说那是她在稻村崎近海底打捞上来的。打开盖子后,里面是一套保存完好的甲胄,丝毫没有被海水侵蚀的痕迹。刻着咬狮龙纹的头盔,将金小实甲片用染成黄色的丝线以山吹缀勾连而成的胴丸铠甲,狮子和牡丹纹样的旃檀板、胁楯、弦走、拉门板、逆板,每一个部件都巧夺天工。从纹饰来看,这些很像是源平时代的物品,头盔的形状顶部较低但设计精细,前后都很有张力,这无疑是天正年间小田原的明珍①十九代久太夫宗家之作。想来,大概是思及昔日北条相模守高时禅门与其一族八百七十余人,悉数在葛西谷的东胜寺全灭的惨状,后世其门下的一个后人请人打造出此铠甲,投入海中以祭典先人吧。即便如此,于深海中沉没了二百五十年,却无任何腐蚀的迹象,真可谓是有神灵庇护。"

读完后,狂四郎看着渔家女阿近问道:

"你打捞出铠甲这事,有没有传得沸沸扬扬?"

"没有。我和住持谁都没说,就当什么事都没发生过——"

"还有何人知道此事?"

"再有就是我大哥了吧。"

"你大哥跟你一起住在这边吗?"

"不是——他去了江户……好像是在那里的一个很大的贡米批发店做工。"

听闻此言,狂四郎不禁一笑。

——原来如此,是备前屋搞的鬼,他从渔家女的大哥口里听到的这个

---

① 明珍:日本古代制作盔甲及刀剑护手的工匠师名门。

消息。这个混蛋到底有何企图呢?

狂四郎把下葬所需的银钱交与阿近,站起来后忽又想起了什么,说道:

"你叫——阿近吧。或许日后会拜托你替我做件事,那时可否托付于你呢?"

"嗯!在所不辞!"

阿近水灵的大眼睛熠熠生辉。

三

几日后——

在两国广小路垢离场的高座,立川谈亭讲了一回新田义贞[1]攻入镰仓的故事。这是眠狂四郎委托他讲的。

"咳咳——话说这是何时之事呢,是说元弘三年五月十八日,这日寅时,新田义贞公率领古今无双的骑兵队二万余骑浩浩荡荡而来,大军从内路绕过片濑、腰越,逼近极乐寺,以远处悠扬传来的日暮钟声为讯号,战马上威风凛凛的他喜不自胜——称敌人为沙丁鱼大军。我军即便是一寸的鲷鱼也有昆布之魂[2],征喜庆的鲷鱼,供桌上的大虾,红面遗传自老爹。事事俱到虽然辛苦,战场上却要随机应变。一旦发现镰仓方面的军队有异样举动,他便立刻手搭凉篷仔细察看。有哦,看到了,章鱼举起他们的爪子,螃蟹横行。夜晚上演的是争风吃醋的戏码,她想买新衣,而她想要簪子,——娇声柔气的撒娇,勾人的眼神,苍海、青海、四海波、容易变心的樱蛤,拾起睡乱的发髻,凌乱的枕头,轻轻坐起身来,歪岛田发髻摇摇

---

[1] 新田义贞:(1301—1338)镰仓末期、南北朝时代的武将,响应后醍醐天皇的举兵,攻克镰仓,消灭幕府。

[2] 一寸的鲷鱼也有昆布之魂:原文为"一寸の鯛にも昆布の魂",套用的是「一寸の虫にも五分の魂」(匹夫不可夺志)这个词。

欲坠，手握黄杨木梳，由比滨——"①

"嘿嘿……想再梳好发髻？终究是没用的。鬓发松动怪枕头，面容憔悴要怪你。是吧。"

那人高声喝着倒彩，又一人接着说道：

"都是你这身膘压的吧。"

谈亭接下他的话茬：

"常言道：难以自拔的臂枕——并非如此，在这里难以自拔的是深陷敌阵的处境。海浪拍打上鹿砦，海上拥挤着大船，在船上架上瞭望楼，以防御敌人从侧面放暗箭。……就在此时，朝晖一下染红了黎明前的天空，义贞公仰头凝望着朝阳，一个劲地拍腿称叹，究竟是，朝辞白帝彩云间，早诵题目晚念佛②，饭前先做要紧事，一日之计在于晨，突然间他幡然大悟——轻快地从马背上跳下立在一旁，脱下头盔，远远地朝海上俯身一拜，口中念念有词：日本开天辟地之元祖开山始祖天照大神，听闻其藏本尊于大日如来尊像之中，显垂迹于沧海之龙形。吾之君主乃其子孙，因逆臣而飘荡于西海之浪中。如今义贞为尽臣子之责，尽管手持斧钺亲临敌阵，然潮汐盈满，无计可施——但愿，内海与外海的八部龙神，观臣之忠义，为臣退潮汐于万里之外，为三军之阵开辟道路。他心怀此愿向天神祈祷，只听他大喝一声，扔下一柄黄金造降魔利剑——哎呀呀实在是可惜啊，队伍中一阵骚动，他让将士们静心等待，莫要吵嚷，莫要慌张，总会迎来转机，所有人紧张地屏气凝视着这件神兵，哎呀呀真是不可思议，简直太不可思议了，奇闻奇观，变幻莫测，新田看到了也听到了——正当他愣神之时，呼啦啦大浪裹挟着小浪翻涌而来，海水无精打采地退去，足足退了二十又八町之远。平沙渺渺，北条呼呼，数千只御敌放箭的兵船，不

---

① 此段中说书人将战争场景和听书人的日常生活场景交织讲述，是一种和听书人的互动。

② 早诵题目晚念佛：此句比喻朝三暮四。

多大会儿都随着退去的潮水漂到远处的海面去了。义贞公观此情景不禁叹道：真乃天助我也，龟儿子你今日完蛋了。遂高声号令：诸将士听好，随我冲过去。黄泉路上的修罗太鼓擂了起来——轰隆隆隆震天动地，将士们在鼓声中排成一线朝远远落下潮水的稻村崎海岸冲去。"

谈亭等着大家掌声落下后，又一本正经地接着讲道：

"话说回来，各位或许不知，时至今日五百年岁月一晃而过，居然在稻村崎的海底打捞出了新田义贞公当年投入海中的黄金造阵太刀，有人将此物秘密藏起，吓——想要一窥真容的客人，请到后台来，在下立川谈亭为您引见。"

说完马上起身走了进去。

他前脚刚走，一个目光凶恶，地痞模样的男人后脚跟着进了后台。男人一脸谄笑着说道：

"师傅，您说有个男人从海里捞出了新田义贞的刀，此话当真？"

"什么，敝人未曾见到过。此事还是向那边的先生打听吧——"

男人不屑地扬起下巴，扭头一看，突然就呆住了。眠狂四郎正漫不经心地站在那里。

"小杂鱼常常容易咬钩呢。"

狂四郎冷冷一笑，接着说道：

"喂，咱们来好好聊聊。想打听事情的是在下。你来跟我讲讲，备前屋为何特意费那么大工夫把铠甲从镰仓运来这里。"

（四）

那日深夜，狂四郎突然去了水野忠邦上宅内任侧头役武部仙十郎的家。

仙十郎出现在书院中，笑着说道：

"看来你很不适合旅行啊。"

"我似乎天生注定不能离开江户太远。"

"出什么事了？"

发生什么事了吗——即便是幕阁发生天翻地覆的变化，他也能处乱不惊的，仙十郎不禁兴致盎然地歪头看他。狂四郎简短地讲了下此次遇上的事件。

"备前屋要用这铠甲何用，您老人家可有头绪？"

"为了贿赂吧。"仙十郎满不在乎地回答。

"我推断他多半是作此用途，但是，为何要特意——"

"那个啊，虽说是贿赂却早已与收贿的一方商谈过了。羽州（本丸老中水野忠成）最近在滨町入堀北侧新起了一处宅子作为外宅。那件事和这件事是有关系的，听闻下月初一要庆祝新宅落成之喜，请帖也送到了我们府上。羽州那家伙估计在心里盘算着，届时当着众人的面展示某个町人赠与他的奇珍异物。据说——新田义贞打败北条高时向龙神献上的谢礼正是此铠甲。"

"嗯。……换句话说，这是在向各个大名和旗本暗示，你看随便一个町人都送来了如此稀有的珍品，那么你们就更要绞尽脑汁，给我献上奇珍异宝。"

"不错不错。——看来只溜须拍马似乎还不够。这好像是土方缝殿助的主意，真是愚蠢的游戏。比田沼当时的更胜一筹。看来到了这一步，幕府的存在已经百害而无一益了。天下的实权早已握在大阪商贾们手中，不如干脆让鸿池[1]、加岛屋[2]还有辰巳屋都去当老中、若年寄得了。"

---

[1] 鸿池：江户时代大阪的豪商。江户初期在摄津过川边郡鸿池村以酿酒为主，作为贩酒、海运、兑换商而获成功。

[2] 加岛屋：江户时代大阪的富商。粮食和兑换商。当时诸藩为出售领地内产物，在江户等地设有带仓库的宅第，加岛屋经营此类行业的汇票，以"大名借贷人"而闻名。

"老人家——"

狂四郎突然郑重其事地说道：

"想请您帮我在当日的席位上安排个位置，不知您意下如何？我猜您老人家当日必是作为代理人出席——。"

"嗯……你这是想演一场好戏给我看吗？"

"当然，那么重要的场合，我也想让羽州侯看到与之相称的贺礼。"

"难啊。不过，我答应你——"

"好，我先去镰仓一趟，带个助手过来，可否借府上马匹一用。"

"你说的助手是什么人？"

"一个海女。"

"呵……海女么，的确很合适。"

两人言语之间，心中已经不谋而合了。

㊄

天空上乌云密布。这里是滨町入堀北侧——本丸老中水野忠成外宅的庭院，院中酒宴一字排开，尽是绚烂夺目的美味佳肴。

环绕着中心占地有千坪之余的心字池，溪谷、丘陵、绿树间、桥上——所有地方都为今日的宴会做足了功夫。这里可以说是闻名全国的神社佛阁和各处名胜的缩影。

池边设有与河原崎座[①]一模一样的舞台。此刻的花道上，七代目团十郎正装扮成镰仓权五郎景政[②]，咿呀呀唱着歌颂太平盛世的歌舞伎《暂》[③]。

[①] 河原崎座：到江户中期为止在东京兴盛的歌舞剧剧场。
[②] 镰仓权五郎景政：平安时代后期的武将。
[③] 《暂》：歌舞伎十八番之一。

舞台前面是一大块草坪，草坪上铺了一层绯红的毛毡垫，上面有为各位大名旗本设的席位。但是，落座的大半都是代表出席的人，武部仙十郎那飘逸的形貌也混迹其中。在每个席位一旁的台子上，都有个银箔鸟笼，笼中一对儿鹌鹑婉转地啼叫着，这一对鹌鹑中任何一只都要值十两多。再看去，四周还点缀着盛开的或黄或白的菊花。这些花似乎都是巢鸭染井一带有名的花匠精心培育出的品种。

和舞台正对的里屋，林肥后守、水野美浓守、美浓部筑前守、土方缝殿助等人分别在忠成的左右列席。而本丸老中的位置，换句话说，恰是如将军一样的上座，俯视列位大名。这要是搁在以前的时代，定会有人不堪受此大辱拂袖而去吧。但这些早已习惯了锦衣玉食，连枪刀上的斑斑锈迹都忘记擦拭的权势之后，根本就不会有此种气骨。

此时——

团十郎的身影刚从舞台上消失，自挂起的假山幕布之后，一头牛拉着辆装饰着槟榔毛的牛车静悄悄出场了。拉着缰绳的人身着水干[①]，戴黑漆帽，与牛车甚是搭配。自然，车中垂着青竹帘，谁也猜不出里面有些什么。

车子被推上演员上场走的花道，停在了台子正中。

这个时候，土方缝殿助缓缓从席上站起，踩着草坪朝台子走去。果不出所料，开场白这段设计早已被武部仙十郎识破。

开场白是——

漕米商备前屋与兵卫的商船，不日前经过稻村崎附近的海面时，发现海底有个金光灿灿的东西，他们费力地把它打捞上来一看，居然是一个铠甲柜。里面收着一副保存完好的甲胄，而更令人吃惊的是，其中封存了一封新田义贞向为其带来胜利的龙神致谢的祷文。

向众人讲完，缝殿助立刻恭恭敬敬地捧出那封所谓的祷文，开始当众宣读。

[①] 水干：日本"狩衣"礼服的一种，古时为地方武士、庶民的便服，后演化为武家礼服。

筵席上鸦雀无声，所有人都屏气凝神地聆听着，此间唯有一人——武部仙十郎一脸愉悦的微笑。

——哼，文章写得不错嘛。

然而——

得到缝殿助的指令，四个武士小心翼翼地从车里把沉重的铠甲柜搬下来，正要打开盖子时，只听仙十郎大声喊道："且慢开棺"。让人不禁疑惑他那样瘦小的身体是从哪里爆发出这么大能量的。

"请恕冒昧——自古便有个不成文的传说，说如若想擅自动用献给龙神的供品，将会受到不可估量的诅咒。在下认为，在打开这个柜子之前，要先想一个万全之策，防患于未然。"

既然仙十郎是西丸老中忠邦的代理人，那么他的话自然有一定分量，不可轻易驳回。

"阁下的意思是，有防范之策？"

缝殿助十分不满地质问道。仙十郎则一副毫不在意的样子回答：

"此事实属偶然，一日，在下的手下在稻村崎撑着渔船打鱼时，突然发现海底有东西金闪闪的，打捞上来一看，是把黄金造阵太刀——于是向我回报，说此物定是新田义贞公当年向龙神祈愿时投入海中的宝物——在下的考虑是，为防出现惹怒神灵之祸，唯有用此阵太刀将甲胄所散发的龙神之怒一刀两断。虽然免不了会被各位不留情面地指责，但这也全是为了能在此次宴席上给大家找点乐子，在下仅以此来聊表寸心。"

忠成点头称赞，认为甚是有趣，就同意了。

仙十郎朝隔门方向招了招手。土方缝殿助目光险恶，朝那边看过去，脸色一下就变了。而林肥后守虽然身在里屋，也不由得发出了一声惊愕的叫声。

毋庸置疑，携黄金造阵太刀沿着土墙朝舞台慢慢走来的，正是眠狂四郎。在今日如此豪华的贺宴之上，他明知不合礼仪，却依然一身黑色便服登场了。

狂四郎走上花道后，立刻肃然地屈膝正坐。

两个武士将盖子拿下，在那一瞬间，仙十郎大喝一声："亡灵出现！斩之！"打破了方才令人窒息的静寂。

狂四郎腾地起身。在他站起的同时，柜中躺着的甲胄动了起来，噌地坐起，出现在众人面前。

缝殿助那伙人一时惊惧得无以名状。三日前，备前屋送来此柜，之后便安置在了宅邸内部最秘密的地方，那里应该是任何人都无法靠近的。究竟何时被人动了手脚，布置下如此机关？

狂四郎一下拔出阵太刀，哒哒哒……健步如飞地穿过花道，跑至舞台中央时，亡灵抖动着甲胄走了出来。

接下来上演的是——

眠狂四郎那让人眼花缭乱的剑法，令所有人茫然一怔，一瞬间忘记了敌我。

白刃如蝶，随着刀刃的翻飞舞动，头盔、面颊、铠甲的左侧袖、胴丸、前臂、护腿一个接一个飞向了空中，折射出灿烂的光芒，然后悉数落入了池中，溅起一阵飞沫。

最后，狂四郎手中的刀由下往上利落地一挥，然后直垂下来。柜子一下子被劈成两半，从中露出来一个肌肤雪白，体态丰盈的女人身体。她赤身露体，身上仅缠着一块白布，黑发如瀑般飘散。突然，她朝波纹微漾的水面纵身一跃，便沉入水中，此后再也没有浮上来。她一定已经穿过水闸逃到护城河去了，此番着实是一场精彩的戏码。

水野忠成从土方缝殿助那里听说主角是眠狂四郎后，只笑着说了一句话。

"你输了。"

伪囚犯

一

"蚯蚓作饵料,茶叶渣里弄道场,歌声真欢畅。"

这是一个垂钓爱好者的季节,海边、溪边、护城河畔垂钓者比比皆是。据说那时候,大川端①一带,从两国②到小日向③有上千人,到五目桥④也有上千人,钓鱼的人们成排地坐着。

这里——深川⑤洲崎⑥的贮木场也一样,数十个闲人在木材上铺着蒲团,悠闲地将钓竿伸向海面,像地藏菩萨一样纹丝不动地坐着。

眠狂四郎和扒手金八也混在这群人之中。

他们要钓的是虾虎鱼。一会儿工夫狂四郎便钓到了四尾,而金八却总是白白被鱼吃了鱼饵,一尾也没有钓到。

---

① 大川端:隅田川下流右岸一带的称呼。
② 两国:东京都墨田区,两国桥附近的地区。
③ 小日向:东京都文京区地名,有小日向一丁目到小日向四丁目。
④ 五目桥:隅田川一带的桥名,即"第五座桥"之意。
⑤ 深川:旧区名。东京市三五区之一,在现在的江东区之内。
⑥ 洲崎:州在海中或者河中突出的地方,在此指地名。

今天早上，金八久违地拜访了武部仙十郎的宅第，发现一时不见踪影的狂四郎躺在他家。狂四郎要金八同他一起来此垂钓。

"我不是来钓鱼的，先生，美保代和文字若十分担心您的身体，请您体谅一下她们的良苦用心吧。"

虽然金八对狂四郎略有不满，但狂四郎对他的话没有任何反应，他也束手无策，只好像平常一样，不情愿地接过从仙十郎那里借来的斑竹[1]钓竿，提着鱼篓跟着狂四郎来到了这里。

大概，像钓鱼这样悠闲的消遣与金八的性格不合。

金八一副百无聊赖的表情，眺望着附近专注的垂钓者们，顺便偷偷看看狂四郎青白而冷峻的侧脸，匪夷所思地摇了摇头。

然后，他用手托起下巴，手臂支在腿上，唱起了流行小调。

此处是吉原，送客柳树边。

丫鬟频召唤，秋波为手段。

躲藏窗棂后，情话意绵绵。

身穿竖纹衫，尺八横嘴边。

互称小甜甜，凤蝶舞翩翩，

这正是恋爱的信号啊，啧啧，吱吱，

多好的官人——呀！怎么是你这个混球！

他摇头晃脑地唱着，突然火烧火燎般叫了一声。

"咦？"

金八犀利的目光捕捉到了从三十三间堂那个方向匆匆走来的一对男女，见他们很快过了汐见桥。

"哎？虽然装束有变，此人不正是……哎，太出人意料了，哎呀，这不正是仲町的艺人小登美嘛！"金八一边喃喃自语，一边踮起脚以更加专注的目光紧盯着他们。

---

[1] 斑竹：是一种茎上有紫褐色斑点的竹子。也叫湘妃竹，是著名的观赏竹。

"哎哎哎，真是太让人吃惊了，这家伙怎么会突然出现在这里呢？他不是被流放到海对面的岛上了吗？那个畜生不正是狢政吗？他啥时候从岛上跑出来的？好嘞——"

金八独自喋喋不休地呓语着，抛出手中的鱼竿，身手敏捷地在木材上一蹦一跳地跟了过去。

狂四郎对金八的所有举动漠不关心，又扬起鱼竿，钓到了一尾虾虎鱼。

这时，有人跟他打招呼道："这不是眠先生嘛！"

狂四郎不经意间回过头来，微笑着说道："哎呀，是您啊！"

站在他面前的是一位四十岁左右的武士，一身朴素打扮，带有家徽的捻线绸和服下穿着京栈留①的裤裙，上衣是棉制的打裂羽织②。他的样貌并无什么奇特之处，但是一双大眼炯炯有神。他是大阪天满③的与力④——大盐平八郎。

大约五年前，狂四郎偶然前往大阪，机缘巧合认识了一位叫做水野军记的人，那人开设了一个名为丰国大明神的祈祷所，但却暗中传播基督教。狂四郎看破了此人用来迷惑市民的手法。一天，他潜入道场，一刀砍断了壁龛上挂的天帝画像画轴。以此事为开端，大盐平八郎开始在京阪所辖范围内搜捕传教的头目，最终将其一网打尽。以此为机缘，狂四郎和平八郎开始交往，并在大盐家住了半年有余。

在狂四郎有生以来所识人物中，平八郎文武双全，刚锐果敢，是狂四郎最为欣赏的朋友。

"何时被派出府的啊？"狂四郎问道。

"昨天。把救济的米从大阪由水路运来。实在是杯水车薪啊。"平八郎

---

① 京栈留：京都地区，模仿横丝竖丝共用的外来织物织成的纺织物。
② 打裂羽织：为带刀方便腰际下部没有缝死的和服外褂。
③ 天满：大阪府大阪市北区的地名。
④ 与力：捕吏，捕头。

一脸失望的神情诉苦道。

前年和去年接连发生灾荒，坂东、北国、东国、奥羽的各处都发生了暴动。米价涨幅甚大，比起市价已上涨了三倍以上。三年前，一两小判可以买到六斗五升米，今年连二斗米可能都买不到。秋天的时候，幕府拿出了一万石国库米，在筋违桥①外、和泉桥②外开设了救济站，向流亡到此的饥民施粥。

平八郎向大阪城代③松平宗发和东町奉行高井山城守进言，从大阪的鸿池屋、辰巳屋、加岛屋、平野屋、天王寺屋、近江屋、千草屋等富商那里将他们布施的米粮分往江户地区。

平八郎目光炯炯，望着大海的远方，一语中的地说道："眠，德川幕府看来命数将尽了啊！"

"……"

狂四郎一直默默凝视着这位正义感十足的幕府家臣。

"幕府也是考虑到只要以来年丰收便能得到补偿，才对歉收贫民展开救济的。真是太可笑了。幕府首要的政策应该是把安定人民、稳定其生计作为根本改革措施。人民生活困苦的根源不仅是由于贪官污吏与奸商勾结哄抬物价，也因为无能的政府对此采取放任态度，更不可饶恕的是幕府在财政上给予的压迫。救济粮这些只不过是无足轻重的补救之策罢了。……时候到了啊。给如此混乱的世道以重击，威震天下的人也该出现了。这就是——若上不能谋，士不能死，何以治天下之民。若有一位有志之士首先发起暴动，殉死于天下之时，接下来就会有无数仁人志士前仆后继，就有可能推翻这座根基腐朽的大厦。认为即便是背地里发发牢骚，千万人都在说的话也会传到当权者那里是非常愚蠢的。即使凭一己之力也要起事，发

---

① 筋违桥：江户的一个城门。
② 和泉桥：东京千代田区的一座横跨神田川的桥。
③ 城代：代君王守护城池的武官。

出如狮吼般的声音，这样是不是更能推动天下的大改革呢？——我现在正在思考这个问题。"

五年后的这次偶遇，狂四郎听到的却是突如其来的慷慨陈词。

狂四郎原本对幕府政治中的矛盾持有一种漠然的厌恶，对形势毫不关心。也就是说，他宁愿得过且过，将陷入难以抗拒的无常感这一宿命之人那种虚无抛洒在日日吹拂而过的风中。

置身于这突如其来的慷慨激越之中，狂四郎的表情没有丝毫变化。

平八郎渐渐注意到了他的这份冷漠。

"哎呀，即使听闻此等事您也无动于衷啊。自从那个时候开始，您就一直是一副觉得活着很麻烦的样子啊。"

"现在也是如此，就像你现在所看到的这样。"

"您——真是令人备感可惜的男子啊。但是，我一直坚信着您一旦决定要做某事，为了天下苍生，即使是死也一定要完成那件事。您有那样的勇气！"

"……"

"万一贫民为了抵抗苛政而发起暴动的话，您应该会有不顾生死，毅然起事而建功立业的气度吧。"

"……"

"哈哈哈哈，一诺千金，很难草率答复吧。您就当耳旁风吧。……话说回来，我回到大阪后就准备请辞了。"

"如此年轻就要隐退了吗？"

"嗯，我已经厌倦这在长官指挥下东奔西走的小吏生活了。我生来傲慢不羁……身为小吏，环顾四周，与定刑的人相比，刑杖之下的囚犯中，反而存在具有人格魅力之人。发现这一点，我内心有几多烦闷。还有一点是近年来我学习了王阳明的理念，多少也有些心得。……总之，请辞之后我计划开一个私塾。现在我所想要的东西就是钱啊。真的是做梦梦到的都是钱。我想开办私塾，将那些身份低下以及市井之中所埋没的才俊集中在一起，随心所欲地向他们传授我的政治理想。"

之后，平八郎告知了狂四郎他下榻的旅馆，并说自己将于三天后乘船回大阪，希望他一定到大阪找他。说完这些，他高声唱着谣曲《笼祇王》，向远处走去。

所谓最终所行之路已知晓，所谓昨日今日犹如白云朝起夕消。闪电、朝露，俺在那电光石火的光之内外逍遥……

狂四郎目送此人离去，心中默默地想：这样的仁兄定能有所作为吧。

二

大盐平八郎的出现，打乱了狂四郎心无旁骛的垂钓。在他准备起身离去之时，金八回来了。

他说道："真是太莫名其妙了啊。老爷，仲町最受欢迎的艺妓不是被送往伊豆离岛了吗，怎会出现跟她长得一模一样的人，她到底是怎样悄悄回来的呢？"

狂四郎默默将渔具递给金八，迈开步子。

"真是奇了怪了。说到小登美，可是那些随处可见的小财主们，即便一年到头光顾妓院也都无法唤之服侍的红人啊。谁知道她竟和连吉田町的夜鹰[①]老鸨都嗤之以鼻的恶徒狢政搂肩搭背的——二人急匆匆地埋头赶路，也不知要前往何处。尽管如此，哎呀呀，看来只有这条路特别受老天爷青睐。"

金八不停地歪着脑袋，他的这种反应也并非不能理解。

因为那个时候，只有吉原和樱下（芝居町）的女人们才被正式称为艺

[①] 夜鹰：江户时代夜晚在街头拉客的娼妓。

妓，特别是仲町的艺妓权势更是厉害。即使和横町艺妓、其他地方的艺妓同席，她们也迅速坐在上座，不让自己以外的人弹奏三味线。在打扮上也有特权，领子为白色，衣服下摆有花边。柳桥和深川的艺妓决不能这样打扮。因此，要想成为仲町艺妓的情人，那些有身份的武士和富豪必须给艺妓提供至少三年以上的四季衣裳。这些衣裳如果不是从精品中选出来的精品，就会被瞧不起。即使如此慷慨大方，也未必能将艺妓据为己有。

况且，小登美是仲町之中首屈一指的红人。金八看到她用布手巾包住头和双颊，沾有污垢的棉袄上罩着老式的旧短褂，这副装扮怪不得让金八目瞪口呆。绝对不会错，因为金八由于职业的关系，金八对容貌和装束有着异于常人的准确记忆力。

还有一点令人起疑，狢政是个彻头彻尾的无赖，即使在本所[①]深川一元一带的无赖中也无人可敌的，他两年前被放逐于伊豆的远岛，迄今为止，并没有消息说他被赦免了。如果他回来了的话，金八必定最先听到风声。

——这一点，也着实令人迷惑不解。

在金八摇头晃脑迷惑不解的时候，狂四郎自嘲般地冒出一句这样的话"哼，要建功立业?!"

"哎？您说什么啊？"

"你这家伙，就给我解释一下艺妓乔装之谜吧。"

"哎——真是个谜啊。"

但是，狂四郎必须自己解开的谜，正在前方等着他。

走过新大桥的时候，一大帮人不顾一切地向浜町河岸的一角跑去。走在后面的人朝前面的人叫嚷着："谁淹死了？是男是女啊？"前面的人回过头来："若不是女人，怎会多人这样气喘吁吁地跑过去？她可是仲町的艺妓啊——"金八听到此话，脸色大变，他举起手托着衣服下摆，说了声："先

[①] 本所：江户墨田区南部的商业地区，由两国、锦系町、东驹形一带构成。

生,请等一下——",也向那边跑了过去。

每当潮汐之时,溺死者便会被冲到浜町河岸的百本杭[1]。

金八跑到那个地方,不顾一切地推开挡在前面的众人来到前面,正好看到差役、捕快和下引[2]把俯卧着的尸体拖到岸边的石阶旁。

——一定不会有错!是仲町的艺妓啊!

金八和其他看客一瞬间都屏住了呼吸。

衣服缠绕在黏黏的身体上,衣服下摆的纹样是盛满紫菀的花篮,高高盘起的岛田髻已经散乱,发髻上插着扁平的簪子。对辰巳[3]的艺妓来说,下摆带花的衣服、下摆的里子颜色不同都是被禁止的,也没有插扁平簪子的习俗。

衣服的下摆卷起,露出火一般红,上有鹿皮斑点花纹的扎染布料缝制的长衬衣。小腿被衬衣缠着,光溜溜的,煞白煞白,令人毛骨悚然。

"嘿哟——"

随着一声吆喝,尸体在石阶上被翻了过来。所有目光齐刷刷投向那里,众人都受到了极大的冲击,一起惊叫起来。

真是惨不忍睹啊!——那张脸就像被碾碎的无花果一般,面目全非。

"真是造孽啊!"

"真是可恨啊!"

差役和捕快对视了一下,点了点头。那些看热闹的人看尸体被盖上了草席,才终于回过神来,又吵吵嚷嚷起来。

"哎呀,这一定是此前颇受冷遇的佐野次郎左卫门搞的鬼。你看着吧,还是恋上夜鹰安全些啊!"

"就是啊,俺玩腻了艺妓,开始勾搭夜鹰了。那个溺水者是我甩掉的可

---

[1] 百本杭:江户时代,江户的隅田川岸边的俗称,相当于现在的墨田区横纲二丁目。

[2] 下引:江户时代,下级侦探或侦探,捕快等的手下。

[3] 辰巳:江户深川的花街柳巷。

怜的艺妓。俺还记得她给俺写的情书里的句子。自与君共闻那白雪纷纷而下之声，我的思念就不曾断绝，犹如山的附近散落了玉石一般，总有难以名状的心结，直到春天也久久不能舒怀，实在痛苦——请恕惶恐，多想让你来揉一揉我绞痛的小腹。"

"你说的什么胡话啊，你这样的家伙，就是连品川大腹便便，走起路来像孕妇那样的低级妓女都会甩你，还瞎说什么啊！"

"你这混蛋，胡扯什么呀！"

"哎哎，就别互掐了，仔细看看那凄惨的脸，大家都该好好反思反思了。孔雀因为华丽的羽毛而被捕杀，麝香鹿因为脐中有麝香而丢了性命，红裙仍在红颜已逝。朝开暮落，槿花一梦，美人若剥掉一层皮也是骷髅一具——南无阿弥陀佛。"

这时——

一个小混混模样的男子走下石阶，靠近差役说道："请恕在下冒昧，这个死去之人必是仲町巴家的艺妓小登美无疑了。实际上，从前天开始，她就失了行踪。在下也是受人所托，在附近寻她，没想到——"

金八听到此话不假思索地大声说道："那，那是——"，还没说出"不可能的"这四个字，突然有人从背后戳了他一下。

那个小混混说着要去告诉巴家的人，就跑上了台阶。在他拨开围观的人，想要一溜烟儿逃跑之际，一只手突然从背后拍了拍他的肩膀。

那人转过头，一看到眠狂四郎那张冷峻的脸，立刻吓得直打哆嗦。

"你抖得厉害啊！为何知道我是谁之后如此害怕？"

狂四郎握住那人的手腕之时，注意到身边可能有此人的同伙，就走出人群，问道："你怎么就知道那便是巴家的小登美？"

"穿，穿的衣服——"

"衣服下摆是紫苑的花篮绣样的，难道吉原只有一件不成？我过年的时候曾在引手茶屋看过他们的群舞，十人的衣服都是这样的花样。你这家伙,因为在百本杭发现了浮尸,便等候在此向差役报告说这便是小登美。这就是你与狢政合谋的证据。"

听到这话,身后的金八不禁拍了一下手。

狂四郎把金八在木场嘀嘀咕咕的话全都听进去了。

那个混混的脸渐渐失去了血色。

狂四郎只是直直地望向前方,问道:"金八,小登美和狢政是在哪里不见的?"

"那个家伙啊,先生,我循声追去正要打招呼之际,在连接入舟町和岛田町的小桥桥侧,有四人抬着轿子等候在此,他们载上小登美,很快就离开了,那家伙就向旁边一闪,消失在了相反的方向。"

"也就是说,狢政回到自己的藏身之处了。哎,小哥,带我们去狢政的住处吧!"

说完,狂四郎敏锐的神经就像马上感受到了什么一样,用可怕的眼光看了一眼右方的拐角处。

站在那里的无赖模样的年轻男人转身跑了。

"小哥,我们必须急速前往。这也是为了你自己。"

还是晚来了一步。

当他们来到位于本所北割下水[①]所对的石原新町,进入他位于隐蔽陋巷中的藏身之处时,狢政俯卧在空房子那连菜刀都没有的厨房里,血染上身。

狂四郎迅速将尸体放平,发现从右肩往左下方被一刀砍断了数根肋骨,真是相当厉害的刀法。

在其怀中发现了一个钱袋。把钱袋拉出来一抖,便有十几枚小判[②]和一封信掉落出来。

[①] 下水:江户时代的下水道,相当于从现位于两国的江户东京博物馆至锦系町方面延伸的北齐大道。

[②] 小判:旧时的钱币,是椭圆形的薄薄的金币,一枚相当于一两。

下总印旛郡登美乡　政吉

以上此人，属贡租搬运中秘密要员，归于船手组下。此人历牢狱，但不属流放之人，特此证明。

勘定奉行　印

——这是什么啊？

狂四郎微微一笑。

狢政并没有因为犯罪被流放远岛。

这时候，"混蛋！你休走！"窗棂处传来了金八的怒吼声和激烈的扭打声。

对方拼死顽抗，金八快招架不住了，狂四郎却并不关心此事，而是将目光落在书信上。他脑筋飞转，试图找出这些话中隐含的巨大秘密。突然，他注意到了"登美乡——小登美"这样的类似之处。

"先，先生！这家伙！"

金八大声叫道。

狂四郎依然一动不动，只是说道："金八，放了那个小喽啰。然后去备一匹马，要一匹脚力好的，立刻带来。"

三

第二天黄昏时分，狂四郎来到位于牛込无量寺门前的儒者古贺洞庵宅第处，拜访了大盐平八郎。

"不揣冒昧，阁下昨日曾言需要金钱。"

"是啊，非常需要。劝学院的麻雀如果不播撒饵食，也不会鸣唱《蒙求》[①]。正如俗话所说，烧焦了的钱也可迷惑人心，很需要钱啊。"

[①] 此处的典故原是劝学院的麻雀日日听学生朗读《蒙求》，也慢慢能鸣叫出这本书了。

狂四郎面无表情地说道："这个钱，就让我给你解决吧，约莫五千两——"

"什么？五千两！"平八郎瞠目结舌，"您打算从何处得来这样一大笔钱？"

"偷。"

"偷？"

狂四郎朝哑口无言的平八郎微微一笑："但是，那笔钱，本来就是勘定吟味役[1]从贡租中克扣出来的，准确说来与其说是偷，不如说是为百姓要回这笔钱。"

"嗯。"

"钱就在备前屋与兵卫的贡米批发店里。这是他与勘定吟味役中的一人相互勾结，笼络了丰后、丰前、筑前的代官所[2]所附属的挂屋（收取金钱的御用商人），在账务的票据上弄虚作假，用船送到江户湾，在将其送进金库之前藏于某处。这样积得了五千两的好处。也就是，这是接受金质检验并封存之前的金币。因此，无论在市井之中使用多少，都不用担心暴露。"

"您是如何查明这非法勾当的？"

狂四郎并未立即回答这个问题，转而说道："我确实有把握抢到那些钱，但在给您的时候，我还有一个附加条件。"

"都听您的。"

狂四郎让人叫来了女佣，吩咐她把候在玄关处的人带了进来。

不一会儿，一个美貌女子被带了过来。她披头散发，穿着没有花纹的朴素的深蓝色棉质衣服，但却光彩照人。

"请把这个女人带到大阪。她是吉原仲町的艺妓小登美，实际上正是这个女人告知了我五千两银子的藏匿之地。备前屋和勘定吟味役在引手茶屋

---

[1] 勘定吟味役：江户时期的官役名。
[2] 代官所：江户幕府直辖地的地方官办公的地方。

的一个房间秘密交谈之时,此女偶然听到了他们的谈话内容。备前屋察觉到这一点,于是命令走私船上的一个小工将她带到海上杀死。巧合的是,那个叫做狢政的小工实际上正是此女的兄长。真是讽刺啊!就是恶棍也有亲情。不,对于狢政来说,有这样的妹妹,大概也是可以暗中以此为傲的吧。……于是,狢政与一名同伴说好,牺牲一名与妹妹身形相似的夜鹰,将妹妹的衣衫套在死去的夜鹰身上来蒙混过关,将尸体抛入水中,之后让妹妹回老家去。……碰巧鄙人介入了此事,所以狢政被备前屋的手下灭了口,虽说这是因果报应,但此女并无罪过。而且,冲着她与备前屋对抗的勇气,我们也要保证她的安全。"狂四郎一口气说完这些,平八郎看了看他,又看了看深深低着头的小登美,坚决地点了点头。

"好的,我收留她。"

"那么,今晚五更过后,带此女前往永代桥那边的名为姬松的舟宿[①]——。让你的手下备好屋形船。"

说完,狂四郎站起身来,小登美突然抬起头来看着他,目光凄婉而缠绵。

昨日狂四郎快马加鞭来到登美乡的村里,二话不说就把小登美强行抱上了马,骑了一夜才回到了江户,对小登美来说,从今以后这个浪人已经铭刻在了她的心里。

狂四郎一瞬间与小登美四目相对,但却没有任何留恋,火急火燎地走了。

四

已过了夜里二更。

---

① 舟宿:(渔港等的)船员旅馆。

月色清朗，但海风猎猎，海面波涛汹涌，打散了月影。

江户湾的孤岛佃岛，在犀利的海浪、海风肆虐的天空下，静静地沉睡着。

所有渔船都被带入了囚犯劳工收容所和渔师①町之间的沟渠里。波涛拍打不到这个地方。

住吉神社沿此沟渠而建，出入口正对着沟岸。七八个黑影从神社院内出来，朝着停靠岸边的小船走去，他们抬着看上去很重的箱子，悄无声息地行进着。

可以看到远处深川的灯影和永代桥横跨大河两岸呈现出的黑色弧线，当然，此时水上一艘船也没有。

一个貌似指挥官的人命令道："好的——就放到船尾。"很显然，看起来是千两箱的五个箱子就堆放在那里。

从旁边沙地的一个一搂粗的大鱼篓后，慢腾腾地站起来一个人。

"辛苦了啊。今夜，你们就好好在渔师町长眠吧。"

大家听到这么蛮横的话，发出了惊讶的吼声，迅速散开围成了一圈。

"备前屋趁我还没有刺探出什么，就忙着将五千两转移到其他地方。待会有谁还活着的话，请告诉他，小登美并未被狢政杀死，现在还好好地活着。若不是见到了小登美，我也不会这么早出现在这儿。顺便说一下，小登美偷听到钱藏在了佃岛，但不知道具体位置。我做梦都没想到会在住吉神社里。因此，你们不抬出来的话，我可得一番好找呢。或许找不到呢！也就是说，备前屋要是悠着点就好了……因为我不是有耐性的人，或许马马虎虎就放弃了。我还在琢磨着今晚会不会突然走运呢，没想到被我猜了个正着，备前屋真是倒霉透了。"

"呀——"狂四郎话还没说完，一股刀风从旁边袭来，同时伴随着一声凶狠的怪叫。

---

① 渔师：捕鱼的人。

就像被吹动起来一般，狂四郎跳到数尺开外。但在那一瞬间，他右手中的刀已经沾了鲜血，闪着寒光。他将第一个攻击者抛在身后，朝着正对面的指挥者游走，开始缓缓在空中描绘出圆月。

指挥者果然还是有着丰富经验的。

他没有被圆月杀法的邪气所魅惑，使出手里霞招式——即左脚向左迈出，刀锋向右，刀刃朝上，举到脸部前方，用脚后跟挪着步步后退。

狂四郎乘势而上，两鬓、袖子、衣服下摆随风猎猎飘动，在向前前进三尺有余的时候，圆月已画出了九分。

刹那间——

"呀——"

狂四郎口中迸发出呐喊声，这声音凝聚了全身的锐气，击打着月光。对方的手里霞招式也反射性地呈现出如招式名所示的霞光，刀向空中急速扫过。然而，狂四郎并未移动，依然处在原来的位置上。——糟了！他在试图回到手里霞架势的瞬间露出了破绽，导致了悲惨的后果。无想正宗一闪，重重地斩在了腰部。

狂四郎缓缓垂下刀，环视剩下的那帮家伙，断定他们已全然丧失了斗志之后，静静地信步上船，切断了系着的船索。

狂四郎把住船橹，准备摇船。没有人胆再敢袭击他了。

船驶入广阔的河面，浪涛汹涌，狂四郎在濑户内海孤岛上练就了如水手般的驶船本领，确有能力掌控好船。

大盐平八郎和小登美所乘坐的屋形船应该就在永代桥那里等着。按计划，他们拿到五千两后，就会原封不动搬到开往品川的货船上运走。

落窦美人

（一）

一日，常磐津[1]师傅文字若指导完几个没有天分、五音不全的年轻人后，从训练室出来到茶室休息。她毫无顾忌地翘起二郎腿，点了一支烟。

脚步声悄悄从楼上传来。

"不好意思……打扰了——"有人搭话道。

文字若回过头：

"哎哟，吵着您了，真是对不住，方才性急，忍不住呵斥了他们几句——"她有些歉意，因为她对那些年轻小伙态度严厉，说话直截了当，不留情面。

"文字若师傅，我有个冒昧的请求，您能听一听吗？"

"美保代小姐，不用顾虑。您这么客气，我都不好意思了。有什么事您就直接吩咐。在这里十多天，我也好，老婆婆也好，您一次都没使唤过，这样见外可不行啊。"

---

[1] 常磐津：常磐津调，日本净琉璃的流派名。由初代常磐津文字太夫于延享四年（1747）始创。以后与歌舞伎相结合而发展起来。

美保代脸上露出落寞的微笑，有点难为情："请帮我把眉毛刮去，把牙齿染黑①吧。"

"哎？"

文字若有点吃惊，但马上拍了一下大腿，爽快地答应了。

"那敢情好，美保代小姐！就应该这样嘛——。先生回来了一看，呀，如此漂亮的小媳妇打扮是如何做到的啊，他就会一下子回心转意——"

"不，我并不是这个意思——"

"什么意思不意思的！您把自己当成眠狂四郎天底下唯一的妻子这份心意，让我们甚是欣慰。……老婆婆，老婆婆，你不在吗？这个聋子！准备热水，热水！笨手笨脚忙什么呢！"

"到底，是什么事啊？"

老婆婆朝这边望了过来。

"快准备，美保代小姐要打扮成漂亮的新娘子呢。"文字若对她吩咐道。

"哎？"

"有什么好奇怪的！也就是'素面扬起梳盘头，系着围裙束袖带，望他叫一声'我的妻'嘛！——教小调的师傅家雇的婆子，这句唱词应该知道吧。"

但是——美保代垂下的玉面，浮现着深深的绝望愁容。

第二天，美保代一副娇憨的商人妻子打扮，坐上轿子被送往押上村。

美保代感到自己活不长了。

今年春天开始，她就一直低烧、盗汗。不过，她一直瞒着楼下的人，只是活动身体时，总有一种说不上来的倦怠。正午时出门必定会头晕目眩，梅雨来时，她竟咳出了血，这也有两三次了。

不过，美保代看到咯血，并不吃惊。自己的命运里，该来的自然会来——她静静地把目光落在这宛如花瓣的鲜艳红色上，凝视了片刻。

接下来，在这份无人知晓的寂寥中，美保代至少还期盼着自己在狂四

---

① 牙齿染黑：古时日本女子剃眉染齿是已婚和未婚的标志。

郎的守护中死去。

生病的人都异常敏感,她清楚地认识到,文字若的家并非自己的香消玉殒之所。

不知何时开始,美保代总觉得她应当死在狂四郎怀里,在押上村的古寺龙胜寺的别院里。

——我要去那里,在那儿等他。虽然会给空然师父添麻烦,可我感觉我的归处,就在那个房间……

美保代年幼时便失去双亲,自记事以来,她都是孤独的。她天生美貌、气质高雅,但养父母却不会因此与她亲近。

美保代实际上是死于非命的大名之女。

宽政初期,皇室发生了尊号事件[1]。光格天皇本是闲院一品太宰帅[2]典仁亲王的爱子。他做了后桃园天皇的储君,在即位之后,立即决定追封父亲典仁亲王为太上天皇。不过,幕府首席老中[3]松平定信却坚决反对。起初,朝廷方面接受了朱子学者定信的名分论观点,中途却突然态度强硬起来,无论如何都主张要册封典仁亲王为太上天皇。为此,京都所司代备中守太田资爱,夹在关白[4]鹰司辅平与定信之间,异常苦恼,最终竟携妻赴死。美保代便是他的独女。

定信觉得美保代可怜,将她接至自己的别院抚养两年有余,然后把她正式托付给某个出身高贵的寄合[5]旗本养育。

她的养父母只是像代人保管贵重物品似的把抚养她当成一种责任。就

---

[1] 尊号事件:宽政元年(1789)光格天皇欲授予其父典仁亲王"太上天皇"称号,遭到德川幕府老中松平定信的强烈反对。定信的反对理由是:将"太上天皇"尊号授予非皇统继承者是将名誉私有化的行为。光格天皇极其愤怒,但迫于幕府压力,只得收回成命。
[2] 闲院:闲院宫。日本四亲王家族之一。一品,律令制中,亲王位阶的第一位。太宰帅,日本太宰府的长官,通常由亲王辅任。
[3] 老中:江户幕府的职务中具有最高地位、资格的执政官,直属将军。
[4] 关白:日本指辅佐天皇处理政务的最高职务。
[5] 寄合:日本江户时代,在"旗本"中俸禄达三千石以上的非在职人员。

这样，美保代没享受过一点亲情，她长大成人却不知如何表达喜怒哀乐，这也是自然。

十八岁那年，她做了本丸大奥的中臈女官。将军家齐自然没有无视她的美貌，遂下令美保代做自己的妾室。不过，美保代断然拒绝了。如果不是因为松平定信是她的监护人，美保代可能当时就命丧黄泉了。也正是因此，她被打发去做密探，体验这世间不幸。

讽刺的是——美保代做了密探，住在西丸老中水野忠邦府上，她在那里被一个不知来历的穷浪人袭击，还被划伤了雪白的肌肤。而且，他的暴力行径还让美保代生出了一丝情愫。

轿子摇摇晃晃。一个心愿一直啃噬着美保代的内心，她接受了自己凄惨的宿命，可是至少在生命的最后，她想追随自己的意志。

二

正在此时，一个人前来涉谷宫益町尽头的乐水楼隐宅拜访。

静香出来迎客。她则瞥了一眼对方，便立刻感觉一阵恶寒在全身游走。

虽说来者胁下插着大小两把刀，看着像个武士，但他身上的衣服却有些奇怪。平纹藏青布木棉窄袖和服，绑腿裤裙——仿佛战国时期的装扮。不过比起这些，让静香战栗的却是那人的半边脸——从额头到脸颊，密布着像沾满红漆浮雕似的红瘤子。

眉眼倒无异常，可能因这些可怕的红瘤显得玩世不恭吧，他的相貌呈现出一副冷酷表情，仿佛里面藏着无数刺人的银针。

"左马右近前来拜谒。若隐居大人在家，请务必传达。"

"所为何事？"

"见面自然会说。"

静香无奈，只好进去，向老人通报来者名字。

老人稍微歪着头思索一番，蓦地，表情紧绷。

"脸上有瘤子？"他问道。

"是。"

老人考虑了一会儿，说道："让他进来"。

静香引左马右近来书院时，老人又恢复了平静。

右近用拳撑在榻榻米上，垂下头说：

"您已经忘了吧，在下是七年前——"

"记得。"老人打断了他。

他与这个武士之间，肯定有些不愉快的回忆。

"有什么事，简单说吧。"

"在下今日去了兵原草庐，拜见了五年未见的伯父。"

老人用疑惑的眼神看着右近。

兵原草庐，是子龙平山行藏的私塾。它由教授兵法、儒学的兵圣阁和学习武术的练武场组成，气势恢宏。

实际上，左马右近是子龙的外甥，不过，由于他七年前的胡作非为，子龙已与他恩断义绝。直到如今，子龙好像仍未原谅他。

即使是天赋异禀、精力超群的子龙，终究也扛不过七十岁高龄，老人听说，他大概在十天前卧床不起了。不过，子龙绝不会见他这恩断义绝的外甥，这一点老人再清楚不过了，毕竟，他与子龙是四十多年的好友了。

"子龙见你了？"

"见了。七年之隔，一切都烟消云散了。请看。"

右近拔出插在身后的长刀。诚然，这无疑是子龙的佩刀。子龙以这把刀为荣，传说武田信玄麾下的名将美浓守马场信房尤其爱用此刀。刀长三尺五寸，黑漆刀鞘，骷髅钉眼，白柄勘助卷，无与伦比。

看到证据，老人仍没有打消疑虑。不对，也许正相反——难道不是趁子龙卧床不起侥幸抢过来的？老人思量着。

"接下来呢？"

"听说，兵原草庐的代理指导户田隼人在贵府与一个叫眠狂四郎的浪人比武，竟一败涂地。在下今日得伯父原谅，愿一雪兵原草庐所蒙耻辱，这是在下的职责所在。"

"户田隼人并没有败给眠狂四郎，是平手。子龙也认可了这个结果。"

"不，伯父并不这样想。兵原草庐的代理指导，竟被眠狂四郎这种无名之辈打败，何等失败——悔恨莫过于此，伯父确实一副遗憾的表情。"

语气假惺惺的，老人一听便知——子龙绝不会见这厮，老人确信无疑。

静香宛如影子一般，静静地送上茶和点心，又退下去了。不过，她蜷坐在隔门外，注意力全放在耳朵上，心怦怦跳个不停。

"你若想与眠一决胜负，自己去便可，老朽不会阻止。"

"不，无论如何都得劳烦您老人家做现场裁定。狂四郎与户田隼人一战，他确曾把将军赏赐的人偶头当作赌注，如今，赌注还在您这里寄存着。在下打败眠狂四郎后，想取走人偶头——"

——不打自招。

老人心中冷笑。

隼人与狂四郎以人偶头做赌注的事，是连子龙都不知道的秘密。如若有人能刺探出这件事，必是本丸老中那边派出的密探。也就是说，推测左马右近是受细作之托，基本上八九不离十。

老人沉默不语，右近用生硬的语调说道：

"请告知眠狂四郎藏身之处——"

"不知道！"

老人冷冰冰地说道。

"你说不知道——"

瞬间，右近双眼闪着光，其中似乎带有骇人的杀气。

"不信吗!"

"不敢,您不知道我也无奈。那么只能动用兵原草庐七百名弟子去找他了。不过这样一来,就不是在下所期待的堂堂正正的决斗,眠狂四郎会遭受兵原草庐的弟子围攻,死于非命。"

——这家伙,莫非,知道狂四郎是我的外孙?

老人悚然心惊。

静香——在右近的字字威胁之下,静香全身也止不住地颤抖。

静香曾受祖父之托,拜访过兵原草庐。前往子龙居室的路上,她瞥了一眼道场,那令人毛骨悚然的凄惨情景,骇得她迈不开步子。居台的大炮、手持炮、填塞桶、步枪、铠甲、矛枪、长刀、大锤、木刀,皆一一摆在台阶板上,壁龛里展示似的挂着一个武藏野骷髅图。而且,在地板上翻滚对打的人,拿碗在角落里四斗大的酒桶口接酒牛饮的人,皆是一副粗莽之相。她确实好像从被平贺源内①讽刺为"刀比烟管细"的江户街中,一下子穿越数百年,被拉回到了战国时代。眺望那幅杀气腾腾的景象,真是难以置信。

静香完全清楚狂四郎是个剑术高手,然而,若是兵原草庐的门徒们一拥而上,纵使是狂四郎恐怕也不能以一敌百,全身而退。

—— 一定要早点通知狂四郎大人!

三

大概过了二刻——

天上飘着稀疏的山帽云,冷寂的秋日长空下,三顶轿子正急匆匆赶路。

轿子里,静香皱起眉头,睁大的双眸一眨也不眨,她觉得行进速度还

---

① 平贺源内:日本江户中期的科学家、木草学家、通俗小说家。

是令人焦急。那个瘆人的红瘤武士,仿佛无声无息地快速追赶而来的恐惧,让静香脊背发凉。

她无数次掀开垂帘,确认后面是否有人追来,看的时候也是胆战心惊。

突然,轿子停在某处,瞬间——啊,追来了!静香这么一想,不禁全身僵硬。

"大小姐,到押上村的巢之森林了,前面是三岔路口,请问走哪一条?"

静香掀开垂帘,顾不上回答。往后面望去,空旷的路上没有一个人影。她松了口气,笑自己有些杞人忧天,"这里就行。下轿。"

对面渐染秋色的树梢,白鹭起舞的疏林,这一切都仿佛见过。

周围景色逐渐萧瑟,整个原野的芒草随着秋风舞动。静香漫步在细窄的小路上,每走一步,她的心都会被更深地拉入去年的回忆里。

不可思议的是,静香认定狂四郎还住在龙胜寺。

她对此毫不怀疑,只是不想让兵原草庐那些血气方刚的年轻武士们找到这里,就急匆匆地赶来了。

然而,走在这令人怀念的小道上,——我来到这里,是为了和狂四郎大人一起过日子吗?

静香扪心自问。

——也许就是这样。我要告诉狂四郎大人待在江户有危险,然后和他一起去一个遥远的地方!

这样一想,静香骤然心跳加速。

经过竹林,看到龙胜寺屋檐时,静香已经下定决心。

一进寺院,静香一路小跑。偏房的护窗板开着,拉门紧闭,拉门上一片纯白,映着对面茂盛的黄色银杏叶和秋日明亮的阳光。

走在院中的石头上,静香的木屐发出轻微的响声,她很快上到了置履台。

"狂四郎大人——"

她喊道。

房中仰卧着一人。在静香脑海中，毫无疑问这便是狂四郎。

人影动了。

——他果真在！

然而——。

拉门静静拉开了，静香蓦地血色全无。

一个陌生的冶艳女人，以新婚妻子的模样出现在眼前。黛眉剃掉的青色痕迹，微启的朱唇里是漆黑的铁浆齿，美丽动人。

对方也有一瞬对上静香清澈的双眸，而后马上垂下眼睑，礼法周全。

"请问尊姓大名？"

对方过于沉着从容的应对让静香全身突然激动燥热起来。

——真是下流！

静香内心迸发出对狂四郎声嘶力竭的呼喊。

既然已有妻室，还若无其事地冒犯自己。对这个无耻之徒，静香生平第一次感到如此愤怒。

正因为拉门打开之前无比兴奋，得知被背叛后的绝望也就更甚。

美保代眼见一位清秀的女子从一脸惊愕刹那间转变为凄厉的愤怒，觉得挺吓人的。

"我来取留在这里的衣服。"

连静香都没有想到自己说出的话语竟是如此冰冷。

——啊！是那个叫静香的人！

美保代反而放心了，"是的。确实有。"说着，她站起身往壁柜走去。

"不要碰！"

静香像要杀人似的尖叫一声，接着便飞蹿上前，冲了过去。

她不顾一切地抓出那个包裹，迅速回到外廊，转过头想抛下一句狠话离去。但是，当她看到那张隐藏着无法言说的落寞、哀愁、优雅端庄的面容时，忽地松了一口气。

于是——

"我恨那个男人！"

她扔下这句话，下到庭院。她眼中没有流下一滴泪水，只是望着天空，急匆匆跑远了。

"嗯……喂！"

在美保代的喊声中，静香像突然被人撞飞似的跑开了。

然而，静香遭受的打击并没有结束。

她穿过竹林旁，刚要出堀川沿岸的街道时，忽然身体像木头一样，呆立在那里。

太过讽刺的偶遇。

她应该怨恨的男人眠狂四郎，正慢悠悠朝这里走过来。

狂四郎往前走了几间远，发现静香脸上表情异常僵硬。他微微皱眉，想要说些什么。同样地，静香的芳唇也不断颤抖着，似乎想说什么。

然而，双方开口之前，静香像一阵风似的从狂四郎身旁跑开了。

狂四郎扭头目送她离开，冷不丁一声苦笑。

——虽然不知何故，但她这样做我也不会太尴尬了。

狂四郎做梦也想不到，他离开的一年里美保代心意的变化，更不知道美保代正在等他归来。他只是朝着这里走来。

㊃

静香失魂落魄、深一脚浅一脚走回涉谷，此时，洒落繁叶之上的斜阳余晖正一缕一缕消失，天色渐暗。

薄霭像是在抚摸用太竹与细竹柴编的篱笆似的，以肉眼看不见的速度缓缓流动着。

这时——

突然一个影子悄无声息地伸到静香脚边，她抬起头，猛地回过神来。

长红瘤的武士左马右近，像从地下冒出来似的出现在这里。

"静香小姐，在下一直在等你。"

"……"

"你隐瞒也没用！在下什么都知道。你爱慕弑兄仇敌眠狂四郎，急着给眠报信儿说我的事——"

"……"

"你躲在拉门背后偷听时，在下已察觉。然后，你又偷偷离开家。所以，我就在这里耐心等你回来。"

静香看着男人慢慢地逼近，他异样的相貌却仿佛十分遥远。

下一秒，右近电光石火般的拳头已经击中静香的侧腹，她一下子弯下腰去。

右近轻而易举地把浑身瘫软的静香夹在腋下，他分开灌木丛，走到杂树林深处。

在一处开满金雀花的地方，右近扑通一声把静香扔在地上，然后毫不犹豫地单手伸进她的和服下摆。

无意识的洁白肉体任凭这个男人的十指玩弄，金雀花不停地晃动。在湿滑的青苔上，男女情事的痴态展现得淋漓尽致。

不久，黑暗降临，连对方脸的轮廓也看不清楚了。右近慢慢地从静香身上挪开。

"喂，眠的藏身之地在哪儿？"右近问道。

被侵犯的静香一动不动，犹如死了一般，没做任何答复。

右近突然粗暴地抓住静香的衣领把她拎起来：

"听着！从现在开始，我就是你的丈夫了！你哥哥的仇我来报！"

五

皎洁的月光如潮水一般，徐徐地从庭院一端向外廊浸染。狂四郎静静地眺望这一切。他穿上了美保代满含心意缝制的素雅芝麻秆花纹的进口条纹布衣服。

背后灯笼旁，美保代把狂四郎脱下的黑色纺绸和服放在膝盖上，缝补袖子上开缝的地方。在灯光的映照下，她的脸上洋溢着无比幸福的微笑。

如此静谧、快乐的月夜，美保代过去从未经历过。

方才，狂四郎突然回来，她高兴得不相信自己的眼睛。此刻，美保代徜徉在幸福感中，一遍又一遍地反复回忆刚才的情景。凭着回忆，她确信这不是一场梦。

突然——

狂四郎的身体动了，虽然仅仅是转动身体，但美保代就像终于抓住热切期待的幸福的人，出于守护幸福的本能，猛然感受到一种强烈的冲击，她抬起了头。

美保代条件反射般的直觉非常准。

庭院一端，飘零的紫薇花下，伫立着一个黑漆漆的身影。

美保代并不知道，狂四郎忌惮的强敌鼴鼠喜平太，就曾经在那个地方突然出现过。

这次又是一个不好对付的对手——狂四郎仅凭他身上散发出来的杀气就感觉到了。

"美保代，刀——"

狂四郎低声吩咐，然后朝对手走去。

"想要我的命吗？"他问。

对手不回答，而是往前直直前进了两间距离。

对方的脸暴露在月光之下，半边脸被深色的胎记占满。狂四郎冷笑一声。

——看来怪物都在同一个地方出现。

"无眼唯心流左马右近，代表兵原草庐前来。替平山子龙讨伐眠狂四郎。"

"讨伐？"

狂四郎左手取过美保代手上的无想正宗，缓缓起身。

没必要对话了。

两人都刷地拔刀拉开架势，分秒必争。

然而，拉开架势的刹那，狂四郎"哎呀！"一声，感到一阵战栗游走全身。和鼯鼠喜平太对决时，也是这种感觉。不过这一次跟上一次相比，应该更加危险，更加咄咄逼人。

左马右近的招式，除了奇怪二字，再找不出别的形容词了。他宛如正装束冠者手持笏板那样将刀置于离眼前不到两寸之处，刀尖指向天空。

而且，右近的身形像是要被直立刀身的影子吸进去似的，藏在了影子之下。诚然，右近无视狂四郎的架势，打算使用阴刀刀法凭慧眼随机应变。也就是说，这招是克制狂四郎圆月杀法最好的招式。

圆月杀法的精妙之处在于阳刀的变化。所以，刀锋可怕，刀刃却没那么恐怖。即必须具备魔神一样的迅捷之术才行。不过，最好使用阴刀从自己眼前阻止圆月。因为使用阴刀时，刀刃虽然威力极强，但刀锋却不起什么作用。

右近的无眼唯心流，实际上是为了破狂四郎的圆月杀法而编创的奇怪招式。

狂四郎不得不放弃圆月杀法，刀从下段移至青眼。牵制阴刀，只能靠耐心把它罩在青眼里。

他浑身的锐气从太刀的护手开始，贯通刀身，直至刀锋，不过最要紧的是，使用超越技巧的风心刀法来急速应变。

狂四郎诱敌进攻，从容不迫地开始向右转动。

他转动一间距离，右近也准确地移动一间。

因此，他们二人完完全全交换了位置。

冷不防，狂四郎的视野里映出美保代的影子，她用袖子掩住嘴，颓然倒在外廊。

这几分之一秒的破绽被右近发现了。

"嘿！"

他弹开月光，宛如流星一闪而过……刹那间，狂四郎感到自己身体像要被大地吸进去一般，便迅速横斜着滑出去四尺多远，支起一条腿，摆出大霞这一防御姿势，一道鲜血顺着额头流了下来。

右近面对这一形势，改变阴刀招式，正要高高抡刀砍下来之时——

"等等！"狂四郎发出了一声断喝。"今日我认输！日后再比——"

"你这小子，这么怕死！"

"比起决斗，我更看重女人。"

"什么？"

"需要我照顾的女人倒在了那边。"

"闭嘴！不要找借口！"

"我心绪烦乱，你此时战胜我是不是就觉得自己当之无愧地获胜了？"

二人都想要吃掉对方似的怒目圆睁，时间凝固了几秒。

突然——右近放下刀。同时，狂四郎站起身来。

"日期和地点，在下来决定么？"

"这是自然。抱歉……"

狂四郎往美保代身边跑去。

他抱起美保代，只见她双眼紧闭，半张脸映着屋内灯光，另一侧映着屋外月光，显得异常妖艳美丽。她掩嘴的衣袖被咳出来的鲜血浸湿了。

"美保代！不要死！"

狂四郎第一次让内心的悲痛破口而出。

美保代温顺地向他点了点头。

大笑的疯女人

（一）

一群尚未从兴奋中平息的人，从回向院院内的化缘相扑赛小屋中蜂拥而出。此时——

常磐津文字若将两袖交叉于胸前，闷闷不乐地低着头，正要走过一目桥。相扑开场的高台大鼓那气势磅礴的声音，也从她的耳边渐渐消逝。

文字若在从押上村返回的路上。

美保代在龙胜寺的客房内卧床不起，她消沉如白瓷般的肤色是那种疾病所特有的，而她这空虚的睡容也深深烙在了文字若的眼底。

文字若先是瞥了一眼——

——啊！难道？

这一瞬间，一种不祥的预感向她袭来，双眸怯怯地转向了在枕边双臂交叉而坐的狂四郎。

"昨天，她吐血了。"

狂四郎面无表情，只说了这一句话，接下来就好似拒绝文字若问询一般，紧闭双唇，一动不动。

若是就此再也起不来了——我就将神龛敲毁,扔到茅房里!

正当她心里暗中嘀咕,咬牙切齿之时,听见有人唤她:

"大姐——"

回头一看,是个小伙计。他脸庞消瘦,气色欠佳,目光犀利,正面带笑意地站在那里。

"这不是阿吉吗?真是好久不见啊!"

"好久不见了。不久前去了上方①吧。"

此人是黑元结连中技能首屈一指的小春吉五郎,这个组织聚集了江户手法高超的扒手。他曾经仗着身为江户人的魄力,挑战水野忠邦的异母兄弟长谷川主马。他从插着刀的对手腰部,灵巧地扒到了印笼,是一个让狂四郎惊叹不已的男人。

"您看起来似乎非常不开心啊!出了什么事?"

"人只要活着,就会有各种各样的烦心事啊。"

两人不知不觉并肩走过桥,走到了御舟藏后面的宽阔大道上。

吉五郎略微迟疑了一下,问道:

"大姐,那后面的——眠老爷,不要紧吧?"

"啊,先生自己倒是个不死之身……"话尾的声音被她压得很低。

"发生了什么事?"吉五郎刨根问底。

文字若回头看了一眼吉五郎认真的表情,突然想到了一个计划。

"阿吉,你好像说过想成为先生的手下,是不是?"

"嗯,是想过,不过如您所见,他是个与金八完全不同的忧郁男人,所以我重新考虑了一番,就作罢了。"

"我有个请求,就一个。"

文字若把吉五郎请到了左侧挂有万川鱼标记灯笼的店里。

他们一坐到里面台子的角落里,文字若就向他讲道:"先生的妻子,这

---

① 上方:日本京都及附近地区。今以京都、大阪为中心的近畿地区。

样了。"她拍了拍胸脯,"并且很严重呢。咳了很多血。"

"这样可不行啊……不过我倒是第一次听说眠先生有妻室。"

"这件事说来话长,他们虽是夫妇,但也不算夫妇,所以才叫人心焦呢。若是让美保代小姐就这样死去,我们这些在她身边的人又怎么能若无其事地走在太阳底下呢!"

"……"

吉五郎目光犀利地直盯着文字若。

"实际上,能让美保代小姐好起来的不是药,而是那不知被收在何处的内宫人偶头。"

听了这话,吉五郎脸色骤变,但他却默不做声,等待着文字若接下来的话。

"不记得是在何时,美保代小姐说过这样的话……'我自己拿着男人偶头,那个人拿着女人偶头。这两样东西放在一起之时,就是我成为他妻子的时刻,不知不觉我便对此深信不疑。但不幸的是,两样东西都从我们二人手中遗失了。因此,幸福光顾自己的希望也就没有了。'……说完这番话,她就落寞地低下了头。喂,阿吉,你不觉得她很可怜吗?我一想起美保代小姐那时的表情,心就一下子揪紧。……我想至少要把男人偶头夺回来,交还给美保代小姐。这样的话,美保代小姐一定可以再次活过来的。"

"明白了!大姐,也就是说您想让我把那个人偶头拿回来是吧!"

"啊……如果你办不到的话……"

"如果?您多虑了吧。"

吉五郎十分镇定地向她微微一笑。

"失败的话,我就反过来把自己的脑袋给对方!敢问,您知道内宫人偶所在之处吗?"

"对手可大有来头。他隐居在涩谷宫益町的尽头,据说是原大目付——松平主水正。"

瞬间,吉五郎抑制住惊愕的声音,从嗓子眼挤出几声低沉之声。看到吉五郎面色大变,文字若不由得大吃一惊。

吉五郎像是打趣自己无意间的失态似的歪了歪嘴,默默站了起来。

"阿吉,你没事吧?"

文字若还以为吉五郎是因为对手过于强大而畏缩了。

"一旦答应,我绝不半途而废,这就是我的个性。"

(二)

深夜——

吉五郎偷偷潜入了乐水楼隐居的宅子里。尽管四周的黑暗如墨一般倾泻下来,可他却是个身处黑暗仍目光如炬的男子。况且他对武家府邸的构造了如指掌,经验老到,能够轻而易举地找到重要物品的所藏之处。

——这是书院吧!

吉五郎拔掉了挂在腰间,拳头大小的葫芦上的塞子,往门栏处倒了些水,接着他把拉门打开一分,两分,然后,悄无声息地完全拉开。

走进里面,他关上隔扇门,然后以微弱的动静擦着打火石,将袖兜中掏出的一根线香点着。只要有了这一丝的红色火光,他就有信心找到任何细小之物。

他四处环视的目光突然落在了一个黑架子之上,随即便靠了过去。他单手伸向了放置在上层的大书箱,并敏捷地解开绳结,打开盖子。不在里面。接着,他又找了下层螺钿[①]工艺制成,装有腿的中国式长方形箱子。里面也没有。

——怎么会这样?

吉五郎灵机一动,他将在黑暗中放光的双眸投向背面墙壁上的佛龛。

---

① 螺钿:镶嵌螺钿的手工艺。

那里只是装饰着唐代的古镜、土俑、砧形花瓶之类的东西。

书院壁龛上放着一个香炉，壁龛边的架子上并排摆放着食盒、茶叶罐、壶、滴茶茶具、焚香盒等，完全找不到可以收容人偶头的盒子。

——可恶！没有放在这个书院吧！

于是，他不得不考虑东西所在之处会不会是主人的寝室。

片刻间，吉五郎像是化作了书院的一件家具，纹丝不动地杵在那里。

——可恶，不管了！赶紧完成任务吧！

他下定了不顾一切的决心，猛然靠向了通往深处的隔扇，把葫芦里的水倒在了门栏上。

他本想拉开隔扇门，但就在指尖触到的刹那，察觉到隔扇对面有人，便闪退到三尺开外。

与此同时，隔扇忽然被打开。黑暗之中不知从哪里射出一道微光，一个黑魆魆的阴影出现在面前，双手握着铁枪，隔扇就是被那枪头挑开的。

"不出声了啊。"

乐水楼老人的声音与往常相同，但那反而有种让对手四肢僵直的威严。

"先点上灯，让我看看你的脸吧。"

仅是微弱的对视，便就此结束了。吉五郎毫不露怯地靠近了灯笼。

红色的光亮缓缓地在院中扩散开来。

老人死死盯着这个蹲在地上，将巨大的影子投射在榻榻米上的男子，突然，他脸上露出了万分惊讶的神色。

"你不是吉五郎吗？"

老人曾任大目付的要职，他十多年来差使的年轻随从正是这个男子。毫不夸张地说，他是个为主子而生，废寝忘食、鞠躬尽瘁的难得忠仆。

"吉五郎，连你这般人物都会沦为如此鼠辈吗！"

"……"

"看这样子，你潜入之时就知道这是我的宅第吧？"

"……"

"目的只是想偷点金子吗?!"

吉五郎抬起了头。

"老爷,您一生正直,一尘不染。然而吉五郎看到您被罢免官职,搬离猿江町的府邸后,便痛感世道变得如此荒唐无稽,终于沦落至偷掠他人怀中之物的境地……但我的本性还没有坏到去偷取于我有大恩大德之人的财物。我之所以前来,是想取回老爷从眠狂四郎先生那儿拿走的人偶头。"

"什么?"

吉五郎直勾勾地望向眉头紧皱的老人,陈述着自己造访的理由。

老人始终沉默不语。从吉五郎的缄口不语开始,老人就持续着他的沉默。过了一会儿,长久的沉思终于结束了。老人把长矛立靠在墙边,轻手轻脚地走近桌子。

老人敏捷地打开一个甚是古老的舶来品——金线织花锦缎卷轴,吉五郎紧张地凝视着这一切。里面卷着的不是书画,而是细长的七宝烧①盒子。

拿起它的瞬间,老人心中涌上一丝怀疑,因为它的分量过轻。打开盖子一看,他发出了痛苦的呻吟声。里面已经空了。

"老爷!"

吉五郎由于担心叫出了声,老人狠狠地直瞪着他,说道:

"吉五郎,看来你是找错地方了。"

三

第二天万里无云。午后,小春吉五郎来到了麻布六本木荒废的旗本宅地。细条棉布的和服配着相同花纹的外褂,和服的后襟掖在了腰带里,露

---

① 七宝烧:特种工艺品之一,类似于中国的景泰蓝。

出黄绿色的细筒裤,腰间只挎一把短刀——这副打扮与他做了十年随从的样子简直是十分般配。这是被称作大奥下人的管家们的男仆打扮。

简直就是空屋子嘛!

吉五郎走进荒废的大门,犀利的眼睛四处看了看。这时,一个如猴子般面容枯槁、满脸皱纹的管家走了出来,吉五郎立刻若无其事地跪拜道:"我是来自吹上御庭的使者。"随即低头呈上了信匣。

管家戒备的目光中略带怀疑,问道:"需要回复吗?"

"属下并未被告知带回信回去。"

"辛苦了。"

管家退回里面,吉五郎利索地走出玄关,脱掉麻衬草鞋插在腰带里,然后以熟练的身手,似滑行一般嗖地沿着内墙翻了进去。

里院被任意荒废着,地面上杂草丛生,树木的枝丫肆意生长,但从松树的造型、开着白花的茶梅、灯笼与孟宗竹的搭配等仍可推测到宅邸主人高雅的情趣以及在一石一木上所倾注的苦心。

对吉五郎而言,荒废的地方尤其适合藏匿自己的行踪。茂密的杂草中,小动物们频繁地制造着小动静,这更是求之不得的。

他炯炯有神的目光直直望向房间,同时敏捷地朝那里移动着身体。

从管家那里接过信匣的是静香,两人紧张的表情让吉五郎更加相信自己的计谋一定能够成功。

静香打开信函时,吉五郎也无所畏惧地逼向离外廊不到三间远的玉雕扁柏影子之下。

静香默默读完信函,脸上毫无血色,比一旁的隔扇纸还要苍白。

管家不安地注视着女主人异样的表情,不过,因为那是他不该问的,他只有沉默着低头走开。茅场房是御庭番的家。也就是说,隶属吹上奉行[①],

---

① 吹上奉行:日本武士执政时代的官名。奉命处理事务。

受若年寄[1]调遣。但细作直接从将军处接受命令，因此即便户主修理之介死于非命已是确凿的事实，也不能说家族后继无人。妹妹静香代替兄长，继承细作的工作。这是她的宿命。

听到是从吹上的御庭派来的使者，静香已做好心理准备。信上记录了这一点。静香根本不可能识破它是赝品，因为这是一封由乐水楼老人亲手所作，并且精巧到足可以假乱真的命令信。

老人将信函交给吉五郎之时，曾谆谆嘱托说：盗走人偶头的正是自己的孙女茅场静香。而盗取的理由仅仅是出于她不想交给眠狂四郎的妒忌之心，因此估计她定是放在了寻常的地方。若让她读了信函，她应该会急忙更换其藏匿之处，而看到这一幕时就将其夺走。

信函署名是吹上奉行，并写着"得知被西丸老中水野中邦所砍掉的将军家恩赐的人偶头，已交到原大目付松平主水正之手。某晚，庭番潜入搜查，但未有所发现。你长期停留此地，定对其去向有所了解，望能接受传唤和汇报。御庭番之中，有人对你多有怀疑，你应为自身早早申辩才是"。

突然，静香情绪激动，站起身来。一看她站起来，吉五郎心中立刻叫道："果真如此！"

静香走近书架，拿起一个十炷香盒子，从里面拿出一个纸包着的东西，慌忙扫视了一下房间，拿掉壁龛香炉的盖子，并将手伸向放在另一个架子下面的茶具，想要够到茶叶罐、砂罐、水壶，但她又想了想，然后将纸包分成了两部分。

——不行！这样就把男人偶和女人偶分开了。

静香从头上摘下发簪，撬掉拉门的把手，把其中一个人偶藏在里面，然后再将把手嵌回原样。接着，她火急火燎地不知该把另一个藏在何处。此时，她一下子惊慌失措，呆若木鸡。

她听见有个脚步声在靠近外廊。

---

[1] 若年寄：日本江户幕府的官职之一，辅佐老中参与幕府政治。

这个人出现在拐角处的时候，吉五郎已经将全身的神经转移到了那里。只轻微一瞥，他就能从身影上察觉出此人绝非等闲之辈。他的半边脸上有块宛如红漆涂上的胎记。是左马右近。他将静香带回这个院落，自己也若无其事地走了进去。

右近目不转睛地看着静香，问道：

"你在害怕什么？"

"没、没、没什么。"

"你就这么憎恶我？"

"……"

不经意间，右近伸出了他的长臂。

"啊！不行！"

静香拼命拒绝着，但右近还是一把抱住了她，令她动弹不得。

"老子用自己的方式让你成了我老婆。既然跟我一起过日子，那就服从老子的规矩！"

"但，但是……这样……"

"你我已经结为夫妻，即便是白天，也没什么可顾忌的！"

"请放过我……"

静香越是挣扎，越是挑起了潜藏在右近身上的兽性。杀人时那骨肉吞噬刀刃的手感，或是踩躏尤物时那柔软肢体的抵抗感——对于这个男人而言，似乎只有这些极度原始的刺激才是他生存的意义。

突然，右近抱起静香，发出异样的呻吟，然后如奔马一般在檐廊奔跑，接着就跳到院子的草地上。

——畜生！

吉五郎隔着树叶瞥见静香被压在了那野兽的身下，她那散落在枯草上的绯红内衣，如火焰燃烧一般，那从丰盈洁白的小腿延伸至大腿的曲线，一动不动，宛如没有生命的可怜的祭品。他匆忙背过脸去，表现出因莫名的兴奋而难以克制的焦躁。在接下来的一瞬间,他让这一兴奋朝着自己目的的实现高涨起来,于是朝着客厅飞蹿上去。

他拧掉拉门把手,拿到人偶头的纸包后,便似飞鸟影子掠过一般飞快地再次逃回到院子里的植物阴影之下。

然而,此时的右近从静香纤腰之上跳起,拾起扔在一旁的腰刀,猛然追了上来。

两人隔着被扁柏遮住的石盆对峙着,右近杀气腾腾地看着吉五郎,嘴角泛起一丝毛骨悚然的冷笑。

"我就是因为注意到你这个混蛋藏在那儿,才故意在那块草地上行房,让你好好过把眼瘾。不解风情的蟊贼!你右手里拿了什么?"

吉五郎没有回答,一步一步向后退。

对着突然闪身躲避的吉五郎,伴随着急促的呼吸,右近飞身跃到扁柏叶子上方。随着"呀——"的一声和一道闪电,吉五郎那紧握人偶头的右拳啪地喷射出鲜红的血沫。

若是寻常人,这一击定会让其深受重创,右近自己也对此深信不疑,便喘了一口气。

只不过小春吉五郎与常人不同,他将那被纵向切裂的右拳揣进怀里后,就以丝毫未减的迅捷,转瞬逃到树林的对面了。

四

院内一边的太子堂已经开始老化,摇摇欲坠。狂四郎坐在外廊,茫然地眺望着那日渐萧瑟的冬景。

在颜色褪去的杂草中,一棵桂花树突兀地耸立在那儿,上面开着黄色小花,在这萧条的灰色景致当中,这是唯一的色彩了。

金桂扑鼻香，万籁俱寂无声响，最静坐禅堂。

这首俳句忽地掠过狂四郎脑中。

一个男人的身影转过这棵桂花树，突然朝这边走了过来。

狂四郎寻思着在哪见过他，但为迅速唤醒记忆所想起的，多是些未曾见过的面容。

男子右手揣在怀里，笑着弯腰寒暄道：

"许久不见，想必您已经不记得我了。在下小春吉五郎。"

"哦——"

狂四郎微笑着点了点头。

"手怎么了？"

"啊，稍稍受了点小伤。没什么大碍。"

吉五郎用左手在袖兜里找了一番，掏出来一个小纸包，

"意外地多管了闲事……实在不好意思，请您见谅。"

男子说着将纸包递给他。

狂四郎疑惑地打开了纸包——

"是它！"

他吃惊万分，是放在乐水楼老人处的女人偶头。不知为何，偶人头从额头到嘴唇被砍成了两半。

看起来是被锐器一刀两断的，偶人头白皙的脸庞被擦得干干净净，但发梢上还粘着血迹。

狂四郎将目光转向吉五郎，说道：

"你就是拿着它才被砍下那只手的吗？"

"是啊，这也够丢脸的了。"

"是被老人砍伤的？"

"不，不是这样的。"

听吉五郎简要地讲完事情原委，狂四郎始终面无表情，喜怒不形于

色。只是，他的眼睛突然变得非常清澈。

"辛苦你了，接下来由我来善后。"

然后，他站起身来。

吉五郎朝着离开的狂四郎叫了一声"老爷！"就无法再继续说下去，喉咙异样地哽咽了。

狂四郎隐藏着内心所有的情感，呈现出与这明亮的萧瑟景象相称的安然。对吉五郎来说，那笔直的站姿有一种足以让他颤抖的魅力。

一个男人对另一个男人的迷恋——莫过于此。

狂四郎回到房内，美保代默默地闭上了眼。

但当他不声不响地从壁龛上拿起刀时，美保代却睁大了她憔悴而湿润的双眸。

"出去一下。"

"是——"

美保代轻轻站起。

因为美保代是拦不住的，所以狂四郎就由她起身，自己走到了檐廊。

"那个……老爷……"

狂四郎回过头，只见美保代从怀中掏出双布袜。

"请您换上它吧。"

即便抱病在身，自己妻子般的心还是这般挂念他。恐怕她是背着狂四郎偷偷洗干净，然后揣在怀中将它焐干的吧。

当时的东京人，衣服上可以有补丁，唯独这袜子是每天都要换的。

狂四郎默不作声地接过袜子换上。女性柔软肌肤的温暖渗入了他的身心。

就这样，狂四郎目不转睛地凝视着前方，头也不回地走了出去。

五

一个时辰之后，狂四郎避开正门，从茅场家侧面的小门进入，闯入里院。

他并不是偷偷潜入，而是堂堂正正踩着落叶向内厅走去。

冤家路窄，左马右近正独自斜倾着一个朱漆双把酒桶倒酒。

直到狂四郎缓缓靠近庭前，两人都缄默不语，只是以目光狠狠盯着对方，似乎要把对方吃了。

狂四郎一下子停住，右近慢吞吞地站起来走进里面，然后提着刀走了出来。

狂四郎首先打破了沉默，语气平缓地说道：

"我等不及你来指定再次比试的规矩了，我直接找上门了。"

"值得钦佩啊！让你先提出来是我的失策。"

"不不，并非如此。我与你这样罕有的剑客交手，丝毫没有想要参透剑理妙处的意思，而是另有目的。"

"什么目的？"

"那就是等我击败你之后的事儿了，所以，可以说这跟你毫无关系。"

"好吧！我不问。你能把我彻底击败吗？"

"对付你的阴刀，只需要略加思考即可。"

"好啊！"

右近站在檐廊上，右手一下抽出长刀，扔掉刀鞘，同时左手手持腰刀。

与此同时，狂四郎拔出无想正宗，摆好了下段[1]姿势。

一看狂四郎已做好对付阴刀的准备，右近忽然改变想法，决定占据绝

---

[1] 下段：下段预备姿势。刀尖向下的准备姿势。

对有利的位置，以便手持双刀对付对方。

而且，这双刀的招式也十分奇特。

一大一的双刀小平行延伸着——刀锋直直戳向狂四郎的脸，在空中画了一条笔直的水平线。

眼下的危机狂四郎已经在鼯鼠喜平太手下体验过了，喜平太的招式里，还加上了空中滑翔的奇怪战术。

狂四郎化解了这个本让人害怕的危机，对他来说，地理位置的利弊几乎不存在任何问题。然而他不得不戒备的是，右近与喜平太不同，在他那奇特的招式中，潜藏着变幻莫测的秘术。

"……"

"……"

二人的对峙使天地之间恢复至万籁俱寂的状态，狂四郎的下段架势和右近的双刀横立，就这样持续了数秒。

接下来——狂四郎的刀尖缓缓挥起，准备画出一轮圆月。

而右近的脚也敏捷地随之迈向前方。

在这千钧一发之际，右近的躯体宛如从火山口爆裂的熔岩，伴随着劈开冬日天空那般的一声怒喝，纵身跳至狂四郎眼前。

右近的确在这一刹那感受到了长刀刀锋斩落的感觉。然而，狂四郎已经从右近刀锋所至的地方消失不见了。

右近所砍到的，只是个不知从何处飞来的小石头似的黑块。

——这家伙！

右近高举双刀，猛然踩在大地之上，眼球如要剥落一般寻找着狂四郎的踪迹。他的胎记一下裂开了，眨眼间鲜血喷涌而出。

此时，一阵诡异的笑声传来，像是在嘲笑右近的惨败。

那是从数间外一头的孟宗竹旁传来的，是静香。

"左马右近——今天轮到你来照顾女人了。"

一个从容不迫的声音从檐廊传出。

右近只是黯然失色地望着癫狂的静香,甚至忘了按住伤口,止住喷涌而出的鲜血。

狂四郎下到檐廊,捡起一个掉在长满苔藓的庭石上的东西——是脸被斩成两半的男人偶头。正是静香扔了出去,刚好被右近砍成了两半。

狂四郎将它收入袖兜内,步履匆匆地离开,静香的狂笑在他耳畔经久不息。

刺青往生

一

晴空万里的隆冬——十一月的第一天，是举行大黑祭的日子，善男信女都聚集在供奉着大黑天[1]的寺院。下午，眠狂四郎独自一人走在大久保村一条名为久右卫门坂的冷清小路上。

一微禄旗本[2]家公子模样的少年扛着捕捉绣眼鸟[3]的竿子从小巷子里出来，狂四郎叫住他，向他打听去往雏屋[4]杜园家的路。在被告知杜园住在对面西向天神社后面之后，便朝那个方向走去。

杜园的家建在一片寂静的橡树林中。

树枝摇曳，冬阳透过间隙落下明亮的光斑，编织成斑驳的图案。在这

---

[1] 大黑天：福神。财神。在日本，作为福德神而受到民间供奉。七福神之一。姿态为右手持小槌，左肩背大袋，站立于装米的草袋上。

[2] 微禄旗本：俸禄较低的旗本。他们通常将幕府所分配的宅地，腾出一部分或大半租给商家，赚取外快。有些人更因为债台高筑，便同富裕商家订立买卖身份合同，就是收养商家子弟为养子，让他们晋升为武士身份。

[3] 绣眼鸟：绣眼鸟科小鸟。翼长约6厘米。体黄绿色，眼周围有百环。栖于平地及低平山地。秋季成群飞到村庄。鸣叫声优美。

[4] 雏屋：卖人偶的地方。

样的小路上前行二十余间,便可看到杉树皮葺的歇山屋顶[1]静静耸立在眼前,屋顶的一面沐浴在日光之中。

杜园家门前悬挂着一个陈旧的鱼拓[2]。

狂四郎正犹豫着要不要敲一下这个木鱼叫门,只见左边矮栅栏背光处突然出现一名男子。此人三十出头,系着带子的袴上披着无袖兽皮。

"雏屋杜园先生在家吗?"

"在下正是——"

狂四郎原本以为雏屋杜园肯定是位老者,不料对方如此年轻,煞是惊讶。

说起雏屋杜园,他原本是江户时期名扬京都大阪的人偶师。据说即使是江户城的大奥或者有权有势的幕阁[3]大名去委托制作,也得安静地等上两年才能拿到成品。雏屋杜园擅长御所人偶[4]和女儿节人偶,偶尔心血来潮做的浮世人偶在富有的町人中间可以卖到百两[5]以上的高价。也难怪狂四郎会把他想象成六十往上的老工匠了。

不过,狂四郎被招呼着跟在雏屋杜园身后在庭院里转悠的时候,觉得他像传说中的人物,那举止的确符合他那娴静、高雅的气质。

狂四郎脑海里不由得掠过这样几句诗:"……柴门半掩闭茅庐,中有高

---

[1] 歇山屋顶:歇山顶共有九条屋脊,即一条正脊、四条垂脊和四条戗脊,因此又称九脊顶。由于其正脊两端到屋檐处中间折断了一次,分为垂脊和戗脊,好像"歇"了一歇,故名歇山顶。

[2] 鱼拓:将鱼的形象用墨汁或颜料直接拓印到细棉布或纸上的技法和艺术,鱼拓最开始是垂钓者用以记录钓上的大鱼的实际尺寸,并留作纪念发明的。后来才逐渐发展成为一种艺术。鱼拓作品上面可以描绘水草或山水,或题写诗词书法,形成诗书画印的艺术品。将鱼拓作品装裱好放入镜框悬挂在家中是非常好的装饰,同时又具有纪念意义。

[3] 幕阁:幕府的最高领导。

[4] 御所人偶:日本江户时代起制作的男童裸体人偶。外表白色、矮胖、小眼睛、小鼻子表现出童心。有土制、木制和纸糊的。

[5] 两:古时的金属货币单位。日本江户时代金币1两为4分,银币1两为50-80文目。

人卧不起……叩户苍猿时献果,守门老鹤①夜听经。囊里名琴藏古锦,壁间宝剑挂七星。庐中先生独幽雅……"

狂四郎被带到书院里,这里到处都是能工巧匠才有的清雅装饰。

壁龛上挂着蓝纸上金漆书写的阿弥陀经挂轴,不用说肯定是有名的古人墨迹。壁龛下面立着一尊一尺多高半瞑目的九面观音像。十五个榻榻米大的房间内全部铺着暗铁青色的白雕毛毯子。房间的一角随意放着古九谷烧壶、陶俑马、琵琶等东西,样样都是使懂行之人垂涎的物品。

"请问您想询问什么呢……"倒好茶后,杜园目不转睛地盯着狂四郎问道,眼睛里满是清澈和善良。

狂四郎从怀里掏出小纸包,打开后问道:"这个,莫非是出自您之手?"

瞬间,杜园的表情显出了很大变化。他嘴唇微微颤抖着吐出一句"哦,这个……",算是做了回答。

狂四郎拿出来的是两半儿小直衣人偶头。哪一半看了都让人觉得惨不忍睹,因为它的整个脸从正中间被纵向劈成了两半——

杜园将它放在自己颤抖的双手上,靠近了仔细看。

狂四郎目不转睛地看着杜园因异常激动而颤抖的样子——一个能工巧匠竟如此热爱自己的作品。尽管狂四郎惊呆了,但他还是俯首鞠躬说道:"坦白说,如此为所欲为亵渎它的人是我。不过我并非有意这么做,……希望您能原谅。"

杜园似乎并没有听到他的道歉,仍凝视着自己那面目全非的作品。过了好一会儿,他蓦然回过神来,露出一丝苦笑。

"弄成这个样子……事到如今,我也没有办法了。"

"不——我不只是前来谢罪的。而是想请您再做一个一模一样的人偶头。"

"那是不可能的!"

---

① 老鹤:和歌山的日本酒。

杜园突然表情严峻，断然拒绝。

"我知道这让您有些为难。不过我也是认真打听过您的为人和制作风格之后才决心过来求您的……我不过是一介粗俗的穷流浪武士，既没有准确赏玩复原后作品的眼力，也没有安放适合名作的高贵场所。我的目的在其他方面。我并不是惋惜这个人偶杰作，这一点并非撒谎。我只是想，如果我有一个和这个一模一样的人偶的话，或许就可以搭救一个女子的性命。"

接着，狂四郎讲述了事情的原委——卧病在床的美保代的坚定信仰。

言毕，默然低头倾听的杜园沉思了许久之后终于抬起头来，脸上泛着一丝勉为其难的神色。

"眠先生，冒昧的说一句，您有一副让人着迷的难得的好心肠。如果换做是别的东西，我马上或者明天就可以开始做，而且不收您任何费用……只是您运气太差了，唯独这个人偶，我修复不了。因为这不是一己之力完成的作品。"

说完，杜园慢慢打开胸前的衣服，连同衬衣一起脱掉，光着膀子背对着狂四郎。

他的背上雕刻着一个色彩鲜艳的女人偶刺青。人偶胖乎乎的脸蛋儿上，秀丽的半月形眉目、形状丰满的大耳朵、洋溢着微笑的嘴形，成色饱满，雕刻整齐，让观赏者不由得进入一种忘我的境地。高雅之趣，优雅之美，的确和放置于榻榻米上女人偶的神情如出一辙。甚至连头上戴的璎珞天冠，都是用叫做礼品绳红线做的一模一样的束发。不同的是，刺青要比人偶大上数倍。

"眠先生，如您所见，那个女人偶就是按照这个刺青照着镜子复制出来的。关于男人偶……接下来我讲的故事，请务必听一听。"

杜园把和服穿好，端然转过身来。

（二）

这是发生在十五年前的往事。

说起播磨国[①]赤穗郡的新滨，就是贞享[②]元禄[③]年间浅野大人[④]所开盐田的地方。邮差火速送来我父亲去世的消息。我犹豫了许久，最后不情愿地踏上了漫长的路途。那天正值盛夏，山王祭正式举行的第一天，我看着神轿游行，离开了江户。

如此心事重重的旅行此生还是第一次。之所以这么说，是因为自我懂事以来，从未得到过作为独生子应该享受到的父爱。我记忆中的父亲，就是一个强迫十四岁的我脱光衣服后，摁着我用带尖儿的竹刷子把黑墨和红墨刺到我背上，让我痛苦得难以言表的男人。

是的，我背上的女人偶刺青是父亲刺上去的。他是个刺青师。就是这

[①] 播磨国：日本旧国名。位于今兵库县西南部。

[②] 贞享：日本江户初期的年号。由天和改元而来。元年（1684）二月二十一至五年（1688）九月三十日。

[③] 元禄：日本江户初期的年号。由贞享改元而来。元年（1688）九月三十日至十七年（1704）三月十三日。

[④] 指赤穗藩藩主浅野长矩。元禄十四年阴历三月十四日（1701年4月21日），赤穗藩藩主浅野长矩在奉命接待朝廷敕使一事上深觉受到总指导高家旗本吉良义央的刁难与侮辱，愤而在将军居城江户城的大廊上拔刀杀伤吉良义央。此事件让将军德川纲吉在敕使面前蒙羞，德川纲吉怒不可遏，在尚未深究事件缘由的情况下，当日便命令浅野长矩切腹谢罪并将赤穗废藩，而吉良义央却没有任何处分。以首席家老大石内藏助为首的赤穗家臣们虽然试图向幕府请愿，以图复藩再兴，但一年过后确定复藩无望，于是元禄十五年阴历十二月十四日（1703年1月30日）大石内藏助遂率领赤穗家臣共47人夜袭吉良宅邸，斩杀吉良义央，将吉良义央的首级供在泉岳寺主君墓前，为主君复仇。事发后虽然舆论皆谓之为忠臣义士，但幕府最后仍决定命令与事的赤穗家臣切腹自尽，而吉良家也遭到没收领地及流放的处分。

个微不足道的刺青师,曾做过传马町[1]牢房的同心[2]。在给囚犯施以刺青处罚的过程中,对刺青产生了兴趣,于是将其作为自己一生的职业。

不过,不得不承认,父亲具有相当高的刺青技艺,我在后来观察父亲刺青作品之后才不得不承认这一点。许多刺青图案父亲并不擅长,他的作品题材仅限于女性,刺些如清姬、玉取姬、泷夜叉,或被喻为妲己的阿百、名叫阿重的毒妇等图案。据说有时也刺癞蛤蟆、蛇、蜒蚰三种互为克星的动物。总之,表现女性报复心的东西最精湛。

说来惭愧,父亲因好酒贪杯,且爱耍酒疯,家里赤贫如洗。我从憎恶贫困转变为对父亲行为感到愤怒,对我来说,这也是一件不得已的事情。

父亲离家出走那年我十六岁。一年后,母亲为生活所累,趁我外出时自缢而死。我心里一直认为是父亲害死了母亲。

这样一来,我对去给父亲料理后事一事心情不快也是情有可原的。

父亲居住的峠町要翻过两座陡峭的山岭,还要穿过一里地的稻田。

白色的路笔直地朝前延伸着,看不到尽头。

闷热广袤的蓝天下,近在咫尺的群山、狭窄的水田、还有四处星罗棋布的百姓庭院,全部映入了眼帘,所有的一切静得像是屏住了呼吸。不过,说起活物,秋蝉不停的嘶鸣让闷热的天气越发让人难以忍受。还有拳头大小的红蟹时隐时现横穿白色道路,抡起双爪向我示威。

没有风,山上的柳树、松树、杉树的影子纹丝不动,静静地投射在地面上。

连着走了半个时辰之后,我看到了大海。

走向海湾的自己,突然有种伫立在山上湖畔的错觉。薄雾缭绕的山峦顺着陡坡滑落向海面,没有沙滩的狭小海湾内,仿佛盛在碗里的饭菜一样浮现

---

[1] 传马町:日本旧宿场町遗留的町名。战国时代以后,特别是在江户时代,因驿站北邮叫做传马的驿马,故名。

[2] 同心:日本江户幕府官吏职名的一种。负责警察、庶务。

出两座小岛,海面上平静得犹如镜面一般,映衬着周围那片青翠繁茂的画面。

我试着步入生有海藻的浅滩,看到小螃蟹和寄居蟹到处乱窜,居然对在如此萧条的海边撒手人寰的父亲有了一丝同情。

父亲好歹是个江户人。尽管家中不名一文,他也要将身上的棉袍拿到当铺换钱买上半条新上市的鲣鱼品尝,否则就会感到耻辱。况且,他还是个以追求时尚的年轻人为对象的刺青师,竟在这个看一眼就让人六神无主又凄凉偏僻的海边一直生活了五年。这些,我实在无法理解。

对了——我还没有跟你说父亲为何要弃家出走。父亲诱拐了吉原江户町二丁目上大篱"紫屋"里一个十三岁的秃[①],以隐匿了去向。

听说那个秃是个眉清目秀的少女,早晚会成为黑二星传唤花魁。尽管如此,她当时仅仅是个十三岁的孩子,父亲为何拐骗她,无人知晓。

我站在那个凄凉的海边,心里有种直感:父亲肯定是为了让那个秃不被他人抢走才选择了这个离江户几百里的地方。

父亲养育的那个秃,应该就在对面岬角的房中等着我。

或许我自己想知道能让我来到此地的女子到底是个什么样的人。

我一脚踢飞一只螃蟹,快步冲着缓缓的山路走了过去。

三

不大工夫,我来到一个大的海湾边上,看到稀稀落落的红松林中有间小小的草屋民居。那是来时向村民打听路的地方,是垄断了邻村山头的村长将户主之位让给儿子后隐居的住处。父亲就带着那丫头寄食在那里。

走进庭院,着实为那精致风雅的景致吃了一惊。

听到我的叫门声,屋里很快出来一个六十上下、举止文雅的老太太。

[①] 秃:(日本近世)侍奉妓女的少女。

老太太面露喜色，毫无初次见面的拘束感，亲如自家人一样热情地欢迎我。"啊……江户来的，和佐兵卫大人简直像一个模子刻的。欢迎，快进来！"

听说隐居在这里的主人去年过完七十七岁大寿后便终老天年。现在，只有老太太和这个当过秃的女人住在这里。

突然——

我感到外廊有人，于是转过头去，惊得我倒吸了一口凉气。

令人不可思议的是，一个不足二十岁的女人伫立在那里，目不转睛地盯着我，其美貌简直无法形容。这让我不由得想到了美丽的凤蝶。尤其是那眼角细长稍微上扬的眼睛，妖艳无比。胸、躯干、腰连成的优美曲线能让所有男人为之陶醉。我觉得她裹在身上的薄绢犹如蝶翼，同时又感到那隐藏在翼下的雪白肌肤充满了诱惑人心的剧毒。

"来，津弥，坐！"老太太提醒她。

然而，令人不解的是，秃似乎根本没有听到。她一手搭在拉门上，一眼不眨地盯着我看。突然，发出一阵"啊，啊，啊……啊——"的怪声，像是拿刀扎人一样用食指指了一下我，便很快转身跑开了。

"难道是个哑巴？"

我用不解的眼神看着老太太，只听她似答非答地嘟哝了一句："真可怜，生来就是个残疾人——"在吉原当秃时，不应该是个哑巴啊。肯定是来这里之后才变成这样的。

女人凝视我时，脸上浮现出清晰而又强烈的憎恶之色，这不得不让我陷入了沉思。

(四)

夜里——估计已经过了子时。

我在内厅，安静地仰卧在蓝色的蚊帐之中。

旅途的奔波把我累得四肢僵直，但头脑一直清醒。怎么都无法入睡。

女人娇美的面容和肢体形象已深入内心，剪不断，理还乱。

"唉，真是魔障了！"

我猛地跳起，拉开一扇防雨拉门，飞奔至院子里。一口气跑下坡道。一到海边，我就将睡衣脱掉扔至一边。

因为没有月亮，远方的群山和小岛都淹没在苍茫的夜色中，只有山顶上方的银河泛着微微白光。

墨一般漆黑的夜里，我劈波斩浪游了起来。刺骨般冰凉的海水中，让人有种说不出来的快感。

二十岁的我胡乱地游来游去，心中被一种无形的冲动驱使着，直到把自己累得筋疲力尽，因为我从未碰过女人。

我采用上手划水的泳姿在油一样黏糊糊的水面上游着，游到对面的小岛，我居然累得不想上岸，于是就抱着一块岩石，让整个身体漂浮在水中。

就在这时，我无意中看到远处的山崖上，朦朦胧胧有个人影。

——是那个女人！

我突然想要声嘶力竭地喊她，但是没有。就在我凝视她抑制住喊叫时，我想起了父亲。他骗了她，将她弄成了哑巴带到了这个海边，每天看着她日益妖媚的样子而生活的那种心理，我感觉自己渐渐理解了。

等我再次游到这个岸边，山崖上的身影已经不见了。

我钻到蚊帐里面扑通一声躺下，"噗"地长出了一口气。

微风吹得蚊帐跟着轻轻颤动，屋里忽然闪进一人，动作轻得没有一点儿声音，我没有拒绝对方进来，甚至连问一声"谁呀？"都没有。

我之所以没有拒绝钻到蚊帐中的女人，是因为茫然间被她的美貌迷住了。她支起一条腿坐着，歪着头思索着什么，那高高掀起蚊帐的样子宛如喜多川歌麿的美人图般优美、妖艳。

还有透过浴衣上的红花看到的薄绢，那令人神魂颠倒的妖媚，让我整个身体僵硬得犹如石头一样，我从来没有感受过这么强烈的视觉冲击。

我被飘荡在空气中的女人体香呛到了，没有起身，甚至没有一句责备她的话。

紧接着，女人便像张开翅膀一样地伸开两手，压到了我身上。

她首先瞄准的是我的嘴唇。我非常害怕，背过脸去想要推开她，却在不经意间抓住了她那丰满隆起的酥胸。那种柔软的感觉让我的五官不由得哆嗦了一下，我差点发出呻吟。

相互缠绕的下肢，富有弹性的重量，汗津津的柔软肌肤，呛鼻的香味，翻卷起来而纠缠在一起的那随风飘动的红色浴衣——都让我这个第一次接触异性的二十岁年轻人的自制力失去控制，变为疯狂情欲的暴力。这就是被撩起的情欲的魔力。勉强让我顶住这种魔力的，也许是因为我感受到的女人眸子里闪耀着的那令人恐怖的憎恶之光。

但是，就在产生这种意识的一刹那，女人半伸半屈，修长、雪白的大腿根一晃映入我的眼帘，瞬间让我失去了理智，膨胀的热血似乎一下子想要从周身上下所有毛孔中奔涌而出。

女人敏锐的神经或许察觉到了我身体的变化，越发疯狂地死抓着我不放。

"啊啊……啊、啊、啊——"的怪叫声中，充满了淫荡、诱人的女人风情。

——不行！我要晕了！

我虽然在心里尖叫着，却还幻想着像猛兽一样扑上去紧紧抱住她。

就在那个瞬间。

像是有道可怕的闪电一直从头顶直击到脚尖，胯间一阵剧痛。我吼叫一声"啊！糟，糟了！"拼命将女人撞倒。我看到女人右手紧握着刺青用的竹刷子，以为她眸子流露出来的是想复仇的强烈光芒。

女人肯定惊愕于一个年轻男人长相酷似拐骗自己、把自己弄成哑巴，尽情玩弄自己之后暴卒的那个人，同时，内心估计也是对他恨之入骨吧。

我当时只是感觉到了这一点。

——不，不对！不是这样！这点是很久以后才感受到的。

女人一定是从我父亲那里学会了惊人的闺房秘戏。现在我才相信父亲这个偏执狂是那么可恶。毫无疑问，他是为了沉溺于那种奇怪的性享乐之中，才隐居在那个偏僻的地方。天真可怜的少女兖受到父亲扭曲性格的影响，不知不觉中变成了一个花痴。

自父亲去世后，女人一定对这种秘戏饥渴难耐。

但是，我当时以为是女人心中起了复仇的念头，晕乎乎地叫了声"我——"，随即伸手拔出了护身短刀。

女人叫苦不迭地想要逃走，自然松开的腰带一端被我用力抓住，使劲儿一拽，柔韧的身体一个转身，薄绢从肩上滑落下来——脊背露了出来。眼神碰触到的刹那间，我吓得一下子止住了呼吸。

那丰满光滑的柔软肌肤上面，模模糊糊地雕刻着的是男人偶的刺青。

不知为何，我对着那个男人偶，落下了拔出来的刀。至今，我依然难以理解自己当时那残忍的行为。

待回过神来，女人已趴在榻榻米上，鲜血染红了男人偶的刺青。男人偶的脸被竖着割成了两半。跟你拿来的这个男人偶头一模一样。

说到这里，杜园忍受不了自己的罪孽，久久将头深埋在胸前。最后，他低声说道："对我来说……自那之后，男人偶的样子就常常出现在梦里。尽管是在现实生活中，也常常不分时间地点突然想起。人偶的面容自不必说，就连身上金线棉袍上的云龙纹，都已清晰地印刻在了脑子里……终于，我开始一生这唯一一次的忏悔赎罪——为自己制作了这个小直衣人偶。确实，连我自己都觉得做得太好了。还有，男人偶的面孔和女人背上的刺青丝毫不差，女人偶的面孔则是临摹我背上的刺青……我想，如果献给了将军,肯定会永久保存下来,就这样,两个偶人头就从我手边离去了,这就是因果报应吧。"

杜园再次停住,又一阵沉默。

之后,狂四郎开口道:

"我明白了。我收回修复的请求。"

杜园依旧低垂着头。

"失礼了。"

狂四郎把男人偶和女人偶放在那里,静静地起身,刚想要迈步离开书院,却被他叫住了。

"请稍等,眠先生,我想再试一试。"

狂四郎回过头,看见杜园一脸全力以赴的神情。

"还是算了吧。"

狂四郎胸中忽然有种不祥的预感,摇头拒绝了。

"不。我改变主意了。我给你修复。如果能救女人一命的话,对人偶师来说也是一件功德。我试试看。"

五

二十天后的一个黄昏——

狂四郎再次来到那清雅的草堂拜访雏屋杜园,这是他们约定的日子。

可是,不管狂四郎站在玄关处怎么高声叫门,都无人应答。

狂四郎的脸色突然紧张了起来。

他看到了走廊上的泥脚印,便倏地进去,快步穿过走廊,闯入了杜园的工作间。

他的预感没错。

杜园背上挨了一刀，俯卧在工作间里。

"糟了！"

狂四郎悲痛万分地吐出一句话。

——由于我的造访，居然害了一个隐居的能工巧匠。

内心的悔恨如波涛般在体内翻腾。狂四郎环视了一下四周，到处都没有应该修好的小直衣人偶。

对狂四郎而言，瞄一眼刀口便知道那招数并非寻常之辈所为。

——或许是幕府密探，他们刺探出我委托人修复人偶一事，所以抢先夺了去。

悔恨过后，紧接着是愤怒。

狂四郎向前走了一步，在尸体旁蹲了下来。他轻轻掀开被劈开的和服，发现其背上雕刻的女人偶的面孔也被竖着砍成了两半。

橡树林中，狂四郎缓缓走在回去的路上。他觉得事情发生得太过偶然了。四个人偶的面孔都遭受了同样悲惨的下场，这一点让他魂不守舍。突然，他将注意力转到了别处。

——不，等等！修复好的男人偶和女人偶应该还在。我要找到，不能让任何人说这儿的人修复不了！

狂四郎在心里坚定地这样说道。

——就这么办！杜园不能白死！

穿过橡树林，狂四郎慢悠悠走在暮色中萧索的田野上，他要将这个决定好好记在心间，随后，脸上又恢复了那种若无其事的虚无表情。

不久，狂四郎只身消失在了夜色之中。

命运图画

一

"哟哟哟……走在那儿的不是小町[1]吗?请再走近点。嘿嘿,俺这个深草少将[2]般的帅男人在叫你呢!"

金八从澡堂二楼伸出头,打趣着路过的镇上姑娘。

"哎哟,你可真的是个大帅哥啊,像个狮子头金鱼似的!"

"说什么呢,所谓夫妻关系,也就是将脊背换成肚皮那种正反倒置的火盆一样的狮子头嘛,你难道不知道吗?有情在,情——,你这个扁脸细眼的丑八婆。"

"哼,我是丑,真是对不住了。今天有年集,丑女也会在年集上被当作靓女吧,追求我的人多着呢,你还是得了吧!"

"丑女,混蛋——"

金八哧溜哧溜地揉了把脸,又将视线移回屋内,向端来茶点的澡堂侍

---

[1] 小町:小野小町,平安时期的绝世美女。
[2] 深草少将:日本传说人物。据说在平安时代连续99个夜晚,从深草来到美女小野小町的身边。

女道：

"准备好紫草洗澡水让我泡泡，真是浑身都酸痛。"

"是兰草啊。紫草是在江户花茅水道中的水上，分别染上艳闻、韵事二色，二者就是燕子花、杜若——换个名字而已。"

看到对方眼里满是狐媚的秋波，金八故意夸张地哆嗦着。

"喂、喂，与俺那死去的妹妹一模一样。你眼睛太斜了，还那么淫荡，是不是嫁给四目店老板①了。"

"真下流！"

"凄凉一声起，宛似月亮在哭泣，原是杜鹃啼——"

金八站起身哼着歌，胡乱跳起舞来。

这时——

"金八。"

传来一声很低但却尖锐的声音。

喊他的正是眠狂四郎。

狂四郎压根儿不关心金八的滑稽之相，只是倚着高高的栏杆，呆望着过往的行人。突然，他表情凝重起来。

"老爷，怎么啦？"

金八迅速来到他身旁，如此步调一致的主从，这世上真是绝无仅有。

"跟着那个男人，看他要去哪里。注意不要被发现了！"

"那个有胎记的？好嘞！"

金八身手敏捷，转瞬间便从二楼消失了。

狂四郎说的是左马右近。一看到他那不同寻常的样子，狂四郎有一种不祥的预感。

右近朝麻布②相反的方向走去。

---

① 四目店：江户时代位于两国的药店，专营淫药和淫具。店主叫四目屋忠兵卫。
② 麻布：东京港区中西部的地名。

狂四郎一直望着右近远远去的方向。金八双手揣在怀里，一副赌徒模样跟了上去。

已有三分醉意的他心情很好，一路哼着歌。

给他披上短外衣，

再问二人将来之关系，

在心中纠结的分别之际，

俺试着这样逢场作戏。

真想得到你——

（二）

因为是未时三刻，兵原草庐现在异常寂静。

在传授兵学与儒学的兵圣阁与武术道场的演武场正中间有一间上房，推开中间的隔扇，在开阔的上房中央，子龙平山行藏即将结束他七十年如火焰般燃烧的一生。

令人吃惊的是，子龙并未躺卧在床，而是安静地倚在扶手上，双眼半阖。等待他临终的只有一人——户田隼人。在他与隼人之间，立着一对如山墙的人字板那样张开的沉重屏风。

隼人看着恩师旁边的屏风，上面画着暴晒在萧索的武藏野的白骨。

今晨，隼人被子龙叫了过来。

"我大概挨不过今日了，你一人送我就好。"

子龙向隼人下了这样的命令：

"你坐在屏风外，观察我何时断气，那一瞬间一定要干净利落。然后，在我咽气时，心神合一地越过屏风将我的头砍下来——"

子龙希望在他辞世之时，得意门生能够悟出忠孝真贯流的真谛。

他有七百多名弟子，能得其真传的只有隼人一人。

身为弟子，隼人非常感动。然而，这也是一个极其令人难以承受的命令。

隼人猛然张大的双眸凝视着骷髅，身体一动不动，调动全部神经等待那一刻，真的像是兵法家在经受言语无法形容的考验一般。

如果没有把握准那一瞬间，隼人则会断送掉恩师的性命，或是对已经没气息的尸体做出侮辱之事。

像子龙那样剑法高超之人，将这样的考验交给弟子，并不足为奇。

打开子龙的著作《剑说》，开篇部分论述道："所谓剑术，就是杀敌。将杀人的念头直接明确地传达给敌人，此乃第一要义。"

在以华丽剑法为武术主流的时代，唯有子龙阐发出了兵法的真谛。他力挽狂澜，是少有的名士。

子龙祖上是幕府的伊贺忍者，祖父梅翁、父亲胜筹都因剑法的熟练通达而久负盛名。子龙在年幼时期就跟随斋藤三太夫学习兵学，随山田茂兵卫习真贯流剑法，随松下清九郎习大岛流剑法，随涩川伴五郎习柔术居合①，随井上贯流左卫门习武卫流炮术。

他的每位师父都是人中豪杰。特别是山田茂兵卫，他在田左久间町失火时，看到将军正在富士山的展望楼上欣赏风景，便急忙向护城河奔去。

"置民众危难于不顾，酒池肉林，犹如桀纣之暴行。"

他大声疾呼，性子刚烈。

子龙在各位良师的熏陶下，拥有了掌握文武精华的能力，行住坐卧瞬息间就能将全身心投入到战场。

即使是严冬，他也只盖一条被子，不穿袜子。一年中只在木板上铺一条薄褥子，将小米在沸水中烫一下便捞起来直接吃，这些在之前已经提过。他每日早晨拂晓五更时起床，先练三百次拔刀，再抡四百次九尺长的

---

① 居合：日本剑术中一种瞬间拔刀斩杀敌人的技巧。

棍子。行事极为严格,除母亲以外,他不允许任何人进入草庐内。六十岁时,白河乐翁(松平定信)赠给他一套绢制的被褥,子龙用短刀将其切开,做成了大刀袋子。之后又给他送来棉被褥,他才勉强接受。

雄风一世、风靡一代的奇才,面对死亡,对心爱的弟子下达了砍下自己头颅的命令,这非常符合他的做事风格。

隼人注视着屏风对面的恩师,也不知过了多久,他仅仅听到一次轻微的咯痰声。

打开屏风,只见在微微朦胧的冬日天空下,一座枯草丛生的庭院铺展在眼前。

三

这时,左马右近的身影冷不防出现在了兵原草庐。

两百多名门徒鸦雀无声,如木像般并立在演武场内。惟有正面上座间插着的香的烟雾仍在缓缓向上升起。

右近刚到门口,有几个人瞥了他一眼后又马上转过脸去。

右近抓过一人问道:

"叔父大人,还没咽气吗?"

"快了,用不多大工夫——"

听到这冷淡的回答,右近倏地要到廊上来。

"师父不许任何人进入!"

听到这刺耳的斥责声,右近回头问道:

"这是为何!"

"师父只让户田隼人大人一人送他最后一程。"

"为什么?"

这时，右近又重新扫视了一下院内，静寂的空气中空无一物。

院子里不仅充斥着悼念恩师逝世的悲痛情绪，好像还弥漫着异样的紧迫感。若一一细看，就会发现每个门徒的表情中都含有明显的不满之意。

右近毫不顾忌地直闯进去，走到坐在上座的身为兵原四天王之一的大弟子松村伊三郎面前，猛地坐了下来。

"诸位，你们不允许我去陪师父走最后一程，到底是为何？我想知道只允许户田隼人一人伺候师父的原因。"

"师父将我们流派的真意传授给了户田隼人，要把兵原草庐传给他！"

"什么！弃四大天王的你们于不顾——真是愚蠢啊！你们这样默不作声是已经同意了吗！"

"因为这是师父的命令。但是——"

松村嘴边挂着浅浅的讽刺般的微笑。

"户田隼人绝对不可能悟出我派真意的千分之一。我们也正在担心。就算是在我们中挑一人代替户田继承衣钵，也没一个人有自信去接受。……就算是您。"

"师父给户田下了什么命令吗？"

"在师父咽气的一瞬间，将他的头砍下来。"

闻此，右近的双眼似要喷出火焰般炯炯发光。

右近默不作声地咻一下站了起来，松村本来想对他说点什么，但转念一想又闭上了嘴。包括松村在内，所有门徒内心都极力反对师父这个让户田隼人一人为他临终送行的决定，大家都期待着能一个个走上前去为临终的师父润湿嘴唇的普通画面。大家共同分担彼此的悲痛，这种想要见证师父最后时刻的心情，在每个人的脑海里强烈地闪现着。

因此，事到如今也没有人上前阻止右近。右近是他可以斥责的至亲，也是打乱临终安排的最佳人选。若是右近阻止了户田隼人，就正合了大家的意。

右近穿过长廊，直接进入内室，而他内心却揣着与门徒们完全相左的图谋。

"求见户田隼人大人。请把那个任务交给我吧！"

隼人微微皱了下眉，仍是一动不动。

"让你担任此事，负担实在过于沉重。第一，你就没有学习忠孝真贯流真意的资格。"

"走开。"

隼人平静的心态被打乱，话语里满是焦躁。

这期间，他为不知恩师是否断气而不安，自己不能有一秒钟的疏忽怠慢。

"不走。"

右近高傲地回答道。

"叔父大人，"他又向着屏风对面大声喊道，"我在与眠狂四郎的比试中大获全胜了啊！"

话音刚落，他就从怀中掏出一个小纸包，啪地一下投到了隼人膝前。

"户田大人，你看——这是我击败眠狂四郎的证据！"

从打开的纸包中，骨碌碌滚出来两个小直衣人偶头。

杀死雏屋杜圆，将修复好的男女人偶夺去之人正是左马右近。

右近以这些证据，伪称他在与狂四郎的比试中获得了胜利，以便从生命垂危的叔父那里得到原谅，重新让他与隼人或是四天王比试，将他们全部打败从而成为兵原草庐的主人——他就是怀着这样的野心才回来的。

"你败给了眠，而我却赢了他。谁是兵原草庐的主人，已经很明了了吧！"

然而，这时——

屏风对面，传来了微弱的喘息。

隼人猛然间集中全部神经，右近也屏住了呼吸。

"隼、隼人!"

"隼——!"

"杀了右近。"

这句话非常清晰,如雷声般传入二人耳中。

刹那间——右近脸色大变,红色胎记中一条新的刀伤,似要裂开向外喷血一般,所有的肌肉都痛苦地撕扯、扭曲着。

四

"到院子里去!"

右近咆哮着。

隼人无视他的喊叫。

"师父!"

隼人呼唤了一声。

"杀了右近!"

声音再次响起。

"滚出来,户田隼人!"

右近也再次用同样的话语催逼着户田隼人。隼人眉宇间痉挛了一下,左手猛然使劲儿抓起长刀。

不觉间天气已经变坏,突然一声巨响,哗啦啦下起雨来。

庭院内荒草萋萋,雨如微白的浓烟般一阵阵倾泻下来,或是在半空中向远方飘去。之后——湿漉漉的地面上,两个白刃相向的剑客,俨然如雕像一般站在那里。

用现在时间来说,大概过了二十多分钟。

二人的灵魂犹如早已飞离身体一般，子龙安静地靠在胁息[1]上，脸上布满临死前的浓灰色。忽然，他微微动了一下。

背后用来采光的花头窗[2]被轻轻推开了，悄无声息溜进来的人竟是眠狂四郎。

狂四郎让金八尾随左马右近，并不是毫无目的。金八并不满足于看到右近进了兵原草庐，他还偷偷溜进内院，听到了右近在上房夸下的海口。

——什么，他妈的！这个长着胎记的混蛋，说什么在比试中赢了我师父！现在我就让你看看！

然后，他满脸怒气，飞也似的返回澡堂。

万幸的是兵原草庐与澡堂只隔几条大街。

狂四郎悄无声息地跪在子龙面前。

"眠狂四郎擅自造访——请您原谅。"

他道歉道。

子龙乌黑的眼睑哆嗦着微微睁开，但也仅仅睁开而已，并未发出任何声响。

狂四郎向他施了一礼，就到了屏风外面。

看到滚落在榻榻米上的两个人偶头，狂四郎马上将视线移到院内，大踏步地向外廊奔去。

"请住手，让我来处理左马右近这个对手。"

刚一说完，狂四郎便故意跳至右近背后。

右近闪电般跃出一间远，移到了凤尾松旁边。

狂四郎早已对比了右近与隼人身体上的变化。

——照这么下去，户田隼人会有不测。

他已看到了结局。

---

[1] 胁息：日本近世以前，放在腋下用于依靠的工具。
[2] 花头窗：指的是尖头拱形状的窗户，是根据窗的形状进行命名的。

隼人苍白的脸上满是汗珠,与此相反,右近的脸上则愈发显出冷峻残酷之色。

狂四郎面对右近如毒蛇般的斜视,只是冷笑了一下。

"左马右近——你知道这首诗吗?'如若不急躁,不被雨水浇,雨过是天晴,旅途阵雨声。'……如果稍有急躁就会被淋得更严重。但是,现在好像要放晴了。"

"来啊!眠!今天我们就做个了结!"

"别急!我给你点休息时间。……户田大人,你好好照看师父。把这边的比试,只当做是寒风拂过好了。"

"不胜感谢,那就交给你了。"

隼人道谢后,奔回了屋内自己的位置上。

狂四郎为防备右近突然出招,采用了居合之架势。

"方才,我在澡堂二楼看见你在大街上急急忙忙的样子,突然想到或许杀害雏屋杜园的就是你,我这么想着——竟如算卦应验了一样。"

"太可恶了!眠狂四郎!左马右近代表兵原草庐的七百名武士讨伐你!"

右近故意用很大的声音咆哮着,以便让挤在练武场的弟子们也能听到。

"生命将逝时,气色神情无踪影,寒蝉肆意鸣。——俳句上是这样说的吧?现在可是冬天了啊。不要发出与这个季节不相符的嘶叫!"

说着,狂四郎迅速向后移了一步,无想正宗闪着白光,刀尖向下,紧挨地面。

走廊上突然涌来很多人。

隼人保持着原来的姿势,斥责道:

"不许靠近!斩杀左马右近是师父的命令!"

就算隼人不阻止,两条白色的刀光也足以让每个人都头晕目眩。

"……"

大家如脚上钉钉般站在远处,注视着二人凌厉的刀光。

明亮宽敞的客厅里，户田隼人纹丝不动坐在那里，两眼凝视着屏风对面将要仙逝的恩师。

萧索的庭院内，左马右近与眠狂四郎定立在那里，相隔两三米严肃地对峙着，姿态显得悲壮。

即便静止不动，一瞬间也会消耗大量的体力。

右近将刀举在左半身之上，他之所以舍弃了对付圆月杀法最阴狠的姿势，是因为他知道自己内心焦躁万分。而将身体的姿势隐藏在自己的刀身之下则不能有半点急躁。并且，等待敌人发起攻击这种不寻常的耐力也是很有必要的。

现在，右近如饿鹰般勇猛，一心只想攻击狂四郎的头顶。

狂四郎仍保持原来的姿势，无想正宗如生了根般垂在地上，整个人宛如握刀的金刚力士雕像般纹丝不动。

——你这混蛋！眠，快画圆月啊！

右近脸上的肌肉不断抽动，忽一下从眼球内射出杀气，希望用自己高涨的斗志将对方斗志摧毁。

怒涛与怒涛相撞就能发挥出超越自身的力量和本领。即便赢了也没赢的意识，输了也没输的遗憾。

右近心里这么盘算着。

狂四郎以令人难以想象的速度将秘诀牢记于心，外表却如水面一样平静，这对右近来说是最难以忍受的。

在之前的两次比试中，狂四郎眼中、口中、四肢都充满令人恐怖的杀气。但是现在，姿势和之前一样但却毫无杀气。

尽管他的眼睛一直追着右近，但并没有看他。

这是最令人恐怖的事情。

难以名状的战栗感，再次在右近后背上哧溜溜地游走。

"你这混蛋！"

右近左脚使劲儿向前迈了一步。

此时，狂四郎擦在地上的白刃如用丝线牵扯一般，轻快地挥动起来。

右近的脚刚一停下来，狂四郎的刀正好停留在他移开的那个位置。

右近左脚再向前进一步，与此同时，无想正宗的刀尖正好转到下一个位置。

也就是说，根据右近咄咄逼人的步伐，狂四郎控制着画圆月的节奏。

"混、混蛋！"

右近嚓、嚓、嚓刚向前滑了一米多，狂四郎迅即在空中画出白色的弧线，刀尖正好停在头顶上方。

"呀啊！"

喊声冲破天地，右近一蹬潮湿的地面，身体飞向空中。

"哼！"

狂四郎只是低促地运了口气，突然间将圆月之剑从右向左砍去。

刀尖处画出一条血色彩虹，最终消失在枯草间。

右近站在狂四郎右边一间半的地方。

他的双眼被一条直线横切而过，永远地闭上了——从其紧闭的双脸中，血如小米粒般噗哧噗哧往外滴落。

在右近身体发出声响，轰然倒下之时，正房中——

"哎！"

户田隼人使出浑身力气跃过屏风。

门徒们蜂拥而至，急匆匆跑到上房，只看到——

茫然自失的户田隼人脚边，横躺着头与身体相隔三尺有余的平山子龙的尸体。

狂四郎则默不作声地俯视着双手捂脸，蹲跪在地上的右近。

右近口中呻吟着说了一句话，这句话如针一般刺入狂四郎的胸中。

"静香。"

他如此喊道。

五

黄昏时分——

一顶小轿，来到麻布六本木处茅场家的门前。

"请在此停一下。"

说此话的人是跟随而来的狂四郎。

他进入玄关请求拜见，向满脸敌意的佣人说道：

"听闻静香小姐已经完全恢复，我有要事求见。"

"小姐不会见任何人。"

"请让她出来。你无论如何要阻拦的话我会强行闯入。不过这非我所愿。今天，我恭恭敬敬请她出来。"

接下来，狂四郎等了相当长的时间。

静香出现时低着头，面容毫无血色。疯癫之相虽已褪去，但也许对她自身来说，这反而是一种遗憾。在她身上可以清晰看到灵魂深受摧残的痕迹，她已无法忍受常人的目光。静香本来身材单薄，总给人一种弱不禁风的印象，仿佛用力一抱就会拦腰折断。

狂四郎不自觉地将视线从静香脸上收了回来。

"我有要事相告。门前的轿子中，坐着已双目失明的左马右近，这是他与我比试的结果。"

"……"

"我杀了你的哥哥，又将你丈夫弄瞎了，我大概就是恶魔吧。……就算是你那颗对十字架发过誓的信仰之心，也无法原谅我吧。事到如今，无论我怎么谢罪也毫无意义。但是，我希望你能早日将我这种人从记忆中抹去。……将右近归还与你是不是太残忍了?"

"……"

"要是你觉得我多管闲事的话,我就让人把轿子抬回去,找个地方把他扔那儿就行了……"

说到此,狂四郎耐心等待着她的回答。

静香仰起脸。

"我从未怀疑过神灵的恩惠,耶稣基督会垂怜于我的。"

"你答应照顾右近了?"

"嗯——"

狂四郎向她施了一礼,走出玄关,往角门处走去。让轿夫将轿子抬进去后,他大步流星地走了。表情与步伐都与平日的狂四郎毫无二致,但是胸中的烦闷令他万分痛苦,这种感觉之前从未有过。

正巧这个时候,金八哼着一段欢快的小调,向龙胜寺走来。

"男人偶与女人偶相遇了相遇了,也就是歌里所唱的'桃子配上炒豆,奉上白酒,醉看这春天的朦胧月色。肌肤与肌肤相亲,颜色争艳的菱饼,会怎么样呢,这个畜生'——喂,师傅!"

"干吗啊,吵吵嚷嚷的。安静点行吗?你以为这是哪里啊!"

文字若打开偏房的拉门过来照顾美保代,看见了他那张脸。

"啊,我怎能静得下来啊!我这有人偶、人偶——"

"哎!你说什么?"

"怎么样——看啊,我又不是什么隐士,如果得到这两样东西的话,那真是个好兆头,比一百根朝鲜人参还好。"

"谢谢您,金先生。"

"看把你激动的,算了,给你吧。还叫我'先生',这不是折我的寿么。——哎!美保代小姐,恭喜您!"

金八低头行礼,看到美保代在被窝中露出了美丽的微笑。

"如果这是做梦的话，请不要叫醒我——"

"怎么是玩笑呢！"

文字若不慌不忙地拿出了男女人偶，美保代双手微微颤抖着接住了它们。

终于——回到我手里了。若这真是梦的话就不要醒了，美保代又祈祷了一遍。

"这么说来……先生呢？"

面对文字若的询问，金八突然面露难色，噘着嘴。狂四郎要金八告诉她二人自己不会来的消息。拿到偶人是狂四郎能做的事，至少对静香来说也是一种补偿。文字若敏感地察觉到了这一点，眼睛一转看向美保代。

美保代是个美丽而文雅而内心坚定的人，她目不转睛地看着人偶，安静地说道：

"没关系。不管他到哪里……最终，还是会回到这儿的。"

切支丹坂

①

一

再过数日就是除夕,街头摆放着许多松树,鸢人②们忙着装饰门松③的身影,消灾求福的歌声、苦行僧击钲④的声音以及捣年糕的捣杵声掺杂回荡在寒冷的天空中,构成了这年末一日的风景。

午后,阴云密布,铅灰色云层仿若下一刻就会飘下鹅毛大雪一般。庚申⑤坂,是位于小日向⑥的一个陡峭的斜坡,此刻,路两旁挤满了男女老少,这儿一堆,那儿一群。因为太过寒冷,一个个都缩着肩头,伸长脖子等待着即将走上坡来的一行人。

庚申坂,俗称切支丹坂,因为这里曾设有基督徒监狱。

然而,基督徒早已于数十年前消失了踪影,如今这个监狱里不再关押

---

① 切支丹坂:切支丹意为天主教,坂指坡。
② 鸢人:消防员,搭棚小工。
③ 门松:日本人有新年在门上装饰松枝以寓吉祥长寿之意。
④ 击钲:僧人坐禅念佛时敲的物什,类似木鱼。
⑤ 庚申:庚申信仰,是日本民间的一种信仰,来自中国的道教。
⑥ 小日向:地名,位于日本东京都文京区。

基督徒，所以被称为御用监狱。

对于现今的江户人来说，基督教这一宗教的存在已是很久远的事情了，倘若有一个基督徒突然出现在他们的面前，他们肯定会把那人视作一个与他们有着不共戴天之仇、令人厌恶的妖怪。

然而事实上，他们此刻正冒着严寒，极有耐心地期待着这个魔鬼怪物的出现，急欲一睹其貌。

突然，一人大声喊道：

"来了！"

随即，这一声如同一波波浪花，自坡下扩散到坡上，在人群中掀起阵阵喧闹。然而，短暂的喧闹过后，众人很快安静了下来，尽皆瞪大眼睛，满目好奇地打量着渐渐走近的一行人，连素来爱插科打诨的江户人，竟也因为有些畏惧眼前这个基督教传教士而吓得浑身颤抖，说实话，他们生怕离得太近，万一说错话会惹祸上身，所以一个个都保持高度警惕，站得远远的。在当时，基督徒的子孙后代以及眷属都被称为基督教族类，他们遭受社会的歧视，连街坊邻居都不愿与他们来往。

终于——

前后左右各有一名持六尺棒、白衣带刀的矢者（秽多头弹左卫门[1]手下）押送着一匹瘦马，马背上驮着一个囚徒，缓缓自坡下朝坡上走来。

围观的众人皆屏气凝神，睁大双眼，一眨不眨地紧盯着那个犯人，生怕错过一丝一毫。

只见那个白皮肤的外国囚徒被五花大绑，他身穿淡青色棉衣，有着深栗色头发、棕色眼睛和高挺的鼻梁。

他头顶被剃光，说明其身份是传教士。

庆长、宽永年间，政府严禁基督教传播，大目付、作事奉行[2]不间断地

---

[1] 弹左卫门：江户时代百姓中地位最低下的秽多、非人等的头领，也称秽多头。
[2] 作事奉行：江户时代幕府设置的官职之一，主管营造修缮事宜。

对基督教进行残酷清洗，使日本的基督徒几近灭绝。尽管传教形势如此严峻，但连年来，还是不时有基督徒怀着惊人的宗教信仰，勇于挑战这种禁令，只身一人远渡重洋来到日本。

正史上曾有记载——宝永五年，九州大隅[1]的屋久岛上，一个名为乔凡尼·西多奇的意大利传教士勇敢登陆的事迹。他是西西里岛人，在1703年的春天，在亲人的目光中离开祖国，目的是来东洋传教。经过西班牙的加的斯，在非洲加那利群岛换乘法国船，绕过非洲南端，到达印度的本地治里港，然后经过菲律宾，终于在五年后，乘坐西班牙圣·特立尼达号到达屋久岛附近海面，后又乘小木舟上岸。

如此这般努力，可谓是历经艰辛，若非他持有非同寻常的真正信仰，是无论如何都做不到的。登陆后的西多奇当即被捕，被押送至江户，受到了新井白石[2]的盘查。白石根据此事写了《西洋纪闻》《采览异言》，这在当时十分有名。

西多奇就是死在小日向的基督徒监狱里。自他死后，直到今日，幕府公开逮捕的基督徒中，再没有人被捉来关押在此。

然而，这个外国人可谓是继西多奇之后，又一个明目张胆潜入日本传教的传教士，身份让人一眼就能看出。

虽身陷囹圄，他却依旧高昂着头颅，静静地彰显着自己不屈的气节。

即使此刻身处陌生的国度，在凛冽的寒风中，忍受着四周投来的好奇的目光，他的眼睛却仍然澄净明亮，默默望着远处阴沉沉的天幕。那傲然之色仿佛是向人们诉说：面对神之子耶稣，他作为弟子，已下定决心，不畏遭受和耶稣一样的罪难。

传教士漫不经心地将目光缓缓移向人群，突然，他似吃了一惊，脸上神情瞬间变得僵硬，发出一声轻微的叫声，身体仿佛要从马背上挣扎下来。

---

[1] 九州大隅：今鹿儿岛县的东部。
[2] 新井白石：江户中期十分有名的政治家、学者、诗人，名君美，号白石。

"太不可思议了!"

离人群稍远的仓库甬道口处,眠狂四郎呆呆站在那里,此刻传教士的视线就定格在眠狂四郎苍白的脸上。

眠狂四郎一动不动地站着,凝视着传教士的眼睛。

传教士已经走过去了,但他似乎还有点无法置信般,三次回头朝眠狂四郎看去。

围观的群众渐渐散开,眠狂四郎也双手抱胸,离开了。

——奇怪,为何那个传教士一直盯着我的脸看?还发出声音?

眠狂四郎思考着这个问题,脑海中忽然掠过自己那悲惨的身世之谜。

正在此时,身后一阵急促的脚步声自坡下传来,来人走至眠狂四郎跟前,看到他凄怆至极的神色,皱着眉头担心地问道:

"您怎么了?"

来人是小春吉五郎。

二

根津[1]门前町[2]一个小餐馆里,眠狂四郎正坐在二楼一处临窗的位子,眺望着远处清水寺[3]那边的林子,若有所思地端起杯中酒喝了起来。

明天就是除夕了,看来今年这个新年应该会在这个脏兮兮的房间里度过了。

环视房间四周,天花板上满是污垢,拉门和窗户也破旧不堪,榻榻米泛着红褐色,随处可见火烧过的痕迹。正月里用来装饰房间的只有壁龛上

---

[1] 根津:位于东京都文京区。
[2] 门前町:中世以后,以有权势的大寺前面的街道为中心,形成的繁华的街市。
[3] 清水寺:日本名寺,在京都府京都市东山区清水的寺院。

摆放的一个催开的梅花盆栽，其根部搭配着一株金盏花。一朵单瓣白梅已经绽放，给屋内增添了些许热闹色彩，才稍微显得有点年味。

尽管房间破旧，但是由于店掌柜是一个古道热肠的好心人，眠狂四郎不由得总想泡在这里。街上纷扰的噪声如潮水般传了过来，细细听来，有狮子舞的声音，驱灾求福的喊声，节季候①和乞讨者热闹的敲竹棍声以及来来往往，川流不息的人们的脚步声……

——我何曾过过一次像样的除夕！何曾有过一次像样的新年！

自从十四岁那年母亲故去后直到今日，岁月流转，四季变迁，眠狂四郎再也没有过过一次像样的团圆佳节，仿佛那些节庆活动原本就与他无关似的。

眠狂四郎倚着壁龛立柱，微阖双目，忽然，他脑海中再次浮现出那双棕色的眼睛，不禁有些烦躁。

那是在切支丹坂凝视自己的外国基督徒的眼睛。不知怎的，那人的眼神给自己留下的印象竟是如此难忘，时不时总会浮现在脑海之中。

楼梯嘎吱嘎吱作响，有人上楼来了。

"打扰了！"

是小春吉五郎，眠狂四郎在这里等的人就是他。

"真是想不到啊！"

小春吉五郎接过狂四郎递过来的酒杯浅酌了一口，这么说道。

"被拷打得厉害吗？"

"嗯，我光顾过几次小传马町②，识过各种审讯，但还是第一见这种阵势呢！基督徒遭受了海老刑与吊刑的轮番折磨。"

小春吉五郎受眠狂四郎之托，自那日起一连三日，都暗藏在基督教监

---

① 节季候：江户时代，挨家挨户走着乞讨要饭的一种说法，乞讨者会在人家门口表演文艺，并且会说着："节季候、节季候"的话。

② 小传马町：地名，位于东京都中央区日本桥。

狱内，亲眼目睹了基督徒所遭受的种种牢狱刑罚。

海老刑是把犯人的两腕紧缚于背后，双脚交叠捆于身前，捆脚的绳子套在脖子上，使犯人的双脚朝下巴处拉，不消一会儿犯人就会全身爆红，痛得冷汗淋漓。更甚的是，不久后，全身皮肤会变成可怕的暗紫色，继而是更为可怕的苍白色。

吊刑是把犯人的手腕用布缠紧，用青麻绳缚于背后，与肩平行，再用细麻绳穿过梁上的金属环将犯人吊起来，犯人被吊在与地面相隔三寸的位置拷打。这种刑罚，虽然不会令人立时就产生剧痛感，但一刻钟后，全身肌肉连骨头都会痛得发颤，脚趾血流不止。

"可是，他那坚定的信仰真是令人敬佩啊！据我看到的情况，那传教士虽忍受着如此酷刑，却连一声呻吟都没发出来，反倒一直嘟嘟囔囔祷告着，痛得昏死过去后，又被冷水泼醒。苏醒过来后又马上开始祷告，连我这个偷看的人都觉得有些头晕。"

"据你的观察，他自始至终都没有妥协的迹象吗？"

"目前我敢肯定是这样的。"

眠狂四郎默默思考一会儿，突然拿起长刀，起身道：

"辛苦了，今夜我去盯着，你在这里好好喝酒吧。"

三

夕阳的余晖刚刚散尽，眠狂四郎就自茗荷谷[1]出发，从御家人住的七间宅[2]中轻松穿过，朝御用监狱走去。若在平时，这里一到日落便没什么人影了，冷冷清清，但可能是因为后天就是新年了，所以提着弯形灯笼的往来

---

[1] 茗荷谷：地名，位于小日向。
[2] 七间宅：江户时代，旗本一般将一间长屋划成七间使用。

行人倒也不少,皆是步履匆匆。

这一带先前全部属于基督教监狱的范围,同长崎的出岛一样,从高到低共有四千多坪,四周皆围以高高的石墙,里面设有仓库、衙门、吟味所[1]、牢房、断头台、火刑场、示众台等,整齐排成了一排。原本在宽永末年,这里是井上筑后守的下屋敷[2],从他成为宗教奉行[3]后,就把这里改造成了监狱。一直到元禄时代,捕吏们全都住在这里。享保年间的大火使这里的一切化为乌有,之后,北面的两千多坪被划给御家人居住。进入享保年间,基督教监狱这一称呼才被正式废除。

先前曾是牢房和衙门的那块地,如今变成了奈良但马守[4]的下屋敷。

近年来,仅剩的那块不到五百坪的地方变成了御用监狱,被改建成仓库和牢房。

土墙以及枝丫垂在墙头上的大树,还依稀保留着往昔的影子。

眠狂四郎根据树形选出一个适合跳入的墙头,悄无声息地纵身跃入墙内。

夜晚的天空繁星点点,眠狂四郎果断地穿过葱茏茂密的树木,向南边的建筑物走去。

小春吉五郎曾告诉他,从套窗透出灯光的房子就是牢房的吟味所。

然而,眠狂四郎潜入吟味所后,透过杉木套窗向里看时,却发现里面的情形和想象中不太一样。

只见一个二十岁不到的平民女子被按在大约五坪多的审讯台上。

她的上半身应是被强行剥光了,露着胸部,两个男捕吏将她的双手捆在背后,并用力勒至她的肩膀。

---

[1] 吟味所:调查有无犯罪的机构。相当于现在的调查科。
[2] 下屋敷:官员的宅邸根据据江户城的远近分为上屋敷、中屋敷、下屋敷。
[3] 奉行:负责管理宗教的官员。
[4] 但马:一个地名,但马守是官职名。

拷问她的只有一个手持拷问杖的捕吏，拷问杖是由绳子捆着的两根斑竹所制，除此之外并没有看到其他牢头或捕快的身影。

捕吏用拷问杖钩着女子衣服的下摆，拽拉上去，女子莹白的膝盖和大腿立时显露出来。

"你老爹虽然并不是什么基督徒，但他胆敢仿制圣母像，就冲这一条，即使是说破天也证明不了自己的清白了。"

捕吏不耐烦地吐了一口痰，坐在门框边儿上，旁边扔着一个二尺多的铜制圣女像，正是圣母玛利亚的雕像。

"不光是你爹芦部光源，就连京都、大阪的那些名铸像师也不知发了什么疯，竟都吃了豹子胆，敢制作这种东西！阿艳，真想救你老爹的话，快下决心吧。为救自己父亲的性命献出自己的身体，也算是一段流芳后世的孝女佳话呐。再者说，女儿家所谓的贞洁不正是能在这种时刻派上用场的东西吗？哎，我说，你委身于那个基督传教士真的很划算呢。"

捕吏花白的头发挽成一个本多髻①，着粗制的小仓棉②、京栈留③裙裤，早已破旧得不成样子。时值正月，原本他也应该外出打猎游玩，如今却因为必须连番审讯基督徒，只能待在这里，内心有说不出的郁闷，若是可以的话，他真希望今天夜里就能将所有事情处理完。

希望今夜能成功说服眼前这个女子去充当诱饵，委身于那个传教士，进而迫使他皈依佛教。

阿艳只是深深垂着头，一动不动。杉木窗外的眠狂四郎正好看到她侧脸上流露出的决然神情，颇觉有趣。

"喂！阿艳！我都这么劝你了，你怎么还是听不明白呢！"

大约是被阿艳这副无动于衷的神情激怒了，捕吏露出本来面目，凶神

---

① 本多髻：江户时代文人间流行的男子发髻。
② 小仓棉：京都棉所做的和服。
③ 京栈留：江户时代条纹花纹的棉布布料。

恶煞地拿起拷问杖，用杖尖儿朝女子两腿间刺去。

"你是想被羞辱呢，还是按我说的委身于那个基督徒，救你老爹呢？自个儿掂量吧！"

捕吏一边疾声怒斥，一边拿拷问杖使劲儿刺向阿艳的大腿内侧。

女子神色突然间严肃起来，毫无畏惧地抬起头来。

"冈石大人，难道你不是在欺骗我吗？"

"欺骗你什么？"

"你的如意算盘不就是先利用我让那个基督徒改信佛教，事成之后独占这份功劳。至于我那被关在小传马町的父亲，你压根儿就打算弃之不顾。"

"混，混账！你信口胡说些什么！我还要占什么功劳，来年一开春我就打算向上面申请卸掉这差事，把职位传给成年的儿子呢。"

"是真的吗？那你真的能把我父亲无罪释放吗？"

"别再啰嗦了！但是，被流放是肯定逃脱不了的。"

"即使被流放也不错，总比丢命好。"

"但是如果你失败了，你老爹光源恐怕连这个新年都熬不过去，正月初七的夜里就会被斩首了！"

"明白了。"

阿艳目露狰狞，缓缓点了点头。

（四）

牢房三面都由石墙围成，一面是大格子门，昏黄微弱的灯光笼罩着约翰内斯·塞鲁提尼，他正躺在冷冰冰的木地板上，那遭受严刑拷打的身子遍体鳞伤，如同一块被丢弃的破布。

尽管连番遭受海老刑、吊刑的折磨，经历着无法言喻的痛苦，但他依旧信念坚定，誓死不改内心信仰，哪怕明天还会继续遭受这样的痛苦。然而，和精神上不同的是，在生理上，此时的他真的迫切渴望有口水喝。

——水、给我水！给我一口水！

为了抑制极度缺水的痛苦，约翰内斯不停想象着背负着沉重的十字架、一步一步跟跄走在加尔瓦略山上的耶稣。

……那时的耶稣应该也像我这般口渴吧，然而，侮辱耶稣的兵士竟故意拿块海绵浸到醋坛子里，然后把一根长茎草扎在海绵上，就那么让耶稣吸醋解渴。

"啊！"约翰内斯痛苦地呻吟着。

——伟大的主在那时也忍受着如此痛苦的煎熬吧！

这，正是考验我身心的时刻。

"约翰内斯！"

忽然，牢房外传来一声低沉的唤声。

约翰内斯忍着痛苦缓缓爬起身来，对着黑暗中那个朦胧晃动的身影，用准确的日语请求道：

"水、水、请给我水……"

就像西多奇为学日语随身携带附有西洋文字的日语小手册那样，约翰内斯也要求自己认真学习日语，直到熟练得不必使用翻译为止。

"稍等！"

说完，那身影就忽地一下离开了，不消片刻复又出现在牢门前，手中多了一只盛满水的茶碗，透过格子递向约翰内斯。

"主啊！谢，谢谢你！"

约翰内斯颤抖着双手接过茶碗，急切地凑到嘴边，一口气喝光了碗里的水。随后，他长舒一口气，靠着牢门，将脸凑近外面那道身影，问道：

"您是哪位？"

来人并不答话，只是往约翰内斯跟前凑了凑。借着昏黄的灯光，约翰

内斯终于看清了他的面容,不由得惊叫道:

"噢!是你!原来是你来了!"

"你还记得我?"

眠狂四郎声音冷漠,不带丝毫感情。

"我当然记得你了!"

"告诉我理由!为何那天你这家伙一直盯着我看,又冲我喊了句什么?难不成是因为我和你们这些外国人有着相同的相貌?"

"相貌?哦,是,是的,你和我们一样,都有着欧洲人的相貌,但你令我惊讶的并不仅仅是这个原因。"

"什么?不仅仅是这个原因?"

"我从你的脸上还看到了一种奇怪的不幸、孤独、痛苦的神情。你和其他的日本人并不一样。其他日本人的脸上都有着信仰,例如对佛教的信仰,对大人物的信仰,对父母妻子的信仰,对金钱的信仰。但是,从你的脸上我却看不到这些,你什么都不相信,你的脸上满是寂寥与悲伤,这是我第一眼看到你时就发现了。"

"……"

"到底是因为什么呢?是什么让你如此不幸呢?"

真是让人惊讶,此刻的约翰内斯竟全然忘记了自身的痛苦,反倒满怀慈爱地询问起眠狂四郎来。

"即使是在欧洲,也很少见到如你这般孤独忧郁的面容,你应该得到圣主耶稣的拯救。我远渡重洋来到日本的目的就在于此,就是为了让和你一样的人们聆听到圣主的教诲,得到圣主的救赎。"

"……"

"你一定会得到圣主的救赎。你给了我一碗水,证明你的内心深处还是善良的。"

"我给你水,并不是因为可怜你。"

眠狂四郎嘴角泛起一抹自嘲。

"我来这里不是想听你说什么圣主上帝有多么大慈大悲。比起这些,我更期待看到你用你的身体以及灵魂来证明你所谓的信仰到底有多强大,我想看的就是这个!那碗水,就算作是看这个的费用!"

眠狂四郎冰冷的话音刚落,不远处响起一阵窸窣的脚步声,一只灯笼泛着红色亮光,透过黑暗,愈来愈近,有人朝牢房这边来了。

未待约翰内斯答话,眠狂四郎已消失得无影无踪。

(五)

牢房内完全变成了另外一番景象。

明亮的四角灯笼取代了之前昏暗的小油灯,牢房的角落里铺着一床茶色被子,是围棋格子样式,看着十分松软暖和。被子旁边还有一个青铜制的大火盆,上面放着一个铁壶,壶中烧着的水已经沸腾,动听的烧水声如松涛般回响在牢房里。

不仅如此——

此刻,约翰内斯面前还有一个身姿婀娜,像是艺妓的女子,正是阿艳。只见她妖娆地侧躺在被子上,摆着勾魂撩人的姿态。她解开了茶色的江户裙,露出火红的鹿斑花纹的长衬衣以及淡粉色的衬裙。

约翰内斯使劲儿闭上双眼,口中不停地祈祷,手也不停地在胸前画着十字。

对他来说,这简直是胜过海老刑、吊刑百倍的严刑拷打啊!

"从现在开始,你和这个女人同住在这间牢房里。"

捕吏满脸奸笑,说完便离开了。面前的容颜变得越发娇媚,但是约翰内斯自始至终都紧闭双眼,看也不看。

然而，女子身上散发出的脂粉香充溢在他的鼻尖，强烈地刺激着他的嗅觉，令他无法逃避。听着水沸声，他那极度干渴的喉咙不由得发出阵阵呻吟，真的好想裹着温软的棉被，伸展四肢，舒舒服服地睡一觉啊。

"求您了！"

长时间的沉默后，阿艳开口说道：

"求您让我做您的妻子吧！"

约翰内斯闻言像看怪物似的眼睛睁开了一条缝。

"我都知道，那个捕吏是想让我背叛圣主耶稣。我是绝不会妥协的！"

"求您了！"

女子紧紧盯着约翰内斯的眼睛，一副不达目的不罢休的表情，膝行至约翰内斯身旁。

"求您了！若您在这个上面按上血手印，我的父亲就有救了，就不会被斩首了。求您帮帮我，求您了！"

女子从怀中掏出一纸文书，强行塞到约翰内斯手中。

这是一份放弃基督信仰，改信佛教的西洋誓词。

皈依佛教誓词

一、根据法度，曾是基督徒的本人于今日起开始皈依佛教，从此以后虔心向佛。

二、如今本人已后悔遵循基督教宗旨，永世不会再信仰基督，为曾是基督徒而深表忏悔，真心希望该文书能够带去本人往日的一切妄念。

三、上有上帝，始信圣母玛利亚，蒙受诸多天使的惩罚，死后则落至地狱的诸多魔鬼手中，遭受业火焚烧，永世受刑。若再信仰基督则得癞病，甘愿被人们称为白癞黑癞。本人在此立下毒誓如上。

约翰内斯像是触到了什么脏东西似的立即丢开了文书，不停挥动双手，虔诚地在空中画着十字。

违反基督第六戒律乃是重罪！圣母玛利亚！圣主耶稣！

阿艳看着眼前这个请求邪神宽恕，专心致志地颂唱、祈祷的外国人，原本平静的眸子突然间变得疯狂起来，激动地喊道：

"传教士！您不正是为了拯救人的生命才远渡重洋来到日本的吗？我的父亲他又不是什么基督教徒却要被斩首，仅仅是因为看到你们西洋传过来的圣母像，折服于它的神圣美丽，于是悄悄瞒着官府试着做了一个而已。谁知仅仅因为这个，他竟要被斩首了！我的父亲只是个普通的佛像师，除了做佛祖像之外，他还做四天王像、仁王像、十六罗汉像以及其他佛像。难道圣母玛利亚像和这些佛像不一样吗？我认为只要不是基督徒，就算做这些像也没有关系啊。然而，官府却不容人辩解，认定我父亲是因为信奉基督才做圣母像，就这么随意定罪了！"

闻言，约翰内斯神情有些困惑，但更多的是怜悯，他看着双手掩面，已经泣不成声的阿艳。

待阿艳渐渐止住哭泣，约翰内斯柔声道：

"你的父亲发现了圣母玛利亚的神圣美丽，那么他一定也能明白圣主的可贵。"

女子瞬间拿开双手，紧紧盯住约翰内斯的眼睛。

一阵令人窒息的沉默后，阿艳略带颤抖的冰冷声音再次响起，

"请让我做你的妻子吧。"

说完这句话后，她忽地站起身来，双手麻利地解开身上绯红色的毛织衣带。

十字绉绸上衣、黄八丈内衣[①]、长衬衣、依次从阿艳身上缓缓滑落。随着她的衣服一件件褪至足部，空气里弥漫的女子香气变得愈发馥郁。

终于——阿艳身上仅剩一件透明的淡粉色丝衣，胸部和双腿毕现，宛若被夕阳照射的旗云般美丽的透明丝衣，在灯影下泛着柔和魅惑的光泽，

---

① 黄八丈内衣：一种制和服的绢料，以黄色为底色配以其他颜色染成的布料，是东京八丈岛的特产。

阿艳突然倾身上前缠住了约翰内斯。

约翰内斯顿时双目呆愣，盯着眼前的女子，一动也不敢动，全身肌肉紧绷，僵硬如石。

——比起被五马分尸、遭受地狱之火焚烧煎熬，这可是更加难以忍受的痛苦啊，伟大的圣主啊！求您保佑您卑微可怜的仆人吧！

约翰内斯的心中一直极力呐喊着。

第二日清晨——一早儿就赶过来的捕吏站在牢房门口，冲着满脸茫然，一副痴呆模样的阿艳使了个眼色，阿艳缓缓起身，朝牢房外走去。然而，她出去之后就再也没有回来，这一天约翰内斯也没有被拷打。

直至深夜时分，阿艳才缓缓步入牢房，这次她穿着和其他囚犯一样的藏青色棉袍，浑身上下捂得严严实实。

"请您原谅我，是我错了，约翰内斯先生，请您让我聆听一下圣主的教诲吧！"

说完，女子谦恭地合起双手，全然不顾约翰内斯那如同看到怪物似的目光。

"出了什么事？"

"我今天去小传马町的监狱见了父亲，父亲听完我的话，竟然骂我混账，说他从未后悔自己做圣母玛利亚的像，他很乐意为这个而死！"

"噢！"

约翰内斯十分激动，有些忘情地一把握住女子的双手。

之后的一刻钟里，约翰内斯大谈圣主耶稣的伟大，情绪十分激动，以至于没有意识到阿艳递给他的东西有异。阿艳劝他喝了一瓢白色的水，告诉他说那是治伤妙药，他就毫无防备地全都喝了。然而，不幸的是，那并不是治伤的药，而是喝下去后在小半刻钟之内就将人醉倒的酒。

更糟糕的是，约翰内斯是个一喝酒就不知道东西南北的主儿。

已经恢复宁静的江户城的上空，"咚——！咚——！"地响起迎接新年的108次钟声,家家户户也都完成了过新年的准备。突然,黑暗的牢房里传出一声尖厉的叫声,是一个女子发狂的笑声。

"改过来了!改过来了!基督徒终于改信佛教了!我赢啦!"

疯狂的笑声背后,一声悲痛无助的呻吟幽幽传来:

"恶、恶魔!"

六

正月初三的早晨——自元旦起已经连续下了两天大雨,今日终于放晴,只是干寒冷冽的冬风刮得更加猛烈,所幸晴空湛蓝,万里无云,大街上,走亲访友的人们络绎不绝。

此处——切支丹坂上,随处可见身着华服的武士、商人、匠人,欢笑着放风筝的孩童们,还有太神乐表演、驱鸟活动、三河万岁①等节目,一派摩肩擦踵的欢乐景象。

然而,热闹的人群中,约翰内斯·塞鲁提尼——现改名为濑户与右卫门,身着黑短袖和服正装,脚穿白色裹脚草履,腰挂短刀,缓缓朝前走着,他身后面跟着督察吏和捕吏。

七日前,作为囚犯走在这切支丹坂的时候,约翰内斯高昂头颅,毫无惧色。然而如今被无罪释放的他再次走在这里时,却换了一副心境,一个劲儿地垂着头,生怕别人认出他来。

待要走到坡中间时——

一人从坡下骑马疾驰而来。

马上之人不顾众人责备的目光以及"不许胡来!"的阻止声,猛地挥动

---

① 三河万岁:传统艺能表演,流传于爱知县旧三河国地区的安城市、西尾市、额田郡幸田町,是正月里人们进行的祝福表演。

马鞭，马蹄速度丝毫未减，"哒哒哒——！"直冲过来。只见马上之人是一个头巾掩面，身着黑色便装的武士。

这个武士简直就像街头行凶的歹徒一般，从约翰内斯等人旁边疾驰而过，留下一声怒吼：

"下地狱吧！"

瞬间，督察吏和捕吏只觉眼前划过一道凛冽刺目的白光，晃得人不由闭上了双眼。

待睁开眼睛，他们看到路中央躺着一具如枯木般的尸体，正是约翰内斯，皆惊吓得愕然失色。因为那是一具没有头颅的尸体，被砍下的头颅，已远远地滚至路对面了。

赌场女人

（一）

虽说已是入春时节，但依然寒风刺骨。在零星开放的梅林间，尚能看到初午祭①的长条旗。

这里是距离宫②（热田③）站一里半的尾张④鸣海⑤旅店的外头——

眠狂四郎穿着一身黑色和服便衣，沿东海道一路向西，开始了漫无目的的旅途。

缓缓流淌的天白川就在前面。很久以前这个地方是河滩，芭蕉的诗句"星崎黑夜千鸟啼"，咏叹的就是这里。

天文二十二年，为讨伐投靠今川军的叛徒山口左马助一门，年仅十九

---

① 初午祭：二月的第一个午日，这时，各地的稻荷神社举行初午祭。
② 宫：名古屋市热田区的旧地名，旧东海道的驿站，宫驿站。
③ 热田：名古屋市南部的区，热田神宫的门前街。江户时代，以曾经是东海道驿站的宫宿为中心发展起来。
④ 尾张：日本旧国名之一，相当于现爱知县西半部。
⑤ 鸣海：爱知县名古屋市地名，原为东海道的驿站名。

岁的信长[1]仅率领八百兵将,如疾风之势攻上了前方隐约可见的小丘。

狂四郎突然想看一看那些武士们留下足迹的地方,便朝那里信步走去。

鸣海滩潮起又潮落,潮水落向远方的海滨,若天照大神让星崎成为光明之世,但愿潮风带着愿望……

他一边低声哼唱着《下海道谣曲》[2],边朝着似是很早以前种植的防风林走去,就在他快要走到那片松树林之际,突然,一声凄厉的惨叫从远处随风传入耳中,狂四郎条件反射似的迅速朝叫声的方向望去。

半条街远的前方是守护神社的森林,惨叫声就是自林间响起的。

狂四郎听着那像是一个将死之人的惨叫。

不一会儿,杉树林中跑出一个男人,男人后面跟着一个少年。

"我要报仇!混蛋!"少年声嘶力竭地吼道。

男人突然转过身,吼了声"死小鬼!"一边从怀中掏出一把闪亮的匕首,朝少年刺去。

少年见此情景,也不胆怯,噌地一下拔出藏于腋下的护身短刀,与男人对峙着。他那架势一看就是从没练习过剑道的样子,但他的眼神中却无丝毫惧色,目光炯炯,斗志昂扬。

一眼看去便知那个男人是个赌徒,少年出乎意料的气魄,让他发出了野兽般的低吼。

看到男人的姿态从一开始的威吓,变成了真正充满杀意的样子,狂四郎抬脚朝他们走了过去。

剑术外行者之间的对峙,就如剑术高超者比剑一样,都要互相瞪视许久。狂四郎即便放慢脚步朝他们走去也完全来得及。

"喂——"

---

[1] 信长:织田信长,战国武将。

[2] 下海道谣曲:表现下东海道(从京都经东海道去关东)途中景致的曲舞、狂言谣等中世的谣曲。

男人被身后传来的声音吓了一跳，身子猛地一震。

就在这一瞬间，少年一下闭上眼，猛地扑了上去，挥刀一阵乱砍。

男人勉强躲开，少年整个身体直直扑到了狂四郎面前。

狂四郎苦笑着抓住了他的右手。

"可恶！我要报仇！"

少年拼命挣扎着，竟忘记睁开眼睛了。

"怎么了？你的仇人在那边。"

听到这句话，少年才睁开眼睛，死死盯了狂四郎一眼，一声不吭地跳开，又要朝那个男人冲过去。

"先等等——我问你，那个男人难道是你的杀父仇人么？"

"没，没错！"

狂四郎一下子盯住男人问道："是真的吗？"

"你个穷酸浪人别多管闲事！"

男人恨恨地慢慢向后退去。

"真不巧，我这穷酸浪人就喜欢帮人讨公道。"

狂四郎笑了笑，回头看着少年说："这次你把眼睛闭上也没关系，刀不要乱挥，拿稳了直冲上去。听到没，我一说上，你就冲上来。"

话音刚落，一阵风起，狂四郎已朝男人冲了过去。接着，他以迅雷不及掩耳之势钳住他一只手，男人的身体便再也动弹不得。

"上！"

"嘿——！"

少年这次没有闭眼，他睁大了眼睛猛然冲上前去将刀水平刺出。然而，眼看着刀尖要刺到男人的刹那，他本能地一下子闭上了眼。

"唔，唔！"

男人呻吟着将身子蜷成了弓形，狂四郎用力一下按住了他。

少年的刀深深刺入了男人的大腿。

狂四郎放开手后，男人的身体一点点滑落到了地上。

少年像被拽扯着似的也跪倒在地，十指已经完全僵直，紧抓着刀柄无法松开。

狂四郎想给他一根根松开，少年看来十分固执，把双手甩了两三下后又要去握刀柄。

"已经够了。"

狂四郎劝道。

"不！这家伙还活着——。要刺中他的心脏才行！"

"罢了，小鬼。这个男人不过是赌徒中的喽啰，杀你父亲，是老大下的命令。"

狂四郎有此直感，方才故意让他刺中男人的大腿。他不想让少年犯下杀人的罪行。

"是……是的，是这家伙的上司姬松的河东次杀了我的父亲。"

这样一说，少年突然想起什么似的扑向昏厥的男子，将一只手伸向他胸口裹着的白布，在里面摸索一番。

"果然在！"他眼睛熠熠生辉。

少年抢走的，是两个骰子。

（二）

狂四郎来到神社后面大门楼涂了铁丹的那户人家，只见一个身穿白衣和草绿色裤裙的男人，背靠宽敞土间的顶梁柱，坐在打稻谷的石头上。人已经死了。

狂四郎毫不费力地扛起尸体，搬到了里面的屋子里。他让少年铺上寝具，把尸体平放上去，给逝者整理好遗容。

"令尊是神官①吗!"狂四郎问道。

"嗯——"

"神官为何会招致赌徒的怨恨?"

看到少年脸上面露难色,狂四郎故意装出威严的口气催促道:

"把你听到的和见到的全都讲出来吧。大人们砍砍杀杀都是因为谎言和欺骗,因为他们要掩藏真相……如果你信任大叔,就把事情原原本本说出来吧。"

少年目不转睛地注视着狂四郎的眼睛,点头答应了。然后,他一松手,一直紧握在手中的骰子,轻轻地滚落地面。他的视线跟随滚动的骰子,仿佛自言自语似的说出了这样一句话。

"父亲制出了这个。"

狂四郎默默地把骰子放在手心端详了一下,感觉其并无什么特别之处,认为这不过是一颗由一寸见方的鹿角做成的普通骰子而已。不过,他试了试这微妙的重量,将骰子往地上仅仅滚落了三次,就看破了其中的奥妙——这是颗没有机关的机巧骰子。

许多人都会有令他人意想不到的特殊手艺。少年庄作之父五味义宽便是一个对骰子有着异乎寻常偏好的人。因他身为神官,所以从未出入过赌场一类的场合,但是一个人悄悄制作各种骰子,却是他生前唯一的乐趣。年轻时,他于机缘巧合之下,在江户见到了传说中明和②年间的制骰名人六趣斋音吉的作品。看到那制作巧妙的机巧骰子,他便下定决心无论如何也要做出比那更好的作品。

所谓的机巧骰子,有角赛、粉曳、鸣针入、途吕付、曳纲等形形色色的种类。其中最简单的称为一点物,它的设计是摇十次能有五六次都出同一面。在最想掷出的点数的后方做出一小块的真空,后面再装入铅增加重

---

① 神官:操持神社祭神仪式的人。
② 明和:日本江户中期的年号(1764—1772)。

量。但是只要拿在手里掂量一下立刻就能识破。能出两面的叫二点物，出三面的叫三点物。在色子宝①中最常用到，赌博时常用来敲诈那些正经赌客的便是三点物——这种骰子不管是要掷出二四六双点，或者一三五单点，十次中可以掷出至少七次。

粉曳骰子一如其名，是掷出黑色粉末的设计。鸣针入这种骰子，从一三五的正中间会有针出来，先隐藏机关，扣在骰盅下一摇，如果有针扎到手的触感那就是双，如果没有就可判定为单。而所谓的途吕付，是在指尖涂上一种药物，然后神不知鬼不觉地涂到骰子上的方法。曳纲则是先系上极细的丝线，然后自由操纵骰子滚动的一种方法。

不过，不管做骰子的技术多么老练，也很难蒙蔽身为神官的他的慧眼。

但是，六趣斋音吉制作的机巧骰子，任何地方都没有设置机关，却能随意掷出想要的单双面。据说六趣斋曾居于爱宕山②下，是一个有气节的人。芝③的老大佛子长吉，要请他做一个那样的机巧骰子，并允诺给他一个月百两银钱，供养他一辈子直到老死，被他一口回绝了。

义宽以六趣斋为目标，几乎二十年间都是一个人在刻苦钻研。

在他费了很大工夫，终于做出来令他满意的没有机关的机巧骰子时，仿佛理所当然似的，他心中升起了想去赌场一试的念头。

去年秋天，上州的一个赌徒回大阪，半路在鸣海宿停留了一夜。就在那天，机缘巧合之下义宽同他相识，并把自己历经多年秘密研究的成果展示给他，拜托他帮忙试用一下，没想到，这便成了他命运天翻地覆的转折点。

上州的赌徒为这颗骰子的精妙设计兴奋得手舞足蹈，在名古屋传马町④

---

① 色子宝：骰子赌博的一种方式。掷两粒骰子，猜测总点数的偶数还是奇数以决定胜负。
② 爱宕山：京都市西北端于古山城国与丹波国国境上的山峰。
③ 芝：江户的旧区名，相当于现在东京的港区一带。
④ 传马町：日本旧宿场町遗留的町名。战国时代以后，特别是在江户时代,因驿站备有叫作传马的驿马，故名。

的姥堂①的庙会上，他溜进了新开的赌场，拜那颗骰子所赐，他于一夜之间赢了二百多两银钱。

然而，那夜赌徒去了大须的花街风流，进了最好的妓院大篦②，料想他夜里说梦话，不小心跟陪客的妓女说漏了嘴。于是翌日，这些话便传入了赌场的庄家姬松河东次耳中。

姬松河东次掌握着东至池鲤鲋宿③，到桑名④的东海道一带，北起宫城经洲股、大垣、垂井到中山道⑤的大片地盘，他是这片地盘的头目。

一日，这个人突然前来拜访义宽，当他把那颗沾满血迹的骰子碎块拿给义宽看时，义宽的脸色一下子变得惨白。

不言而喻，河东次的手下袭击了上州的赌徒，抢到了这个东西。

"神官大人，关于这个东西我什么都不会说。只是，希望你能答应我一个请求。请给我做一个跟这个一模一样的出来。"

听他说出"愿出百两"的时候，义宽想起了六趣斋的气节。

为此人制作机巧骰子也就意味着让那些正经的赌客输得一文不剩，其危害之大可谓超乎想象。

话虽如此，如果一口拒绝，一旦惹怒了河东次，将会发生比遭天谴更加恐怖的事情。而且明眼人都能看明白，只要他还生活在这片土地上，河东次总会找理由给他点苦头吃。义宽心中早已晓得他是个怎样的主儿，虽然表面上装出一副颇有风度的大当家的样子，但是一旦认为别人是自己的绊脚石，他便会如毒蛇一般纠缠不休，不择手段，直至把人逼至绝路。

---

① 姥堂：位于爱知县名古屋市热田区的时宗的寺院。
② 大篦：江户吉原的烟花柳巷中，最高级别的妓院。
③ 池鲤鲋宿：日本的东海道五十三次（江户时代五大街道之一）上的第39个驿站。
④ 桑名：位于三重县北部揖斐川河口的城市，曾作为东海道的驿站和松平氏城关镇而繁荣。
⑤ 中山道：江户时代的五条大道之一，自江户桥出板桥经上野、信浓、美浓，在近江草津和东海道汇合，通过大津直至京都。有69个驿站。

那日，义宽沉默了许久。其间，河东次也没有特别着急，而是趁义宽年轻的继室阿稻换茶之际，给她包了十两银钱便离开了。

义宽在河东次离开之后，严厉命令阿稻不要动这钱。

阿稻不是那种能跟神官一起过清贫生活的女人。她一看那个人能随手拿出十两这么大一笔钱来，便知此人十分阔绰。于是，她那一颗因为贫穷而收敛起来的虚荣心骤然膨胀了。

十日之后，当河东次再次拜访时，那笔钱已经少了一半。

义宽感到惭愧，气势便矮了一截，说道：

"可能要花费半年时间……"

事已至此，他也只能半是承诺地搪塞河东次。

"无妨，等上半年并无大碍，我可以等。不过，万一你忘了就不好办了，所以我会偶尔过来催一下。"

说罢，河东次豪气冲天地大笑起来。那日离开时，他又递给阿稻十两银钱。

尔后——

河东次每月至少要来两三次，每次造访，义宽的脸色就会变得更加黯淡。相反，阿稻每次都容光焕发。这个女人原本就肤色白皙，五官端正，村民们也常议论，说她这样的姿色做神官大人的妻室真是浪费。

三

义宽完成河东次拜托他做的机巧骰子那日，正好迎来正月初七喝七草粥。仿佛有人监视着他的一举一动似的，翌日，在已经取下门松[1]和界绳[2]

---

[1] 门松：新年时装饰在门前或正门的松树枝。
[2] 界绳：举行神事活动中用于划定神圣场所或新年时为避邪而张挂在门口的稻草绳。

的门前，就响起了河东次叫门的声音。

河东次在铺席客厅落座后，先是新年问候，然后从怀中掏出包有百两银钱的钱袋，咚地搁在了一旁的地上。

"我在从年末一直逗留家中的巫女那里得到神谕，说在七草粥这日，我若散去百两银钱，今年便可运势大开。我想着，这难不成是说骰子就要做好了？所以便来看看。"

他巧妙地说出了这些话。话已至此，义宽已没有装痴卖傻的余地了。

河东次看着眼前呈上来的两颗骰子，两眼放光，目不转睛地盯着它们。

"神官大人，这个机关是如何设计的呢？"

"与三点物相同，不过，不同的地方是，我做的这个是百发百中。双数的双，单数的双，单数，这个都能做到。"

义宽压抑着心中的郁闷情绪，用没有起伏的语气平静而果断地答道。

听后，河东次若有所思，神情险恶，追问道：

"做得到？——如此断言，你可有自信？"

"你若不信，我倒也没有要你一定信。"

义宽怅然答道。

"不，我不是这个意思。你这个东西我不也是要花钱买的嘛！"

"当然，你可以验过后再给钱。"

河东次朝身后十分擅长摇骰子的手下使了个眼色。

阿稻明白怎么回事，便去拿来了蒲团，在蒲团上盖一块白布，四角用镊子固定了下来。

那个手下一上来就气势十足，赤裸着上身，把两颗骰子一齐丢进贴着柿漆纸的藤笼骰盅内，呼啦摇了一下，啪地盖到了台面上，然后又慢慢转了两三下。

这时，河东次抬高语调问道：

"神官大人！万一并非如你所言。到时候，要怎么办呢！"

"我分文不取!"

"那是自然。如若不是我想要的骰子,我是分文也不会付的。……如何?神官大人,要赌一下吗?"

"赌我的命吧!"

"我拿你的命有何用。如果你有这样的自信,就请拿出仅次于你性命的东西来赌吧。"

"……"

"我们赌你那位娇妻,如何?若我赢了,她便归我。"

对方竟能大言不惭地说出这样的话,就算是义宽也不禁倒抽一口凉气。但是,面对侮辱,他下一秒的反应十分激烈,怒目道:

"好!赌!"

此时,阿稻的双眸迎着河东次投来的视线,意味深长地眨了眨——没错,他们的一举一动都被少年庄作看在了眼里,庄作当时正趴在隔壁房间收容茶器的架子上,透过楣窗的镂空雕花板看着这一切。

直觉告诉庄作,父亲会输!

庄作非常清楚这一切。

年末的十三日——这天是打扫屋子的日子,父亲带着从伊势送来的皇大神宫的神符和新历,出门到鸣海的大庄屋①家去了,不在家。

那日,河东次来了家里,庄作立刻就被打发到亡故的生母家跑腿。不过,当庄作走到街上时,刚好遇上了一个要去邻村的男人,庄作便把继母交代给他的东西托付给了那人,然后又在河滩玩耍了一会儿,就回了家。

庄作突然想起,出门之前,他在饭厅的地炉②下悄悄埋了个地瓜,于是想躲着继母偷偷挖出来,便蹑手蹑脚从后门溜进家来。

他匍匐着爬向地炉,这时,忽然听到坐席那边传出几丝低低的呻吟

---

① 大庄屋:江户时代的村官之一,管理十几个村的庄屋、名主,负责管辖区域内的行政工作。
② 地炉:用于烧火取暖或做饭的设施。

声，他立刻屏住呼吸侧耳细听，呻吟声断断续续地持续着——

庄作蹑手蹑脚靠近唐纸的缝隙，想要一探究竟。这时，他被眼前的光景震住了，惊得心脏都差点停止跳动了。

在可以移动的暖炉的另一侧，河东次和继母身体纠缠着倒在了一处。

白皙的大腿高高抬起，宛如蓦然从棉被中长出来似的，脚踝搭在暖炉架上……那满是皱纹的脚掌，映在庄作的眼里，仿佛是无法言说的下流东西。

——混蛋！

庄作清晰地回想着那日的光景，身体哆哆嗦嗦地颤抖着。可是，他虽然觉得父亲会输，却没有大喊大叫着冲出去。因为他想到"如果父亲输了，继母就会离开"。是心中对这一结果的期待让他没有那么做。

"开！"

清亮的话音一落，掷骰子的人"啪"地一下开了骰盅。

刹那间——义宽整个人惊呆在了那里，他不敢相信自己的眼睛。

是单数的单。

简直难以置信，绝对应该出双数的双的啊。义宽已经试过一百次了，一次都未曾失手。

"这，这，这怎……怎、怎么可能——"

义宽哆嗦着正欲捡起那两个骰子，掷骰子的人迅速将骰子夺走了。

"神官大人。我的担心果然没错，你失手了，你的娇妻就归我了呀。"

河东次冷漠地说道。透过楣窗，庄作那满是杀欲的眼神憎恶地逼视着河东次。

是夜，饭桌上只剩下了父子二人，庄作不经意间打破了那令人烦闷的沉默，说道：

"父亲，我啊，是知道的。"

"你知道什么了？"

义宽阴郁的眼神紧张地盯着儿子的脸。

"那个骰子,是被换过的。"

"你看到了吗?"

"嗯。"

"不可能换的。是我亲自将做好后收起来的骰子拿过来交到他手上的。"

"不是的。父亲收放好的骰子,母亲给偷换成别的了!"

庄作的喊叫以奔流之势冲入义宽脑中,他停滞的头脑开始如水车般快速转动起来。

义宽一动不动地死死盯住儿子,连眨眼都忘记了,最后沉吟道:

"是吗!是这样啊!"

"河东次这个混蛋!不止拿走了我耗费苦心的机巧骰子,连老婆也——可、可恶!那好!我就对他来个攻其不备!做一个能掷出相反点数的骰子,然后交给一个赌徒,让他去那家伙的赌场闹个天翻地覆!"

"嗯,所以说,这个与河东次骗走的那个不同,是能掷出相反点数的骰子,对吧。"

狂四郎指着滚落在地上的两枚骰子说道。

"是的。父亲从正月到昨日为止,日日废寝忘食做出来的。"

"或许不知何时,河东次嗅出了端倪,便一直窥伺着,等到事成这日就派手下将其盗走。"

狂四郎捡起骰子,走进了义宽的房间。

房间里到处都是制作骰子的工具,狂四郎怜悯地瞄了一眼,随手捡起架子角落里的骰盅,扔进骰子,用令人眼花缭乱的手法一摇,盖上,揭开一看,出的是单数的单。接下来是双数的单,再接下来是双数。诚然,这个掷出的是与前作完全相反的点数。

狂四郎抬头对站在一旁的庄作温柔地说道:

"你不要再做这样的事了,知道吗?不管这项手艺多么了不起,却始终不是正途。你不觉得你父亲是遭到报应了吗?"

"嗯。"

少年诚实地点了点头。

㈣

那夜——

姬松河东次的赌场弥漫着从未有过的异乎寻常的紧张气氛。

戌时过半,赌兴正酣之时,突然进来一个不曾见过的浪人,仅仅一个时辰,他膝前便已堆起了金山。

令人诧异的是,不管赢多少,他那如雕塑般深沉的苍白面庞不露丝毫表情。

赌客尽是无业游民。

等到子时,所有客人的钱袋都已见底了。

"这位客官——"

河东次终于沉不住气,自庄家的位置发话了。

"今夜,您的豪气令我等大开眼界,不知是否愿与我赌上一局?"

眠狂四郎眼角闪过一丝淡淡的冷笑。

"承让——"

实际上,他一直在等河东次出场。

河东次在他对面刚一落座,狂四郎就漫不经心地说道:

"一局定胜负吧。我全部押上。"

"您这人果然豪爽。承让了。"

"还有一个条件。"

"什么条件?"

"我已经对金子没有兴趣了,我想要那个女人。"

"……"

河东次一脸讶异,视线紧跟着狂四郎的食指,他的指尖正好指着歪坐在长火盆一侧,一袭黑襟黄纹大格子绉绸和服的女人。那是义宽之妻阿稻。

"能用这个美人来押注吗?"

被人如此挑衅,河东次一瞬间面露凶色,但又马上压了下去,颔首道:

"明白了。"

言罢,便对一个手下下令道:"图个吉利,骰子换副新的。"

掷骰子的人接过骰子,拿过去给狂四郎看。

"请查验。"

狂四郎接过置于右手掌心,心想:

——就是这个了!

他将骰子于手心晃了几下,呼啦一下放到了左手中,轻轻握了一下,又还到了掷骰人的手中。

在所有人看来,他的动作都是极其自然的。他故意给人看到他换到了左手掌心,其实那是极其巧妙的手法,没有任何一人看破其中端倪。

掷骰人啪地将骰盅盖下,河东次当即开口道:

"是双!"

狂四郎依然面无表情。

"开!"

结果一目了然。

河东次一脸茫然,耳中传来狂四郎平静的声音。

"大当家的,那个女人归我了哦——"

鸦雀无声的静寂氛围,一瞬间杀气腾腾。

搅乱这杀气的,是随着狂四郎缓缓起身,阿稻发出的那凄厉的哭喊。

"不要!大当家的!我,我不要跟这个人走,不要!"

狂四郎眸子冷如寒冰,盯着阿稻,眼神充满了杀气和憎恶。他不紧不慢向前走近了两步。

一刹那——

一道白色闪电自狂四郎腰间迸出。伴随着女人的惨叫,铁壶一下子翻倒在地,噗嗤一声溅得火堆上飞灰四起。

"混蛋!"

"三幺武士[①]!"

手下们抓起腰中挂着的长腰刀,嚯地站了起来。

"嚷嚷什么!下等赌徒!"

狂四郎反唇相讥,语气中带着不容反抗的震慑力。

"我赢下的女人,我想怎样是我的自由!你说是吗,大当家的?"

阿稻的双耳被割了下来,仰面昏倒在地,样子十分丑陋。

笼罩在月晕之下的朦胧月光洒落一地,地面一片银白,在东海道上的一条笔直地通向远方的道路旁,少年庄作骑在父亲留下来的爱马背上,耐心地等待着那个大叔的出现。

终于——

自右方河滩堤岸的雾霭之中,出现了一个人影。他的脚步说快不快。在大概离他有二十间远的后方,又有不少人影晃动着出现了。

庄作一下就认出了前面那个人影就是大叔。

大叔快步走到他面前,笑着将手中沉甸甸的包袱系上了马鞍,对他说:

"你先走。"

"大叔你呢?"

"我跟那帮家伙约好了。我不想让他们以为我逃了,真拿自己的脾气没办法。"

等马走远,听不到马蹄声后,狂四郎缓缓转身。腰间的无想正宗将要掀起血雨腥风。他朝着这个修罗场,静静地迈步走去。

[①] 三幺武士:源自一年接受三两一分的扶持俸禄的武士,对身份低微的武士的蔑称。

狂四郎大笑

一

　　游历东海道时，会有三处险关，分别是箱根八里[1]、大井川[2]，及热田神宫[3]与伊势桑名[4]之间的海上七里水路。

　　神宫与桑名之间只要稍起风浪，船就无法出海。于是，旅人不得不走佐屋路。经过岩须贺、石场、冠守之后到达佐屋，再从这里乘坐河船行走三里，便到了桑名，但这必须要众人一同前行方能安全。

　　可是，即便没有太大风浪，如果碰上了两支大大名[5]队伍，旅人便会滞留在渡口。

　　今天也是如此——

---

[1] 箱根八里：指箱根路，从东海道小田原宿开始到三岛宿之间约八里的小路。
[2] 大井川：位于静冈县中部，发源于赤石山脉，注入骏河湾，江户时代禁止在其上架桥渡船，旅人必须雇用人力肩抬过河。
[3] 热田神宫：位于爱知县名古屋市热田区的神社。
[4] 伊势桑名：三重县地名。
[5] 大大名：在大名中俸禄一万石以上，十万石以下称为小大名，俸禄十万石以上的称为大大名。

神宫的舟番所①门前竖着一面正方形的旗帜,上面去掉了扇形纹饰,这是等待尾州②官船的标志。

千滨的鸟居③西侧有一处十分宏伟的宅院,四周悬挂着染着葵纹家徽的藏青色幔幕。这里名为西滨屋邸,是藩④里的接待处,以备接待贵人之用。

禁止庶民通行的大道上,布满了来往忙碌的藩里官差、主营地及副营地办事人员的身影。

旅人们聚集在副营地前面临时设立的木栅栏门口,从官差那里得知消息,以钦差身份前往江户的朝臣今日将从桑名到达该地,他们要等到明天早晨才能出发,所以无奈地发着牢骚转身离开了。

因此——两旁松树成行的小径上人满为患,一反常态。

眠狂四郎在一处小土堤上坐了下来,注视着这熙熙攘攘的景象,满眼都是对前途未卜之人的漠不关心。

此时——

他感觉到背后有人悄悄逼近——直觉告诉狂四郎,此人并非普通的庄稼汉,但他仍旧装作毫不知情的样子。

"喂——老爷,打扰了……"

来人主动搭话了。狂四郎依旧看着前方,一针见血地说道:

"你是个盗贼吧!"

片刻沉默之后,后面的男人半是埋怨地说道:

"连背后都长着眼睛呢,真不愧是眠狂四郎大爷啊。"

那声音甚是冷静。

狂四郎静静转过头去。

---

① 舟番所:江户时代对船及行人进行管理征税等活动的公家部门。
② 尾州:尾张国别称。
③ 鸟居:神社入口的牌坊。
④ 藩:江户时代大名的领地、组织、组成成员的总称。

只见来人三十五六岁,微胖,乍一看像个商人。腰里没有佩带旅行时的短刀,估计是不想让人注意到他在旅途中吧。当时,平素不佩带兵器之人,若在腰间别上旅行短刀,腰部便会痛得无法长途跋涉。但在狂四郎看来,对于一个惯于旅行的人来说,不佩刀具反而很不自然。

"江户人?"

他一身结城绸①衣,系着一条独钴②的博多腰带③,为潇洒雅致。

"是的——"

"果然是幕府脚下之人,看起来光鲜耀眼啊。"

"哎呀,哪里哪里——"

男人翘起两手的拇指,按向土堤草坪,行礼道:

"在下与老爷初次见面,请多关照。小的是江户居无定所之人,名叫次郎吉,世人多习惯称呼我为鼠小僧④,上还背着墨刑流放的前科呢——"

"无聊的客套就免了,说明来意吧。"

狂四郎冷冷丢下这句话后,把脸转回了原来的方向。

次郎吉稍露迷惑之色,

"老爷——其实,小的有一事相求……"说到这,他突然低声叫道:"哎!他来了!"

狂四郎瞟了次郎吉一眼,顺着他所望的方向看去。

一名浪人沿着街道,从东边慌慌张张跑了过来,他只穿了一件洗褪了色的条纹棉布和服,尽显褴褛之态。

"老爷!"次郎吉细声细气地耳语道,"那家伙是来找老爷您的啊,拉住您有事要求您呐——那家伙背地里给我说过一声。小的稍后再来见您。"

---

① 结城绸:结城附近出产的丝织物。

② 独钴:纵向纹样多的织物。

③ 博多带:博多一带地区生产的丝绢织物所作的带。

④ 小僧:对年轻男子的蔑称。

次郎吉的身影嗖地一声消失了踪影，几乎与此同时，那个浪人看见了狂四郎，脸上随即放出光来。

"哎哎……您，您来这儿了啊。"

也许是陈年旧疾的缘故，他艰难地喘着气，一边用手背抹着毫无血色的灰白皮肤上渗出的油汗，一边爬上了小土堤。

狂四郎觉得曾在某处见过此人，但没有即刻想起来。

"在下名叫矶原左内，今后请多关照。"

"你知道我是眠狂四郎？"

"不，不知道……在下并不知您尊姓大名，但是您的本事倒是——"

听他这么一说，狂四郎倒想了起来。

昨夜，他跑到当地地头蛇姬松河东次的赌场里大赢特赢之时，这个浪人似乎就窝在现场的一个角落里。之后，在天白川的河岸上，狂四郎一人单挑河东次一行十余人，须臾之间就斩杀了其中八人……这个浪人肯定躲在暗处目睹了整个过程。

"在下有事相求，请您务必听一听啊！"

矶原左内突然像身体散架似的跪坐于地，一副态度诚恳的模样。

"想让我帮你？"

"正是——。能实现在下愿望的，这世上除了您就再无他人！"

"你想让我做什么？"

"明天是初午[1]，热田神宫八剑宫会承办御膳。恰在此时，从京都到江户去的钦差要在西滨屋下榻，并借此机会参观古时遗风，按例会设宴招待钦差。而且，特别是钦差殿前举行射箭神事仪式之后，还要召开比武大会以做奉神之用。……在下想求您出场应赛，并务必取得头名。"

---

[1] 初午：二月第一个午日，神社有庙会。

热田神宫供奉着日本武尊①的草薙宝剑，织田信长②出兵桶狭间之际，到这个神社拜谒祈祷，只见两只白鹭自神殿中翩然飞出，向东而去。这一神佛显灵的灵验之说远近皆知，可以说，这个神社是保佑武运亨通的神宫。

在新年伊始的初卯祭③上，除了卯杖卯槌④的仪式之外，再加上奉神比武，二者可谓相得益彰。

二

狂四郎直直盯着矶原左内，说道：

"让我夺取头名……然后呢，你又作何打算？"

"您要是夺了头名，就会获赐神宝之一的砧手青瓷花瓶⑤一个，能否请您将它转让给在下呢？"

左内的脸上现出异常固执的表情，竟显得狰狞起来。

"若是有这神宝在手，又会有何等神助呢？"

"请，请您莫要再问了。作为回报，小的奉上谢礼……五百两……不，一千两也无妨。请您务必守约。"

"恕我直言，恐怕您未必拿得出来一千两啊。"

"不，不。在下以八幡⑥起誓，必定会付给您的！"

"为商之道，先付定金乃是基本规则。"

被狂四郎冷冰冰地戏谑后，左内眼露出为难之色，一刻不停地转动着

---

① 日本武尊：日本古代传说中的英雄。
② 织田信长：战国安土时代武将，于桶狭间大破今川义元。
③ 初卯祭：正月初的卯日所举行的祭神活动。
④ 卯杖卯槌：卯日祭神时所用到的神具。
⑤ 青瓷花瓶：中国宋代时粉青色的瓷器流传到日本后的称谓。
⑥ 八幡：神社名，武士多以此神社立誓。

那因着急而充血的眼珠，突然自暴自弃地说走了嘴。

"就让在下的妻子来为您侍寝吧！用这个代替定金……"

狂四郎哑口无言。接下来的一瞬间，他胸中愤懑，站起身来。

"求，求求您了！在下的妻子甚是美貌呀！"

"混账东西！"

狂四郎大喝一声，却突然发现另一个男人伏在对面斜坡之上。

狂四郎心想，若将这浪人看成是个疯子似乎有些草率，再加上那个性格乖张、自称鼠小僧的盗贼的涉足，这其中必定隐藏着什么惊天的秘密。

略微沉默了一会儿，狂四郎说道："带路吧。"

当夕阳的余晖把远山的峰顶照得通红的时候，狂四郎跟着矶原左内，走在一条暮色渐浓的原野小径上，他们的影子长长地拖在了身后。

晚风拂过树梢，掠过原野大地，仿佛突然间变得冷飕飕的，风声也尖厉起来。

狂四郎望着左内那似乎因寒冷而猫起来的背影，对自己偶然的好奇心充满了自嘲。不过，既然已经走到了这里，就不能打退堂鼓了。虽然与他们二人相隔甚远，但鼠小僧次郎吉发挥敏捷的无声快步之术，一直尾随其后。

不一会儿——

左内将狂四郎领到了一处大宅。此宅掩藏在一片繁茂的竹林深处，看起来历经了百年沧桑，虽荒废已久，但草葺的千鸟破风[1]样式的九脊殿巨大的屋顶依旧十分宏伟。破风之上架虹梁[2]，有大瓶束[3]。由此看来，想必曾是地方官员的住所吧。

正房雨户[4]紧闭，只有庭院另一侧建筑的拉门被夕阳照得发白。左内急

---

[1] 千鸟破风：东亚传统建筑中正门屋顶装饰部件，呈现三角形。
[2] 虹梁：弧形梁。
[3] 大瓶束：立于虹梁之上的瓶形束柱。
[4] 雨户：挡雨拉门。

忙上前打开雨户,说道:

"来,来,里边请——"

狂四郎踩着青苔,在走廊边上坐了下来,看到安放引水管的石座旁边的草丛中点缀着黄色的小花儿。

——这是什么花呢?

在记忆中,自己曾在某时某地被这种带有俳味①、溢着寂静而楚楚动人的早春风情吸引过。

"里边请。"

狂四郎没有理会左内的再次邀请,而是紧紧盯着那花儿。

——对啦,是山茱萸花。

他突然想了起来。

然后,不知为何,他觉得初见这种花儿是在大名水野忠邦的正宅院中和美保代一起被人擒住的时候。当时他参与了武部仙十郎的计谋,侵犯了美保代,并在厢房中等待愤怒的忠邦出现。在当时那个静谧的早晨,身旁的洗手池旁边似乎就开放着这种小花。

——或许记错了吧。

不管怎样,狂四郎意外地在这种地方,在早春的花儿中,思念起美保代的面容来。

这时——

另一侧偏房的拉门打开了——狂四郎立刻产生了一种错觉,仿佛看到美保代从那里走了出来。他一下子皱起了眉头。

她那窈然从置履台走下来的身姿,简直和美保代一模一样。

看到女子提起和服下摆,沿着长满青苔的铺路石直朝这边走来,狂四郎立刻为自己的错觉自嘲,其实,此女的容貌和美保代一点也不像。但是,她那无以伦比的美貌却深深地吸引了狂四郎的目光。

---

① 俳味:俳句的独特风趣(以洒脱、飘逸、平民性为特征)。

左内所说"在下的妻子甚是美貌呀!"这句话,看来并非虚言。

左内这个穷困潦倒的浪人居然会有如此美貌的妻子,实在是不般配。

"请过来坐吧。"

女子恭谨有度地施了一礼。在她抬起头的一刹那间,目光一闪,朝狂四郎的身体扫了一眼,狂四郎看穿了她目光中带有尖刺,心想:

——伪装得甚是高明啊。

"这是在下的妻子利枝。"

在客厅内面对面落座之后,左内重新介绍了这个女子,但却显得心神不宁。而那女子恰恰与其相反,镇定自若地端坐在那里。

过了一会,女子奉了茶。她的动作一板一眼,中规中矩,一副精通茶道奥义的样子,这意味着她出身名门。

方罩座灯被点亮之后过了半刻工夫,始终不发一语的女子起身离开了,左内也紧跟着追了出去。

左内回来的时候,狂四郎仍默然坐在原来的位置上,保持着与之前相同的姿势。

左内低头相告:

"小的妻子在厢房等您。"

三

一个黑影缓缓踩着石板路,一步一步走向偏房。

拉门被灯光照得通红,却没有一丝声响。

乡村的夜晚,虽才过戌时[1],已如同夜半一般寂静无声了。

日暮之前刮着庭院树木,不断发出声响的风也停歇了。来访者的脚步

---

[1] 戌时:晚八点。

刚一踏上置履台,屋里的灯就一下子吹灭了。

一瞬间,无论屋内还是屋外,皆成了泼墨般的黑暗世界。

来人在置履台上略站了一会儿,没有动,拉门的内侧似乎也在屏息相待。来人看了看周围的情况,随后就嘎吱嘎吱踏上木板窗外的窄廊,唰一下打开拉门。接着,他小心翼翼、一声不响地在漆黑的屋子内摸索着,慢慢迈进一只脚去。

而屋内之人一动也不动,只是隐隐约约从她的肌肤上散发出一股甘甜的娇香。

终于——来人的眼睛适应了周围的黑暗。

女子就在卧榻上。

来人关上拉门,走近卧榻。

他弯下腰,刚一伸手轻轻掀起寝具,女人的香气顷刻间浓烈起来,蔓延至整个房间。

二人明白,此刻他们正在黑暗中瞪大眼睛,摸索着彼此的脸庞。但是,黑暗中只能看见一副朦胧的轮廓,勉强能分得清眼睛、鼻子和嘴巴。

突然,男人压在了女人身上。

之后,黑暗吞噬了那对喘着粗气,如漆似胶的男女,时间过去了许久。

待喘息声和其他所有声音全部消停之后,不知又过了多久,女人开始低声细语地说起话来。

"求求您!杀了左内吧!"

"……"

"小女一直在等您这样的大人来。……小女曾是海产批发店店主的女儿,并非左内的妻子。父亲在江户深川和九州平户开了店铺,与唐国商船[①]和荷兰商船之间都有大宗买卖,左内曾是我家的护卫。……后来,在父亲因为缺斤短两的罪名被捕入狱的时候,左内强暴了我——最终,将我带到

[①] 唐国商船:古时中国商船。

了这个地方。……小女打心里憎恨左内,一直等待时机报仇雪恨……求您了!杀了左内吧!"

男人略微沉默了一会儿,女人突然疯了似的抱紧了他,他没有阻止,站起身来。

"若我杀了左内,你以何相报?"

"让您夺取明日的热田神宫奉神比武的头筹。左内说您转眼间就斩杀了姬松的河东次及其手下七人,您若参赛的话,必定会赢。……这样一来,小女就会得到一万两金子。"

"这是怎么回事?"

"在作为奖赏的砧柄青瓷花瓶中,家父曾偷偷放入一张地图,上面绘有那一万两金子的所在之地。这地图只有小女能看懂。"

女人刚说完这些话,外面突然传来似是打火石的声音,紧接着拉门啪地一下被灯火照亮了。

灯光像涨满的潮水一样泻进了屋里。

接下来的一瞬间,女人发出异样的尖叫,像上足了发条一样从男人身上弹开了。令女子惊诧的是,刚才和自己一番云雨的男人并非之前在客厅里见过的那个武士!

男子不知何时被偷梁换柱了——眼前,鼠小僧次郎吉正毫不客气地盘腿而坐,脸上泛起讥讽的讪笑。

在屋外点燃蜡烛的正是狂四郎。他先让次郎吉偷偷潜入这间偏房,然后瞅准时机,将左内带了过来。

狂四郎呼啦一下子打开拉门,回头看了一眼呆站在后面、表情难以名状的左内,说道:

"听见了吗?你没有想到尊夫人会有这般胆量吧,真是可怜。换句话说,你亲自为尊夫人找来了一个杀掉你自己的人啊。"

左内的嘴唇哆哆嗦嗦地颤抖着,或许是因为极度激动而使喉咙痉挛了，没能发出声来。

"出卖你老婆的贞操，不是你的本意吧？我倒觉得是尊夫人的主张，只是你竟答应了这个做法，真是窝囊啊——虽不能说你有损武士之风，但你若是被人杀了也是咎由自取。你们俩都是蠢货，唯一占了便宜的，估计就是这个盗贼了。"

狂四郎一阵大笑，女人像夜叉一般面目狰狞地站了起来，大声嚷道："混，混账！"

次郎吉唰地一下跳起来将她踹倒在地。

"喂，次郎吉！打女人也是人家当家的打，刚才不是已经让你美美享受一番了嘛！你总得怜香惜玉一点，这也是人之常情啊。……至于她的男人是要罚还是饶恕，这就不是我们所管之事了。"

说完，狂四郎来到庭院里，疾步走了出去。

"老爷！请等一等！"

次郎吉慌慌张张追了上去。

㈣

狂四郎和次郎吉走出竹林之时，云雾散开了，月光洒满了烟雾霭霭的原野，远近各处的村落屋顶、林子、丘陵像被刷子一个个刷过一样，浮现了出来。

突然，一阵怒号和惨呼从竹林对面传来，打破了眼前的寂静。毫无疑问，这声音正是从刚才二人出来的那座宅院里传出来的。

"还是下手了。"

次郎吉低声嘟囔着。这感觉真是让人不舒服。

"次郎吉，那个女人到底姓什么？"

"哦,她说自己是什么海产批发店老板家的小姐,全是胡说八道。……老爷,您知道万古烧①吗?"

"指的是沼波五左卫门吧?"

沼波五左卫门是伊势桑名的商人,精通风雅,喜好品茶,制作的乐陶②十分精妙。他还擅长交趾③、荷兰的彩色釉画,自己在三重郡④朝日村对面开窑烧瓷,但烧出来的瓷器一个都不卖,足见他对此类物品的痴迷。后来应召来到江户,住在小梅村,从事将军家的茶器制作。他烧制的是一种类似于萨摩小开片陶器的佳品,在釉面上施以彩画,再盖上万古之印章。对于收藏家来说,那可真是千金难求之物。

"那个女人就是沼波五左卫门的孙女吧。"

"是的——"

"五左卫门好像性情十分古怪,据说他并没有将制陶之法传给子孙。更有意思的是他的遗言。不管怎么说,他毕竟是桑名首屈一指的大户,应该留有一大笔遗产。但是,他的遗言却说,若想知道金子藏在哪里,就要到敬奉给热田神宫的砧柄青瓷花瓶中去找。当时,那花瓶已经成为神宝之一,被供奉在就连大名都无法见到的内殿里面。……可叹啊,已经让人艳羡几十年了。"

"五左卫门只有那一个孙女吗?"

"没错。……小的机缘巧合得知了这个秘密,正想尽办法要潜入热田神宫盗得此物之时,却听说这个花瓶会被赏给在奉神比武中得了头名的武士,所以小的慌了神,没想到更慌张的是那个女人。不巧,她那个当家的完全就是个废物……最后,想出来这么一个馊主意,一直到找到眠狂四郎

---

① 万古烧:1736—1741年间江户中期,伊势桑名的豪商沼波弄山开创的陶器,花纹以异国风情而著称。
② 乐陶:一种手捏的素陶。
③ 交趾:中国古代地名,今越南北部。
④ 三重郡:今日本三重县。

老爷之前都还顺风顺水……"

"花瓶中有图这件事,只有你和那对夫妇知道吗?"

"小的觉得是这样。"

之后,狂四郎没有说话,抬脚走了。

"老爷,您打算怎么办?还要参加比武吗?"

狂四郎没有答话。

五

翌日,天空万里无云,是适合举行节日庆典的绝佳天气。

被数百年树龄的林子环抱的热田神宫院内,聚集了数千民众,在此要举行射箭祭神仪式。海藏门外竖起了一面高达六尺的大靶子,两名神官[1]、两名中藤[2]、两名祝部[3]——共六人作为射手,在荒木弓上搭上用纸做的白羽箭,朝着天、地、靶子各射出一支。这一宣告比赛开始的仪式结束之后,在拜殿南边的神乐殿举行太神乐[4]。

钦差撤下祭文殿内前夜给神献上的贡品,在乐师演奏三管乐器时,沿着回廊走进了钦差殿南边的透垣[5]的幔帐内。

这里就是奉神比武的地方。

从一大早开始的五十六组初赛已经结束,现在——申时[6]三刻,仅剩下

---

[1] 神官:在神社侍奉神明的人。
[2] 中藤:以年龄划分的和尚等级,中等和尚。
[3] 祝部:侍奉神明的人。
[4] 太神乐:伊势神宫奉神时所跳的舞蹈。
[5] 透垣:用竹子或木板做的篱笆墙。
[6] 申时:下午3点到5点之间。

两名即将决战的剑客留下来等待钦差。

峨冠博带的钦差佩带着螺钿装饰的宝剑，脚穿浅沓[1]，在正面上座的临时座椅上落座，人满为患的尾张藩的侧席也好，远处下首的下级武士也好，都瞬间鸦雀无声了。

裁判高亢的声音响起，打破了寂静。

"首先出场的是直心影流的老师，北条弥九郎。"

在南边的席位上候着的武士应声而起，他携带一柄三尺有余的木刀，脚上穿着白布袜，踩着落满斜阳余晖的大石子路走了出来。只见他身着熨斗目小袖[2]上衣，仙台平[3]料子的裤裙，把系在两肩处吊衣袖用的鞣皮带子[4]打成十字结。他是个身高六尺有余的大汉，年纪约在五十开外。

接着，裁判喊道——

"圆月一刀流，眠狂四郎。"

唤声刚落，小声的议论就像细微的波浪一样在各个角落此起彼伏。

随着比武时刻的邻近，人们觉察到，在取胜留下的参赛选手中，一定会有一个名字奇怪、长相异常、身着黑衣的浪人。

然后，这个浪人最终决定对抗北条弥九郎，场内顿时笼罩着一种极其紧张的气氛。

在尾张这个地界，北条弥九郎的大名无人不知，无人不晓。

弥九郎是振兴了直心影流的大师藤川弥司郎右卫门的高徒，是唯一一个得到了象征本门绝学的韬之形（龙尾、面影、铁破、松风、早船、曲尺）[5]修业合格证明之人。

直心影流有几本家传秘籍，依次为灵剑传、究理卷、目录、许可、命

---

[1] 浅沓：穿束带、衣冠、直衣时搭配的鞋子，鞋寰很浅。
[2] 小袖：江户时代武家所穿和服一种。
[3] 仙台平：质地极好的布料的一种。
[4] 带子：束袖子用。
[5] 龙尾、面影、铁破、松风、早船、曲尺：招式名。

剑传。

  弥九郎被传授了以上每本秘籍中所记录的绝技,还从师傅的名字里继承了一个"弥"字。

  既然有这么一名出类拔萃的剑客参加今日的比武,所有人都认为花落谁家已经毫无悬念。

  然而——

  令人意外的是,一个名不见经传的浪人潇洒现身,并要与北条弥九郎一决高下,这让场内的气氛迅速高涨自然也不是什么怪事。

  听见叫自己的名字,眠狂四郎连吊衣袖的带子也不扎,一副寻常打扮踱了出来,单手拿着一柄借来的木刀,光着脚。

  二人隔了两间距离,相对而立,互相打了招呼之后,朝上座施了一礼。

  担当裁判之职的是尾张藩的剑术教头,鹿岛神道流的芳贺孤心,他已年逾古稀,白发白髯,仙风道骨。

  弥九郎和狂四郎同时跨出一条腿,下肢摆出八字,木刀刚啪地一声交刃,剑气霎时溢满了这绿荫遮蔽,深邃悠远的神宫院内。

  或许是受到了剑气的惊吓,数只白鹭扑棱一声扇动翅膀向天空飞去。

  弥九郎摆出青眼。

  狂四郎则摆出地摺下段[①],尖落在了脚尖前三尺的地方。

  保持着这种架势——两人宛如两尊石灯笼一样,纹丝不动。

  二人之间相隔九尺。

  二人的眼睛同时注视着对方的眉心,眼微睁,眼珠不动,一眨不眨。

  就这样……不知过了多久。

  弥九郎心道:除了恩师弥司郎右卫门之外,世上竟还有如此可怕的剑客!——于是,心里暗自感叹,今天不得不着实施展一番自己的真本事了。

  并非是自己的剑术老了,而是敌人的剑里蕴含着神秘的魔力。

[①] 地摺下段:剑道招式之一,剑尖指向对方左膝盖处。

他正思量着——

狂四郎的木刀仿佛被看不见的丝线牵引,开始缓慢地画起了圆月形状。

——弓矢八幡[①]!弥九郎脸色煞白。

从二人之间九尺的距离中升腾起来的滚滚杀气,弥漫了千余双凝视者的眼睛。

终于——狂四郎画出了一个完整的圆月。

刹那间,弥九郎的刀尖宛如鹡鸰之尾一般微微抽动起来。

"呀啊——!"

同时,生命之火焰从二人口中喷涌而出。

紧接着的一瞬间,二人唰地一下回到了原来的姿势。

充其量不超过十秒,两柄刀都还保持着最初的架势,然而,顷刻之间,弥九郎的身体缓缓向前倒了下去。

当他的身躯沉重伏在地面之时,狂四郎引刀收势,得体地低头朝正前方施了一礼,退下场去。

翌日一早,在东海道佐屋路庄内川的一片土堤斜坡上,狂四郎曲肱为枕,随意仰卧着。

他旁边的鼠小僧次郎吉双眼放光。

"老爷,让小的开开眼吧。"

说罢,他拿起了一个白布包裹的物件。

次郎吉解开白布,看到一个桐木盒盖上写着"沼波五左卫门造砧柄花瓶"字样,即刻拍手叫好。

他恭恭敬敬地打开盒盖,一只手小心翼翼从花瓶口探了进去,突然大叫道:

"啊,找到了!"

然而——

[①] 弓矢八幡:八幡大神是弓箭之神,一般是武士发誓时的所用语,意为"绝无虚言"。

刚展开那张抓到的纸片,次郎吉便十分扫兴地嚷嚷道:

"怎,怎么回事,这——"

狂四郎默不作声地接过纸片,只见笔迹俊秀的一行字。书曰:

"散落无痕者,焰火一瞬也。"

突然——

"哈哈哈哈……"

狂四郎一阵狂笑,那笑声穿越碧空,高扬远去。

但是,不知为何,那笑声的背后却回荡着落寞的余音。

长枪与骄姬

一

春光明媚，铺满一望无际的琵琶湖①；风凛冽，湖面掀起阵阵巨浪。岸边的芦苇随风而动，顺着风向从西往东飘舞。

哗啦……哗啦……哗啦……

狂风呼啸，风中夹杂着摇橹声。此刻，湖面上，一叶扁舟穿过濑田长桥②渡往对岸。

横渡湖面前往大津的是矢桥③舟。

并不是二人包下了这艘船，而是船上乘客只有眠狂四郎和鼠小僧次郎两人而已。

如此狂风恶浪，旅人若非燃眉之急，都会避免乘坐矢桥舟。由于比叡

---

① 琵琶湖：位于滋贺县中央部的湖，是日本面积最大的湖，旧称近江海。湖水经濑田川流入淀川。

② 濑田长桥：位于滋贺县大津市，是琵琶湖流往濑田川处架设的桥。是连通旧东海道，出入京城的要地，历来是兵家必争之地。

③ 矢桥：滋贺县草津市地名，琵琶湖东南岸的旧港町。"矢桥归帆"是近江八景之一。

山上①刮下来的疾风——所谓比叡落山风的缘故，湖上船只往往会遭遇沉船厄运。

"矢桥走水路，虽近却耗时，欲速则不达，濑田多桥路"，这样的歌竟也被收录至古书《醒睡笑》②中。

一般情况下，东海道或中仙道之旅，从岔道口草津驿站开始，穿过乡野小道来到濑田，走过小桥、大桥以及一百九十间长的青柳桥，就到大津了。

狂四郎一行也做此打算，不过他们快赶到坚原时，被一个船夫缠上了。

"客官，来坐船吧。明智左马之介③坐船渡湖的时候可是边摇着扇子边赞叹'绝色美景啊，绝色美景啊！'——"

船家如此推荐，狂四郎也便说道：

"好啊，与梁上君子一道儿出游没什么情趣，姑且就着清秀的景色互相陶冶一下情操吧。"

他采纳了船家的建议。诚然，船行一里，抬眼望去处处是绝色美景。

向右可眺望三上、镜山以及八幡、长命寺、伊吹的险峰之巅；向左可饱览日枝、比良高岭、志贺、唐崎奇松，坚田的海湾，真野的入海口等胜景。湖面倒映着春日苍翠朦胧的山峦，清秀明丽，是近江八景中首屈一指、引以为豪的美景。

不过——

这是一般喜爱看风景的旅人游法。狂四郎不知何时已随意地仰面而

---

① 比叡山：位于日本京都市东北部、京都市与滋贺县交界处，海拔848米。古来作为信仰之山闻名，有天台宗的总本山延历寺。

②《醒睡笑》：日本笑话集，8卷，安乐庵策传编。是日本最古老的笑话集。

③ 明智左马之介：全名为明智左马介秀满，生于天文六年(1537)，原名三宅弥平次，是明智光秀的女婿。光秀平定丹波后，他被封为福知山城主。天正六年(1582)，因为娶了光秀曾嫁给荒木村次的女儿，改名为明智秀满，又名明智光春。成为明智家一门众。之后作为明智家五家老之一，随光秀转战各地，是光秀最得力的部下。

卧，次郎吉则拿出在草津买的姥饼①津津有味地吃着。

船夫倒也没牢骚，一声不吭只管划船。

次郎吉一个不剩吃完了，说道：

"喂！船头，别这么冷冰冰地闷不做声，随便啥，唱一个呗！"

"嗬嗬嗬，好嘞！"

船夫配合地清清嗓子，仰起头唱道：

"呀啊嘞，哎……湖上的船夫呦，都有三尺白布呀；咱是头发有点少哇，老爷您不是吗？……咱缠头白布就搞定啊，老爷也一样可不行……问问染坊染啥好哇，下面的花色任您挑：一来喇叭花，二来燕子花，三来紫藤，四来狮子牡丹，五是山上千本樱，六是紫鹿小斑点，七来南天竹，八来棣棠，九是梅花一闪现，十来任君心意染哎……"

粗犷的嗓音巧妙地控制着节拍。

狂四郎望着无边无际的高积云，感觉似乎有过类似的情景，也像这样躺着，天空也是这样的云朵。对，确实如此，自己好像在什么时候，什么地方看过同样的云——狂四郎凝望着耀眼的太阳被镶上了鲜红的云环，但怎么也想不起来。

这时，另一艘船的橹声传来，比狂四郎乘的这艘更急。

——啊，想起来了！

狂四郎的记忆苏醒了。十年前，在濑户内海的一座孤岛上，他跟着一位老剑客学习剑艺的时候，那一天，也是如此光景。

那日，狂四郎也像这样躺在船上，海面比琵琶湖还要平静、湛蓝。船儿随波逐流，他静静思忖师傅教授的一刀流奥义。

师父教完狂四郎"天中地阴阳"五形之后，便命他钻研终极奥义——练习水月之位。新影流是用阳中之阳，使上段招式；一刀流则是用阴，使下段招式。阳中之阳一旦出击，则落于阴形；阴中之阴一旦出击，则变作

---

① 姥饼：近江国草津特产。

阳形。师父要求狂四郎用太刀阴形法式,斩水中月影——不管距离远近,手起刀影翻飞,波浪细碎纷扬,随之月影复原,一气呵成,运转流畅。这便是贯通柳生流新秘籍中月阴、山阴起式的奥义。

狂四郎仰面朝天,拿着木刀思索着,他猛地对着骄阳瞪大眼睛。当然,烈日炫目,一刹那他便被晃了眼,什么也看不见。

此刻,师父的船靠了过来。

眨眼间,狂四郎如水鸟般飞跃而起,面朝师父,木刀在他足尖前三尺处落下,并摆出下段姿势。

狂四郎极力瞪大双眸,目眦欲裂,然而被阳光烧灼的瞳孔仍模糊不清,他根本看不到师父的身影。不过,周围的一切他却能看得一清二楚。

他瞪着不见身形的师父的方位,缓缓挥动木刀,朝其身影周围——他所能看清的视野内——画着大圆弧旋转斩切。

将回到原来的下段起式的瞬间,"哈!"

狂四郎怒涛般迅捷地跃入师父船中。师父屈膝使出鸟居招式才勉强接住他闪电般的一击。"你参透了!狂四郎——"

师父大声说道。

圆月杀法便是这样参透的——那天,便是高积云密布。

（二）

自己创出剑术精髓圆月杀法的情形,竟然差点儿记不起来了,狂四郎苦笑一声。

彼时的流式,就是这般躺在船上,凝望太阳的时候偶然悟出来的。

与太阳相对的月亮——即,阴式招式则从中获得了启发。

蓦地——

狂四郎的意识回到了现实中来,从靠近的橹声判断,靠近的不止一艘船。

只见两艘船同时快速逼近。

狂四郎迅速绷紧神经,他一旦直觉有敌人来袭,便不会大意,不过这次已经无法躲避。"次郎吉,对手如何?"

"嘿嘿嘿,公子,香味儿早飘过来了啦,左右都是妙龄女子,肯定比近江八景[①]还饱眼福呢!我说,您倒是先起来看看呗。"

"都是女人?"

狂四郎皱起了眉头。

"上等的尤物啊……一边儿仨人,估摸是南方或者北方的大名带着婢女乘船出游吧。"

"哼,也就是俗话所说的'矢桥身上乘,小媳妇啦姑娘啦,秀色沐春风'吧,——好像琵琶湖里也出现过的水獭变的娇娘。"

狂四郎低声说着,却并没有起身。

——该怎么对付?

对手都是女人,有意思。他似乎挺喜欢被女人找茬儿。

顷刻间,两艘船已呈夹击之势追了上来,与狂四郎的船齐头并进。随之,慢慢缩小船之间的距离。

一溜儿俱是千代田[②]模样衣着——正如次郎吉所言,湖面上一下子似繁花盛开,香艳无比。

站在岸边远望的人,恐怕会认为三船只是偶然并排在一起。

而且,这些女子眼睛根本不看朝中间的船,似乎只是对着湖光山色,沉醉在松尾芭蕉遗作中的样子。

[①] 近江八景:指日本近江国(现滋贺县)最为优美的八处风景,分为:石山秋月、势多夕照、粟津晴岚、矢桥归帆、三井晚钟、唐崎夜雨、坚田落雁、比良暮雪。

[②] 千代田:位于日本茨城县南部,东邻石冈市。

船与船之间的距离缩小至只有四尺时——

左边的船正中的女子袅袅婷婷站了起来。

电光石火之间,她与仰卧的狂四郎的视线不期而遇,女子嫣然一笑。

她不算美艳,细长的丹凤眼闪着清澈的光,仿佛只看一眼就能摄人心魄。

女子忽地单脚踏上船舷,猛然抬脚间,白皙的小腿在衣襟下闪现。下一瞬,她着力一蹬,身形已陡然跃入空中。

窄袖便服的扇形碎纹下摆上下翻飞,大红的绉绸、水蓝的薄纱鼓满风,随着下摆飘向空中。女子大理石般光滑的纤足暴露在阳光下,从狂四郎头顶飞跃而过。

"唔!"

狂四郎低叹一声,他弹起来时,女子已落到了右边的船上。

空中两间的距离,她竟能如此轻松飞越,这本事真令人惊叹不已。

而且,她右手中粗绳锚形钩子上挂着的正是狂四郎置于身侧的箱包。里面是前几日狂四郎在热田神宫的奉纳比赛[1]中战胜北条弥九郎后获得的万古烧[2]砧手花瓶。

"呵呵呵呵呵……"

同时——左右船中爆发出娇媚的笑声。

"眠狂四郎吧——跟仰望羽衣天女的博陆[3]一样看醉了吧?"

说这话的是右边船头的女子,她看着像是这群人的头目,面容高傲,气度不凡,独自披着竹帘花纹的裲裆长罩衫[4],上去不超过二十五岁的样子。

---

[1] 奉纳比赛:为向神佛敬奉,祈求武艺精进而在神社或庙宇的院内进行的武术比赛。
[2] 万古烧:日本江户中期在伊势桑名的沼浪弄山首创的陶瓷器。
[3] 博陆:指霍光,霍光生性忠谨,曾长期主持朝政。《汉书·霍光传》载汉武帝封霍光为博陆侯。
[4] 裲裆长罩衫:日本近世武士家中妇女礼服的一种,罩在和服外,拖着下摆。

狂四郎本就面色苍白，如今更是血色全无，冷若冰霜。这等侮辱，近来还没有经历过。

不过，狂四郎事事看得开，喜怒不形于色。此时，也无一丝沮丧之意。

"敢问姑娘，戏弄于我所为何事？"

"没什么理由。你在热田神宫打败了当代高手北条弥九郎，令人不快，所以就想抢你的奖赏解气。"

"只为这等小事捉弄于我？"

"那又怎样。你最好承认，你已经因为疏忽失败了。"

诚然，太大意了。天女衣襟翻飞，露出光腿飞跃空中，就是利用了"出其不意攻其不备"这一招数。

"确实如此，这是在下平生第一次失败。不过比起博陆，在下更想化身猿田彦①，自享有天钿女神的舞姿。"

"嘀嘀嘀嘀，小女子声明，自己讨厌被当做道祖神②之类的神灵被人崇拜。"

"阁下是哪位大人的夫人？"

"想知道自己来查呀。"

"我明白了。在下向来性格怪僻，夫人爱好也是奇特，那在下就要让你心服口服。我要取回花瓶。"

"好呀，那你试试看好了。"

言语间，船间距已过五间之远。

女子们洋洋得意驾船远去。狂四郎回头向船夫问道：

"喂！你怎么了？"

---

① 猿田彦：日本《古事记》、《日本书纪》神话传说中的神，天孙降临时曾当向导。身形魁梧，相貌堂堂，鼻梁高挺，身长7尺有余。

② 道祖神：塞神，为了防止恶灵侵入，日本在村边、山口、十字路口等处供奉的神，保佑路途平安。

他责问道。因为他们的船纹丝不动。

"妈的！吓老子一跳，船桨都掉水里了。"

次郎吉骂骂咧咧，仍一脸恍惚，似乎眼前还有跳跃空中的白色大腿若隐若现。

"船桨掉了？"

狂四郎狠瞪一眼船夫，一言不发。

待狂四郎他们的船被渔船拖至义仲寺前松本渡口时，已经过了七刻（现下午四时），正赶上观赏近江八景中濑田迷人的夕照美景。

船只停靠防波堤的时候，狂四郎徐徐起身，假装要上岸，陡然飞起一脚踹上船夫前胸。

"你，你干啥！"

狂四郎面色一沉，冷眼看向挣扎的船夫，"看相貌神色，你是个武士吧。早在船桨掉落之前，我已知晓你是那傲慢女子的属下。你拿下头巾，鬓角应有卷毛[①]。说起来，你方才唱的数字歌应是越后调。琵琶湖的船夫哪里会唱越后调？你唱得很好，想必是在当地学过。据我所知，只有越后国大名的女官教授越后调。"

三

夕阳西下，为便于行舟，山伏湖畔点上了高灯笼，湖边成排的茶屋也亮堂堂的，照得湖面一片通红。

这时候，头戴宗十郎头巾[②]的眠狂四郎和贼人打扮的鼠小僧次郎吉，经

[①] 卷毛：剑道中，面罩护具戴久了，鬓角的毛发会变卷毛。一般鬓角有卷毛的武士武艺高超。

[②] 宗十郎头巾：在长筒状角巾后部缝上长缀子，黑绉绸制作，有里子。宝永年间歌舞伎演员初代泽村宗十郎佩戴后逐渐流行。

过滨通,来到了京大道。

从札辻①到黑门称作八町,一路来本阵②、协本阵、客栈、小憩茶屋鳞次栉比,店内店外人头攒动,行色匆匆。京三条桥启程共有五十三站③驿站,大津是第一站,彼时城中已有客栈一百三十家。

狂四郎与次郎吉在一家旅馆前停下脚步。这是一家叫肥前屋的本阵(又名锅岛本阵)。

四周围满了帷幔。

此处便是那高傲女子的居所。其实,此女出身高贵,乃将军家齐之女高姬公主。

该女嫁给了越后松村的堀丹波守(俸禄三万石),却不料丈夫早逝,自此她便过上了自由豪放的生活,并托故外出,遍游江户、京都,是个相当不好惹的主儿。

德川家齐子荫绵长,育有儿女五十余人,他们飘零各藩,演绎出一幕幕悲欢离合的故事,在民间广为流传。加贺前田家为了迎娶年仅七岁的溶姬公主,修建了朱门,即现在东京大学的赤门,并被迫接收了大上腊④之下的大奥女官八十六人。从此,领地百万石的大名却要被这些女官直呼其名"加贺守、加贺守",忍受这等屈辱。尾张家则前后四次收家齐之子做养子。水户家正相反,德川家修迎娶峰姬公主为妻,每年都能向朝廷索要二万两脂粉钱,财政甚是宽裕。福井的松平家,迎娶了浅姬公主,加封两万石,不过必须要收养失明的民之助为养子。

---

① 札辻:指江户时代树立官制告示牌的十字路口。现多作为地名。
② 本阵:日本江户时代供大名等住宿的官方许可的驿站旅馆。下文中协本阵指驿站旅馆的预备房间;客栈指因私外出的武士和一般平民住宿的旅馆;小憩茶屋指轿夫、苦力等休息的场所。
③ 五十三站:指东海道五十三站。江户时代,设在东起江户日本桥西至京都三条大桥的东海道沿线的53处驿站。
④ 大上腊:宫中女官的最高级别,江户时代也指服侍幕府或大名的女官的最高称呼。

高姬公主每年也有三千两百俵[1]的脂粉钱，嫁入越后府亦然。成为未亡人后，这笔钱就任她随意挥霍。只是，去年，西丸老中水野忠邦以幕府财政困窘等诸多原因为由，追查并逼迫本丸老中水野忠成悉数取消了将军儿女的脂粉钱。

高姬公主在诸多子女中颇得将军厚爱，但也无法违抗这一规定。不过，中断作为每年例行活动的江户至京都的旅行，她是绝对不会听从的。新年伊始，她置堀藩重臣拉着的脸于不顾，上京讨要些盘缠，开始了东海道的旅程。

尾张大纳言是高姬公主的弟弟，她便去那里逗留几日。期间，高姬公主参加了热田神宫的初午祭[2]，在奉纳比赛时看到眠狂四郎打败了北条弥九郎。

"次郎吉——"

"小的在！"

"你在外观望，看能否了解本阵内部结构。"

"这个嘛，能知道大致方位。"

"好极，那便查查看。"

"动手吧。"

次郎吉微微点头，随即离开狂四郎。本阵正门是卷棚式搏风[3]造型，雕刻绘图丰富多彩，他急匆匆走过玄关，沿着帷幔，转眼间就消失在远方的黑暗中。

在此之前，他可是曾潜入八十多所武家府邸的鼠小僧啊！

---

[1] 俵：包，袋，草袋。计数装入草包内的米等物的量词。百俵等于三十五石。

[2] 初午祭：2月最初的午日，祭祀农神的节日。

[3] 卷棚式搏风：建筑用语。指中央向上隆起，两端呈曲线起翘的搏风，多见于正门，大门，和神社的屋顶，装饰用。

（四）

"……大和丰饶多姿，桥畔初蒙迷霞，江户染空曙紫，水映白雪富士，云袖花波荡漾，颦目美人宫樱，御殿山中脂粉香，醉落花中游蝶……"

本阵最奢华的房中，高姬公主斜靠在扶手上，哼唱长调，行事所为皆不符大名正室身份。所唱长调是这次上京私下请杵屋六三郎教授的《吾妻八景》。

"私窥花阴，小舟阔论……遥归杜宇，初啼羽衣，逢天女戏——"

一位不满二八，盛装打扮的町女[①]，捧三方供案[②]，面放着绘草纸[③]。她缓步向前，进入屋中。

"拜见夫人，这是浮世绘画师又平的滑稽画，请笑纳。"

町女跪拜在地，从容不迫地说着套话。

大津绘多描绘持枪侠客、鬼念佛、葫芦逮鲶鱼和盲乐师打狗图等。松尾芭蕉的名句"大津绘，启笔初，皆作佛"——便是大津绘的写照。

"哦，费心了。你是肥前屋的女儿吗？"

"是。"

高姬公主紧盯着町女，突然，她眼中闪过一道妖冶之光，

"过来点儿。"她命令道。

町女毕恭毕敬地膝行过去。高姬公主蓦地伸出一只手，握住町女按在榻榻米上的柔荑，触感柔软而有弹性。

她猛然缩近二人距离，

[①] 町女：商人家出身的女子。
[②] 三方供案：带座的柏木四角方盘。给神佛和贵人贡献供品用。
[③] 绘草纸：江户时代创作的面向妇女儿童的插图小说。

"来，再近点儿。"

高姬公主一把将町女拉来揽在怀里。

"抖得这么厉害，怕吗？"

"不，不是……"

"我来教教你西方国家的礼节。"

町女扭脸想要逃开，高姬公主单手用力把她拉回来，并强吻上她的芳唇。

町女刚过破瓜之龄①，材匀称丰满，肌肤滑腻。高姬公主的十指自上而下，一路抚过她的玉颈、香肩、酥胸、蜂腰，并且始终不愿离开她的蜜唇。町女气血上涌，令人怜惜，她全身上下哆哆嗦嗦，无力地反抗着，这倒让为所欲为的未亡人增添了无上的快感。

"公主殿下——"

冰冷的声音响起，高姬公主松开了町女。

町女傻子似的不顾礼数摇摇晃晃站起身来，一个趔趄撞上了走廊（书院）柱子，踉踉跄跄逃了出去。

说话者从另一个房间进来，正坐在公主前方一间之处，她正是在湖上凌空飞跃的女子，如今摆在她膝前的便是从狂四郎那里抢来的箱包。

她假装对主人的行为漠不关心，一副木刻般的表情，

"属下想请您看看花瓶里面。"

"是得看看。"

高姬公主若无其事地端详起这尊青瓷花瓶。

"纲代。"

"在。"

"若沼波五左卫门真的把遗产藏宝图封在瓶子里的话，你便立了大功，赏你多少好呢？"

---

① 破瓜之龄：女子十五六岁，青春期，思春期。源自"瓜"字竖分为二，为两个"八"字。

"请容属下先调查一下。"

"遗产若有十万两,就赏你一千两、两千两。"

高姬公主"哈哈哈哈"放声大笑。

她不知从何处得到了花瓶的秘密,便从狂四郎那里抢了过来。这就是被朝廷断绝脂粉钱的人滋生的利欲心。

"哎。"

高姬公主拿过花瓶放在膝上,伸手从花瓶中摸出那张令次郎吉目瞪口呆,让狂四郎疯狂大笑的纸条。然而,她即便念着"散落无痕者,焰火一瞬也"这句捉弄人的话,倒是连眉头都没皱一下。

"纲代,把花瓶打破。"

"欸?"

"若是没头脑的人,看到这句话怕是要失望了。可这骗不了我。五左卫门想必是把藏宝图涂在粘土上烧成了花瓶,他定是想把财产送给能识破的有缘人。"

高姬公主正自信地说着,纲代突然神色一紧,瞬间出手控制局面,她一跃而起抓过架在长押①上的长枪——

"嗨!"

她运气发力,气势惊人,嗖地一声刺穿屋顶一角,像是刺中了。

然而奇怪的是,对方气息却消失了。

纲代仰头审视,又向另一角接连刺出几枪,却为时已晚。

"贼人,快快现身!"

纲代大喝一声,本阵内马上骚乱起来。

马上——或者说瞬间,警卫们就发现了逃跑的黑影,他们正掠过广阔的庭园沙滩,逃进涌泉那边斜庭的树丛之中。

"抓住他们!"

---

① 长押:横木板条。日式建筑中,装于门楣上和门槛下等的侧面,连接两柱的水平构件。

警卫们蜂拥而至。

为掩护跛行的那个黑影,另一个黑影停下了脚步,幽灵般地站定。

"快逃,次郎吉——"

说完,头戴宗十郎头巾的黑影悠然走出两步,似乎期待一战。

"来者何人?报上名来!"

对方冷言答道:"在下大伴黑主。"

遥远延喜年间,大津湖畔,六歌仙之一的大伴黑主代替地方长官,轻轻松松敷衍了宇多法皇的刁难。

高姬公主走到沙庭中央,透过人群看到他。

"那人是眠狂四郎!"

她轻声对纲代说。

即刻,狂四郎的声音清晰地传了过来。

"代我转告高姬公主,在下并不是来取花瓶,只是对公主抢花瓶的理由起了疑心,所以来确认一下。在下趣味奇异,没想到公主也一样。"

话音未落,追击的人群之中,一人的兵器在月光中一闪。

下一瞬,被砍之人落入水中,激起巨大的水声。

五

翌日早晨辰时上刻[①]。

大名队伍的侍从身着华服,浩浩荡荡从锅岛本阵出发了。

队伍参拜完石山寺后,便向京都行进。

开路的仆从扛着绘有金色家徽的衣物箱,紧跟的人扛着装饰有呢鞘鸟

[①] 上刻:江户时把一刻(两个小时)分为上中下三刻。

羽的长枪①，面两人各持一柄宽刃大刀，之后便是一长队侍从扛着衣物箱。显而易见，与徒士②、下人相比，婢女人数更多。

然而，围观平民却发现，往日争奇斗艳的队伍，今日人人都紧张不安。

原来，若党③、足轻④等都被警告过，说是有一个叫眠狂四郎会使妖刀的怪人不知将在何时、何地前来偷袭，断不可松懈大意！

不过，已经平安走过了从马场到西庄最容易被伏击的松林地段。

过了膳所⑤，到栗津松原了，队列里的仆从们心想：不会来了吧，稍微有些松懈。

不知什么原因，轿子猛地停了下来。抬轿子的仆役大吃一惊，东张西望寻找走不动的原因。

轿子仿佛有了意识，死活不往前走。旁边的纲代，前后的小纳户⑥和徒目付⑦，面面相觑，一副难以置信的神情。事实上，他们确实听到了一声怪响。

不过，最讶异的当属轿子中的高姬公主。她没有尖叫并不是由于性格刚毅，而是被吓呆了。

一柄裸枪从高姬公主两膝中间，如植物发芽那样穿刺而过，在离她鼻尖一寸处停了下来。

换句话说，这柄枪穿过桥板和轿底，钻过高姬公主两腿间，噗地一声从她膝头穿刺上来。

真是令人惊叹的高超枪法。

---

① 鸟羽长枪：在长枪鞘尖上用羽毛装饰。大名行列的打头人挥动以壮大威势。
② 徒士：武士身份之一，不许骑马的下级武士。
③ 若党：武士的年轻随从，身份低，不许骑马。
④ 足轻：江户时代武士最下层，杂役，步兵。
⑤ 膳所：滋贺县大津市内的地名，毗邻琵琶湖。
⑥ 小纳户：江户幕府职名，若年寄属下，负责主人日常杂务。
⑦ 徒目付：江户幕府职名，负责保镖、探查主人身边敌情。

高姬公主拼命咬紧牙关，手指颤颤巍巍地解下圈在枪头根儿的纸片。

空中抢去的物品请从地下还回。否则，下一枪将穿透你的身体，请做好准备。

眠狂四郎

高姬公主悄悄打开窗。

纲代看过去，险些惊叫出声。

高姬公主把膝上的箱包递给纲代，纲代拿着到桥边猛地扔了下去。说时迟那时快，一柄长枪从桥板内侧穿刺而出，挑住箱子的绳结，又收回桥底。……一连串动作，无声无息。

不久——

队伍像什么都没发生过似的，重新开始缓慢行进。

京城的雨

一

从大津到京城大概有一日里的山路，那里的湖光山色自然而然改变了当地的风情。通过大谷、追分、四宫，路过茶屋、竹丛、日冈，然后进入京城，途径蹴上、粟田口、百川桥，最后到达三条大桥。

人们从江户出发，历经东海道十余日的旅程而跋涉至此，即便他们的目的地是鹿谷或鸟边地带，若是不到三条大桥，那就不够尽兴。这就是游客微妙的心理。

眠狂四郎毫不顾忌这个旧习，他从粟田口出发，选择前往那个通向青莲院的平缓斜坡，他并不是特意绕过来想要看一眼三条大桥，而是因为他有意想在某个地方抓住跟踪者。

那个披着黑领方袖外衣的女人，剃过眉毛的印迹还有些发青。她走起路来，下摆摆动，甚是妖艳，白皙的小腿在淡蓝色衬裙之下若隐若现。狂四郎大致是在蹴上附近察觉到她在跟踪自己。

狂四郎缓缓走过青莲院前，然而在这人影稀疏的路上，这个女人依然隔着一定的距离跟踪自己，狂四郎倒有点佩服她的胆识。

空中淡云密布，不过这气候异常温暖，沁人肌肤，犹如春季过去，迎来梅雨季节一般。

从清晨开始，天气就像随时要变坏一般。当他来到知恩院前面时，白色的雨云就从华顶山的方向悄无声息地迅速向巨大的山门顶上压来。

狂四郎并没有加快脚步，他登上石阶，走到楼门之下。

这样一来，女子即刻随后赶了过来，毫不畏惧地跑上楼门，隔着柱子站在那里。

暮色变暗，悄无声息从远处飘来的雨仿佛想要敲开山门一般，突然之间猛烈的巨响扩散开来。雨滴击打着道路和石阶，飞溅起水花，颇有一番情趣。

"哦，下得真大啊——"

女子将两袖合在胸前蹲了下来，说话的语气好似十分享受这瓢泼大雨似的。然后，她向狂四郎搭讪，语气甚是直爽。

"看这样子，今年大概没有春天了吧，先生。"

狂四郎沉默着，并没有正眼看她，女子只看到他轮廓清晰的侧脸。

女子并未意识到，狂四郎这种情况下的沉默不语则意味着他已经准备好了惊人的答复。

"天气如孩儿脸般变化无常，忽而变暖，忽而转寒，忽而下雨，忽而放晴，这样下去的话花儿也会不知所措，失去颜色吧。"

说罢此话，女子悠闲地低声唱了起来。

春天樱花最美，快去东山看花，争相斗艳的夜樱，真让人飘飘然。无论是精华还是普通的都很实在。即使是串两支，也会很软和，祇园豆腐①的两间茶屋……

"喂！"狂四郎突然打断了她的歌声。

"失去色泽的并不只是樱花吧，还有你在这雨中独自飘零的情形——你

---

① 祇园豆腐：近世京都祇园社鸟居前的二轩茶屋卖的酱烤串豆腐。

不觉得吗？"

女子看着狂四郎在昏暗之中泛起的冷笑，第一次害怕地耸了耸肩。

"站起来行吗？你那个姿势简直就像在说'砍掉我的头吧！'"遭到如此斥责，女子目光怯怯地落在狂四郎身上。她慌忙想要站起身来，可膝盖却不断打颤，半身失去平衡，一只手按在了石板上。

狂四郎低头看着这一幕，说道：

"你的胆识看起来实在过人，不过你对这类任务还嫌生疏。"

"……"

"委托你跟踪我的人可真是愚蠢。……首先，让我知道你的名字和住所吧。难得来京城，还是多一个熟人比较好吧。"

（二）

雨停了。

低垂在弯曲的房顶屋脊上的乌云，突然向远方退去，太阳似乎就要出来了。女子像是被粘在柱子上一般，害怕得一动不动。

"有缘再会吧！"狂四郎扔下这句话，静静走下石阶，竹皮草履发出了刷刷的声音。

女子名叫阿春，据说在从五条大桥向左拐的高濑川街的巷子里开了一家店，教授民谣和舞蹈。她坦白道：尾随狂四郎并非是受了町奉行所官员的指示，而是受所司代府上的留守居役所托。

对于受所司代府上留守居役所托一说，狂四郎表示认同。在他脑海的某个角落里，闪过了他在大津嘲弄过的将军女儿高姬的身影，她可不是一个哭着睡一觉就善罢甘休的人。

高姬拜托所司代首先要查明狂四郎的住所。留守居役就差使町里的女师傅做这件事。从这点来看便可推测他们低估了狂四郎的能力。这肯定是因为高姬的委托方式隐匿了详情,所以他们根本没有戒备。

狂四郎径直朝着东大路走去,此时,阿春从柱子的背阴处跑了出来,喊道:

"喂——"

阿春目不转睛地目送狂四郎离去。在这一过程中,她从那背阴之中感受到了一种强烈而又难以抗拒,令她如痴如醉的奇异魅力,她心中感受到一种从未有过且难以名状的痛苦。

狂四郎头也不回,渐行渐远。

不久,狂四郎信步而行的身影从八坂神社前面一拐,出现在祇园的背街上。

进入这一地带周围的气氛突然一下子具有了活力,各种各样的声音听起来都朝气蓬勃,生机盎然。打扮得花枝招展的女人们将下摆提至胸口,躲着水洼,边走边向来往的路人点头示意,那姿态将昏暗的小路点缀得光彩四射。

对于如此景象,狂四郎在江户的深川已经司空见惯了,但留下的印象却是完全不同的。不可思议的是,这房子的布局也好,三弦的调子也好,烟花女子的衣裳和体态也好,这小街道的氛围之中竟有一种京城的雅致味道。

这崇尚古道,重视传统的地方特征正如马琴①《羁旅漫录》所说的那样,有种"京内过半皆妓院"的繁荣景象积淀过后的宁静之美。

——去一个地方听听京都话吧。

他这样想着,缓缓走到了一排窗子结构相同的房屋前面。这时,在勉强可通行一人的狭窄的庭院出口,一个少女无精打采地伫立在那里,大声

---

① 马琴:曲亭马琴(1767—1848),日本江户时代最出名的畅销小说家。代表作有《南总里见八犬传》《椿说弓张月》等读本小说。

叫道："啊！"

狂四郎将目光转了过去，向对自己目瞪口呆的那个少女轻声问道："怎么啦？"少女衣着朴素，怀里抱着竹篮，里面满是红得发紫的海酸浆[①]。她是个在花街叫卖的姑娘。

被狂四郎这么一问，少女马上害羞地低下了头。

狂四郎靠近她，将手搭在了她消瘦的肩膀上，"为何见到我如此吃惊？"狂四郎探问。

当少女再次抬起头时，已是一种铁了心的表情。

"叔叔，请您买我的母亲吧！"

这姑娘长得文雅端庄，年纪尚不过十岁，可她的话语中却使用了武士阶层的措辞，这让人目瞪口呆。

不过，在短暂的沉默过后，狂四郎问她：

"你每天都这样在附近招揽客人吗？"

"不，今天是第一次。"

少女像是快要哭出来一般，目露怯色地回答。

"你让我这么做是你自己的意思吧？"

"是的。"

她使劲点了点头。

"如果你带我去了家里，你觉得你母亲会同意吗？"

"母亲她……最近老自言自语地说'干脆卖身算了！'"

想必无论是卖身也好，男人买女人也罢，她连这些是什么意思都不知道，就这样每天徘徊在烟花巷卖东西。此间，不知不觉地自然就觉得这些事情可以让那些女子的日子过得充实些。

"说说你选我的理由。"

前年夏天，狂四郎曾有一段尴尬经历。他在涩谷宫益町的御狱神社院

[①] 海酸浆：红螺的卵囊。卵囊壳放在口中可以吹响，可以做儿童的玩具。

内,把几个正在戏耍的孩子吓跑了。

当时,在角落远观的老人——乐水楼松平主水正告诉他,是他沾染血气的剑吓到了孩子们。

少女沉默不语,指了指狂四郎衣服上的图案。

"这个怎么了?"

"这和父亲的一样。"

那图案是龙胆。

龙胆图案被称为是清和源氏的代表家徽,而实际上并非如此。据《宽政重修诸家谱》记载,清和源氏的后代有一千五百三十二家,但其中使用龙胆图案的仅四十二家。到了德川时代,坊间所绘的源赖朝、源义经的画像中,都画有龙胆图案,因此就为人所误解了。

可以用作武家家徽的,可以说非常稀少。

说起来,狂四郎并非是有意将其作为家徽。这件衣服是美保代为他做的。

"您那图案,是什么?"

"我并非生来就有家徽之人,这是借用了别人家的家徽。"狂四郎答道。

从衣服上绣着龙胆这一点来看,他大致已经猜到美保代的家徽就是龙胆。

少女告诉狂四郎,他有着和父亲一样的图案。瞬间,一种直觉掠过他的脑海。

"去你家吧——"

㈢

狂四郎跟着少女,沿着如意山山麓的水渠,从南禅寺小道走入鹿谷的村落。此时,天色已完全黯淡下来了。途中,他请少女吃了晚饭。

少女家不在村落之中,去她家必须要经过沿着废弃寺庙的土墙长长延伸的坡道。巨树成荫,竹丛密布,微微的昏暗增添了一种诡异的气氛,猫头鹰不住地啼叫着。

"夜里你经常走过此处吗?"

"每晚如此。"少女回答道。

狂四郎的胸口涌上了一丝酸楚。

一个不幸的孩子要如此辛酸地生存下去,只有亲眼目睹这种情况,这个虚无的男人心里,才像有沸腾的热血流过。

"叔叔,就是这里了。"

少女手指所指房屋早已破败不堪,这点仅从房中泻出的灯光就能看出来。不过,庭院被篱笆围着,显得很大,也是座具有一定规模的建筑。

——估计是哪个没落公卿的别墅吧。

狂四郎这样想着,对少女说道:"去和你母亲商量一下。若是她同意的话,我就进去了。"

狂四郎来到这里,并非是为了和少女的母亲发生肉体关系,而是另有想法。他打算周济些许银两后就离开。

少女进去以后,狂四郎等了很久。

——鼠小僧这家伙,也不知道怎么样了。

鼠小僧次郎吉脚部受伤,狂四郎将他留在山科的古寺,自己来到了这里。他将沼波五左卫门[①]的砧手花瓶交给他,特意嘱托他把花瓶敲碎,寻找遗产地图。

过了一会儿,门打开了,灯光洒在少女的后背上,狂四郎靠上前去。

狂四郎看见她脸上还残留着哭过的痕迹,便大笑了起来。

"被骂了吧!"

[①] 沼波五左卫门:元文年间(1736—1740)的豪商,号弄山,陶器万古烧的创始人。

"是的。"少女点了点头。

与其说屋内整洁,倒不如说犹如空房一般,里面没有任何家具,空空荡荡,显得冷冷清清。

"那……就是我母亲。"

他大步走过少女所指的走廊,毫不犹豫地拉开映着灯光的拉门。

在灯笼微弱的灯光下,被褥已经铺好。一个女子穿着像是由男人的衣服修改而成的唐栈留棉织衣,面向墙壁低头坐着,那纤细的脖颈惹人心疼。

狂四郎看得出来,女人像是病了。

"欢迎到访",女子跪坐着稍稍挪动了一下,背着脸寒暄道。

狂四郎特意绕向与女子相对的灯笼角落。就在此时,他突然眉头紧皱。

女子戴着能乐面具,那是被称作小面,有着端庄表情的面具。也许是因为无法忍受卖身的羞辱,也许是想要掩饰憔悴的病容——应该是出于这其中的一个缘由吧。

狂四郎先从怀中掏出一两小判,丢至女子膝前。

"这些够吗?"

女子为眼前的金额感到吃惊,抬起她戴着能乐面具的脸庞望着狂四郎。

"先和我睡。"

"好,好的。"

狂四郎冷眼盯着女子站起身来,脱掉衣服。出人意料的是,在那粗糙的上衣下面是件妖艳的红色对襟衬衫。想必这是她姑娘时代唯一一件考究的衣服,估计是匆忙穿上的。

女子轻轻躺在了床上。一看到她躺下,狂四郎依然抱着胳膊说道:"我花这一两不是为了买你的身体,你的身体似乎也不值一两。我想买的是你的身世。"

不难想象,能乐面具下面是怎样一副表情。

"你的女儿拦住第一次进京的我,这也是缘于某种缘分吧……您丈夫去世了吗?"

女子没有回答,她想坐起来,狂四郎制止了她。

"还活着。"

"我也有这种预感,他在哪里?"

"被抓了,关在所司代府上的地牢里。"

"所司代府上?"

如果不是为町奉行所管制的话,那就是国事犯。

"您丈夫是浪人吧?"

"是的,他长期以来在备前的闲谷黉做朱子学老师,三年前打算在这京城建学校,受到召见就搬到了这里。"

"这样啊——"

作为反抗幕府将军制度的一股势力,尊皇思想日渐抬头。狂四郎也了解这一事实。宝历年间的竹内式部事件,明和年间的山县大贰事件,再到宽政时代高山彦九郎的周游国土,在朱子学者之中,他们公然主张春秋尊王大义这一信条,批判身为幕府御用学者的林家歪曲了朱子学的根本。这一声音逐渐高涨,御用学者中也出现了柴野栗山、尾藤二洲这样的正名论者,他们不再惧怕修正名分了。

沿袭了二百多年的等级制度在破坏财富分配平衡的同时,也必然显露出其弊端,既然如此,对于幕府本位政权的批判也自然而然与国学研究者的思想联系在一起。

不用说,虽然还没有明确地向倒幕运动转移的趋势,但天下的形势正潜移默化地向尊皇主义推进,这一点是毋庸置疑的。

确实——

这个正月,江户所流行的歌谣已经显示出这一趋势正在庶民间普及。

菊花盛开,锦葵枯萎,

听到西边马嘶之声,

要看江户，就是这个时节，

不久将成为武藏①之原。

这一思想对幕府而言尚未造成什么麻烦，也未发展成什么危害，话虽如此，但作为幕府一方，为防患于未然而斩断祸根，也是无可厚非的。

这个女子的朱子学者丈夫最终也一定是因为公然扬言正名论而被捕的。

"我还有一件事想问你，你的丈夫叫什么名字？"

"唯有此事不便告知——"

"那么由我来先说。若没猜错的话，他的姓氏就不问了。……您丈夫或许就是前任所司代太田备中守大人的亲戚吧？"

太田备中守资爱——也就是美保代父亲，在宽政年间的尊号事件中，因处在皇室与幕府之间的矛盾之间，最后切腹自尽。

接着，女子回答道：

"太田备中守是我的父亲。我丈夫是他的入赘女婿，他叫松尾内记。"

"你是备中守大人的……可备中守大人应该只有一个女儿啊——"

"我是由身份低微的商家女子所生的。"

——原来如此！狂四郎心中暗自思忖道：这个女子是美保代同父异母的姐姐啊！

短暂而压抑的沉默过后，狂四郎站了起来——

"只要活着，就不要失去希望。"

狂四郎平静地留下这句话，就要离开，女子一下子弹起身子，摘下了能乐面具。

"我说，您才是与太田家有渊源之人，对吧？"女子喘着气问道。

狂四郎本能般地移开了视线。

"不，没有关系。不好意思——"他迅速走向走廊。

---

① 武藏：旧国名，相当于现东京都、埼玉县的大部分和神奈川县的东北部。也称"武州"。

四

——那个武士究竟何许人也?

阿春躺在床上,在黑暗中双目圆睁想着心事。她本是容易入睡之人,可今夜她头脑却异常清醒。

从所司代府上的留守居役口中得知,他只是个瘦弱的浪人,无论如何也不是自己的对手。是不是留守居役自己也不清楚那是怎样一个浪人,所以才委托我呢……

突然被他嘲笑"比花谢得还快"时的那种战栗让她胆战心惊。

但是,现在她不仅感受到那种战栗,一种不可思议的恍惚感也麻痹了她的四肢……

——我也是女人啊!

阿春两臂相交抱在胸前,口中嘀咕道。

突然,隔壁房间传来了打火石的摩擦之声。

透过栏杆的镂空雕花,阿春吃惊地看着灯被点亮了。这种感觉与其说是恐怖,不如说是身为女人的敏感直觉。

——是那个武士!

拉门唰地一声开了,站在门槛边的正是狂四郎。

"真有缘啊!我是来请求留宿的。"

这就是他的开场白。

阿春冰冷的体内像是被热酒浇灌一般,一种难以言说的陶醉感在她的全身扩散开来。

"我……刚刚还在寻思您的事情。"她安然自若地说道。

狂四郎笑道:"那还真是巧。在您这里留宿的当儿顺便说一说我明天想拜托您的事儿，您像是答应我了啊。"

这样说罢，他拦住了正要起身的阿春。

"不用起来了，就在您的旁边给我稍稍留点空就好。闯入您家实属冒昧，就让我这么睡吧。"

次日，午后——

狂四郎与阿春一起坐在所司代府上的书院内。

今天也是沉闷的多云天气，从宽敞的檐廊望去，那由奇形怪状的立石建成的"枯山水"①式庭园，看起来更加清寂，让人怀疑是不是冬天又回来了。

稍稍等了一会儿，留守居役走了进来，那是个四十岁上下，看上去面善的瘦高男子。这位仁兄的话，确实很容易雇佣阿春这样的人作为跟踪者。

"阿春，辛苦了——你，眠狂四郎——真是个奇妙的名字。……据说你让高姬殿下极为生气，你是怎么冒犯了她们的？"

他急匆匆地问道。

"我只不过稍稍施展了一下雕虫小技。"

"哦……那是什么绝招？"

留守居役端起侍女斟满的黑茶碗，显露出一副半是傲慢，半是好奇的模样。

"那样——比如……"

刚这样搭起话，狂四郎就倏地单膝站起。

"欸！"

从那口中发出的声音并未打破眼前的宁静，留守居役看到的，也只是狂四郎右手的袖子在自己眼前一晃而已。

他拔出短腰刀，再收起。——根本无法找到能够证明他快速出招的证据。

---

① 枯山水：源于日本本土的缩微式园林景观，多见于小巧、静谧、深邃的禅宗寺院。枯山水用石块象征山峦，用白沙象征湖海。只点缀少量的灌木或者苔藓、薇蕨。最代表性枯山水庭园就是京都府龙安寺方丈楠庭和大仙院方丈北庭和东庭。

留守居役只感到端着茶碗的右手的神经哆嗦了一下,那一瞬间过去之后,自己依然端着茶碗,周围也没有发生任何变化。

——到底是在玩什么把戏啊?

留守居役就以这副表情饮了口茶,把茶碗放了下来。——就在此时,茶碗裂为两半。看到茶碗滚落到一边,他大吃一惊。

他没有责怪对方的无礼,只是茫然地,如痴呆一般望着狂四郎那冷酷的表情。

"就是这样出招招致了高姬殿下的怨恨。"

狂四郎窃窃一笑,接下来他双眸瞬间露出犀利的光芒:

"今日来到此处,并非是奢望向高姬殿下求情,而是希望您能释放囚禁在这府中地牢里的朱子学者松尾内记。……我看,这是凭您个人能力就可以办到的。"

有生以来,留守居役第一次被这么犀利的眼光凝视着。他浑身僵直,感到一种连内脏都被冻结似的恐怖。

五

虽然尚未入夜,鹿谷的林间斜坡就已被黑暗完全笼罩,一顶轿子爬向了这个斜坡,从后面走来的正是狂四郎。

爬过斜坡后,周围突然变得一片开阔,狂四郎认出那房屋就在对面。轿子落在围墙前,狂四郎掀开垂帘,伸手指着房屋说道:"到了。"

被搀扶着蹒跚走出的那个人盘发蓬乱,灰头土脸,令人不忍直视。受了一年多的折磨,憔悴得连年龄都难以分辨了。

他们穿过大门,发现每扇防雨板都紧闭着,将手伸向玄关的格子门,也是锁着的。他扶着内记绕向厨房,取水处的笊篱被拿掉了。

屋内被黑暗笼罩，悄无声息。

"万，万分感谢。您的大恩大德我没齿难忘。"

内记一坐到厨房的木地板上，就将头深深地垂了下来。

然而，不知为何，狂四郎却表情异常凝重，他朝里面一望，突然沉默着走进门，大步流星朝里走去。

一丝淡淡的臭味钻进他的鼻子，这一刹那，一种不祥的预感犹如闪电般在他的脑海里游走。

狂四郎一拉开拉门，就低声叫了一声。果然，那是死尸的臭味。

翻开一扇防雨窗，笼罩整个房间的尸臭片刻飘移开来，让人难以忍受。

少女被被子裹着，一副熟睡的样子。她的母亲双膝反绑着趴在枕边。

——来迟了！

为什么自己没有特意交代她们要更加坚强，不要失去生存的希望！狂四郎懊恼不已，胸中隐隐作痛。

内记颤颤巍巍走了进来，看到眼前一幕，惊愕得"啊啊"大叫，一下跪到了地上，爬着奔向妻子身边。狂四郎再也没有勇气目睹这一切。

"我，我应该快点的！雪！妙！即便，即便我不能与你们再见，你们也至少要——为我活下去啊！"

一会儿，内记扭过头仰视着狂四郎。

"请回吧。"

表情和声音，都表现出一个下定决心之人才有的那种沉静。

狂四郎行了一个礼，走出了房间。

——母女二人若没有遇见我，就不会遭此不测！杀死她们的不是别人，正是我啊，难道不能这样说吗？！

他心里空荡荡的，这种感觉在无限蔓延，心里黯淡得无法形容。

走到外面，雨又下了起来。

狂四郎任由雨水冲刷着身体，又踏上了漫无目的的旅途。

地狱之夜

一

月色朦胧。

晚上八时前后,狂四郎静静走在东山山坳的悠长小道上,他想去拜访山科①古寺中正在治疗枪伤的鼠小僧②。不巧,两人走岔了。一大早,次郎吉就向相反方向的京都追赶狂四郎去了。

从清闲寺到清水寺的路上,松树树枝黑压压交织在一起,月光透过树枝照在地上,投下了斑驳的阴影。周围万籁俱寂,只有狂四郎竹皮草履走路的回声。

——附近似乎有个名为歌中山的地方。

狂四郎想起来一个非常吻合这种寂寥氛围的传说。

昔日——清闲寺中住着一位真燕僧都,一天傍晚,真燕僧都伫立在寺门前注视眼前过往的行人,突然看见一发型漂亮的少女独自走过,内心突

---

① 山科:地名。位于日本京都市东部、被东山和醍醐山所围绕的住宅地区。
② 鼠小僧:鼠小僧次郎吉(?—1832),日本江户后期的盗贼。相传是只偷窃武士家宅,把得来的钱财分给穷人的义盗。后被枭首示众。

然为之一动。因为没有什么可说的，便故意上前打听道："去清水寺的路怎么走啊？"女子冷冷瞥了他一眼，用和歌回答道："仅仅一瞥间，迷途不知返，人生皆虚幻，应知诚之道。"说完，她的身影便消失在了春霞之中。

歌中山这个地名就是从这个传说开始的。

"且慢——"

突然，松树后面噌地跳出来一个拦路者，狂四郎对着此人苦笑了一下。

我现在正希望出现一个少女呢！即便是妖怪变的也没关系。不凑巧，竟然是个男的……而且，在月光下，依稀可辨是一名衣着脏乱的流浪武士。

此人瞪着眼，挺着胸，手握刀柄，以备随时拔刀。

狂四郎泄气地垂着双手站定，一句话也没说。

"施舍点儿吧！"

说话间，流浪武士拔刀砍将过来。

狂四郎吃了一惊，心想："这是武士吗？"那拔刀就砍的架势简直太不像样了，这水平就算是砍下去，也很难伤及对方一丝毫毛。

尽管如此，流浪武士还盛气凌人地说道："武士之间需要相互关照。而且，你不要以为在这无人的夜路上相遇是你运气不好，恐吓商人并非鄙人所愿。"

——手在哆嗦呢。

流浪武士不顾一切的气势反倒让狂四郎看到了他善良的品质。

狂四郎之所以想认真询问而不是嘲弄他，也是因为这一点。

"你打算怎样使用从我这里抢夺的金子呢？"

流浪武士稍作沉默，脸上呈现出要和盘托出难言之隐的坚定神色。"家乡挨饿的家人还在等着我，我不能空手而归。"

"你家在哪里？"

"摄津武库乡。"

"你来京城是为寻求做官之道吗？"

"不。鄙人是因仰慕赖山阳先生而进京的。"

"嗯。也就是说，见到山阳觉得目睹不如耳闻，于是厌恶其人格低下……并以此为由，自己也堕落到如此需要施舍的地步，是吧。"

狂四郎一针见血地指出了他的痛处，流浪武士无言以对，他还是有自知之明的。一阵静默之后，狂四郎态度依旧很和气。

"你刚才说家人在等着——"

"嗯，是妻子和小儿。"

"你改变主意想回家，所以打算将这次打劫当作是最后一次为所欲为的恶行，对吧？"

"嗯，是的。"

"那我就成全你。"

狂四郎从怀中掏出钱袋递给他。

钱袋很重，流浪武士接过来，有点无法相信自己的眼睛，有十两小判之多。

流浪武士本打算恐吓一下对方，不知何时反被威慑，自己快要妥协时，反而还轻轻松松拿到一笔巨款，惊愕自是难免。

他正想说些什么，但狂四郎已经匆匆而去。走出十间有余回头看时，只见流浪武士瘦弱的身体依然立在原地目送着自己。

"请问您尊姓大名。鄙人布施和作。"

流浪武士喊道，然而狂四郎并无作答之意。他之所以给这个流浪武士金子，是因为回想起了朱子学者松尾内记和他妻子可怜的结局。

（二）

太阳西斜，五彩的阳光映照着一望无际的平原。布施和作急匆匆行走在武库川的堤坝上。堤坝边几棵樱树即将盛开,悠然自得的牛叫声隔着油菜花田不时传来。视野的尽头是一片朦胧的大海。这就是他三年来朝思暮想的故乡。

《万叶集》中"武库渡口至,日已西斜;苍暮天色晚,心在思家"。这首和歌表达的就是这种痛彻心扉的感觉。

干涸辽阔的沙滩上,布施看到有几个孩子在玩耍。他踮起脚尖张望,看里面是否有自己的儿子吾一,脸上闪烁着慈父般的微笑。

三年前,布施撇开流泪的妻子,只身去了京城。当时的自己就像是被鬼怪附了体,这一情形又清晰浮现在他的脑海里,脊梁骨顿时感到一阵寒气——混蛋!他不由得在心里骂了一句自己。

布施和作看了赖山阳的《日本外史》,非常感动,决意将其奉为一生的人生导师,打算沿着老师的道路继续前行。

传闻山阳的行为常常超越常人的思维及规范。他是艺州广岛藩儒官赖春水之长子,十三岁就写诗一首,受到昌平黉教官柴野栗山赞扬。十八岁起草《楠公论》,令平山子龙涕泣。十九岁迎娶藩内昌平黉[①]教官御园道英的女儿淳子,婚礼当夜隐匿去向,至三更而归,大醉入门,对新娘视而不见,倒头就睡。婚后放荡不羁,在家的日子远不及在新町[②]名叫堺屋的妓院多,对父母的教诲充耳不闻。妻子一怒之下夜回娘家,山阳亦安之若素。不止如此,即使操碎心的妻子卧病在床,山阳也不回去看望。一夜,飘然脱离藩籍做了流浪武士。

山阳逃走的样子也是不合常情的。他先和在西条的旅馆附近遇到的乞丐交换了衣服,变成衣衫褴褛的模样才前往福山。追赶他的人在姬路附近向路人打听乞丐山阳,被告知"前几天,有个乞丐模样的人在这里讲战争故事,乞讨一二钱的盘缠。那口齿伶俐、学识渊博的样子不像是

[①] 又名"昌平坂学问所",是幕府进行儒学教育的官办学校。
[②] 新町:位于大阪市区的地名。江户时代称大坂新地,有幕府许可的妓馆区。

个普通乞丐"。在江户被抓的山阳，如"轿夫休说肩犹重，慷慨陈词载以还"这一古诗所说的那样，态度傲然，被带回了广岛后直接被关进了宅第内的禁闭室。不料，这反倒让山阳受益。之后的十年间，他在文坛方面进行了大量细致的研究，《日本外史》草稿的大部分就是在这段岁月里写下的。

山阳这段经历对于行走在儒学道路上的布施和作而言，是最有魅力的一段。

——好，我也要抛妻别子出仕！若不然，难成大器。

布施下定决心后便进京了，在鸭川河畔三本木町一个叫"水西庄"的地方拜访了山阳……

听说山阳天生严厉冷峻，不包容寻常之辈。不过，实际见到山阳后，和作对他的品行失望到了极点。

山阳是个可怕的吝啬鬼。因为他是一个有名的书法家，所以索取他墨宝的人特别多。他在谈判润笔费时比商人还狡猾，催款也非常苛刻。屏风、全开纸、裁剪、扇面形纸，各有各的价格。倘若看着对方是豪门，还会卑鄙到哄抬物价。然后，把赚到的钱寄存在大阪的商人那里，以谋取实实在在的利息。

和作坚信，学者应出手大气、豪放磊落，应以口中谈钱为耻，居贫也亦坦然，不为子孙生计谋划，这才是不同于凡夫俗子之所为。对山阳，他也是这么期望的。然而事实却完全相反。山阳的妻子梨影子是公认的贤妻良母，但他常对妻子乱发脾气，三天两头打，让人目不忍睹，简直和下等工匠酒后乱性毫无二致。面对情人江马细香，山阳显示出的却是一副文人墨客般的态度。和作偷偷看到这一切，鄙视其过分的言行不一，最终离开了他。

待和作看到山阳真面目而清醒过来之时，才发觉有多人和自己一样受《日本外史》所迷惑，进京后了解到老师真面目而绝望，最后沦落为市井的武士。和作也伙同其中，因幕府对在野之人聚众议论朝政之事过分敏感，四处调查、驱赶，和作切身体会到了流浪武士处境的险恶。

——真是一场噩梦！

如今回到了故乡的怀抱，和作心里突然意识到，对自己来说，妻子和孩子是多么重要！

不一会儿，和作看到了自己的家，墙壁在暮霭中显得雪白雪白的。顿时，他的心如针扎般疼痛起来。

和作走进大门，注视着荒芜的庭院，眼眶一下子热了。

他唤了声妻子的名字，寂静的屋内许久都没有一丝回应。

他再一次大声叫道："益惠！益惠，你在家吗？"里面储藏室附近传来一阵低沉的咳嗽声，是个老人的声音。

应该只有妻子和孩子两个人在家的。

和作上前，冒冒失失地闯进储藏室。

油灯下正做着针线活儿的，是在纪伊和佐山妻子娘家三十年的婢女。

"啊，这位，是老爷吧……最近，耳朵彻底背了，实在不好意思。"

她说话间慌忙要站起身来。

"益惠不在家吗？"

"嗯？"

婢女一下愣住了，"夫人不是和老爷一起生活在京城吗？"

"什么？！"

和作愕然，一屁股坐在了地上。

"你是说益惠去了京城？什么时候？"

"去年年末。"

说是西阵①一个身为织房掌柜的男子从四国回来途中路过这个村庄处理

---

① 西阵：日本京都市上京区的堀川以西，一条大街以北地区。自平安时代开始发展丝织业。

剩下的布料时，益惠顺口提了下老爷的名字，问他有没有听说过。或许是偶然，那人说知道。还说他和老爷时常会在招待客人的祇园茶屋见面，有一次还去了和作住的地方。于是，狂喜的益惠就拜托他带封信给老爷，谁知掌柜的竟劝她干脆亲自去见老爷。

"笨蛋！"

不安和愤怒交织，和作的心脏剧烈地跳动着，他没有问那男人的姓名。

"骗子！益惠真是个笨蛋！"

"但，但是……老爷，夫人从京城来信了——"

"在哪儿！"

即便有来信，和作心里还是非常焦急。信中写道，她意外与丈夫相逢且生活在一起，因丈夫求学不能马上回乡，她会每月寄钱，望下人暂时帮忙照看孩子。丈夫常外出旅行，多半也带着自己一起，若来信请寄到下面的地方，期待着孩子的消息。

和作瞥了一下地址，全身的热血一下子沸腾了起来。

东石垣 红叶屋

这个地方也就是先斗町①沿加茂川下行的茶屋。那是和作一样的穷书生无论如何也消费不起的风月场。据《武野烛谈》记载，石垣茶屋依崖而建，俯瞰河滩，四壁张贴着金钱缎子，地板不铺榻榻米，整个裹上了天鹅绒，天井板改成水晶方格天花板，里面装满水养鱼。拉门是玻璃的，可以看到四周，不过看不到里面，在这里可享尽珍膳美味，甚至上菜的都是美女。那是个不分贵贱，只要有钱就能饮酒作乐的地方……

——妻子，被卖了！

和作盯着信的眸子满是悔恨。他真想就此扑通一声倒下，为了摆脱这种打击，他真希望自己昏死过去算了。

---

① 先斗町：位于日本京都市中心，沿鸭川西岸的三条和四条之间的地区。从江户初期起即为烟花柳巷，今仍保留着舞妓等传统风俗。

——怎么办？怎么办是好？

五十两？……不，赎金应该不下百两。这么说，妻子不是再也回不到自己身边了吗？

就在此时——泥地房间里吧嗒吧嗒响起一阵轻微的脚步声，声音清脆地说了句："婆婆！我饿了。"那是年满七岁的吾一的声音。这声音天真可爱，却令和作心如刀绞。

三

五日后，和作背着吾一，脸上裹着布手巾，穿过宫川町，脚步沉重地渡过团栗桥，右拐就是东石垣了。还不到午时，喧闹的弹唱已飘过河面传了过来，和作紧紧咬了咬嘴唇。

他原本没有勇气去红叶屋，但不知不觉间脚步却朝着那个方向走了过去。

——我想要钱！

从还在武库乡时开始，和作就一直钻牛角尖似的思考着这件事。于是又返回了京城。

"这不是布施吗？"

一个与他擦肩而过的流浪武士模样的人向他打招呼，和作回头，发现是一个月前新交的朋友津久田。此人武功高，又有胆量，只是恶事干得太多，所以很少在光天化日之下露面。然而今天，他并没有把脸包起来。

"看上去郁闷之极的样子。怎么了？这孩子是？"

"是小儿。"

"你有孩子啊——看孩子都饿成啥样了，叔叔带你去吃好吃的。"

津久田说笑着，在和作看来，他是那么靠得住。

一刻多钟之后——

在位于宫川町一条巷子深处的下等私娼馆二楼，和作与津久田及另外三个朋友饮酒为盟。此间，吾一因旅途劳累睡着了。

大家都一言不发，空气沉闷得像是停滞了。

突然，津久田问道："你们想做一辈子的强盗吗？"其他人表情凝重，开始正视沦落到如此地步的自己的处境。

"你们已经厌倦了这种生活吧？你们——"

津久田用讥讽的口吻说着，他的话打破了沉闷的空气。

"反正都是回不了家乡的人。可是，即便身在京城，除了敲诈勒索，已经没有别的办法来维持这朝夕不保的生命了。与其这样，不如来次大抢劫，然后远逃江户——其他也没有什么路可走了吧。"

"万一被逮住的话，那可是要坐牢的——"

"不过，若是成功了，可是够吃一辈子的啊……我有信心成功。就偷东姊小路的橘屋。"

大家一听，都倒吸了一口冷气。

橘屋是操纵大阪堂岛米市和京都七条米市的巨商。虽说是大米批发商，其实并不进行实际的大米交易，而是通过账目来控制期货大米。百石有一两金子的差额，一石米的价格在六分上下浮动。如果买一百石，一石的价格降到六分以下，差额就更大。因此，橘屋等少数米商从市场获得暴利。当时日本第一大的商业贸易就是这堂岛米市。

东姊小路上的橘屋别邸，就是京都七条米市真正的幕后人。赖山阳就是靠着这个橘屋做起了大米交易。

和作在山阳家寄宿时，常被派去橘屋。他记得客厅里当时挂着山阳写的一句诗的颈联，内容是吟咏大米行情的——市声忙觉穷阴日，米价低知列国秋。津久田要偷袭的就是这个橘屋。

"怎么样，反正都是抢，何不选京阪首屈一指的富豪呢？万一被抓，也可以扬名……其他批发商的情况我不知道,单说橘屋邸内,连放炭的小屋我都能查得一清二楚。我们应该大干一场,拿到千两箱——"

津久田一说完,相貌丑陋的暗娼们随即蜂拥而入。

"提前庆贺一下!喂,女人们,打起精神弹三味线给我伴奏,我给你们唱江户现在正流行的拍球歌。"

津久田起身,用手打着节拍,唱了起来。

一呀,一人被抓吓破胆,大家一起排成排;

二呀,二老叹气常拜佛,虔诚祈祷驻心间;

三呀,坐轿前往南番所①,狱夜灯常相伴;

四呀,日里夜里暗商谈,期待名主心向善;

五呀,多少风尘女子中,唯有我等汗无颜;

六呀,胡乱接客被责罚,草鞋踩得啪啪啪;

……

和作出神地盯着榻榻米的一个点思索着什么。突然,他说了句"好!就这样!"便做了决定。

"啊?你说津久田他们要偷袭我们?"

负责京城橘屋别邸的大掌柜惊得瞪大了眼睛。

和作两手紧抓膝袴,一副下定决心的样子。旁边的吾一张望着城堡般宏伟的建筑,好奇极了。

"明夜丑时三刻——请记好!"

"请让我听听您背叛津久田大人的理由。"

大掌柜回过神来,眼里满是疑惑。

"这不是吓唬……我若是说谎,也不会有什么好处。如果你担心受骗,可以多提高些警惕。津久田武功高,明晚请务必找些强壮的人护院……"

"请问您这么做的本意是什么呢?"

---

① 番所:日本旧时的江户南町、北町奉行所。

和作被追问后低下头犹豫了片刻,说道:"拜托!无论如何,请您一定借给鄙人救妻子的赎金!"和作下定决心说了妻子被人贩子拐卖到东石垣红叶屋的事情。言毕,双手随即扶在榻榻米上叩首请求。

大掌柜表情冷淡,"感谢你向我通报津久田他们的诡计。不过,他们为何要做如此无法无天的事呢?"

"不,不清楚!津久田是个计划要干什么就肯定会干到底的人。鄙人不太清楚……如果这么说您还不信的话,我可以把小儿作为人质。倘若鄙人言出有假,您可以使唤小儿一辈子!"

大掌柜用锐利的眼光打量了一下吾一,他和他父亲长得一模一样。

和作接下来仍在拼命地表明诚意,大掌柜终于点头同意。

"好。我先替你照看这孩子。等顺利抓住津久田他们之后,一定给你百两黄金。"

"承蒙关照,不胜感激。"

和作再次低三下四地跪拜。

㈣

次日深夜,津久田和另外四个武士沿着本能寺后面长长的土墙,不声不响行走在冷清空寂的大街上。津久田在最前,和作在最后。

婷婷直立的银杏树覆盖着头顶的天空,遮蔽了月光,形成一大片树荫。

——倘若交锋,是逃跑呢,还是故意被抓呢?

和作正纠结保全自己之策,并未注意到迎面而来且擦肩而过的人。

路过的人突然叫了声"布施和作",和作吓了一跳,立马回过了神儿。树荫下,他只能看出对方朦胧的脸部轮廓和流浪武士的打扮。

"不记得我了?太失礼了吧。过去还不到十天的时间。"

那口齿清楚的声音,让和作恍然记起——这不是在歌中山施舍给我十两银子还不告诉我名字的流浪武士嘛。

"你不是说要回到老家挨饿的妻子身边嘛,难不成是骗人?"

来人语气冰冷,令人毛骨悚然。被他一抢白,和作四肢都僵了。

——不是的!我有苦衷!

和作在心里大声疾呼,但舌头发僵,像是被胶粘着了一般。即使能说,这种情况下,一时半会儿也解释不清楚。

"干吗呢!"

津久田不客气地回过头来,朝和作凶神恶煞地问道:"什么人?"

对方发出了一阵低低的笑声。

"这位看上去有杀气。看到你们带上他半夜在这种地方行走,我觉得我给他的施舍白费了。"

"说什么胡话呢,你——"

津久田刚微微挺了下左肩,对方就看破了他要立刻拔刀的架势,斥责道:"是田宫流居合术的无名小辈啊,试刀时,你杀了四五个人吧。"

所谓居合术在拔刀即砍的比试中,关键是出刀,胜负在于刀鞘里面。让对手察觉到自己要拔刀的时候已经输了。明知输了,还不得不拔刀就砍,这就是只会居合术的悲惨宿命。

"啊——"

津久田一刀打破了寂静之夜,他的刀直直向眠狂四郎头上砍去。

下一秒,津久田和狂四郎的位置就更换了。

"你这小子!"

"妈的!"

除了和作,其他流浪武士一齐拔刀,当刀尖一齐对准狂四郎时,就见津久田的身体开始摇摇晃晃向银杏树粗大的树干靠去,接着一点点滑到了树根。

狂四郎以风驰电掣般的神速，让无想正宗充分蘸满了津久田身体里的鲜血。他将刀尖擦着地，嘲笑道："怎么样？喂，最厉害的被我杀了。若是自己觉得赢不了的，接下来最好别用手了，用脚逃吧。"

三人四散而逃，狂四郎慢慢转向和作，上前走了两步。

"嗯，嗯！"

伴随着一声呻吟，和作拔出了刀。

月光透过树叶映照在狂四郎的半边脸上，他的牙齿白得瘆人。

"你若想像男人一样往生的话，就出手吧。若是还想多活几天，就用手里的刀砍掉顶髻。你要选哪个？动手吧？要恩将仇报的话，这是个好地方。不过，我不会像信长那么记仇，自然也没有要报仇的道理。"

和作被狂四郎这么一喊，绝望得不知如何是好。

津久田被杀，其他三个同伙逃跑。橘屋盗窃一事化为泡影，拿到百两银子的希望也落空了。

——都是因为碰到了这小子，我，真不是个东西！

和作浑身充满憎恶和绝望，"呀啊——"的一声，像受伤的野猪一样盲目地冲了上来。

狂四郎一躲开和作那意外的一击，就单手斜砍了他一刀。

狂四郎瞥都没瞥一眼再也无法从地上爬起来的和作，他把刀插回刀鞘，正要迈步离开之时，和作伸过双手，像要抓住什么，发出嘶哑的声音。"等，等，等下……"

狂四郎回过头来，目光锐利地低头看着他，但还是毫无顾忌地凑过来蹲下，将和服叠了几层为他堵住伤口，之后将他抱了起来。

"若有遗言，就告诉我。"

"拜，拜托！"

五

黎明——

在远方寂静的天空刚刚裂开一丝鱼肚白的时候，狂四郎走在河滩上，从三条朝四条的方向走去，背上背着个熟睡的孩子。

狂四郎听了布施和作的遗言，非常后悔自己的轻率，就顺便去橘屋要回了吾一。怀里还揣着沉甸甸的二百两小判。

狂四郎只是想去把吾一领回来，并未打算动手。为防御强盗而被召集起来的十余名壮汉，突然不分青红皂白一起猛打过来。狂四郎对此甚是气愤。再加上看到吾一被他们绑起来当作人质，一下子火冒三丈。

狂四郎拿起泥地房间的扁担，瞬间打败了所有壮汉。大掌柜下跪求饶，狂四郎逼其拿出了二百两金判。

——我这样的人，就像是从地狱图中逃脱出来一样，所到之处都留下了罪孽啊。

狂四郎感到那犹如墨汁般乌黑的血液在体内流动，他厌恶这样的自己，目光呆呆地望着眼前的景色。两岸的樱花在这瞬间万籁俱寂的世界里，开得美丽而生动，宛如没有被人类干扰一般。

背上孩子母亲所在的红叶屋，马上就要到了。

阿弥陀峰

（一）

"估计明天也会是个晴天。"

眠狂四郎无意中嘟哝了一句，抬头看着就要静悄悄拉上帷幕的春日天空。

一整天天空晴朗，带着娴静的宛如薄绢的光泽，天空中唯有像撕碎后抛起的棉絮那样的云彩，边缘带着些许红色，很快将变成灰色。

八坂塔对面的五条坂（古代六条坊门的最后一处）上有一所被熏黑的房子，房子的二楼有一个向外凸出的窗户，眠狂四郎就坐在那里。此地虽被叫做五条坂，却不是什么特别的坡道，而是从终点通往鸟边山的一条上坡路。

楼下是出售陶瓷器的店铺。虽然外观有点不太干净，但老板却是烧制清水烧[①]的名工巧匠，也是狂四郎的旧友。昨日，眠狂四郎突然造访，在老友的挽留下就在二楼住下了。

[①] 清水烧：京都陶瓷艺品，由于产自清水寺门前，所以被称为清水烧。后来附近聚集了很多著名的窑厂，所生产的陶瓷器都统称为"京烧、清水烧"。

由于这条大街是前往鸟边山赏花和去清水寺参拜的必经之路,所以终日人流涌动,络绎不绝。特别是今天,因为要举办涅槃大会①,街上更是熙熙攘攘,喧闹不已。

这个平日里早已习惯孤独的男人,俯视着眼下这个与自己毫不相关的热闹世界——不过,他却喜欢上了这个地方。

大街上人影逐渐稀疏。从清水寺石阶上飞起的鸽群,在到达巢穴前有高声扇动翅膀的习性,在傍晚的天空中盘旋,并画出长长的弧线。一到它们开始这个动作的时候,黑暗的罪孽意识犹如水滴般在空虚的狂四郎心中滴答作响,并逐渐蔓延全身。

"老爷——"

听到下面有人叫他,狂四郎收回了追逐鸟群影子的目光,看到了当地歌谣师傅阿春那白皙的脸庞。

"我在找您呐,老爷——"

上到二楼来的阿春,乌黑的眸子里闪烁着喷怒似的光芒。之前,他们见过一面,分别之际,阿春问他的去处,眠狂四郎只是简单地说要去一个旧相识的陶瓷工匠家,但并没有告诉她详细地址。

狂四郎脸上露出浅浅微笑。

"你好像被人跟踪了啊。一大早就到处找我,跟踪者自然也就随你一起来了。真是辛苦你了呀。"

狂四郎发现阿春的同时,看到另外一个人装出若无其事的样子从她背后走过。那个商人打扮的人抬头向这边晃了一眼,狂四郎敏锐地觉察到那分明是深谙剑道者才有的眼神。

"老爷,请不要怀疑我什么,我并不知道这事儿。我只是被叫到了所司代府邸,他们说我一定知道老爷您的藏匿之处,所以命令我将这封信交给您。"

---

① 涅槃大会:农历二月十五日,纪念释迦牟尼逝世周年的法会。

狂四郎一边接过阿春从怀中取出的信函，一边问道：

"留守居役威胁你了吗？"

阿春否认。狂四郎对她点点头，撕开了信封。

信的内容甚是简单：

"鱼儿永不厌水，唯鱼儿方知水心。鸟儿依恋山林，唯鸟儿才解山林情意。兵法者渴望曝尸白刃之下，非兵法者无法知晓其心。汝若为真兵法者，就请前来九死一生之决斗场一比高下。你若为窥视蝉之螳螂，就应知等待螳螂之野鸟潜于八方。意下如何？

眠狂四郎先生亲启

　　　　　　　　　　　　　六亲不认"

另有附记曰：

时间：本月十五日酉时下刻

地点：阿弥陀峰丰国庙遗址

狂四郎一边将信收卷起来，一边小声嘀咕道：

"对方想要葬身于这荣华之梦的遗址之地啊！"

阿春不安地注视着平静如水、眉宇间毫无异样变化的狂四郎，跪坐着靠近他，说道：

"老爷，要有什么不祥之事发生吗？"

"没什么。……可否带我去一家能吃到美味佳肴的料亭[①]呢？木曾大人催客人吃饭了。"

然后，狂四郎站了起来，从地板上拿起了无想正宗。

下楼时，他向老板说道：

"之后可能会有一个叫次郎吉的人来找我，到时请你把这封信读给他听。"

说罢，他便走了出去。

---

① 料亭：日本的高级餐厅。

不久，两人结伴经过五条大桥时，狂四郎低声哼唱着时下流行的歌谣：

忍拨①无意间弄错了间奏和音高，

都是弄断琴弦的报应。

真是急煞我也，

急煞我也。

他声音带有几分沙哑，但却清脆动听。阿春听着他的歌声，不知不觉中有种想流泪的冲动。

二

阿弥陀峰——

是东山的一个山峰，海拔四百尺左右，山顶上曾有一个供奉丰臣秀吉的神庙，豪华壮观。

庆长三年八月十八日，秀吉薨，享年六十二岁。依照其遗言，暂时秘不发丧，因为当时正值出师伐韩之际。于是，丰臣的近臣将他的遗骸秘密葬于阿弥陀峰。翌年二月末才将丰臣归天之事昭告天下，选好坟茔位置。秀赖倾尽天下财力，在各国诸侯的帮助下，于坟茔之上建造了这座祠庙，并在山峰西边完成了（现在的太阁平地）本殿、回廊、拜殿、三门、中门、饷神所、神乐舍、马舍等建筑，其规模之大在日本无出其右者。元勋近臣们还在寺庙旁边筑造了僧房，供奉鲜花，点上灯烛，以祭奠丰臣亡灵。然而这座庙宇镇守一方平安十七年后，即元和元年五月，大阪城陷落，秀赖自杀身亡。家康刚一回到二条城，就与秀忠商议，随即将祠庙烧毁，堵塞参拜之路，禁止了一切祭祀活动。

尔后两百年间——宏大庄严的社殿、楼门、坊舍以及石灯，因为盗

---

① 忍拨：三味线琴码的一种，防止琴的声音过高。

贼、风雨的洗劫，被破坏殆尽。时至今日，只剩下一片荒废不堪的惨淡光景。(顺便说一下，现在的丰国庙，修建于明治三十一年三月。)

狂四郎面对着眼前这片废弃的遗址，在信中指定的酉时下刻，从新日吉神社旁边走过，静静走在杂草丛生的小路上。

漫山遍野的山樱沐浴在从苍劲的松林间隙泻下的朦胧月光之下，虽然是在夜间，也能看见它晶莹剔透的花瓣竞相开放，一片、两片……纷纷飞舞着飘向狂四郎的孤影。

尽管对手严正警告他说这里布满伏兵和陷阱，是个九死一生的决斗场，但狂四郎冷静如常，依旧赴约。对于如此冷静的自己，他既觉得不可思议，又感到十分满足。

——总感觉别人好像已经为我选好了葬身之地。

虽然有这种预感，但这也只不过就像在说别人之事似的在他脑海中一闪而过。

他心中想着从东边山麓，或是从瓦坂处，又或是从西边的醍醐街道方向——穿过没有道路的山林，向废庙遗址发起奇袭，但最终抛开了这些想法，寻着淹没在杂草中的石阶，大摇大摆地走在往昔前往寺庙的参道上。因为他不想让这一切给自己清澈如水的爽朗心境带来哪怕丝毫的卑劣阴影。

仅走了一百多米左右——

他来到了地势突然变低的一片空地上。这里可以看到瓦顶板心泥墙的痕迹，仿佛是一个牌坊旧迹。

狂四郎已经事先查明，从这里向前再走一百多米就是正殿遗址。这一百多米是月光无法照射到地面上的密林，是诸大名栽种的风致树①中仅存的一部分，树木繁盛，蔚然可观，遮住了半边天空。

狂四郎站在空地的一端，凝视着好似洞门的参拜小路。

从那里开始，真的就要一步一步走向险境了，哪怕一根树枝的影子都

---

① 风致树：在建造园林等时，营造园林风景的主要植被。

必须要想象成自己的敌人。

夜风像是要唤醒狂四郎的斗志一般突然从洞门处呼地一声扑面而来，然后沿着他刚刚走过的小路盘旋而去。一时间在风中摇曳的树林在要静下来的一瞬间，狂四郎第一次感觉到自己正面临着可怕的危机。他置身于杀机之中，全身自然而然发出微妙的跃动，这种跃动与让全身神经紧张起来的那种感觉不同。

让自己暴露在杀气中，以此来判断敌人的强弱，他早已习惯了这一做法。但是，仅是盯着这黑黢黢地耸立在月下的密林，就猝然而生这种难以名状的预感，还是第一次。

——好呀！来吧！

此刻，狂四郎从发梢到脚尖都猛然充满了斗志，但他并没有立刻迈步向前，而是在心中强行压抑着内心的澎湃，尽力平息奔涌的力量。他静静地做了一个深呼吸，慢慢向前走去。

在密林的入口处，一瞬间，他犹豫了一下。

——是以这种步子走过去呢，还是跑呢？

不过，他立刻苦笑了一下，按照平时的步伐走进了敌人的包围圈中。畏惧敌人有所准备，还算什么武者精神啊，他在心里嘲笑自己。

四周伸手不见五指。狂四郎拥有非凡的视力，即便在黑暗中也能看清事物，但现在却连高大乔木的轮廓也难以分辨了。

嘣！

无想正宗从狂四郎腰间滑出，带着锐利的刀风，直奔头上响起的弦音而去。

流箭在黑暗中一折两段，啪的一声落在了地上。

之后，在大约二十步距离左右，袭击狂四郎的就仅有夜风了。

狂四郎依然迈着悠闲的步子，向黄泉冥府进发。

接着——

"呀哈!"

伴随着似乎要震裂参天巨树的一声怪叫,一支长枪恰如一道闪电,直取狂四郎的要害。

瞬间,狂四郎悄无声息地跳起,兵器在黑暗中一闪,长枪的矛头从下方被切断,直直向躲藏在林间的敌人飞去。

"咕——"

一个奇怪声音断断续续落到了地上,听似不像人的呻吟之声,但见一人的脸已被从下巴到额头砍成了两半。

然后,狂四郎又大无畏地向前走了二十余步。

前方,微弱的月光照射进来。他已经靠近了荒凉的庙址。

在那里,狂四郎觉察到了藏在树上的第三个敌人的气息。

——他是在试探我的武功啊!

这个疑问刚在他脑中闪了一下,就有枪声从树上轰然响起。

狂四郎的身体像球一样滚向荦草之中。

接下来,在密林的出口处,浮现出两个黑影,挡住了月光。

距离大约在五间开外。

他们不约而同地嗖地一下拔出刀,慢慢靠向狂四郎。

狂四郎在黑暗中睁大双眸,听着他们的脚步声。

两个黑影相隔一间半的距离,摆出了相同的八相之姿,脚尖擦地,逐步逼近。

就在那两把刀尖直指狂四郎颈部的刹那间。

狂四郎身体后仰,两脚跟用力蹬着埋在荦草中的基石,唰唰唰……,向两个黑影中间滑动去。宛如仰泳者脚踏水花,直飞出去一般——

"哦!"

"啊!"

两个黑影同时呐喊,刀也同时向下挥动。

但是，为时已晚，狂四郎躺在地上，在他看来，二人的腰部已经破绽百出。

狂四郎的全身充满绵软的弹力，在他一跃而起的时候，两手已经稳稳地握住了那两把钢刀。

腰部同时被砍断的两个黑影，发出同样的呻吟，倒在了地上。

狂四郎将大小两把刀呈扇形挥展开来，快速向密林出口跑去。

那里早已被十多个黑影堵死了。

站在狂四郎正面的敌人，声音略带嘶哑，但却十分沉着地说道：

"眠狂四郎，你果然接受了挑战，在下实在钦佩！"

"嗯——窥一斑而知全豹。你们使用的都是柳生流剑法[1]啊，这么说来，诸位就是幕府直参[2]——御庭番[3]了！"

狂四郎表现出让对方钦佩的镇定，突然噌地一下将后背贴在了一棵巨松的树干上。

对面的敌人摆出了对付他手中大小两把刀的架势，狂四郎一看便识破了他们所用的是柳生剑法。柳生流有应对双刀的两种祖传绝技，那就是二具足和打物之术。从正面敌人的姿势来看，就是要使用二者中的一种。

对方如此井然有序、密不透风的阵形，狂四郎至今尚未见过，这足以说明他们是一伙可怕的劲敌。

现在，正是狂四郎不得不悉数施展包含圆月杀法在内的一刀流绝技的时刻。

狂四郎从师父那里学到了妙剑、绝妙剑、真剑、金翅鸟王剑、独妙剑这五种剑法的真谛，并在此基础上创造出了他独特的圆月杀法。

---

[1] 柳生流：日本传统武术流派，创始人为朱勇隼人和荒木右卫门，现存的技巧多源自柔术。

[2] 直参：为江户时代直属将军，俸禄一万石以下的武士，即为旗本和御家人。

[3] 御庭番：江户幕府的职名，直属将军的密探。

可以说，深谙柳生剑法的敌人，勾起了狂四郎展现自己招数的斗志。

狂四郎用于乱阵之中的风扬、乱曲、分身等神技，已经在幕府御庭番中间传播开来。

若要阻止此神技并能获胜的话，柳生流除了创造出新的绝招外，别无他法。

不知是奉了何人的命令，能够称得上柳生流杰出高手的直参，竟能会聚如此多的人手共同对付狂四郎，看来他们必定怀有某种目的。

"咚!"

正面的敌人——果然使出了打物这一绝技，假装猛然砍向狂四郎的大刀，而实际上已经向小刀发起攻击，企图将之击落。

——于是，狂四郎的左手一下子抬起，在小刀落地的千钧一发之际，如白蛇捕食一般重重打向敌人的胸口。

狂四郎无暇欣赏自己的敏捷身手，向右边的敌人飞身猛扑过去。

"呜呜……"

夜色中，只见一人身上飞溅起黑色的血沫，仰面朝天应声倒下。狂四郎把他丢在一边，迅速翻滚着跳至第三个牺牲品的背后，就在那人正欲转过身来的刹那间——

"唉!"

狂四郎一刀下去，嗖地一声从其咽喉劈至肋骨。

"不要忘了用虎乱这招!"不知是谁喊了一句。

数条黑影回应这一建议，为使出柳生流独有的虎乱单手劈法，以狂四郎为轴心，开始形成一个大大的圆圈来回跑动。然后，其他人协助奔跑者，在圈外隔出一定距离，将剑举过头顶。

狂四郎知道，不管向前后左右哪个方向进攻，都会遭到单手劈法的袭击，但他并不害怕，他要让这帮强敌见识几招自己的绝妙神技——狂四郎浑身的斗志几乎要冲破自己的身体。

啪的一声，狂四郎蹬地飞向空中，高高越过敌人的头顶，落在了原来的位置——密林的出口之处。

事后想来，是当时内心的骄傲情绪导致了他的惨败。

"过来！"

狂四郎刚一摆出一刀一命的圆月杀法——用剑尖对准敌人左膝盖处的下段架势——

意外的是，敌人的阵形却快速向后方撤退了。

接着——在仅留有坟茔遗址的高石壁对面（虽然那里离狂四郎的右边只有二间），突然燃烧起了大火，那火光立刻高高飞舞在空中，意外地出现在石壁之上。之后，一道光便朝狂四郎射了过来。

火光原来是佛灯。但是，它发出的不只是火焰，里面还装有火药，喷射出来的光芒四散开来。

狂四郎瞬间一阵目眩，为了躲避火光，愤然攻了过去。

从狂四郎的左方噌噌噌跑出来一个黑影，瞅准这个间隙，把一个细长的管子放在了嘴上，

"呼！"

他鼓起腮帮子，用力吹了一口。

"——啊！"

狂四郎仰面朝天，向后跳出半间有余。

——是针！

足足有两寸多长的钢针，如顺水而游的小鲶鱼，嗖嗖嗖嗖嗖……一排排向狂四郎的眼睑、鼻子、脸颊、嘴唇、耳朵刺来。

"卑鄙！"

他口中不由自主地迸发出从未有过的痛苦呻吟。为防钢针再次袭击，狂四郎又向后跳出了一间多远。

这真是一个错误之举。

突然——

从头顶上方悄无声息地落下一张网来。

三

狂四郎独自艰难地摸索前行,如同走在人死后至再次托生期间那七七四十九天的黑暗里。

——这是连接人世与地狱的黑暗之路。

他这么认为。好像是在一步步走向地狱。

——我,到头来还是死了啊。败给那些幕府密探了呀。

他自言自语道。没有悔恨,却有几分透骨的寂寥之感。

突然,他后脑勺咣地一声受到了一举重击。

狂四郎身体轰然倒地,不省人事,就那样坠入了深不见底的深渊……然而,他的意识又猛地苏醒了。

狂四郎微微睁开眼睛,脑海里首先想到的是:

——还活着吗?我……

他还活着。

后脑勺还隐隐发痛。当他被网罩住跌倒的时候,受到了好似铁棒类东西的击打,之后便昏了过去。

可是,令人奇怪的是,他虽然双手双脚被棕榈绳紧紧绑着,躺倒在地动弹不得,可为什么身体会躺在无比柔软的被褥中呢,并且是博多[1]产紫色十字花纹黑独钴做成的红绉绸的奢华被褥。

狂四郎的眼睛在周围来回骨碌碌转个不停,满腹狐疑。

---

[1] 九州北部筑前国,现代的福冈市福冈县地区。

房间甚是宽敞，装饰雅致，颇有品位。二三米宽的地板上贴着狩野派①的山水画，古唐津②花瓶中的雪柳别有一番风趣。旁边的架子上摆放着镀金金器，一边是绘有松食鹤时图的柜子。高丽边③的榻榻米，泛着崭新的绿色，煞是漂亮。从柱子下方、放在大幅纸张上的香炉中，直直升腾起一缕若草（练香④）烟雾。

从照在拉门上的光斑来看，狂四郎知道现在是中午时分。

——他们想要把我怎么样呢？

狂四郎一头雾水。他要跳起来也不是做不到，但想着绳子极难解开，所以也就一动没动。

此后，大约过了小半刻工夫——

隔壁房间响起裙裾擦地的声音，纸隔扇被打开了。

从门缝里挤进来的风吹起了她的和服外褂，外褂上绣着绚烂夺目的十字花纹，令人眼前一亮。原来是将军德川家齐的女儿高姬。

——原来如此！果然是这个骄傲的公主为了报仇啊！

他想，隐密团大概就是受了高姬的指示，将我活捉。

即便如此，这么对我又是要要什么阴谋呢？接下来，就该露出马脚来了吧。

站在枕边的高姬，挤出一丝微笑说道：

"狂四郎——睡得如何啊？"

"首先要说，您已经很好地把我当作玩物戏弄了一番。"

"还是原来那副令人讨厌的样子。从那以后，我一直盼着再与你相见，

---

① 狩野派：日本著名的一个宗族画派，其画风是在15—19世纪之间发展起来的，长达七代，历时两百余年。日本的主要画家都来自于这个宗族。同时这个画派又主要是为将领和武士们服务的。

② 古唐津：日本九州西北部市。

③ 高丽边：榻榻米边的一种，白地上画着黑色的云形、菊花图案。

④ 练香：粉末状的香木或香料与蜂蜜等掺在一起连成的一种香料。

都等得不耐烦了。"

"您是说您迷上我啦——"

狂四郎迅速地针锋相对。

然后,高姬满不在乎地说道:

"是嘛,被迷住了啊。在我遇到的男子当中,没有比你更可靠的人了。……正想着寻常的方子无法将你引来,恰赶上京城为治理那些违法乱纪的浪人,从江户派了庭番来京。听到这个消息,我就顺水推舟地差遣了他们。……既然失败了,你是不是就心甘情愿就此死心呢?"

"悉听尊便。"

狂四郎冷冷回答说。

"你是说随便我把你怎样都行吗?"

"我反抗之时,反而是你全身无法动弹的时刻,请您想清楚喽。"

"就算你武功如何高强,也不可能解开那些绳子吧。"

"人绑的东西,身为人的我没有解不开的道理。"

"呵呵呵……还嘴硬。不过直到现在,你还在我的掌控之中。"

"别费心机了。还是那句话,悉听尊便。"

高姬发出了更大的笑声,一下子把礼服外罩甩到了身后。

她一圈圈解下宽幅筒状的缎子腰带,带有浅红色梅花大图案的绫子留口窄袖便和服一下子从肩膀处滑落,进而又脱掉两层白色贴身内衣。

之后,只剩下一层绯绉绸贴身汗衫了,红得如燃烧的火焰一般。她那裸露出来的胴体的曲线丰满且富有弹性,令人神魂颠倒。

高姬没有片刻犹豫,自己妖艳的身子刚一滑入被褥之中,立刻就软绵绵地向狂四郎的身体靠去。

她那柔软的肌肤,身子的重量,脂粉的香气,黑发的气味,以及从她朱唇中散发出来甘甜气息,逐渐在狂四郎身体内弥散开来。他并非草木铁石,那种诱惑渗透到了他身体的角角落落。

狂四郎并没有闭上眼睛。

对方的眼睛里没有一丝爱意，只有欲火燃烧。狂四郎凝视着这双眼，努力克制着自己身体的冲动。

高姬并不知道这些，她的手在他身体上游走，勾起双腿双脚，一扭圆润的腰肢，稍稍骑在了狂四郎身上，之后立即把自己的面容靠近他的脸庞，鼻梁几乎碰到了鼻梁，好像要把这个男人的魂魄吸进自己妖媚的眸子里。她眼睛一眨不眨地盯着狂四郎，极尽魅惑之能事。

但狂四郎的表情如木雕般僵硬，与之前没有任何变化。

突然——

高姬横眉竖目，双眼满是怒色，朱唇直接压在了狂四郎的嘴上。

然后……两个肉体就这么黏在一起，经过了数秒工夫。

"公主殿下——"

廊下传来一声呼喊，这才让高姬的脸离开了狂四郎。

"什么事？"

"所司代①大人奉江户那边的命令已经回到京都，此刻正在书院等着见您。"

高姬哼了一声，满脸不悦，慢吞吞地站了起来。

看到狂四郎闭着双眼，脸上仍旧没有任何变化，高姬一边眉毛微微抽动了一下，低声骂了一句：

"顽固的东西！"

看到高姬穿上衣服走了出去，狂四郎微微睁开眼睛，目光锐利地看着天花板的一角。

他觉察到那里有一个若有若无的气息。

---

① 所司代：室町幕府时代护卫所的代理所长。

（四）

狂四郎如弯曲的树干突然弹起，一下子折起半身的时候——

廊下蹑手蹑脚走来一人，在门口调整了一下呼吸，推开拉门。

此人是纲代。高姬的一名侍女，曾经飞过琵琶湖的上空，从狂四郎手中夺走了砧柄花瓶。

她的表情异常紧张，刚一快速逼近狂四郎，便即刻耳语道：

"我来放你走！"

狂四郎读出，她眼神中闪烁着深深的妒忌。

"为什么？"

"请带我一起走！"

她真诚地恳求道，神色坚定。竟将其对自己的一片真心理解为对高姬的嫉妒，狂四郎看着一切，嘴边露出了自嘲的微笑。

"我还不知道自己是如此有魅力的美男子呢。"

纲代正要急切地解开绳子，狂四郎即刻厉声吼道：

"住手！"

他抖动身子，甩开纲代。

"眠狂四郎不接受女人的可怜。迷恋我是你的自由，但你施恩于我并顺便让我以身相报，这让我很难堪。"

纲代脸色苍白。

可怕的怒目相对结束的一刹那，狂四郎脸颊发出了重重的声响。

纲代如飞鸟般翻身一跃离开以后，过了短短几秒，狂四郎便望着天花板喊道：

"喂，次郎吉——下来吧！"

鼠小僧应了一声,剥开一块板子,顺着柱子滑了下来。他嘿嘿一笑,拔出匕首,立刻割断了狂四郎身上捆绑的绳子。

"老爷,被女人打耳光,您还是第一次吧?"

狂四郎苦笑着说道:"你怎么打听到这个地方的?"

"在五条坂,你让瓷器店老板给我读了挑战书,我飞也似的跑到阿弥陀峰,正好看见您将要被塞进肩舆之中……哦,请稍等片刻。"

鼠小僧身手敏捷地潜入隔壁房间,又很快回来了,手里提着无想正宗。

"如果没了这个家伙,老爷您恐怕哪儿都去不了了。"

狂四郎将它插在腰间。

"那么,就堂堂正正从大门出去吧——"

"太好了。能从那里哪怕走一遭,我也知足了。俺也想从偷偷溜进来的宅子里大模大样走出去呢!"

四海为家的两人,大摇大摆走到廊下,悠然迈开了步子。

金发船

（一）

阿春背靠暖炉，身姿惬意，轻轻挥动着带有平织斜纹，绉绸布料的红色衣袖，纤纤玉手灵巧地拨弄着古朴的上方呗[1]，着悠扬的琴声，低声唱着婉转的三降小调[2]。

男人如风，吹动我长长的柔发，这无法解开的爱恨纠葛啊，是令人痛苦的下岛田[3]。到底何时才将秀发盘起，为我系上丝绦。我披头散发，泪珠一滴滴落在花上，化成了花露。请至少月下结缘之时，顺便手持黄杨木梳，月影之下为我梳妆。

曲调高雅，歌词悦耳，丝丝传入眠狂四郎耳中，此刻，他正惬意躺在檐廊边上。

眠狂四郎想听的正是这种已经在江户销声匿迹的古老小曲儿。

他头顶上方的廊柱上吊着一个鸟笼，里面的鹂莺伴着弦乐，不时发出

---

[1] 上方呗：上方呗是江户时代，相对于江户净琉璃等江湖歌，在上方地区流行的三味线歌曲的总称。

[2] 三降调：曲子的一种。

[3] 下岛田：岛田髻是日本女子发髻的一种，未婚女子或新娘常盘的一种发型。

几声悦耳清丽的叫声,为这个温馨静谧的春夜增添了不少乐趣。

京都已然不复昔日的荣光。正所谓是旧城,才更能够和这古老的小曲儿相得益彰。眠狂四郎此行正是来这里寻旧的。而且,京都的一切依然如往昔般美丽。

大街上来来往往的妇人们,身披幂罗帷帽,身姿有着说不出的高贵优雅。她们头发皆用簪子随意挽成岛田髻,衣袂服饰的颜色没有采用男人服饰那样的暗色,煞是鲜艳。书里,随便拿起一本浮世草子[1]一翻就会发现,这些小说皆保留着元禄时代的风格样式,文中插图也是原样沿袭那个时期的风格重印的。比起这些,京都还有清澈透亮的溪流,肃穆庄严的古刹。

眠狂四郎来到这里就是想寻求一方净土,净化掉他那满是血污的剑气,然而这地方也绝没有辜负他的这一目的。的确,由于他那挥之不去的阴暗悲惨的罪孽,在京都也几次用无想正宗杀人,然而,如果这些事情都过去的话——他可以去封闭于老松一山的南禅寺[2]感受那里的幽邃禅意,或者去东山的银阁寺赏玩泉石之趣,或者去衣笠山[3]麓的寺院缅怀足利将军世代的遗影,总之,能让他去除这些阴暗的虚无感的地方真是太多了。

——但是,若是连这么美丽的古都也要上演无休止的、残酷的以血洗血的争斗的话……

眠狂四郎心底突然被这样一种思绪占据,这种懦弱,恐怕也是在这静谧的氛围中才有的吧。狂四郎听着阿春的小曲儿、黄莺的啼鸣、三味线浑然一体的声音,身体纹丝不动。

突然——阿春停了下来。

眠狂四郎感受到,阿春正盯着他的额头看。

---

[1] 浮世草子:浮世草子是产生于江户时代的一种前期近世文学的一种小说,内容多描写市井生活民间百态,深受民众喜爱。

[2] 南禅寺:南禅寺位于京都市左京区南禅寺福地町,规格很高的大寺院。

[3] 衣笠山:衣笠山位于京都市北区。

"再给我弹一曲吧!"

"我不要,因为您会想起留在江户的那个女人。"

阿春微笑着说道。

格子门开了,一个男人的声音传了进来。

"请问您这里有没有一位叫眠狂四郎的客人来过?"

阿春戒备地望着来人,而眠狂四郎依旧泰然自若地躺在那里。

"不知不觉天已经黑了呢。"

阿春一边喃喃道,一边站起身来去开门,

"请问您是哪位?"

阿春探首朝外面的人问话。就在此刻,门外突然响起一阵马蹄声,几乎与此同时,格子门外的年轻男人正抬脚跨进屋内。下一个瞬间,阿春瞥见了从年轻男人身后掠过去的马上之人的身影,不知何故,竟觉得浑身上下泛起一股讨厌的恶寒,不自觉地耸了耸肩。

突然——

"啊!"

年轻男子痛苦地呻吟一声,双手抓住格子门,缓缓倒在门口。听到阿春的惊叫,眠狂四郎风驰电掣般从檐廊冲至门外。

只见马上之人早已在十间开外。对准马影,眠狂四郎挥动右手,一把短刀穿过黑暗飞射而去。

但是,对方一回头,屋檐下的灯光里就闪过一道刺目的白光,短刀被打落在地,那种手法,令狂四郎惊叹不已。

而更令眠狂四郎在意的,是将短刀打落的武器。那并不是刀。

"咻——!"在破空之声响起的那一刹那,那武器竟画出了一个优美的弧线。

"先生!是短剑呢!"

阿春惊叫道。眠狂四郎回到门口,探身看向扑倒在地的男子,发现刺入男子后背的凶器，竟是一把罕见的武器。

——在长崎的一家曲艺场，他曾看过唐人①表演杂技，眼前的短刀和杂技演员所用的物什十分相似。

眠狂四郎一边回想，一边抱起倒地的年轻男子。

"咳！"

他对男子紧急施救。

"喂！我就是眠狂四郎，找我什么事？"

眠狂四郎在他耳边呼喊道。

男子的瞳孔开始放大，他看着眠狂四郎的脸，仿佛要将自己微弱的生命力极力集中在嘴上。

"……高、高……"

"什么？高？"

"找、找、高……姬……"

"是高姬么，好，高姬怎么了？"

眠狂四郎锐利的眼睛死死盯着那已经没有声音，缓缓嚅动的嘴唇。

"喂！是十字架么！是要把十字架给高姬么？……好的，明白了，给高姬的十字架——什么？要收回来？收回来以后呢？什么？露西？露西亚？露西亚是谁？喂！露西亚是谁？"

眠狂四郎听到这里，双眉紧皱，把已经断气的男人放在门口。

——这个男人应该是个水手吧！

眠狂四郎眼神锐利，看着死去男子的容貌，脑海中突然浮现一个想法，急忙伸手探向男人腰间缠着的白布。

——果然如此！

只见一个纯白色的鲨鱼皮钱袋里装着一封书信，内容如下：

江户深川备前屋船　一千二百石载重督乡丸

---

① 唐人：对中国人、朝鲜人的称呼。

船长　藤之助

右者为官家租米及其他物件（山林、薮泽①、湖海、河川、三草〈蓝靛②、红花、麻〉、四木〈桑、漆、小构树、茶〉及其他）的船载漕运业务的接任，特此允许在贡米运送中，进行浅草仓库廪米业务，归勘定吟味役③直接管理。

勘定奉行　　押印

——原来如此！这个男人好像看出了里面的门道。

眠狂四郎露出一丝笑容。

幕府给没有领地的御家人发放俸禄，包括廪米在内，俗称藏米取。而发放这份俸禄的机构就是浅草仓库。直接负责这项事宜的是藏奉行，而且藏奉行是隶属于勘定奉行统治的。因此，运输廪米④的船，有拒绝各地漕运官员盘讯的权力。即，他们那随心所欲地在船底装任何东西。

眠狂四郎已经有很长一段时间没听到过他的宿敌备前屋的名字了。

督乡丸上装的货物早已被人怀疑了，这艘走私船的船长藤之助，大概是有一个幕府密探的朋友，在某个机缘巧合下听说了眠狂四郎的来头和诡异精湛的剑术，以及眠狂四郎同将军家齐之女高姬公主之间的斗争，所以跑到这里找眠狂四郎也就不足为怪了。

"先生！刚刚那个奇怪的男人还会再来吗？"

阿春不安地问道。眠狂四郎轻描淡写地答道：

"哎呀，我这就去会会他。像我这样的男人，真是生来就注定无法偷得浮生半日闲啊，想就这么安静地躺会儿都不行，总会有人抛过来一个诱饵，引诱着我快点过去咬。"

---

① 薮泽：指水草丰茂，人或物聚集的地方。
② 蓝靛：指染料。
③ 勘定吟味役：江户幕府设置的在勘定所担当督察职责的官职，地位仅次于勘定奉行。勘定所是幕府、诸藩设置的专门管理财政民政的机构，负责人是勘定奉行。
④ 廪米：指公家发放的粮食。

（二）

浴室——

室内四角点着高烛，通室明亮。热气腾腾的水雾里，浸着朦胧的烛光，从约有五坪宽的地板到板壁上，倒映着一个大大的影子，随着飘忽的烛光缓缓晃动。那是浸泡在浴桶里的女子及腰的青丝。

这是个考究的浴室。榉木板做的大浴桶固定在木地板上。当时，大名家里的浴室，还不是在浴桶下面烧火把水加热的样式，而是得用很大的水桶装满热水抬到浴桶旁，供沐浴的人调整水温。所以，可以想象，沐浴在当时是怎样一种奢侈行为。

眼下——不是烛火在飘动，而是黑发自身在移动，伴随着一声水响，水雾缭绕的浴桶里现出一具妙曼的胴体。沾满水露的娇嫩肌肤，在泛着微红烛光的水雾中，散发着莹白的光泽，宛若一块通体莹润的上好美玉，美丽无瑕，待美人转过身来，那张丽容，正是高姬公主。

高姬一边拨弄着浴桶中的热水，一边缓缓抬起修长的美腿跨出浴桶，应是被热气熏蒸得有些困意，她慵懒地打个哈欠，姿态娇媚，浑身散发出异样妖冶的诱人之色。接着，她伸直身体，侧躺在木地板上，把发烫的双颊偎依进臂弯里。

妙曼冶丽的身姿，宛若是被浮世绘画师偷香窃玉，隐秘地倾尽心血去画的极品主题。

裹在丝衣下的滑嫩肌肤，如凝脂般散发着诱人的白玉光泽，芬芳馥郁的芝兰香气从她身上幽幽四散开来，令人不由得沉溺其中。丰腴的皓腕娇弱地搭在肩头，从高耸酥胸到纤纤柳腰，曲线丰腴而优美，透着隐隐绯红色，使人联想到春雪掩盖下的丘陵，惹人想要好好疼爱这具美丽的身体。

高姬舒服地伸开双腿，想要悄悄爱抚一下，正在这时——

突然，外面有人"哗啦"一下子拉开了玻璃窗。

高姬脸上竟无丝毫慌乱，她的手一边从小腹缓缓滑至胸部，一边柔声问道：

"是纲代吗？"

无人应答。

"谁？"

她从容地朝窗口看去，刚一看到窗口，身体就像被人猛然间打了一下似的，立即跳了起来。

隐约能辨出来人一袭黑衣，身材瘦削，一副武士打扮。

"狂四郎！"

面对高姬的惊叫，来人冷冷说道：

"这位小姐，您该早就知道我并不是色鬼吧，之所以冒昧闯进这里，是另有缘由。"

说着，眠狂四郎伸开左手，露出一个物件，竟是一个纯金的十字架，十字架表面还附着一层珍珠穿成的念珠。

"正是因为想要拿到这个，我才前来叨扰。我想，除了沐浴，您应该会无时无刻不戴着它，所以就只好趁您沐浴的时候来，真是冒犯了。"

"狂四郎！难道你还变成了窃贼鼠辈？"

"小姐，您若还有当初改信基督时宣誓的勇气，我倒也不介意承担这盗贼的污名，但不巧的是，我的委托人，他要我帮他从您手中要回这个。我觉得，您只是把这个当作一件十分珍贵的东西戴在身上而已，所以，我认为您暂且就把这个归还给原主吧。"

"归还原主？谁是原主？"

"这个，目前我也不是很清楚。"

高姬闻言，缓缓站起身来，冷笑道：

"你是想说你打算漂洋过海远去欧洲物归原主吗?这个十字架上的珍珠念珠可都是由航船从欧洲千里迢迢运过来的呢!"

"我也是这么认为的。但是,它的主人不远万里也来到了这里。这一点,未必就容易想到。因为,为小姐您奉上这个十字架的不就是督乡丸的船长么?"

这一点,眠狂四郎很容易就能推断出来。对于备受将军宠爱的高姬,备前屋极有可能会命令手下督乡丸船长送一些珍奇异宝来讨好高姬。

突然——高姬笑了,脸上一副妖媚勾人的样子。紧接着,她整个白花花的胴体都洋溢着这种妩媚之态。

"不过是个很普通的东西——你想要的话,拿去好了。"

说着,高姬莲步轻移,靠向眠狂四郎,玉臂攀上了狂四郎的肩头。

望着眼前的丽颜,眠狂四郎的神态有些恍惚迷离,仿佛已经沉醉于眼前美色。高姬满意地微蹙黛眉,双眸微眯,张开菱唇,露出皓齿,难以忍受的香艳旖旎之苦,皆化为一口热气徐徐吐出。

热气刚一触到眠狂四郎的嘴唇——

高姬的脸色霎时剧变。

妖媚尽褪,眉宇间全是痛苦之色,喉头发出一声闷哼,原来是被眠狂四郎一拳打晕了。

接住欲要摔倒的裸体,眠狂四郎苦笑一下,把她仰放在地板上。

——就算受了风寒,也不能怪我吧。

但是,眠狂四郎还是善意地从镶着高贵高丽缘[①]的八铺席大小的地毯上拿了件华裳,轻轻盖住高姬的身体,然后把玻璃窗牢牢关好,悠哉悠哉消失在夜色之中。

[①] 高丽缘:榻榻米镶边的一种,指镶着白底纹黑色大花纹的布边,多为将军、公卿用。

三

深夜，有两人骑着骏马在伏见①大道上疾驰，在茫茫夜色之中也能看到后面扬起的白色纷尘。

天快亮的时候，二人过了淀堤②的千两松，临近桥本③，了枚方、守口④，入大阪境内的时候，太阳才刚刚升起。

二人前往的地方，是位于安治川入口处的八幡屋新田⑤，这是一个渔民聚集的村落。这两人正是眠狂四郎和鼠小僧次郎吉。

到村里后，两人进入船长家，静待夜幕降临。月上梢头之时，两人坐上预先停在万年桥下的小船，次郎吉负责划船，眠狂四郎负责引路，穿过宽宽的沟渠，渡过末广桥，一路朝左面行去。

天保山，是近年来人工堆成的土山。前几年，新见正路任大阪町奉行时，淀川大堤屡遭水灾，见此状，他恳劝民众把安治川疏浚出的泥沙移到南岸，造出一条百余间长的防汛大堤，并且在岸头堆出一个高高的山坡，就是天保山，山顶设了一个灯塔，作为船舶入港的标志，因此天保山也被称作目标山。

今夜，海上一片风平浪静。

"先生，是哪艘？"

---

① 伏见：京都伏见区。
② 淀堤：淀川河堤，淀川是从琵琶湖流出来的唯一的河流，流经京都、大阪等地。千两松位于淀川的一个地名。
③ 桥本：位于和歌山县东北地区，临近大阪。
④ 枚方：位于大阪府和京都中间，在大阪府的东北部；守口也位于大阪府的东北部，临着淀川。
⑤ 八幡屋、新田：地名，位于大阪府大阪市港区。

次郎吉一边沿着石崖划船，一边朝眠狂四郎问道。这个长长的石崖深处，就是停泊船只的地方。今夜，那里泊着数艘船只，黑压压一大片。

"就是那艘最大的船。"

眠狂四郎指的那艘大船紧靠着目标山，此刻正沉静地横亘在江口的石崖间，这是他白天就已调查核实过的。次郎吉缓缓划着小舟靠近了那艘大船。

"先生，您一个人能行吗？"

次郎吉的口气，显示出他想和狂四郎一起行动。

"棘手的敌人，应该只有一个，船长手下的那些家伙不过是群小喽啰，不足为惧。万一情形危急，我也有无数种逃脱的方法。"

眠狂四郎不屑地说完这些无畏的话，做了个手势，示意次郎吉抛出去。

次郎吉把事先钩在手里的细绳"咻——！"地一声精准地抛向那艘大船，他常年修炼出来的丰富经验派上了用场。

眠狂四郎用力拽了拽绳子，迅速攀了上去，然后说道：

"这回可是没有好东西给你了，次郎吉。"

"您说笑了。请千万小心！"

次郎吉满脸担忧，目送着眠狂四郎踩着舷腹，身子灵活地顺着绳子滑进船里后，才把绳子缓缓撤回，自言自语道：

"这真是令俺鼠小僧都自叹弗如的武艺啊！"

他拿起了船桨，正在这时，

"谁？！"

头顶处传来一声厉喝，原来是停船场瞭望楼上的看守。

"该死！"

次郎吉生气地咂着嘴，有些紧张地抬头盯着望楼。

突然——一个黑影从望楼的栏杆处摇摇晃晃地头朝下掉进了海里。他是被眠狂四郎的飞刀射死的。

次郎吉远远望着"咚——!"地一下子掉进海里的尸体,口中念叨着:"唉,真是祸从口出啊!阿弥陀佛!"

他又拿起桨继续划。

大船上,一帮男人聚集在船头,对着大海鬼哭狼嚎,满身的酒气四散在海面上,他们应该是一刻钟前刚从闹市回来的吧。眠狂四郎事先就调查过这艘船无人看守的时间。

在夜半突然刮起的东北风的吹动下,督乡丸号船帆飞扬。

㈣

嘎吱、嘎吱……嘎嘎嘎……嘎吱、嘎吱……嘎嘎……

此刻的船上一片寂静,大船在水里有规律地缓缓晃动,发出阵阵声响。除了橹声之外,船中央房间里隐约传来阵阵摇骰子的声音,那里是一个赌场。

眠狂四郎倏地潜入伙房,拿勺子从水缸舀了些水润润嗓子,然后轻轻打开板壁上的隔板门。

里面的房间很宽敞,铺着木地板。天窗用黑布遮得很严实,所以房间内很暗。但眠狂四郎目力过人,他看得出这里堆的全是外国货。

的确如此——走近一看,他发现包装好的货物上分别标记着枪支、玻璃器皿、钟表、鸦片、砂糖、龟甲、丝绸等字样。除此之外,他还发现其中有一个包裹上标着"厦门"的字样。

——原来如此!

厦门位于广东香山县,是一个伸向南海的大贸易海港。明朝嘉靖年间,葡萄牙人来到这里,向明廷请批后获得了这块地。他们在这里建起了城镇,从事贸易活动,从中获取不菲利润。渐渐地,这里就成了东洋第一繁盛殷富之地。英国、法国、西班牙、葡萄牙、荷兰、印度、美国都纷纷在这里建起了大商行。日本一些胆大的商人，想要大批收购从官运货物中好不容易偷窃得来的货物时，为了不被查到，让货船走厦门是最便利的捷径。

想到这里，眠狂四郎的眼神突然变得警觉起来，他盯着角落里的一个衣箱，已经预感到衣箱里放的是何物了。

他缓步朝衣箱走去，待要走近时——

伙房传出一阵脚步声，眠狂四郎赶紧飞身藏到一件大货物的后面。

拉开隔板门走进来的是一个身着呢绒大衣的唐人，一条长长的辫子从圆帽子里垂到了背上。

他拉开了遮在天窗上的黑布，眠狂四郎看到，他那被夕阳照射的脸上，刻着数道刀疤，真是惨不忍睹。那深凹的眼窝里透出来的目光，寒冷如冰。

他伸手打开了那个衣箱的盖子。

——果不其然，就在那里面。

眠狂四郎发现自己的直觉是正确的。

唐人打开衣箱盖子，小声朝着里面说了几句话，然后从大衣的口袋里拿出面包放了进去。不久，藏在衣箱里面的人缓缓出来了。

首先，一头波浪卷儿的金发闯入眠狂四郎的眼帘，炫目耀眼的金色令他差点倒吸一口凉气。

接着——露出的容颜令眠狂四郎甚至怀疑自己眼前是否出现了幻影。那是一张高贵清雅却略含忧伤的容颜，带着难以言喻的神秘、高洁和纤柔。

眠狂四郎被眼前突如其来的美丽容貌惊得差点失了方寸，耳畔只能听到自己擂鼓般的心跳。

美人灵动的双眸泛着幽幽碧蓝，如深邃的湖水般梦幻无比，秀挺的鼻梁透着圣母般的高贵、神圣，菱唇如芙蓉花瓣般美丽优雅。由这些美丽勾勒出的轮廓，散发着高贵典雅的香气，身上穿着黑丝绒大衣，更凸显了她那仿若上好瓷器般的玉肌。

——她，真的属于这个世界吗？

眠狂四郎心里有些纳闷，突然想起孩提时代，母亲曾偷偷给他看过的那幅圣母玛利亚像。

那是一幅头上顶着一圈光辉，怀抱着婴儿耶稣，身着白衣的圣母玛利亚的肖像。圣母那清净宁和的慈母形象，竟然又在这里重现了！

眠狂四郎被眼前的美人震撼得失魂落魄，但数秒的恍惚过后，神志又清醒了。

只见那个唐人快速说了些什么，金发美人突然面露强烈的憎恶之色，语气尖锐地进行还击。美人鲜活生动的表情，令眠狂四郎猛然惊醒过来。

——别惊讶，狂四郎！她哪怕再漂亮，也不是什么永远都无法触及的九天仙女，她还是个会哭会笑，活生生的人。

眠狂四郎在心里对自己说道。

这时，唐人突然的一个举动，令眠狂四郎更加确信自己原来的判断。

只见他猛地一把搂住金发美人，欲要一亲芳泽。突然，身后传来一个声音，正是此种情况下多次出现的眠狂四郎那清晰利落的声音。

"喂，真是不巧啊，这里还有一个人呢！"

唐人猛然一惊，转过身来，神情犹如恶魔般可怕。

"是你！眠狂四郎！"

"听到自己的名字被这么奇怪的语调喊出来，我还真是吓得汗毛倒竖了呢！不过，你杀死那个叫做藤之助的水手时，不得不说，你手法的确很漂亮。千万别激动，冷静！这里太窄，况且还有美人在场。最重要的是，你现在并没有武器在手对不对？要一决胜负的话，到上面去，堂堂正正地好好比试一场！"

眠狂四郎说话的声音恰巧被一个前来伙房取酒的水手听了去，水手拉开隔板门,惊叫一声,惊慌失措地朝船中房间飞奔逃离。

眠狂四郎依然一副冷峻神情,从袖兜里拿出那个金色十字架,递给金发美人。

"噢!"

美人看到十字架后满心欢喜,小心翼翼地接了过来,双膝跪地,虔诚地向上帝诉说着感谢的祈祷。然而总觉得哪里不对劲儿,原来她正在对着眠狂四郎祈祷呢。

眠狂四郎看着金发美人,余光紧紧盯着想趁机溜出去拿武器的唐人,丝毫没有放松警惕。他伸手指着天窗外晚霞如火的天空,对金发美人道:

"藤之助——去了那里。知道吗?藤之助去了天国。"

金发美人明白了话中的意思,发出悲痛欲绝的叫声。

——这个女人的知己,只有藤之助啊。

藤之助无疑已经被这个美人深深迷住了,或者,这个美人或许也早已对藤之助芳心暗许了吧。

但是,现在来确认这件事已经毫无意义,况且眠狂四郎也没有那个时间去确认,因为船长手下的所有船员此时正一窝蜂地朝这边拥来。

"别吵!本大爷就是眠狂四郎!"

眠狂四郎先发制人的一声厉喝,威慑力十足,将原本吵闹的众人震慑得鸦雀无声。眠狂四郎的名字就这么如雷贯耳般落在备前屋手下们的头顶上。

㊄

随后——

瑰丽灿烂的晚霞似乎迸开了一条缝隙,流光溢满天际,照耀着督乡丸号。然而，此刻船上的气氛却是剑拔弩张，一场真正的较量正在进行。

唐人被海风吹得一脸狰狞，只见他右半身摆好迎战架势，右手握着一把双刃细长的西洋剑，想来他在厦门时应该跟洋人学过击剑术。

击剑术原本就是眠狂四郎最初接触的剑法。这种剑术以意大利流派强调的积极进攻为主旨，防御、进攻、反攻，是速如闪电般的波状攻击。

眠狂四郎淡淡地看着迎头而来的剑锋，没有丝毫紧张，他轻松地避开剑锋，朝左边不断移动着身形。

枪术之中有一种称作"水月"的奥义，似是在广袤的池塘上如月似水般游走。对着直逼面门的剑锋，眠狂四郎并没有直接迎击，而是尽力寻求一种不破章法就能自由闪避的防守之势。这，就是水月，是眠狂四郎所用的招术。

迎面刺来的西洋剑狠辣锋利，招招要人性命。

但是，决斗伊始，眠狂四郎仅在数秒间就识破了唐人所用的招式，是以积极攻击为主，辅以完美的防守。

对着来势汹汹地瞄准他面部、脖颈、胸部、腰腹，以剑锋凌厉出击。眠狂四郎身形旋转，如月影，时方时圆，轻快灵活地躲闪过后又悠然而立——。

瞬间，那如沉水底的单膝站了起来。

唐人刺来的剑掠过眠狂四郎发梢，满身杀气集于一处，又奋力朝他的后背刺去，然而却再次刺空。眠狂四郎避开之后，顺势从下往上直刺。唐人全身重量聚在胸口，收势不住，"噗哧！"一声恰好撞在了无想正宗之上，一剑穿心。霎时，如野兽般凄厉的吼叫响彻傍晚的天际。

尽管决斗已经结束，但船长手下的十余名水手，一个个皆静肃而立，竟被震撼得哑口无言。

利剑入鞘，原本蜷缩在船头的美人露西亚突然快步奔至眠狂四郎身边，海风吹得她衣袂飘扬，露西亚紧紧抱着眠狂四郎，大声对他说了些什么。

　　眠狂四郎读懂了她神秘的碧蓝瞳孔中流露出的同为一族的亲切感，只觉得有种异样的感动充斥着身体的每一根神经。

　　接着，眠狂四郎使出浑身力气朝水手们吼道：

　　"喂！把小船上的帆给我扬起来！放到海上，让这个女人坐上去！"

　　夕阳照耀下的大海一望无际，一个哭哭啼啼的异国美人独自坐上小船，小船迎风扬帆起航，如利箭般驰向远方。

　　望楼上，眠狂四郎如鬼魅般一直站在那里，静静地目送着海面上的那艘小船越来越小，直至不见踪影。他瞪大的双眸中忽而露出一抹阴惨凄怆的痛楚之色，但稍纵即逝，很快又恢复至之前的平静冷漠。

皇后噩梦像

（一）

"呀，是大名出行的仪仗！"

一个少年小手搭在眼前欢呼道。

透过树枝的缝隙可以看到，远处街道上，正走着一队大名仪仗，身后紧跟着身着华丽行装的随从，如整齐排列的小人偶般安静地前行着。他们的在府[①]年限已满，要回自己的领地了。

暮春时节——

这里是摄津武库郡甲山[②]的半山腰。

一个少年站在名为神咒寺的观音堂院内尽头快要倒塌的夯土墙上，在他的眼下稀稀落落地长着些绿油油的麦苗和金黄色的油菜花，街道的对面是雾霭朦胧的武库海。

"大叔，困了吗？"

少年回过头，对身穿黑色和服便衣，仰面躺在草地上闭目养神的浪人

[①] 在府：江户时代，大名及其家臣在江户幕府执行勤务。
[②] 甲山：位于日本兵库县西公市六甲山地东端。

说道。

"没……我在闻花香。"

就在离他们一丈远的地方,有一棵高大的木兰树,在这无风的安静白日里,温雅而丰满的纯白花朵正绽放枝头,散发出微微香气,与这明媚的春光相得益彰。

"先生,快起来看啦,是出行的仪仗。真整齐。"

少年催促着,明亮澄澈的大眼睛中,浮现出与眼前这个浪人在一起时的喜悦之色。

少年是尾张鸣海神社中制作机巧骰子的神官五味义宽之子——庄作。因西宫神社①的宫司②是庄作亡母的兄长,眠狂四郎便把成为孤儿的庄作托付给了他。今早,眠狂四郎突然闲逛到这里来看望庄作,就带他出来,爬上了这座甲山。

庄作朝着经过的大名队列,鼓足劲儿呼喊了一声"喂!"然后一脸兴奋地回到了狂四郎身边。

"先生,这里叫甲山,难道说这里埋有甲胄的头盔?"

"是啊,有这样的传说啊!……相传,神功皇后③远征新罗凯旋之时,率领了三万八千人的军队,所有军士的甲胄、弓箭、剑和衣服,以及从新罗国抢夺来的金银珠宝,都埋在了这座山上的某个地方。"

"这样啊。那么,那些宝藏后来怎么样了?"

"不知道,没人挖出来过。神功皇后征用了一千名苦力,将宝藏埋藏于这座山的某处。之后,又将这一千人全部灭口了。皇后宾天后,那个埋藏宝藏的地方就再也无人知晓了。"

---

① 西宫神社:位于日本兵库县西宫市的神社,日本全国惠比寿神社之总本社。

② 宫司:日本的一种神职,掌管神社的营造、祭祀、祈祷等。

③ 神功皇后:据"记纪"记载,相传为仲哀天皇的皇后,气长足姬的汉风谥号。在天皇死后出征新罗,凯旋后在筑紫生下应神天皇。摄政69年。

"哦——好可惜啊。神功皇后的心眼好坏哦。"

说完这句话，庄作站了起来，做出一脸"说不定宝藏就埋藏在那里"的表情，开始在院子里来来回回转悠起来。

狂四郎缓缓起身。从夯土墙裂开的缝隙朝大海望去，突然他的眼眸中阴云密布。

他眼前浮现出了异国美女露西亚的身影，想起自己曾狠心地将她放入小舟，让小舟漂向浩茫的大海这件事。

当时别无选择，只能残忍地放她走，他从未为当初自己的行为感到后悔。自那以后，狂四郎脑海中便一直萦绕着露西亚的眼睛——那遇到同一血族时满含亲切的蓝色眼睛，这曾经让他感觉到难以名状的痛苦。

"呀——这是神功皇后吧。"

突然，庄作在那边大声叫道。

他正在窥视建在正殿一侧，木头颜色还很新的那个小祠堂。

"因为她是心眼很坏的皇后，所以才长这样一张脸吧。"

听到庄作的这句话，狂四郎立刻心生疑惑，慢悠悠踱了过来。

往祠堂中一看，只见一个与真人一般大小的木雕人像立在那里，盯着看了一会儿，狂四郎的眼光渐渐变得深不可测。

只见神功皇后就伫立在眼前，身穿铠甲，佩带着有护手的长刀，手持强弩，发髻挽成男人一样的鬟[①]。玉鬘、璎珞、披肩裙带，证明她是一个女人，还有便是那似如来似菩萨一般丰满的面相（"相好[②]"）。

话说回来，若不是听到庄作的自言自语，就算狂四郎不经意地看到这尊雕像，说不定也只是会想：

——皇后真像佛像啊！

狂四郎凝视了好一会儿，心中异常震撼。觉得四肢都仿佛麻木了。

[①] 鬟：日本古代男子的一种发型，在头顶左右分开，分别于耳边扎成一个圆圈的梳扎法。
[②] 相好：佛教谓佛身所具备的优秀特征，指三十二相和八十种好。

佛像有佛独特的"相好"之说，即三十二相八十种好。据说具备这些"相好"的人，不出家就能修成转轮王，出家则能大彻大悟立地成佛。为将这些"相好"表现出来，佛像师要倾注自己全部的灵魂。

原来如此。此皇后像的眉目、手足之形态与佛的"相好"相似。但是，表情却完全是另一种样子。表情极为狰狞，甚至可称得上是诡异了。眼梢、唇角与指尖，处处飘荡着妖异气息。

"庄作，你也觉着这个神功皇后心眼坏吗？"

"是的。不知道为什么，看到她就会觉得很讨厌。"

这尊佛像所带的强烈压抑感深深吸引着少年天真的童眸。

（二）

那夜，惠比寿神社社务管理处的一室之内，狂四郎向庄作做宫司的舅父打听近日在甲山神咒寺院内供奉的神功皇后像的一些情况。出乎意料的是，宫司连祭祀这件事都未曾听闻。他是爱喝酒的人，对世间之事甚是不上心。

狂四郎思考片刻，随后问道：

"那么，我再问你一事，或许你也不曾听闻，近来这一带可曾发生年轻貌美女子惨遭杀害的事件？"

"那个啊，有！确实有！"

他本以为宫司多半会摇头否定，然而，宫司表情严肃，认真地点了点头。

"不止一人，已经死了三个了——而且，遇害的都是大阪至兵库一带的绝色美人，皆死于非命，死相极其悲惨。岂止如此，她们被杀的原因，似乎都与本神社的惠比寿祭祀有关，就连我这个酒疯子，也多少有几分惊讶——"

宫司开始讲了起来。

自惠比寿神被奉为福德之神以来,这个神社就作为保佑买卖人生意兴隆的本尊,吸引了许多信众从很远的地方前来参拜。西宫这里的清酒,酿造工艺精良,享誉远近,于是那些酒道家们便想把惠比寿大明神的祭祀搞得气派、盛大一些,这也无可厚非。所以——近来正月十日的惠比寿祭十分热闹,据说堪比江户的初卯[1]和大阪的惠比寿祭的热闹程度。

——十日惠比寿祭卖的有什么,装炒糯米的袋子配酒壶、钱箱,小判配金箱的黑漆帽子、煮鳟鱼、小木槌。扎好礼签、扛起细竹摇啊摇。

除此之外,西宫的惠比寿祭上还有一个景致,那就是"竞选神子[2]"。所谓"竞选神子",是从临近的十里八乡挑选出清白无瑕的处女,使其手捧滩[3]产的新酿,献与惠比寿大明神的一项神事。说白了就是今日的选美小姐大赛。这项活动非常受欢迎,有的姑娘为能被选为神子,甚至专门从大阪搬到西宫这里来住。

今年,在祭祀活动还剩三天时,"竞选神子"中留下了三个姑娘。在这三人之中,只能有一人可以当选惠比寿的神子。

酒商大国屋(西宫市中)阿幸

酒商福原屋(今　　津)阿伸

料亭一福　(西宫市中)阿系

在这三个姑娘之中——

第一个牺牲者就是阿幸。

事件发生的前日,在喜气又拥挤的大国屋,发生了小小的口角。

老板娘志贺悄悄对丈夫宗兵卫耳语:

---

[1] 初卯:正月的第一个卯日。
[2] 神子:侍奉神、行神事或请神、转达神谕的未婚女子,即巫女。
[3] 滩:位于兵库县的地名,此地一带酿造纯正的清酒。

"老爷,我看啊,阿幸果然跟佐吉好上了……"

大阪首屈一指的回船商天满屋捎来信儿说:"阿幸若被选为神子,就请让我儿娶她为妻"。天满屋有十艘千石以上的菱垣回船和樽船,他们不仅运送滩产的清酒至江户,大阪二十四组商家的一半货物也归他们运送。另一方面,他们还放贷,大国屋借出了大笔的款项。

天满屋上门给自己的儿子提亲,哪户人家会不欢喜。如字面所说,正中下怀。不过,母亲志贺老早就已多少察觉到,阿幸和二掌柜佐吉似乎私心相许。

"呆子!说什么呢。都是你给惯的,老带她去看戏,阿幸这孩子才当自己是阿染①,恋上了小伙计吧。现如今,歌祭文②什么的已经不流行了。"

"但是啊,老爷……你看阿幸昨天和今天的样子——"

"什么!你为什么会生出这种不听父母之命的女儿!"

嚷嚷了一顿,宗兵卫去店里的帐房坐着了。

宗兵卫心中也觉得有些不对的地方。在成为神子候补时,阿幸还高兴得活蹦乱跳的。自从听到只剩下三人时,她脸色就莫名地变得很难看,之后便一直把自己关在屋子里。而宗兵卫也只当这是姑娘家的心思,他想着在这个选神子的节骨眼上,她一定很紧张。然而并非如此。在只余三人之际,刚好,天满屋上门提亲来了。

"喂,佐吉——"

宗兵卫冲着佐吉喊道。佐吉正在宽敞的土间支使学徒,让他们把新酒桶上的青叶竹竿都揽到一处。

佐吉来到账台前恭敬地站定,宗兵卫突然把一本赊卖的账本递过去,说道:

---

① 阿染:日本净琉璃和歌舞伎的主人公。是根据1708年流传的大阪一油坊老板的女儿阿染与小伙计久松,从身份不同的相恋直至情死的民间传说改编的。

② 歌祭文:江户时代的俗谣之一,演艺化的祭文,浪花调的源流。

"你去京都走一趟。"

佐吉俯下身鞠了一躬,不再言语。他已看出老板心中的如意算盘了。去京都跑完这些客户至少也需花费七日,在他去京都的那几日里,若阿幸被选中为"神子",不管她是否愿意,都必须要接受天满屋的聘礼。

这几日,佐吉每次见到阿幸,她都泪眼汪汪地哀求着"带我一起逃吧"。每每看到她这样的表情,佐吉都心如刀割,却又不得不装出什么都不知道的样子。

佐吉已经二十七了。自十岁那年起,他就在这个家里做学徒,一直被老爷当亲生儿子一样看待。老爷曾答应他,等他三十而立,就给他一个分号开。不知不觉中他与阿幸情投意合,但那恋情从一开始便注定是苦恋,佐吉压根就没起过背叛主人家的念头。

但是——突然间主人亲口对他说出"你给我消失"这般冷酷的话,就算是佐吉也沉不住气了。他已做好根据情况拒绝的心理准备了。

"怎么,还傻站着不走干吗,快去准备。"

"老爷!"

"什么事?"

"对不住……请恕我提个任性的请求。这趟差使,可否找人代我前去?"

"什么!你是说你不去?"

"是的。一大清早我就觉着头疼得厉害——"

"瞎话!你不是一大清早都很有干劲吗?……喂,我说佐吉,这二十年来我一直把你当亲儿子看,你难不成还想倒打我一耙吗?"

"绝没有的事!老爷,我只是对老爷您的这份情义感到可恨——"

"你说什么!"

宗兵卫举起右手,怒气腾腾地一下子越过账台,响亮地打在佐吉脸上。

佐吉低下头,一动也不动。他那映在宗兵卫眼中的身影,似乎充满了对人世的憎恶。

"滚出去！被自己养的狗反咬一口，我还没糊涂到那地步！"

听到他怒喝的声音，志贺慌忙从里间跑了出来，拼命地劝他。然而宗兵卫在气头上，一点都不肯让步。

不得已之下，志贺说明缘由，希望佐吉在老爷气消之前，先到附近的旅馆躲两三天。

佐吉收拾好行李，无精打采地离开之后，志贺去了阿幸的闺房，看到她一副已经知晓一切的样子，脸色苍白，眼睛盯着榻榻米的一角发呆。

志贺试探着跟她说了些宽慰的话，她却没有一点回应。

那天夜晚，志贺担心阿幸万一会想不开，就抱着枕头去跟阿幸一起睡了，却不料天快亮时，她正睡得迷迷糊糊，旁边的被窝却已空了。

大国屋上上下下顿时乱作了一团。当然第一个被怀疑的就是佐吉。那夜值班的学徒中，也有人煞有介事地说，昨晚深夜时看见有可疑人影偷偷摸摸在店门前徘徊，那一定是佐吉。

衙门中临时受命的官差下令，放出眼线去四处查探。在逐个盘查了尾崎至西宫一带的所有旅馆后，那日上午，在锅屋町的旅馆二楼，抓捕了藏身此处的佐吉。但是，佐吉说他一直一个人在这里待着，根本不知道阿幸在哪里。

不过，对他极其不利的是旅馆老板"这个客人晚饭之后又出了门，直到过了子时下半刻才回来"这句证言。在眼线的逼供下，佐吉终于坦白，他因为思念阿幸去了大国屋周围闲逛。并声称他可以向神明起誓，自己对于阿幸的出逃一无所知。然而，事到如今，说什么都无济于事了。

阿幸的尸体是在那日黄昏被发现的。她被埋在海边。从惠比寿神社径南走上数町远，穿过稀疏的松树林就到了。在海滩玩耍的孩子们，偶然发现了一块露在沙土外面的绯红绉绸长裙的裙边，扯出来一看，却发现是一只惨白的人脚，一下子吓得魂不守舍，哇哇大叫。

阿幸左胸的下方有被尖锐的利器刺中的痕迹。

人们以为佐吉是与阿幸殉情未遂，一个人逃回了旅馆。

三

次日夜晚。

四更天寒月皎皎，十分清冷——

甲山半山腰的神咒寺中，在好似铺上一层白雪般的寺院内，一个诡异的身影鬼鬼祟祟地走动着。

那是个女人，白衣飘飘，头上竖着蜡烛，烛光摇曳，手里握着针。

她一面赤脚走在冰冻的地面上，一面口中念念有词，吟诵咒文。

"百鬼夜行路，我来走一遭，街上人不绝，金子一粒粒。坚硬的羽箭，白隐大师要出现，储存的白酒，手脚四体已沾满……"

她绕着院子北端的卒塔婆①转了一圈（说不定这个女人是在祭拜），然后回身往正殿走去。

内阵②的一盏长明灯，噼啪一声隐没于黑暗中去了。

女人登上台阶，走近圆柱。在圆柱之上，钉着一个小小的稻草人。

女人稍微抬高声音念道：

"南无……金刚忿怒尊、赤身大力明王、秽迹忿怒明王……祈求让妖物现行于世，散下凶光，缩减福原屋阿伸的寿命……"

她一边祈祷，一边从手中拿出一根针，噗地一下插在稻草人上。

然后又下了台阶，朝着卒塔婆走去——

她专注地念着咒语，约莫持续了小半刻钟之久。当女人正要登上正殿时，冷不丁听到有人叫她：

---

① 卒塔婆：立在墓地上的塔形木牌。
② 内阵：神社或寺院内部，安置神体或本尊的最里面的部分。

"阿凛——"

女人身子一震，一下子愣在了原地，浑身上下颤抖不已，头上蜡烛的火焰也剧烈地摇动起来。

从圆柱后的阴影中，慢慢走出一个束着总发[1]、穿着瘦腿裤裙的男人。他眼皮耷拉，脸形扁平，脸色青肿，还有难看的兔唇。

"呀！是平贺先生……"

"嘿嘿……我在你来之前，一直在这根柱子后面打坐。"

"……"

阿凛被他的突然出现吓得惊魂未定，狼狈不堪，只是在那里不停地吐着白气。

"大国屋的阿幸已经处理掉了，这次轮到清理福原屋的阿伸了吧，对吧，阿凛——"

"不、不是的！我、我、我没有杀、杀死阿幸！"

"其实是一样的。她死了，你是最开心的，不是吗？然后，再把阿伸咒死，最后就只剩一人了，就是料亭一福家的阿系——也就是你女儿——"

"我、我……"

阿凛喘着气，转眼间就好似疯了一般，紧紧抱住了这个男人。

"求求你！放过我吧！我，我什么都听你的！我愿意做任何事！求求你！先生，请放过我吧——"

男人冷眼瞧着这个半老徐娘，她风华不减当年，诱人肌肤依然香气怡人，脸上是一副不达目的死不休的表情。他说了句："嘿嘿……向诅咒之神祈愿，还有更加有趣的做法哦！"便立刻抱起她，走进了正殿。

长明灯的灯影下，冰冷的地板上正进行着好似野兽扭打在一处般的男女之事，可以说这才是最适合诅咒的场面。

最终——

---

[1] 总发：男子束发发型的一种，额头不剃成半月形，而是把全部头发束结在头顶。

摇摇晃晃默默站起身来的阿凛，拉上敞开的前襟，正欲往外走去，突然又想到了什么，用嘶哑的声音问道：

"先生，为何此时会在这里？"

"我吗？……我也有愿要许啊——"

男人爽快地回答说。这个名叫平贺唯心的男人，是山脚下独居的浪人。他开过私塾，去那里学习的都是一些奇怪的人。

㈣

"阿凛被捕之时，自暴自弃，便坦白了她与平贺唯心的一夜风流之事。不过阿凛也有让人同情之处。她咒杀今津福原屋的阿伸，是想让自己女儿登上神子的宝座，这无疑是出于她作为一个母亲的虚荣心。但还有一个原因，兴许就是她复仇的执念太深。他们两家过去有些渊源，阿凛家原来也是今津的大酒商，与福原屋有竞争关系。那是发生在七年前的事，当家的猝死之后，他们所有的老主顾都被福原屋抢了去，最终不得不关门歇业，后来搬到西宫这里开起了饭馆。巧合的是，在这次神子的竞选中，福原屋家的姑娘与她女儿同时留到了最后。看到这个结果，阿凛才疯了似的去丑时参拜[①]。暂且不说这个，更奇怪的是，不知是阿凛的怨恨真的传达给了金刚忿怒尊还是怎的，第二日夜里，福原屋突遭大火，真惨啊，福原屋家的女儿阿伸被这无名大火烧死了。而且，据说只有阿伸一人在自己的房间被烧成了黑炭，其他的人尽管只裹着一层睡衣，但还是有充足的时间逃脱出来。然而不知为何，唯独阿伸一人无法踏出她的房间一步——这件事不禁

[①] 丑时参拜：日本诅咒人的方法。头顶一支点亮的蜡烛，于丑时（约2时）悄悄走进神社或寺庙，把象征诅咒对象的草人挂在神树上。据说连续参拜七日满愿后被诅咒之人便会死去。而一旦参拜被人看到将会失去效力。

让人心生疑惑。……竞选神子的候选人已有两人悲惨而死，这两件事就像捅了马蜂窝一样，将整个西宫卷入了无从处置的骚乱之中。……虽已确认杀害阿幸的就是二掌柜佐吉，但杀害阿伸的凶手是谁，连查案的差役也束手无策。然而，有一个眼线，偶然从福原屋被烧毁的遗迹中，发现了一个烧掉一半的稻草人，稻草人身上钉着钉子。看到此物，差役立刻恍然大悟——原来如此。……阿幸意外死亡，就剩下两人了。若阿伸也死的话，无疑阿系就会被选中成为神子。一福的老板娘阿凛与福原屋原本有着深仇大恨，她借阿幸之死这个千载难逢的好机会，企图咒死阿伸，然后就成功了。差役的这个推理可谓完全正确。然后——阿凛立刻被抓捕归案，严刑拷问之下，她供出了诅咒阿伸的事。听说她当时哭诉着说谁纵的火自己毫不知情，差役也只是对之一味地嘲骂，除此之外毫无办法。因为这件事，不仅竞选神子的活动流产了，又因举办相关活动还出现了疯子，官府受到了非难，上面便下发诏令禁止此后举办此类活动，真没想到会出这种意外。……纵火罪，不用说必然要罚以火刑，阿系真是可怜啊！正因为她娘是一心复仇，不想她也受了牵连，本是无罪之身却要遭受火烧之刑。……她与她娘一样，也是一身白衣，骑在没有套鞍的马背上，被高举着纸旗①、罪状牌②、手持白刃的非人③们围在中间，在被拉着游街示众之时，她已没了生气，低垂着脸庞让人不忍直视，至今那样子我还历历在目。不，更惨的是，在竹栅栏围起来的十二丈见方的空地儿，她被紧紧绑在十字柱上，干柴擦至腰际，行刑人移过火把点燃柴堆，只见朦胧升起的黑烟之下，火红的火焰噼啪迸出，刹那间照亮了白色的身影，着实惨不忍睹，那光景映在看热闹的人群眼中，使他们终生难忘。……这边，阿凛在游街的马上，

---

① 纸旗：江户时代，将有罪的人游街或处刑之时，写有罪人所犯罪行的纸做的旗帜。

② 罪状牌：江户时代，一种上书受刑人的姓名、年龄、籍贯、罪状等内容公示于众，处刑后也要在刑场继续高挂30天的牌子。

③ 非人：江户时代，位于最下层并被视为贱民的众人。从事牢狱及刑场上的杂役或从事卑俗的游艺等。

一副疯癫样子，不停地叫喊着"人不是我杀的"，这反倒引起了看热闹的人群的蔑视，最后当她被通红的火舌舔舐之时，仍旧叫唤着"有没有神仙佛祖来救我"，看上去十分凄惨啊。……滚滚黑烟刮到空中，打着旋随风摇曳，在黑烟和火焰之中，阿凛一面痛苦地扭动着身体，一面发出了将死时的那种凄惨的悲鸣，而直到这一声惨叫之前，她仍在声嘶力竭地控诉着自己是冤枉的。……那样子实在太惨，我不忍直视。正欲转身，突然注意到了一旁的浪人，他注视着眼前的光景，目光中闪动着怪异的光芒。那浪人便是在神咒寺的内阵侵犯了阿凛的平贺唯心。平贺凝视着那令人寒毛直竖的地狱般的光景，依然面不改色，微微一笑，甚至还露出了异常愉悦的神色。一瞬间，我感觉到后背传来一阵说不出来的恶寒，就急急忙忙拨开人群逃了出来……"

五

今日依然风和日丽。木兰也与昨日一样散发着沁人芬芳。眠狂四郎走到神功皇后像的祠堂前，在供物石上坐了下来。

他抱着胳膊，如往常一般面无表情，享受这无限的好春光。他一动也不动，已经过去了很长时间。

寺院的尽头慢慢走出一个脸色青肿、有着兔唇的浪人。双眸似快要腐烂的鱼眼一般浑浊。他死死地盯着这边，轻飘飘地走了过来。

"在下便是平贺唯心，请问有何贵干？"

他嘶哑着声音问道。是狂四郎派庄作送了封信，将这个男人叫来了这里。狂四郎答道：

"这个神功皇后像是你雕刻出来的吧？"

"没错——"

"这活计做得真是漂亮啊。"

"所谓的要事只是这个吗?"

"我有事问你,这尊像脸上有种令人恐怖的痛苦神色,越看越让人不寒而栗,显露着被业苦①所折磨的悲痛之色,现在也似乎在痛苦地呻吟。……你在雕皇后脸部的时候,为何要雕出如此痛苦的表情?"

被这么一问,唯心笑了起来。

"没想到这么快就有人赞赏在下的凿刻功力了,这是我的无上荣幸……在下于五年前,连续三夜梦到神功皇后在地狱受难,被业火焚身。皇后于甲山埋藏宝藏之时,曾动用千名苦力,事后又立刻将这些人悉数灭口,是她的恶行得到了恶报,所以在下便下定决心,一定要用刻刀再现她当时的痛苦神态。"

"所以做出了这个?"

"正是——"

"我该问的问完了。我劝你现在立刻在这尊皇后像前爽快地切腹,这就是我的要事。"

"你说什么!在下今后还要长久地守护这尊像的。切腹,简直可笑——"

"迟了。"

"什么!"

狂四郎一言不发,噌地站了起来,刹那——

不见他拔刀的动作,只见自腰间忽地迸出的无想正宗,朝祠堂一闪。

皇后像一下子就被劈作两半,倒了下去。

"混、混蛋!"

唯心猛地向后一跳,解下刀鞘,举刀对准狂四郎的眼睛。狂四郎望着他那气势汹汹的青肿脸庞,顿觉满眼污秽不堪,遂说道:

---

① 业苦:佛教中指因前世恶行的报应而在现世所受的苦。

"喂，平贺唯心！你杀死了那两个竞选神子的姑娘，还陷害另一个姑娘与她母亲被处以火刑，将她们被火焚烧时的痛苦神态作为你雕像的模板。我并非是来向你兴师问罪的，你不惜犯下如此惨无人道的罪行，也要刻出这尊皇后像，在你一生的命运之上，还有什么悲惨的苦痛？——我本意打算听过你的理由后就此罢手的。……你居然敢说你梦到了神功皇后在地狱受难，可笑之极！因亦真亦假的传说而迷失了本性，如疟疾一般被噩梦魇住了——说什么就因为这个理由，你便做出了这个玩意儿，简直让人忍无可忍。你就去那个世界，亲眼看看真正的神功皇后有没有被业火焚身吧！"

刀剑交手不到一个回合。

鲜血染红了泛白的地面，平贺唯心俯伏在地上，当他慢慢挣扎，最后终于停下来时，狂四郎已走出数丈开外。

血溅澡堂

（一）

"哎呀，若见识过那日的南屏山，便可知那有趣的春景。色彩便是吉野的山樱，缠在枝头重叠了八层——当时正值秋末，甲子吉时正午时分，红土所筑的祭坛上插着的旌旗就是二十八星宿。东方七面青旗呈苍龙之貌，北方七面皂旗彰显玄武之势，西方七面白旗振白虎之威，南方七面赤旗似朱雀之状——实乃诚惶诚恐，彰显天地人之威势，庄严肃然。正在此时，有一人缓缓登上了祭坛。只见他一袭白色道服，头发整洁，赤着双脚，脚步轻盈，如同刚刚出浴一般——哪成想，此人身高八尺，面若冠玉。这是何人？原来是来自南阳卧龙岗的高人——军师诸葛亮，字孔明，乃绝世奇才，神机妙算，卓冠古今——"

初出江户的立川谈亭，手持张扇[①]，铿锵有力地叩击说书台，念着《三国志·赤壁之战》中的这段描写。

这里是大阪天满神社院内——

这时，独自一人漫无目的地溜达出来的眠狂四郎，一下子注意到了夹

[①] 张扇：（说书艺人拍打桌子用的）外部糊上纸套的扇子。

在鳞次栉比的卖烤豆腐串的茶寮中间，竖着各色旗子的这间小屋，看到立川谈亭站在那里，于是就走了进来。

客人充其量不过三四十人，他们分散在各个方位，因此，谈亭一眼便看到了眠狂四郎。

谈亭微微一笑，再次提高声音念道：

"向天祈愿，祈求江上刮起东南风，把枭雄曹操所率的如云水军，不剩一兵一卒悉数烧尽。这正是诸葛孔明的神机妙算之计。我方吴军统将周瑜大都督暗自嘀咕，孔明果真能呼风唤雨吗？或许是他仰天查看时已经听到了风声，才装腔作势，故弄玄虚，这才是他内心真正的阴暗。男人之心如秋天天空般多变，不似月光般皎洁，倒像流云般可恶——昨日北风，今日南风，明天又刮起花街柳巷的艳遇之风。"

"真是滔滔不绝啊。完全不明白他在乱讲什么。"

"偷摘来的柿子就觉得甜，其实什么都不是。"

听到这些数落，谈亭在心里骂道：

——关西的人精，怎能懂得江户子弟的风流雅致！

"……一夜天明，春光澄明如璞玉。龟鹤祥兽共贺主君千秋万代，松竹吉物稻草绳齐挂百姓门头，祈求江山昌盛。丝丝东风，送来新春气象。排排旗帜，齐刷刷向西飘扬。都督周瑜眺望着眼前景象，擦了把眼屎抹在膝盖上，满怀的疑惑和不解。孔明竟能使出巧夺天地造化之法，鬼神莫测之术，真不知他是人是鬼。他若活在世上，必定是吴国的祸根，所以务必要把他早日除掉——于是翻身上马，率领百来号人，直奔南屏山上七星坛而去。前进，前进，快速前进——"

狂四郎靠在北侧的柱子上，蓦然间觉察到有人火辣辣地看着这边，于是转过头去。

在两间距离之外，一个艺妓模样的女子随意伸腿坐着，正目不转睛地盯着这边。唯独她那里是一派娇艳的风情，像鲜花灿烂地开放着。

她身穿织有茶褐色底格的浅灰色上等绉绸,清清楚楚地衬托出了她那晶莹剔透的雪白肌肤和脸部的大致轮廓,怎么看都像是最负盛名的画师在她过膝的蓝盈盈的浜绉绸长衬衣上作了一幅水墨画。

忽然,那女子的眼周和嘴角露出了满含媚态的微笑。

狂四郎移开了视线。

"……定要不容分说,先把诸葛亮抓将起来,剜其眼珠,削其鼻子,剁其手足,使之实质变作人彘,在天满神社小屋中着实戏弄他一番。周瑜思量再三,一鼓作气爬上南屏山,但诸葛亮早已无影无踪,只剩下阴阳八卦六十四旗在空中随风招展——。诸葛小老儿,哪怕是费尽心机,找遍天下,也定要将你斩草除根,以绝他日之患!周瑜暗自下了决心,于是调转马首,向着江面怒目而视!却只见一叶渺渺小舟,飘摇浩然江面之上,于船头上猛然站起之人正是绝世无双的军师诸葛亮!他头戴青丝头巾,身披鹤氅,飘然之态,宛若神仙。任凭周瑜再三叫嚷阻拦,孔明军师仅报之以哈哈大笑。周瑜啊周瑜,恐怕你做梦也未曾想到会东风大作,带来作战之机——待放出备好之火船,直突曹操百万水军,火借风威,风助火势,三江水面定将一片火红,吴军大胜将无疑矣。此乃是神佛照鉴,孔明正大也。言罢,即刻消失在遥遥江面之上……"

见谈亭把双手摊在书台,低下头的工夫,狂四郎悄悄站起身来,正要向外走去,谈亭突然间抬起头来,大喊道:

"哎呀呀,我真是有眼不识泰山呀,这不是眠狂四郎先生嘛,在下立川谈亭拜见先生了——"

狂四郎刚一苦笑着转过身来,刚才那位艺妓又一下子闯入了他视野的一隅。她的表情异常僵硬。

——这个女人莫非是冲我来的?

狂四郎虽然不认识任何大阪等地的一个艺妓,但往往是他对对方毫不知情,对方却对他了如指掌。他已见惯了此种情形,艺妓之事倒也不足为奇。所以，他佯装不知，向舞台方向走去。

"唉，先到后台来吧——"

对于这次偶然相遇，谈亭满面欢喜，招呼狂四郎向后台走去。

"快点，今天时间紧迫——"

"这是一年前的问候了——真是残忍！无情！我之所以来到大阪，是因为受美保代小姐之托，她想要知道先生您的行踪，哪怕只是传言也好，这个托付多么令人感动啊！这个——美保代小姐的情况，您居然连问都不问。"

"即使我不问，你也会说的吧。"

"当然会说，不说不行。美保代小姐得了重病，大概熬不过这个夏天了——如果我这么说，您打算怎么办呢？"

"你脸上明明写着美保代身体康健，她在努力当个好媳妇，以便我回去后能接受她。"

"随便你怎么想吧。既然被你识破，无论怎样，就算在你脖子上拴根绳子也要把你拖到江户去。"

"我明天再来拜访。"

狂四郎正要离开，谈亭用张扇啪哒一声敲了一下自己的脑门，说道：

"先生，您真是薄情寡义！"

狂四郎回过头来，微微一笑，扔下一句话：

"美保代已经习惯了等待。在遥远的地方思念等候我的女子，才是我眠狂四郎的作风。不要那样想，谈亭——"

"我向佛祖起誓，绝无虚言！真是因果相报啊——女人这种生物，对送上门的男人不屑一顾，却偏偏对让她等待的男子死心塌地。先生！您就是让她等着，也要有个期限啊，期限——。她说'君迟归，相思苦，愿为君朝狩之弓。'"

二

狂四郎飘然来到了曾根崎新地。这里的北侧区域是诸大名的藏屋敷①和堂岛的米市,据说其繁荣之状已经压过了新街的游廊。此刻,方形纸挂灯的火光红彤彤地渗透到傍晚的黑暗中,摇曳闪动,路上游人如织。

狂四郎进入一家面阔十间以上的料亭,名叫千鸟屋。

"欢迎光临!"

狂四郎对双手放在式台②上的女佣说道:

"请代为向平野屋转告,上任天满组与力③,斋大盐平八郎的代理人眠狂四郎造访。"

片刻之后,出来一位肥胖的商人,年龄五十岁上下,身穿带有家徽的和服短外褂,下着和服裙裤,正襟危坐。

狂四郎尽管站在那里,但平野屋却一直望着玄关之处,诧异地责问女佣:

"他怎么还没来呀。"

"就是这位。"

被女佣这么一指,平野屋惊呆了。眼前这个武士如果是大盐平八郎的代理人,怎会只穿着和服便装呢?竟然连袜子也没穿。

"您是?"

"让开!"

狂四郎连眉毛也没动一根,径直走向了式台。

---

① 藏屋敷:储藏兼出售粮食等的栈房。
② 式台:日本房屋门口铺的地板。
③ 与力:江户时代,下属于奉行,指挥部下齐心协力的役人。

今天早上，狂四郎到天满桥筋①长柄②町，拜访了久违的大盐宅第。平八郎如之前在江户和狂四郎偶遇时所说的那般，已经告老还乡，并把与力之职传给了养子格之助，过起了著书立说的儒者生活。

狂四郎原以为见面之后平八郎立刻便会慷慨激昂一番。然而，平八郎面容温文尔雅，一副清心寡欲的模样，与他"洗心洞主人"之号十分相称。这令狂四郎颇感意外。

但是，他的态度反而让狂四郎觉得可怕。

平八郎一通东拉西扯之后，突然想到了什么似的笑着说道：

"对了，你来得正好。今晚我想委托你代我出席曾根崎新地的一场宴会。邀请我的是三位仓库管理人，平野屋、鸿池屋、天王寺屋，全都是大人物——"

"可我一向不懂得品尝佳肴之味啊——"

"不，跟你比的话，我门下的弟子们尽是些连甜还是辣都分不清的家伙。像你这样的不拘礼节的古怪之人，做我的代理再合适不过了。拜托了。"

"你还要让我把礼物带回来吧。"

狂四郎听说，去年秋天，他把从备前屋手下那里夺来的公款五千两当作礼物送给了平八郎后，平八郎一回到大阪就把这些钱悉数分给了贫民。

"如果可以的话……不过，你也不要过于为难，只管品尝美味就好。"

也就是说，平八郎微笑中的言外之意是让狂四郎试探一下这些巨商的人品。

狂四郎读出了这位大人的心思——将这些谋取大阪暴利的奸商们一举扫平。

"不论成功与否，就只管死乞白赖地向他们讨点礼物吧。"

---

① 天满桥筋：大阪市内的一条南北走向的路。
② 长柄：大阪区北区的地名。

说完，狂四郎走了出去。

当时——

天下的财富，无不流进了江户的札差[①]和大阪藏元[②]的腰包——这样说也不为过。

一半以上的大名都已经贫困到了极点，几乎没有不背债的。大名的领地有表高和内高之分，表高是每年幕府以折合成粮食多少万石的形式赐给领地的俸禄，内高是领地内每年的实际粮食产量。当然，也有内高很高的领地。但是，内高并非年年增加，新开垦的田地所带来的增收，也满足不了提高生活水平的要求。这就是封建社会的宿命。

为补充财政的不足，大名采取了节约开支、发行纸币以及借贷的手段。前二者都只是权宜之计，最终的补救政策还是借贷。首先是借家臣的一些俸禄，其次是向领地内的平民百姓借债。但领主能向子民征收的税款有限，于是他们便争相向大阪的商人借钱。山崎暗斋的《盍彻问答》虽是元禄时期的著作，但在这本书中已经记述了当时大名财政窘迫的状况。甚至，天保年间的穷困更是难以想象，大名已经沦落到变卖物品的地步，这也是事实。

别说是本钱了，就连利息都永远无法支付的大名的借款数额越来越大，最终不得不发行空米票据，让商人提前投标购买来年甚至是未来好几年的俸禄米。因此，中饱私囊的都是买卖票据的大米经纪人和拿到保证金的藏元。

种米的百姓饥寒交迫，征收地租的大名负债累累，购买寻常食用大米的町人一贫如洗。

这个秋天——幕府官吏中即便有人采取极端手段惩处豪商巨贾，劫其金银分给平民百姓，亦是不足为奇。大盐平八郎就是这些人中的一位。

[①] 札差：江户时代，作为旗本和御家人的代理，在浅草的仓库接收贡米的人。
[②] 藏元：江户时代管理粮仓的人。

三

这大概是一个难以形容、令人扫兴的奇怪宴会。

尽管事先已经再三约定赴约,但大盐平八郎还是若无其事地单方面爽约了,并且派去了一个来历不明、让人发瘆的浪人。

不用碰头商量,平野屋、鸿池屋和天王寺屋已经决定要早些结束这场宴会。只要大盐平八郎不来,这便是一场毫无意义的宴会。对他们来说,在大阪,可怕之人只有大盐平八郎。平八郎在四十岁正当壮年之时便辞官引退,他们猜测其中必有隐情。也就是说,他们疑心,平八郎已经秘密调查清楚了他们的投机行为,为了把那些罪状写成条陈,暂时辞去了与力之职,专心于此事。不久他就会到江户出任官职,在幕阁中实权者的周旋下,计划将他们一网打尽——

押上大阪三乡①全部的兑换所,保管所谓公款,当上藏元后全权处理米的贩卖事宜,成为官府的御用商人垄断大米的售货款——可以说,掌握诸侯生杀予夺大权的那不足十名的巨商之中,倘若有一人被问罪,朝廷和诸侯的获利便不可估量。即便不杀了他们,凭其罪状就能对他们处罚数额巨大的贡银。

是否一定能够躲过被杀的厄运,巨商们也不能肯定。因为与朝廷和诸侯相比,自己的获利实在是太过丰厚了。

以免不测,一定要未雨绸缪。他们考虑对大盐平八郎采取怀柔政策,这也是大势所迫。

但是——大盐平八郎不愧是老江湖。

---

① 三乡:江户时代大阪分为南组、北组和天满组这三区。大川以北是天满组,大川以南以本町为界以南为南组,以北为北组。

作为他代理人出席宴会的这个来历不明的浪人，落座之后仍旧一言不发，任凭他人怎么倒酒，他只顾一杯接一杯地喝着，一边接连不断地凝视三个大商人的神色，一刻也不曾停止。而且，他目光的锐利程度非同寻常。毫不夸张地说，那视线刚向旁边移动，座位上的人立刻就有了苏醒之感。三人之中最为刚愎自用的天王寺屋起先并不把狂四郎的眼神当回事，反而瞪了他一眼，但做出这个鲁莽之举后立刻就吓得头晕目眩，慌忙低下了头，担心得坐立不安，难以自处。

陪侍宴席的十多个艺妓也对这异常的气氛感到惊悚，没有一人敢弄出任何声响来。想要开口唱曲儿的艺妓被狂四郎从一边瞥了一眼，立刻就吓得胆战心惊。

终于，平野屋忍不住了，开口说道：

"眠先生，实在失礼，这样的宴会不能合您心意，请多包涵……"

"哪里哪里，我很喜欢。正是因为很喜欢才以代理身份赴宴的。"

"如此说来，请问您可否有兴致给大家助助酒兴呢——"

"这样啊，我可以献丑，为大家助助酒兴。"

"噢——那务必请您表演一个——"

"但是，要有搭档啊。"

"在下明白了。那就请从这些女子中挑选您喜欢的吧。"

"真不凑巧，我所需要的搭档是剑客。而且要武艺高强——"

"……"

大家同时屏住了呼吸。

"除了舞剑，我就别无长处了……各位特意摆宴相待，我倒真想比比剑法，以助余兴啊。对手是什么样的人我不挑剔，你们难道不认识剑术高超的人吗？"

于是——

"有！"

回答得如此干脆的是坐在末席的一个艺妓。

这是天满神社院内小屋里的那个女子,眼角和嘴唇都涂着明艳的颜色。

狂四郎与她四目相对,首次露出了微笑。他已经知道这个女子是方才刚坐到席位上来的。

"把他带过来吧。"

"遵命。"

（四）

半刻之后,一个男子与这个叫小吟的艺妓一起走了过来。他头梳总发[1],穿熨斗目[2]上衣,下着丹后缟[3]的和服裙裤,看不出有什么特长,像是学者又像是神官。年龄约莫刚过三十,眼睛和嘴唇泛着柔和的光泽,似乎与剑客给人的印象相差甚远。

"这位是笈川良范先生。"

被小吟引见之后,笈川良范恭敬地给狂四郎行了一礼,没说一句话。

"你愿意做我为大家助兴的搭档吗?"

狂四郎含笑这么一问,笈川良范只是沉默着点了点头。

"武器就用木刀吧?"

笈川良范再次默认了这个提议。

即刻,两把放置于三方[4]上的木刀被送了过来。

狂四郎先让良范拿了一把木刀,然后面向商人们询问道:

---

[1] 总发:江户时代医生和行僧等的发型,把头发全都绑起来扎在头顶的发型。

[2] 熨斗目:江户时代,作为武家的礼服被使用的织物。袖子下部和腰的部分变换颜色用格子织物或横纹织物织成。

[3] 丹后缟:丹后国与谢地方产的缟地织物。

[4] 三方:带座的方木盘。用来给身份高的人或者是神佛供给食物的四角形的台子。

"这余兴表演也要有彩头啊,各位大人准备包多少赏金呢?"

平野屋问道:"您希望要多少呢?"

"每人两千两一共六千两如何?"

"照您说的办。"

"输的一方就要空手而回了。"

狂四郎这样对良范说着,来到院子里。

这里是书院的庭园,明显是模仿了京都大德寺的塔头孤篷庵所造,假山盆栽十分风雅,极为考究。

狂四郎站在短腿长尾鸡丝柏的玉雕旁边,良范背靠一块巨大的观赏石,想要占据有利地势,但这个空间的确小了点。

"来吧——"

"……"

在木刀交汇的刹那,狂四郎内心嘀咕道:

——这是位武功高强的剑客吗?

良范柔和的表情和举止几乎和开始前没有什么变化。一旦拿着剑向对方砍去的时候,无论怎样的人物都会突然变得身手敏捷,杀气腾腾,这是一成不变的道理。

然而,奇怪的是,良范的身体看不出有丝毫的剑气,像水一样平静。刀尖对准对方的眼睛,架势虽没有漏洞,但却没有散发出逼人的气势。

虽说如此,他脸上仍旧洋溢着奇怪的神情,无论如何也不让狂四郎看出自己将要使出的招数。

可以说,良范就像树木或石头一样,只是自然地直直矗立在那里。

伊庭是水轩光明所编的心形刀流中有着风心刀这一绝学。它到底是怎样一种招数,是何等神速的技艺——这除了嫡传弟子以外无人知晓。关于这一点,多年以后,就连心形刀流的直系传人常静子也把风心刀的取胜技巧秘而不传,仅以在众所周知的《古今和歌集》的一首和歌加以形容——

千万风吹过，秋叶四散落，方知颜色多。

——原来，风心刀或许便是这样一种绝技。

狂四郎肯定了自己的判断，尽管不一定正确，但离事实大概也不远了。

如果说良范的架势就是找死，那就大错特错了。但是，他完全没有杀向敌人的意志，他的架势明显是要把自己的性命拱手送给对方。之前常静子的话中暗含一种深意——胜利不是主动向敌人进攻，而应该是巧妙防御，良范就是这样。

然而，狂四郎面对这个没有斗志的对手，开始缓缓地画出了圆月刀法的弧线。

几秒过后，刃尖超过上段高度，指向了天空的一角。

一瞬间，刀身静止不动了——不知它是要继续向上走，还是要给敌人一击。

意外的是，狂四郎既没有继续向上举刀，也没有砍向敌人，而是突然让木刀垂向地面，赌气似的转过身去。他的言外之意仿佛是：

算了吧！

正在这时——良范的双眸突然间目眦尽裂，像两把磨得锃亮的剃刀一般闪闪发光，直逼狂四郎后背。

看到这一切的刹那间，狂四郎的身体虎虎生风，闪转腾挪，大喝一声："哎！"

刀身迸发出让人无法阻挡的火箭般的锐利，他猛然发起了袭击。

咔——

伴随着清脆的声响，木刀离开良范的手，高高飞向空中。

此时，良范踏着草坪向后一跃，退到了那块观赏石的对面。

狂四郎微微一笑，大步流星回到了坐席，对各位大商人说道：

"今晚，请把六千两送到大盐的府邸。请允许在下到其他房间独自饮酒吧。告辞。"

五

在这个布置考究,四张半席大小的小房间里,狂四郎独自饮着酒。隔着桌子给他斟酒的是小吟,她自作主张地走了进来。

"先生——"

"……"

"先生,讨厌女人吗?"

狂四郎冷冷地避开她那美丽、细长且清秀的眼眸里满含的魅惑,问道:"你是从江户来的吧?"

"是的。所以,我对谈亭师傅所讲的评书甚是怀念,听得如痴如醉。"

"当时,你为何对我微笑?"

"一见钟情——即便我这么说,大概你也不会相信吧。"

"听到我名字后,你可是变了脸色的啊。"

"我是因为害怕。您可是厉害的人物啊——"

"你是这样听说吗?"

"是的。在柳桥的时候,我曾从姐妹们那里听说,一位名叫眠狂四郎的武士是个可怕的剑客,如果一天不让他的刀吸一遍人血的话,他心里就过意不去。"

"所以,你为了试探我的本事,就带来了那个叫笾川良范的剑客——"

"虽然大家都不认识那个人,他却是非常有本事的人。他既聋又哑,唯独为剑术付出了全部的心血。"

"是聋哑人啊,原来如此——"

"先生果然厉害。"

"方才他要是真正向我发起攻击的话,恐怕我的头已经被打碎了。"

说完,狂四郎慢慢站了起来。

"您害怕了吗,先生?"

"出汗了,我去洗一下。"

浴室宽敞考究,浴室入口处所悬挂的山水花鸟画出自一流画家之手,非常漂亮。这里与江户不同,从浴室入口进去之后并没有台阶,却铺着两坪之多的地板,浴桶浅而宽大。

挡板另一侧好像就是女浴室,传出了三四个人低语和洗澡水的响声。

狂四郎把两只胳膊放在浴池边缘,低声吟起了小调:

鸟儿啼唱,

江户男儿心花怒放,

痴情女子之心,

似樱花凋落般凄凉,

时时记挂心上。

隔壁房间的女人们出浴了,稍过片刻工夫,狂四郎突然停止哼唱,全神贯注地注视着浴室入口的对面。

有什么人在那里!而且,充满了杀气——

——果真是那个可恶的女人把我当做目标了吗?

他正是抱着这种疑惑,才故意来到浴室,一探小吟的意图。她一定认识我眠狂四郎,并在戏棚里故意向我献媚。看我一副不知内情的样子,她立刻便露出了袭击者的凶相,我早就识破了她这点小把戏。

狂四郎一边回忆着之前在浴室袭击将军爱女的事,一边苦笑了一下,等待对手闯入。

但是,瞬间,那苦笑直转变为令人战栗的神色。

快步穿过浴室入口,出现在浴室热气中的不是小吟,而是笈川良范。

他已经拔出了明晃晃的兵器,握于右手。

——我的死期到了!

这种绝望感在狂四郎的脑海中闪现，从头顶到脚尖冰凉彻骨。

良范与方才比武时判若两人，神情中充满了悲怆的杀意。

狂四郎毫不畏惧地迎接着这饱含憎恶、像刀子一样刺过来的眼神，站在浴池当中，心里除了绝望感，还流动着这样的自嘲：

——活该啊，狂四郎！

自己是个以剑为生的男人，眼下赤手空拳，没有一点防御能力，一定会被残忍地折磨而死。

如果对方身手平平，狂四郎也并非没有办法把他的刀抢夺过来，若是寻常情况下的格斗，狂四郎也未必会让对手占到便宜。

就算是不知羞耻地呼救，也不会有人听到，更何况狂四郎不能这么做。之前的比试中，狂四郎欺骗了对手，为了对付风心刀他不得不如此。然而，这改变不了他耍诈的事实。

——哪怕是挣扎也要出丑啊！

敌人非常残忍的眼神让他认识到了这一点。然后，敌人的双手慢慢举起白晃晃的兵刃。

接着，就在这时，不知为何，狂四郎的嘴角突然露出明显的笑意。

随着敌人的兵刃渐渐举起，狂四郎的身体一点点沉入澡池水中。

良范完全将刀高高举过头顶砍过来的时候，热水已经淹没到了狂四郎的下巴之处。

嗖！

连同无声的气息，一束白光刺入热气，向着狂四郎的头上落去。

——就在这千钧一发之际，突然水花四溅，另有一道白光从浴池之中跃起，直直劈向良范的身体。

"……呃！"

良范喉咙里发出一种难以名状的奇怪声音，身体"扑通"一声倒在了湿漉漉的地板上。

狂四郎霍然站在混入大量鲜血的洗澡水中，右手竟然拿着无想正宗，左手抬起来时，竟还握着刀鞘，着实令人意外。

一刻多钟过后——

狂四郎为了去见立川谈亭，出现在了通往天满神社的大路上。小吟跟在他的身后。

是小吟把狂四郎从危机中解救了出来。原来，他的浴池与女浴池相通，小吟悄悄从隔板下把无想正宗递给了狂四郎。

"小吟——你明明是奉幕府密探之命把笈川良范带到浴室杀我，在最后的紧要关头，你为何又背叛他们救了我呢？"

狂四郎本想这样询问小吟，但他大概已经猜到了她的回答。

——女人的心，归根结底，我是不能理解的。

狂四郎一边望着前方夜空下悬挂的新月，一边心中默默念道。

六千两假钱

一

天满天神神社[①]前面，并排有几家脏兮兮的客栈，一个身穿竖条纹棉布衣，系着小仓织腰带[②]，商贩打扮的男人走进其中一家客栈，高声问道：

"有人在吗？"

客栈的屋檐下，挂着一盏写有客栈名字的方形纸罩灯，刚好在此刻亮了起来。

"来啦。"

"请问有位叫眠狂四郎的武士住在这里吧？"

"是的。"

"烦劳替我转告一声，就说有个叫做次郎吉的人，想与他见上一面。"

鼠小僧次郎吉看着替他传话的女佣上楼之后，拿起手巾，掸了掸贴身细筒裤和藏蓝色布袜上的尘土。看上去他是从相当远的地方赶到这里。即

[①] 天满天神：对死后的菅原道真神格化的称呼，也指供奉此神灵的神社。

[②] 小仓织：织物的一种，福冈县北九州市小仓地方出产的棉织物，用此布做成的腰带一般为男商人或手工业者所用。

便现在是夜晚时分，但仍能清楚地看到被他掸起的白色灰尘在空中恣意飞舞。

这是一个足有五十铺席大小的最下等房间。投宿这种房间的全是一些最底层的贫穷旅客——例如朝遍全日本六十六处寺院进献《法华经》的云游僧、普华僧、耍猴人；正月里走街串巷弹三弦卖唱乞讨的女人、乞讨的歌舞伎演员、江湖艺人；小赌徒、贫穷的农民等等。晚上，不论男女，大家全都挤在一起睡。此刻，狂四郎正躺在这个房间的一隅。

次郎吉一只脚刚迈进屋内，就皱着眉头说道：

——真臭！

夜尚未深，投宿的旅人不过两三人，空荡的房间显得有些冷清和寂寥。尽管人少，由于长年累月有数不清的穷人来去匆匆在此投宿，他们的体臭早已深深融入这间房内，所以空气中弥漫着令人憋闷的臭味。

"——先生"

次郎吉在狂四郎的旁边坐了下来，说道：

"您可真能忍受得了啊！您完全变了啊。"

狂四郎微眯着眼回道：

"没有什么地方比这里住着更舒服了，次郎吉。来住这里的都是好人，他们老实正直、风趣幽默，我不会觉得无聊。在世人眼中，他们是尘世间的多余者、破落户，但他们能够真心接纳像我这样的粗人。"

"话虽如此……但这里鱼龙混杂，况且人终究还是有高低贵贱之分的呀！"

说到这里，次郎吉压低了声音：

"弄到手了，先生。"

他的眼睛忽闪一下，继而伸出食指说道：

"足足有这么多呢——"

狂四郎仅仅微不可察地蹙了下眉头，没有言语。

"您接下来打算怎么办?"

次郎吉手摸着下巴,期待着狂四郎的回答。

然而良久,狂四郎仍不回答他,只是淡淡地望着布满污垢的天花板,面无表情,仿佛对次郎吉所说之事毫无兴趣。

"请您想一个使世人惊叹的良策吧。……小的觉得,横竖还要在这个俗世贪恋个三两年,如果能在周围这一带燃放出景致美丽的焰火,引人瞩目一回,就算在枭首台上闭上眼睛之时,回想着这美丽的瞬间,也觉得此生无憾了。"

狂四郎依然不理会次郎吉的话,低声哼唱起谣曲《柏崎》①中的一节:

"若问沧桑露珠藏身之所在,世人皆言在旅途,世之常情亦如此。"

哼完后,他霍地站起身来,有些无精打采地望向窗外,注视一朵残留着夕阳余晖的云彩,说道:

"应把金子丢弃高山,把玉石扔进深渊——不是吗?喂,次郎吉,好好考虑一下吧。"

"是。"

此时,女佣走了进来,递给狂四郎一封信函。

是大盐平八郎寄来的。

狂四郎打开信封,只读了寥寥数行,苍白的面容骤然紧张起来。

信中所述内容如下:

昨夜,手下五名同心,次从平野屋、鸿池屋、天王寺屋各取得黄金两千两,不料,返回途中遭一伙蒙面歹徒袭击,六千两金判被洗劫一空。五名下级警务之中,四名当场死亡,一名负伤。请问可否有凶手线索,盼速来寒舍商议。

这六千两金子是狂四郎分别从以上三大富商处拿到的。

思忖片刻,狂四郎突然丢了一句:

---

①《柏崎》:日本古典戏剧"能乐"的唱词或剧本。

"快要来不及了。"

此话刚言罢,一种直觉忽然掠过脑海,随即他冷笑一声说道:

"喂,次郎吉——"

"小的在。"

"这个——"他伸出食指,"已经运到大阪了吗?"

"是的,虽然着实费了一番周折,但一想到这是我们自己的东西,就觉得好像是落在一把轻巧的伞上的雪花——心里舒坦得很呀。"

"接下来就看我的了。可惜,我的计策没有你所希望的那般花哨——"

"哪里,只要是您出的主意我都深信不疑。一切都按您的方案行事吧。"

(二)

当天夜里——三更过后,狂四郎悄悄潜入一处精致考究的宅院。这座宅院正前方是一个立有告示牌的十字路口,位于真田山和桃花谷之间。

这里是平野屋的外宅。他事先已经让鼠小僧调查清楚,平野屋今晚留宿于此。

深夜中的这座宅院,被深深包裹在静谧的黑色夜幕之中,湿润的空气中弥漫着沁人心脾的花香。

狂四郎久久盯着正房,看到二楼左端防雨板的缝隙中透出些亮光,就径直推开院子的木门走了进去。这是一座不惜重金打造的精美庭园,模仿美保的松海林原而建,其精美壮观令人叹为观止。

他悄无声息地走过草坪,穿过松树丛,向正房靠近。

他用一把短刀撬开了防雨板,跳进走廊。方才在外部察看房屋构造时,他已经找到了楼梯的所在方位,因为从防雨板射出的灯光,一直照到了楼梯的下端。

占据了让对手无法逃脱的有利位置,狂四郎也就没有必要像盗贼一般偷偷摸摸了。他从容地迈着步子,走向那扇映出灯光的格子拉门。他毫不隐藏自己的足音,走到二楼后,廊下仍旧回荡着他脚步的声响。

"谁?"

响起一个女人的声音。

狂四郎并不理会,"啪"一声推开了拉门。

红色绢罩方灯映照下的房间,一派奢华,家具摆设无不精巧华丽,设计独具匠心,看得出主人是不惜重金的。

绣着艳丽花纹的被褥铺在一幅金屏风的对面,精美的屏风上画着歌磨和春信[1]的浮世绘[2]。

狂四郎高大的身影映在屏风之上,一直移动到主人的枕边。觉察到自己枕边突然多出一个人影,一个女人"啊"地尖叫一声,惊得从被褥中跳起。仿佛从画里走出来的美人儿一般,她敞开的衣襟下露出洁白的酥胸和纤美的小腿,秀发有些凌乱,真是瑰姿艳逸。这副艳丽的美人身姿,衬着这湿润的春夜,竟是无比协调。

——恐怕只有富甲天下之人,才能养得起如此绝色的人间尤物。

与江户女子不同,她的肌肤莹白丰润,滑如凝脂,恰好与她那如画黛眉、善睐明眸中透出的如人偶般沉静之美相得益彰,顾盼生姿。看着眼前娇柔美艳的女子,狂四郎竟一时间怃然呆立。

大约过了两三分钟,平野屋猛地站起身来,他虽已知道屋内情形,但并没有惊慌失措,这从容的气派真不愧是大阪首屈一指的大商人。他平静地把小妾凌乱的和服拉严实,从容不迫地掩好她的膝盖。

狂四郎一直端坐在那里,看着平野屋做完这一系列动作。

"深夜造访,做了些不解风趣的愚蠢之举,多有得罪。"

---

[1] 春信:歌磨全名为喜多川歌磨,春信全名铃木春信,二人同为江户后期的浮世绘画家。
[2] 浮世绘:日本江户时期的风俗画。

"这正是您的一贯作风——恕我直言,不揣冒昧。您就是正大光明地从正门进来,鄙人也不会不予相见啊。"

"把给我的钱再抢了去,你这狡诈的商人实在让我无法相信。"

"啊,有这么一回事吗——"

平野屋平静地挑起嘴角,断然否认:

"这件事,并非鄙人所为。"

狂四郎并不相信平野屋的话,锐利的目光紧紧盯住他,说道:

"胆识不错啊,平野屋!不过,我这个人特别擅长拆穿他人的谎言,经常一眼就能识破呢。"

"此言可真不像是您眠狂四郎阁下会说的啊。不过您可曾细想过,大阪藏元商人[①]怎会做这等小气之事呢?一人才两千两,不是吹的,鄙人平时打赏戏园子里的小戏子,也差不多是这个数呢,更何况是要给大盐平八郎先生呢!那天夜里,即便被告知不用出那个钱,鄙人也打算献出值两千两的礼物作为回礼呢。"

"是么,这难道是我搞错了?"

狂四郎唇角勾起一丝苦笑,内心有些释然。

——看来,这家伙拥有的财力,远比我想象中的多呢。正是我这种看到区区一千两就找不到北的性子,才导致了如今的落魄。

片刻工夫,狂四郎就已经切实体会到当今天下实权,真是从幕府手中转移到了如眼前这个人一般的豪商手里。思及此处,心中不禁掠过一丝寒意。

当时,幕府为了推行安定经济的政策,不断调整米价,命令富商豪绅大量收购巨额大米,就是人们所说的御买米。幕府让富商们暂时囤积收购来的大米。近来,幕府打算实施仁政,调拨重金来救助诸侯、赈恤贫民,

---

① 藏元商人:出入"藏屋敷"的商人。"藏屋敷"是(江户时代,领主们为出售粮谷等领地产品而在江户、大阪等地所设的)有仓库的宅第。

因此命令富商们交出先前囤积的大米，即御用金一事。幕府命令，这次的御买米和御用金，全部由大阪、堺、西宫、兵库的富商们提供。迄今为止，富商们已分别于文化七年和文化十年两次向幕府缴纳御买米和御用金，金额共计七十余万两。今年，幕府再次下达了让富商们缴纳六十万两御用金的摊派命令，然而，这些富商们却毫不理会，竟无一人上缴。

他们这种行为一旦被大盐平八郎发觉，那么本应缴纳的御用金就变成了罚金，且数额定会上涨至原来的二倍多甚至三倍。然而，即便缴纳巨额罚金，也不会动摇这些富商们的财政根基。不过，为了防患于未然，如果每人交出两千两就能够不交罚金，对他们来说真是捡了个天大的便宜，他们何乐而不为呢！

诚然——区区两千两和巨额罚金，的确悬殊呢。

"平野屋，我明白这件事并非你等所为，但我知道，你们事先就已知晓这笔款项会被人抢去，是吧？"

"倒也不能说是毫不知情。"

平野屋神情一派沉着冷静，还真是令人钦佩。

"说来听听吧。"

"这个嘛，眠先生，鄙人不能说呀。所谓商人，就是依靠利益维持生计的。若鄙人对您言明抢夺钱财之人的真实面目，这事日后被人知晓的话，定会给鄙人带来麻烦。况且，那六千两是我等与您的交易，既然您已经把这笔款项取走，那么它的去向行踪，就不再是我等关心的了。请原谅我在此多嘴，没有亲自押送这笔钱，或许应是您的失误吧。鄙人只能说，请您凭自己的力量重新拿回这笔钱吧，除此之外，鄙人也爱莫能助。如果想让我等承担更大的损失，请恕难从命。碍于经商法则，鄙人也只能如此了——"

"说的也是，明白了。"

能够查明此事并非平野屋等人所为，今晚悄悄溜进来也不算徒劳无获。

狂四郎站起身来，平野屋紧紧盯着他道：

"眠先生，若是大阪的町奉行所中能有几位像您这样的贤明之士，我等就不会被刁难至此，奉命囤积了不少大米呢……恕我直言，对您这种光明磊落的行事风范，鄙人可是深感钦佩呐……因此，在下在此以个人身份，愿奉上钱财千两，还请笑纳。"

闻言，狂四郎的脸上瞬间布满可怕的杀气。

"你看错人了！平野屋！"

听到狂四郎的厉声呵斥，平野屋第一次感觉到一股令人毛骨悚然的战栗袭遍全身，顿时面无血色，不复冷静。

"我眠狂四郎不管多么放浪，也绝不会堕落到向人乞食的地步！"

"请，请您饶恕！"

平野屋跪伏在地。

从屋里出来，狂四郎刚要走到廊下时，平野屋大声喊叫着追了出来。

"眠先生——抢钱的那伙人，似乎还是您的老相识——鄙人只能说到这里了。"

——果然不出我所料，方才还在想事实是否如此呢！

（三）

翌日清晨，狂四郎带着三匹载物的马来到大盐府。大盐府是天满桥大道上的长柄町东侧所谓四座府邸中的一座。

大盐府邸的门前、庭院内、大门两侧的塾屋、大礼堂等，大概举行葬礼的缘故，处处杂乱无章，挤着不少人。那四名被杀的同心，就是居住在大盐府邸私塾的学生。

狂四郎吩咐力工抬着沉重的大货包，从高高悬挂着白纸无纹灯笼的正门向府邸里面走去，脚步声咚咚作响。

此刻，大礼堂里的入殓仪式恰好结束。

狂四郎站在大礼堂门口，特意抬高声音说道：

"眠狂四郎现带来供品，以慰各位义士的在天之灵。请各位赏眼。"

在众人的注目观望中，狂四郎让力工把装有千两金钱的六个箱子搬到灵前。

大盐平八郎与超度僧并排坐在一起，满怀期待地注视着狂四郎的一举一动。

狂四郎向四口棺木致默哀礼后，转过身来面对着挤在堂内的百余名私塾学生。

一位头上缠着白布的年轻武士，脸色苍白地坐在狂四郎的跟前。他就是幸存下来的那名同心，名叫须藤辰马。

"首先——对于痛失四名前途无量之同伴的各位，鄙人致以诚挚的歉意。实际上，惨遭杀害的这几位在被那伙歹徒袭击时，完全无需进行任何反击。由于鄙人没能事先对他们通告内情，才招致了那晚的悲惨灾祸。每每想起此事，鄙人对自己的痛恨都无以复加。之所以这么说，是因为丧命的这几位从平野屋、鸿池屋、天王寺屋收到的千两箱内，装的都是假钱。"

听到此言，堂内惊愕之声此起彼伏。幸存的须藤辰马，脸上泛起震怒之色。

狂四郎神色冰冷，静静等待着眼前的嘈杂与喧闹恢复平静。

"鄙人自出生以来，行事皆十分谨慎，时刻加以提防，以免遭遇不测——说这话，倒像是在极力炫耀自己明察秋毫了。但鄙人想，在座诸位中已有人有所耳闻。当夜，鄙人在浴室遭到剑客笈川良范的袭击，鄙人打倒了他。因此，哪怕诸位猜测当时或是鄙人或是良范的朋党企图抢夺赏金，也并非毫无根据。其原因之一就是，名唤笈川良范之人来自哪里？是什么人？这就是一个大大的疑问。然而——鄙人曾悄悄拜托平野屋，让他在公开运出的千两箱里装入假金子……鄙人当时因有急事,没有提前把个中内情告知大盐先生,这是鄙人的极大失误,为此深表惭愧。鄙人方才带来的这六个箱子里,确确实实装着六千两金子,多少对亡灵也算是一种告慰。"

说完,狂四郎转过身去,伸手抓起一个千两的木箱打开箱盖,顿时,堂内被金灿灿的光芒照得炫彩夺目。

所有人的目光都被箱内黄金耀眼的光芒吸引了。但是,唯独大盐平八郎,始终目不转睛地盯着狂四郎的脸。

觉察到他的目光之后,狂四郎稍微转身,嘴边浮现出一丝浅笑。平八郎的眼角,也闪过些许若有若无的微笑。平八郎看出,这是狂四郎耍的一个小花招,但却不知道他到底从何处弄来的这六千两黄金。

其实,这六千两金子来自鼠小僧次郎吉从沼波五左卫门的墓葬中挖出来的那一万两。沼波五左卫门是伊势桑名人,死后被安葬在菩提寺院内一隅。

次郎吉毁掉那个青瓷砧柄花瓶,发现沼波五左卫门遗产的藏匿之所后,便奔走此事。

四

一骑人马,朝着京都方向,飞一般疾驰在伏见大道①上。马蹄声响彻云霄——

跨过宇治川,片刻间又过了墨染驿站,到了一个两旁被灌木丛和矮竹林掩映着的街道,正是深草野,自古以来,这里就因鹌鹑而闻名。鹌鹑是一种在荒野里啼鸣的鸟儿。

---

① 伏见大道:连接京都的五条与伏见的街道。

中古以后，这里就荒废了，鹌鹑之乡的遗迹被原样保留了下来。走在此地，沐浴着微凉夜风，人突然间会觉得这里有种萧瑟枯淡的韵味。

走到一个分别通往鸟羽街道、竹田街道的三岔路口，骑马男子拉住缰绳，轻快地翻身下马，站到地面上。

不消片刻，一个黑影突然间从树丛的阴影下闪了出来。

"先生——"

正是鼠小僧。

"辛苦了——"

狂四郎把马牵到路边，让它吃草。

次郎吉阿嚏一声打了个喷嚏，说道：

"我也算是个忍耐力很强的人啦，但在这个极其荒凉的地方整天整夜地蹲守，实在是少有的事啊。"

"从前的高官权贵，为了赏月，或是欣赏鹌鹑的啼叫，也像你一样，耐心地站在这里，只为能吟出这么一句——每逢日落傍晚时，原野秋风轻拂身，鹌鹑鸣啾深草间。鹌鹑虽是秋令鸟，但黄莺之类的也会在秋天啼叫吧。"

"您就别开玩笑了吧。小的从昨天夜晚开始，就眼睛瞪得像盘子一样大，一直等着那个骑马过来的混小子呀。"

"他从这路过了吗？"

"是的，一刻钟之前刚刚过去。"

监视整整一昼夜，终于有了收获。

"他马上就会返回来吧。我来替你，你到那边休息一下吧。"

"还有我的任务吗？"

"当然会有。"

"这次，即使是稍稍冒点生命危险我也在所不惜，所以，我一定得养足精神啊。"

为了能在夜雾中躺下休息，次郎吉一边说着，一边嘎吱嘎吱朝着灌木丛对面走去。

狂四郎双手环抱胸前，站在路上，像尊雕像般一动不动。

月亮好像出来了，山的那一面，也逐渐明亮起来。

不久，轮廓朦胧的半月若即若离依偎着山脊，狂四郎的影子投射到地面上，一点一点变长。就在此时——

竹田街道方向，远远传来了马蹄声。

月光之下，马蹄飞扬，卷起层层的尘埃烟雾。就在那一人一马将要经过路口的刹那，躲在树影后的狂四郎突然跳了出来，伸开双手。

那个蒙面骑手猛然一惊，一下子勒紧了缰绳。马儿抬起前腿，用后腿站立。

虽然他急急忙忙调转了马头，但此时狂四郎的一只手已经紧紧攥住了马嚼子。

"下来吧，须藤辰马！"

听到狂四郎的凛然大喊，马上之人低吼一声，拔刀砍了过来。

狂四郎只是微转肩膀，在对方的刀风呼啸而过的同时，一把抓住了须藤辰马的脚脖子，毫不客气地把他从马鞍上拉了下来。

狂四郎死死按住扑通倒地的家伙，敏捷地扯下他的面罩，看到他头上那条醒目的白布。

"喂，你这个叛徒！你到底从幕府密探那里得到了几个小钱？我倒是很想听一听，是不是那个数额值得令四名同伴死去也不后悔，你得到了哪怕是一个千两箱了吗？"

狂四郎一边大声叱责，一边反剪他的双手，用刀鞘绦带把他紧紧捆住。

次郎吉走了出来。

"这个畜生！托了你的福，我才有幸领略了一番达官权贵在此享受的风雅呀。你这个猎物，真是让我等得不耐烦啊。"

他越说越生气,照着那小子的脸颊一通胖揍。

"次郎吉,不要太欺负他了。他的一切行为都在我的计划之中。他要到京都的什么地方去,去商量什么事情?——看他的样子,他是要交代出所有的罪状吧,是吗?须藤。坦白吧,至少,这也是向你杀死的同伴赎罪呀。"

五

乘船从京都到大阪,要坐上从三条小桥、木屋町驶往高濑川的拖船,然后再往伏见船场,在那里乘坐荷重三十石的公共船只,沿着淀川下行,最后到达八轩屋。这一路几乎都是夜路,夜里五刻时分从高濑川出发,在大阪上岸的时候已是拂晓。

从木屋町的石垣开始,就连那些拖船也都全部出航,酒楼的弦歌也逐渐不见了踪影。然而就在这样的深夜里,一艘整装待发的船只从二条方向沿河而下。

船刚一到达桥旁的石墙边,站在船头的一名武士即刻上岸,对船夫命令道:

"你在这里等一下。"

看到武士的身影消失不见,一个黑影悄无声息地跳向石墙,朝着蹲在船尾、叼着烟袋的船夫猛扑过去,干脆利索地把他按倒了。

紧接着,又有一个黑影跑了过来,迅速地剥掉无力反抗的船夫身上的衣服,穿在了自己身上。

他照着船夫的样子,一边用圆点扎染花布蒙住头部和脸颊,一边咕哝道:

"吞下去的金子,要让他再吐出来——果然是个好主意。"

说话之人，正是次郎吉。

"那么，我要嘱咐一句。坐这艘船的，最多只有两人吧，你小心不要被识破啊——"

说完，狂四郎迈着沉稳的步伐，登上了石阶。

次郎吉用东西堵住船夫的嘴巴，将他拖到了石阶背后的阴影处。然后，一副若无其事的表情，蹲在船尾开始抽烟。

一会儿工夫，一伙蒙面人抬着六个千两箱，朝船这边走了过来。

悄悄看到只有其中一人留下来后，假船夫暗自窃笑。

返回的六个蒙面人，都有马匹在堤岸边等着他们。

这伙人各自翻身上马，每匹马之间保持着一定的距离间隔，扬长而去。

一队人马流水般疾驰着——其速度之快，如此形容再恰当不过。

转眼之间，村村落落、青野原、川堤、森林……一个个被他们远远甩在了身后，狂四郎方才抓住须藤辰马的那个路口，瞬间也被他们疾驰而过。

一行人来到了远处——一个望得见淀川的塔楼剪影黑黢黢地高高耸立在月色下的地方。就在此时——

一人一马从后方策马扬鞭追了上来，速度比先前那群人还要快上几分。

那群人中跑在后面的那位回头观望的时候，后来之人与他相距只有数间之遥。来人伏在马鞍上，连个"打扰了——"的招呼都没打，就径直赶超过去。

"怎么回事？"

"他是谁？"

迎着六人恨恨的眼神，这一骑人马宛若一支飞箭，转眼间跑到了六人的前方。

"啊！是他！"

其中一人愕然惊叫的时候，来人已经跑到他前方五间之远。

看到时机成熟，来人巧妙地勒住马头，回首转身，面向六人。

"是幕府密探六亲不认组吧。在下眠狂四郎,要还先前的阿弥陀峰之礼!"

他英姿飒爽地一声喊叫,即刻轻巧地翻身下马。

一行六人不约而同也从马上跳了下来。

狂四郎随意站着,敌人顷刻间摆开圆形阵,将他围在中间。

"我先说几句,作为尔等黄泉之路的旅行见闻吧——你们虽然善于干些暴露他人私密,夺人钱财的勾当,却好像少了点识破自己被别人算计的智慧……须藤辰马刚刚惊慌失措地赶来通报那六千两黄金有假一事,尔等连真假都顾不上仔细分辨,就费尽周折运出那些钱并送到平野屋等人面前,要与真钱调换,真可谓精神抖擞啊。尔等真的以为会从平野屋等人那里拿到六千两金子吗?即便那六千两是假的,你们也没有理由向平野屋等人问责。尔等抢走的钱,是我眠狂四郎的。如果你们心里不快,尽管冲我来好了,是我骗了你们。不过,不巧的是,即便是对自己的敌人,使用欺骗手段也不符合我的秉性。但是,因为你们利用须藤辰马,使用卑劣手法在先,所以我也只好将计就计,利用了他给尔等通风报信。你们刚才装到船上的那六千两黄金,绝非有假!——别急啊,我的话还没有说完呀。"

虽然被六条白刃紧紧包围,但狂四郎仍没有拔出无想正宗。

"我略施手段,就能轻而易举地让尔等慌忙跑到平野屋那里调换金子,自己就把六千两收入囊中,并暗自嘲笑你们的愚蠢——如果仿照尔等的做法,我自然会这般行事。但遗憾的是,今天,我要一报阿弥陀峰之仇。那时我被人算计,这次我静候尔等前来。你们打错算盘了……。就是这么回事。在这种情形之下,尔等竟不给我留点退路,还把我团团围住。孙子兵法曰:围师必阙,穷寇勿追。说起来,尔等今之做法有违此道啊,这是在逼我使用全力了。"

唰——

朝着从正面杀过来的敌人,狂四郎砍将过去。其手法之快,肉眼根本无法捕捉到他拔刀的瞬间。

"六亲不认组的功夫多有长进啊,那我也就不再手下留情了!"

在朦胧的月光下,眠狂四郎那精湛的武艺,在与剩余五人的决斗中发挥得淋漓尽致。

就在此刻——

鼠小僧次郎吉悠闲地唱着歌,撑着小船沿着淀川顺水而下:

哎嘿!三十石船带来淀川浅滩美景,水车漉漉作响清流中。咕噜咕噜一圈转,人人醒来注目观。推杯换盏不胜欢,哎呀!一醉方休到伏见。忙抛锚绳把船拴,恰见一棵千两松树岸边站……

本该坐在船上的武士不见了。

原来,次郎吉伺机把他扔到河里了。

芳心诉情

一

夜雾笼罩在河面与两岸之上,淀川的轮廓显得模糊不清。载重三十石①的轮渡从大阪八轩屋出发,被堤坝上的绳子牵引着缓缓溯流而上。

狂四郎夹在形形色色的乘客中,他避开混杂的人群,走向堆积在船尾的草包阴影处,独自坐下松了口气。

在他的膝前,放着牛蒡汁和大碗酒。那是刚刚一边高声叫喊"吃饭吗?吃饭吗?"一边靠近的方枚船②强行卖给他的。两样东西他都未曾碰过。

从八轩屋出发时,狂四郎将双手揣在怀里,身体靠在草包之上,一直没变换姿势。

他的目光投向了所经之处沿岸的景色,可心中却充满了灰暗的虚脱感。

狂四郎觉得待在大盐平八郎府邸会成为一种无形的束缚,就不辞而别,闲逛到了这里。

---

① 三十石:日制度量衡的船或木材的体积单位,1石约为10立方日尺。
② 方枚船:大阪东北部靠近淀川东岸的城市,是淀川个河港的驿站。枚方船为当地的船只。

这怎样都消散不去的空虚，大概除了以剑杀戮的刺激之外是无法治愈的。而且就算是接受了这种刺激，也只不过是引起一种错觉——发达的神经功能证明了在这灵魂中，仿佛还有什么东西活着。

登上船后，狂四郎的心才一下子转移到别的心思上来。此刻，杜鹃啼叫着飞过朦胧的月下，声音尖厉。

何处杜鹃啼而过，淤水渡口夜已深。

不知为何，如此古老的和歌会掠过他的脑海。狂四郎有些羡慕歌者经历的时代，不过那也只是几秒钟的时间。

与这份空虚心情无关，狂四郎身经百炼的神经察觉到蹲在草包背后的二人有些形迹可疑。话虽如此，不过也与他毫无关系。看对方的样子似乎并没有意识到他的存在。

"老爷，可以吗？您说是来寻求进京做官门道的……虽然有些失礼，不过这想法实在太天真了，所以鄙人才想要多管闲事的。你可知道在京城有多少浪人为一天的日子而苦恼吗？不少于两千人啊。"

"……"

"在我所熟知的浪人中还有出师东军流①之人，他年轻时为了给父亲报仇，曾漂亮地干掉了仇人，却因此堵住了做官的门路。……喂，老爷，您就在这个地方仔细思考一下我的话，请您不要生气，听取我的意见——"

狂四郎听到他们压低了声音，像是在出什么坏点子。

"我并没有生气。"

回答的声音甚是微弱。

"那我们来讨论一下……也就是说老爷要么就此夫妇二人一同上京，然后变得连今日的伙食都要发愁；要么就视而不见，暂且与夫人分别，随即囊获百两财富——就这两条路。我啰里啰嗦说了很多，可那是一百两啊！"

"你是说那女人只有那点价值吗？"

---

① 东军流：剑术的一派，由天台僧人军权僧正所创。

"说实话,没有。不过您的夫人是大家闺秀,而您直到刚才也是以那种身份出现的。——也就是从最初的德川开始的家世,这血统无论怎样落败,都是不可争辩的事实。……如今,大町人已经将千两箱[①]垒到了金藏房顶了,这些人最想要的就是夫人所具备的气度。若是去了祇园,想让人拥入怀中的美人多的是。在京城,只要有钱,想要多少美人都可以随意得到。但夫人具备的气质是多少钱也买不到的。……因此,若是夫人有心的话,那让大町人掏腰包——就没有什么事能比这来钱更快的了。"

"……"

对方陷入了长久的沉默。

"老爷,在船到达伏见之前,请您慎重考虑一番。老爷若是无论如何都不愿意的话,我也不会强行劝说。不过,您若是拿定了主意,就要趁着今晚将这沉甸甸的一百两实实在在拿到手上。"

二人商议完后又折回了人群,狂四郎听见这动静就微微撇了撇嘴。

——哼,气质,三百年的天下太平所培养出的气质……这东西值一百两。真是好主意,卖了好。

(二)

船只抵达伏见京桥的船场时已经是临近三更的深夜了。

不过,以这支三十石的船为首,此处还有许多通往京城的平底船以及下行至宇治川的柴舟[②]行驶在河面上,排列在河边的客栈与茶屋灯火通明,灯光映入水中,人影进进出出,行色匆匆,卖伏见偶人的特产店还开着,招徕着客人。

---

① 千两箱:日本江户时代收纳千两金币的木箱。
② 柴舟:装柴的船。

夜里去伏见神社参拜的人，要换乘平底船的人，还有要在这里留宿一夜的人——客人络绎不绝，排队等着上岸，拉客的人们大声叫喊着拥了上来。

然而，唯独没有人来靠近那漫无目的地站在石阶上的狂四郎。可见浪人在京城是多么不受欢迎啊。

狂四郎的目光望向了船灯照射下的一张白皙无比的女子脸庞，忽然面露喜色。即便是下等暗娼（夜鹰），其面容与身段都带着些许俊俏的妖艳，她的身上却笼罩着一种落寞的阴影。

"先生——您看起来像是无处可去的样子。"

"嗯。去你那儿吧？"

"请来吧。不过我那儿没什么美味的地方酒。"

"不用特意招待我。"

二人肩并肩，缓缓走过吱吱作响的桥板。

女人把狂四郎领到位于十字路口拐角处的小店。这地方挂着印有白马图案的藏青色布帘，看来和小酒馆没什么区别，但走进去一看，样子却有些不同。长凳上没有什么客人，角落里落着两顶轿子，板墙上悬挂着草鞋、绑腿、防雨斗篷、蓑笠等旅行用品。

台子上，烛台的火焰在悠悠摇曳着，而"叽叽叽"叫着的东西让人觉得奇怪，如此一来便更无人烟了。

不过，狂四郎坐在长凳上，并未显露出丝毫诧异。

女子麻利地走进里屋，不消片刻端了酒菜出来。

狂四郎默默将斟满的酒杯送到了嘴边。

女子同样无言以对，任凭狂四郎饮酒，自己托着腮不断为其斟酒。

过了一会儿，女子问道：

"您在想什么呢？"

"什么也没想。"

"先生，您从何时开始变成这种人了呢？"

狂四郎直勾勾地盯着女子。

他直盯着女子的眼眸，那里有一种与落难者毫不相称的色泽——深重而清澈。

"就从第一次杀人时开始。"

听他这么一说，女子仍面不改色。

"杀了也罢，是坏人吧？"

"不记得了。"

狂四郎表情僵硬地回应着，把酒杯递给女子。

女子把酒杯靠拢泛起微笑的唇边，眼眸始终被狂四郎棱角分明的脸庞吸引着。

之后，又是一阵沉默。

少顷，女子问道："先生可曾爱慕过一个女人？"

狂四郎没有回答，而是反问道："你呢？"

"我？……我有。"

"你还没有忘记那个男人吗？"

"我真是太愚蠢了。"

"他把你抛弃了？"

"连孩子都为他生了。"

狂四郎望过去，只见这女子埋着头，用溢出来的酒在台子上画着字儿。

——修太郎。

她写了这三个字。

"那孩子还活着吗？"

"死了。"女子的声音突然变了，"先生，眼下您没有什么事可做吧？"

"没有。"

"那……"

女子有些吞吞吐吐。

"您讨厌做保镖吗？"

"这家的吗？"

"是啊——"

"这里在做什么坏事吗？"

"他们在进行买卖，就是像我这种软硬不吃的女人的买卖。"

此时——

门帘被掀开了，一个男人突然走了进来。看样子像是个气质不凡的掌柜，但目光中露出一丝阴险。

他向女子轻轻点了点头，就将头转向外面，弯腰说道：

"老爷，请进。"

狂四郎对这个声音有些印象。

——果然，就是这家店用一百两买下了那位具有贵族气质的绝色女子。此女气质高雅，有着三百年太平盛世培养出的出众品位。

狂四郎泛起了一丝苦笑。

一个出行打扮的武士被人贩子带到这里，他老实的面相看起来十分容易上当受骗。

当然，令狂四郎感兴趣的是跟在后面那位妻子模样的人。

她是个少妇，看上去和丈夫非常般配，宛若下巴偏宽，圆润丰满的享保[①]座型人偶。她那胜山髻[②]上面若是佩戴上镶有璎珞的头冠应该也很合适。而且，她仿佛没有自己的意志，遵从着孔子所言的"毋意，毋必，毋固，毋我"以及三从之道，举手投足间体现着贤淑的品性。

"请来这边——"

[①] 享保：日本江户中期的年号。

[②] 胜山髻：胜山发型。日本女式发型的一种。将头发扎在后脑，收紧发端，弯成一大圈地盘在头上。

被人贩子一番催促，夫妇二人从狂四郎面前走过。一旁的女子扬起一副若无其事的冷淡表情。

就在此刻——突然间，她看着武士脸庞的目光发生了变化。

武士没有察觉，带着妻子径直上了二楼。

女子表情异常僵硬，拼命克制着内心受到的冲击。她看到狂四郎犀利的目光，摇摇晃晃起身走到了外面。然而，狂四郎毫无想要留住她的样子，只是静静地继续饮酒。

三

之后不大会儿工夫，人贩子悄无声息地走了下来。

看到泥地房间里只剩狂四郎一人，他稍稍有些吃惊，很快向他身旁靠了过来，小声问道：

"先生，阿媛给您说了什么呀？"

"什么？"

狂四郎装起了糊涂。

"关于阿媛将先生带到这里商议的事——"

"啊，保镖的事儿吧——"

"一天给您二两金子。"

"还是算了吧。"

"你是说二两不够吗？开什么玩笑！在大阪，雇佣手持江户派发汇票的信使随从，让他来往于东海道，还不到五两。"

"并非如此，我不是嫌少。我没有受得起这二两巨款的本事和气概。"

从外面缓缓走进一个五十岁上下的浪人，狂四郎佯装没看到他。

"这倒看不出来啊。阿媛这个女人认准的武士，净是些杀过两三人的家伙。阿媛凭着这种直感,从来没看走眼过。"

"用到我身上时却是大错特错了。我既不记得杀过人,也没有做过会遭人砍杀的坏事。"

人贩子咋了咋舌,令人生厌。

"阿媛有没有告诉你工作的详细情况?"

"我没有问。"

狂四郎摇摇晃晃站了起来,把零钱放到台子上。人贩子用他阴险的眼神目送狂四郎走了出去。

"德兵卫!"

狂四郎刚出门,坐在楼梯下方台阶上的浪人便叫道:"那家伙很能干的。"

"唉?"人贩子两眼放光,"混账!为何要隐瞒?"

"他看起来不像是奉行所的探子——"

"贝塚先生,你去帮我把那家伙收拾了。唯有万事小心才是上全之策啊。"

"嗯。——好吧。不过,弄不好我反而会被杀死。"

浪人缓缓起身,走了出去。

狂四郎沿着河边信步前行。

不知何时,河面上船只变得稀稀落落,大多数客栈也都已打烊。悬挂着的灯笼发出的红彤彤的光线洒在路面上,令人能够看到远处。路人行人稀少,脚步声显得空荡,俨然是一个万籁俱寂的世界。

空气微妙地变得湿润,这让人感觉到季节悄悄地变迁。

——回江户吧。

他恍恍惚惚地寻思着这件事,准备拐入一个路口。

那里已不是鳞次栉比的客栈所在,路上已经一片黑暗。

狂四郎的右边是山墙①整齐的酒馆仓库,路边的大木桶排成了一大排。

走了四五步,狂四郎本能地感到一丝杀气,他四肢的神经立即以惊人

---

① 山墙:构成双坡屋顶两端的山形墙。

的速度做好了准备。

他并没有改变姿势、步伐或是速度，那种异于常人的感觉无需大脑的运作，而是与生俱来的。

——来了！

他悟到这一点，心志并未向身体发出"不要大意"警告，而是赋予了他能够如闪电般应对对方杀气的力量。这正是狂四郎遍布全身却无法解释的闪光点。这并不是在夸耀他的悟性，而是连他自己也难以置信的，千锤百炼的本能。并且，它常常是准确无误的。

狂四郎又缓慢地向前走了三步，心底里向没有出现的伏兵问道：

——怎么了？

刀并没有劈过来。

在怀疑产生的瞬间，狂四郎全身紧绷——他感到一种好似不知所措的感觉。

——危险！

他自言自语着又前行了两间距离。

迄今为止，狂四郎曾有好几次中了满怀杀意的人的埋伏，而他对敌人的偷袭根本不放在心上。

不过，他觉得方才那一刹那的防备有些过头，但逃脱虎口的意识却于不经意间冷飕飕地上涌——此等经历却是头一回。

——是强敌！

对手向他抛出了回应他想法的冷峻杀意。

——为何不来杀我？我可不是那种会因被杀而怨恨的人。

狂四郎忽然产生一种冲动——他想要转过身去，猛然间挑衅躲在木桶影子下的那个人。

不过，他终究没有停下前进的脚步。

折回去就意味着寻常的较量，而他并非是将顿悟剑道之妙处当做夙愿的练武之人。

一瞬间，危机已经过去了。换言之，也正因如此，眠狂四郎保住了性命，仅此而已。

四

阿媛一直蹲在离船场较远的岸边。

傍晚，长明灯一闪一闪地发出光亮，好似身边的芦苇叶上停留了无数的萤火虫一般。

她看着那里，身形黑乎乎的，像石狮子一般一动不动。

从酒馆夺门而出之时，因为强烈的内心挣扎，她的心已是支离破碎，不过已经暂时平息了下来，只剩下沉重的疲劳感。

脑海里一片空白，却好似被石头填满了一般沉重。

——那家伙是来找死的！

这句话阿媛已经念了无数遍了，她在心中又重复了一次。

她刚刚对这个被自己选中，并想雇为保镖的浪人吐露了她那从未提起的过去，却看到让自己生下孩子，却将自己弃如敝屣的当事人——成濑门之进，带着妻子突然进来。不知是不是神灵辛辣的恶作剧。

成濑门之进被贬为平民离开了江户——这一传言早已传开，再次相遇一事是她连做梦都想不到的。

对阿媛而言，这个可憎的男人在落寞之后最终出卖了妻子的身体，然后再来送死，这才应该说是所谓报应吧。如今才是门之进走到饱受三恶道[①]痛苦的地步。以肮脏的手段去报复——能够淡然去做此事，阿媛大概浑身都带着这种冷漠。

[①] 三恶道：地狱道、饿鬼道、畜生道。死者因前世的恶业而去的三个世界。

尽管如此，阿媛看见门之进的瞬间，难以名状的冲动并没有点燃她复仇的气焰，而是将她所背负的宿命彻底击垮。与嘲笑对方相比，她首先感到的是对自己沦为地狱之女的厌恶和屈辱。于是，她摇摇晃晃地冲了出来。

——我是不是还放不下那个男人？

她扪心自问，脑中一片空白。

如果没有这个男人，阿媛现在已经成了江户知名的和服批发店店主的妻子了。

七年前，阿媛与那间批发店的年轻主人订下婚约之后，就去了领俸一千两百石的交代寄合旗本成濑家做佣工。在当时，家宅佣工都是受过高等教育的城镇姑娘。

做佣工还不到一个月，一天晚上，阿媛就被少主门之进糟蹋了。但是，在放弃婚约的同时，她爱上了门之进，下定决心甘愿一辈子做他的妾室。可惜这只是阿媛自己虚无缥缈的梦罢了。

待到门之进迎娶正室之时，阿媛被管家狡猾的奸计所骗，最后被赶出了成濑家。那时，阿媛已经身怀六甲。

不用说，她已无法回到娘家了，所以就去投靠大阪的伯母。在那里，她生下了一个男婴。她将儿子寄养在伯母家，自己去新町花街柳巷做女佣。后来偶遇人贩子德兵卫，对这个看似耿直的小买卖人深信不疑——这成了她落魄的起因。

……她被生拉硬拽到这悲惨世界已经五年有余了。

"畜生！"

阿媛按捺不住地骂道。

"杀了他吧！"

一瞬间——像患了疟疾般的寒战涌上她的全身。紧接着，从澎湃的心底，一个难以名状的可恶硬块朝着咽喉急速涌来，骤然间一下子到了嘴边。阿媛不由得弯下腰，一下子吐了出来。

大片的血迹喷洒在长明灯的石台上。

阿嫒一只手搭在了灯罩上,强撑着那几乎就此崩溃的疲倦身体,长长地舒了一口气。这时,她背后传来了一个声音。

"喂——"

是狂四郎。他走过路口,绕了一圈,出现在了这里。

他像文乐[①]人偶一样,慢慢转过头对阿嫒说道:

"能否带我去你熟悉的客栈?"

阿嫒没有说话,只是点了点头,向前走去。

大约过去了小半个时辰——。

在一家舒适小巧的古典客栈里,狂四郎和阿嫒同坐于一处。

在狂四郎进入被褥之前,阿嫒一直蜷缩在角落里一动不动,自言自语道:"能否也留我住下?"

她没有等狂四郎的回答,就以万分慵懒的动作开始宽衣解带,软绵绵地脱掉衣服,然后将火红的和服长衬衣放在狂四郎的旁边。过了一会儿,她把脸靠向狂四郎的胸口,没有动。

狂四郎曾目睹这个女人咳血,知道她由于发烧而挣扎喘息,因此,他并未拒绝阿嫒,什么也没有说。

阿嫒自己主动开始男女之事。

过了一阵,狂四郎挪开了身子。阿嫒整理好了凌乱的床铺,缓缓坐起身来。

狂四郎看她开始穿衣服,还是什么都没有说。

梳妆打扮完毕,阿嫒坐在狂四郎对面,语气平缓地说:"我有一事相托,请您做保镖。"

"我已经拒绝人贩子了。"

"这次要您保护的不是我。刚刚有对武士夫妇被带到了白马,……实际

[①] 文乐:日本特有的配合义大夫调净琉璃演出的人偶戏。

上，那个武士是——"

"是你为其生子的薄情郎吗?"

"是的。七年后再次相遇。……请您务必相助。"

"……"

"人贩子德兵卫给了那个武士一百两,让人在他离开伏见的时候杀了他,再把钱夺回来。那人名叫贝塚三十郎,是东军流的。他是个极其强悍的浪人。据说在他年轻时,为了给父亲报仇,曾发疯似的拼命习武。不过,我想您是可以打败贝塚的。"

"……"

"我知道您,您就是名为眠狂四郎的厉害剑客。"

"……"

"先生曾问我是否还未忘记那个男人,我回答说'我太愚蠢了'……我一直想要忘记他……可却没能忘记。我现在终于明白了。"

说完,二人沉默了许久。

阿媛突然站了起来。

"……拜托您如此愚蠢之事,实在抱歉。"

阿媛头也不回,如影子般离开了,狂四郎始终紧闭着双眼。

次日,狂四郎下楼洗脸,听见掌柜和女佣谈论溺水者浮尸河中的事,突然有一种不祥的预感,便迅速走出了客栈。

狂四郎瞥了一眼躺在岸边的死尸,从草席一端露出的衣服花纹知道,自己的预感变成了现实。果然是阿媛!

（五）

阴沉沉的乌云下,大和街道的五十町大堤沿着广袤的小苍湾延伸开去。

狂四郎缓缓地走在大堤上，随兴吟咏着小曲儿。

威武凛凛，发髻凌乱，发簪挠痒，情书绵绵，水梳理鬓，杜若映现。

随风飘远的歌声让坐在斜对面的人慢慢站起，正是贝塚三十郎。二人隔着两间距离，相对而立。

狂四郎率先开口：

"真是过意不去，我想成濑门之进夫妇已经带着区区一百两，就走上了西国①的街道。"

三十郎浑浊的眼中血脉偾张，直勾勾盯着狂四郎。

"这是你雇主的安排？"

"杀了人贩子德兵卫之后，你在这个世上似乎也没什么任务了。……你昨晚应该杀了我的。贝塚先生，您为何没有杀我？"

"因为我感到胆怯。"

听到此话，狂四郎笑得更加爽朗。

"这是视对手而定的行事方法。对我而言，完全不需要如此斟酌……多亏您的斟酌，我今天才得以站到了这你死我活的地方。"

"呵呵呵呵……那我们就看谁先下地狱！"

三十郎也若无其事地笑了起来。

有个旅人从大堤上很远的地方走了过来。他看见两个人影刀剑相对，大吃一惊，便在那里驻足了。不久，他目睹了两个影子合二为一的刹那，看到其中一方极其缓慢地落下了斜坡。

活下来的那个身影一边向这边走过来，一边吟着小曲儿。旅人感到刚刚所发生的一切仿佛都是自己的错觉。

---

① 指日本比关西地区偏西的地方，尤其指日本九州。

海盗村

（一）

阴历五月中旬，有一天被称为竹醉日①。据说在这一天种上竹子，竹子就会长得枝繁叶茂。

那天，有人看到狂四郎只身出现在备前国和气郡②方上浦这一临海浅水湾的山顶上。

这是一个隐藏在入海口背后的海湾，由于与濑户内③常用航道的西南部相隔甚远，所以时常被人遗忘。沿岸因涨潮而暂时停泊的船只也寥寥无几。浅水湾东一里④开外，有池田光政⑤建造的闲谷圣堂。

岭上是一片空地，狂四郎站在脚下这片红土地上，浑身上下被太阳晒

---

① 竹醉日：阴历五月十三日。
② 和气郡：日本律令制时期，国以下的行政区划。明治以后曾为府县以下的行政区划，大正十二年（1923）废止。
③ 濑户内：濑户内町。位于日本鹿儿岛县，包括奄美大岛南部和附近岛屿。
④ 里：日本的长度单位。一日里为36町，约3.927km。
⑤ 池田光政：日本江户初期大名。备前冈山藩主。辉政之孙。因重用熊泽蕃山而政绩显著。

得直冒汗,一阵带着潮汐味道的海风吹来,甚是凉爽。

远处,白色海滨犹如画笔勾勒出来的漂亮弧线,海浪把蓝色的海面分成浓淡不同的层次,向远处漫开。

灰色岛影漂浮在对面的海上,显得朦胧不清,狂四郎双眸出神地看着那里。

那个孤岛,正是他二十岁时,在一位无名老剑客的指导下,以自己的天赋悟出圆月杀法的地方。

师父若是尚在,应该八十有余了。狂四郎深信,师父仍生活在那里,于是,他不知不觉间来到此地……

狂四郎一如昔日般凝神遥望岛影,只是,他此次丝毫没有想雇一叶扁舟划桨前去的心情。

如果说这世上还有什么能够使狂四郎不寒而栗的话,那就是师父的眼神了。师父八十年如一日精心于心形一致的"法形",他那炯烈而坚定的眼神,狂四郎迄今都没有直视的勇气。

任何流派的剑道,其教义都是"兵形如水"。将心形一致的水之妙形作为"流"的秘诀,形成该流派的"法形"。领悟这种法形奥秘的武学者,从佛语角度来讲,其眼力据所观之理,对照会通能观之知,毫无微尘混杂,即犹如镜子般清澈明亮,映出对手的内心。

像狂四郎这种只能在战斗瞬间具备驱动全身心力量的人,距离领悟孔子所言"心静如水善莫大焉"的理智妙谛还相差甚远,简直就是与之无缘的粗鲁之人,和师父远不在同一境界。

如今,在狂四郎内心一隅,只有那种站在远处对年事已高的恩师的敬仰之情。

狂四郎一下子躺在了红土地上,闭上了眼。

师父曾一边拔出无想正宗吟唱自创歌曲一边舞剑,那淡薄的身影清晰地浮现在狂四郎的眼前。他不自觉地小声哼了起来。

笼子缝，乱哄哄，
一天到晚是战争，
取城池，夺人命，
百姓心，渐远行。
连你都觉世将倾，
所藏宝刀无法用，
越多做事情，
罪过越深重，
听闻君要抛性命，
烦恼至我心中，
连武士之魂灵，
也要将此宝物太刀依凭。
……

"呼——"狂四郎吐口长气，闭上了嘴。

嗯嗯嗯嗯……嗯嗯嗯嗯……嗯嗯！

一种奇怪的哼唱声在耳边响起。

狂四郎闻声移过视线，眉宇间满是疑惑。

只见一只小牛似的大狗四肢用力踩着地，全身充满了攻击的斗志。这狗既不是野狗，也不是土佐犬[①]，四郎至今还没见过如此硕而壮长相怪异的东西。

——应该不是日本种吧！狂四郎这么想。

——可如此偏僻之地，哪里来的外国犬呢？

狂四郎琢磨着正要慢慢站起，没等起来就听到那只巨犬"嗷"地大吼一声扑了过来。

[①] 土佐犬：土佐斗犬的别名。在日本土佐地区，以原有的中型斗犬品种四国犬与西洋犬交配改良而得的大型犬。高60—65cm。体重约40kg。耳下垂。毛短呈黑或赤茶色等。

狂四郎赶紧一个辘轳狼狈起身,右手顺势从腰间迅速拔出了无想正宗。

顷刻间,狗脸被劈成两半,挣扎着翻了个筋斗便一动不动瘫在了地上,身体里淌出的鲜血染红了身下的土地。狂四郎黯然伤神地用怀纸[1]擦了擦刀身。

刚随口咏诵了师父自创的名刀赞歌,不料紧接着就发生了这种事情,使刀刃上沾满了牲畜的鲜血。

狂四郎自嘲般地咧了咧嘴,正要迈步走开,看到对面数间之外站着一人。此人乃一少女,小麦色的脸上两只大眼睛闪闪发光。

女子也和狗一样让狂四郎皱紧了眉头。这是因为她着装怪异。只见她头裹生丝织物,露着小腿的窄袖便服口处,像男人一样系了根细细的带子,那打扮令人想起了战国时代的装束。不过窄袖便服上的花样明亮,是唐土的通透织法。大阪一带以将布匹送至京都进行着色为营生的中间商经常偷偷专门为富有的町人走私进口布料。富人们并不当回事儿,平时都这么穿。

"喂!你为何杀了我的海丸?"

男人般粗暴的言辞从她那红色的嘴唇里涌出。

"岂有此理。不是你唤狗咬过来的吗?"

"混蛋!海丸只会咬行为怪异的家伙!"

"那要看依据什么吧。在我看来,你才不正常。"

狂四郎一笑,姑娘恶狠狠地迸出一句不知道哪个地方的方言,突然从怀中抽出飞镖高举过顶。

"我要杀了你!"

"万一失手了呢?"

"不可能!我要把你的心脏刺穿——"

"看你的架势倒是像练过,不过马也有失前蹄的时候。"

---

[1] 怀纸:叠起来放在怀里备用的和纸,吃点心时用。

"绝对不会!"

"我是说万一……如果,失了手,怎么办?你的贞操,要给我吗?"

"……"

姑娘的眼神越发泛出妖魅的光芒。

"当然,我也可能就此丢掉仅有一次的性命,这种赌注是难免的。不过我事先跟你说一下,即使你的飞镖飞过来,我也不会躲开。"

狂四郎笑容未逝,脸色苍白。姑娘一动不动地盯着他,说道:

"好!我要是失手的话,随你处置!"

(二)

明亮的阳光下,姑娘突然镇定下来,脸色看上去有点发白。

狂四郎自然垂着双手,放松全身,丝毫没有防备飞镖的样子。

姑娘右手握着飞镖,慢慢藏到身后。突然"呀"的一声娇叱,袖子一翻掷出飞镖,同时一下子紧紧闭上双眸。

飞镖声打破沉寂的空气时的声响,"铮"地被弹开时的金属声,以及刀柄护手低沉的阻挡声。——这一切,姑娘似乎全都听到了。

当她睁开眼睛的时候,狂四郎仍然一动不动地站在原地。飞镖落在了他的脚边,镖尖不知去向。姑娘脸上浮现出一副不知所措的表情。

狂四郎得意地笑道:"你这丫头为了不夺我的性命,就瞄准我的脚。真是太手下留情了。"

姑娘不情愿地耸了下肩,低头不语,迅速转身往回走去。

这个山岭犹如一条通路,处在两座山峰缓坡的底部。

姑娘朝着岬角方向的山峰,急急忙忙往上攀去,转眼间便消失在松林之中。

狂四郎丝毫没有要追上去的意思,他打算从岭上下山,刚走出两三步——

"喂——"

姑娘喊了一声。

"你在磨磨蹭蹭什么呢!"

狂四郎心里苦笑,多少被唤起了一些兴致,于是便朝那个斜坡走去。

那里是一片覆盖着松软青草的平地。

姑娘解开腰带躺下,双手恭谨地交叉于胸前。她闭着眼睛,嘴唇微张。

即使狂四郎的脚步声在旁边停住,姑娘也纹丝不动。因为她已经下定决心在睡容上表现出平静。那发育茁壮的肢体,不用脱掉和服就能勾起男人情欲的丰满姿容,还有那娇嫩且富有弹性的肌肤……

但是,让狂四郎抑制住自己冲动的,正是姑娘睡容上让人感到意外的天真烂漫。

"行了,起来。"

狂四郎话音刚落,姑娘一下子睁开眼睛,却并不起身。

"快起来,穿好衣服。"狂四郎又道。

"不要!"姑娘尖叫。

狂四郎随即回过头来,姑娘的眼神刚好撞上他那双变化无常的眸子。

"你不是跟我说好了吗?就算我做得不好,也是为了遵守诺言。"

"我知道……是我改变主意的。"

"你讨厌!"

姑娘一下子跳起来再次大喊。突然,她那松开的红色腰带滑至脚踝,匀称丰满的裸体随即暴露在了阳光下。那肉体充满了野性的魅力,狂四郎不由得倒吸了一口凉气。

这是个生来就用好几层柔软的丝绸、绉绸、绫子包裹着的身子。姑娘解开衣服上的几根带子,将衣服一件件脱掉,终于,如春风拂动的李子花般娇羞的白嫩肌肤露了出来。那如赵飞燕一般的娇艳风情,狂四郎也少有接触。这立时唤醒了狂四郎的欲望。

而且,眼前这副裸体毫无顾忌,充满了公然挑逗的原始野性。这种令人头晕目眩的刺激于狂四郎而言从未有过。突然,他似乎也感觉到了自己体内那股朝气蓬勃的野性之力沸腾了起来。

狂四郎慢腾腾迈出了一步。

此时,如果戴在姑娘脖子上那闪闪发光的饰物只是斜挂在衣襟里面,没有滑落到隆起的双乳之间的话,那么狂四郎的动作一定会继续下去。

那闪耀的金色光芒让狂四郎感到目眩,他燃起的欲念转瞬便冷却了下去。因为,那饰物是一个挂在珍珠做的佛珠串上的金十字架。

三

小半刻之后,狂四郎跟着这个名叫阿洋的姑娘来到小湾之滨。这里是偏远地区,与方上浦隔了一个海角,毫无韵味的低矮山脉沿着内海蜿蜒起伏,把山脊拉长,给一个个小湾各自附上巴掌大的盆地。

棋盘一样的旱田蔓延至半山腰,稻草屋顶的民居星罗棋布,和狂四郎之前经过的几个海湾并无二致。

不同的是海湾中央那片数千坪[①]的宽阔宅第——五栋之多的白壁土墙仓房,庄重而威严地雄踞其间。

阿洋指着这座宅第,告诉狂四郎说那就是她的家。狂四郎一听,脸上略显意味深长的笑容。到山脚之时,狂四郎问道:"这样的海湾,大船能进来吗?"

之所以这么问,是因为他在山顶上听阿洋说起她脖子上的金十字架是

---

① 坪:日本度量衡的面积单位。用于丈量房屋和宅地面积。1坪约等于3.306㎡。

从昨天靠岸船只上的船夫那里得来的。

"这里只有我们家的海湾最大。即便是千石船①也能轻松驶入……看，据说它是那个岬角和荒岛中间的狭窄水道，海底深不可测。船只都是绕到这边的岬角靠岸抛锚的。"

阿洋得意地向狂四郎介绍。

狂四郎来到宅邸，刚被引至客房，就断定这里的主人是个海盗首领。他看过猛犬、阿洋的衣裳以及金十字架之后，基本能确定自己的预感不会有错。

这宅子是仿照几个朝代前的禅寺风格所建，为书院式建筑，里面的家具也全都是外国货，壁挂、绒毯、桌子、洋灯等，不管哪一样，都远比狂四郎在长崎见到的珍奇。

屋里出来一位约七十有余的老人，目光如炬，皮肤黝黑发亮，这一切都显示他是有着不平凡过往的人。

"眠狂四郎先生——"

老人含笑说着，目不转睛地看着他。"听我孙女说……您的剑术相当高超。能够打落她手中飞镖之人，想必是具有近乎奇迹的神技吧。"

"在下失礼了——请问您出身何处呢？"

狂四郎沉静询问时，阿洋在玻璃瓶里倒了一些血红色的饮品端了上来，说是葡萄做的酒。

"我走投无路当了倭寇。"

老人淡淡地回答道。

"现在呢？还在做倭寇吗？"

"是的。你看到的物品都是我抢回来的……哈哈哈！"

倭寇！

---

① 千石船：可装1000石米的大型日本船。石为日制度量衡的船或木材的体积单位。1石为10立方日尺，或约合0.28m³。

据说弘安、文永年间，元世祖两次征伐日本。后来，日本商人反倒自己来到大陆，假装有意通商贸易，突然就变成了海盗。镰仓时代结束，进入南北朝后，他们趁着元朝的衰落越发猖狂。到了明代，已经猖獗到即使握有军权也不能防御的程度。室町时代时，他们已成为四国[1]中伊予国[2]的河野一族及肥前国[3]的大村町、五岛町等地大名小名[4]统帅的军队。也就是说，这些人已经不只是单纯的海盗了。

海盗们花衫短袴[5]，身轻装，肩挎刀剑，挥舞着八幡大菩萨[6]旗，驾着日本船，神出鬼没，展开蝴蝶阵，入侵大陆沿岸和南方诸岛，剽悍无比。最终，高丽因此而亡国。元明两代，倭寇甚至被称为国之大患。明朝时称南倭北房，朝廷日夜苦于防御，加之财政不足，为亡国之一因也是不容置疑的事实。

为预防倭寇，明朝时不得不建构了庞大的海防线。据说朝廷为了保护福建，把海边居民的三分之一编入海防军，拥兵一万五千人，筑十六城。当时的上海只是一个数十户渔民散居的小村庄，因倭寇从黄浦江附近登陆，为了阻止倭寇修建了城池，才有了后来的繁荣。

不过，这都是数百年前的事了。而倭寇如今竟然尚存一事，狂四郎若非亲眼所见，无论如何也不会相信。

"我的祖先是平户町倭寇的统帅。"

老人一边劝狂四郎喝葡萄酒，一边说起先祖须贺重成。

经过南北朝之乱后，当时的日本极度缺乏钱币，足利氏为了通过贸易

---

[1] 四国:指日本旧时的南海道出去纪伊、淡路国之外的阿波、赞岐、土佐、伊予等四个旧国的总称。
[2] 伊予国:予州，今爱媛县。
[3] 肥前国:肥州，今佐贺县、长崎县。
[4] 大名、小名:日本古时封建制度对领主的称呼，以掌控土地多少有大名和小名之分。
[5] 短袴:短(和服)裙裤。
[6] 八幡大菩萨:日本神道与佛教混淆而产生的用语。

得到铜钱，开始向大陆派遣朝贡使。

须贺重成曾多次担任朝贡使前去北京，得到大量永乐通宝，却在归途中被奸恶的明商堵截，结果分文未剩。

通常情况朝贡使为增加路途和逗留北京的时日，会将归途的时间计划得较短，也是人之常理。加上人手缺乏，一下子从北京运送数百万文铜钱回去并非易事。因此，他们商品销售出去一拿到钱，便立刻托付南京、浙江附近去北京做贸易的商人运到南面。如此一来，朝贡使回到南京或浙江后，便能从商人那里拿到铜钱。不料给须贺重成保管钱财的商人十分狡猾，谎称有急事去朝鲜，便不见了踪迹，之后再也没有回来。愤怒的重成一族一气之下杀到那商人家中。而收受了商人贿赂的明朝捕吏早已恭候多时，径直把朝贡使的旅店包围了起来。只身逃回日本的重成立下向明人复仇的誓言，投身据守平户町的倭寇，因其异常活跃，不久便升至头目。

天文二十二年，须贺重成率三千余部下袭击大陆，这是倭寇史上一次最大规模的行动。

重成建造了约一百二十步[1]的大船。战船数十艘，从平户出发，先破昌国卫，后入侵太仓，略过上海，直奔扬子江，掠夺江阴，攻陷乍浦，袭击金山卫——以疾风卷枯叶之势夺取了南京。因为诈骗重成的商人就住在南京。

据说途经嘉兴时，重成与明朝总督兵部尚书张继的主力军发生了正面冲突，战斗极其惨烈，明兵战死一千九百人，倭寇方也损伤七百余人。

当然，重成身边也有主张撤兵的，但重成无论如何都听不进去。

后来，重成又组织敢死队，并率领这百余名队员从杭州西上，一路猛进至芜湖，最后攻陷了南京城。打开城门，烧光了那商人的店铺，在大街小巷抢掠了两个昼夜，才悠哉悠哉撤了回去。据说他们走了之后，南京的十二个城门全部紧闭，久久不曾打开。

---

[1] 步：日本旧度量衡制的土地面积单位，与坪同。1步约合3.3平方公尺。

"……到了丰臣秀吉时代，重成被驱出平户，隐居此地，'同恶相求，如市贾焉'，不失结盟朋党之力，直至今日，依旧靠掠夺渡日。"

老人对陌生的流浪武士没有丝毫警戒之心，面色平静地讲述着。

据说老人的儿子——即阿洋的父亲，前些年劫掠吕宋时被火枪击中而死，现在由一位年过三十名叫郑九郎的年轻人指挥五百石船。

㈣

那夜，时隔半年归来的倭寇们在宅第客厅设宴。

男人们身材魁梧，身上散发着热腾腾的海腥味，夸耀着自己多次闯过鬼门关的经历，紫铜色的脸上、赤裸的身上留下的伤疤就是证据。坐成一排排的场景，相当壮观。

之后，倭寇们酩酊大醉，便依次对村里斟酒的年轻女子粗暴骚扰，简直不像话到了极点。冷不防抓过来接吻的；抱在膝盖上随便无礼的；掀开女人裙摆，啪啪啪拍打着屁股大笑不止的；抱成一团滚在一起的——

尽管如此，那种场面在狂四郎看来并不显得淫猥。他们抑制了半年之久的情欲一举爆发出来，这种动物本性所表现出喜悦之情越发显得爽快、鲜活、壮烈。

狂四郎呆呆地在一旁看着这一切，这场景使他对自己那孤独、忧郁的性格感到惭愧。身旁的老人和蔼地注视着随心所欲胡闹的晚辈们，狂四郎无形中非常羡慕他们。

接着——

"喂……你，你，出来！给大伙儿跳支舞！"

年轻的船长郑九郎喊着，舞着青龙大刀，从中间跳了出来。他身高六尺有余，体格魁梧，右眼失明，一条可怕的刀痕从脸颊斜至唇部。

嗨咯，嗨咯，

八幡船上扬起帆，

大和男儿大刀舞，

吹响号角布蝴蝶阵，

你听过吗，你见过吗，那武士气概。

东风一吹就能攻克朝鲜，

东南风一吹就能打败吕宋①和台湾，

北越、广南、占城，然后是柬埔寨，

越六昆，抵暹罗②，嗨咯，嗨咯，

喔喔，喔喔，喔——

粗野至极的剑舞刚一结束，郑九郎就醉步蹒跚地走到正面的上座，扑通一声盘腿坐了下来。

"老爷！"

"何事？"

"把阿洋嫁给我吧！"

"那怎么行——"

"求你了！我喜欢阿洋！打心眼里迷恋她。"

"老夫倒是没有什么异议。"

"哦？！"

郑九郎高兴地迸出来一声欢呼，双手"啪"地掌音刚落，就听阿洋那边传来一个刺耳的声音："我不愿意！"

"什么！"

"我扔飞镖时曾败给了这个武士，当时说好了若是我输了就把自己的身

---

① 吕宋：吕宋岛。菲律宾北部、菲律宾群岛中最大的岛屿。面积10.5万km^2，约为群岛总面积的35%。

② 暹罗：泰国旧称。

体给他。所以，我已经是他的人了。"

阿洋直言不讳，冷冷的眼神瞪着暴跳如雷的郑九郎的大眼睛，将他的话顶了回去。

"胡说……乱来！喂！你怎么老是欺骗我郑九郎，别自以为是了……这次跟我比比！来啊！起来！"

面对咄咄逼人的郑九郎，狂四郎依旧一副面无表情的样子，犹如木雕一般毫无变化。

若不是老人大喝一声，当时那情景肯定要鲜血四溅了。

狂四郎不知何时离开了座位，待郑九郎注意到时，已是客厅再次引发骚乱旋涡的小半刻之后了。

五

狂四郎沿着洒满星光的海岸走至南边的岬角，跳上了停泊在海湾的海盗船。

他下到静悄悄的船腹之中，点亮烛台上的灯后——"露西亚！"狂四郎叫了一声，察寻声音回应的神经随即紧绷起来。

接着，狂四郎毫不犹豫地靠近船尾的板壁，推开堆积着的粗草席，看到被遮盖住的锁，随即便轻而易举地将锁打开了。

打开板门的一瞬间，狂四郎顿时悚然，整个人完全惊呆了。

那里——草席上，躺着的正是狂四郎刚才呼叫的人。狂四郎费了好一会儿工夫才认出她来。

说起来——

最近两个月，无论狂四郎走到哪里，他脑子里总是挂念着一个人。

此人就是那天他冷酷无情地将其置于小船上，令她漂向苍茫大海尽头的异国女子。她神秘、纯洁、标致，浑身上下洋溢着一种难以形容的美。

而眼前这个女人，皮肤像是被拔起羽毛的干瘪鸡皮，脖子上支撑着一副极其丑陋的脸。身体消瘦得让人看不下去，皮肤宛如老太婆一般紧贴着骨头，只有那一头金发是狂四郎记忆中的模样。然而那鲜亮的颜色反倒让她衰老不堪的面容看上去更像妖怪。

狂四郎忧愁地杵在那里，露西亚毫无怨恨的玻璃球般的瞳孔一动不动地看着他。

漂流在大海上的异国女子因被海盗船捡起而邂逅将其流放的我——这古怪的因果关系摆在狂四郎眼前，让他身上背负的罪孽变得更加深重。

接着——

露西亚缓慢地站起身来。

纵使狂四郎是个满身杀气，丝毫不会畏缩的男人，也不禁哆嗦着后退了一步。

就在这时，郑九郎来到了船腹中。郑九郎为了寻找从客厅消失的狂四郎，跑到外面，听院子里的女佣说他去往岬角方向之后，便一路猛跑着追了过来。

"喂，浪人！谁让你到船上来的！"

狂四郎听到一声怒吼，转身恶狠狠地看着郑九郎，见他右手里拎着一把手枪。

"若留你一条活路，也是个碍眼的家伙！念你的阿弥陀佛去吧！"

——是啊，活着也是麻烦。

狂四郎脑子里突然那么自言自语了一句。

——开枪吧！

狂四郎就像白天在山顶上面对阿洋的飞镖时一样放空全身。只是，与那种静止姿态不同，这次有种被置于刑台上的虚脱感。

枪声轰鸣。

然而——

狂四郎并没有倒下。

枪打中的是露西亚的胸膛。她突然跳出来想要推开狂四郎,不料却倒在了他的面前。

狂四郎撑住猛然倒下去的露西亚,将她轻轻放在草席上,忽然想起基督教徒视自杀为罪过。只愿这个可怜的女人能够早日升上天国,祈愿这样的机会降临到她身上。

狂四郎把金十字架放在露西亚的胸前,这是用以取代阿洋贞操的东西。而后,他不紧不慢地对郑九郎冷冷说道:"不得已到了这种地步,该念阿弥陀佛求神灵保佑的是你。认输吧——"

暴风雨

一

正月一过，假期也结束了，大街上逐渐一改往日的热闹景象。阳光已经能照到房间最里边的榻榻米上了。就在这一天天转暖的时节，突然一股寒流袭来，江户一夜之间变成了银装素裹的世界。

翌日，天气又豁然响晴，气温甚至上升到了让人出汗的程度。

押上村古刹龙胜寺的偏房内——

美保代向挂在墙上，有些发旧的黑羽二重[①]和服供奉完饭食后，为了摘朵花装饰壁龛，从檐廊上走了下来。

这位身姿婀娜的少妇迈着二字步，缓步走在房檐下的石子甬路上，从她那撩起的和服下摆露出一片绯红，映照着白皑皑的积雪，简直宛如画中走出来的人儿一般。

美保代昨日看到，院内西侧太子堂旁的梅花已经开放。

她刚走了不超过十步，猛然抬头看到一个男人的身影正向自己走来。

来人头戴由淡茶色手绢改成的出家人头巾，披着眼下已经过时的草绿

---
① 黑羽二重：黑色的纺绸和服礼服，上有家徽。

色皮革短外褂。

男人走到近前,一看到美保代的美貌,满脸茫然,一副着迷的神情。

接着,他猛然回过神来,急忙取掉手帕,弯下身去。他还只是个二十岁左右的年轻人。

"您是美保代小姐吗?"

美保代满脸疑惑地看着他魁梧的身躯和黝黑木讷的脸庞,微微点了点头。

"我是从海边来的。"他说道。

"来自海边——是么?"

"是。小的是个船夫,眠狂四郎先生曾坐过我的船。在下政吉。"

闻此,美保代雪白的脸上,唰地一下泛起了红晕。

看到美保代晶莹的眸子中闪烁的光芒,政吉似乎有点眩晕地低下头来。

"我家老爷……回江户了吗?"

她非常激动,喘着气问了这个问题。然而,男人却没有回答,瓮声瓮气地说道:

"我是来送他寄放在我这里的东西的。"

于是,男子被请进了偏房,从胴卷①中取出一封用油纸包裹着的信封。

信封正面笔迹漂亮地写着"美保代小姐",背面写着"狂四郎"。美保代接过信封,内心深处再次涌起一阵狂喜,全身近乎奇怪地颤抖。

然而,打开一看却发现——

那并不是一封信,而是一首吐露心怀的诗:

狂夫明月下,

沉醉不成欢,

猛气依何散,

剑鸣孤影寒。

美保代目不转睛地盯着这首深爱之人所作的绝句,过了片刻,她微启

---

① 胴卷:放金钱等贵重物品的袋子,一般佩带在腰间。

朱唇读了起来。

"狂夫明月下……沉醉不成欢……狂气依何散……剑鸣孤影寒……"

之后，屋内又是短暂的沉默。

不知为何，男子就像接受盘问一般，毕恭毕敬地垂首站在那里。

"嗯……我家老爷，乘坐您的船，不是要回江户吗？"

听到美保代这么一问，男子微显狼狈之相，说道：

"不，不——并、并不是那样。……实际上，我们的船，也、也就是那个——海盗船。"

"唉？"

"眠先生乘坐我们的船，是有原因的……首先，必须要从这件事给您说起——"

男子结结巴巴说了起来。

在备前濑户内海的一个小海湾，倭寇后裔组建了自己的部落。现在，他们驾驶荷重五百石的船只到处活动，并强行驶入南方抢劫掠夺。一个偶然的机会，眠狂四郎造访该地，来到那个海边，因为老头领的孙女阿洋而与年少的船长郑九郎展开决斗，并将其杀死。老头领看到了这场决斗，丝毫没有怪罪狂四郎的意思，还允许他逗留在此。然后，一个名叫佐治兵卫的人被老头领选为船长，他年过五十，是一名经验老到的独腿水手。去年夏天一个黄道吉日，佐治兵卫扬帆前往南方海域。

但是——

（二）

海盗船"神通丸"表面上是要把郡守松平伊予家的禄米运往江户府邸，所以这条航路从播磨驶往纪州，并在纪州湾突然调转船头，也是常情。

就在船只到达播磨滩的时候。眠狂四郎突然出现在船上——

他斜着看了一眼呆若木鸡的众水手，走近船上的望楼，仰头看看站在那里的船长佐治兵卫，面无表情。

"不好意思，请带上我一起走吧。"

佐治兵卫瞪大眼睛，目光炯炯地怒视着他，吼道：

"阁下，我们看见你可没好心情啊！"

因为彪悍无比的年轻指挥者郑九郎被狂四郎杀害，所以他的同伙绝不可能放过眠狂四郎。但由于老头领已经下过命令，所以他们才勉强放弃了对狂四郎发起袭击。

然而，没想到他却擅自来到了这条船上。既然如此，那就要另当别论了。他的出现让大家被暂时压制的憎恶理所当然地重新燃烧起来，如同飞蛾扑火一般，简直是送上门来让人替郑九郎报仇嘛。

突然间，佐治兵卫想到，水手中一定有欲向狂四郎报仇之人。

狂四郎虽然感受到包围过来的水手身上散发出来的近乎杀气的气息，却依然平静地回应佐治兵卫道：

"如果有人想为郑九郎报仇的话，不要客气，看准我的空当只管进攻好了。我会躲避你们的攻击，但绝不会还手。……怎么样，以此为条件，可以带上我走吧。紧急情况下，我想我还能发挥一定作用呢——"

佐治兵卫听后大声喊道：

"大家觉得如何——这家伙，是要逞英雄了啊！"

来自海上的男人们那种豪放性情，此时表现出一种直爽劲儿来，令人心情痛快。

"好！来吧！到时候我们就割了阁下的头吧！"

"阁下，哪怕我们失手你也不还手就太没意思了，倒不如你也拔刀出招儿，这样我们报仇倒也能来个畅快！"

"是啊是啊。你不还手的话，要是我们失了手都不掉脑袋，就没有什么意义嘛。阁下,也不要太瞧不起我们喽。"

在这个危险万分的世界上,生与死仅是一纸之隔,此时,在狂四郎与水手之间突然涌现出一种亲切感,这种感觉若非想在世上挣扎活下去之人就根本无法理解。

因此——狂四郎就成了一个奇怪的寄食者,被他们带着前往南方那不曾见识的国度。

但这次,并没有赶上出海的好时节,也就不可能一帆风顺了。

船只改变航线的那天中午——巳[1]时的后半时分,东北方向的烈风伴着大雨,发出可怕的怒吼呼啸而来。

他们本是见惯了暴风雨之人,于是马上落帆收桨,随风漂流,不管是收桨的地方还是前部、船尾处都响起了愉快的歌声与欢笑声。但是,这种轻松只持续了片刻。

这次暴风雨隐藏着他们依靠经验也无法战胜的可怕魔力。刚过未[2]时,东北风突然转为西北风。

船体遭受巨浪拍打,发出异样的哀鸣,一直向后退去。

"进水了!"

厨房传来大声呼叫,四五个人一窝蜂朝那里跑去。

水手们安装上提前准备好的水枪,两人踏着横木,从船的小排水口一点点将水排出,但是一有巨浪袭来,他们的努力便瞬间白费了,不得不再次重复原来的工作。

佐治兵卫和狂四郎一起站在船尾,并没有给出什么特别指示。他毫无目的地抽着烟,当船体发出不知是第几次可怕的哀鸣时,仍旧呆呆挺立在那里。

"就目前情况来看,只扔掉船上的货物已经来不及了——"

---

[1] 巳:上午九点到十一点。

[2] 未:下午一点到三点。

他小声嘟哝一句,便走开了。

"喂!唉!——来人把桅杆给砍了!"

听着烈风中佐治兵卫的呼喊声,狂四郎自言自语:

——虽然他以为只要我出手,必然会给事态带来异常变化……但这次的危机,恐怕以我之力也于事无补啊。

他苦笑了一下。

狂四郎第一次觉察到自己正处在一个巨大的危机中心,自己的剑这次完全发挥不了作用。

海盗们全都豁出了性命与自然的威力展开殊死搏斗。但是,狂四郎作为一个多余之人,除了坐着,别无选择。

此时,厨师政吉踉踉跄跄从人群中跑了出来,神色紧张地出现在狂四郎面前,小声说道:

"先生——。阿,阿洋她……"

只有这位青年,从在村里的时候起就对狂四郎抱有敬畏之情。

狂四郎皱了下眉头。

"阿洋也在船上吗?"

"是——"

"只有你事先知道吗?"

"在先生您出现在大家面前那天,我在船的中舱看到阿洋从隐藏的地方出来,吓了一跳……但她央求我不要把这事说出去,所以——"

原来,阿洋偷偷溜进了这个拘禁露西亚的地方。

狂四郎稍稍思考之后说道:

"眼下如果大家知道就麻烦了。只要你能守口如瓶,她应该可以暂时藏得住。"

"先生,阿洋说她想要见您。"

三

就在此时,"不行!笨蛋!从那边下斧子砍!再往右边、右边!桅杆竖着倒的话,船头就会被毁掉!"

传来了佐治兵卫的怒吼声。他正在想办法砍断桅杆。

要砍倒桅杆,十分困难。要从两个方向同时下斧,砍到大概四分程度的时候桅杆就会倒下,但为了让它倒向指定的方向,必须十分注意斧子的砍法。也就是说,要砍在指定方向的下风面稍靠下、上风面稍靠上的位置。并且,要在桅杆倒下的一侧船舷上铺上被子等较软的东西,安放在桅杆落下时能够将缓冲的装置,当桅杆马上快要倒下的刹那间要突然砍断从柱子上牵拉下来的绳子。如果砍断这根绳子时机稍迟片刻,桅杆就会如佐治兵卫刚才说的那样竖着倒下,给船体造成巨大的损害。

狂四郎突然站了起来。

"政吉,这个时候我正好能派上用场。请你转告阿洋,我帮不了她。"

说完,狂四郎就跳到了风雨交加、波浪汹涌的船上。

一个巨浪劈头盖脸扑了过来,转眼间狂四郎就已经全身湿透,他的四肢猛然间充满了与这巨浪搏斗的力量。他乘着疾风,跑到桅杆旁。

那边的两个身强力壮的水手,一把板斧举过头顶,斧子就在风中摇摇晃晃,好不容易砍了一下,却又被扑到脚边的巨浪一下子砸倒了。

"喂!让我来!"

听到狂四郎的喊声,扯着绳索的佐治兵卫吼道:

"你胡扯什么呢!要把这个大柱子砍倒,需要两刻多钟呀!"

"用不了——让我试试!"

"说胡话吧你!"

"让我试试!"

狂四郎拔出腰间的无想正宗。直到刚才,他还认为这把剑派不上用场。他想好好帮他们一把,这一想法让狂四郎抛去了所有虚无的善恶杂念,使他全身充满了力量。

"混蛋,如果你毁了船头的话,你也活不成了!"

"你尽管瞧吧!"

任凭咆哮的怒涛肆虐,强风撕扯着他的乱发与湿透的和服,他双脚犹如扎了根一般死死立在船上,双手将白刃高高举过头顶。

"呀!"

他集聚全身的锐气一剑劈了下去,只见暴风雨中闪过一道白光。

咔咔……咔咔……

三尺多高的桅杆被从下端倾斜砍为两段,拉扯着绳索,发出令人不快的咯吱声,倾斜下来。

在此千钧一发之际,狂四郎迅速将绳索砍断。

桅杆在船上猛烈跳动几下,之后便消失在巨浪之中。

"成,成功啦!"

佐治兵卫欣喜若狂。

正在此时,对面传来悲呼:

"船桨断了!"

船桨由六尺左右的橡树木做成,通常比较耐用,能使用十五年之久,所以并未准备替换之物。

"可恶!这恼人的狂风——"

风向刚变为西北方向,又立刻转成了东北方向,佐治兵卫对此也毫无办法了。

像今天这种程度的大浪,佐治兵卫当然也经历过几次。但是,对于这次方向变换令人眼花缭乱的狂风,船的构造显得过于脆弱,他的防御准备和应对之策都严重不足。

到了夜里，雨虽然停了，但风却越发狂野。

神通丸与它的名字相反，船桨已被折断，桅杆也被砍掉弃于海中，它已经奄奄一息，任凭小山般的大浪拍打、踩躏，在惊涛骇浪中四处漂荡。只能听天由命了。

所有人都是一副"随它去吧"的样子，盘腿坐在前舱和中舱内，板着脸，默不作声。

当被打入如此恐怖的深渊底层之时，若换做普通的船长和水手，定会削去头发，虔诚地朝着伊势神宫方向祈祷，抽签卜卦，祈求神谕；或剪下头发，供奉龙王；或围坐在一起，一心不乱地念佛诵经。

这真不愧是一群一出海就将生死置之度外的海盗，在如此困境面前，也没有表现出丝毫需要依赖神明之力渡过难关的意思。由于熟知罗盘操作及天文现象，他们坚信风一止住就能找准自己的位置。

独自一人站在船橹处的佐治兵卫走了过来。

"缆绳已经抛下了四百多英寻①的长锚，竟然还没有够到底呀。"

他这么说了一句，却无人回答。

这期间——

"怎么样，在这生死关头占上一卦吧——"

有人这么说了一声。

"好啊——不过，这回不算谁先死，而要算一算谁能活到最后。中间那位，就你来算吧——"

"好！"

狂四郎远远看到他们拿出赌具。是一副西洋纸牌，这是个稀罕物件。

"在座的有多少人？"

拿着纸牌的男人刚开始数人数，眠狂四郎说道：

---

① 英寻：长度单位，约为1.8米，用于测量水深等，来自两臂平伸的长度。

"不要算上我。"

"为什么?"

眠狂四郎没有解释。

"也是啊,阁下跟我们不是一类人。"

佐治兵卫冷冷地说了一句。

纸牌发到了每个人的手中。

"打开看看吧!"

话音刚落,三十多名水手齐刷刷翻开了自己面前的纸牌。

"哦!是政吉中了啊!"

厨师政吉手中的纸牌上画的是一个手舞足蹈的妖怪,头上长有两根犄角,穿着黑衣。也就是所谓"大王"。

众人一片哗然,大肆嘲笑着满脸疑惑的政吉。

狂四郎突然预感到,在海盗当中最为年轻淳朴的厨师说不定就是最后活下来的人。

四

天已大亮,风尚未停。

东北方向,远远浮现出岛屿的影子,若隐若现,恰似一团淡淡的云雾。但到了午后时分,岛影全部消失不见,在呼啸的烈风中放眼望去,只见茫茫无际的一排排海潮与天空合为一体。

两天后,终于风平浪静了。紧接着酷暑袭来。炫目毒辣的阳光几乎要把人烤焦了一样,连站在船上都是件难事。有那么两三人想一比高下,但旋即就疲劳不堪,慌忙逃到船底去了。

那天傍晚,阿洋被发现了。

阿洋躲藏的地方如闷蒸的酒曲发酵间一般酷热，所以她也和别人一样筋疲力竭。

她被两个男人抬出来后，扑通一声扔在了船板上，就像一块破衣烂布，一动不动地趴在那里。

中舱内充满了令人窒息的沉默。不久，佐治兵卫开口问道：

"阿洋，你为何在这艘船上？"

阿洋仍旧没动，过了一会，突然肩膀颤抖，抬起头来。

她睁开水汪汪的眼睛环视一圈众水手，看到狂四郎后，眼神立刻稳稳停在了那里。

那摄人心魄的目光，让这个女人的生命散发出云母般奇怪的、洁白的光芒，她那专注的神色便是对佐治兵卫询问的明确回答。

佐治兵卫抱着胳膊，黯然瞪着阿洋的脸庞，说道：

"阿洋，你是倭寇首领的女儿，应该知道船上的规矩。……你做好心理准备了吗？"

阿洋一直看着狂四郎，轻轻点了点头。

佐治兵卫扭过头来对狂四郎说：

"阁下，就请在对面的房间内可怜一下阿洋吧。"

听到船长的劝说，狂四郎惊讶地说道：

"怎么回事？"

"按照规矩，船上不能搭载女人，这一点阿洋再明白不过了。她因为爱慕阁下，于是偷偷跑上了船。也就是说，阁下偷偷上船的时候，她也尾随而来，并一直留在了船上。……就是因为她，船才惹怒了龙王，遭此劫难。我们这么做也是没有办法。至少，这么仅有的一次——阿洋也应得到你的怜惜。我们会闭上眼睛，堵上耳朵，装作不知道。……阁下，我求你抱一下她吧。"

"然后，你们准备把她怎么样？"

"把她放在小舟上,让水冲走。"

佐治兵卫直截了当地回答了狂四郎的问话。

瞬间,狂四郎脑中闪过露西亚被水冲走时的情景。

"连你们也迷信吗?"

狂四郎一语道破了他们的行为。

"这是船上的规定!"

"那也因为迷信的规定吧。"

"阁下,我才是这个船的船长。守护船上规矩是我的职责。我没必要向在船上寄食的人啰里啰嗦解释!"

伴随着他的呵斥声,周围瞬间弥漫起一股杀气。

然而,狂四郎仍旧态度冷静,丝毫不为所动。

稍过片刻,狂四郎桀骜不驯地说了这么一番话:

"如果你们非要这样做的话,那就让我跟她一起冲走吧,我要在小船上照顾阿洋。这样一来,就不用麻烦你们各位了。"

五

……但是,已经没这个必要了。眠先生说这番话的时候,阿洋突然人事不省,失去生气。眠先生把她抱起查看病情,说她已处于弥留之际,央求船长让她死在船上。

正如先生所说,阿洋因高烧不断惊厥,果然在第二天半夜断了气。

顺便说一下——夺走阿洋生命的正是一种可怕的瘟疫。

不大工夫……水手们接二连三倒了下去,一天中连续死了三五个人,这里真是一个人间地狱。

一旦病倒,很快就会死去,这让大家无比恐惧。船上哭泣声、呼喊声、厮打声乱作一团……一人生病后,立刻就在众人间传染开来,船的中舱及船尾简直成了疯人窟一般。病情发作完之后,人就精疲力竭,一言不发……奇怪的是,病情发作过后,就再也没有人发出呻吟,一个接一个地在不知不觉中死去了。

我想看看某个人是不是死了,结果刚一拨开他的眼皮,只见他僵直翻着白眼,像盯着鬼魅一样瞪着我。一想起他的样子,我吓得全身汗毛都竖起来了。

眠先生一直待在阿洋藏身的船舱里。

真是让人觉得不可思议。

只有眠先生和我没有染上瘟疫。我打水、捡柴、钓鱼、熬粥、照看病人,眠先生沉着冷静,将死者搬到船舷边,为水葬做准备。但我俩一次也没有发烧,身体也没有肿胀。

眠先生和我活了下来。当其他人和海里的碎藻一起消失之时,正是大风暴肆虐后的第十五天。其间,有三人投海自杀。佐治兵卫的辞世确实令人敬佩,具有领导者风范。当他感觉到自己将死之时,就让我把他扶起来,盘腿坐好,就那样安详地咽了气。

只剩下我们两人了,我们没日没夜地坐在甲板上,眺望着天空和大海,一天一天熬日子。

所幸船上还储有大量的米、盐、大豆,酒桶里还存满了酒,所以眠先生就钓了松鱼,准备了一场丰富的赏月宴。

的确——那是一个美丽的夜晚,一轮满月高高挂在天空,周围没有一片云彩,海面如铺上了一层银沙般闪闪发光。

眠先生靠在船头的船帮边,默默端着茶碗喝酒,却突然拿起刀,悠悠站了起来。

我猜他可能是要低声吟诗,没想到他却纵身一跃,腾空跳起来了。

我虽然没有看清,但他却已经拔出刀劈向了夜空。

我万分吃惊,但啪的一声,一只天鹅掉在我面前。

眠先生把刀收进刀鞘,说道:

"政吉,明天就能看见陆地了。"

这件事让我明白了天鹅是在陆地附近生活的。

果然如此!

第二天一早——当火红的太阳慢慢升起时,我看见了陆地,便如发疯了一般呼喊着。

我们在海风和海潮的作用下,逐渐被冲到一个能够清晰看到陆地的地方,这里是个村落。

这时,眠先生突然命令我道:

"放下小舟,坐上去!"

我理解了他的意思,就照他的吩咐做了,然后一直等他下来。但眠先生从船舷上往下看了我一眼,却没有一点要下来的意思。

"您怎么了?"

我大声喊叫。眠先生忽然微微一笑,说道:

"政吉,根据占卜,最终获救的人就是你啊。"

"您别开玩笑了,上来,快呀——"

我向他招了招手。但眠先生摇了摇头,说道:

"我喜欢一人待在这艘船上,你先走吧!"

说完,他的心情显得更加高兴,然后一下子扔下来一个东西,也就是这封信,又跟我说了您的地址和姓名,让我把信交给您。之后,他就从我眼前消失不见了……

当晚,美保代将《狂四郎月下吟》抱在胸前,无声地哭了一夜。